JAMES ROLLINS
Der Genesis-Plan

Autor

Der New-York-Times-Bestsellerautor James Rollins hat einen Doktorgrad in Tiermedizin. Als begeisterter Höhlenforscher und ebenso eifriger Taucher ist er häufig unter Wasser oder unter der Erde anzutreffen. Er wohnt in den Bergen der Sierra Nevada in Kalifornien, USA.

Von James Rollins bei Blanvalet erschienen:

Sigma-Force:
Sandsturm, Feuermönche, Der Genesis-Plan, Der Judas-Code, Das Messias-Gen, Das Flammenzeichen, Feuerflut, Mission Ewigkeit, Das Auge Gottes, Projekt Chimera, Das Knochenlabyrinth, Die siebte Plage, Die Höllenkrone, Der Flammenwall, Auftrag Tartarus

Tucker Wayne:
Killercode, Kriegsfalke

Die Bruderschaft der Christuskrieger:
Das Evangelium des Blutes, Das Blut des Verräters, Die Apokalypse des Blutes

James Rollins

Der Genesis-Plan

Roman

Deutsch von
Norbert Stöbe

blanvalet

Die Originalausgabe erschien 2006 unter dem Titel »Black Order
(Sigma Force 03) bei William Morrow, New York.

Sollte diese Publikation Links auf Webseiten Dritter enthalten,
so übernehmen wir für deren Inhalte keine Haftung,
da wir uns diese nicht zu eigen machen, sondern lediglich auf
deren Stand zum Zeitpunkt der Erstveröffentlichung verweisen.

Penguin Random House Verlagsgruppe FSC® N001967

Copyright der Originalausgabe © 2006 by Jim Czajkowski
Published in agreement with the author, c/o Baror Interantional, Inc.
Armonk, New York, U.S.A.
Copyright der deutschsprachigen Ausgabe © 2013 by Blanvalet,
in der Verlagsgruppe Random House GmbH,
Neumarkter Str. 28, 81673 München
Copyright dieser Ausgabe © 2022 by Blanvalet Verlag
in der Verlagsgruppe Random House GmbH,
Neumarkter Str. 28, 81673 München
Redaktion: text in form / Gerhard Seidl
Umschlaggestaltung und -motivJohannes Wiebel | punchdesign,
unter Verwendung von Motiven von stock.adobe.com (kitsana,
jessicahyde, lukbar, gonin, Sascha Sabath, denisik11).
HK · Herstellung: DiMo
Satz, Druck und Bindung: GGP Media GmbH, Pößneck
Printed in Germany
ISBN 978-3-7341-1211-9

www.blanvalet.de

Für David,
um der vielen Abenteuer willen

Vorbemerkung zum historischen Hintergrund

In den letzten Monaten des Zweiten Weltkriegs, als sich die Niederlage Deutschlands abzeichnete, brach unter den Alliierten ein neuer Krieg aus, bei dem es darum ging, die wissenschaftlichen Erkenntnisse der Nazi-Wissenschaftler auszuschlachten. Briten, Amerikaner, Franzosen und Russen lieferten sich ein Wettrennen jeder gegen jeden. Patente wurden gestohlen: Patente für neuartige Elektronenröhren, exotische Chemikalien und Kunststoffe, sogar für das Pasteurisieren von Milch mittels UV-Licht. Viele der heikelsten Patente verschwanden im tiefen Brunnen geheimer Projekte wie der *Operation Paperclip*, in deren Verlauf Hunderte von Nazi-Wissenschaftlern, die am Bau der V-2-Rakete beteiligt gewesen waren, heimlich angeworben und in die Vereinigten Staaten gebracht wurden.

Die Deutschen aber gaben ihre Technologie nicht freiwillig aus der Hand. In der Hoffnung auf ein Wiederauferstehen des Reiches trachteten sie danach, ihre Geheimnisse zu bewahren. Wissenschaftler wurden ermordet, Forschungslaboratorien zerstört, Pläne in Höhlen versteckt, in Seen versenkt und in Grüften eingemauert. Und zwar nur deswegen, um sie vor den Alliierten zu schützen.

Die Suche nahm erschreckende Züge an. In Deutschland, Österreich, der Tschechoslowakei und Polen gab es Hunderte von teilweise unterirdisch gelegenen Forschungslabors und Einrichtungen zur Entwicklung von Waffen. Eine der geheimsten Einrichtungen befand sich in einem ausgebauten Stollen am Rande der Bergbaustadt Breslau. Das Forschungsprojekt trug den Codenamen »Die Glocke«. Die Bewohner dieser Gegend berichteten von seltsamen

Lichterscheinungen sowie mysteriösen Krankheiten und Todesfällen.

Die russischen Streitkräfte erreichten das Bergwerk als Erste. Es war verlassen. Alle zweiundsechzig an dem Projekt beteiligten Wissenschaftler waren erschossen worden. Und das Gerät, an dem sie gearbeitet hatten, war spurlos verschwunden.

Sicher ist nur eines: Es hat die Glocke tatsächlich gegeben.

Vorbemerkung zum
wissenschaftlichen Gehalt

Das wahre Leben ist vielfältiger als jede Fiktion. Die in diesem Buch aufgeworfenen Fragen bezüglich Quantenmechanik, Intelligent Design und Evolution gründen auf Fakten.

Die Tatsache der Evolution ist das Rückgrat der Biologie, und somit ist die Biologie in der eigentümlichen Lage, eine Wissenschaft zu sein, die auf einer unbegründeten Theorie basiert – ist sie jetzt Wissenschaft oder Glaube?

Charles Darwin

Die Naturwissenschaft ohne Religion ist lahm, die Religion ohne Naturwissenschaft aber ist blind.

Albert Einstein

Wer sagt, ich stünde nicht unter dem besonderen Schutz Gottes?

Adolf Hitler

1945

Die Leiche schwamm im stinkenden Wasser, das sich durch die feuchten Abwasserkanäle wälzte. Es handelte sich um einen toten Jungen, aufgebläht und von Ratten angefressen. Schuhe, Unterhose und Hemd hatte man ihm ausgezogen. In der belagerten Stadt ließ man nichts verkommen.

SS-Obergruppenführer Jakob Sporrenberg zwängte sich an dem Leichnam vorbei und rührte dabei die trübe Brühe auf. Abfall und Exkremente. Blut und Galle. Das feuchte Tuch, das er sich vor Nase und Mund gebunden hatte, schützte kaum vor dem Gestank. So also endete der große Krieg. Die Mächtigen mussten durch Abwasserkanäle flüchten. Aber Befehl war Befehl.

Unablässig trommelte die russische Artillerie mit ihrem Ka-wumm auf die Stadt ein. Die Druckwellen der Explosionen spürte er im Bauch. Die Russen hatten die Stadttore eingenommen und bombardierten den Flughafen. In diesem Moment rollten russische Kettenpanzer über das Kopfsteinpflaster, während Transportflugzeuge auf der Kaiserstraße landeten. Die Hauptdurchgangsstraße war mittels zweier paralleler Reihen brennender Ölfässer in eine Landebahn verwandelt worden. Der Qualm stieg in den bereits raucherfüllten Himmel empor und verhinderte, dass es hell wurde. In den Straßen und in den Häusern wurde gekämpft, vom Keller bis zum Dachboden.

Jedes Haus eine Festung.

Das war Gauleiter Hankes letzter Befehl an die Bevölkerung gewesen. Die Stadt sollte so lange wie möglich Widerstand leisten. Die Zukunft des Dritten Reichs hing davon ab.

Und die von Jakob Sporrenberg.

»Beeilt euch!«, drängte er die nachfolgenden Männer.

Die von ihm befehligte Einheit des Sicherheitsdienstes – ein Evakuierungsspezialkommando – stapfte hinter ihm durchs knietiefe Dreckwasser. Vierzehn Männer.

Alle bewaffnet. Alle schwarz uniformiert. Alle mit schweren Rucksäcken ausgestattet. In der Mitte gingen die vier größten Männer, alle ehemalige Dockarbeiter. Sie hatten Tragstangen geschultert, an denen schwere Kisten befestigt waren.

Es gab einen bestimmten Grund, weshalb die Russen diese am Fuße der Sudetengebirge zwischen Deutschland und Polen gelegene Stadt angegriffen hatten. Die Befestigungen von Breslau schützten den Zugang zum Hochland. In den vergangenen zwei Jahren hatten Zwangsarbeiter des Konzentrationslagers Groß-Rosen einen nahe gelegenen Berg ausgehöhlt. Mit bloßen Händen und mit Sprengstoff hatten sie ein Tunnelsystem von hundert Kilometern Länge angelegt, dessen einziger Zweck darin bestand, ein Geheimprojekt vor den Augen der Alliierten zu verbergen.

Das Arbeitslager Riese.

Dennoch waren Gerüchte aufgekommen. Vielleicht hatte einer der Bewohner des Dorfes in der Nähe des Wenceslas-Bergwerks hinter vorgehaltener Hand Mutmaßungen über die Krankheit angestellt, die selbst jene befallen hatte, die sich außerhalb der Anlage aufhielten.

Wenn sie die Forschungen nur hätten abschließen können …

Gleichwohl empfand Jakob Sporrenberg eine gewisse Scheu. Er kannte nicht alle Einzelheiten des Geheimprojekts mit dem Codenamen Chronos. Doch er wusste genug. Er hatte die Leichen derer gesehen, die man Experimenten unterzogen hatte. Er hatte die Schreie gehört.

Abscheu.

Dieses Wort war ihm in den Sinn gekommen und hatte ihm das Blut in den Adern gefrieren lassen.

Es war ihm nicht schwergefallen, die Wissenschaftler zu liquidieren. Er hatte die zweiundsechzig Männer und Frauen nach draußen schaffen lassen und sie mit jeweils zwei Kopfschüssen getötet. Keiner durfte erfahren, was in der Tiefe des Wenceslas-Bergwerks vorgegangen war ... oder was man dort entdeckt hatte. Eine Wissenschaftlerin freilich war noch am Leben.

Doktor Tola Hirszfeld.

Sie schlurfte hinter Jakob her, die Hände auf dem Rücken gefesselt, von einem seiner Männer halb mitgeschleift. Sie war eine groß gewachsene Frau Ende zwanzig, mit kleinen Brüsten, aber üppiger Hüfte und wohlgeformten Beinen. Sie hatte glattes, schwarzes Haar, und ihre Haut war aufgrund der langen Zeit, die sie unter der Erde verbracht hatte, so weiß wie Milch. Eigentlich hätte sie mit den anderen zusammen getötet werden sollen, doch ihr Vater, Oberarbeitsleiter Hugo Hirszfeld, der das Projekt beaufsichtigte, hatte endlich sein halbjüdisches Erbe offenbart. Er hatte versucht, die Forschungsakten zu vernichten, war aber von einem der Wachposten erschossen worden, bevor er sein unterirdisches Büro mit einer Brandbombe zerstören konnte. Seine Tochter konnte von Glück sagen, dass wenigstens einer überleben musste, der Einblick in das Projekt Glocke hatte, denn die Arbeit musste weitergeführt werden. Sie war ein Genie genau wie ihr Vater und wusste über seine Forschung besser Bescheid als jeder andere.

Von jetzt an würde man freilich nachhelfen müssen.

Jedes Mal, wenn Jakob sie ansah, funkelte sie ihn an. Der Hass strahlte von ihr aus wie die Hitze von einem offenen Backofen. Aber sie würde kooperieren ... genau wie ihr Vater es getan hatte. Jakob wusste mit Juden umzugehen, zumal mit Mischlingen. Das waren die Schlimmsten. Die Teiljuden. Einige hunderttausend Mischlinge leisteten Militärdienst. Jüdische Soldaten. Aufgrund von Ausnahmeregelungen wurden sie verschont und durften dem Reich dienen. Dazu war eine Sondererlaubnis nötig. Solche Mischlinge taten sich als Soldaten zumeist besonders hervor, denn sie mussten beweisen, dass ihre Abstammung keinen Einfluss hatte auf ihre Loyalität.

Jakob aber hatte ihnen noch nie vertraut. Tolas Vater hatte seine Zweifel bestätigt. Sein Sabotageversuch hatte Jakob nicht überrascht. Juden durfte man halt nicht trauen, man musste sie vernichten.

Hugo Hirszfelds Sondergenehmigung war vom Führer persönlich unterzeichnet worden und hatte nicht nur für den Vater und die Tochter gegolten, sondern auch für seine Eltern, die irgendwo in Mitteldeutschland lebten. Sosehr Jakob den Mischlingen misstraute, so groß war das Vertrauen, das er in den Führer setzte. Hitlers Befehle waren eindeutig gewesen: Die für die Fortsetzung der Forschungsarbeit benötigten Geräte sollten aus dem Stollen evakuiert und der Rest zerstört werden.

Das bedeutete, die Tochter zu verschonen.

Und das Kind.

Der Junge war in mehrere Decken eingewickelt, ein jüdischer, erst einen Monat alter Säugling. Um ihn ruhigzustellen, hatten sie ihm ein leichtes Beruhigungsmittel gegeben.

Das Kind war der eigentliche Grund für den Abscheu, den Jakob empfand. Alle Hoffnungen des Dritten Reichs ruhten in diesen kleinen Händen – in den Händen eines Judenkinds. Bei dieser Vorstellung drehte sich ihm der Magen um. Am liebsten hätte er das Kind mit dem Bajonett aufgespießt. Aber er hatte seine Befehle.

Auch Tola beobachtete das Kind. In ihren Augen flammte eine Mischung aus Zorn und Kummer. Tola hatte nicht nur ihren Vater bei seinen Forschungen unterstützt, sondern sich auch um den Säugling gekümmert, ihn in den Schlaf gewiegt und gefüttert. Das Kind war der einzige Grund, weshalb die Frau überhaupt mit ihnen kooperiert hatte. Die Drohung, den Jungen zu töten, hatte Tola bewogen, Jakobs Forderungen nachzugeben.

Über ihnen detonierte eine Granate. Die Druckwelle warf sie alle auf die Knie nieder und löschte die anderen Geräusche in einem gewaltigen Dröhnen aus. Beton barst, Staub rieselte ins stinkende Wasser.

Fluchend richtete Jakob sich wieder auf.

16

Oskar Henricks, sein Stellvertreter, setzte sich vor ihn und zeigte zu einer Abzweigung des Abwasserkanals.

»Wir nehmen diesen Tunnel, Obergruppenführer. Ein alter Überlaufkanal. Der Übersichtskarte zufolge mündet der Hauptkanal nicht weit von der Kathedraleninsel in den Fluss.«

Jakob nickte. In der Nähe der Insel sollten zwei mit einer weiteren Kommandoeinheit bemannte getarnte Kanonenboote auf sie warten. Bis dorthin war es nicht mehr weit.

Während das russische Bombardement immer heftiger wurde, beschleunigte er das Tempo. Das Bombardement leitete offenbar den entscheidenden Vorstoß des Gegners ein. Die Kapitulation der Stadt war unvermeidlich.

Als Jakob die Abzweigung erreichte, kletterte er aus der stinkenden Brühe auf den Betonsims des Seitentunnels. Bei jedem Schritt machten seine Stiefel glucksende Geräusche. Der widerliche Gestank von Exkrementen und Schlamm wurde vorübergehend unerträglich, als wollte ihn der Abwasserkanal aus seinem Inneren vertreiben.

Der Rest des Kommandos folgte ihm.

Jakob leuchtete mit der Taschenlampe in den Betontunnel hinein. Roch die Luft nicht schon etwas frischer? Er schritt energischer aus als zuvor. Die Rettung war in greifbarer Nähe; sie hatten es fast geschafft. Seine Einheit würde Schlesien halb durchquert haben, bevor die Russen auch nur in das unterirdische Labyrinth des Wenceslas-Stollens vorgedrungen wären. Als Willkommensgruß hatte Jakob in den Gängen des Labortrakts Sprengfallen versteckt. In dem Berg würden die Russen und ihre Verbündeten nichts als den Tod finden.

Frischen Mutes eilte Jakob der frischen Luft entgegen. Der Betontunnel wies ein schwaches Gefälle auf. Das Tempo nahm zu. Ihre Schritte wurden beflügelt von der plötzlichen Stille zwischen den Artilleriesalven. Die Russen griffen mit aller Macht an.

Es würde knapp werden. Die Fluchtroute über den Fluss würde ihnen nicht mehr lange offen stehen.

Als spürte er die Anspannung, begann der Säugling leise zu weinen, ein dünnes Greinen. Die Wirkung des Beruhigungsmittels ließ allmählich nach. Jakob hatte dem Arzt eingeschärft, das Mittel schwach zu dosieren. Sie durften das Leben des Kindes nicht gefährden. Das war vielleicht ein Fehler gewesen …

Das Weinen wurde durchdringender.

Irgendwo im Norden detonierte eine einzelne Granate.

Das Greinen steigerte sich zu einem lauten Wimmern, das durch den Betonschlund hallte.

»Bringen Sie das Kind zum Schweigen!«, befahl er dem Soldaten, der den Säugling trug.

Der kreidebleiche, klapperdürre Mann nahm das Bündel von der Schulter, wobei er die schwarze Mütze verlor. Er wickelte den Jungen aus seiner Decke, was das Geschrei aber nur noch weiter steigerte.

»Bitte … lassen Sie mich das machen«, sagte Tola. Sie stemmte sich gegen den Griff des Mannes, der sie am Ellbogen festhielt. »Das Kind braucht mich.«

Der Soldat mit dem Säugling sah fragend Jakob an. Draußen war es still geworden. Das Weinen hielt an.

Jakob schnitt eine Grimasse und nickte.

Man schnitt Tola die Handfesseln durch. Sie massierte sich kurz die eingeschlafenen Hände, dann griff sie nach dem Kind. Der Soldat war froh, ihr seine Bürde übergeben zu können. Tola barg den Säugling in der Armbeuge, stützte ihm den Kopf und wiegte ihn sanft. Sie beugte sich dicht auf ihn hinunter und flüsterte beruhigende Laute. Ihr ganzes Wesen hatte sich dem Kind zugewandt.

Das Geschrei machte leisem Wimmern Platz.

Zufrieden gestellt nickte Jakob Tolas Bewacher zu. Der Mann drückte ihr seine Luger in den Rücken. Schweigend setzten sie den Weg durch das Labyrinth unter der Stadt Breslau fort.

Bald darauf ließ der Brandgeruch den Kloakengestank in den Hintergrund treten. Jakobs Taschenlampe beleuchtete eine Rauchwolke, die den Ausgang des Überlaufkanals markierte. Die Artillerie schwieg, doch das Tackern und Knattern des Maschinengewehr-feuers hielt unvermindert an – überwiegend im Osten lokalisiert. Irgendwo in der Nähe schwappte Wasser.

Jakob bedeutete seinen Männern, im Tunnel zu bleiben, dann zeigte er zum Ausgang. »Geben Sie den Booten das vereinbarte Zeichen«, befahl er dem Funker.

Der Soldat nickte knapp, eilte vor und verschwand in der rauch-verhangenen Düsternis. Im nächsten Moment übermittelte er mit Lichtsignalen eine verschlüsselte Nachricht an die Nachbarinsel. Es würde eine Weile dauern, bis die Boote sie erreicht hätten.

Jakob drehte sich zu Tola um. Sie hielt immer noch das Kind. Der Junge hatte sich wieder beruhigt und die Augen geschlossen.

Tola erwiderte unerschrocken Jakobs Blick. »Sie wissen, dass mein Vater recht hatte«, sagte sie mit ruhiger Überzeugung. Ihr Blick wanderte über die verschlossenen Kisten, dann sah sie wieder Jakob an. »Das lese ich in Ihrem Gesicht. Wir … sind zu weit gegangen.«

»Darüber steht Ihnen kein Urteil zu«, erwiderte Jakob.

»Wem dann?«

Jakob schüttelte den Kopf und wandte sich ab. Er hatte seine Befehle von Heinrich Himmler persönlich. Ihm stand es nicht zu, sie in Zweifel zu ziehen. Trotzdem spürte er, dass die Frau ihn noch immer ansah.

»Es widerspricht Gottes Willen und ist wider die Natur«, flüs-terte sie.

Der Funker bewahrte ihn davor, darauf antworten zu müssen. »Die Boote kommen!«, meldete er, dann kehrte er zur Tunnelmün-dung zurück.

Jakob raunzte ein paar Befehle und brachte seine Männer in Stellung. Er führte sie zum Ende des Tunnels, der auf das Ufer der Oder hinausging. Inzwischen war es hell geworden. Im Osten glühte der Sonnenaufgang, hier aber hing tief über dem Wasser eine schwarze, von der Flussströmung verdichtete Rauchwolke. Der Qualm würde ihnen Deckung geben.

Aber wie lange noch?

Das unheimliche, fröhliche Geknatter der MGs ging unvermindert weiter, ein Feuerwerk zur Feier der Zerstörung Breslaus.

Als der Kanal endlich hinter ihm lag, riss Jakob sich die feuchte Gesichtsmaske herunter und atmete tief durch. Er ließ den Blick über das bleigraue Flusswasser schweifen. Zwei flache Siebenmeterboote durchteilten die Wellen, die Motoren gaben ein stetiges Dröhnen von sich. Am Bug waren jeweils zwei Maschinengewehre vom Typ MG-42 montiert, die von grünen Planen notdürftig verhüllt wurden.

Hinter den Booten war verschwommen der dunkle Umriss einer Insel zu erkennen. Die Kathedraleninsel war eigentlich eine Halbinsel, denn im neunzehnten Jahrhundert hatte sich in Ufernähe so viel Schlamm angesammelt, dass eine Landverbindung entstanden war. Eine ebenfalls aus dem neunzehnten Jahrhundert datierende smaragdgrüne schmiedeeiserne Brücke führte ans Ufer. Die beiden Boote wichen den steinernen Brückenpfeilern aus und näherten sich der Tunnelmündung.

Als ein Sonnenstrahl die beiden Türme der Kathedrale traf, von der die Insel ihren Namen hatte, wanderte Jakobs Blick nach oben. Das war eine der sechs Kirchen der Insel.

Tola Hirszfelds Worte klangen ihm noch immer in den Ohren.

Es widerspricht Gottes Willen und ist wider die Natur.

Die Morgenkühle durchdrang seine nasse Kleidung, und er fröstelte. Er sehnte sich danach, von hier wegzukommen und die vergangenen Tage zu vergessen.

Das erste der beiden Boote hatte das Ufer erreicht. Froh über die Ablenkung und vor allem die Bewegung befahl er seinen Männern, die Boote zu beladen.

Tola stand etwas abseits, den Säugling im Arm, bewacht von einem einzigen Soldaten. Auch sie hatte die am verqualmten Himmel funkelnden Kirchtürme entdeckt. Das MG-Feuer hielt an und rückte immer näher. Man hörte Panzer, deren Motoren in den unteren Gängen heulten. Rufe und Schreie drangen herüber.

Wo war der Gott, gegen den sie sich nicht versündigen wollte? Hier war er jedenfalls nicht.

Als die Boote beladen waren, ging Jakob zu Tola hinüber. »Steigen Sie ein.« Er hatte barsch sein wollen, doch ihr Gesichtsausdruck veranlasste ihn zur Mäßigung.

Sie gehorchte, mit den Augen noch immer bei der Kathedrale, mit den Gedanken noch weiter himmelwärts.

Auf einmal wurde Jakob sich ihrer Schönheit bewusst, obwohl sie doch ein Mischling war. Dann aber blieb sie mit der Stiefelkappe irgendwo hängen und geriet ins Stolpern, fand jedoch das Gleichgewicht wieder, ohne den Säugling fallen zu lassen. Sie richtete den Blick wieder aufs graue Wasser und die Rauchwolke. Ihre Gesichtszüge verhärteten sich. Selbst ihre Augen wurden hart wie Kiesel, als sie sich nach einem Sitzplatz für sich und das Kind umsah.

Sie setzte sich auf die Steuerbordbank, ihr Bewacher nahm neben ihr Platz.

Jakob setzte sich ihr gegenüber und gab dem Steuermann das Zeichen zum Ablegen. »Wir müssen uns beeilen.« Suchend blickte er den Fluss entlang. Sie wandten sich nach Westen, weg von der Front im Osten, weg von der aufgehenden Sonne.

Er sah auf die Uhr. Inzwischen würde auf einem zehn Kilometer entfernten verlassenen Flugplatz ein Transportflugzeug vom Typ Ju 52 auf sie warten. Es trug das Emblem des Deutschen Roten Kreuzes und war als Verwundetentransport getarnt, um sie gegen Angriffe abzusichern.

Die Boote schwenkten ins tiefere Wasser hinaus, die Motoren kamen auf Touren. Jetzt konnten die Russen sie nicht mehr aufhalten. Sie hatten es geschafft.

Plötzlich fiel ihm an der anderen Seite des Bootes eine Bewegung ins Auge.

Tola hatte sich über den Säugling gebeugt und hauchte ihm zärtlich einen Kuss aufs flaumige Haar. Dann hob sie den Kopf und sah Jakob in die Augen. In ihrem Blick lag keine Verachtung und auch kein Zorn. Nur Entschlossenheit.

Jakob wusste, was sie vorhatte. »Nicht ...«

Zu spät.

Tola schob sich hoch, rutschte mit dem Rücken über die niedrige Reling und stieß sich mit den Füßen ab. Den Säugling an die Brust gedrückt, kippte sie rücklings ins kalte Wasser.

Ihr überraschter Bewacher drehte sich um und feuerte aufs Geratewohl hinterher.

Jakob stürzte hinüber und riss den Arm des Mannes nach oben. »Nicht. Sie könnten das Kind treffen.«

Jakob beugte sich über die Reling. Auch die anderen Männer waren aufgesprungen. Das Boot schaukelte. Das Einzige, was Jakob im bleifarbenen Wasser sah, war sein eigenes Spiegelbild. Er befahl dem Steuermann, einen Kreis zu fahren.

Nichts.

Er hielt Ausschau nach den sprichwörtlichen Luftblasen, doch das Kielwasser des schwer beladenen Bootes erzeugte zu viele Wellen. Er schlug mit der Faust auf die Reling.

Wie der Vater, so die Tochter ...

Das sah einem Mischling ähnlich. Er kannte das bereits: Jüdische Mütter, die ihre eigenen Kinder erstickten, um ihnen größeres Leid zu ersparen. Er hatte geglaubt, Tola wäre stärker. Aber vielleicht hatte sie ja gar keine andere Wahl gehabt.

Er ließ das Boot noch eine Weile kreisen. Seine Männer suchten beide Ufer ab. Die Frau blieb verschwunden. Eine Granate pfiff über sie hinweg. Sie durften nicht länger warten.

Jakob befahl seinen Männern, sich wieder hinzusetzen. Er zeigte nach Westen, zum wartenden Flugzeug. Sie hatten immer noch die Kisten mit den Akten. Es war ein Rückschlag, doch damit ließ sich leben. Das Kind war zu ersetzen.

»Rückzug«, sagte er.

Die beiden Boote fuhren unter voller Kraft weiter.

Kurz darauf verschwanden sie in der Qualmwolke der brennenden Stadt Breslau.

Tola hörte, wie der Motorenlärm in der Ferne verhallte.

Hinter einem der dicken Pfeiler verborgen, welche die alte, schmiedeeiserne Kathedralenbrücke stützten, trat sie Wasser. Mit einer Hand hielt sie dem Säugling den Mund zu, damit er nicht schrie. Sie konnte nur hoffen, dass er durch die Nase genug Luft bekam. Aber das Kind war geschwächt.

Und sie ebenfalls.

Sie hatte einen Streifschuss am Hals abbekommen. Das Blut färbte das Wasser rot. Ihr Gesichtsfeld engte sich immer mehr ein. Trotzdem kämpfte sie weiter und bemühte sich, das Kind über Wasser zu halten.

Als sie sich in den Fluss gestürzt hatte, wollte sie sich zusammen mit dem Kind eigentlich ertränken. Dann aber traf sie der Kälteschock, und der Hals begann zu brennen, und sie änderte ihren Entschluss. Sie dachte an die funkelnden Kirchtürme. Das war nicht ihre Religion, nicht ihr kulturelles Erbe. Dennoch erinnerten die Türme sie daran, dass es jenseits des gegenwärtigen Dunkels Licht gab. Irgendwo gab es Menschen, die ihre Mitmenschen nicht quälten. Einen Ort, wo Mütter ihre Kinder nicht ertränkten.

Sie schwamm weiter auf den Fluss hinaus und ließ sich zur Brücke treiben. Unter Wasser kniff sie dem Kind die Nase zu und pustete ihm Luft in den Mund. Obwohl sie eigentlich hatte sterben wollen, flammte der Lebenswille, einmal entzündet, immer stärker in ihrer Brust.

Der Junge hatte nicht mal einen Namen.

Niemand sollte namenlos sterben.

Sie hauchte dem Kind ihren Atem ein und schwamm blindlings mit der Strömung. Es war reiner Zufall, dass sie gegen einen Brückenpfeiler getrieben wurde, hinter dem sie sich verstecken konnte.

Jetzt aber waren die Boote verschwunden, und sie durfte nicht länger warten.

Das Herz pumpte mühsam das Blut durch ihre Adern. Sie spürte, dass nur die Kälte sie am Leben erhielt. Die gleiche Kälte aber entzog dem zarten Kind die lebensnotwendige Körperwärme.

Hektisch mit den Beinen austretend, schwamm sie zum Ufer. Aufgrund ihrer Schwäche und der Kälte waren ihre Bewegungen unkoordiniert. Sie tauchte unter und zog das Kind mit sich.

Nein.

Sie kämpfte sich wieder an die Oberfläche, doch auf einmal fühlte sich das Wasser schwerer an als zuvor, und das Schwimmen wurde immer mühsamer.

Sie wollte nicht aufgeben.

Plötzlich stießen ihre Stiefel an glitschige Steine. Vor Erleichterung schrie sie auf, doch da sie vergessen hatte, dass ihr Kopf untergetaucht war, schluckte sie einen Mund voll Wasser. Sie sank noch tiefer, stieß sich von den schlammigen Steinen ab. Ihr Kopf tauchte auf, und sie warf sich dem Ufer entgegen.

Vor ihr ragte die steile Böschung auf.

Sich mit einer Hand stützend, krabbelte sie aus dem Wasser, mit der anderen Hand drückte sie den Säugling an ihre Brust. Als sie festen Boden unter sich hatte, brach sie zusammen. Sie fühlte sich vollkommen kraftlos. Ihr Blut strömte über das Kind. Mit letzter Kraft konzentrierte sie sich auf den Jungen.

Er rührte sich nicht mehr. Er hatte aufgehört zu atmen.

Sie schloss die Augen und betete, während die ewige Dunkelheit sie verschluckte.

Klagt, ihr Verdammten, klagt …

Pater Varick hörte das Gewimmer als Erster.

Zusammen mit seinen Mitbrüdern hatte er am Vorabend, als die Bombardierung einsetzte, im Weinkeller unter der St.-Petrus-und-Paulus-Kirche Zuflucht gesucht. Kniend hatten sie darum gebetet, dass ihre Insel verschont werden möge. Die im fünfzehnten Jahrhundert erbaute Kirche hatte die ständig wechselnden Beherrscher der Grenzstadt überlebt. Sie flehten den Himmel um Beistand an, damit die Kirche auch diese Katastrophe überdauerte.

In dieser frommen Stille vernahmen die Mönche auf einmal das Wehgeschrei.

Pater Varick richtete sich auf, was ihm aufgrund seines Alters einige Mühe bereitete.

»Wo willst du hin?«, fragte Franz.

»Meine Schützlinge rufen nach mir«, sagte der Pater. Seit zwanzig Jahren verfütterte er die Speisereste an die streunenden Katzen und Hunde, die sich hin und wieder an der am Flussufer gelegenen Kirche blicken ließen.

»Du solltest besser hierbleiben«, meinte ein anderer Bruder mit angstvoll bebender Stimme.

Pater Varick hatte schon zu lange gelebt, um den Tod mit der Inbrunst der Jugend zu fürchten. Er ging durch den Keller und bog auf den kurzen Gang ein, der zum Fluss hinausführte. Über diesen Gang war früher die Heizkohle geschleppt worden, die dort gelagert worden war, wo jetzt die staubbedeckten edlen grünen Flaschen in Eichengestellen ruhten.

Er entriegelte die alte Kohlentür und drückte mit der Schulter dagegen.

Knarrend öffnete sich die Tür.

Als Erstes bemerkte er den Gestank in der Luft – dann veranlasste ihn das Wimmern, den Blick zu senken. »Allmächtiger …«

Nur wenige Schritte von der Tür in der Festungsmauer entfernt lag eine Frau. Sie rührte sich nicht. Er eilte zu ihr und kniete, ein Gebet auf den Lippen, neben ihr nieder.

Er tastete am Hals nach dem Puls, doch da war nichts als Blut. Sie war blutüberströmt von Kopf bis Fuß und so kalt wie die Steine.

Tot.

Wieder ertönte das Wimmern – von der anderen Seite.

Und da lag der Säugling, halb unter der Frau begraben, ebenfalls blutig.

Das Kind war blau gefroren und völlig durchnässt, doch es lebte noch. Er zog es unter der Toten hervor, wobei die vollgesogene Decke verrutschte.

Ein Junge.

Er fuhr mit der Hand über den winzigen Körper des Kindes und vergewisserte sich, dass es unverletzt war.

Das Blut stammte von seiner Mutter.

Bekümmert sah er auf die Frau nieder. So viele Tote. Er blickte zum anderen Flussufer hinüber. Die Stadt stand in Flammen, Rauchwolken stiegen in den Morgenhimmel. Die Artillerie feuerte unablässig. War die Frau über den Fluss geschwommen? Hatte sie das Kind retten wollen?

»Ruhe in Frieden«, sagte er zu der Toten. »Das hast du dir verdient.«

Pater Varick ging zur Kohlentür zurück. Er wischte dem Säugling Blut und Wasser ab. Das Haar des Kindes war ganz fein, aber schneeweiß. Es war höchstens einen Monat alt.

Der Junge schrie lauter, und sein Gesicht verzerrte sich, doch er war noch immer schlaff, kraftlos und kalt.

»Ja, wein du nur, mein Kleiner.«

Als er die Stimme hörte, schlug der Junge die verquollenen Augen auf. Sie waren blau und klar. Andererseits hatten die meisten Neugeborenen blaue Augen. Varick aber hatte das Gefühl, dass sich diese Augen ihre strahlend blaue Schönheit bewahren würden.

Behutsam drückte er den Jungen an sich, um ihn zu wärmen. Plötzlich fiel ihm etwas ins Auge. *Nanu, was ist denn das?* Er drehte den Fuß des Jungen vorsichtig herum. Auf die Ferse hatte jemand ein Zeichen aufgemalt.

Nein, nicht aufgemalt. Der Pater rieb daran.

Das Zeichen war mit scharlachroter Tinte eintätowiert. Es hatte Ähnlichkeit mit einem Krähenfuß.

Vater Varick hatte einen Großteil seiner Jugend in Finnland verbracht. Deshalb kannte er das Symbol: Es war eine nordische Rune.
Allerdings hatte er keine Ahnung, welche Rune das war oder was
sie bedeutete. Er schüttelte den Kopf. Wer tat so etwas?

Nachdenklich musterte er die tote Mutter.

Egal. Der Sohn soll nicht tragen die Missetat des Vaters.

Er wischte das Blut vom Scheitel des Jungen und wickelte ihn
in seine warme Kutte.

»Armer Junge ... Welch ein Willkommen in der Welt.«

Eins

1

Das Dach der Welt

Gegenwart
16. Mai, 06:34
Himalaya
Basislager Mount Everest, 5360 Meter ü. d. M.

Der Wind brachte den Tod.

Taski, der Anführer der Sherpas, verkündete sein Urteil mit dem feierlichen Ernst und der Selbstgewissheit seines Berufs. Der untersetzte Mann war nur knapp einssechzig groß, und das mitsamt dem zerfledderten Cowboyhut. Dabei tat er so, als wäre er hier in den Bergen der Größte. Mit zusammengekniffenen Augen musterte er die flatternden Gebetsfahnen.

Dr. Lisa Cummings nahm den Mann mit ihrer Nikon D-100 ins Visier und betätigte den Auslöser. Taski war nicht nur der Führer der Gruppe, sondern auch Lisas psychometrische Testperson. Ein perfektes Forschungsobjekt.

Sie hatte ein Stipendium bekommen, das es ihr ermöglichte, in Nepal die physiologischen Auswirkungen einer Everestbesteigung ohne Sauerstoffgeräte zu untersuchen. Bis zum Jahr 1978 hatte niemand den Everest ohne technische Hilfsmittel bestiegen. Die Luft war zu dünn. Selbst erfahrene Bergsteiger mit Sauerstoffflaschen hatten unter extremer Erschöpfung, Koordinationsschwierigkeiten, Doppeltsehen und Halluzinationen zu leiden. Es galt als unmöglich, einen Achttausender ohne Luftvorrat zu bezwingen.

1978 aber hatten Reinhold Messner und Peter Habeler das Unmögliche geschafft und den Gipfel allein mithilfe ihrer keuchenden Lungen erreicht. In den folgenden Jahren folgten etwa sechzig Männer und Frauen ihren Fußstapfen und setzten der Bergsteigerelite ein neues Ziel.

Bessere Testbedingungen unter niedrigem Luftdruck hätte sie sich nicht wünschen können.

Zuvor hatte Dr. Lisa Cummings mithilfe eines Fünfjahresstipendiums die Auswirkungen von *hohem* Luftdruck auf die physiologischen Vorgänge beim Menschen erforscht. Auf dem Forschungsschiff *Deep Fathom* hatte sie Tiefseetaucher untersucht. Anschließend hatten Veränderungen angestanden – sowohl beruflich als auch privat. Sie hatte ein Stipendium der National Science Foundation zur Durchführung antithetischer Forschungen bewilligt bekommen: zur Untersuchung der physiologischen Auswirkungen von Niederdrucksystemen.

Deshalb befand sie sich jetzt hier auf dem Dach der Welt.

Lisa wechselte die Position, um noch eine Aufnahme von Taski Sherpa zu machen. Wie so viele hatte Taski die Stammesbezeichnung als Familiennamen angenommen.

Der Mann entfernte sich von den wehenden Gebetsfahnen, nickte energisch und zeigte mit einem zwischen zwei Fingern eingeklemmten Zigarettenstummel zum Gipfel hoch. »Ein schlechter Tag. Der Wind bringt den Tod«, wiederholte er, dann steckte er sich eine neue Zigarette an und wandte sich ab. Es war alles gesagt.

Für die anderen Mitglieder der Gruppe galt das freilich nicht.

Enttäuschte Bemerkungen wurden gewechselt. Die Bergsteiger blickten zum strahlend blauen Himmel auf. Das zehnköpfige Bergsteigerteam hatte neun Tage darauf gewartet, dass sich ein Wetterfenster öffnete. Wegen des Unwetters hatte sich bislang noch keiner gegen den gesunden Menschenverstand aufgelehnt. Ein Tiefdruckgebiet im Golf von Bengalen war für das schlechte Wetter verantwortlich gewesen. Sturmböen hatten mit bis zu hundertsechzig Stundenkilometern auf das Lager eingetrommelt, eines der Zelte weggeweht und Leute im Freien umgeworfen. Der zeitweise damit einhergehende Schneefall hatte der ungeschützten Haut wie Sandpapier zugesetzt.

Der heutige Morgen aber war ebenso strahlend gewesen wie ihre Hoffnungen. Der Khumbu-Gletscher funkelte im Sonnenschein. Über allem aber schwebte der Everest, umringt von seinen Nachbargipfeln, eine Hochzeitsgesellschaft ganz in Weiß.

Lisa hatte etwa hundert Fotos aufgenommen, um das veränderliche Licht in all seiner vergänglichen Schönheit einzufangen. Jetzt verstand sie auch die Namen, die man dem Everest gegeben hatte: Auf Chinesisch hieß er Chomolungma, Muttergöttin der Welt, auf Nepalesisch Sagarmatha, Himmelsgöttin.

Der inmitten der Wolken schwebende Berg glich tatsächlich einer Göttin aus Eis und Fels. Und sie waren hergekommen, um die Göttin anzubeten und sich des Himmelskusses als würdig zu erweisen. Billig war das gerade nicht gewesen. Fünfundsechzigtausend Dollar im Voraus. Die Zeltausrüstung, Träger, Sherpas und so viele Yaks, wie man wollte, waren im Preis natürlich inbegriffen. Das Muhen eines weiblichen Yaks schallte durchs Tal. Das Yak war eines von zwei Dutzend Tieren, die dem Bergsteigerteam behilflich waren. Die Farbtupfer der gelben und roten Zelte schmückten das Lager. Fünf weitere Lager teilten sich die felsige Fläche und warteten mit ihnen darauf, dass die Sturmgötter ein Einsehen hatten.

Ihrem Sherpaführer zufolge aber würden sie noch warten müssen.

»Was für ein Mist«, sagte der Manager einer Bostoner Sportartikelfirma. Bekleidet mit einem modischen Dauneneinteiler, stand er mit vor der Brust verschränkten Armen neben seinem fertig gepackten Rucksack. »Sechshundert Dollar kostet der Spaß pro Tag, und wir drehen Däumchen. Die verarschen uns doch. Am ganzen Himmel ist kein einziges beschissenes Wölkchen zu sehen!«

Er hatte die Stimme gesenkt, als wollte er einen Aufstand anzetteln, den er selbst nicht anführen wollte.

Lisa kannte den Typ. Eine Typ-A-Persönlichkeit … A wie Arschloch. Vielleicht hätte sie besser nicht mit ihm schlafen sollen. Bei der Erinnerung daran schauderte sie. Sie hatten sich in den Staaten miteinander verabredet, nach einer Organisationsbesprechung im Hyatt in Seattle und nach zu vielen Whiskey Sour. Boston Bob war nichts weiter gewesen als ein Hafen, den man bei Sturm anlief ... nicht der erste und wahrscheinlich auch nicht der letzte. Eines aber war sicher: In diesem Hafen würde sie nie wieder vor Anker gehen.

Wahrscheinlich war das der Hauptgrund für seine Aggressivität.

Sie wandte sich ab und überließ es ihrem jüngeren Bruder, die Wogen zu glätten. Josh, ein Bergsteiger mit zehnjähriger Erfahrung, hatte dafür gesorgt, dass sie an einer von ihm betreuten Expedition teilnehmen durfte. Mindestens zweimal im Jahr leitete er Bergsteigerexpeditionen in der ganzen Welt.

Josh Cummings hob die Hand. Er war blond und schlank wie seine Schwester und trug eine schwarze Jeans, die er in die Schäfte seiner Sportstiefel gesteckt hatte, sowie ein graues, ultraleichtes Thermohemd.

Er räusperte sich. »Taski hat den Everest schon zwölfmal bestiegen. Er kennt den Berg und seine Launen. Wenn er sagt, das Wetter ist zu unbeständig, um höher zu steigen, dann verbringen wir eben noch ein paar Tage mit Akklimatisierung und Training. Wer möchte, kann auch mit zwei Führern einen Ausflug zum Rhododendrenwald im unteren Khumbu-Tal unternehmen.«

Jemand hob die Hand. »Wie wäre es mit einem Tagesausflug zum Everest View Hotel? Wir kampieren schon seit sechs Tagen in diesen verdammten Zelten. Gegen ein heißes Bad hätte ich nichts einzuwenden.«

Der Vorschlag stieß auf zustimmendes Gemurmel.

»Ich finde, das ist keine so gute Idee«, sagte Josh. »Das Hotel ist einen Tagesmarsch entfernt, und die Luft in den Räumen wird mit Sauerstoff angereichert, um der Höhenkrankheit vorzubeugen. Das könnte die Anpassung an die Höhenverhältnisse beeinträchtigen und den Aufstieg noch weiter verzögern.«

»Als ob wir nicht schon lange genug gewartet hätten!«, nörgelte Boston Bob.

Josh beachtete ihn nicht. Lisa wusste, dass sich ihr Bruder nicht zu einem riskanten Aufstieg bei ungünstigem Wetter verleiten lassen würde. Trotz des strahlend blauen Himmels konnte sich das Wetter hier in Minutenschnelle ändern. Sie war am Meer aufgewachsen, an der Catalina-Küste. Josh ebenfalls. Dort lernte man, auch dann misstrauisch zu sein, wenn keine Wolken zu sehen waren. Josh war für die Wettervorzeichen vielleicht weniger empfänglich als die Sherpas, doch er hatte Respekt vor ihrem Urteil.

Lisa blickte zu der Schneefahne hoch, die vom Gipfel des Everest wehte. Verantwortlich dafür war der Jetstream, der mit über dreihundert Stundenkilometern über den Gipfel fegte. Die Fahne war unglaublich ausgedehnt. Obwohl der Sturm sich gelegt hatte, spielte der Luftdruck immer noch verrückt. Der Jetstream konnte den Sturm jederzeit wieder beleben.

»Wir könnten wenigstens bis zum Lager Nummer eins aufsteigen«, hakte Boston Bob nach. »Dort biwakieren und abwarten, wie das Wetter wird.«

Die Stimme des Sportartikelmanagers hatte einen quengelnden Unterton angenommen. Sein Gesicht hatte sich gerötet.

Lisa konnte nicht mehr nachvollziehen, was sie an dem Mann einmal gereizt hatte.

Bevor ihr Bruder dem Flegel antworten konnte, wurden sie alle von einem sonderbaren Geräusch abgelenkt. Von einem Wopp-wopp-wopp wie von Trommeln. Alle Blicke richteten sich nach Osten. Vor der gleißend hellen Sonne tauchte ein schwarzer Helikopter auf. Ein hornissenförmiger B-2 Squirrel A-Star Ecuriel. Der Rettungshubschrauber war für diese Höhe gebaut.

Schweigen senkte sich auf die Gruppe der Bergsteiger herab.

Vor einer Woche, kurz bevor der Sturm begonnen hatte, war eine Gruppe an der nepalesischen Seite aufgestiegen. Über Funk hatten sie erfahren, dass sie in Lager zwei biwakierte. In sechseinhalbtausend Metern Höhe.

Lisa beschattete die Augen mit der Hand. Hatte sich ein Unglück ereignet?

Sie kannte die Klinik der Himalaya Rescue Association in Pheriche. Dort wurden alle Krankheiten und Verletzungen behandelt, die von den Berghängen vor die Schwelle des Krankenhauses rollten: Knochenbrüche, Lungenemphyseme und Ödeme, Erfrierungen, Herzbeschwerden, Durchfall, Schneeblindheit und alle möglichen Infektionen, darunter auch Geschlechtskrankheiten. Offenbar waren selbst Chlamydien und Gonokokken entschlossen, den Everest zu besteigen.

Aber was war heute passiert? Sie hatten keinen Notruf empfangen. Aufgrund der dünnen Luft konnte der Helikopter nur geringfügig höher steigen als bis zum Basislager. Das bedeutete, dass Verletzte zunächst aus großer Höhe heruntergeschleppt werden mussten. Oberhalb von siebeneinhalbtausend Metern ließ man die Toten einfach liegen. Im Laufe der Zeit hatten sich die höchsten Hänge des Everest daher in ein Eisgrab voller Ausrüstungsteile, leerer Sauerstoffflaschen und mumifizierter Leichen verwandelt.

Das Rotorengeräusch veränderte sich.

»Sie kommen hierher«, sagte Josh und scheuchte alle zu den sturmfesten Zelten zurück, damit der Helikopter auf der kleinen Freifläche landen konnte.

Der schwarze Hubschrauber senkte sich auf sie herab. Die Rotoren wirbelten Sand und Felssplitter auf. Eine Schokoriegelverpackung flog an Lisas Nase vorbei. Die Gebetsfahnen tanzten und zerrten an den Stangen, die Yaks rannten weg. Nach der tagelangen Stille war der Lärm ohrenbetäubend.

Die Kufen des großen B-2 setzten anmutig auf. Die Türen schwenkten auf. Zwei Männer stiegen aus. Der eine trug eine grüne Tarnuniform und hatte eine Automatikwaffe geschultert, ein Soldat der königlichen nepalesischen Armee. Der andere Mann war größer, trug ein orangerotes Gewand und einen Mantel mit Schärpe, sein Kopf war kahl rasiert. Ein buddhistischer Mönch.

Die beiden kamen näher und sprachen kurz in einem nepalesischen Dialekt mit zwei Sherpas. Es wurde gestikuliert, dann hob der eine Sherpa den Arm.

Er zeigte auf Lisa.

Der Mönch ging voran, der Soldat folgte ihm. Den Fältchen in den Augenwinkeln nach zu schließen war der Mönch Mitte vierzig. Seine Haut hatte die Farbe von Milchkaffee, seine Augen waren dunkelbraun.

Die Hautfarbe des Soldaten war dunkler, die Augen hatte er zusammengekniffen. Er fixierte Lisa in Brusthöhe. Sie hatte den Reißverschluss der Jacke geöffnet, und ihm war offenbar der Sport-BH aufgefallen, den sie unter der Fleeceweste trug.

Der buddhistische Mönch hingegen sah ihr respektvoll entgegen, auch dann noch, als er den Kopf zur Begrüßung neigte. Er sprach ein akkurates Englisch mit britischem Akzent. »Doktor Cummings, bitte entschuldigen Sie die Störung, aber es liegt ein Notfall vor. Von der HRA-Klinik habe ich erfahren, dass Sie Ärztin sind.«

Lisa legte die Stirn in Falten. »Das ist richtig.«

»In einem nahe gelegenen Kloster ist eine mysteriöse Krankheit ausgebrochen, von der nahezu alle Bewohner betroffen sind. Ein Bote, ein Mann aus einem Nachbardorf, wurde losgeschickt und hat nach dreitägigem Fußmarsch das Krankenhaus in Khunde erreicht. Wir wollten zunächst einen der HRA-Ärzte zum Kloster bringen, doch wegen eines Lawinenunglücks ist das Klinikpersonal unabkömmlich. Dr. Sorenson hat uns gesagt, dass Sie hier im Basislager seien.«

Lisa dachte an die kleine kanadische Ärztin. Sie hatten mal einen Abend zusammen verbracht und dabei ein Sixpack Bier und süßen Milchtee getrunken. »Wie kann ich Ihnen helfen?«, fragte sie.

»Wären Sie bereit, mit uns zu kommen? Das Kloster liegt zwar abgeschieden, ist aber mit dem Hubschrauber erreichbar.«

»Wie lange …?«, fragte sie und blickte Josh an. Er hatte sich in der Zwischenzeit zu ihnen gesellt.

Der Mönch schüttelte den Kopf. Er wirkte besorgt und verlegen, weil er ihr Unannehmlichkeiten bereitete. »Der Flug dauert etwa drei Stunden. Ich weiß nicht, wie es dort aussieht.« Ein weiteres bekümmertes Kopfschütteln.

Josh ergriff das Wort. »Wir können heute sowieso nichts mehr unternehmen.« Er berührte Lisa am Ellbogen und beugte sich näher an sie heran. »Aber ich sollte dich begleiten.«

Lisa gefiel sein Vorschlag nicht. Sie konnte durchaus auf sich selber aufpassen. Allerdings hatte man sie darüber informiert, dass die politische Lage in Nepal seit 1996 angespannt war. Maoistische Aufständische führten im Hochland einen Guerillakrieg mit dem Ziel, die konstitutionelle Monarchie zu stürzen und eine sozialistische Republik zu errichten. Ihren Gegnern hackten sie häufig mit Sicheln die Glieder ab – eins nach dem anderen. Obwohl gegenwärtig ein Waffenstillstand herrschte, kam es immer wieder zu Gräueltaten.

Lisa warf einen Blick auf die gut geölte Waffe des Soldaten. Wenn sogar ein Mönch eine bewaffnete Eskorte brauchte, sollte sie das Angebot ihres Bruders vielleicht besser annehmen.

»Ich … ich habe nur eine Erste-Hilfe-Ausrüstung und ein paar Untersuchungsgeräte dabei«, meinte sie zögernd. »Für einen medizinischen Notfall mit zahlreichen Patienten bin ich nicht ausgerüstet.«

Der Mönch nickte und zeigte zum wartenden Helikopter, dessen Rotoren sich noch immer drehten. »Dr. Sorenson hat uns alles für die Notfallversorgung Erforderliche mitgegeben. Wir werden Sie kaum länger als einen Tag beanspruchen. An Bord gibt es ein Satellitentelefon, damit können wir das Ergebnis Ihrer Untersuchungen übermitteln. Vielleicht hat sich die Lage ja schon wieder entspannt, dann könnten Sie zu Mittag bereits wieder hier sein.«

Seine Miene verdüsterte sich. Er glaubte selbst nicht, was er da sagte. In seinem Tonfall schwang Besorgnis mit – und vielleicht auch ein Quäntchen Angst.

Lisa atmete tief ein. Die dünne Luft füllte kaum ihre Lungen. Sie hatte den hippokratischen Eid abgelegt. Außerdem hatte sie schon genug Fotos gemacht. Allmählich wollte sie etwas zu tun bekommen.

Der Mönch sah ihr an, dass sie zu einer Entscheidung gelangt war. »Dann kommen Sie also mit.«

»Ja.«

»Lisa …«, sagte Josh warnend.

»Ich komme schon klar.« Sie drückte seinen Arm. »Du musst hier aufpassen, dass es zu keiner Meuterei kommt.«

Seufzend blickte Josh zu Boston Bob hinüber.

»Also halt die Stellung, bis ich wieder da bin.«

Er sah wieder Lisa an; seine Meinung hatte er nicht geändert, verzichtete jedoch darauf, ihr weiter zuzusetzen. Sein Gesichtsausdruck aber war angespannt. »Pass auf dich auf.«

»Der beste Soldat der königlichen nepalesischen Armee wird mich beschützen.«

Josh warf einen Blick auf die geölte Waffe des Soldaten. »Ebendas bereitet mir Sorge.« Er hatte einen Scherz machen wollen, was ihm jedoch nicht recht gelang.

Lisa wusste, dass sie nicht mehr von ihm erwarten durfte. Sie umarmte ihn rasch und holte ihre Arzttasche aus dem Zelt, dann lief sie auch schon geduckt unter dem drehenden Rotor durch und kletterte auf den Rücksitz des Rettungshubschraubers.

Der Pilot grüßte sie nicht einmal. Der Soldat nahm auf dem Sitz des Kopiloten Platz. Der Mönch, der sich als Ang Gelu vorstellte, setzte sich neben Lisa.

Sie zog schalldämpfende Kopfhörer über die Ohren. Trotzdem hörte sie deutlich den Motorenlärm, als der Rotor schneller zu drehen begann. Der Helikopter ruckte auf den Kufen. Das Heulen ging in den Ultraschallbereich über. Schließlich hob der Hubschrauber ab und gewann rasch an Höhe.

Lisa sank der Magen bis unter den Nabel, als die Maschine über eine Nachbarschlucht schwenkte. Durch das Seitenfenster blickte sie auf die Zelte und die Yaks hinunter. Sie sah ihren Bruder. Er hatte den Arm grüßend erhoben, oder beschattete er lediglich die Augen? Neben ihm stand Taski Sherpa, aufgrund des Cowboyhuts mühelos zu erkennen. Eine Bemerkung des Sherpas folgte ihr in den Himmel, schnitt eiskalt durch ihre Gedanken und Besorgnisse.

Der Wind bringt den Tod.

Kein angenehmer Gedanke.

Der Mönch an ihrer Seite betete lautlos. Er wirkte angespannt, entweder weil er Flugangst hatte oder weil er sich fürchtete vor dem, was sie im Kloster erwartete.

Lisa lehnte sich zurück. Die Worte des Sherpas gingen ihr einfach nicht aus dem Kopf.

Wirklich ein schlechter Tag.

09:13
Höhe: 6775 Meter ü. d. M.

Leichtfüßig bewegte er sich über den von Rissen durchzogenen Boden. Die Steigeisen gruben sich tief in den Schnee und das Eis. Zu beiden Seiten ragten steile Felswände auf, die mit braunen Flechtenpiktogrammen überzogen waren. Die Schlucht stieg an.

Dort oben lag sein Ziel.

Er trug einen einteiligen Daunenanzug mit schwarz-weißer Tarnfärbung. Ein wollener Kopfschützer und die Schneebrille verbargen sein Gesicht. Sein Rucksack wog über zwanzig Kilo, dazu kamen noch die Eisaxt, die an der einen Seite festgeschnallt war, und das aufgerollte Kletterseil an der anderen. Außerdem hatte er ein Heckler-&-Koch-Sturmgewehr dabei, ein Zusatzmagazin für zwanzig Salven und eine Tasche mit neun Brandgranaten.

Trotz der großen Höhe benötigte er keinen zusätzlichen Sauerstoff. Seit vierundvierzig Jahren waren die Berge sein Zuhause. An die Lebensbedingungen des Hochlands war er ebenso gut angepasst wie die Sherpas, doch er sprach ihre Sprache nicht, und sein Blick zeugte von einer anderen Herkunft: Das eine Auge war gletscherblau, das andere reinweiß. Dieses Merkmal machte ihn ebenso unverwechselbar wie die Tätowierung an seiner Schulter. Selbst unter den Sonnenkönigen, den Rittern der Sonne.

Der Knopfhörer in seinem Ohr summte.

»Haben Sie das Kloster schon erreicht?«

Er fasste sich an den Hals. »Ich brauche noch eine Viertelstunde.«

»Von dem Unfall darf nichts nach außen dringen.«

»Ich kümmere mich darum.« Er sprach ruhig und atmete durch die Nase. Die Stimme seines Gesprächspartners klang herrisch, aber auch furchtsam. Welch jämmerliche Schwäche. Das war einer der Gründe, weshalb er das Granitschloss nur selten aufsuchte und sich lieber in dessen Umkreis aufhielt. Das war schließlich sein gutes Recht.

Bislang hatte ihn noch niemand aufgefordert, dem Schloss näher zu kommen.

Sie fragten ihn nur dann um Rat, wenn sie nicht mehr weiterwussten.

Der Knopfhörer gab ein Knacken von sich. »Sie werden das Kloster bald erreicht haben.«

Er sparte sich die Antwort. In der Ferne hörte er dumpfes Rotorengeräusch. Im Kopf stellte er rasch ein paar Berechnungen an. Es bestand kein Grund zur Eile. Die Berge lehrten einen Geduld.

Er kontrollierte seinen Atem und näherte sich weiter der Ansammlung der Steingebäude mit den roten Ziegeldächern. Das Kloster Temp Och lag am Rande einer Felswand und besaß einen einzigen Zugang. Die Mönche und deren Schüler hatten nur selten Grund, sich über den Rest der Welt Gedanken zu machen.

Bis vor drei Tagen.

Da hatte sich der Unfall ereignet.

Seine Aufgabe war es aufzuräumen.

Der Rotorenlärm wurde lauter. Der Hubschrauber näherte sich von unten. Der Mann ging weiter, ohne schneller zu werden. Er hatte viel Zeit. Die Neuankömmlinge mussten erst das Kloster betreten.

Dann wäre es umso leichter, sie alle zu töten.

Aus der Luft betrachtet war die Welt zu einem fotografischen Negativ erstarrt. Eine Studie in Kontrasten. Schwarz- und Weißtöne. Schnee und Gestein. Nebelverhüllte Gipfel und dunkle Schluchten. Die Eisabbrüche und Gletscher funkelten gleißend hell. Wenn man länger hinschaute, bestand Gefahr, schneeblind zu werden.

Lisa hatte die Augen gegen die Helligkeit zusammengekniffen. Wie konnten Menschen in dieser Höhe leben? In einer solch unbarmherzigen Umgebung? Warum suchten die Menschen freiwillig unwirtliche Orte auf, obwohl sie sich das Leben einfacher hätten machen können?

Freilich hatte schon ihre Mutter sie häufig auf diesen Widerspruch aufmerksam gemacht. Wozu diese Extreme? Fünf Jahre auf einem Forschungsschiff, dann ein Jahr Bergsteigerausbildung und Konditionstraining, und jetzt war sie hier in Nepal und bereitete sich auf die Ersteigung des Everest vor. Warum ging sie solche Risiken ein, wo sie es sich doch hätte viel einfacher machen können?

Lisas Antwort auf diese Frage war ganz einfach: *Weil es eine Herausforderung ist.* Hatte nicht George Mallory, die Bergsteigerlegende, auf die Frage, warum er den Everest bestiegen habe, geantwortet: *Weil er da ist*? Natürlich hatte Mallory mit seinem berühmten Ausspruch vor allem einen lästigen Journalisten abwimmeln wollen. Aber waren Lisas Antworten auf die Fragen ihrer Mutter etwa ernsthafter ausgefallen? Was tat sie eigentlich hier oben? Das Alltagsleben bot doch eigentlich schon genug Herausforderungen: Man musste seinen Lebensunterhalt verdienen, fürs Alter vorsorgen, einen Partner finden, Schicksalsschläge verarbeiten, Kinder großziehen.

Lisa schreckte vor diesen Gedanken zurück, denn sie lösten eine Art Angstgefühl bei ihr aus. Ihr war klar, was das bedeutete. *Suche ich das Risiko etwa deshalb, weil ich vor dem wahren Leben flüchte? Ist das der Grund, weshalb so viele Männer in meinem Leben aufgetaucht und wieder verschwunden sind?*

Und jetzt war sie hier. Dreiunddreißig Jahre alt, allein, ohne ernsthafte Bewerber, mit ihrer Forschung als einziger Gesellschaft und einem Ein-Personen-Schlafsack als Bett. Vielleicht sollte sie sich den Kopf kahl rasieren und in eines dieser Bergklöster gehen.

Der Helikopter legte sich schräg, zog nach oben.

Augenblicklich war sie wieder hellwach.

Oh, verdammt …

Lisa hielt den Atem an, als der Hubschrauber dicht über einen scharfen Grat hinwegflog. Die Kufen streiften beinahe die windgepeitschte Eiskante, dann senkte sich die Maschine in die nächste Schlucht hinab.

Lisa löste die verkrampften Finger von der Armlehne. Auf einmal erschien ihr ein Dreizimmerhaus mit zweieinhalb Kindern als gar keine so schlechte Alternative.

Ang Gelu beugte sich neben ihr vor und zeigte zwischen Pilot und Kopilot hindurch nach unten. Das Brüllen der Rotoren verschluckte seine Worte.

Lisa lehnte die Wange ans Türfenster und spähte nach draußen. Das gebogene Plexiglas fühlte sich kalt an. In der Tiefe machte sie einen Farbtupfer aus. Ein Durcheinander von Ziegeldächern. Auf einem Plateau standen acht Steingebäude, an drei Seiten eingerahmt von Achttausendergipfeln und mit einer senkrecht abfallenden Felswand an der vierten Seite.

Das Kloster Temp Och.

Der Helikopter senkte sich jäh auf die Gebäude herab. An einer Seite lag ein terrassenförmiges Kartoffelfeld. An der anderen waren Pferche und Scheunen zu erkennen. Kein Mensch war zu sehen. Niemand kam heraus, um die Besucher zu begrüßen.

Noch bedrohlicher wirkten die Ziegen und blauen Bharalschafe in den Pferchen. Sie bewegten sich nicht. Anstatt in Panik auseinanderzuspritzen, lagen sie mit verdrehten Beinen und unnatürlich gebogenen Hälsen am Boden.

Ang Gelu hatte es ebenfalls bemerkt. Er sank in sich zusammen und suchte Lisas Blick. Was war geschehen? Der Pilot und der Soldat hatten eine Meinungsverschiedenheit. Offenbar wollte der Pilot nicht landen. Der Soldat setzte sich damit durch, dass er die Hand auf den Gewehrkolben legte. Daraufhin machte der Pilot ein finsteres Gesicht und rückte die Sauerstoffmaske auf Nase und Mund zurecht. Nicht weil er an Atemnot litt, sondern aus Angst vor Ansteckung.

Trotzdem gehorchte der Pilot den Befehlen des Soldaten. Er drosselte den Motor und ließ den Helikopter tiefer sinken. Dabei hielt er den größtmöglichen Abstand zu den Pferchen ein und wählte als Landeplatz den Rand der Kartoffelfelder.

Die Felder stiegen wie die Ränge eines Amphitheaters an. Die grünen Sprösslinge waren in säuberlichen Reihen angeordnet. Den Hochlandkartoffelanbau hatten die Briten Anfang des neunzehnten Jahrhunderts eingeführt. Inzwischen gehörte die Kartoffel hier zu den Hauptnahrungsmitteln. Mit einem dumpfen Geräusch setzten die Kufen auf dem steinigen Boden auf und zerquetschten eine Reihe Kartoffelpflanzen. Die anderen Pflanzen wurden vom Luftschwall der Rotoren umhergepeitscht.

Noch immer ließ sich niemand blicken. Lisa dachte an das tote Vieh. Gab es hier überhaupt noch etwas für sie zu tun? Was war geschehen? Im Geiste ging sie verschiedene Krankheitsbilder und die Übertragungswege durch: Nahrungsaufnahme, Inhalation, Kontakt. Oder war die Krankheit ansteckend? Sie brauchte mehr Informationen.

»Vielleicht sollten Sie besser hierbleiben«, sagte Ang Gelu zu Lisa, während er sich losschnallte. »Lassen Sie uns erst einmal im Kloster nachsehen.«

Lisa hob die Arzttasche hoch und schüttelte den Kopf. »Ich habe keine Angst vor den Kranken. Außerdem könnten Fragen auftauchen, die nur ich beantworten kann.«

Ang Gelu nickte und wechselte rasch ein paar Worte mit dem Soldaten, dann öffnete er die hintere Kabinentür. Er kletterte nach draußen und reichte Lisa die Hand.

Ein kalter Wind wehte in die Kabine, verstärkt durch den Rotorenschwall. Lisa streifte die Kapuze des Parkas über. Die Eiseskälte erschwerte ihr das Atmen noch mehr. Vielleicht aber lag es auch an ihrer Angst. Sie hatte tapferer geklungen, als ihr zumute war.

Sie fasste den Mönch bei der Hand. Seine Kraft und seine Wärme spürte sie durch die Fäustlinge hindurch. Er verzichtete darauf, seinen kahl rasierten Kopf zu schützen, als machte ihm die Kälte nichts aus.

Sie kletterte nach draußen und duckte sich. Der Soldat stieg als Letzter aus. Der Pilot blieb in der Kabine. Nachdem er die Maschine wie befohlen gelandet hatte, wollte er seine sichere Zuflucht nicht verlassen.

Ang Gelu schloss die Tür, dann eilten sie über das Kartoffelfeld aufs Kloster zu.

Vom Boden aus wirkten die Steingebäude höher als aus der Luft. Das mittlere Bauwerk hatte drei Stockwerke und ein Pagodendach. Alle Gebäude waren reich verziert. Regenbogenfarbene Wandgemälde rahmten Türen und Fenster ein. Tür- und Fensterstürze waren mit Blattgold geschmückt, von den Dachecken schauten steinerne Drachen und mythische Vögel herab. Überdachte Säulengänge verbanden die einzelnen Gebäude, dazwischen lagen Höfe und abgeschiedene Winkel. Überall gab es Stangen mit hölzernen Gebetsmühlen, übersät mit uralten Schriftzeichen. Bunte Gebetsfahnen zierten die Dachkanten und flatterten im böigen Wind.

Trotz der märchenhaften Umgebung, die an ein verzaubertes Bergschloss denken ließ, wurde Lisa unwillkürlich langsamer. Nichts regte sich. Die meisten Fenster waren geschlossen. Die Stille lastete schwer auf dem Kloster.

Ein eigenartiger Geruch hing in der Luft. Obwohl sie überwiegend in der Forschung tätig war, hatte Lisa in ihrer Zeit als Assistenzärztin auch mit dem Tod Bekanntschaft gemacht. Der Verwesungsgestank ließ sich nicht so leicht vertreiben. Sie hoffte, dass er nur von den toten Tieren auf der anderen Seite des Pavillons

45

herrührte. In Anbetracht der Stille aber hatte sie keine große Hoffnung.

Ang Gelu und der Soldat gingen voran. Lisa hatte Mühe, mit den beiden Männern Schritt zu halten. Sie kamen zwischen zwei Häusern hindurch und wandten sich zum Hauptgebäude.

Auf dem großen Hof lagen wahllos verteilt landwirtschaftliche Geräte herum. Es sah aus, als habe jemand sie gerade eben aus der Hand gelegt. Ein zweirädriger Karren war umgekippt. Das tote Zugtier lag auf der Seite, der Bauch war aufgebläht. Trübe Augen starrten ihnen entgegen. Zwischen den angeschwollenen schwarzen Lippen schaute die Zunge hervor.

Lisa fiel auf, dass weder Fliegen noch andere Abstauber zu sehen waren. Gab es in dieser Höhe überhaupt Fliegen? Sie war sich nicht sicher. Sie musterte den Himmel. Keine Vögel. Kein Laut außer dem Rauschen des Windes.

»Hier entlang«, sagte Ang Gelu.

Der Mönch näherte sich einer Doppeltür, offenbar der Eingang des Haupttempels. Die Tür war unverschlossen und öffnete sich knarrend.

Hinter der Schwelle stießen sie auf das erste Lebenszeichen. Beiderseits des Eingangs brannten ein Dutzend fassförmige Lampen. Sie wurden von Yakbutter gespeist. Hier drinnen war der Leichengestank stärker. Das ließ nichts Gutes ahnen.

Selbst der Soldat schreckte davor zurück, die Schwelle zu übertreten. Er nahm die Automatikwaffe ab und schulterte sie auf der anderen Seite, als wollte er sich damit beruhigen. Der Mönch trat einfach ein. Er rief einen Gruß, der von den Wänden widerhallte.

Lisa folgte Ang Gelu. Der Soldat blieb am Eingang stehen.

Auch das Tempelinnere wurde von Butterlampen erhellt. Gebetsmühlen säumten die Wände, vor der zweieinhalb Meter hohen Buddhastatue aus Teakholz brannten Kerzen und Räucherstäbchen mit Wacholderduft. Hinter dem Buddha waren Götter des Pantheons zu sehen.

Als Lisas Augen sich an das Halbdunkel gewöhnt hatten, bemerkte sie zahlreiche Wandgemälde und kunstvoll geschnitzte Mandalas. Die dargestellten Szenen wirkten in der flackernden Beleuchtung dämonisch. Sie blickte nach oben. An den hohen Deckenbalken hingen mehrere Lampen, alle dunkel und kalt.

Ang Gelu rief erneut.

Irgendwo über ihren Köpfen knarrte etwas.

Das Geräusch ließ sie alle erstarren. Der Soldat schaltete die Taschenlampe ein und leuchtete nach oben. Schatten zuckten, sonst war da nichts.

Abermals knarrten Holzbretter. Jemand bewegte sich auf den Deckenbohlen. Obwohl das an und für sich ein begrüßenswertes Lebenszeichen war, bekam Lisa eine Gänsehaut.

Ang Gelu sagte: »Da oben ist ein kleiner Meditationsraum. Die Treppe befindet sich dort hinten. Ich sehe mal nach. Sie bleiben hier.«

Lisa wäre der Aufforderung gern nachgekommen, doch sie spürte das Gewicht der Arzttasche und die Bürde der Verantwortung. Das Vieh war nicht von Menschenhand gestorben. So viel war sicher. Wenn es einen Überlebenden gab, der schildern konnte, was hier vorgefallen war, dann musste sie mit ihm sprechen.

Sie rückte den Trageriemen auf der Schulter zurecht. »Ich komme mit.«

Trotz ihres entschiedenen Tonfalls ließ sie Ang Gelu vorgehen.

Er trat hinter die Buddhastatue, näherte sich einem überwölbten Durchgang und schob den Brokatvorhang beiseite. Ein kleiner Gang führte tiefer in das Gebäude hinein. Durch die geschlossenen Fensterläden fiel ein wenig Licht in das staubige Halbdunkel. Eine getünchte Wand war zu erkennen.

Bei der verschmierten roten Farbe auf der Wand erübrigte sich eine nähere Untersuchung.

Blut.

Aus einer Türöffnung etwa in der Mitte des Gangs ragten zwei nackte Beine hervor, inmitten einer dunklen Lache. Ang Gelu bedeutete Lisa, sie solle in den Tempel zurückgehen. Sie schüttelte den Kopf und ging an ihm vorbei. Sie rechnete nicht damit, den Mann noch retten zu können. Es war deutlich zu erkennen, dass er tot war. Ihr Forscherinstinkt aber trieb sie vorwärts. Mit fünf Schritten hatte sie die Leiche erreicht.

In Sekundenschnelle erfasste sie die Lage und schreckte zurück.

Beine. Das war alles. Zwei in der Mitte des Oberschenkels abgehackte Beine. Sie spähte in den Raum – in das Schlachthaus. Wie Holzscheite waren in der Mitte Arme und Beine gestapelt.

Dann sah sie die abgetrennten Köpfe, die an der einen Wand säuberlich aufgereiht waren, den Blick nach innen gerichtet, die Augen vor Entsetzen geweitet.

Ang Gelu trat neben sie. Er versteifte sich und murmelte etwas, entweder ein Gebet oder einen Fluch.

Plötzlich regte sich etwas hinter den gestapelten Gliedmaßen. Eine nackte Gestalt mit kahl rasiertem Schädel, blutig wie ein Neugeborenes. Es war einer der Tempelmönche.

Die Gestalt gab ein gutturales Zischen von sich. Wahnsinn strahlte von ihr aus. Die Augen reflektierten das schwache Licht, wie Wolfsaugen bei Nacht.

Der Mann kam auf sie zugeschlurft und schleifte dabei eine etwa einen Meter lange Sichel über den Holzboden. Lisa wich mehrere Schritte in den Gang zurück. Ang Gelu hob beschwichtigend die Hände und versuchte, den Wahnsinnigen zu beruhigen.

»Relu Na«, sagte er. »Relu Na.«

Offenbar kannte er den Mann von einem seiner früheren Besuche her. Dass er dem Nackten einen Namen gab, machte ihn wieder zum Menschen und ließ das Grauen noch furchtbarer erscheinen.

Mit einem durchdringenden Schrei sprang der Mönch seinen Ordensbruder an. Ang Gelu wich der Sichel mühelos aus. Der Mann hatte nicht nur den Verstand verloren, auch seine Koordination war stark beeinträchtigt. Ang Gelu schlang ihm die Arme um den Leib und drückte ihn gegen den Türrahmen.

Lisa reagierte augenblicklich. Sie ließ die Tasche zu Boden gleiten, öffnete einen Reißverschluss und zog einen Metallkasten hervor. Mit dem Daumen öffnete sie den Deckel.

Darin waren Plastikspritzen, bereits gefüllt mit verschiedenen Notfallmedikamenten: Morphium gegen Schmerzen, Adrenalin gegen Anaphylaxie, Lasix gegen Lungenödem. Die Spritzen waren beschriftet, doch Lisa hatte sich die Anordnung eingeprägt. Bei einem Notfall kam es auf jede Sekunde an. Sie nahm die letzte Spritze in der Reihe heraus.

Midazolam, ein Beruhigungsmittel. Wahnvorstellungen und Halluzinationen traten in großer Höhe häufiger auf und mussten bisweilen medikamentös behandelt werden.

Mit den Zähnen riss sie die Hülle von der Spritze ab und stürzte zur Tür.

Ang Gelu hielt den Mann immer noch fest, doch der Mönch schlug um sich und wand sich. Ang Gelus Lippe war aufgeplatzt. Am Hals hatte er Kratzer.

»Halten Sie ihn fest!«, rief Lisa.

Ang Gelu tat sein Bestes – doch als hätte der Wahnsinnige die Absicht der Ärztin geahnt, warf er sich plötzlich vor und biss Ang Gelu in die Wange. Seine Zähne drangen bis zum Knochen vor.

Der Mönch schrie auf, ließ aber nicht locker.

Lisa kam ihm zu Hilfe, rammte dem Wahnsinnigen die Kanüle in den Hals und drückte den Kolben hinunter. »Lassen Sie ihn los!«

Ang Gelu versetzte dem Mann einen Stoß, sodass dieser mit dem Schädel gegen den Türrahmen prallte. Dann traten sie beide zurück.

»Die Wirkung setzt in weniger als einer Minute ein.« Lisa hätte dem Kranken das Mittel lieber intravenös injiziert, doch das war unter den gegebenen Umständen nicht möglich gewesen. Die muskuläre Injektion musste reichen. Sobald der Mann ruhiggestellt war, würde sie ihn besser versorgen können und vielleicht erste Erkenntnisse gewinnen.

Der nackte Mönch fasste sich stöhnend an den Hals. Das Beruhigungsmittel brannte. Er schwankte vor und bückte sich nach der am Boden liegenden Sichel. Dann richtete er sich wieder auf.

Lisa zerrte an Ang Gelus Gewand. »Vorsicht …«

Wumm!

In dem engen Gang war der Gewehrschuss ohrenbetäubend laut. Der Kopf des wahnsinnigen Mönchs explodierte in einem Schauer von Blut und Knochen. Von der Wucht des Treffers wurde er zurückgeschleudert und brach zusammen.

Lisa und Ang Gelu starrten den Schützen entsetzt an.

Der nepalesische Soldat hatte die Waffe noch immer angelegt. Langsam ließ er sie sinken. Ang Gelu schalt ihn in seiner Heimatsprache aus und hätte ihm beinahe die Waffe entrissen.

Lisa kniete nieder und tastete nach dem Puls des Mannes. Nichts. Sie nahm die Leiche in Augenschein. Um die Ursache des Wahnsinns herauszufinden, müsste eine Autopsie mit modernsten Geräten durchgeführt werden. Der Schilderung des Boten nach zu schließen, war er nicht als Einziger erkrankt. Auch andere Mönche mussten mehr oder weniger stark betroffen sein.

Aber was war die Ursache? Hatten die Mönche mit dem Trinkwasser Schwermetalle zu sich genommen, war aus der Erde ein giftiges Gas ausgetreten, oder war das Korn von giftigem Schimmel befallen gewesen? Handelte es sich um ein Virus wie den Ebola-Erreger? Oder um eine unbekannte Form von Rinderwahnsinn? Sie überlegte, ob Yaks von der Rinderseuche befallen wurden. Sie wusste es nicht.

Ang Gelu war wieder neben sie getreten. An der Wange hatte er eine blutige Wunde, doch er beachtete sie nicht. Sein ganzer Schmerz rührte von der Leiche her.

»Er hieß Relu Na Havarshi.«

»Sie kannten ihn.«

Der Mönch nickte. »Er war der Cousin meines Schwagers. Er stammte aus einem kleinen Dorf in Raise. Er war unter den Einfluss maoistischer Rebellen geraten, doch deren Wüten war gegen seine Natur. Deshalb setzte er sich ab. Damit hatte er sein eigenes Todesurteil gesprochen. Ich verschaffte ihm eine Anstellung im Kloster, weil ich glaubte, dass seine ehemaligen Kameraden ihn hier niemals finden würden. Hier fand er die nötige Ruhe, um wieder gesund zu werden – zumindest hoffte ich das. Jetzt muss er seinen eigenen Weg zum Seelenfrieden finden.«

»Es tut mir sehr leid.«

Lisa richtete sich auf. Sie dachte an die im Nebenraum gestapelten Gliedmaßen. Hatte der Wahnsinn einen posttraumatischen Schock ausgelöst und ihn dazu gebracht, seine größten Ängste auszuagieren?

An der Decke knarrte es wieder.

Alle Blicke wandten sich nach oben.

In der Zwischenzeit hatte Lisa ganz vergessen gehabt, was zuvor ihre Aufmerksamkeit erregt hatte. Ang Gelu zeigte zu einer schmalen Treppe neben dem mit einem Vorhang verhüllten Tempeleingang. Die hatte sie bislang übersehen. Eher war es eine Leiter als eine Treppe.

»Ich gehe rauf«, sagte er.

»Wir bleiben alle zusammen«, widersprach Lisa. Sie nahm eine weitere Spritze aus der Tasche und zog vorsichtshalber ein Sedativum auf. Die Spritze behielt sie wie eine Waffe in der Hand. »Sorgen Sie dafür, dass unser Scharfschütze den Finger vom Abzug lässt.«

Der Soldat stieg als Erster die Leiter hoch. Als er sich umgesehen hatte, bedeutete er ihnen nachzukommen. Lisa folgte ihm und gelangte in einen leeren Raum. In einer Ecke waren dünne Kissen gestapelt. Es roch nach Harz und den Räucherstäbchen, die unten im Tempelraum brannten.

Der Soldat zielte mit der Waffe auf eine Holztür an der anderen Seite. Licht fiel über die Schwelle. Bevor sie sich der Tür nähern konnten, wanderte ein Schatten durch das herausdringende Licht.

In dem Raum war jemand.

Ang Gelu trat vor und klopfte.

Das Knarren brach ab.

Er rief etwas. Lisa verstand ihn nicht, doch die Person im Nebenraum anscheinend schon. Holz scheuerte an Holz. Ein Riegel wurde angehoben. Die Tür öffnete sich einen Spalt weit – jedoch nicht weiter.

Ang Gelu legte die flache Hand auf die Tür.

»Seien Sie vorsichtig!«, flüsterte Lisa und krampfte die Hand um die Spritze, ihre einzige Waffe.

Der Soldat tat das Gleiche mit seinem Gewehr.

Ang Gelu drückte die Tür auf. Der dahinter liegende Raum war nicht größer als ein begehbarer Kleiderschrank. An der einen Seite stand ein schmutziges Bett. Auf einem kleinen Beistelltisch brannte eine Öllampe. Ein offener Nachttopf am Fußende des Bettes verbreitete Urin- und Fäkalgestank. Wer immer sich in dem Raum aufhielt, war schon mehrere Tage hier drinnen.

In einer Ecke stand ein alter Mann, der ihnen den Rücken zuwandte. Er trug das gleiche Gewand wie Ang Gelu, doch es war zerrissen und schmutzig. Der Mann hatte den Saum des Gewands am Oberschenkel festgebunden, sodass man seine nackten Beine sah. Er schrieb etwas auf die Wand. Oder vielmehr malte er mit den Fingern.

Mit seinem eigenen Blut.

Auch er war wahnsinnig geworden.

In der anderen Hand hielt er einen Dolch mit kurzer Klinge. An den Beinen hatte er tiefe Schnittverletzungen. Daher stammte das Blut. Auch nach Ang Gelus Eintreten schrieb er weiter.

»Lama Khemsar«, sprach Ang Gelu ihn mit furchtsamer Stimme an.

Lisa trat hinter den Mönch, die Spritze in der Hand. Als Ang Gelu sie ansah, nickte sie ihm zu. Gleichzeitig bedeutete sie dem Soldaten, er solle zurücktreten. Sie wollte vermeiden, dass sich der Vorfall von gerade eben wiederholte.

Lama Khemsar drehte sich um. Seine Gesichtszüge waren erschlafft, seine Augen wirkten glasig und leicht trüb, glänzten aber fiebrig im Lampenschein.

»Ang Gelu«, murmelte der alte Mönch und blickte benommen die vielen hundert Zeilen Schriftzeichen an den vier Wänden an. Mit dem blutigen Finger setzte er seine Arbeit fort.

Ang Gelu trat erleichtert auf ihn zu. Der Vorsteher des Klosters war also noch ansprechbar. Vielleicht konnten sie von ihm ja Aufschluss erhalten. Ang Gelu redete in seiner Heimatsprache auf ihn ein.

Lama Khemsar nickte, ohne sich von seinem blutigen Werk ablenken zu lassen. Lisa betrachtete die Wand, während Ang Gelu dem alten Mönch zuredete. Obwohl sie die Schrift nicht lesen konnte, sah sie, dass sich die gleiche Zeichengruppe unablässig wiederholte.

Da sie den Eindruck hatte, das müsse etwas bedeuten, holte sie mit einer Hand die Kamera aus der Tasche. Aus der Hüfte peilte sie die Wand an und machte eine Aufnahme. Dabei vergaß sie, den Blitz auszustellen.

Für einen Moment wurde es blendend hell.

Der alte Mann schrie auf. Mit gezücktem Dolch drehte er sich um und fuchtelte damit herum. Ang Gelu wich erschreckt zurück. Er aber war gar nicht das Ziel gewesen. Lama Khemsar sprudelte voller Entsetzen ein paar Worte hervor, dann schnitt er sich die Kehle durch. Eine rote Linie verwandelte sich in einen pulsierenden Strom. Die Klinge hatte die Luftröhre durchtrennt. Während stoßweise Blut aus der Wunde spritzte, tat der Mönch seine letzten Atemzüge.

Ang Gelu sprang vor und schlug ihm den Dolch aus der Hand. Er umfasste Lama Khemsar, ließ ihn auf den Boden gleiten und stützte ihn. Blut strömte auf Ang Gelus Gewand, seine Arme und seinen Schoß.

Lisa ließ Kamera und Tasche fallen und eilte zu dem Verletzten.

Ang Gelu bemühte sich, die Blutung zu stillen, doch es war aussichtslos.

»Helfen Sie mir, ihn auf den Boden zu legen«, sagte Lisa. »Ich muss intubieren …«

Ang Gelu schüttelte abwehrend den Kopf. Er wusste, dass es hoffnungslos war. Zärtlich wiegte er den alten Lama. Sein röchelnder Atem hatte bereits aufgehört. Lama Khemsar war bereits vom Alter, vom Blutverlust und wegen Flüssigkeitsmangel geschwächt gewesen.

»Es tut mir leid«, sagte Lisa. »Ich wollte nur …« Sie zeigte auf die Wände. »Ich dachte, das wäre vielleicht wichtig.«

Ang Gelu schüttelte den Kopf. »Das ist Unsinn. Das Gekritzel eines Wahnsinnigen.«

Da Lisa nicht wusste, was sie sonst tun sollte, und um sich von ihrem schlechten Gewissen abzulenken, packte sie das Stethoskop aus und schob es unter das Gewand des Toten. Kein Herzschlag. Dafür ertastete sie auf der Brust eine verschorfte Wunde. Behutsam schob sie den Stoff beiseite.

Ang Gelu atmete scharf ein.

Offenbar waren die Wände nicht das einzige Medium gewesen, das Lama Khemsar bearbeitet hatte. Auch auf die Brust hatte er sich, wahrscheinlich mit demselben Dolch, mit dem er sich getötet hatte, ein Zeichen eingeritzt. Im Unterschied zu den Schriftzeichen an der Wand lag die Bedeutung des verdrehten Kreuzes auf der Hand.

Ein Hakenkreuz.

Auf einmal wurde der Tempel von einer Explosion erschüttert.

Er erwachte voller Angst.

Ein Donnergrollen hatte ihn aus der fiebrigen Dunkelheit aufschrecken lassen. Nein, kein Donner. Eine Explosion. Putz rieselte von der niedrigen Decke. Vollkommen orientierungslos setzte er sich auf und versuchte, sich in Zeit und Raum zu verankern. Das Zimmer drehte sich um ihn. Er tastete an sich hinunter, warf eine schmutzige Wolldecke ab. Er lag auf einer eigenartigen Pritsche und war lediglich mit einem Lendenschurz aus Leinen bekleidet. Er hob den Arm, zitterte. Im Mund hatte er Kleistergeschmack. Trotz des Halbdunkels im Raum schmerzten ihn die Augen. Ein Krampf lief durch seinen Körper.

Er hatte keine Ahnung, wo er sich befand. Er wusste nicht einmal das Datum.

Er setzte die Füße auf den Boden und versuchte aufzustehen. Keine gute Idee. Es wurde wieder schwarz um ihn. Er sackte zusammen und wäre ohnmächtig geworden, hätte ihn nicht ein plötzlicher Feuerstoß aufschrecken lassen. Ein Schnellfeuergewehr. Ganz in der Nähe.

Mit größerer Entschlossenheit als zuvor versuchte er erneut, sich aufzurichten. Als er zur Tür wankte, sich mit den Armen dagegenstützte und den Knauf drehte, kehrte seine Erinnerung allmählich zurück.

Abgeschlossen.

09:57

»Das war der Helikopter«, sagte Ang Gelu. »Jemand hat ihn zerstört.«

Lisa stand neben dem hohen Fenster. Als die Explosion verhallt war, hatten sie die Fensterläden weit geöffnet. Der Soldat hatte auf dem Hof eine Bewegung wahrzunehmen gemeint und blindlings eine Salve abgefeuert.

Das Feuer wurde nicht erwidert.

»Könnte das nicht der Kopilot gewesen sein?«, fragte Lisa. »Vielleicht gab es ja ein Problem mit dem Motor, und er hat sich ins Kloster geflüchtet.«

Der Soldat behielt seinen Posten am Fenster bei. Er hatte den Gewehrschaft auf die Fensterbank gestützt und schwenkte den Lauf suchend umher.

Ang Gelu zeigte auf die vom Kartoffelfeld aufsteigende Qualmwolke. Genau an der Stelle stand der Helikopter. »Ich glaube nicht, dass das ein Unfall war.«

»Was sollen wir jetzt tun?«, fragte Lisa. Hatte vielleicht einer der wahnsinnigen Mönche den Hubschrauber in die Luft gejagt? Sie dachte an den Verrückten, der mit der Sichel herumgefuchtelt hatte, und an die Selbstverstümmelung des anderen Mönchs …

»Wir müssen von hier verschwinden«, sagte Ang Gelu.

»Aber wohin?«

»Einen Tagesmarsch entfernt gibt es ein paar kleine Dörfer und Gehöfte. Um herauszufinden, was hier vorgegangen ist, sind mehr als drei Leute erforderlich.«

»Was ist mit den anderen Mönchen? Vielleicht sind ja nicht alle so krank wie der Cousin Ihres Schwagers. Sollten wir nicht wenigstens versuchen, ihnen zu helfen?«

»Zunächst einmal bin ich um Ihre Sicherheit besorgt, Dr. Cummings. Außerdem müssen wir die Behörden verständigen.«

»Aber was ist, wenn der Krankheitserreger ansteckend ist? Dann würden wir ihn nur noch weiter verbreiten.«

Der Mönch betastete seine verletzte Wange. »Jetzt, da der Helikopter zerstört ist, haben wir keinen Kontakt mehr zur Außenwelt. Wenn wir hierbleiben, werden wir ebenfalls sterben … und niemand erfährt davon.«

Das Argument überzeugte sie.

»Solange wir nicht mehr wissen, sollten wir den Kontakt mit anderen Personen nach Möglichkeit einschränken«, fuhr er fort. »Wir holen Hilfe, halten aber einen Sicherheitsabstand ein.«

»Kein Körperkontakt«, murmelte Lisa.

Der Mönch nickte. »Die Informationen, die wir zu übermitteln haben, sind das Risiko wert.«

Lisa nickte zögernd. Sie blickte zu der schwarzen Rauchsäule hinüber, die in den blauen Himmel stieg. Einer aus ihrer Gruppe war wahrscheinlich schon tot. Die Gesamtzahl der Opfer lag völlig im Dunkeln. Die Explosion hatte die Überlebenden vielleicht alarmiert. Wenn sie sich in Sicherheit bringen wollten, mussten sie sich beeilen.

»Also los«, sagte sie.

Ang Gelu erteilte dem Soldaten in scharfem Ton Anweisungen. Der Mann gab daraufhin seinen Posten am Fenster auf, behielt die Waffe aber im Anschlag.

Lisa warf einen letzten besorgten Blick auf den toten Mönch. Hatten sie sich bereits angesteckt? Als sie hinter den beiden Männern aus dem Raum trat und die Leiter hinunterkletterte, schätzte sie unwillkürlich ihren eigenen körperlichen Zustand ein. Sie hatte einen trockenen Mund, ihre Kiefermuskeln schmerzten, und das Herz klopfte ihr bis zum Hals. Aber das waren doch wohl nur Anzeichen von Angst? Eine ganz normale, unwillkürliche Fluchtreaktion. Sie fasste sich an die Stirn. Feucht, aber kein Fieber. Sie atmete tief durch, um sich zu beruhigen. Sie durfte jetzt nicht durchdrehen. Selbst wenn der Krankheitserreger ansteckend war, betrug die Inkubationszeit sicherlich mehr als eine Stunde.

Sie schritten durch den Haupttempel mit der Buddhastatue und den Nebengöttern. Durch den Eingang fiel gleißend heller Sonnenschein.

Ihre bewaffnete Eskorte spähte eine volle Minute lang auf den Hof hinaus, dann bedeutete ihnen der Soldat, die Luft sei rein. Alles wirkte ruhig.

Doch die Ruhe war trügerisch …

Plötzlich wurde das gegenüberliegende Gebäude von einer zweiten Explosion erschüttert. Lisa, die dem Eingang den Rücken zuwandte, wurde von der Druckwelle zu Boden geschleudert. Sie zog den Kopf ein, rollte sich über die Schulter ab und blickte sich um.

Dachziegel flogen inmitten von lodernden Flammen in den Himmel. Zwei Feuerbälle brachen aus den Fenstern, die Tür splitterte und spuckte ebenfalls Qualm und Feuer. Eine glühend heiße Hitzewelle rollte über sie hinweg.

Der Soldat, der weiter vorn gestanden hatte, war auf den Rücken geschleudert worden. Die Waffe hielt er nurmehr am Lederriemen. Während Trümmerteile herabregneten, rappelte er sich wieder hoch.

Ang Gelu hatte sich bereits aufgerichtet und reichte Lisa die Hand.

Das war sein Pech.

Ein Schuss durchschnitt das Klirren der herabfallenden Dachziegel und das Tosen der Flammen. Die obere Kopfhälfte des Mönchs wurde einfach abrasiert.

Ihre bewaffnete Eskorte war diesmal daran unschuldig.

Die Waffe am Lederriemen haltend rannte der Mann durch die herabregnenden Trümmerteile. Den Schuss hatte er anscheinend nicht gehört, doch als Ang Gelu zusammenbrach, weiteten sich seine Augen. Instinktiv warf er sich nach rechts und ging hinter dem Nebengebäude in Deckung. In seiner Panik schrie er Lisa etwas Unverständliches zu.

Lisa robbte zum Tempeleingang zurück. Eine Kugel prallte vom steinigen Boden ab. Dicht bei ihren Zehen. Sie warf sich über die Schwelle ins dunkle Innere des Tempels.

Sie duckte sich hinter eine Ecke und beobachtete, wie der Soldat dicht an der Wand entlangschlich, um nicht von dem Heckenschützen getroffen zu werden. Lisa vergaß zu atmen. Mit weit aufgerissenen Augen musterte sie die Dächer, die Fenster. Wer hatte Ang Gelu erschossen?

Auf einmal sah sie ihn.

Ein Schatten rannte durch den Qualm, der aus dem gegenüberliegenden Gebäude quoll. Etwas Metallisches blitzte im Flammenschein auf. Eine Waffe. Der Heckenschütze hatte seine ursprüngliche Position verlassen.

In der Hoffnung, dass die Qualmwolken ihr Deckung geben würden, trat Lisa wieder ins Freie. Sie rief den Soldaten an und winkte. Er bewegte sich mit dem Rücken zur Wand auf ihren Standpunkt am Haupttempel zu. Sein Blick und der Lauf seiner Waffe zielten zur Dachkante hoch. Den Heckenschützen hatte er nicht gesehen.

Lisa rief ihn erneut an: »Weg da!« Sie sprach seine Sprache nicht, doch die Panik war ihr offenbar anzumerken. Ihre Blicke trafen sich. Sie winkte ihn zu sich herüber. Gestikulierend versuchte sie ihm klarzumachen, dass der Heckenschütze weggerannt war. Aber wohin war er verschwunden? War er schon wieder in Schussposition?

»Lauf!«, schrie sie.

Der Soldat tat einen Schritt auf sie zu. Als über seiner Schulter etwas aufblitzte, wurde Lisa ihr Irrtum bewusst. Der Heckenschütze hatte gar keine neue Schussposition gesucht. Hinter einem Fenster des Nachbargebäudes tanzten Flammen. Eine weitere Brandbombe.

O Gott ...

Die Druckwelle traf den Soldaten unvorbereitet. Hinter ihm wurde die Tür nach außen gedrückt. Er wurde von zahllosen brennenden Splittern durchbohrt, hochgehoben und auf den Hof geschleudert. Er landete auf dem Bauch, rutschte noch ein Stück weiter und blieb reglos liegen.

Er rührte sich nicht einmal dann, als seine Kleidung Feuer fing.

Lisa zog sich wieder in den Haupttempel zurück und wandte sich zum Hinterausgang. Sie rannte hindurch und gelangte wieder auf den schmalen Gang. Sie hatte keinen Plan und konnte keinen klaren Gedanken fassen.

Eines aber war sicher. Der Mann, der Ang Gelu und ihre Eskorte ermordet hatte, war kein wahnsinniger Mönch. Dazu war er zu kaltblütig und berechnend vorgegangen.

Jetzt war sie ganz auf sich allein gestellt.

Auf dem schmalen Gang machte sie die blutige Leiche Relu Nas aus. Ansonsten war nichts Auffälliges zu erkennen. Wenn sie die Sichel des Toten an sich nähme ... dann hätte sie zumindest eine Waffe ...

Sie trat auf den Gang.

Plötzlich tauchte hinter ihr eine Gestalt auf. Ein nackter Arm legte sich ihr um den Hals. Eine raue Stimme brüllte ihr ins Ohr: »Keine Bewegung.«

Lisa, die sich nicht gern Vorschriften machen ließ, rammte dem Angreifer den Ellbogen in den Bauch.

Der Mann stöhnte auf und ließ sie los. Er taumelte gegen den Brokatvorhang, riss ihn aus der Befestigung und fiel auf den Rücken.

Lisa fuhr herum und duckte sich fluchtbereit.

Der Mann trug einen Lendenschurz. Seine Haut war sonnengebräunt, aber stellenweise vernarbt. Das glatte, schwarze, wirre Haar fiel ihm ins Gesicht. Aufgrund seines muskulösen Körperbaus und seiner breiten Schultern hatte er mehr Ähnlichkeit mit einem Nordamerikaner als mit einem tibetischen Mönch.

Vielleicht lag das aber auch nur am Lendenschurz.

»Wer sind Sie?«, fragte Lisa.

»Painter«, krächzte er. »Painter Crowe.«

2

Darwins Bibel

16. Mai
06:05
Kopenhagen, Dänemark

Welcher Zusammenhang bestand zwischen Buchläden und Katzen?

Als Commander Grayson Pierce das Hotel am Nyhavn verließ, zermalmte er eine weitere Claritin-Tablette zwischen den Zähnen. Seine gestrigen Nachforschungen hatten ihn in ein halbes Dutzend Buchläden geführt. Anscheinend hatten sich in jedem Laden ganze Kolonien dickfelliger Feliden eingenistet, die sich auf den Theken rekelten und in den mit Staub und modrigen Ledereinbänden gefüllten Regalen hockten.

Jetzt musste er ständig niesen. Vielleicht bekam er aber auch nur eine Erkältung. Der Frühling in Kopenhagen war so feucht und kalt wie der Winter in Neuengland. Er hatte zu wenig warme Sachen eingepackt.

Er trug einen Pullover, den er in einer überteuerten Boutique nahe dem Hotel erstanden hatte. Der Rollkragen war aus gerippter, ungefärbter Merinowolle. Und er juckte. Aber er schützte gegen die morgendliche Kälte. Obwohl es bereits seit einer Stunde hell war, deutete die kalte Sonne am schiefergrauen Himmel nicht darauf hin, dass es heute wärmer werden würde. Er kratzte sich am Hals und wandte sich zum Hauptbahnhof.

Sein Hotel lag an einem der Kanäle, welche die Stadt durchzogen. Bunt bemalte Häuser – Geschäfte, Kneipen, Wohnhäuser – säumten den Kanal und erinnerten Gray an Amsterdam. Alle möglichen Boote lagen am Ufer vertäut: alte Schaluppen mit niedriger Reling, bunte Ausflugsboote, imposante Holzsegler, funkelnde weiße Yachten. Das Ganze wirkte wie eine schwimmende Hochzeitstorte. Trotz der frühen Stunde schlenderten bereits mit Kameras behängte Touristen am Kai entlang oder bezogen an den Brückengeländern Posten und knipsten, was das Zeug hielt.

Gray überquerte die steinerne Brücke und folgte ein Stück weit dem Kanalufer, dann blieb er stehen und lehnte sich an die Begrenzungsmauer aus rotem Backstein. Sein Spiegelbild im ruhigen Wasser ließ ihn stutzen. Einen Moment lang schaute ihn sein Vater an; das pechschwarze glatte Haar hing ihm in die blauen Augen, eine krumme Kerbe teilte das Kinn, die Gesichtsflächen bildeten scharfe Winkel, die an seine walisische Herkunft erinnerten. Ja, er war seines Vaters Sohn. Das war Gray allerdings ein wenig zu spät klar geworden, und das damit einhergehende Bedauern hatte ihn heute Nacht wach gehalten.

Was hatte er sonst noch von seinem Vater geerbt?

Zwei schwarze Schwäne glitten vorbei. Die Wasseroberfläche kräuselte sich, das Spiegelbild löste sich auf. Die Schwäne schwammen zur Brücke, verdrehten ihre langen Hälse und spähten unbekümmert umher.

Gray nahm sich an ihnen ein Beispiel. Er richtete sich auf und tat so, als wolle er die am Ufer liegenden Boote fotografieren, beobachtete aber stattdessen die Brücke, die er soeben überquert hatte. Er hielt Ausschau nach Spaziergängern, nach bekannten Gesichtern, nach Verdächtigen. Einen Vorteil hatte es, nahe beim Kanal zu wohnen. Die Brücken stellten Engpässe dar, die irgendwann jeder passieren musste. Davor konnte sich niemand drücken. Er beobachtete die Brücke eine volle Minute lang, prägte sich Gesichter und Gangarten der Passanten ein, dann ging er zufrieden gestellt weiter.

Bei einem so unbedeutenden Auftrag wie diesem wirkte seine Angewohnheit, die Menschen zu beobachten, etwas paranoid, doch der Anhänger, den er um den Hals trug, erinnerte ihn ständig daran, wie wichtig es war, die Augen offen zu halten: An dem Kettchen war ein kleiner silberner Drache befestigt. Der Anhänger war das Geschenk einer Agentin von der anderen Seite. Er trug ihn stets bei sich, als Mahnung, wachsam zu sein.

Als er sich wieder in Bewegung setzte, vibrierte es auf einmal in seiner Hosentasche. Er nahm das Handy heraus und klappte es auf. Wer rief ihn wohl zu dieser frühen Stunde an?

»Hier Pierce«, sagte er.

»Gray. Schön, dass du dich meldest.«

Die sanfte, vertraute Stimme tat ihm wohl. Ein Lächeln milderte seine harten Züge. »Rachel …?« Er blieb stehen. »Ist bei dir alles in Ordnung?«

Rachel Verona war der Hauptgrund, weshalb Gray diesen Auftrag, der ihn über den Atlantik nach Dänemark geführt hatte, selbst übernommen hatte. Eigentlich hätte er auch einen x-beliebigen untergeordneten Ermittler von Sigma damit betrauen können, doch der Auftrag gab ihm Gelegenheit, die gut aussehende, dunkelhaarige Offizierin der italienischen Carabinieri wiederzutreffen. Sie hatten sich vor einem Jahr in Rom bei einer gemeinsamen Ermittlung kennengelernt. Seitdem hatten sie jede Gelegenheit genutzt, sich zu treffen. Ihr Job hielt sie in Europa fest, während er aufgrund seiner Anstellung bei Sigma nur selten von Washington fortkam. Die letzte Begegnung lag bereits acht Wochen zurück.

Was viel zu lange war.

Gray dachte an das letzte Treffen, das in einem venezianischen Palazzo stattgefunden hatte. Rachel hatte in der offenen Balkontür gestanden, von der untergehenden Sonne mit blutrotem Licht übergossen. Den ganzen Abend hatten sie im Bett verbracht. Die Erinnerungen stürzten auf ihn ein: ihre nach Zimt und Schokolade schmeckenden Lippen, der intensive Duft ihres feuchten Haars, ihr heißer Atem an seinem Hals, das leise Stöhnen, der Rhythmus ihrer ineinander verschlungenen Leiber, die weiche Seide an seiner Haut …

Hoffentlich hatte sie daran gedacht, den schwarzen Teddy einzupacken.

»Mein Flug wurde verschoben«, unterbrach Rachel seine Träumereien.

»Was?« Er straffte sich, vermochte seine Enttäuschung nicht zu verhehlen.

»Ich wurde auf einen KLM-Flug umgebucht. Die Maschine landet erst um zweiundzwanzig Uhr.«

Er legte die Stirn in Falten. Das bedeutete, er musste die Reservierung für das Abendessen im St.-Gertruds-Kloster stornieren, in dessen mittelalterlichem Klostergewölbe ein Restaurant mit Kerzenbeleuchtung untergebracht war. Dabei hatte er eine ganze Woche im Voraus buchen müssen.

»Tut mir leid«, sagte Rachel in sein Schweigen hinein.

»Ist schon in Ordnung. Solange du nur herkommst. Nur darauf kommt es an.«

»Ich weiß. Du fehlst mir so.«

»Du mir auch.«

Gray schüttelte den Kopf über seine lahme Erwiderung. Sein Herz war übervoll, doch er fand keine Worte. Woran lag das nur? Jedes Mal, wenn sie sich trafen, mussten sie zunächst eine gewisse Förmlichkeit überwinden, eine Art Befangenheit. Während er sich vorher immer ausmalte, dass sie sich auf der Stelle in die Arme fallen würden, sah die Realität ganz anders aus. Sie umarmten sich zwar, küssten sich, sagten die richtigen Dinge, doch es dauerte Stunden, bis sie ihrer beider Leben, das sich auf verschiedenen Seiten des Atlantiks abspielte, wieder in Einklang gebracht hatten. Vor allem aber waren sie bemüht, ihren Rhythmus wiederzufinden und die unter der Herzlichkeit lodernde Leidenschaft zu wecken.

Und jedes Mal fürchtete Gray, die Leidenschaft könnte in der Zwischenzeit erloschen sein.

»Wie geht es deinem Vater?«, leitete Rachel den Tanz ein.

Er ging bereitwillig auf die Ablenkung ein, auch wenn ihm das Thema nicht unbedingt behagte. Zumindest aber hatte er gute

Neuigkeiten zu vermelden. »Eigentlich geht es ihm recht gut. Die Symptome haben sich in letzter Zeit stabilisiert. Die Verwirrtheitszustände treten nur noch gelegentlich auf. Meine Mutter glaubt, die Verbesserung sei dem Curry zuzuschreiben.«

»Curry? Meinst du die Gewürzmischung?«

»Genau. Sie hat einen Artikel über Kurkumin gelesen, den im Curry enthaltenen gelben Farbstoff, der antioxidative und entzündungshemmende Eigenschaften hat. Der soll angeblich dazu beitragen, die Amyloid-Plaques im Gehirn abzubauen.«

»Klingt vielversprechend.«

»Deshalb würzt meine Mutter neuerdings alles mit Curry. Sogar das morgendliche Rührei. Im ganzen Haus riecht es jetzt wie in einem indischen Restaurant.«

Rachels Lachen hellte den trüben Morgen auf. »Schön, dass sie überhaupt etwas kocht.«

Seine Mutter, Professorin für Biologie an der George Washington University, war berüchtigt für ihre hausfraulichen Fähigkeiten. Nachdem Grays Vater vor fast zwei Jahrzehnten bei einem Betriebsunfall arbeitsunfähig geworden war, hatte sie sich notgedrungen auf ihre eigene Karriere konzentriert. Jetzt hatte die Familie mit einem neuen Problem zu kämpfen: mit der Alzheimererkrankung seines Vaters. Vor kurzem hatte seine Mutter sich von der Uni beurlauben lassen, um sich besser um ihren Mann kümmern zu können. Jetzt aber sprach sie davon, die Arbeit wieder aufzunehmen. Da sich die häusliche Situation entspannt hatte, war Gray guten Gewissens für ein paar Tage von Washington D. C. nach Kopenhagen geflogen.

Ehe er auf Rachels Bemerkung etwas erwidern konnte, meldete sein Handy einen weiteren Anruf. Er warf einen Blick auf die im Display angezeigte Nummer. *Mist …*

»Rachel, ich bekomme gerade einen Anruf vom Hauptquartier, den muss ich entgegennehmen. Tut mir leid.«

»Gut, dann mach ich Schluss.«

»Warte, Rachel. Ich brauche noch deine neue Flugnummer.«

»KLM vier-null-drei.«

»Verstanden. Dann bis heute Abend.«

»Bis heute Abend«, sagte sie, bevor es Klick machte.

Gray nahm den anderen Anruf entgegen. »Hier Pierce.«

»Commander Pierce.« Mit seinem abgehackten Neuenglandak-
zent gab sich der Anrufer sogleich als Logan Gregory zu erkennen, der Painter Crowe unterstellte Zweite in der Befehlskette der
Sigma Force. Der sachliche Logan machte nicht gern viele Worte.

»Wir haben Neuigkeiten zu vermelden, die vielleicht in Verbindung mit Ihrem Kopenhagen-Auftrag stehen. Interpol meldet ein
rapide gestiegenes Interesse an der heutigen Auktion.«

Gray hatte soeben eine weitere Brücke überquert. Er blieb abermals stehen. Vor zehn Tagen hatte eine Datenbank der National
Security Agency eine Reihe von Schwarzmarktverkäufen signa-
lisiert, die historische Dokumente aus dem Besitz von Wissenschaftlern des viktorianischen Zeitalters betrafen. Jemand sammelte Manuskripte, Abschriften, Urkunden, Briefe und Tagebü-
cher von teilweise zweifelhafter Herkunft. Normalerweise hätte
sich die Sigma Force, die vor allem mit der nationalen Sicherheit
befasst war, kaum dafür interessiert, doch die Datenbank der NSA
hatte einige der Transaktionen terroristischen Vereinigungen zu-
geordnet. Die Geldströme solcher Organisationen wurden ständig
überwacht.

Trotzdem ergab es keinen Sinn. Derartige historische Dokumente stellten zwar einen wachsenden Markt für spekulative Inves-
toren dar, gehörten aber eigentlich nicht zum Tätigkeitsfeld terro-
ristischer Organisationen. Andererseits änderten sich die Zeiten.

Jedenfalls hatte man die Sigma Force gebeten, Nachforschungen
zu den beteiligten Personen anzustellen. Gray hatte den Auftrag,
Hintergrundinformationen über die Auktion zu sammeln, die heute Nachmittag für geladene Bieter stattfinden sollte. Das schloss
Recherchen zu den besonders interessanten Objekten, von denen
einige von hiesigen Sammlern und Antiquariaten beigesteuert wurden, mit ein. Deshalb hatte er in den vergangenen zwei Tagen die

staubigen Buchläden und Antiquariate in den engen Gassen von Kopenhagen aufgesucht. Besonders aufschlussreich war der Besuch in einem Laden am Højbro Plads gewesen, der einem ehemaligen Rechtsanwalt aus Georgia gehörte. Gray hatte sich von ihm entsprechend präparieren lassen. Jetzt wollte er den Auktionsort in Augenschein nehmen und ein paar Minikameras zur Beobachtung der Ein- und Ausgänge installieren. Ein unbedeutender Auftrag, aber wenn sich die Datenbank mit Randfiguren des Kriegs gegen den Terror erweitern ließ, umso besser.

»Was ist denn los?«, fragte Gray.

»Ein neues Objekt ist aufgetaucht. Es hat das Interesse gleich mehrerer Akteure geweckt. Eine alte Bibel. Wurde soeben aus Privatbesitz angeboten.«

»Und was ist daran so aufregend?«

»Der Katalogbeschreibung zufolge hat die Bibel ursprünglich Darwin gehört.«

»*Charles Darwin*, dem Begründer der Evolutionstheorie?«

»Genau.«

Gray klopfte mit dem Knöchel gegen die steinerne Brüstung. Schon wieder ein Wissenschaftler des viktorianischen Zeitalters. Während er sich das Gehörte durch den Kopf gehen ließ, behielt er die nächste Brücke im Auge.

Eine junge Frau mit einer dunkelblauen Trainingsjacke und übergezogener Kapuze fiel ihm ins Auge. Sie war siebzehn … höchstens achtzehn. Ein glattes Gesicht, die Hautfarbe ähnelte verbranntem Karamell. Aus Indien? Pakistan? Er konnte nur erkennen, dass sie das lange schwarze Haar zu einem Zopf geflochten hatte, der seitlich unter der Kapuze hervorschaute. Links hatte sie einen grünen, zerschlissenen Rucksack geschultert, mit dem sie wie eine typische Touristin wirkte.

Gray aber kannte die junge Frau irgendwoher. Über eine Entfernung von fünfzig Metern hinweg trafen sich ihre Blicke. Sie wandte sich zu schnell wieder ab. Zu betont nachlässig.

Sie verfolgte ihn.

Logan fuhr fort: »Ich habe die Adresse des Verkäufers in die Datenbank Ihres Handys geladen. Die Zeit sollte ausreichen, um vor Auktionsbeginn mit dem Besitzer zu sprechen.«

Gray las die eingeblendete Adresse vom Display ab und tippte auf den Stadtplan. Acht Nebenstraßen weiter, an die Strøget angrenzend, lag die große Fußgängerzone, die das Zentrum von Kopenhagen durchzog. Gar nicht weit.

Vorher aber …

Aus den Augenwinkeln behielt Gray die sich im Kanal spiegelnde Brücke im Auge. Er beobachtete in dem sich wellenden Spiegel, wie die junge Frau im vergeblichen Versuch, ihr Gesicht zu verdecken, den Rucksack weiter auf die Schulter zog.

Hatte sie gemerkt, dass ihre Tarnung aufgeflogen war?

»Commander Pierce?«, sagte Logan.

Die junge Frau hatte das Ende der Brücke erreicht und verschwand in einer Nebenstraße. Er wartete ab, ob sie vielleicht wieder zum Vorschein kam.

»Commander Pierce, haben Sie die Adresse bekommen?«

»Ja. Ich kümmere mich drum.«

»Ausgezeichnet.« Logan legte auf.

Ans Brückengeländer gelehnt musterte Gray die Umgebung und wartete darauf, dass entweder die junge Frau oder irgendein Komplize auftauchte. Auf einmal bedauerte er, die Glock Kaliber 9 mm im Hotel gelassen zu haben. Im Auktionskatalog war jedoch ausdrücklich darauf hingewiesen worden, dass alle Teilnehmer abgetastet werden würden und einen Metalldetektor zu passieren hätten. Grays einzige Waffe war ein Messer aus karbonisiertem Plastik, das im Stiefelschaft steckte. Das war auch schon alles.

Er wartete.

Während die Stadt allmählich erwachte, wurde der Fußgängerverkehr dichter. Hinter ihm füllte ein abgezehrter Ladenbesitzer Verkaufskästen mit Eis und legte verschiedene Fische hinein: Seezunge, Klippfisch, Aal und den unverzichtbaren Hering.

Der Geruch vertrieb ihn schließlich von seinem Beobachtungsposten am Kanal. Im Gehen sah er sich jedoch immer wieder über die Schulter um.

Vielleicht war er ja ein bisschen paranoid, doch in seinem Beruf waren solche Neurosen eher von Vorteil. Er betastete den Drachenanhänger und ging weiter.

Nachdem er ein paar Nebenstraßen gequert hatte, fühlte er sich sicher genug, um einen Notizblock aus der Tasche zu ziehen. Auf dem obersten Blatt waren ein paar interessante Gegenstände aufgeführt, die heute versteigert werden sollten.

1. Eine Ausgabe von Gregor Mendels Arbeit über Vererbung aus dem Jahr 1865.

2. Zwei Physikbücher Max Plancks: *Thermodynamik* aus dem Jahr 1897 und *Theorie der Wärmestrahlung* von 1906, beide handsigniert.

3. Das Tagebuch des Botanikers Hugo de Vries von 1901, das sich mit Pflanzenmutationen befasste.

Gray hatte gestern so viele Informationen wie möglich zu diesen Objekten zusammengetragen. Er notierte ein weiteres Objekt.

4. Charles Darwins Familienbibel.

Gray steckte den Notizblock wieder ein und fragte sich zum hundertsten Mal, worin wohl die Verbindung bestand.

Vielleicht sollte er die Lösung des Rätsels besser einem anderen Sigma-Mitarbeiter überlassen. Er überlegte, ob er Logan bitten sollte, die Angelegenheit mal von seinen Kollegen Monk Kokkalis und Kathryn Bryant unter die Lupe nehmen zu lassen. Beide hatten ihre Fähigkeit, Zusammenhänge in disparaten Fakten zu erkennen, bereits unter Beweis gestellt. Aber vielleicht gab es ja gar keinen Zusammenhang. Das zu entscheiden, war es noch zu früh. Gray musste erst einmal weitere Informationen gewinnen, zumal was das letztgenannte Objekt betraf.

Bis dahin würde er die beiden Turteltauben in Ruhe lassen.

19:32
Washington, D. C.

»Ist das wahr?«

Monk legte die Hand auf den nackten Bauch der Frau, die er liebte. Bekleidet mit einer orange-schwarzen Trainingshose kniete er neben dem Bett. Sein vom abendlichen Jogging schweißnasses Hemd hatte er achtlos auf die Holzdielen geworfen. Die Augenbrauen, die einzigen behaarten Stellen seines Kopfes, hatte er erwartungsvoll gehoben.

»Ja«, bestätigte Kat. Behutsam nahm sie seine Hand weg und wälzte sich auf der anderen Seite aus dem Bett.

Monks Grinsen wurde noch breiter. Er konnte nichts dagegen tun. »Bist du dir auch ganz sicher?«

Kat, die weiße Shorts und ein weites T-Shirt mit dem Aufdruck *Georgia Tech* trug, ging zum Bad. Das glatte, kastanienbraune Haar fiel ihr auf die Schultern herab. »Meine Regel war fünf Tage überfällig«, sagte sie verdrossen. »Deshalb hab ich gestern einen Schwangerschaftstest gemacht.«

Monk richtete sich auf. »Gestern? Und du hast mir nichts davon gesagt?«

Kat verschwand im Bad und lehnte die Tür an.

»Kat?«

Er hörte, wie die Dusche zu rauschen begann. Er ging ums Bett herum und näherte sich der Badezimmertür. Er wollte es ganz genau wissen. Als er vom Jogging zurückgekommen war, hatte sie im Bett gelegen und die Bombe platzen lassen. Ihre Augen waren verquollen, ihr Gesicht aufgedunsen. Sie hatte geweint. Es hatte einiger Überredungskunst bedurft, ihr nähere Auskünfte über den Grund ihres Kummers zu entlocken.

Er klopfte an die Tür. Es klang lauter und fordernder, als er beabsichtigt hatte. Vorwurfsvoll sah er die Hand des Anstoßes an. Die fünffingrige Prothese war modernster Bauart und mit den neuesten technischen Spielereien der DARPA vollgestopft. Er trug sie, seit er im Einsatz die linke Hand verloren hatte. Plastik und Metall aber waren ein ungenügender Ersatz. Das Klopfen an der Holztür hörte sich an, als wollte er sie einschlagen.

»Kat, rede mit mir«, sagte er mit sanfter Stimme.

»Ich dusch mich mal gerade.«

Monk hörte die Anspannung aus ihren Worten heraus. Er spähte ins Badezimmer. Obwohl sie seit fast einem Jahr zusammen waren, achteten sie gegenseitig ihre Intimsphäre.

Kat saß auf dem Klosettdeckel und hatte den Kopf in die Hände gestützt.

»Kathrÿn ...«

Erstaunt über die Störung sah sie auf. »Monk!« Sie beugte sich vor und versuchte, die Tür zuzudrücken.

Er stellte den Fuß in den Spalt. »Es ist ja nicht so, als hättest du die Toilette tatsächlich *benutzt*.«

»Ich warte nur, bis das Duschwasser warm ist.«

Als er eintrat, bemerkte Monk, dass der Spiegel beschlagen war. Es roch nach Jasmin. Der Duft weckte alle möglichen Gefühle bei ihm. Er kniete vor ihr nieder.

Sie wich vor ihm zurück.

Er legte ihr die Hände auf die Knie, die eine aus Fleisch und Blut, die andere künstlich.

Sie ließ den Kopf hängen und wollte ihm nicht in die Augen sehen.

Er drückte ihr die Knie auseinander, beugte sich vor, schob die Hände an den Oberschenkeln vor und umfasste ihren Po. Er zog sie an sich heran.

»Ich muss unter die Dusche«, sagte sie.

»Du musst gar nichts.« Er hob sie hoch und setzte sie auf seinen Schoß. Ihre Gesichter berührten sich fast.

Endlich sah sie ihm in die Augen. »Es … es tut mir leid.«

Er neigte sich ihr noch weiter entgegen. »Was denn?« Ihre Lippen streiften aneinander.

»Ich hätte besser aufpassen sollen.«

»Ich kann mich nicht erinnern, mich beklagt zu haben.«

»Aber eine solche Nachlässigkeit …«

»Sag das nicht.« Er küsste sie grob auf den Mund, nicht zornig, sondern zur Bekräftigung. Dicht an ihrem Mund flüsterte er: »Sag das nie mehr.«

Sie schmiegte sich an ihn, legte ihm die Hände um den Hals. Ihr Haar duftete nach Jasmin. »Was sollen wir jetzt machen?«

»Ich weiß vielleicht nicht alles, aber die Antwort auf *diese* Frage kenne ich.«

Er wälzte sich auf die Seite und legte Kathryn auf den Badezimmerteppich.

»Oh«, sagte sie.

07:55
Kopenhagen, Dänemark

Gray saß vor dem Straßencafé, das dem kleinen Antiquariat gegenüberlag.

SJÆLDEN BØGER stand auf dem Schaufenster. SELTENE BÜCHER. Der Buchladen nahm das Erdgeschoss eines zweistöckigen Reihenhauses mit einem roten Ziegeldach ein. Das Haus unterschied sich kaum von den anderen Häusern in dieser weniger begüterten Gegend. Und wie die anderen Häuser wirkte es ein wenig baufällig. Die oberen Fenster waren mit Brettern vernagelt. Der Eingang des Buchladens war mit einem Fallgitter gesichert.

Geschlossen.

Während Gray darauf wartete, dass der Laden öffnete, unterzog er das Gebäude einer eingehenderen Musterung und nippte hin und wieder an dem Getränk, das hier in Dänemark als heißer Kakao galt und so dick war, dass es wie ein geschmolzener Riegel Hershey-Schokolade schmeckte. Die vernagelten Fenster vermochten ihn nicht zu täuschen. Trotz seines schlechten Zustands war dem Haus der typische Alte-Welt-Charme eigen; eulenäugige Gauben spähten vom Dach herunter, schwere Fachwerkbalken überkreuzten sich an der Fassade, und das steile Dach war bereit, auch den Schneefall eines langen Winters zu bewältigen. Unterhalb der Fenster machte Gray sogar Dübel aus, die früher einmal Blumenkästen gehalten hatten.

Er überlegte, wie man die ursprüngliche Pracht des Hauses wiederherstellen könnte, und baute es in seinem Kopf nach, eine geistige Übung, die ebenso viel handwerkliches Geschick wie Sinn für Ästhetik erforderte.

Er meinte beinahe, den Geruch des Sägemehls zu schnuppern.

Dieser Gedanke verdarb ihm den Tagtraum. Andere Erinnerungen drängten sich ungebeten in den Vordergrund: die Garagenwerkstatt, in der er seinem Vater nach der Schule zur Hand gegangen war. Was zumeist als ein einfaches Renovierungsvorhaben begann, endete häufig in lautem Geschrei und Beleidigungen, die zu grob waren, als dass man sie so ohne Weiteres hätte zurücknehmen können. Die ständigen Streitereien hatten Gray irgendwann von der Highschool zum Militär wechseln lassen. Erst vor kurzem hatten Vater und Sohn eine neue Verständigungsbasis entdeckt und gelernt, sich mit den vorhandenen Gegensätzen zu arrangieren.

Trotzdem ging Gray eine beiläufige Bemerkung seiner Mutter nach. Sie hatte gemeint, die Ähnlichkeiten zwischen Vater und Sohn wären größer als die Gegensätze. Warum machte ihm das immer noch zu schaffen? Gray schob den Gedanken beiseite.

In seiner Konzentration gestört, sah er auf die Uhr. Er konnte es gar nicht mehr erwarten, dass es losging. Den Auktionsort hatte er bereits in Augenschein genommen und am Vorder- und Hintereingang je eine Kamera installiert. Jetzt brauchte er nur noch mit dem Ladenbesitzer über die Bibel zu sprechen und ein paar Fotos von den Hauptakteuren zu machen – dann war er fertig, und vor ihm lag ein langes Wochenende mit Rachel.

Ein Lächeln trug dazu bei, die Verspannung zu lösen, die sich zwischen seinen Schulterblättern aufgebaut hatte.

Endlich bimmelte an der anderen Straßenseite ein Glöckchen. Die Ladentür ging auf, und das Fallgitter hob sich.

Gray straffte sich, denn er war neugierig, wer den Laden geöffnet hatte. Ein schwarzer Zopf, mokkafarbene Haut, große, mandelförmige Augen. Das war die Frau, die ihn zuvor verfolgt hatte. Sie trug noch immer die Trainingsjacke und hatte auch noch den grünen, zerschlissenen Rucksack geschultert.

Gray fischte ein paar Geldscheine aus der Tasche und legte sie auf den Tisch, froh darüber, sich wieder der Arbeit zuwenden zu können.

Als er die schmale Straße überquerte, ließ die junge Frau gerade das Fallgitter einrasten. Sie sah ihm entgegen, ohne überrascht zu wirken.

»Lassen Sie mich mal raten«, sagte sie in flottem Englisch mit leicht britischem Akzent. Sie musterte ihn von oben bis unten. »Amerikaner.«

Er runzelte die Stirn. Er hatte kein Wort gesagt. Gleichwohl setzte er eine neugierige Miene auf und tat so, als wüsste er nicht, dass sie ihm nachgegangen war. »Wie kommen Sie darauf?«

»Ihr Gang. Die Art, wie Sie das Kreuz durchdrücken. Das sagt schon alles.«

»Ach, wirklich?«

Sie sicherte das Fallgitter mit einem Vorhängeschloss. An der Jacke trug sie mehrere Anstecker: eine regenbogenfarbene Greenpeace-Fahne, ein keltisches Symbol aus Silber, ein goldenes ägyptisches Ankh-Zeichen und verschiedene Sticker mit dänischen und englischen Slogans wie zum Beispiel LASST DIE LEMMINGE FREI. Außerdem trug sie ein weißes Gummiarmband mit dem Aufdruck HOPE.

Sie scheuchte ihn aus dem Weg und rempelte ihn an, als er nicht schnell genug auswich. Rückwärts trat sie auf die Straße. »Der Laden öffnet erst in einer Stunde. Tut mir leid, Kumpel.«

Gray stand auf der Schwelle, sein Blick wanderte zwischen der Ladentür und der jungen Frau hin und her. Sie ging über die Straße und wandte sich zum Café. Als sie an dem Tisch vorbeikam, an dem Gray gesessen hatte, steckte sie unauffällig einen der Geldscheine ein und ging dann nach drinnen. Gray wartete. Durchs Fenster beobachtete er, wie sie zwei große Becher Kaffee bestellte und mit der gestohlenen Geldnote zahlte.

In jeder Hand einen Styroporbecher, kam sie zurück.

»Noch immer da?«, sagte sie.

»Weiß nicht, wo ich sonst hinsoll.«

»Wie traurig.« Die junge Frau wies mit dem Kinn auf die geschlossene Tür und hob beide Hände. »Worauf warten Sie noch?«

»Oh.« Gray drehte sich um und machte ihr die Tür auf.

Sie trat ins Haus. »Bertal!«, rief sie – dann drehte sie sich zu Gray um. »Kommen Sie jetzt rein oder nicht?«

»Aber Sie haben doch gemeint …«

»Verdammt.« Sie verdrehte die Augen. »Schluss mit dem Theater. Als ob Sie mich nicht schon gesehen hätten.«

Gray straffte sich. Dann war es also kein Zufall gewesen. Die junge Frau war ihm tatsächlich gefolgt.

»Bertal!«, rief sie in den Laden hinein. »Schaff deinen Arsch hierher!«

Verwirrt und besorgt folgte Gray ihr in den Laden, blieb aber in der Nähe der Tür stehen, um notfalls flüchten zu können.

Der Laden war schmaler als eine Gasse. An beiden Seiten reichten Regale vom Boden bis zur Decke, vollgestopft mit allen möglichen Büchern, Manuskripten und Pamphleten. Ein paar Schritte weiter wurde der Mittelgang von zwei Glasvitrinen flankiert, die offenbar abgeschlossen waren. Darin befanden sich alte Lederbände und ein paar Schriftrollen in säurefreien Pappröhren.

Gray sah sich weiter um.

Staubteilchen tanzten im schräg einfallenden Morgenlicht. Es roch modrig, nach schimmelnden Büchern, wie so vieles in Europa. Die Geschichte und das Alter waren hier allgegenwärtig.

Trotz des schlechten Gebäudezustands aber strahlte der Laden eine gastfreundliche Anmut aus, angefangen bei den Wandleuchtern aus getöntem Glas bis zu den Leitern, die an den Regalen lehnten. Vor dem Schaufenster standen zwei einladende Polstersessel.

Vor allem aber ...

Gray atmete tief durch.

Keine Katzen.

Und da zeigte sich auch schon die Erklärung.

Hinter einem der Regale kam ein großer, zotteliger Hund hervorgetrottet. Offenbar ein Bernhardinermischling, ein älterer Bursche mit traurigen braunen Augen. Der Hund kam ihnen entgegengehumpelt. Die linke Vorderpfote war an der Seite verwachsen.

»Da bist du ja, Bertal.« Die junge Frau bückte sich und schüttete den Inhalt eines der Styroporbecher in eine Keramikschüssel, die auf dem Boden stand. »Bevor er nicht seinen Morgenkaffee getrunken hat, ist mit dem räudigen Köter nichts anzufangen.« Das sagte sie durchaus liebevoll.

Der Bernhardiner machte sich über die Schüssel her.

»Ich glaube, Kaffee ist nicht gut für einen Hund«, meinte Gray.

Die junge Frau richtete sich wieder auf und warf den Zopf über die Schulter. »Keine Sorge, der ist koffeinfrei.« Sie schritt in den Laden hinein.

»Was ist denn mit der Pfote passiert?«, versuchte Gray sich in Small Talk, während er sich auf die Situation einstellte. Im Vorbeigehen tätschelte er dem Hund die Flanke, was ihm ein Schwanzwedeln einbrachte.

»Erfroren. Ist schon lange her, dass Omi ihn aufgenommen hat.«

»Omi?«

»Meine Großmutter. Sie erwartet Sie.«

Aus der Tiefe des Ladens ertönte eine Stimme. »*Is het de Koper*, Fiona?«

»Ja, Omi! Der amerikanische Käufer. Bitte sprich englisch.«

»*Heb hem aan mijn bu'reau terugkomen.*«

»Omi wird Sie im Büro empfangen.« Fiona geleitete ihn nach hinten. Der Hund hatte den Morgenkaffee aufgeschlabbert und folgte Gray auf den Fersen.

In der Mitte des Ladens kamen sie an einer kleinen Theke mit Sonyrechner und Drucker vorbei. Offenbar hatte das moderne Zeitalter auch hier schon Einzug gehalten.

»Wir haben sogar eine eigene Website«, erklärte Fiona.

Durch eine offene Tür traten sie in ein Hinterzimmer. Es wirkte eher wie ein Wohnzimmer als wie ein Büro. Ein Sofa, ein niedriger Tisch und zwei Sessel befanden sich darin. Der Schreibtisch in der Ecke diente als Abstellfläche für eine Kochplatte und eine Teekanne. An der Wand allerdings standen zwei schwarze Aktenschränke. Durch das darüber befindliche vergitterte Fenster fiel freundliches Morgenlicht auf die einzige Person im Raum.

Sie erhob sich und reichte Gray die Hand. »Dr. Sawyer«, begrüßte sie ihn mit dem Decknamen, den er für die Dauer des Einsatzes angenommen hatte. Offenbar hatte sie sich Hintergrundinformationen über ihn beschafft. »Ich bin Grette Neal.«

Ihr Händedruck war fest. Sie war gertenschlank, und trotz ihrer blassen Haut hatte sie die für Dänen so typische Ausstrahlung nicht unterzukriegender Gesundheit. Mit einer Handbewegung forderte sie Gray auf, in einem der Sessel Platz zu nehmen. Ihr Auftreten war ebenso lässig wie ihre Kleidung: marineblaue Jeans, türkisfarbene Bluse und bequeme schwarze Pumps. Das lange silberfarbene Haar war glatt gekämmt und betonte ihre Seriosität, wenngleich ihre Augen ironisch funkelten.

»Mit meiner Enkelin haben Sie sich ja bereits bekannt gemacht.« Anders als ihre Enkelin sprach Grette Neal ein flüssiges Englisch mit dänischem Akzent.

Gray blickte zwischen der blassen, alten Frau und dem dunkelhäutigen Mädchen hin und her. Obwohl die beiden nicht die geringste Ähnlichkeit miteinander hatten, verkniff er sich eine Bemerkung. Er hatte wichtigere Dinge zu klären.

»Ja, wir haben uns bekannt gemacht«, sagte Gray. »Offenbar bin ich Ihrer Enkelin heute bereits *zweimal* begegnet.«

»Ah, Fionas Neugier wird sie irgendwann noch in Schwierigkeiten bringen.« Ein Lächeln milderte Grettes Tadel. »Hat sie Ihnen Ihre Brieftasche zurückgegeben?«

Gray runzelte die Stirn und klopfte auf die Gesäßtasche. Leer.

Fiona zog seine Brieftasche aus braunem Leder aus einer Seitentasche des Rucksacks.

Gray riss sie ihr aus der Hand. Er erinnerte sich, dass sie ihn angerempelt hatte, als sie den Kaffee holen gegangen war. Offenbar war das kein bloßes Versehen gewesen.

»Bitte nehmen Sie ihr das nicht übel«, sagte Grette. »Das ist ihre Art, Hallo zu sagen.«

»Ich hab mir nur seinen Ausweis angesehen«, meinte Fiona achselzuckend.

»Dann gib dem jungen Mann bitte auch seinen Pass zurück, Fiona.«

Gray betastete die andere Gesäßtasche. Ebenfalls leer. Allmächtiger!

Fiona warf ihm das kleine blaue Büchlein mit dem amerikanischen Adler auf der Vorderseite zu.

»War das auch alles?«, fragte Gray und untersuchte nacheinander seine Taschen.

Fiona zuckte lediglich mit den Achseln.

»Ich bitte Sie noch einmal, den Übermut meiner Enkelin zu entschuldigen. Bisweilen übertreibt sie es ein wenig mit ihrer Fürsorglichkeit.«

Gray musterte die beiden Frauen. »Würden Sie mir jetzt bitte erklären, was hier eigentlich vorgeht?«

»Sie wollen Nachforschungen zu Darwins *Bijbel* anstellen«, sagte Grette.

»Sie meint die Bibel«, übersetzte Fiona.

Grette nickte. Ihr Versprecher verriet eine gewisse Besorgnis.

»Ich vertrete einen Kaufinteressenten«, sagte Gray.

»Ja, das ist uns bekannt. Und gestern haben Sie sich nach weiteren Objekten erkundigt, die bei der Ergenschein-Auktion unter den Hammer kommen?«

Gray hob überrascht die Brauen.

»Die Gemeinde der Bibliophilen hier in Kopenhagen ist recht klein. Neuigkeiten sprechen sich schnell herum.«

Und da hatte er geglaubt, diskret vorgegangen zu sein.

»Ihr Interesse war der eigentliche Grund, weshalb ich mich entschlossen habe, meine Darwinbibel versteigern zu lassen. Das wachsende Interesse an wissenschaftlichen Abhandlungen aus der viktorianischen Zeit hat die Szene in helle Aufregung versetzt.«

»Ein guter Zeitpunkt zum Verkaufen«, bemerkte Fiona etwas zu bestimmt, als wollte sie das Thema damit beenden. »Wir sind mit der Miete einen Monat im Rückstand …«

Grette winkte ab. »Es war eine schwere Entscheidung. Mein Vater hat die Bibel 1949 erworben und sie gehütet wie einen Schatz. Darin sind handschriftlich die Namen der Familie Darwin verzeichnet, über zehn Generationen hinweg bis zum berühmten Charles. Außerdem ist die Bibel von historischem Interesse. Sie hat Darwin auf der Weltreise mit der *Beagle* begleitet. Ich weiß nicht, ob Ihnen das bekannt ist, aber Charles Darwin hat eine Zeit lang erwogen, Priester zu werden. Die Bibel legt Zeugnis ab von seiner Religiosität und seinem wissenschaftlichen Forscherdrang.«

Gray nickte. Die Frau versuchte offenbar, sein Interesse zu steigern. Ging es ihr darum, den Auktionspreis in die Höhe zu treiben? Wie auch immer, Gray wollte seinen Vorteil nutzen.

»Und warum ist Fiona mir gefolgt?«, fragte er.

Grette winkte müde ab. »Ich möchte mich noch einmal in ihrem Namen dafür entschuldigen, dass Sie belästigt wurden. Wie ich schon sagte, besteht in letzter Zeit ein großes Interesse an viktorianischen Memorabilien, und die Antiquariatsszene ist klein. Wir wissen alle, dass einige der Transaktionen … nun, wenn nicht dem Schwarzmarkt, so doch dem grauen Markt zuzurechnen sind.«

»Das ist mir ebenfalls zu Ohren gekommen«, meinte Gray in der Hoffnung, ihr weitere Informationen entlocken zu können.

»Einige Käufer haben ihr Gebot offenbar nachträglich zurückgezogen oder mit Schwarzgeld, ungedeckten Schecks und so weiter bezahlt. Fiona wollte lediglich meine Interessen schützen. Bisweilen geht sie dabei zu weit und greift auf Talente zurück, die sie besser vergessen sollte.« Sie sah ihre Enkelin tadelnd an.

Fiona interessierte sich auf einmal auffallend für die Fußbodendielen.

»Vor einem Jahr hat ein Herr einen ganzen Monat lang meine Unterlagen und die historischen Eigentumsbelege durchgesehen.« Sie zeigte auf die Aktenschränke. »Allerdings hat er für das Privileg mit einer gestohlenen Kreditkarte bezahlt. An der Darwinbibel war er ganz besonders interessiert.«

»Deshalb können wir gar nicht vorsichtig genug sein«, meinte Fiona.

»Wissen Sie, wer das war?«, fragte Gray.

»Nein, aber ich würde ihn wiedererkennen. Ein seltsamer, blasser Bursche.«

Fiona meldete sich erneut zu Wort. »Nachdem die Bank eine Betrugsanzeige erstattet hatte, wurde seine Spur über Nigeria bis nach Südafrika verfolgt. Dort verschwand er dann. Der Scheißkerl hat seine Spuren verwischt.«

Grette verzog das Gesicht. »Keine Kraftausdrücke bitte, junge Dame.«

»Warum wurden wegen einer gestohlenen Kreditkarte so intensive Nachforschungen angestellt?«, fragte Gray.

Fiona musterte wieder die Bodendielen.

Grette fixierte ihre Enkelin. »Er hat ein Recht darauf, es zu erfahren.«

»Omi ...« Fiona schüttelte den Kopf.

»Was zu wissen?«

Fiona funkelte ihn an. »Er wird es rumerzählen, und dann bekommen wir nur den halben Preis.«

Gray hob die Hand. »Ich bin ein diskreter Mensch.«

Grette musterte ihn mit zusammengekniffenen Augen. »Ich frage mich nur, ob Sie auch aufrichtig sind, Dr. Sawyer.«

Auf einmal unterzogen ihn beide Frauen einer strengen Musterung. War seine Tarnung wirklich wasserdicht? Unter ihren durchdringenden Blicken straffte er unwillkürlich den Rücken.

Schließlich sagte Grette: »Sie haben ein Recht darauf, es zu erfahren. Kurz nachdem der blasse Herr sich aus dem Staub gemacht hatte, wurde hier eingebrochen. Entwendet wurde nichts, aber die Vitrine, in der wir die Darwinbibel ausgestellt hatten, wurde geöffnet. Zum Glück haben wir die Bibel zusammen mit ein paar anderen besonders wertvollen Exemplaren nachts immer in einem Bodentresor weggeschlossen. Außerdem wurde der Alarm ausgelöst, und kurz darauf erschien die Polizei und verscheuchte die Einbrecher. Der Einbruch wurde nie aufgeklärt, aber wir wussten, wer dahintersteckte.«

»Dieser beschissene Schnüffler …«, murmelte Fiona.

»Seitdem liegt die Bibel im Tresor einer nahe gelegenen Bank. Trotzdem wurde im vergangenen Jahr zweimal bei uns eingebrochen. Die Täter haben die Alarmanlage lahmgelegt und alles durchwühlt.«

»Da hat es wohl jemand auf die Bibel abgesehen«, meinte Gray.

»Wahrscheinlich.«

Allmählich dämmerte es Gray. Hier ging es nicht nur um den zu erwartenden Gelderlös, sondern auch darum, eine schwere Bürde loszuwerden. Jemand hatte es auf die Bibel abgesehen, und vielleicht würde er ja irgendwann zu gewaltsameren Mitteln greifen, um sein Ziel zu erreichen. Dieser Gefahr musste sich auch der neue Besitzer stellen.

Aus den Augenwinkeln musterte Gray Fiona. Ihr Handeln war offenbar darauf ausgerichtet, ihre Großmutter und deren finanzielle Belange zu schützen. Ihr wäre es wohl lieber gewesen, Grette hätte ihm gegenüber Stillschweigen bewahrt.

»Bei einem amerikanischen Privatsammler wäre die Bibel vielleicht besser aufgehoben«, meinte Grette. »Ich könnte mir vorstellen, dass die damit einhergehenden Schwierigkeiten den Weg nicht über den großen Teich schaffen werden.«

Gray nickte. Ihm war nicht entgangen, dass auch diese Bemerkung darauf gemünzt war, den Preis hochzutreiben.

»Haben Sie eine Vermutung, weshalb der Fremde die Bibel unbedingt in seinen Besitz bringen will?«, fragte er.

Grettes Blick schweifte in die Ferne.

»Diese Information würde den Wert der Bibel in den Augen meines Kunden nur noch weiter steigern«, setzte Gray hinzu.

Grette sah ihn an. Instinktiv spürte sie, dass er log. Sie musterte ihn erneut, als versuchte sie, hinter seine Fassade zu blicken.

In diesem Moment kam Bertal ins Büro getappt, blickte sehnsüchtig zu den Keksen auf, die neben der Teekanne auf dem Schreibtisch standen, ging dann zu Gray hinüber und legte sich schnaufend neben ihm auf den Boden. Die Schnauze bettete er auf Grays Stiefel. Offenbar mochte er den Fremden.

Als wäre das ein ausreichender Beleg für seine Vertrauenswürdigkeit, schloss Grette seufzend die Augen. Ihre Bedenken waren jedenfalls zerstreut. »Sicher bin ich mir nicht. Aber ich habe eine Vermutung.«

»Ich wäre Ihnen dankbar, wenn Sie mir die mitteilen würden.«

»Der Fremde interessierte sich für eine Bibliothek, die nach dem Krieg stückweise verkauft worden war. Vier Objekte aus dieser Bibliothek sollen heute Nachmittag versteigert werden. Das Tagebuch des de Vries, ein Exemplar der Mendel'schen Arbeit über Genetik und zwei Bücher des Physikers Max Planck.«

Diese vier Objekte standen auch auf Grays Liste. Sie waren auf besonderes Interesse gestoßen. Aber wer wollte sie erwerben und warum?

»Können Sie mir Näheres über diese alten Bücher sagen? Ist ihre Herkunft belegt?«

Grette erhob sich und trat zum Aktenschrank. »Ich besitze noch die Originalquittung meines Vaters, der sie 1949 erworben hat.

Darauf sind ein Dorf und ein kleines Landgut vermerkt. Mal sehen, ob ich sie finde.«

Sie trat in einen Sonnenstrahl, der durchs Fenster einfiel, und zog eine Schublade in der Mitte des Schranks auf. »Das Original kann ich Ihnen nicht überlassen, aber wenn Sie wollen, macht Fiona eine Fotokopie.«

Während die alte Frau in den Akten blätterte, hob Bertal die Nase von Grays rechtem Schuh, wobei er einen Speichelfaden langzog. Er knurrte leise.

Sein Unmut aber war nicht gegen Gray gerichtet.

»Da, sehen Sie.« Grette drehte sich um. In der Hand hielt sie eine Sichthülle mit einem vergilbten Blatt Papier.

Ohne ihren ausgestreckten Arm zu beachten, fixierte Gray ihre Zehen. Ein schmaler Schatten wanderte durch den Flecken Sonnenschein, in dem Grette stand.

»Runter auf den Boden!«

Gray sprang zum Sofa, der alten Frau entgegen.

Bertal bellte einmal auf, sodass das Klirren des Glases nahezu übertönt wurde.

Gray kam zu spät. Er bekam Grette erst zu fassen, als sich ihr Gesicht in einem Schauer von Blut und Knochensplittern auflöste. Jemand hatte von draußen auf sie geschossen.

Gray fing sie auf und warf sich aufs Sofa.

Fiona schrie.

Zwei schwarze Kanister wurden durch das zerbrochene Hinterfenster ins Büro geschleudert, prallten gegen die gegenüberliegende Wand und fielen polternd zu Boden.

Gray sprang vom Sofa herunter und nahm Fiona auf die Schulter. Er schleppte sie aus dem Büro und brachte sie hinter der Ecke in Sicherheit.

Der Hund tappte ihnen hinterher.

Gray zerrte Fiona hinter ein Buchregal, als das Büro auf einmal von zwei Explosionen erschüttert wurde. Die Wand platzte in einem Regen von Holzsplittern und Steinbrocken nach außen.

Das Regal geriet ins Kippen, stieß gegen das Nachbarregal und neigte sich gefährlich. Gray gab Fiona mit dem eigenen Körper Deckung.

Bücher gerieten in Brand, feurige Asche regnete auf sie nieder.

Gray sah zu dem alten Hund hinüber. Aufgrund der verkrüppelten Pfote war er nicht schnell genug gewesen. Die Druckwelle hatte das arme Tier gegen die gegenüberliegende Wand geschleudert. Er regte sich nicht. Sein Fell qualmte.

Gray drehte Fionas Kopf weg. »Wir müssen von hier verschwinden.«

Er zog das geschockte Mädchen unter dem gekippten Regal hervor. Flammen und Qualm breiteten sich im Laden aus. Die Sprinkleranlage hatte sich eingeschaltet und besprühte sie mit Wasser. Zu wenig, zu spät. Hier gab es einfach zu viel leicht entzündliches Papier.

»Wir gehen vorne raus!«, drängte er.

Er stolperte mit Fiona durch den Laden.

Zu langsam.

Vor dem Ausgang und dem Schaufenster rasselte das Fallgitter herab. Zu beiden Seiten des Gitters bewegten sich Schattengestalten. Weitere Komplizen.

Gray blickte hinter sich. Lodernde Flammen und wabernder Qualm füllten die ganze Breite des Raums aus.

Sie saßen in der Falle.

23:57
Washington, D. C.

Monk schwebte an dem glückseligen Ort zwischen Wachsein und Schlaf. Als die Leidenschaft zärtlichem Geflüster und noch zärtlicheren Berührungen Platz gemacht hatte, waren sie vom Badezimmerboden ins Bett übergewechselt. Die Laken und Steppdecken waren noch um ihre nackten Leiber geschlungen; beide waren noch nicht bereit, sich körperlich oder emotional aus der Umschlingung zu lösen.

Monk streichelte versonnen Kats Brust, mehr um sich ihrer Gegenwart zu versichern als aus Erregung. Mit dem Fuß streichelte sie seine Wade.

Vollkommenheit.

Nichts konnte sie stören ...

Plötzlich ertönte ein durchdringendes Summen. Beide spannten sich an.

Es kam vom Boden, von der Stelle, wo Monk seine Trainingshose abgelegt hatte – oder sie sich vielmehr heruntergerissen hatte. Der Piepser klemmte noch am Elastikgürtel. Als er vom abendlichen Joggen zurückgekommen war, hatte er das Gerät auf Vibrationsalarm gestellt. In diesem Modus sprach es nur auf eine Sorte von Anrufen an.

Ein Notfall.

Auf dem Nachttisch an der anderen Bettseite ertönte ein Fanfarenton.

Kats Piepser.

Sie setzten sich jäh auf, wechselten einen besorgten Blick.

»Das Hauptquartier«, sagte Kat.

Monk hob die Hose vom Boden auf, warf einen Blick aufs Display und bestätigte Kats Vermutung.

Er schwenkte die Beine aus dem Bett und nahm den Telefonhörer ab. Kat zog sich das Laken über die Brust hoch, als wollte sie ihre Blöße vor fremden Augen schützen. Monk wählte eine Geheimnummer der Sigma Force. Es wurde augenblicklich abgenommen.

»Captain Bryant?«, meldete sich Logan Gregory.

»Nein, Sir. Hier spricht Monk Kokkalis. Kat ... ich meine, Captain Bryant ist bei mir.«

»Sie müssen beide unverzüglich im Hauptquartier erscheinen.«

Gregory setzte Monk rasch ins Bild.

Monk hörte zu und nickte wiederholt. »Wir kommen sofort«, sagte er und legte auf.

Kat musterte ihn aus schmalen Augen. »Was ist los?«

»Es gibt Ärger.«

»Mit Gray?«

»Nein. Bei dem ist anscheinend alles in Ordnung.« Monk streifte die Hose über. »Wahrscheinlich vergnügt er sich gerade mit Rachel.«

»Was dann?«

»Es geht um Director Crowe. In Nepal ist etwas passiert. Die Lage ist noch unklar. Offenbar eine Art Seuche.«

»Hat Director Crowe schon Bericht erstattet?«

»Das ist es ja gerade. Zuletzt hat er sich vor drei Tagen gemeldet, anschließend war die Verbindung aufgrund schlechten Wetters gestört. Kein Grund zur Sorge. Aber heute ist das Wetter besser geworden, und er hat sich immer noch nicht gemeldet. Außerdem gibt es Gerüchte über eine tödliche Seuche und bewaffnete Auseinandersetzungen. Wahrscheinlich ein Angriff der Rebellen.«

Kats Augen weiteten sich.

»Logan hat alle ins Hauptquartier beordert.«

Kat stand auf und nahm frische Wäsche aus dem Schrank. »Was geht da wohl vor?«

»Jedenfalls nichts Gutes, da kannst du dir sicher sein.«

09:22
Kopenhagen, Dänemark

»Gibt es eine Treppe, die nach oben führt?«, fragte Gray.

Mit geweiteten Augen und ohne zu blinzeln starrte Fiona das unüberwindliche Fallgitter an. Offenbar stand sie unter Schock.

»Fiona ...« Gray neigte sich ihr entgegen, bis sich ihre Nasenspitzen berührten und sein Gesicht ihr Blickfeld vollständig ausfüllte. »Fiona, wir müssen uns vor dem Feuer in Sicherheit bringen.«

Das Feuer breitete sich rasch aus und wurde genährt von den Büchern und den Kieferregalen. Flammen schlugen empor, unter der Decke wogte Qualm. Die Sprinkler sprühten unentwegt. Dampf mischte sich mit dem giftigen Qualm.

Mit jedem Atemzug wurde die Hitze unerträglicher. Als Gray

Fiona bei den Händen fasste, spürte er, dass sie am ganzen Leib zitterte. Wenigstens sah sie ihn jetzt an.

»Führt eine Treppe nach oben? Ins obere Stockwerk?«

Fiona sah nach oben. Die dünnen Deckenplatten wurden vom Qualm verdunkelt. »Da gibt es ein paar ungenutzte Räume. Und einen Dachboden …«

»Ja. Prima. Wie kommen wir rauf?«

Zuerst schüttelte sie langsam den Kopf, dann, als sie allmählich begriff, in welcher Gefahr sie schwebten, wurde die Bewegung bestimmter. »Nein. Die einzige Treppe« – sie zeigte kraftlos zum Feuer – »befindet sich an der Rückseite des Hauses.«

»Also draußen.«

Sie nickte. Glimmende Asche umwirbelte sie beide, während die Feuerwand unablässig vorrückte.

Gray fluchte lautlos. Es musste früher, bevor das Haus in Geschäfts- und Wohnräume aufgeteilt worden war, eine Innentreppe gegeben haben. Jetzt aber war sie nicht mehr da. Sie mussten improvisieren.

»Haben Sie eine Axt?«, fragte er.

Fiona schüttelte den Kopf.

»Oder eine Brechstange? Irgendetwas, womit Sie Bücherkisten öffnen?«

Fiona straffte sich und nickte. »Bei der Kasse.«

»Bleiben Sie hier.« Gray bewegte sich an der linken Wand entlang. Auf dieser Seite des Raums war die Kasse am leichtesten zu erreichen. Bis hierher war das Feuer noch nicht vorgedrungen.

Fiona folgte ihm.

»Ich habe gesagt, Sie sollen auf mich warten.«

»Ich weiß, wo die beschissene Brechstange liegt!«, fauchte sie ihn an.

Gray spürte die Angst, die sich hinter ihrem Zorn verbarg, doch im Vergleich zu der Lähmung, die sie eben noch befallen hatte, war das immerhin ein Fortschritt. Außerdem war er nicht minder zornig als sie. Es war schon schlimm genug, dass ihm die junge Frau lange Zeit unbemerkt hatte folgen können, aber jetzt hatte er sich auch noch von unbekannten Attentätern einsperren lassen. Die Gedanken an Rachel hatten ihn so sehr abgelenkt, dass er nachlässig geworden war. Jetzt war nicht nur sein eigenes Leben in Gefahr.

Fiona schob sich hustend an ihm vorbei. Ihre Augen waren vom Qualm gerötet. »Sie liegt dahinter.« Sie beugte sich über den Tresen, langte nach unten und hob eine lange, grün lackierte Eisenstange hoch.

»Also los.« Er geleitete sie zurück, auf die vorrückenden Flammen zu. Dann zog er den Wollpullover aus, reichte ihn Fiona und nahm dafür die Brechstange entgegen.

»Machen Sie den Pullover unter dem Sprinkler nass.« Er zeigte darauf. »Und Sie stellen sich ebenfalls darunter.«

»Was haben Sie vor?«

»Ich werde versuchen, ein Loch in die Decke zu brechen.«

Gray stieg auf eine der Regalleitern. Der Qualm umwogte sein Gesicht. Die Luft war glühend heiß. Er setzte die Brechstange an einer der Deckenplatten aus Weißblech an. Sie ließ sich mühelos lösen und beiseiteschieben. Wie erhofft handelte es sich um eine freitragende Zwischendecke. Darüber befand sich der aus Holzbalken und Dielenbrettern bestehende Boden des oberen Stockwerks.

Gray stieg bis ans Ende der Leiter und benutzte die obersten Regalborde als Trittbretter. Oben angelangt, setzte er sich aufs Regal und rammte die Brechstange zwischen zwei Bretter. Das Eisen bohrte sich durchs marode Holz. Durch die entstandene Öffnung hätte jedoch höchstens eine Maus hindurchgepasst.

Mit tränenden, brennenden Augen beugte Gray sich nach unten. Ein quälender Hustenanfall schüttelte ihn. Gar nicht gut. Das war ein Rennen zwischen Brechstange und Feuer. Gray blickte sich um. Das Feuer wurde heftiger. Der Qualm wogte immer dichter.

Bei diesem Tempo würde er es niemals schaffen.

Da fiel ihm unten eine Bewegung ins Auge. Fiona war die Leiter hochgestiegen. Sie hatte ein Taschentuch befeuchtet und es sich vor Nase und Mund gebunden. Sie sah aus wie ein Bandit, was in diesem Fall durchaus passend war.

Sie reichte ihm den nassen Pullover. Sie selbst war ebenfalls triefnass und wirkte geschrumpft, wie ein nasser Hund. Sie sah aus wie fünfzehn. Ihre Augen waren vor Panik gerötet – doch es lag auch Hoffnung darin. Sie vertraute ihm blind.

Gray konnte es nicht haben, wenn andere Leute ihn so ansahen … und zwar weil es regelmäßig funktionierte.

Er schlang sich die Pulloverärmel um den Hals und ließ den Rest auf den Rücken hinabhängen. Einen wassergetränkten Ärmel zog er vor Mund und Nase hoch, um die verqualmte Luft wenigstens ein bisschen zu filtern.

Während der nasse Pullover allmählich sein Hemd durchtränkte, kniete Gray sich aufs Regal und machte sich wieder über die Deckendielen her. Er spürte Fionas Nähe und auch die Bürde der Verantwortung.

In dem Hohlraum zwischen Zwischendecke und Dielenbrettern hielt er Ausschau nach einem anderen Fluchtweg. Ringsumher erstreckte sich ein Gewirr von Röhren und Leitungen, die installiert worden waren, nachdem man das zweistöckige Haus in Geschäfts- und Wohnräume aufgeteilt hatte. Im Gegensatz zu den älteren, handwerklich solide ausgeführten Installationen wirkten die neueren Datums eher schlampig.

Plötzlich fiel ihm ein Bruch im regelmäßigen Verlauf der Bretter und Balken ins Auge. Ein quadratmetergroßes Stück wurde von dickeren Verstrebungen eingerahmt. Also hatte er doch recht gehabt. Die Verstrebungen stammten von der Öffnung, durch die früher mal eine Treppe ins obere Stockwerk geführt hatte.

Aber wie massiv war der Durchbruch verschlossen worden?

Es gab nur eine Möglichkeit, das herauszufinden.

Er ging erst in die Hocke, dann richtete er sich auf dem Regal auf und balancierte wie auf einem Schwebebalken in die Richtung des verschlossenen Deckendurchbruchs. Es waren nur ein paar Meter – die allerdings führten weiter in den Laden hinein, auf das Feuer zu.

»Was haben Sie vor?«, fragte Fiona von der Leiter aus.

Gray hatte Atemnot, deshalb sparte er sich die Antwort. Mit jedem Schritt wurde der Qualm dichter. Er hatte das Gefühl, er nähere sich einem offenen Backofen. Endlich hatte er die Stelle unter dem versteckten Durchbruch erreicht.

Er blickte nach unten. Die unteren Regalfächer schwelten bereits. Er hatte die Vorhut des Feuersturms erreicht.

Jetzt zählte jede Sekunde.

Mit aller Kraft rammte er die Brechstange in die Decke.

Die Spitze durchdrang mühelos die dünne Holzverkleidung. Die Öffnung war lediglich mit einer Spanplatte verschlossen und mit Kunststoffplatten verkleidet worden. Schlampige Arbeit, wie er gehofft hatte. Gott sei gedankt für die moderne Arbeitsmoral.

Während die Hitze immer weiter zunahm, schwenkte er die Brechstange mit aller Kraft herum. Bald darauf war die Öffnung groß genug, um hindurchzuklettern.

Gray schleuderte die Brechstange nach oben. Sie fiel polternd auf den Boden des oberen Stockwerks. Dann winkte er Fiona zu sich heran.

»Können Sie auf das Regal klettern und herkommen?«

»Ich hab gesehn, wie Sie das gemacht haben.« Sie kletterte aufs Regal.

Plötzlich knackte es laut. Das Regal erbebte.

O je …

Aufgrund seines Gewichts und der bereits brennenden Fächer verlor die Holzkonstruktion allmählich ihre Stabilität. Er schob die Arme durch die Öffnung und verlagerte einen Teil seines Gewichts darauf, um das Regal zu entlasten.

»Machen Sie schnell!«, drängte er die junge Frau.

Mit ausgestreckten Armen balancierte Fiona über das Regal. Sie war noch einen Meter entfernt.

»Beeilung!«, sagte er.

»Ich hab Sie schon beim ersten Mal ver…«

Mit einem lauten Knacken brach das Regal unter Gray in sich

zusammen. Als es in die Flammen stürzte, hielt Gray sich an den Rändern der Öffnung fest. Eine Hitzewelle schlug zu ihm hoch, Flammen loderten empor.

Fiona schrie auf, als der Teil des Regals, auf dem sie stand, ebenfalls erbebte.

An den Armen baumelnd rief Gray: »Springen Sie zu mir rüber! Halten Sie sich an meinen Schultern fest.«

Da auch der Rest des Regals zu wackeln begonnen hatte, brauchte er das Fiona nicht zweimal sagen. Sie sprang, prallte gegen Gray, schlang ihm die Arme um den Hals und die Beine um die Hüfte. Er pendelte in die Gegenrichtung und hätte um ein Haar losgelassen.

»Können Sie an mir hochklettern und sich durch die Öffnung schieben?«, fragte er gepresst.

»Ich … ich glaub schon.«

Einen Moment lang verharrte sie reglos.

Die scharfen Ränder der Öffnung schnitten in seine Finger. »Fiona …«

Zitternd hangelte sie sich auf seinen Rücken. Einmal in Bewegung, kletterte sie rasch weiter, setzte den Fuß auf seinen Gürtel und drückte sich mit der Hand von der Schulter ab. Mit affenartiger Behändigkeit schob sie sich durchs Deckenloch.

Unter ihnen tobte das von Büchern und Holzregalen genährte Feuer.

Gray zog sich nun ebenfalls hoch, schlängelte sich durch die Öffnung und wuchtete sich auf den Boden. Sie befanden sich mitten in einem Flur. Zu beiden Seiten gingen Zimmer ab.

»Hier oben brennt es auch schon«, flüsterte Fiona, als fürchtete sie, die Flammen auf sich aufmerksam zu machen.

Gray wälzte sich herum und richtete sich auf. Im hinteren Teil der Wohnung flackerten Flammen. Der Qualm war hier noch dichter als im Erdgeschoss.

»Kommen Sie«, sagte er. Die Flucht ging weiter.

Er rannte den Gang entlang, weg vom Feuer. Als er vor einem verrammelten Fenster stand, spähte er durch die Ritzen. In der Ferne gellten Feuerwehrsirenen. Menschen hatten sich auf der Straße versammelt: Schaulustige und Gaffer. In der Menge waren bestimmt auch Bewaffnete versteckt.

Wenn sie aus dem Fenster kletterten, würden sie ein leichtes Ziel abgeben.

Fiona spähte ebenfalls auf die Straße hinunter. »Sie werden uns nicht rauslassen, nicht wahr?«

»Dann suchen wir eben einen anderen Ausgang.«

Er trat ein paar Schritte zurück und blickte nach oben. Er dachte an die Dachgaube, die er von der Straße aus gesehen hatte. Sie mussten aufs Dach klettern.

Fiona hatte seine Absicht sogleich erraten. »Im nächsten Zimmer ist eine Zugleiter.« Sie ging voran. »Ich war manchmal hier oben, wenn Omi ...« Fionas Stimme brach.

Gray wusste, dass ihr der Tod ihrer Großmutter lange nachgehen würde. Er legte ihr tröstend den Arm um die Schulter, Fiona aber schüttelte ihn zornig ab.

»Hier ist es«, sagte sie und betrat einen Raum, der offenbar einmal ein Wohnzimmer gewesen war. Jetzt standen nur noch ein paar Kisten und ein Sofa mit zerschlissenem, aufgeplatztem Polster darin.

Fiona zeigte auf einen ausgefransten Strick, der von einer Falltür herabhing.

Als Gray daran zog, glitt eine ausziehbare Leiter herunter. Gray stieg als Erster hinauf, und Fiona folgte ihm.

Der Dachboden war nicht ausgebaut: nichts als Deckenbalken, offen liegende Wärmedämmung und Mäusedreck. Aus zwei Gaubenfenstern fiel Licht herein. Das eine ging zur Straße hinaus, das andere nach hinten. Dünner Rauch waberte durch den Raum, die Flammen aber waren noch nicht bis hierher vorgedrungen.

Gray entschied sich fürs hintere Fenster. Es ging nach Westen hinaus, und das Dach lag um diese Tageszeit im Schatten. Auch diese Hausseite stand in Flammen. Vielleicht waren die Angreifer hier ja weniger wachsam.

Gray sprang von einem Balken zum nächsten. Er spürte die von unten heraufdringende Hitze. An einer Stelle qualmte bereits die Isolierung. Die Glaswolle schmolz.

Am Fenster angelangt, blickte Gray nach unten. Aufgrund der Dachneigung konnte er nicht auf den hinter dem Laden gelegenen Hof sehen. Aber wenn er den Hof nicht einsehen konnte, war er von unten ebenfalls unsichtbar. Außerdem quoll aus den geborstenen Fenstern im Erdgeschoss Qualm, der ihnen zusätzlich Deckung bot.

Diesmal war das Feuer ihr Verbündeter.

Trotzdem stellte er sich seitlich neben das Fenster, bevor er es entriegelte und aufdrückte. Er wartete. Keine Schüsse. Das Sirenengeheul näherte sich dem Haus.

»Ich klettere als Erster raus«, flüsterte Gray Fiona ins Ohr. »Wenn die Luft rein ist …«

Hinter ihnen ertönte ein leises Grollen.

Beide drehten sich um. Eine Flammenzunge schoss aus der brennenden Isolierung hervor, leckte prasselnd und qualmend daran hoch. Es wurde allmählich knapp.

»Folgen Sie mir«, sagte Gray.

Er kletterte aus dem Fenster und duckte sich. Auf dem Dach war es wundervoll kühl. Nach der Gluthitze im Haus eine Wohltat.

Die gelungene Flucht gab ihm Auftrieb. Versuchsweise belastete er die Dachziegel. Trotz der starken Neigung fand er mit den Schuhen gut Halt. Wenn sie sich vorsahen, konnten sie darauf gehen. Er wandte sich zur nach Norden weisenden Dachkante. Der Abstand zum nächsten Haus betrug weniger als einen Meter. Da konnten sie mühelos hinüberspringen.

Zufrieden drehte er sich wieder zum Fenster um. »Okay, Fiona … aber passen Sie gut auf.«

Die junge Frau streckte den Kopf heraus, blickte sich suchend um, dann kroch sie aufs Dach. Sie blieb gebückt stehen, fast auf allen vieren.

Gray wartete auf sie. »Sie machen das prima.«

Fiona blickte ihn an und übersah deshalb einen geborstenen Ziegel. Sie verfing sich mit der Schuhspitze daran. Der Dachziegel zerbrach. Fiona verlor das Gleichgewicht, landete auf dem Bauch – und begann abzurutschen.

Mit Fingern und Füßen suchte sie vergeblich nach Halt.

Gray hechtete ihr hinterher, griff jedoch ins Leere.

Sie rutschte immer schneller ab. Bei ihrem verzweifelten Versuch, sich irgendwo festzuhalten, lösten sich weitere Dachziegel. Scherben und Splitter regneten herab, verwandelten sich in eine Dachziegellawine.

Gray lag flach auf dem Bauch. Er konnte nichts tun.

»Die Regenrinne!«, rief er ihr nach. »Halten Sie sich an der Regenrinne fest!«

Fiona hörte ihn nicht. Während sie mit Händen und Füßen nach Halt suchte, löste sie ständig neue Ziegel. Und dann begann sie auf einmal zu rollen und schrie gellend auf.

Die ersten zerbrochenen Dachziegel fielen über den Rand. Gray hörte, wie sie mit lautem Knall auf dem Hofpflaster zerschellten.

Dann rutschte Fiona verzweifelt um sich schlagend über die Dachkante.

Und weg war sie.

3

UKUFA

10:20
Tierreservat Hluhluwe-Umfolozi
Zululand, Südafrika

Sechstausend Meilen und einen ganzen Kontinent von Kopenhagen entfernt holperte ein offener Jeep durch die weglose Wildnis Südafrikas.

Die sengende Hitze hatte die Savanne bereits verdorren lassen. In der Ferne flirrte die Luft. Im Rückspiegel sah man das gleißende, flache Grasland, durchsetzt mit Dornbüschen und vereinzelten Rotweiden. Unmittelbar voraus lag ein flacher Hügel, dicht bewachsen mit knorrigen Akazien und skelettartigen Bleibäumen.

»Ist das die Stelle, Doktor?«, fragte Khamisi Taylor und steuerte den schwankenden Jeep durch ein ausgetrocknetes Flussbett. Hinter dem Wagen wurde eine Staubwolke aufgewirbelt. Khamisi warf der Frau an seiner Seite einen Blick zu.

Dr. Marcia Fairfield hatte sich halb vom Beifahrersitz erhoben und hielt sich am Rahmen der Windschutzscheibe fest. Sie zeigte nach vorn. »Fahren Sie zur Westseite. Dort befindet sich eine tiefe Senke.«

Khamisi schaltete herunter und steuerte nach rechts. Als Wildhüter des Tierreservats Hluhluwe-Umfolozi musste er für die Einhaltung der Vorschriften Sorge tragen. Wilderei war ein schweres Vergehen – kam aber immer wieder vor. Zumal in den abgelegeneren Gebieten des Reservats.

Selbst die Zulus, seine eigenen Stammesgenossen, praktizierten bisweilen noch die alten Riten und Bräuche. Dann konnte es vorkommen, dass er sogar den alten Freunden seines Großvaters eine Strafe aufbrummte. Die Ältesten hatten ihm einen Spitznamen gegeben, der so viel bedeutete wie Fat Boy. Darin schwang vor allem Spott mit, unterschwellig aber auch eine gewisse Herablassung. Sie hielten ihn für minderwertig, weil er von den Weißen bezahlt wurde und auf anderer Leute Kosten ein fettes Leben führte. Außerdem war er hier so etwas wie ein Fremder. Sein Vater hatte ihn nach dem Tod seiner Mutter im Alter von zwölf Jahren nach Australien mitgenommen. Einen Großteil seines Lebens hatte er an der australischen Nordküste in der Nähe von Darwin zugebracht und sogar zwei Jahre an einer Universität in Queensland studiert. Jetzt, mit achtundzwanzig, war er wieder in Afrika und hatte eine Anstellung als Wildhüter bekommen – was er einerseits seiner Ausbildung, andererseits seiner Verwandtschaft mit den hiesigen Stämmen zu verdanken hatte.

Ein fettes Leben auf Kosten anderer Leute.

»Können Sie nicht schneller fahren?«, drängte ihn seine Mitfahrerin.

Dr. Marcia Fairfield war eine schon ergraute, renommierte Biologin aus Cambridge, die an der Operation Rhino teilgenommen hatte und bisweilen als Jane Goodall der Nashörner bezeichnet wurde. Khamisi arbeitete gern mit ihr zusammen. Vielleicht lag es an ihrem natürlichen Auftreten, angefangen von der verblichenen khakifarbenen Safarijacke bis zum silbergrauen Haar, das sie sich zu einem Pferdeschwanz gebunden hatte.

Vielleicht aber auch an ihrer Leidenschaftlichkeit, die sich auch jetzt wieder zeigte.

»Selbst wenn die Kuh bei der Geburt gestorben ist, könnte das Kalb trotzdem noch leben. Aber wie lange noch?« Sie schlug mit der Faust gegen den Rahmen der Windschutzscheibe. »Wir dürfen nicht beide verlieren.«

Als Tierhüter hatte er Verständnis für ihre Haltung. Seit 1970 war die Population der schwarzen Nashörner in Afrika um sechs-undneunzig Prozent geschrumpft. Das Hluhluwe-Umfolozi-Reservat versuchte den Schwund wieder wettzumachen, wie es bereits bei den weißen Nashörnern gelungen war.

Jedes einzelne schwarze Nashorn zählte.

»Wir haben es wegen des implantierten Peilsenders gefunden«, fuhr Dr. Fairfield fort. »Vom Hubschrauber aus gesichtet. Aber wenn die Geburt schon stattgefunden hat, können wir die Spur des Kalbs nicht weiterverfolgen.«

»Das Kleine sollte doch eigentlich bei der Mutter bleiben, meinen Sie nicht?«, sagte Khamisi. Vor zwei Jahren hatte er etwas ganz Ähnliches erlebt. Man hatte zwei Löwenbabys an den kalten Bauch ihrer von einem Wilderer erlegten Mutter gekuschelt gefunden.

»Sie wissen doch, wie es Waisen ergeht. Der Kadaver lockt Raubtiere an. Wenn das von der Geburt blutige Kalb dann noch in der Nähe ist …«

Khamisi nickte. Er gab Gas. Der Jeep holperte über den steinigen Hang. Das Heck schrammte über loses Geröll – doch der Wagen fuhr weiter.

Hinter dem Hügel war das Gelände von tiefen Gräben und plätschernden Bächen durchzogen. Die Vegetation wurde dichter: Sykomoren, Mahagoni- und Nyalabäume. Das war eines der wenigen »Feuchtgebiete« des Nationalparks, zudem eines der abgelegensten, weit entfernt von den üblichen Wildpfaden und Touristenwegen. Wer hierher wollte, benötigte eine Spezialerlaubnis und musste sich an strikte Auflagen halten; der Aufenthalt wurde allenfalls tagsüber gestattet, nicht nachts. Das Gebiet erstreckte sich bis zur Westgrenze des Reservats.

Khamisi musterte den Horizont, während er den Jeep langsam den Hang hinuntersteuerte. In einer Meile Entfernung durchzog ein Wildzaun das Gelände. Der drei Meter hohe schwarze Zaun trennte das Reservat vom angrenzenden Privatgehege. Solche Anlagen grenzten häufig an Nationalparks und ermöglichten wohlhabenderen Reisenden intimere Einblicke in das Tierreich.

Das hier aber war kein gewöhnliches Privatgehege.

Der Hluhluwe-Umfolozi-Nationalpark war 1895 gegründet worden und somit das älteste Reservat in ganz Afrika. Das Privatgehege war sogar noch älter als das Reservat und gehörte einer südafrikanischen Familiendynastie, dem Waalenberg-Clan, Nachfahren von Buren, deren Stammbaum bis ins siebzehnte Jahrhundert zurückreichte. Die Fläche des Wildgeheges betrug ein Viertel der Gesamtfläche des Nationalparks. Angeblich wimmelte es dort nur so von Tieren. Es gab dort nicht nur die so genannten großen Fünf – Elefanten, Nashörner, Leoparden, Löwen und Kaffernbüffel –, sondern auch alle möglichen anderen Raub- und Beutetiere: Nilkrokodile, Flusspferde, Geparden, Hyänen, Gnus, Schakale, Giraffen, Zebras, Wasserbüffel, Kudus, Impalaantilopen, Riedböcke, Warzenschweine und Paviane. Angeblich beherbergte das Waalenberg-Gehege bereits vor der Entdeckung dieser Giraffenverwandten im Jahr 1901 unwissentlich auch ein Rudel der seltenen Okapis.

Allerdings waren auch allerlei Gerüchte über das Waalenberg-Reservat in Umlauf. Der Park war nur mit dem Hubschrauber oder dem Flugzeug zugänglich. Die alten Zugangsstraßen waren längst überwuchert. Die einzigen Besucher, die sich hin und wieder hier blicken ließen, waren hohe Persönlichkeiten aus aller Welt. Angeblich war Teddy Roosevelt hier auf Safari gegangen. Es hieß, er habe die amerikanischen Nationalparks nach dem Vorbild des Waalenberg-Reservats organisiert.

Khamisi hätte alles dafür gegeben, einen Tag in dem Reservat verbringen zu dürfen.

Diese Ehre aber wurde ausschließlich dem obersten Wildhüter von Hluhluwe zuteil. Ein Trip durch das Waalenberg-Reservat gehörte zu den mit diesem Amt einhergehenden Privilegien, doch selbst dieser Mann musste zuvor eine Geheimhaltungserklärung unterschreiben. Khamisi hoffte, eines Tages sein Nachfolger zu werden.

Allerdings glaubte er nicht recht daran, dass er es schaffen würde.

Nicht mit seiner schwarzen Haut.

Sein Zulu-Erbe und seine Ausbildung hatten ihm zwar geholfen, die Anstellung zu bekommen, doch obwohl die Apartheid inzwischen abgeschafft war, gab es immer noch gewisse Grenzen. Traditionen hielten sich hartnäckig – das galt für Schwarze wie für Weiße. Dessen ungeachtet war es schon ein Fortschritt, dass er es überhaupt so weit gebracht hatte. Eines der traurigen Vermächtnisse der Apartheid bestand darin, dass eine ganze Generation von Stammeskindern fast ohne Schulbildung groß geworden war und unter den jahrelangen Sanktionen, der Rassentrennung und der Unruhe zu leiden gehabt hatte. Eine verlorene Generation. Deshalb tat er, was in seiner Macht stand: Er öffnete Türen und hielt sie denen auf, die nach ihm kommen würden.

Wenn nötig, würde er auch weiterhin den Fat Boy spielen.

Und in der Zwischenzeit …

»Da!«, rief Dr. Fairfield. Khamisi schreckte zusammen und konzentrierte sich wieder auf die unbefestigte Piste. »Fahren Sie an dem Affenbrotbaum am Fuß des Hügels nach links.«

Khamisi hatte den urtümlichen Riesenbaum bereits ausgemacht. Große weiße Blüten hingen traurig von den Astenden herab. Links davon senkte sich das Gelände zu einer schüsselförmigen Senke ab. Darin funkelte etwas.

Ein Wasserloch.

Solche Quellen gab es an verschiedenen Stellen im Park, und einige waren von Menschenhand geschaffen worden. Das waren die besten Orte, um die Tiere zu beobachten – und die gefährlichsten, wenn man zu Fuß war.

Khamisi hielt an einem Baum. »Von hier aus müssen wir zu Fuß weitergehen.«

Dr. Fairfield nickte. Sie langten nach den Gewehren. Obwohl sie beide Tierschützer waren, wussten sie doch um die allgegenwärtigen Gefahren des Buschlands.

Khamisi stieg aus und schulterte die große Doppelflinte, eine Nitro Holland & Holland Royal Kaliber .465. Damit konnte man selbst einen angreifenden Elefanten stoppen. Im dichten Busch zog er diese Waffe jedem Repetiergewehr vor.

Sie gingen den Hang hinunter, der mit Korbgras und Sichelbüschen bestanden war. Höhere Baumkronen schirmten das Sonnenlicht ab, hüllten den Boden aber stellenweise auch in tiefen Schatten. Khamisi fiel die Stille auf. Kein Vogelgezwitscher. Kein Affengeschnatter. Nur das Summen der Insekten. Ein Schauer lief ihm über den Rücken

Dr. Fairfield holte ein kleines GPS-Gerät aus der Tasche.

Khamisi wandte sich in die Richtung, in die sie zeigte, und umging ein Schlammloch. Als er durchs Schilf stapfte, stieg ihm Verwesungsgestank in die Nase. Bald darauf gelangten sie in ein in tiefen Schatten gehülltes Gehölz und entdeckten den Ursprung des Gestanks.

Das schwarze Nashorn musste mehr als anderthalb Tonnen gewogen haben. Ein wahres Monstrum.

»Du lieber Gott!«, rief Dr. Fairfield aus. Sie hielt sich ein Taschentuch vor Mund und Nase. »Als Roberto den Kadaver vom Hubschrauber aus entdeckt hat …«

»Vor Ort ist es immer schlimmer«, sagte Khamisi.

Er näherte sich dem aufgeblähten Kadaver. Er lag auf der linken Seite. Eine schwarze Wolke von Fliegen stieg davon auf. Der Bauch war aufgerissen. Von Verwesungsgasen aufgeblähte Eingeweide quollen hervor. Man mochte kaum glauben, dass das alles einmal im Bauch Platz gefunden hatte. Auf dem Boden lagen einzelne Organe. Wo ein Raubtier ein besonders schmackhaftes Stück ins dichte Gebüsch gezerrt hatte, war eine Blutspur zurückgeblieben.

Die Fliegen ließen sich wieder nieder.

Khamisi trat über eine angenagte Leber hinweg. Ein Hinterbein war an der Hüfte nahezu abgerissen. Die Kiefermuskeln des Raubtiers mussten verdammt kräftig gewesen sein …

Selbst ein ausgewachsener Löwe hätte damit einige Mühe gehabt.

Als Khamisi den Kopf erreicht hatte, blieb er stehen.

Eins der Stummelöhrchen war abgebissen, am Hals war eine klaffende Wunde. Leblose schwarze Augen erwiderten Khamisis Blick, weit aufgerissen, wahrscheinlich vor Schreck. Die Lefzen waren vor Angst oder Schmerz von den Zähnen zurückgezogen. Die breite Zunge schaute aus dem Maul, darunter war eine getrocknete Blutlache. Das alles aber war unwichtig.

Er wusste, worauf es ankam.

Das lange, gebogene Horn über den schaumbedeckten Nüstern war unversehrt.

»Eindeutig kein Wilderer«, sagte Khamisi.

Sonst hätte er das Horn mitgenommen. Das war der Hauptgrund für den immer noch rasanten Niedergang der Population. In pulverisierter Form wurden Rhinozeroshörner in Asien als Mittel gegen erektile Dysfunktion verkauft, ein homöopathisches Viagra. Schon ein einziges Horn erbrachte ein kleines Vermögen.

Khamisi richtete sich auf.

Dr. Fairfield war am Hinterteil des toten Nashorns in die Hocke gegangen. Sie hatte Plastikhandschuhe übergestreift, das Gewehr lehnte an ihrer Schulter. »Sieht nicht so aus, als hätte sie eine Geburt hinter sich.«

»Dann gibt es also kein verwaistes Kalb.«

Die Biologin richtete sich auf und ging wieder zum Bauch. Sie bückte sich, hob ohne jede Scheu einen Teil der Bauchdecke an und langte ins Körperinnere.

Khamisi wandte sich ab.

»Warum wurde der Kadaver noch nicht von Aasfressern blank genagt?«, fragte Dr. Fairfield, ohne mit ihrer Tätigkeit innezuhalten.

»Das ist eine Menge Fleisch«, murmelte Khamisi. Er ging noch einmal um das tote Rhino herum. Die Stille war unheimlich und ließ die Hitze umso drückender erscheinen.

Die Frau setzte ihre Untersuchung fort. »Ich glaube nicht, dass das der Grund ist. Der Kadaver liegt seit gestern Abend hier, ganz in der Nähe des Wasserlochs. Die Schakale hätten wenigstens den Bauch ausräumen sollen.«

Khamisi musterte wieder den Leichnam. Er starrte das abgerissene Ohr an, den aufgerissenen Hals. Etwas Großes hatte das Nashorn erlegt. Und schnell war es gewesen.

Ihm sträubten sich die Nackenhaare.

Ja, wo steckten die Aasfresser eigentlich?

Bevor er weitere Überlegungen anstellen konnte, meldete sich Dr. Fairfield zu Wort: »Das Kalb ist weg.«

»Was?« Er drehte sich um. »Eben haben Sie doch gemeint, es gebe keine Anzeichen einer Geburt.«

Dr. Fairfield richtete sich auf, streifte die Handschuhe ab und nahm wieder das Gewehr in die Hand. Den Blick auf den Boden gerichtet, entfernte sie sich ein paar Schritte von dem Kadaver. Khamisi bemerkte, dass sie einer Blutspur folgte. Ein Raubtier hatte seine Beute über den Boden geschleift, um sie ungestört zu verzehren.

Herrgott noch mal …

Er folgte der Biologin.

Am Rand des Gehölzes schob Dr. Fairfield mit dem Gewehrlauf ein paar tief hängende Äste beiseite. Jetzt sah sie, was aus dem Bauch hervorgezerrt worden war.

Das Rhinokalb.

Der magere Körper war in einzelne Teile zerrissen, als hätten sich verschiedene Tiere darum gebalgt.

»Ich glaube, das Kalb hat noch gelebt, als es aus dem Bauch gezerrt wurde«, sagte Dr. Fairfield und zeigte auf das verspritzte Blut. »Das arme Ding …«

Khamisi wich zurück. Er musste an eine Bemerkung der Biologin denken. Warum hatten die Aasfresser das Nashorn nicht ausgeweidet? Die Geier, Schakale, Hyänen und selbst die Löwen. Dr. Fairfield hatte recht. So viel Fleisch überließ man nicht den Fliegen und Maden.

Das ergab keinen Sinn.

Es sei denn …

Khamisis Herzschlag setzte aus.

Es sei denn, das Raubtier hielt sich immer noch in der Nähe auf.

Er hob das Gewehr. Plötzlich wurde ihm wieder die tiefe Stille bewusst, die in dem schattigen Gehölz herrschte. Es war, als fürchtete sich sogar der Wald vor dem, was das Nashorn getötet hatte.

Während er reglos auf der Stelle verharrte, prüfte er die Windrichtung, lauschte, ließ den Blick aufmerksam umherschweifen. Er hatte den Eindruck, der Schatten ringsumher werde immer tiefer.

Khamisi war in Südafrika aufgewachsen und kannte den Aberglauben und all das Gerede über Geister und Ungeheuer, die angeblich im Dschungel ihr Unwesen trieben. Da gab es einmal den *Ndalawo*, den heulenden Menschenfresser aus dem ugandischen Urwald; das *Mbilinto*, ein elefantengroßes Flusspferd aus dem kongolesischen Feuchtland; und schließlich noch den behaarten *Mngwa*, der in den Kokospflanzungen an der Küste lauerte.

Bisweilen aber erwachten die Mythen in Afrika zum Leben. Wie beim *Nsui-fisi*. Das war ein gestreiftes, menschenfressendes Monster aus Rhodesien, das von den weißen Siedlern lange Zeit als Legende abgetan worden war ... bis man irgendwann eine neue Gepardenart entdeckt hatte, die man *Acinonyx rex* getauft hatte.

Während Khamisi die Umgebung musterte, dachte er an ein weiteres mythisches Ungeheuer, das in diesen Breiten Afrikas zu Hause war. Es hatte viele Namen: *Dubu, Lumbwa, Kerit, Getet*. Die bloße Erwähnung seines Namens reichte aus, den Eingeborenen Schreie zu entlocken. Es war so groß wie ein Gorilla, teuflisch schnell, schlau und wild. Im Laufe der Jahrhunderte hatten Jäger – weiße wie schwarze – immer wieder behauptet, es gesehen zu haben. Die Kinder lernten, sein charakteristisches Geheul zu erkennen. Zululand stellte da keine Ausnahme dar.

»*Ukufa* ...«, murmelte Khamisi.

»Haben Sie etwas gesagt?« Dr. Fairfield stand noch immer über das tote Kalb gebeugt.

Ukufa war der Name des Ungeheuers, der an Lagerfeuern und in Kraalhütten geflüstert wurde.

Der Tod.

Er wusste, warum ihm das Wesen gerade jetzt in den Sinn kam. Vor fünf Monaten hatte ein alter Mann behauptet, er habe in der Gegend einen *Ukufa* gesehen. *Halb Tier, halb Mensch, mit flammenden Augen*, hatte er gemeint. Nur die Alten mit der ledernen Haut hatten ihm Beachtung geschenkt. Die anderen, auch Khamisi, hatten sich über ihn lustig gemacht.

Hier im tiefen Baumschatten aber ...

»Wir sollten von hier verschwinden«, sagte Khamisi.

»Aber wir wissen noch nicht, wer oder was das Kalb getötet hat.«

»Wilderer waren das jedenfalls nicht.« Mehr brauchte Khamisi gar nicht zu wissen. Er zeigte mit dem Gewehr Richtung Jeep. Er würde seinen Chef anfunken und die Angelegenheit abschließen. Das Nashorn war von einem Raubtier getötet worden. Kein Fall von Wilderei. Den Kadaver würden sie den Aasfressern überlassen. Dem Kreislauf des Lebens.

Dr. Fairfield richtete sich widerwillig auf.

Plötzlich erscholl zur Rechten ein langgezogener Ruf, durchbrochen von einem schrillen, wilden Schrei.

Khamisi begann zu zittern. Er kannte den Schrei, nicht weil er ihn schon einmal gehört hätte, sondern weil er tief in seinen Knochen verwurzelt war. Das Echo des Schreis reichte bis zu den mitternächtlichen Lagerfeuern, den Geschichten von Tod und Blutvergießen zurück und darüber hinaus bis zu der Zeit, als der Mensch noch keine Sprache hatte und allein von seinen Instinkten geleitet wurde.

Ukufa.

Der Tod.

Als der Schrei verhallte, senkte sich lastende Stille herab.

Khamisi überlegte, wie lange es dauern würde, bis sie den Jeep erreicht hätten. Sie mussten sich zurückziehen, aber geordnet, nicht in Panik. Eine überstürzte Flucht würde lediglich die Blutgier des Raubtiers wecken.

Im dichten Gehölz erscholl ein weiterer Schrei.

Dann noch einer.

Und noch einer.

Alle aus unterschiedlichen Richtungen.

In der plötzlich wieder einsetzenden tiefen Stille begriff Khamisi, dass sie eine einzige Chance hatten.

»Laufen Sie.«

09:31
Kopenhagen, Dänemark

Gray lag dort, wo er vergeblich Fiona festzuhalten versucht hatte, bäuchlings auf dem Dach. Das Bild, wie sie über die qualmende Dachkante gerutscht war, hatte sich ihm unauslöschlich eingebrannt. Er hatte Herzklopfen.

O Gott ... was habe ich getan ...

An der Straßenseite näherten sich Sirenen, die jäh verstummten, als die Feuerwehrwagen das Haus erreicht hatten.

Oberhalb seiner Schulter loderten Flammen aus dem Dachstuhl hervor, begleitet von einem Schwall Hitze und dichtem Qualm. Er durfte sich nicht hängen lassen.

Gray riss sich zusammen, stützte sich erst auf die Ellbogen, dann auf die Hände und drückte sich hoch.

An der Seite hatte das Feuer vorübergehend nachgelassen. Vom Hof drangen aufgeregte, gedämpfte Stimmen herauf. Und ganz in der Nähe ... ein leises Stöhnen. Es kam von unterhalb der Dachkante.

Fiona ...?

Gray ließ sich wieder auf den Bauch sinken und rutschte bis zur Dachkante vor. Aus den geborstenen Fenstern quoll Qualm hervor, der ihm eine gewisse Deckung verlieh.

Er streckte den Kopf über die Regenrinne vor und blickte nach unten.

Unmittelbar unter ihm befand sich ein Balkon mit schmiedeeisernem Geländer … nein, das war *kein* Balkon. Sondern die Außentreppe, die Fiona erwähnt hatte.

Und auf dem Treppenabsatz lag das Mädchen.

Fiona wälzte sich stöhnend auf die Seite und zog sich am Treppengeländer hoch.

Ihre Absicht blieb auch anderen nicht verborgen.

Gray machte auf dem Hof zwei Gestalten aus. Die eine Person stand mitten auf den Steinplatten und hielt mit angelegtem Gewehr nach einem Ziel Ausschau. Der aus dem geborstenen Fenster dringende schwarze Qualm verhinderte, dass er Fiona sah. Der Schütze wartete darauf, dass das Mädchen den Kopf über das Treppengeländer streckte.

»Bleiben Sie unten!«, zischte er Fiona zu.

Sie sah zu ihm herauf. Blut rann ihr über die Stirn.

Der zweite Bewaffnete ging hin und her und umklammerte mit beiden Händen eine schwarze Pistole. Er zielte auf die Treppe, um sie an der Flucht zu hindern.

Gray bedeutete Fiona, sie solle hocken bleiben, dann wälzte er sich auf dem Dach entlang, bis er sich oberhalb des zweiten Bewaffneten befand. Der aufsteigende Qualm verdeckte dem Fremden noch immer die Sicht. Die beiden Männer achteten vor allem auf die Treppe. Als Gray die gewünschte Position erreicht hatte, wartete er. In der Rechten hielt er einen schweren Dachziegel, der sich bei Fionas Sturz gelöst hatte.

Er hatte nur einen Versuch.

Ohne die Pistole zu senken, setzte der Mann auf dem Hof einen Fuß auf die unterste Treppenstufe.

Gray beugte sich über die Dachkante vor und holte aus.

Er stieß einen Pfiff aus.

Der Mann blickte nach oben, riss die Waffe hoch und ließ sich auf ein Knie nieder. Verdammt schnell …

Aber die Schwerkraft war schneller.

Gray ließ den Ziegel fallen. Er drehte sich im Flug wie eine Axt und prallte auf das emporgewandte Gesicht des Bewaffneten. Blut

106

spritzte ihm aus der Nase. Er kippte nach hinten. Der Kopf schlug auf den Steinplatten auf, dann regte sich der Mann nicht mehr.

Gray wälzte sich weiter – zu Fiona hinüber.

Der zweite Bewaffnete rief etwas.

Gray ließ ihn nicht aus den Augen. Er hatte gehofft, der Fremde würde nach dem Ausfall seines Kumpans die Flucht ergreifen. Ein Irrtum. Der Mann rannte zur anderen Hofseite und ging hinter einem Müllcontainer in Deckung, der ihm freie Schussbahn ließ. Er befand sich jetzt dicht an der brennenden Rückseite des Hauses und machte sich den Qualm zunutze, der aus einem geborstenen Fenster quoll.

Gray hatte Fiona wieder erreicht. Er bedeutete ihr, in Deckung zu bleiben. Hätte er versucht, sie zu sich hochzuziehen, hätte das für sie beide den Tod bedeutet.

Sie hatte nur eine einzige Chance.

Gray hielt sich mit einer Hand an der Regenrinne fest und schwang sich über die Dachkante. Er fiel auf den Treppenabsatz hinunter, prallte mit einem lauten Scheppern auf und duckte sich sogleich.

Über seinem Kopf zersplitterte ein Backstein.

Ein Gewehrschuss.

Gray zog den Dolch aus der Scheide an seiner Wade.

Fiona beäugte ihn misstrauisch. »Was sollen wir …?«

»*Sie* tun gar nichts«, befahl er.

Er streckte eine Hand nach der Regenrinne aus. Sein einziger Vorteil war das Überraschungsmoment. Er hatte keine schusssichere Weste, und seine einzige Waffe war der Dolch.

»Rennen Sie los, wenn ich es Ihnen sage. Laufen Sie die Treppe runter und klettern Sie über den Zaun aufs Nachbargrundstück. Sprechen Sie den erstbesten Polizisten oder Feuerwehrmann an. Haben Sie mich verstanden?«

Fiona sah ihm in die Augen. Zuerst meinte er, sie wolle ihm widersprechen, dann aber biss sie die Zähne zusammen und nickte.

Braves Mädchen.

Gray schwang den Dolch in seiner Hand. Wieder nur ein Versuch. Er holte tief Luft, sprang hoch und schwang sich über die Regenrinne aufs Dach hinauf. Gleichzeitig tat er zwei Dinge.

»Los!«, brüllte er und schleuderte den Dolch in Richtung des Bewaffneten. Er rechnete nicht damit, ihn zu treffen, sondern wollte ihn nur einen Moment ablenken, um den Abstand zu verkürzen. Auf engem Raum war ein Gewehr zu unhandlich.

Als er auf den Dachziegeln landete, stellte er zwei Dinge fest.

Das eine gut, das andere schlecht.

Die Treppe klirrte unter Fionas Schritten.

Sie flüchtete.

Das war gut.

Gleichzeitig beobachtete Gray, wie der Dolch durch die rauchverdickte Luft flog, vom Müllcontainer abprallte und auf den Boden fiel. Er hatte weit danebengeworfen.

Das war schlecht.

Der Fremde richtete sich unversehrt auf und zielte mit dem Gewehr auf Grays Brust.

»Nein!«, schrie Fiona, die inzwischen am Fuß der Treppe angelangt war.

Völlig ungerührt drückte der Gewehrschütze ab.

Tierreservat Hluhluwe-Umfolozi
Zululand, Südafrika

»Laufen Sie!«, wiederholte Khamisi.

Das brauchte man Dr. Fairfield nicht zweimal sagen. Sie rannten zum wartenden Jeep. Als sie das Wasserloch erreicht hatten, ließ Khamisi Dr. Fairfield vor sich herrennen. Sie brach durchs hohe Schilf – zuvor aber wechselte sie wortlos einen Blick mit ihm. Das Entsetzen in ihrem Blick war ein Spiegelbild seines eigenen Schreckens.

Die Tiere, die im Wald geschrien hatten, mussten groß und stark sein, erregt von der erfolgreichen Jagd. Khamisi blickte zu dem aufgeblähten Nashornkadaver hinüber. Ungeheuer hin oder her, er wusste Bescheid über das, was im Labyrinth des dichten Waldes, der plätschernden Bäche und der schattigen Wasserrinnen versteckt war.

Khamisi sah wieder nach vorn und folgte der Biologin. Hin und wieder blickte er sich über die Schulter um und lauschte auf die Geräusche etwaiger Verfolger. Im Wasserloch platschte es. Khamisi achtete nicht darauf. Das war ein kleines Tier gewesen. Zu klein. Mit seinen geschärften Sinnen nahm er alle möglichen unbedeutenden Signale wahr und bemühte sich, aus dem Summen der Insekten und dem Knirschen des Schilfs das Wesentliche herauszufiltern. Er musste sich auf die wichtigen Gefahrensignale konzentrieren. Schon im Alter von sechs Jahren hatte er von seinem Vater gelernt, wie man jagte und worauf man beim Anpirschen achten musste.

Jetzt allerdings war er der Gejagte.

Panisches Flügelschlagen lenkte sein Gehör und seinen Blick nach links.

Ein Würger schwang sich in die Luft empor.

Irgendetwas hatte ihn erschreckt.

Etwas, das in Bewegung war.

Als sie das Schilf hinter sich gelassen hatten, schloss Khamisi zu Dr. Fairfield auf. »Schneller!«, flüsterte er, alle Sinne angespannt.

Dr. Fairfield verdrehte den Hals, schwenkte den Gewehrlauf umher. Sie atmete keuchend, ihr Gesicht war kreidebleich. Khamisi folgte ihrem Blick mit den Augen. Der Jeep stand im Schatten des Affenbrotbaums am Rand der tiefen Senke. Der Hang wirkte steiler und höher als auf dem Herweg.

»Laufen Sie weiter«, drängte er.

Khamisi blickte sich um. Ein gelbbrauner Klippspringer hüpfte aus dem Wäldchen hervor und sprang den gegenüberliegenden Hang hoch.

Dann verschwand er.

Sie mussten es ihm nachtun.

Dr. Fairfield rannte den Hang hinauf. Khamisi folgte ihr ein paar Schritte seitlich versetzt und zielte mit der doppelläufigen Flinte auf den hinter ihnen liegenden Wald.

»Die haben nicht getötet, um zu fressen!«, japste die vor ihm laufende Dr. Fairfield.

Khamisi musterte das dunkle Dickicht. Woher wusste er, dass sie recht hatte?

»Die waren nicht vom Hunger getrieben«, fuhr die Biologin fort, als versuchte sie, ihre Panik mit kühler Überlegung zu dämpfen. »Sie haben kaum etwas gefressen. Das sieht eher so aus, als hätten sie zum reinen Vergnügen getötet. So wie eine Katze eine Maus erlegt.«

Khamisi kannte sich mit Raubtieren aus. In der Natur galten eigene Regeln. Wenn Löwen gefressen hatten, ruhten sie sich aus, und man konnte sich ihnen gefahrlos bis auf einen gewissen Abstand nähern. Ein sattes Raubtier griff nicht zum reinen Vergnügen ein Nashorn an und riss ihm das ungeborene Kalb aus dem Bauch.

Dr. Fairfield fuhr mit ihrer Litanei fort, als wäre die Gefahr, in der sie schwebten, nichts weiter als ein Rätsel, das sie lösen mussten. »In der domestizierten Welt jagt die gut genährte Hauskatze eher *öfter* als in der freien Natur. Schließlich hat sie genug überschüssige Energie, um zu spielen.«

Spielen?

Khamisi schauderte.

»Laufen Sie einfach weiter«, sagte er, denn er wollte nichts mehr hören.

Dr. Fairfield nickte, doch das Gesagte ging Khamisi nicht aus dem Kopf. Welches Raubtier tötet zum reinen Vergnügen? Auf diese Frage gab es nur eine naheliegende Antwort.

Der Mensch.

Aber das hier war nicht Menschenwerk.

Wieder fiel ihm eine Bewegung ins Auge. Aus dem Augenwinkel bemerkte er am dunklen Waldrand einen hellen Schemen. Im nächsten Moment löste er sich auf wie eine weiße Rauchwolke.

Der Ausspruch eines alten Zulus fiel ihm ein.

Halb Tier, halb Gespenst ...

Trotz der Hitze wurde ihm ganz kalt. Er wurde schneller, schob die ältere Biologin fast den Hang hoch. Geröll und lose Erde lösten sich unter ihren Füßen. Sie hatten den Rand der Senke fast erreicht. Der Jeep war nur noch dreißig Meter entfernt.

Dann rutschte Dr. Fairfield aus.

Sie ging erst auf ein Knie nieder und kippte dann nach hinten gegen Khamisi.

Er stolperte zurück, verlor das Gleichgewicht und plumpste auf den Hintern. Aufgrund der starken Hangneigung überschlug er sich und rollte den halben Hang hinunter, bevor er seinen Sturz mit den Fersen und dem Gewehrkolben stoppen konnte.

Dr. Fairfield saß auf dem Hang und blickte mit angstvoll geweiteten Augen zu ihm hinunter.

Nein, nicht ihn sah sie an.

Sie blickte zum Wald.

Khamisi drehte sich herum, kniete sich hin. Im Knöchel flammte ein stechender Schmerz auf – entweder verstaucht oder gebrochen. Mit den Augen suchte er den Waldrand ab, konnte aber nichts entdecken. Trotzdem legte er das Gewehr an.

»Los!«, schrie er. Der Zündschlüssel steckte noch. »Laufen Sie!«

Vom Waldrand her ertönte ein trillernder, unmenschlicher Schrei.

Khamisi feuerte blindlings einen Schuss ab, der dröhnend in der Senke widerhallte. Hinter ihm schrie Dr. Fairfield erschrocken auf. Khamisi hoffte, dass der Lärm das, was im Wald lauerte, verscheuchen würde.

»Laufen Sie zum Jeep!«, schrie er. »Machen Sie schon! Warten Sie nicht auf mich!«

Er rappelte sich hoch und verlagerte das Gewicht auf den unversehrten Knöchel. Das Gewehr behielt er im Anschlag. Im Wald war es wieder still geworden.

Dr. Fairfield hatte den Rand der Senke erreicht. »Khamisi!«, rief sie zu ihm hinunter.

»Steigen Sie in den Jeep!«

Er riskierte einen Blick über die Schulter.

Dr. Fairfield kehrte der Senke den Rücken und rannte auf den Jeep zu. Da fiel ihm im Geäst des hinter ihr befindlichen Affenbrotbaums eine Bewegung ins Auge. Einige weiße Blüten schwankten leicht.

Dabei war es windstill.

»Marcia!«, brüllte er. »Bleiben Sie …!«

In diesem Moment ertönte hinter ihm ein wildes Gebrüll, das den Rest seiner Warnung übertönte. Dr. Fairfield wandte den Oberkörper zu ihm herum.

Nein …

Ein bleicher Schemen sprang aus dem tiefen Schatten des Riesenbaums hervor. Er stürzte sich auf die Biologin und packte sie. Im nächsten Moment waren beide verschwunden. Der grauenerregende Schrei der Frau brach unvermittelt ab.

Erneut senkte sich tiefe Stille herab.

Gefahr von oben und von unten.

Er hatte eine einzige Chance.

Ohne seinen schmerzenden Knöchel zu beachten, rannte Khamisi los.

Den Hang hinunter.

Er überließ sich einfach dem Zug der Schwerkraft. Es war weniger ein Sprint als vielmehr freier Fall. Mit den Beinen hielt er sich lediglich aufrecht. Als er den Boden der Senke erreicht hatte, zielte er zum Wäldchen hinüber und feuerte den zweiten Lauf seiner Flinte ab.

Wumm.

Er hatte nur wenig Hoffnung, die Jäger abzuschrecken, sondern wollte sich lediglich eine kleine Atempause verschaffen. Der Rückstoß half ihm, auf den Beinen zu bleiben. Trotz des Brennens im Knöchel und seines trommelnden Herzschlags rannte er weiter.

112

Am Waldrand machte er die Bewegung von etwas Großem aus, oder vielleicht spürte er es auch nur. Eine helle Schattierung inmitten des tiefen Schattens.

Halb Tier, halb Mensch …

Auch ohne genau hinzusehen, kannte er die Wahrheit.

Ukufa.

Der Tod.

Nicht jetzt, flehte er. Bitte verschone mich.

Khamisi brach durchs Schilf – und hechtete ins Wasserloch.

09:32
Kopenhagen, Dänemark

Fionas Schrei fiel mit dem Schuss zusammen.

Gray drehte sich weg, um einer tödlichen Verletzung zu entgehen. Im Drehen sah er etwas Großes aus einem der qualmenden Ladenfenster hervorschießen.

Der Schütze hatte die Bewegung offenbar einen Sekundenbruchteil vor Gray bemerkt und verriss im letzten Moment das Gewehr.

Gray verspürte sengende Hitze, als die Kugel unter seinem linken Arm hindurchging.

Er drehte sich weiter aus dem Schussfeld heraus.

Ein großer Schemen landete auf dem Müllcontainer und bellte den Schützen an.

»Bertal!«, rief Fiona.

Der zottelige, triefnasse Bernhardiner verbiss sich im Unterarm des Schützen. Der Angriff traf den Mann völlig unvorbereitet. Er stürzte hinter den Container. Das Gewehr fiel polternd auf die Steinplatten.

Gray hechtete darauf zu.

Plötzlich winselte der Bernhardiner auf. Bevor Gray reagieren konnte, sprang der Fremde hinter dem Müllcontainer hervor und rammte ihm den Stiefelabsatz gegen die Schulter. Gray stürzte und überschlug sich.

113

Er rollte sich ab und riss das erbeutete Gewehr herum. Der Fremde aber war flink wie ein Wiesel. Mit wehendem schwarzen Trenchcoat setzte er über den niedrigen Gartenzaun und rannte geduckt weiter. Seine Schritte entfernten sich in der Gasse.

»Verdammter Mist …«

Fiona kam zu Gray gelaufen. In der Hand hielt sie eine Pistole. »Der andere Mann … Ich glaube, er ist tot.«

Gray schulterte das Gewehr und nahm ihr die Pistole ab. Da sie mit ihren Gedanken bereits woanders war, ließ sie es sich widerspruchslos gefallen.

»Bertal …«

Der Hund trottete kraftlos auf sie zu. An einer Seite war das Fell versengt.

Gray blickte sich zum brennenden Laden um. Wie war es dem armen Tier nur gelungen, das Feuer zu überleben? Als er den Hund zuletzt gesehen hatte, war er von der Druckwelle gegen die Wand geschleudert worden und hatte das Bewusstsein verloren.

Fiona umarmte das nasse Vieh.

Der Hund musste unter einem Sprinkler gelandet sein.

Sie hob den Kopf des Bernhardiners an und sah ihm aus nächster Nähe in die Augen. »Braver Hund.«

Gray konnte ihr da nur beipflichten. Schließlich hatte er Bertal sein Leben zu verdanken. »Dafür schulde ich dir so viel Kaffee, wie du schlabbern kannst, Kumpel«, brummte Gray.

Bertal zitterte am ganzen Leib. Erst sank er auf die Hinterbeine nieder, dann legte er sich flach auf den Boden. Die Wirkung des Adrenalins ließ offenbar nach.

Von links drang aufgeregter Stimmenlärm heran. Ein Wasserstrahl schwenkte in den Hof. Die Feuerwehrleute waren im Begriff, zur Rückseite des Ladens vorzudringen.

Gray musste machen, dass er hier wegkam.

»Ich muss los.«

Fiona richtete sich auf. Ihr Blick wanderte zwischen Gray und dem Hund hin und her.

»Bleiben Sie bei Bertal«, sagte er und trat einen Schritt zurück. »Schaffen Sie ihn zum Tierarzt.«

Fionas Blick verhärtete sich. »Und Sie wollen einfach verschwinden ...«

»Tut mir leid.« Das war eine lahme Antwort angesichts des Todes ihrer Großmutter, des abgebrannten Ladens und der knappen Flucht. Doch er wusste nicht, was er sonst sagen sollte. Für umständliche Erklärungen blieb keine Zeit.

Er wandte sich ab und ging weg.

»Ja, nur zu, verpiss dich!«, rief Fiona ihm nach.

Gray setzte über den Zaun. Ihm brannten die Wangen.

»Warten Sie!«

Er rannte die Gasse entlang. Er ließ Fiona nur ungern allein – doch er hatte keine andere Wahl. Ohne ihn war sie besser dran. Die Feuerwehr und die Polizei würden sich um sie kümmern und sie beschützen. Dort, wo Gray hinwollte, war kein Platz für eine Halbwüchsige. Trotzdem brannte ihm das Gesicht. Wenn er ehrlich war, musste er sich einen eigennützigen Beweggrund für sein Handeln eingestehen: Er war froh, die Verantwortung los zu sein.

Egal ... jetzt war es passiert.

Im Laufschritt eilte er die Gasse entlang. Er steckte die Pistole hinter den Hosenbund und leerte das Magazin des Gewehrs, das er anschließend hinter einem Stapel Feuerholz versteckte. Mitnehmen konnte er es nicht, das wäre zu auffällig gewesen. Im Gehen streifte er den Pullover über. Er musste das Hotel wechseln und sich neue Papiere beschaffen. Aufgrund der Todesfälle würde man Nachforschungen anstellen. Es war an der Zeit, Dr. Sawyer sterben zu lassen.

Zunächst aber hatte er noch etwas zu erledigen.

Er zog das Handy aus der Gesäßtasche und drückte die Kurzwahltaste für das Hauptquartier von Sigma. Es dauerte nicht lange, da meldete sich Logan Gregory, der Einsatzleiter.

»Wir haben hier ein Problem«, sagte Gray.

»Was ist los?«

»Was immer hier vorgeht, es steckt mehr dahinter, als wir zunächst angenommen haben. Dabei geht man sogar über Leichen.« Gray setzte ihn kurz über die heutigen Ereignisse ins Bild. Dann herrschte einen Moment lang Stille.

Als Logan sich wieder meldete, klang seine Stimme angespannt. »Wir sollten den Einsatz so lange ruhen lassen, bis Sie Verstärkung bekommen haben.«

»Das würde zu lange dauern. Die Auktion findet in ein paar Stunden statt.«

»Ihre Tarnung ist aufgeflogen, Commander Pierce.«

»Da bin ich mir nicht so sicher. Die anderen Interessenten halten mich für einen amerikanischen Sammler, der zu viele Fragen stellt. Sie werden es nicht wagen, offen gegen mich vorzugehen. An der Auktion nehmen viele Leute teil, und die Sicherheitsvorkehrungen des Veranstalters sind streng. Wenn ich den Veranstaltungsort checke, finde ich vielleicht ein paar Hinweise auf die Hintermänner. Anschließend tauche ich so lange unter, bis Unterstützung eintrifft.«

Gray hätte auch gern einen Blick auf die Bibel geworfen.

»Ich halte das für unklug«, sagte Logan. »Die Risiken übersteigen den potenziellen Nutzen. Zumal wenn Sie allein vor Ort sind.«

Gray geriet allmählich in Rage. »Diese Schweine machen mir Feuer unter dem Hintern – und Sie wollen, dass ich Däumchen drehe?«

»Commander.«

Gray krampfte die Finger um das Handy. Logan hatte der Aktenstaub offenbar die Sicht vernebelt. Für eine Erkundungsmission war er der geeignete Einsatzleiter – in diesem Fall aber ging es längst nicht mehr nur ums Sammeln von Informationen. Das war eine ausgewachsene Sigma-Operation. Und in diesem Fall wollte Gray auch eine kompetente Einsatzleitung hinter sich wissen.

»Vielleicht sollten wir Director Crowe einschalten«, sagte Gray.

Es entstand eine weitere lange Pause. Vielleicht hatte er da etwas

116

Falsches gesagt. Er wollte Logan nicht vor den Kopf stoßen, aber manchmal musste man halt einsehen, dass es besser war, anderen den Vortritt zu lassen.

»Ich fürchte, das ist im Moment nicht möglich, Commander Pierce.«

»Warum nicht?«

»Director Crowe hält sich in Nepal auf und ist gegenwärtig nicht erreichbar.«

Gray runzelte die Stirn. »In Nepal? Was macht er denn in Nepal?«

»Commander, Sie haben ihn selbst dorthin geschickt.«

»Was?«

Auf einmal dämmerte es Gray.

Vor einer Woche hatte er einen Anruf bekommen.

Von einem alten Freund.

Grays Gedanken wanderten zu seiner Anfangszeit bei Sigma zurück. Wie alle anderen Sigma-Agenten war auch Gray ursprünglich bei den Spezialeinsatzkräften gewesen. Mit achtzehn war er in die Army eingetreten, mit einundzwanzig zu den Rangers gekommen. Nach einer Verurteilung wegen Tätlichkeit gegen einen Vorgesetzten war er noch in der Haftanstalt Leavenworth von der Sigma Force angeworben worden. Trotzdem hatte er dem Braten nicht getraut. Schließlich hatte er den Offizier nicht ohne Grund geschlagen. Dessen Inkompetenz hatte in Bosnien sinnlose Tote – noch dazu tote Kinder – zur Folge gehabt, doch Grays Zorn hatte noch eine tiefer liegende Ursache gehabt. Ein gestörtes Verhältnis zu Vorgesetzten, das auf seinen Vater zurückging. Es hatte eines weisen Mannes bedurft, um Gray auf den richtigen Weg zu bringen.

Dieser Mann war Ang Gelu gewesen.

»Wollen Sie damit sagen, Director Crowe halte sich wegen des buddhistischen Mönchs in Nepal auf, mit dem ich befreundet bin?«

»Painter weiß, wie viel Ihnen der Mann bedeutet.«

Gray wurde langsamer und trat in den Schatten am Rand der Gasse.

Zusätzlich zu seiner Ausbildung bei Sigma hatte er sich in Nepal vier Monate lang von dem Mönch unterweisen lassen. Ang Gelu war überhaupt erst der Auslöser gewesen, der Gray bewogen hatte, bei Sigma einen eigenen Ausbildungsplan zu verfolgen. Gray hatte im Eiltempo Biologie und Physik studiert und in beiden Fächern einen Abschluss gemacht, doch Ang Gelu hatte seine Studien auf eine neue Ebene gehoben und ihn gelehrt, nach dem Gleichgewicht aller Dinge zu suchen. Nach der Harmonie der Gegensätze. Dem taoistischen Yin und Yang. Der Eins und der Null.

Diese neuen Einsichten ermöglichten es Gray schließlich, die Dämonen der Vergangenheit hinter sich zu lassen. Grays Mutter, eine Biologin, die an einer katholischen Highschool unterrichtete, hatte ihm nicht nur eine tiefe Spiritualität vermittelt, sondern ihn auch zu einem Anhänger der Evolutionslehre und der Vernunft gemacht. Der Wissenschaft brachte sie ebenso viel Glauben und Vertrauen entgegen wie ihrer Religion.

Und dann war da noch sein Vater: ein in Texas lebender Waliser, ein Ölbohrarbeiter, der in der Blüte seiner Jahre gezwungen gewesen war, sich aufgrund einer Arbeitsverletzung mit einem Leben als Hausmann zu bescheiden. Fortan hatten Überkompensation und Groll sein Leben bestimmt.

Wie der Vater, so der Sohn.

Bis Ang Gelu Gray einen neuen Weg gewiesen hatte.

Einen Weg zwischen den Gegensätzen. Das war keine Abkürzung. Er erstreckte sich von der Vergangenheit in die Zukunft. Gray hatte noch immer damit zu kämpfen.

Ang Gelu aber hatte Gray bei den ersten Schritten geholfen. Als ihn vor einer Woche der Hilferuf erreichte, hatte er sich daher verpflichtet gefühlt, sich der Sache anzunehmen. Ang Gelu hatte vom geheimnisvollen Verschwinden mehrerer Personen und mysteriösen Krankheitsfällen berichtet, die alle in einer bestimmten Region nahe der chinesischen Grenze aufgetreten waren.

Der Mönch hatte einfach nicht gewusst, an wen er sich wenden sollte. Die Regierung seines Landes war zu sehr von den maoistischen Rebellen in Anspruch genommen. Außerdem wusste Ang Gelu, dass Gray mit Geheimoperationen befasst war. Deshalb hatte er ihn um Hilfe gebeten. Da Gray jedoch bereits nach Kopenhagen beordert worden war, hatte er die Angelegenheit an Painter Crowe übergeben.

Er hatte den Schwarzen Peter weitergereicht ...

»Ich habe Painter lediglich gebeten, jemanden dorthin zu schicken«, stammelte Gray überrascht. »Jemanden, der mal nachsieht. Es waren doch bestimmt andere Leute verfügbar, die –«

Logan fiel ihm ins Wort. »Hier war nicht viel los.«

Gray unterdrückte ein Stöhnen. Er wusste, worauf Logan da anspielte. Derselbe Mangel an globalen Bedrohungen hatte Gray nach Kopenhagen geführt.

»Und da ist er selbst hingeflogen?«

»Sie kennen doch Director Crowe. Will sich unbedingt selbst die Hände schmutzig machen.« Logan seufzte zornig. »Jetzt aber ist ein Problem aufgetreten. Aufgrund eines Unwetters war der Funkkontakt tagelang gestört. Inzwischen hat sich die Wetterlage zwar gebessert, aber Director Crowe hat sich immer noch nicht gemeldet. Stattdessen gibt es Gerüchte, welche die Aussagen unseres buddhistischen Freundes bestätigen. Die Rede ist von einer Krankheit oder Seuche, von Todesfällen und möglicherweise auch Rebellenangriffen in dieser Region. Allerdings scheint sich die Lage zuzuspitzen.«

Auf einmal verstand Gray, warum Logan so angespannt geklungen hatte.

Es kommt immer gleich knüppeldick.

»Ich kann Monk zu Ihnen rüberschicken«, sagte Logan. »Er ist zusammen mit Captain Bryant auf dem Weg hierher. Monk kann in zehn Stunden vor Ort sein. Halten Sie sich in der Zwischenzeit bedeckt.«

»Aber bis dahin ist die Auktion längst vorbei!«

»Commander Pierce, Sie haben gehört, was ich gesagt habe.«

Gray ließ nicht locker. »Sir, ich habe an Ein- und Ausgängen des

Auktionshauses bereits Minikameras installiert. Es ergibt keinen Sinn, auf eine Auswertung zu verzichten.«

»Na schön. Überwachen Sie die Kameras von einer sicheren Position aus. Zeichnen Sie alles auf. Aber belassen Sie's dabei. Haben Sie mich verstanden, Commander?«

Gray schwoll der Hals, doch Logan hatte schließlich das Sagen. Und das alles nur, weil Crowe Gray einen Gefallen tat. Deshalb fehlte es ihm an schlagkräftigen Argumenten. »Gewiss, Sir.«

»Melden Sie sich wieder nach der Auktion«, sagte Logan.

»Jawohl, Sir.«

Die Verbindung wurde unterbrochen.

Während Gray durch die Gassen Kopenhagens schlenderte, musterte er wachsam die Umgebung. Doch er machte sich Sorgen.

Um Painter, um Ang Gelu …

Was zum Teufel ging da in Nepal vor?

4

Geisterlichter

»Sind Sie sicher, dass Ang Gelu tot ist?«, fragte Painter.

Lisa Cummings nickte.

Sie hatte ihm berichtet, dass man sie wegen einer mysteriösen Krankheit, die angeblich im Kloster ausgebrochen sei, aus dem Bergsteigerlager abgeholt habe. Auch das nachfolgende Grauen hatte sie ihm geschildert: den Wahnsinn der Mönche, die Explosionen, die Attacke des Scharfschützen.

Während sie weiter in den Keller des Klosters vordrangen, ließ Painter sich das Gehörte durch den Kopf gehen. Die labyrinthischen Gänge waren zu niedrig für einen Mann seiner Größe, sodass er sich bücken musste. Trotzdem streifte er mit dem Kopf ständig an den Wacholderzweigen, die man zum Trocknen an die Decke gehängt hatte. Das wohlriechende Reisig wurde zur Herstellung der Räucherstäbchen verwendet, die im Tempel verbrannt wurden. Jetzt war der Tempel ein einziges großes Räucherstäbchen, dessen Qualm in den Mittagshimmel stieg.

Da sie unbewaffnet waren, hatten sie im Keller vor den Flammen Zuflucht gesucht. Unterwegs hatte Painter in einer Kleiderablage einen schweren Poncho und pelzgefütterte Stiefel angezogen. Jetzt sah er aus wie ein Pequotindianer, obwohl er doch eigentlich nur ein Halbblut war. Er konnte sich nicht erinnern, wo er seine eigene Kleidung und den Rucksack gelassen hatte.

Drei volle Tage waren aus seinem Gedächtnis wie ausradiert.

Außerdem hatte er fünf Kilo Gewicht verloren.

Als er den Poncho angezogen hatte, war ihm aufgefallen, wie stark er abgemagert war. Die Rippen standen hervor, auch die Schultern waren knochiger geworden. Also war er der Ansteckung durch die geheimnisvolle Krankheit offenbar nicht entgangen. Allerdings fühlte er sich bereits wieder kräftiger.

Und das war gut so, denn irgendwo lauerte ein Heckenschütze.

Während sie durch die Gänge eilten, war hin und wieder ein Feuerstoß zu vernehmen. Ein Heckenschütze tötete alle, die aus dem brennenden Kloster fliehen wollten. Dr. Cummings hatte ihm den Mann beschrieben. Aber es musste noch weitere Angreifer geben. Waren das maoistische Rebellen? Was bezweckten sie mit dem Gemetzel?

Painter ging voran und leuchtete mit einer Minitaschenlampe.

Dr. Cummings folgte ihm dichtauf.

Painter hatte bereits in Erfahrung gebracht, dass sie eine amerikanische Ärztin war und eine Bergsteigergruppe begleitete. Hin und wieder blickte er sich nach ihr um und musterte sie abschätzend. Sie hatte lange Beine und eine sportliche Figur. Das blonde Haar hatte sie zu einem Pferdeschwanz gebunden, ihre Wangen waren vom eiskalten Wind gerötet. Außerdem hatte sie Angst. Sie hielt sich dicht hinter ihm und zuckte jedes Mal zusammen, wenn das gedämpfte Knacken eines brennenden Balkens die Erddecke durchdrang. Trotzdem weinte und klagte sie nicht. Offenbar bewältigte sie den Schock mit reiner Willenskraft.

Doch wie lange würde sie durchhalten?

Mit zitternden Fingern streifte sie sich ein von der Decke herabhängendes Bündel Zitronengras aus dem Gesicht. Sie gingen weiter. Je tiefer sie in den Keller vordrangen, desto stärker wurde der Geruch, den die trocknenden Pflanzen verströmten: Rosmarin, Wermut, Bergrhododendron, Khenpa. Alle dazu gedacht, zu Räucherstäbchen verarbeitet zu werden.

Lama Khemsar, der Klostervorsteher, hatte Painter die Verwendung der zahllosen Kräuter erklärt: Sie dienten der seelischen Reinigung, verstärkten kosmische Energien, vertrieben störende Gedanken und halfen gegen Asthma und Erkältung. Im Moment aber hätte Painter lieber gewusst, wie man aus dem Keller herauskam. Sämtliche Gebäude waren über unterirdische Gänge miteinander verbunden. Wenn im Winter das Kloster unter einer hohen Schneedecke begraben wurde, wechselten die Mönche durch den Keller von einem zum anderen Gebäude.

Auch die Scheune am Rand des Klostergeländes war unterirdisch zu erreichen. Bislang war sie von den Flammen verschont worden und zudem vom Haupttempel aus nicht einsehbar.

Wenn sie die Scheune erreichten, könnten sie vielleicht ins tiefer gelegene Dorf flüchten …

Er musste unbedingt Kontakt mit Sigma aufnehmen.

Ihm schwirrte nicht nur der Kopf vor lauter Möglichkeiten, plötzlich drehte sich auch alles um ihn.

Painter blieb stehen und lehnte sich an die Wand.

Ihm war schwindelig.

»Alles in Ordnung?«, fragte die Ärztin und näherte sich ihm.

Er atmete einige Male tief durch, dann nickte er. Seit er zu sich gekommen war, hatte er mit Schwindelanfällen zu kämpfen. Allerdings wurden die Abstände größer – oder war das lediglich Wunschdenken?

»Was ist da oben eigentlich passiert?«, fragte Dr. Cummings. Sie nahm ihm die Taschenlampe ab – eigentlich war es eine Untersuchungslampe aus ihrer Arzttasche – und leuchtete ihm damit in die Augen.

»Ich weiß nicht … keine Ahnung … Aber wir sollten weitergehen.«

Painter wollte sich von der Wand abstoßen, die Ärztin aber drückte ihm die flache Hand auf die Brust und untersuchte weiter seine Augen. »Sie haben einen ausgeprägten Nystagmus«, flüsterte sie besorgt und senkte die Lampe.

»Was?«

Sie reichte ihm eine Feldflasche mit kaltem Wasser und bat ihn, sich auf einen stoffumwickelten Heuballen zu setzen. Er erhob keine Einwände. Der Ballen war steinhart.

»Ihre Augen zeigen einen horizontalen Nystagmus, ein Zucken« der Pupillen. Haben Sie einen Schlag auf den Kopf bekommen?«

»Ich glaube nicht. Ist das so ernst?«

»Schwer zu sagen. Das kann auf eine Augen- oder Gehirnverletzung hindeuten. Dergleichen beobachtet man nach einem Schlaganfall, bei multipler Sklerose oder nach einem Schlag auf den Kopf. In Anbetracht Ihrer Schwindelanfälle würde ich auf eine Beeinträchtigung des vestibulären Apparats schließen. Vielleicht im Innenohr. Oder im Zentralnervensystem. Die Störung ist wahrscheinlich nur vorübergehend.« Ihr Gemurmel klang in höchstem Maße beunruhigt.

»Was meinen Sie mit *wahrscheinlich*, Dr. Cummings?«

»Nennen Sie mich Lisa«, sagte sie, als wollte sie ihn ablenken.

»Also gut, Lisa. Dann könnte es sich also auch um eine permanente Störung handeln?«

Sie wandte den Blick ab. »Ich muss weitere Untersuchungen anstellen, mehr in Erfahrung bringen«, sagte sie.

»Vielleicht könnten Sie mir für den Anfang berichten, was überhaupt geschehen ist.«

Er trank einen Schluck. Ihrer Aufforderung wäre er liebend gern nachgekommen. Während er sich zu erinnern versuchte, flammte hinter seinen Augen ein sengender Schmerz auf. Die vergangenen Tage waren wie im Nebel verschwunden.

»Ich hielt mich in einem der umliegenden Dörfer auf. Mitten in der Nacht waren in den Bergen seltsame Lichter zu sehen. Ich habe von dem Feuerwerk nichts mitbekommen. Als ich aufwachte, war es schon wieder vorbei. Am Morgen aber litten alle Dorfbewohner unter Kopfschmerzen und Schwindel. Ich auch. Ich erkundigte mich bei einem der Ältesten nach den Lichterscheinungen. Er meinte, die träten schon seit Generationen immer wieder auf. Verantwortlich dafür wären böse Geister, die tief im Gebirge wohnten.«

»Böse Geister?«

»Er zeigte in die Richtung, in der man die Lichter gesehen hatte. Ein Gebiet mit tiefen Schluchten und gefrorenen Wasserfällen, das sich bis zur chinesischen Grenze erstreckt. Schwer zugänglich. Das Kloster liegt auf einem Bergbuckel, von dem aus man das Niemandsland sieht.«

»Dann liegt das Kloster also näher bei den angeblichen Lichterscheinungen als das Dorf?«

Painter nickte. »Binnen vierundzwanzig Stunden sind sämtliche Schafe krepiert. Einige fielen einfach tot um. Andere rammten immer wieder den Kopf gegen einen Felsen. Als ich am nächsten Tag ins Kloster kam, hatte ich Kopfschmerzen und musste mich übergeben. Lama Khemsar gab mir Tee zu trinken. Das ist das Letzte, woran ich mich erinnere.« Painter trank noch einen Schluck Wasser und seufzte. »Das war vor drei Tagen. Ich kam in einem abgesperrten Raum zu mir. Ich musste die Tür eintreten, um rauszukommen.«

»Sie können von Glück sagen, dass Sie vergleichsweise glimpflich davongekommen sind«, meinte Lisa, als er ihr die Feldflasche reichte.

»Wie das?«

Sie verschränkte abwehrend die Arme vor der Brust. »Weil Sie nicht im Kloster waren, als die Lichterscheinungen auftraten. Der Abstand dazu korreliert anscheinend mit der Stärke der Symptome.« Sie drehte den Kopf zur Seite, als versuchte sie, durch die Kellerwände hindurchzusehen. »Vielleicht handelt es sich um irgendeine Strahlung. Meinten Sie nicht, die chinesische Grenze liege ganz in der Nähe? Vielleicht wurde dort ja ein Atomtest durchgeführt.«

Daran hatte Painter auch schon gedacht.

»Warum schütteln Sie den Kopf?«, wollte Lisa wissen.

Painter hatte davon gar nichts mitbekommen. Er fasste sich an den Schädel.

Lisa runzelte die Stirn. »Sie haben mir noch nicht gesagt, warum Sie überhaupt hier sind, Mr. Crowe.«

»Nennen Sie mich Painter.« Er setzte ein schiefes Lächeln auf. Lisa zeigte sich unbeeindruckt.

Er überlegte, wie viel er ihr verraten sollte. In Anbetracht der Umstände schien es ihm geraten, aufrichtig zu sein. Oder jedenfalls so aufrichtig, wie es ihm möglich war.

»Ich arbeite für die Regierung, für eine Abteilung, die DARPA genannt wird. Wir ...«

Sie schnippte mit den Fingern, ohne die verschränkten Arme voneinander zu lösen. »Ich weiß Bescheid. Die Forschungs- und Entwicklungsabteilung des Verteidigungsministeriums. Was hat die hier verloren?«

»Also, anscheinend waren Sie nicht die Einzige, die Ang Gelu um Hilfe gebeten hat. Vor einer Woche hat er sich an unsere Organisation gewandt. Er wollte, dass wir den Gerüchten über mysteriöse Krankheiten nachgehen. Ich habe mich in der Gegend umgeschaut, um den Bedarf an Experten – Ärzten, Geologen, Militärs – festzulegen, als das Unwetter aufkam. Allerdings hatte ich nicht damit gerechnet, dass die Telefonverbindung so lange gekappt werden würde.«

»Haben Sie etwas herausgefunden?«

»Nach den ersten Gesprächen kam mir der Gedanke, die maoistischen Rebellen hätten vielleicht Nuklearabfall in ihren Besitz gebracht und bauten eine schmutzige Bombe. Meine Vermutungen gingen in die gleiche Richtung wie die Ihren. Während ich den Sturm aussaß, habe ich deshalb Strahlenmessungen durchgeführt. Dabei ist mir nichts Ungewöhnliches aufgefallen.«

Lisa musterte ihn wie ein fremdartiges Insekt.

»Wenn wir Laborgeräte hierherschaffen könnten«, bemerkte sie sachlich, »wüssten wir bald mehr.«

Dann betrachtete sie ihn also weniger als Insekt denn als Versuchskaninchen.

Das war immerhin ein evolutionärer Sprung.

»Zunächst einmal müssen wir überleben«, rief Painter sie in die Wirklichkeit zurück.

Lisa sah an die Decke. Schon seit einer ganzen Weile waren keine Schüsse mehr zu hören. »Vielleicht glauben sie, es wären bereits alle tot. Wenn wir einfach hier unten bleiben …«

Painter stieß sich vom Heuballen ab und richtete sich auf. »Ihrer Schilderung ist zu entnehmen, dass die Gegner ausgesprochen methodisch vorgegangen sind und alles im Voraus geplant haben. Dann wissen sie auch von den unterirdischen Gängen. Wir können nur hoffen, dass sie mit der Durchsuchung so lange warten, bis das Feuer sich gelegt hat.«

Lisa nickte. »Dann gehen wir also weiter.«

»Und bringen uns in Sicherheit. Wir können es schaffen«, versicherte er ihr. Er musste sich an der Wand abstützen. »Wir können es schaffen«, wiederholte er, diesmal zu seiner eigenen Ermutigung.

Sie setzten sich wieder in Bewegung.

Nach ein paar Schritten ließ Painters Schwindel nach.

Gut.

Bis zum Ausgang konnte es nicht mehr weit sein.

Plötzlich strich ein kühler Lufthauch durch den Gang und ließ die trockenen Kräuterbündel raschelnd aneinanderstoßen. Painter spürte die Kühle im Gesicht. Plötzlich meldete sich sein Jagdinstinkt – der teils Folge seiner Spezialausbildung, teils angeboren war. Er langte hinter sich und berührte Lisa warnend am Ellbogen.

Dann schaltete er die Taschenlampe aus.

Vor ihnen prallte etwas Schweres auf den Boden. Das Geräusch hallte durch die Gänge. Eine Tür fiel zu. Der Luftzug erstarb.

Sie waren nicht mehr allein.

Der Attentäter nahm eine gebückte Haltung ein. Er wusste, dass hier jemand war. Aber wie viele Personen insgesamt? Er schulterte das Gewehr und zückte stattdessen eine Heckler-&-Koch-Pistole vom Typ MK23. Inzwischen trug er fingerlose Wollhandschuhe. Er lauschte.

Ein leises Schlurfen und Rascheln.

Die Geräusche entfernten sich.

Mindestens zwei Personen ... vielleicht auch drei.

Er zog die Falltür hinter sich zu, die den Zugang zur Scheune versperrte. Seufzend erstarb der kalte Luftzug, und es wurde stockdunkel. Er streifte eine Nachtsichtbrille über und schaltete die Ultraviolettlampe ein, die an seiner Schulter befestigt war. Der Gang wurde in ein silbriges Grün getaucht.

In einem Wandregal waren Konserven und wachsversiegelte Töpfe mit Honig gestapelt. Lautlos glitt er daran vorbei. Es bestand kein Grund zur Eile. Der einzige andere Ausgang führte in den brennenden Tempel. Die Mönche, die noch in der Lage gewesen waren, aus den Flammen zu flüchten, hatte er getötet.

Mit Gnadenschüssen.

Er wusste genau, welches Schicksal er ihnen damit erspart hatte.

Die Glocke hatte allzu laut geläutet.

Es war ein Unfall gewesen. Einer von vielen, die in letzter Zeit aufgetreten waren.

Vergangenen Monat hatte er die Unruhe im Granitschloss gespürt. Auch schon vor dem Unfall. Irgendetwas hatte die Schlossbewohner in Aufregung versetzt, das war sogar im Hinterland spürbar gewesen, wo er sein Einsiedlerleben führte. Er hatte die Vorzeichen ignoriert. Was ging ihn das an?

Dann hatte sich der Unfall ereignet ... und jetzt war es auch sein Problem.

Er musste die Folgen beseitigen.

Als einer der letzten Überlebenden der Sonnenkönige war das seine Pflicht. So war es um die Sonnenritter bestellt – um ihre Stellung und um ihre Zahl. Sie waren entkräftet und kaltgestellt, ein anachronistisches Ärgernis. Nicht mehr lange, und sie würden aussterben.

Auch gut.

Zumindest hatte er für heute seine Pflicht so gut wie erfüllt.

Wenn er den Keller gesäubert hätte, würde er in seine Behausung zurückkehren. Für die Tragödie, die sich im Kloster zugetragen hatte, würde man die maoistischen Rebellen verantwortlich machen. Wer außer ihnen würde schon ein strategisch unbedeutendes Kloster angreifen?

Um dem falschen Verdacht Vorschub zu leisten, verwendete er die gleiche Munition wie die Aufständischen.

Das galt auch für die Pistole.

Mit vorgehaltener Waffe schlich er an einer Reihe offener Eichenfässer vorbei. Weizen, Roggen, Mehl, sogar getrocknete Äpfel. Er war auf der Hut, auf einen Hinterhalt gefasst. Die Mönche waren zwar nicht mehr zurechnungsfähig, aber selbst ein Verrückter war zu erstaunlichen Dingen fähig, wenn er in die Enge getrieben wurde.

Vor ihm knickte der Gang nach links ab. Er blieb stehen, drückte sich an die rechte Wand und lauschte auf das Geräusch von Schritten. Er schob die Nachtsichtbrille hoch.

Stockdunkel.

Er senkte die Brille wieder. Vor ihm erstreckte sich der in Grüntöne getauchte Gang. Er würde jeden potenziellen Gegner als Erster sehen. Es gab kein Entrinnen. Die Mönche mussten an ihm vorbei, wenn sie nach draußen wollten.

Er bog um die Ecke.

Mitten im Gang lag ein Heuballen, als wäre jemand darüber gestolpert. Er musterte den vor ihm liegenden Kellerraum. Weitere Fässer. Von der Decke hingen Kräuterbündel.

Keine Bewegung. Kein Geräusch.

Er trat über den Heuballen hinweg, der ihm den Weg versperrte.

Unter seinem Stiefel knackte ein Wacholderzweig.

Er senkte den Blick. Der ganze Boden war mit Zweigen bedeckt.

Eine Falle.

»Jetzt!«

Als er wieder aufsah, wurde es ringsumher gleißend hell. Das Licht wurde von der Nachtsichtbrille verstärkt. Supernovas versengten ihm die Netzhaut und blendeten ihn.

Kamerablitze.

Instinktiv drückte er ab.

Sie mussten im Dunkeln gelegen und darauf gewartet haben, dass er auf die Zweige trat und durch das Knacken seine Position verriet. Dann hatten sie sich auf ihn gestürzt. Er wich einen halben Schritt zurück und stolperte über den Heuballen.

Im Fallen feuerte er wieder, doch er hatte zu hoch gezielt.

Ein Fehler.

Der Angreifer nutzte seinen Vorteil und warf sich gegen ihn. Er wurde an den Beinen getroffen und fiel über den Heuballen. Mit dem Rücken prallte er auf den Steinboden. Jemand rammte ihm etwas Spitzes in den Oberschenkel. Er kniete sich hin, was dem Angreifer ein Grunzen entlockte.

»Los!«, rief der Mann, der seinen rechten Arm nach unten drückte. »Laufen Sie!«

Der Angreifer sprach Englisch. Also war er kein Mönch.

Eine zweite Gestalt sprang an ihnen vorbei und verschwand in der Dunkelheit. Allmählich kehrte sein Sehvermögen wieder zurück. Fußgetrappel entfernte sich Richtung Falltür.

»Scheiße!«, fluchte er auf Deutsch.

Er wuchtete sich herum und warf den Mann so mühelos ab, als handelte es sich lediglich um eine Stoffpuppe. Die Sonnenkönige waren anders als andere Menschen. Der Angreifer prallte gegen die Wand, stieß sich davon ab und versuchte, dem anderen Flüchtenden zu folgen. Inzwischen aber konnte er schon wieder erheblich besser sehen, zudem wurde der Gang noch von der sich entfernenden Taschenlampe erhellt. Außer sich vor Wut packte er den Knöchel des Angreifers und zerrte ihn zurück.

Der Mann trat mit dem anderen Fuß nach ihm und traf ihn am Ellbogen.

Knurrend bohrte er den Daumen in einen empfindlichen Nerv

hinter der Achillessehne. Der Mann schrie auf. Er wusste, wie schmerzhaft das war. Als hätte man sich den Knöchel gebrochen. Er zog das Bein des Mannes hoch.

Als er sich aufrichtete, begann sich auf einmal alles um ihn zu drehen. Seine Kraft verflüchtigte sich wie die Luft aus einem angestochenen Ballon. Im Oberschenkel spürte er ein Brennen. An der Stelle, wo der Mann ihn gestochen hatte. Er blickte nach unten. In seinem Oberschenkel steckte eine Spritze, die Kanüle war bis zum Anschlag darin versenkt.

Man hatte ihn unter Drogen gesetzt.

Der Angreifer entwand sich seiner kraftlosen Umklammerung, wälzte sich herum und stolperte davon.

Er durfte den Mann nicht entkommen lassen.

Er hob die Pistole – mittlerweile war sie so schwer wie ein Amboss – und drückte ab. Vom Boden prallte ein Querschläger ab. Während er immer kraftloser wurde, feuerte er ein zweites Mal, doch der Mann war bereits außer Schussweite.

Er hörte das Fußgetrappel des Flüchtenden.

Mit schweren Gliedern sank er auf die Knie nieder. Das Herz pochte ihm in der Brust. Ein Herz von der doppelten Größe des Durchschnittsherzens. Für einen Sonnenkönig ganz normal.

Er atmete mehrmals tief durch, während sein Metabolismus sich auf die Droge einstellte.

Die Sonnenkönige waren anders als andere Menschen.

Langsam richtete er sich auf.

Er musste eine Aufgabe zu Ende bringen.

Das war sein Lebenszweck.

Das Dienen.

Painter rammte die Falltür zu.

»Helfen Sie mir«, sagte er und humpelte zur Seite. Der Schmerz strahlte in sein Bein hoch. Er zeigte auf einen Kistenstapel. »Damit beschweren wir die Falltür.«

Er zog die oberste Kiste herunter. Zu schwer zum Tragen, krachte sie mit einem klirrenden Geräusch auf den Boden. Er zerrte sie zur Tür. Er wusste nicht, was drin war, doch es war schwer, verdammt schwer.

Er schob die Kiste über die Falltür.

Lisa mühte sich mit einer zweiten Kiste ab. Er half ihr, dann packte er eine dritte Kiste.

Gemeinsam schoben sie sie zur Tür.

»Noch eine«, sagte Painter.

Lisa musterte die Kisten. »Da kommt niemand durch.«

»Noch eine«, beharrte Painter und schnitt eine Grimasse. »Vertrauen Sie mir.«

Sie schoben die letzte Kiste zur Falltür und wuchteten sie gemeinsam auf den Stapel.

»Das Medikament wird ihn für mehrere Stunden lahmlegen«, meinte Lisa.

Plötzlich ertönte ein Schuss. Eine Gewehrkugel durchschlug die Falltür und bohrte sich in einen Deckenbalken.

»Ich glaube, da liegen Sie falsch«, bemerkte Painter und zog sie mit sich fort.

»Haben Sie ihm die ganze Dosis Midazolam injiziert? Das ganze Beruhigungsmittel, meine ich?«

»Ja, klar.«

»Aber wie ...?«

»Keine Ahnung. Und im Moment ist es mir auch egal.«

Painter führte sie zur offenen Scheunentür. Nachdem sie sich vergewissert hatten, dass draußen keine weiteren Schützen lauerten, rannten sie ins Freie. Zur Linken lag der brennende, qualmende Tempel. Flammen loderten in den bedeckten Himmel empor.

Granitfarbene Wolken verdeckten den Berggipfel.

»Taski hatte recht«, murmelte Lisa und streifte die Parkakapuze über.

»Wer?«

»Ein Sherpa. Er hat gemeint, heute würde es wieder Sturm geben.«

Painter blickte den Flammen nach, die zu den Wolken empor-schlugen. Dicke Schneeflocken schwebten herab und mischten sich mit dem schwarzen, glühenden Ascheregen. Feuer und Eis. Ein passendes Gedenken an die Mönche, die im Kloster gelebt hatten.

Als Painter an die sanftmütigen Männer dachte, die hier zu Hause gewesen waren, wallte dunkler Zorn in ihm auf. Was waren das für Menschen, die gnadenlos Mönche abschlachteten?

Wer dahintersteckte, musste er noch herausfinden, doch das Motiv kannte er bereits.

Nämlich die Krankheit.

Irgendetwas war schiefgegangen – und das wollte jemand vertuschen.

Eine Explosion störte seine Gedankengänge. Aus der qualmenden Scheunentür loderten Flammen hervor. Eine der Kisten segelte auf den Hof heraus.

Painter fasste Lisa beim Arm.

»Hat er sich in die Luft gesprengt?«, fragte Lisa entsetzt.

»Nein. Nur die Falltür. Kommen Sie. Das Feuer wird ihn nicht lange aufhalten.«

Painter schritt über den eisverkrusteten Boden und wich den gefrorenen Ziegen- und Schafkadavern aus. Bald darauf hatten sie den Pferch hinter sich gelassen. Der Schneefall wurde heftiger – ein zweifelhaftes Vergnügen. Painter war lediglich mit einem dicken Wollponcho und pelzgefütterten Stiefeln bekleidet. In einem Schneesturm half das wenig. Andererseits würde der Schnee ihre Spuren verwischen und sie unsichtbar machen.

Er wandte sich zu einem Pfad, der an der steilen Felswand entlang zu dem Dorf hinunterführte, das er vor ein paar Tagen besucht hatte.

»Sehen Sie!«, sagte Lisa.

In der Tiefe stieg eine Rauchsäule in den Himmel, das kleinere Gegenstück der Qualmwolke in ihrem Rücken.

»Das Dorf …« Painter ballte eine Hand zur Faust.

Dann wurde also nicht nur das Kloster ausradiert. Auch die Hütten waren mit Brandbomben zerstört worden. Diese Leute duldeten keine Zeugen.

Painter bog vom Bergpfad ab. Der war zu exponiert.

Der Weg wurde bestimmt überwacht, und wahrscheinlich waren noch weitere Gegner in der Nähe.

Er wandte sich zu den brennenden Klosterruinen um.

»Wo sollen wir jetzt hin?«, fragte Lisa.

Painter zeigte jenseits der Flammen. »Ins Niemandsland.«

»Aber waren da nicht …?«

»Ja, da wurden die Lichterscheinungen beobachtet«, sagte er. »In dem unwirtlichen Gelände können wir uns aber auch gut verstecken. Uns im Schneesturm einigeln und einfach abwarten, bis jemand herkommt, um nach dem Feuer zu sehen.«

Painter blickte zu der schwarzen Rauchwolke hinüber, die meilenweit zu sehen sein musste. Ein Rauchzeichen, wie seine eingeborenen amerikanischen Vorfahren sie ausgetauscht hatten. Aber wurde sie überhaupt bemerkt? Sein Blick wanderte nach oben zu den Wolken. Er versuchte, den dichten Dunst zu durchdringen. Er konnte nur hoffen, dass jemand auf die Gefahr aufmerksam wurde.

Bis dahin aber hatten sie nur eine einzige Chance.

»Los.«

01:25
Washington, D. C.

Monk und Kat schritten Seite an Seite über die dunkle Capitol Plaza, weniger im Einklang miteinander als verstimmt.

»Mir wär's lieber, wenn wir noch warten würden«, meinte Kat. »Es ist noch zu früh. Da kann alles Mögliche passieren.«

Monk schnupperte Jasminduft. Nach Logan Gregorys Anruf hatten sie gemeinsam geduscht, sich im dichten Dampf gegenseitig gestreichelt und umarmt, eine letzte Liebkosung. Als sie sich anschließend jedoch abtrockneten und ankleideten, gewann der Alltag mit jedem hochgezogenen Reißverschluss und jedem geschlossenen Knopf immer mehr die Oberhand. Die Realität war ebenso ernüchternd wie ein kalter Luftzug.

Monk sah sie von der Seite an.

Kat trug eine marineblaue Freizeithose und eine Windjacke mit dem Emblem der U. S. Navy. Sie wirkte so professionell wie eh und je und ebenso makellos wie ihre polierten schwarzen Lederschuhe. Monk hingegen trug schwarze Turnschuhe, eine dunkle Jeans, einen graubeigen Rollkragenpulli und eine Baseballkappe mit dem Emblem der Chicago Cubs.

»Solange ich mir nicht sicher bin«, fuhr Kat fort, »möchte ich, dass wir über die Schwangerschaft Stillschweigen bewahren.«

»Was soll das heißen, *solange ich mir nicht sicher bin*? Bis du dir sicher bist, dass du das Kind haben willst? Oder bis du dir sicher bist, dass es mit uns beiden klappt?«

Kats Wohnung lag am Logan Circle, in einer ehemaligen viktorianischen Pension, die in Eigentumswohnungen umgewandelt worden war und sich in Gehweite vom Kapitol befand. Den ganzen Weg bis hierher hatten sie sich gestritten. Die Nacht und der kurze Weg schienen gar kein Ende zu nehmen.

»Monk …«

Er blieb stehen und streckte die Hand nach ihr aus, ließ sie aber wieder sinken. Kat war ebenfalls stehen geblieben.

Er sah ihr direkt in die Augen. »Sag es mir, Kat.«

»Ich möchte sichergehen, dass der Fötus … ich weiß auch nicht … dass ich ihn nicht verliere. Und bis dahin will ich niemandem etwas sagen.« Ihre Augen glitzerten im Mondschein. Sie stand dicht davor, in Tränen auszubrechen.

»Schatz, eben deshalb sollten wir es allen sagen.« Er trat auf sie zu und legte ihr die Hand auf den Bauch. »Um das werdende Leben zu schützen.«

Sie wandte sich ab. Seine Hand ruhte jetzt in ihrem Kreuz. »Aber vielleicht hast du ja recht. Meine Karriere … vielleicht ist das einfach nicht der passende Zeitpunkt.«

Monk seufzte. »Wenn alle Kinder zum passenden Zeitpunkt geboren würden, wäre es ziemlich menschenleer auf der Welt.«

»Monk, das ist unfair. Es geht schließlich nicht um deine Karriere.«

»Blödsinn. Glaubst du etwa, ein Kind würde nicht auch mein Leben verändern und meine zukünftigen Entscheidungen beeinflussen? Das verändert alles.«

»Eben. Das macht mir ja am meisten Angst.« Sie lehnte sich seiner Hand entgegen. Er schloss sie in die Arme.

»Wir stehen das gemeinsam durch«, flüsterte er. »Das verspreche ich dir.«

»Jedenfalls möchte ich erst mal Stillschweigen bewahren ... zumindest für die nächsten Tage. Ich war noch nicht mal beim Arzt. Vielleicht stimmt das Ergebnis vom Schwangerschaftstest ja gar nicht.«

»Wie viele Tests hast du gemacht?«

Sie lehnte sich mit dem Rücken gegen ihn.

»Ich höre?«

»Fünf«, wisperte sie.

»Fünf?« Es gelang ihm nicht ganz, seine Belustigung zu verbergen.

Kat boxte ihn in die Rippen. Es tat weh. »Du sollst dich nicht über mich lustig machen.« Er konnte hören, dass sie lächelte.

Er drückte sie fester an sich. »Also gut. Dann ist das erst mal unser Geheimnis.«

Sie drehte sich in seiner Umarmung herum und küsste ihn, nicht leidenschaftlich, sondern zum Zeichen ihrer Erleichterung. Sie lösten sich voneinander und schritten Hand in Hand über den Platz.

Vor ihnen lag ihr hell erleuchtetes Ziel: Smithsonian Castle. Die Zinnen aus rotem Sandstein und die Türme und Türmchen schimmerten in der Dunkelheit, ein anachronistisches Wahrzeichen inmitten der nüchternen Stadtlandschaft. Im Hauptgebäude war das Informationszentrum der Smithsonian Institution untergebracht, im darunter gelegenen ehemaligen Schutzbunker hingegen das Hauptquartier von Sigma sowie die Laboratorien der für die geheime DARPA tätigen Militärwissenschaftler. Dies alles war inmitten der Museen und Forschungseinrichtungen der Smithsonian Institution versteckt.

Als sie sich dem Eingang näherten, ließ Kat Monks Hand los.

Monk musterte sie verstohlen.

Ungeachtet ihrer Übereinkunft war sie immer noch unsicher, das spürte er. Ging es vielleicht nicht nur um das Kind?

Solange ich mir nicht sicher bin.

Was meinte sie damit?

Dieser Gedanke begleitete Monk bis zu den unterirdisch gelegenen Büros der Einsatzzentrale von Sigma. Nach der kurzen Besprechung mit Logan Gregory, dem diensthabenden Einsatzchef, kamen jedoch ganz neue Sorgen hinzu.

»Aufgrund des heftigen Schneefalls und der Gewitter über dem Golf von Bengalen ist der Funkverkehr noch immer gestört«, erklärte Logan, der hinter einem aufgeräumten Schreibtisch saß. An der Wand waren zahlreiche LCD-Monitore aufgereiht. Auf einem wurden die aktuellen Wetterdaten angezeigt.

Monk reichte Kat ein Satellitenfoto.

»Hoffentlich meldet er sich noch vor Sonnenuntergang«, fuhr Logan fort. »Ang Gelu ist heute Morgen in ärztlicher Begleitung mit einem Helikopter zum Kloster hochgeflogen. Sie wollten wieder zurück sein, bevor das Wetter sich abermals verschlechtert. Es ist noch früh am Tag. In Nepal gerade erst Mittag. Also können wir darauf hoffen, bald etwas zu erfahren.«

Monk wechselte einen Blick mit Kat. Sie waren beide über den Einsatz informiert. Painter Crowe hatte sich seit drei Tagen nicht mehr gemeldet. Logan Gregory sah so fertig aus, als hätte er die ganze Zeit über kein Auge zugetan. Wie gewöhnlich trug er einen blauen Anzug, der an Ellbogen und Knie etwas zerknittert war. Für den stellvertretenden Leiter von Sigma war das schon schlampig. Seine strohblonde, sonnengebräunte Erscheinung wirkte stets jugendlich, obwohl er bereits über vierzig war. Heute aber wirkte er blass, seine Augen waren verquollen, und die Falten an der Nasenwurzel wirkten so tief wie der Grand Cañon.

»Wie sieht es bei Gray aus?«, fragte Kat.

Logan richtete einen Aktenordner auf der Tischplatte gerade aus, als wäre das andere Thema damit erledigt. So geschäftsmäßig wie eh und je schob er einen zweiten Ordner vor und schlug ihn auf. »Vor einer Stunde wurde ein Anschlag auf Commander Pierce verübt.«

»Was?« Monk beugte sich ruckartig vor. »Und da reden Sie vom Wetter?«

»Immer mit der Ruhe. Er befindet sich in Sicherheit und wartet auf Unterstützung.« Logan setzte sie in knappen Worten über die Ereignisse in Kopenhagen ins Bild und schilderte auch, wie Gray seine Haut gerettet hatte. »Monk, ich möchte, dass Sie zu Commander Pierce stoßen. In Dulles wartet eine Maschine, die in zweiundneunzig Minuten planmäßig starten soll.«

Eines musste man dem Mann lassen: Er brauchte nicht mal auf die Uhr zu sehen.

»Captain Bryant«, wandte Logan sich an Kat. »Mir wäre es lieb, wenn Sie einstweilen hierblieben, während wir uns Klarheit über die Lage in Nepal verschaffen. Ich habe bereits mit unserer Botschaft in Kathmandu telefoniert. Ihre Erfahrung mit einheimischen und ausländischen Geheimdiensten könnte sich als nützlich erweisen.«

»Selbstverständlich, Sir.«

Auf einmal war Monk froh, dass Kat im Geheimdienst Karriere gemacht hatte. Jetzt also sollte sie Logan bei der Bewältigung der aktuellen Krise helfen. Ihm war es lieber, dass sie hier in Smithsonian Castle arbeitete, als dass sie an einem Einsatz teilnahm. Eine Sorge weniger.

Er bemerkte, dass Kat ihn anstarrte. Sie wirkte verärgert, als hätte sie seine Gedanken gelesen. Monk verzog keine Miene.

Logan erhob sich. »Sie können sich jetzt an die Arbeit machen.« Er hielt die Bürotür auf. Sie waren entlassen.

Kaum hatte sich die Tür hinter ihnen geschlossen, packte Kat ihn oberhalb des Ellbogens am Arm. »Du fliegst also nach Dänemark?«

»Ja, und?«

»Und was ist …?« Sie zog ihn auf die Damentoilette. Zu dieser späten Stunde hielt sich niemand darin auf. »Was ist mit dem Kind?«

»Wie meinst du das? Was hat das …?«

»Und wenn dir etwas passiert?«

Er blinzelte. »Mir passiert schon nichts.«

Sie hob seinen linken Arm, sodass man die Handprothese sah. »Du bist nicht unverwundbar.«

Er ließ den Arm herabsinken und versteckte die Hand hinter dem Rücken. Das Blut schoss ihm ins Gesicht. »Das ist doch harmlos. Ich unterstütze Gray, bis er seine Aufgabe erledigt hat. Sogar Rachel kommt nach Kopenhagen. Wahrscheinlich soll ich den Anstandswauwau spielen. Mit dem nächsten Flieger kommen wir zurück.«

»Wenn der Einsatz so verdammt harmlos ist, schick jemand anders hin. Ich kann Logan sagen, ich bräuchte deine Hilfe.«

»Als ob er dir das abnehmen würde.«

»Monk …«

»Ich fliege, Kat. Du bist diejenige, die über deine Schwangerschaft Stillschweigen bewahren will. Ich würde es am liebsten hinausschreien, damit alle Welt es hört. Aber wie auch immer, wir müssen beide unsere Pflicht tun. Du hast deine zu erfüllen, ich meine. Vertrau mir – ich werd schon nicht leichtsinnig sein.« Er legte ihr die Hand auf den Bauch. »Um uns dreien willen werde ich gut auf meinen Arsch aufpassen.«

Seufzend legte sie ihre Hand auf die seine. »Also, das ist auch ein besonders hübscher Arsch.«

Er lächelte sie an. Sie lächelte zurück, doch es lagen Angst und Sorge in ihrem Blick. Darauf wusste er nur eine Antwort.

Er neigte sich ihr entgegen, bis ihre Lippen sich berührten, und flüsterte: »Ich verspreche es dir.«

»Was versprichst du?«, erwiderte sie und wich etwas zurück.

»Alles«, antwortete er und küsste sie auf den Mund.

Es war sein voller Ernst.

»Meinetwegen kannst du's Gray erzählen«, meinte sie, als sie sich voneinander lösten. »Solange er schwört, es nicht weiterzusagen.«

»Tatsächlich?« Monks Miene hellte sich auf, dann kniff er misstrauisch die Augen zusammen. »Warum?«

Kat trat um ihn herum zum Spiegel und klopfte ihm dabei auf den Po. »Ich möchte, dass auch er auf deinen Arsch aufpasst.«

»Einverstanden. Allerdings glaube ich nicht, dass er sich davon beeindrucken lässt.«

Kopfschüttelnd begutachtete sie ihr Gesicht im Spiegel. »Was soll ich nur mit dir anfangen?«

»Also, Mr. Gregory zufolge habe ich noch zweiundneunzig Minuten Zeit.«

12:15
Himalaya

Lisa folgte Painter.

Mit der Geschicklichkeit einer Bergziege kletterte er einen mit Findlingen übersäten und mit eisverkrustetem Schiefer bedeckten steilen Graben hinunter. Der dichte Schneefall beschränkte die Sichtweite auf wenige Meter und erzeugte ein unheimliches graues Zwielicht. Zumindest waren sie hier ein wenig vor den eisigen Böen geschützt. In der tiefen Rinne bewegten sie sich gegen die Windrichtung.

Trotzdem gab es kein Entrinnen vor der Eiseskälte, denn die Temperatur sank immer tiefer in den Keller. Trotz des Parkas und der Handschuhe zitterte Lisa. Obwohl sie noch keine Stunde unterwegs waren, war die Hitze des brennenden Klosters nurmehr eine ferne Erinnerung. Die ungeschützten Stellen ihres Gesichts waren vom scharfen Wind gerötet und fühlten sich wund an.

Painter hatte noch mehr zu leiden. Er hatte eine dicke Hose und Wollfäustlinge angezogen, die er einem der toten Mönche abgenommen hatte. Doch er hatte keine Kapuze. Um wenigstens die untere Gesichtshälfte zu schützen, hatte er sich ein Halstuch umgebunden. Weiße Atemwölkchen quollen daraus hervor.

Sie mussten einen Unterschlupf finden.

Und zwar bald.

Painter fing Lisa auf, als sie auf dem Hintern einen besonders steilen Abschnitt hinunterrutschte. Sie hatten das Ende des Gefälles erreicht. Eingerahmt von steilen Felswänden beschrieb die Rinne an der Stelle einen Knick.

Der Neuschnee lag bereits dreißig Zentimeter hoch.

Ohne Schneeschuhe würden sie nur schwer vorankommen.

Als hätte er ihre Gedanken gelesen, zeigte Painter an den Rand der schmalen Rinne. Dort war ein Überhang, der ein wenig Schutz vor dem Wetter bot. Sie stapften durch die Schneewehen darauf zu.

Als sie den Überhang erreicht hatten, wurde es einfacher.

Lisa blickte sich um. Ihre Fußspuren füllten sich bereits mit Schnee. In wenigen Minuten würden sie nicht mehr zu sehen sein. Obwohl es ihre Verfolgung unmöglich machte, fand Lisa das verstörend. Es war, als würde ihre Existenz ausgelöscht.

Sie sah wieder nach vorn. »Haben Sie eine Ahnung, wohin wir gehen?«, fragte sie. Unwillkürlich hatte sie geflüstert – weniger weil sie fürchtete, jemand könnte sie hören, sondern weil der die Geräusche dämpfende Schnee sie einschüchterte.

»Eigentlich nicht«, erwiderte Painter. »Das Grenzgebiet wurde noch nicht kartographisch erfasst. Weite Teile davon wurden noch nie von einem Menschen betreten.« Er schwenkte den Arm. »Bevor ich hierherkam, habe ich mir die Satellitenbilder angesehen. Aber das bringt nicht viel. Das zerklüftete Terrain erschwert die Überwachung.«

Eine Weile gingen sie schweigend weiter.

Schließlich blickte Painter sich nach ihr um. »Wussten Sie, dass hier 1999 Shangri-La entdeckt wurde?«

Lisa zog die Brauen hoch. Sie konnte nicht erkennen, ob er hinter dem Halstuch lächelte. »Das Shangri-La aus *Der verlorene Horizont*?« Sie erinnerte sich an das Buch und den Film. Shangri-La war ein utopisches, märchenhaftes Paradies irgendwo im Himalaya.

Painter blickte wieder nach vorn und erklärte im Gehen: »Zwei Forscher von *National Geographic* haben ein paar hundert Meilen südlich von hier eine unglaublich tiefe Schlucht entdeckt, die unter einem Berghang versteckt liegt und auf Satellitenbildern daher nicht zu sehen ist. Auf dem Boden der Schlucht liegt ein subtropisches Paradies. Mit Wasserfällen, Kiefern und Tannen, Wiesen voller Rhododendren, mit von Schierling und Rottannen gesäumten Bächen. Eine von Tieren wimmelnde natürliche Gartenlandschaft, an allen Seiten von Schnee und Eis umgeben.«

»Shangri-La?«

Er zuckte die Schultern. »Das zeigt nur, dass Wissenschaft und Satelliten nicht immer imstande sind, das zu enthüllen, was die Natur verbergen will.«

Inzwischen klapperte er mit den Zähnen. Selbst das Sprechen verbrauchte Körperwärme und Atemluft. Sie mussten ihr eigenes Shangri-La finden.

Schweigend stapften sie weiter. Der Schneefall wurde dichter.

Zehn Minuten später beschrieb die Rinne abermals einen scharfen Knick. An der Biegung verschwand der schützende Überhang.

Die Rinne führte steil nach unten, wurde breiter und öffnete sich. Ein Schneevorhang fiel auf sie nieder, erfüllte die ganze Welt. Wenn eine Windbö den Schneevorhang für Augenblicke lüftete, sahen sie verschwommen ein tiefer gelegenes Tal.

Es war kein Shangri-La.

Vor ihnen erstreckte sich eine Reihe eisiger, schneeumtoster schroffer Felsen, die zu steil waren, um sie ohne Sicherungsseil zu überqueren. Ein Bach ergoss sich in einer Abfolge von Wasserfällen in die Tiefe – zu Eis erstarrt, dem Zeitablauf entrückt.

Dahinter, von Schnee und Eisnebel verhüllt, lag eine tiefe, anscheinend bodenlose Schlucht. Das Ende der Welt.

»Wir finden schon einen Weg nach unten«, sagte Painter mit klappernden Zähnen.

Er stapfte in den Sturm hinaus. Erst versanken sie bis über die Knöchel im Schnee, dann bis zu den Waden. Painter pflügte Lisa eine Schneise frei.

»Warten Sie«, sagte Lisa. Sie würde nicht mehr lange durchhalten. Bis hierher hatte er sie mitgeschleift, aber für diese Bedingungen waren sie nicht ausgerüstet. »Dort drüben.«

Sie wandte sich zur Felswand. An der Leeseite waren sie vor dem Wind geschützt.

»Wo?«, wollte er sagen, doch sein Zähneklappern war so heftig, dass er nicht zu verstehen war.

Sie zeigte zum gefrorenen Wasserfall. Taski Sherpa hatte ihnen ein paar Überlebenstechniken beigebracht. Auf die richtige Wahl des Unterschlupfs hatte er besonderen Wert gelegt.

Die fünf aussichtsreichsten Stellen konnte sie auswendig hersagen.

Lisa trat dicht an den Wasserfall heran. Wie Taski es ihr eingeschärft hatte, suchte sie nach der Stelle, wo der schwarze Fels an das bläulich weiße Eis stieß. Ihrem Führer zufolge verwandelte die sommerliche Schneeschmelze die Wasserfälle des Himalayas in wilde Sturzbäche, die tiefe Furchen aus dem Fels herauswuschen. Gegen Ende des Sommers erstarrten die Wasserfälle, und häufig blieb dahinter eine Nische frei.

Erleichtert stellte sie fest, dass dieser Wasserfall keine Ausnahme darstellte.

Im Stillen bedankte sie sich bei Taski und all seinen Vorfahren.

Mit dem Ellbogen zerbrach sie die Raureifkruste und erweiterte die Lücke zwischen Eis und Felswand. Dahinter lag eine kleine Höhle.

Painter trat neben sie. »Lassen Sie mich erst mal nachsehen, ob es auch sicher ist.«

Er zwängte sich durch den Spalt. Im nächsten Moment flammte ein kleines Licht auf und erhellte den erstarrten Wasserfall.

Lisa spähte durch die Lücke.

Painter stand ein paar Schritte entfernt, die Taschenlampe in der Hand. Er leuchtete in der kleinen Nische umher. »Sieht gut aus. Hier sollten wir den Sturm eine Weile überstehen können.«

Lisa zwängte sich zu ihm durch. Kaum hatte sie den Wind und den Schnee hinter sich gelassen, kam es ihr bereits wärmer vor.

Painter schaltete die Taschenlampe aus. Eine künstliche Lichtquelle war eigentlich unnötig. Die Eiswand sammelte das wenige Tageslicht, das der Sturm durchließ, und verstärkte es. Der gefrorene Wasserfall funkelte schillernd.

Painter drehte sich zu Lisa um. Passend zu dem leuchtenden Eis wirkten seine Augen außergewöhnlich blau. Sie forschte in seinem Gesicht nach Anzeichen von Erfrierungen. Aufgrund des scharfen Windes hatte seine Haut eine tiefrote Farbe angenommen. Sein indianisches Erbe war zum Vorschein gekommen. Umso erstaunlicher wirkten seine blauen Augen.

»Danke«, sagte Painter. »Sie haben uns das Leben gerettet.«

Lisa wandte achselzuckend den Blick ab. »Ich war Ihnen noch einen Gefallen schuldig.«

Obwohl ihre Bemerkung eher abweisend geklungen hatte, wärmte ihr seine Anerkennung das Herz – und zwar mehr, als sie erwartet hätte.

»Woher wussten Sie, was uns hier …?« Plötzlich musste Painter heftig niesen. »Hat-schi.«

Lisa ließ den Rucksack zu Boden gleiten. »Genug gefragt. Wir müssen uns beide wärmen.«

Sie zog eine Isolierdecke von MPI aus dem Rucksack. Das dünne Astrolargewebe war imstande, neunzig Prozent der abgestrahlten Körperwärme zurückzuhalten. Und dabei waren sie nicht einmal ausschließlich auf ihre Körperwärme angewiesen.

Lisa packte ein kompaktes Katalyseheizgerät aus, das beim Bergsteigen unverzichtbar war.

»Setzen Sie sich hin«, sagte sie zu Painter und breitete die Decke auf den kalten Fels.

Erschöpft gehorchte er.

Sie setzte sich neben ihn und hüllte sie beide in die Decke. Sie kuschelte sich dicht an Painter an und schaltete den Coleman-Sportcat-Heizer ein. Das Gerät kam ohne Flamme aus. Der Inhalt des kleinen Butanzylinders reichte für mindestens vierzehn Stunden. Wenn sie den Heizer nur vorübergehend einschalteten, würden sie mit der Allwetterdecke zwei bis drei Tage lang durchhalten.

Während der Heizer allmählich auf Touren kam, erschauerte Painter.

»Ziehen Sie Handschuhe und Stiefel aus«, sagte Lisa und ging mit gutem Beispiel voran. »Wärmen Sie die Finger am Heizer und massieren Sie Finger, Zehen, Nase und Ohren.«

»Damit keine E-Erfrierungen zurückbleiben …«

Sie nickte. »Setzen Sie sich auf eine möglichst dicke Unterlage, damit der Wärmeverlust minimiert wird.«

Sie entkleideten sich und polsterten ihr Nest mit Gänsedaunen und Wolle.

Bald darauf war es nahezu behaglich warm.

»Ich habe ein paar Energieriegel dabei«, sagte Lisa. »Trinken können wir geschmolzenen Schnee.«

»Sie sind ja eine richtige Überlebenskünstlerin«, sagte Painter mit etwas kräftigerer Stimme als zuvor. Jetzt, da es warm wurde, kehrte auch sein Optimismus zurück.

»Aber gegen eine Kugel hilft das auch nicht«, meinte Lisa. Die Nase unter die Decke gesteckt, sah sie ihn an.

Painter nickte seufzend. Vorerst hatten sie die Kälte hinter sich gelassen, nicht aber die Gefahr. Der Sturm, der eben noch ihr Leben bedroht hatte, bot ihnen nun zumindest einen gewissen Schutz. Aber wie sollte es weitergehen? Sie konnten keine Hilfe herbeirufen. Und sie waren unbewaffnet.

»Wir halten uns versteckt«, sagte Painter. »Die Leute, die das Kloster zerstört haben, werden unseren Spuren nicht folgen können. Sobald sich das Wetter bessert, wird man Suchtrupps losschicken. Mit der Leuchtfackel in Ihrem Rucksack können wir sie auf uns aufmerksam machen.«

»Dann bleibt uns nur zu hoffen, dass die Retter uns vor den Unbekannten finden werden.«

Er drückte ihr aufmunternd das Knie. Sie rechnete es ihm hoch an, dass er sich mit hohlen Phrasen zurückhielt. In ihrer Lage konnten sie keine Schönrednerei gebrauchen. Sie tastete nach seiner Hand und hielt sie fest. Diese Ermutigung musste reichen.

Beide schwiegen, jeder mit seinen Gedanken beschäftigt.

»Was sind das für Leute, was meinen Sie?«, fragte Lisa nach einer Weile.

»Keine Ahnung. Aber als ich den Mann gerammt habe, hat er geflucht. Auf Deutsch. Ich hatte das Gefühl, ich wäre gegen einen Panzer gerannt.«

»Ein Deutscher? Sind Sie sicher?«

»Sicher ist gar nichts. Aber wahrscheinlich war das ein Söldner. Jedenfalls hatte er eine militärische Ausbildung.«

»Moment mal«, sagte Lisa. Sie drehte sich um und wühlte im Rucksack. »Die Kamera.«

Painter straffte sich ein wenig, wobei ihm die Decke von der Schulter rutschte. Er duckte sich, um die Lücke wieder zu schließen. »Haben Sie ein Foto von ihm gemacht?«

»Um den Blitz wiederholt auszulösen, habe ich die Kamera auf Serienfoto gestellt. In diesem Modus werden fünf Bilder pro Sekunde gemacht. Ich habe keine Ahnung, was drauf ist.« Sie tippte an den Bedienknöpfen der Kamera herum.

Schulter an Schulter blickten sie auf den kleinen LCD-Monitor an der Kamerarückseite. Lisa ließ die letzten Bilder anzeigen. Die meisten waren unscharf, dennoch wirkte die Fotoserie wie eine Zeitlupenwiedergabe ihrer Flucht: Das Erschrecken des Angreifers, der schützend vor die Augen erhobene Arm, das Mündungsfeuer, als Lisa hinter dem Fass Deckung suchte, der Zusammenprall mit Painter.

Auf einigen Fotos war das Gesicht des Mannes zu erkennen.

Die verschiedenen Puzzleteile ergaben folgendes Bild: hellblondes Haar, buschige Augenbrauen, vorstehender Kiefer. Die letzten Fotos waren offenbar entstanden, als Lisa über Painter und den Angreifer hinweggesprungen war. Auch eine Nahaufnahme war dabei. Die Nachtsichtbrille war verrutscht, sodass man ein Auge des Mannes sah. Die unbeherrschte Wut darin wurde von der roten Pupille noch gesteigert.

Lisa klickte wieder zu Relu Na zurück, dem fernen Verwandten Ang Gelus, der sie mit der Sichel angegriffen hatte. Die Augen des wahnsinnigen Mönchs hatten ganz ähnlich gefunkelt. Sie bekam eine Gänsehaut, die nichts mit dem Schneesturm zu tun hatte, der über sie hinwegbrauste.

Und noch etwas anderes fiel ihr auf.

Die Augen des Mannes waren unterschiedlich gefärbt.

Das eine war stahlblau.

Das andere reinweiß.

Vielleicht lag es ja auch nur an der Überbelichtung ...

Lisa drückte die Rücktaste und klickte zum Anfang zurück. Anschließend wurden wieder die Kellerbilder angezeigt. Sie klickte weiter, bis das letzte Bild erschien, das sie vor Betreten des Kellers aufgenommen hatte. Es zeigte die mit blutigen Zeichen beschmierte Wand. Daran hatte sie gar nicht mehr gedacht.

»Was ist das?«, fragte Painter.

Die traurige Geschichte vom Klostervorsteher hatte sie ihm bereits erzählt. »Das hat der alte Mönch auf die Wand gekritzelt. Das ist ein und dieselbe Abfolge von Zeichen. Sie wiederholen sich immer wieder.«

Painter beugte sich neugierig vor. »Können Sie das Bild zoomen?«

Der Bildausschnitt wurde kleiner, die Bildschärfe schlechter.

Painter zog nachdenklich die Brauen zusammen. »Das ist weder Tibetisch noch Nepalesisch. Sehen Sie nur, wie eckig die Schriftzeichen sind. Das scheinen mir eher nordische Runen zu sein oder so was in der Art.«

»Glauben Sie wirklich?«

»Möglich wär's.« Painter seufzte auf und lehnte sich zurück. »Man möchte fast meinen, Lama Khemsar hätte mehr gewusst, als er sich hat anmerken lassen.«

Lisa fiel etwas ein, was sie Painter noch nicht gesagt hatte. »Nachdem er sich die Kehle durchgeschnitten hatte, stellte sich heraus, dass er sich ein Zeichen auf die Brust geritzt hatte. In dem Moment schrieb ich das seinem Wahnsinn zu. Jetzt aber bin ich mir nicht mehr so sicher.«

»Wie sah es aus? Können Sie's zeichnen?«

»Das ist nicht nötig. Es war ein Hakenkreuz.«

Painter hob erstaunt die Brauen. »Ein Hakenkreuz?«

»Ich glaub schon. Vielleicht fühlte er sich ja in der Zeit zurückversetzt und hat etwas ausgelebt, was ihm Angst machte.«

Lisa berichtete, dass Ang Gelus Verwandter bei seiner Flucht vor den maoistischen Rebellen von den Grausamkeiten, die sie an unschuldigen Bauern verübten, traumatisiert worden sei. Vielleicht habe er ja ebenfalls ein tief liegendes Trauma ausagiert, als er den Verstand verloren habe.

Als sie geendet hatte, schaute Painter nachdenklich drein. »Lama Khemsar war Mitte siebzig. Dann war er zur Zeit des Zweiten Weltkriegs ein junger Bursche. Möglich wär's schon. Die Nazis haben Forschungsexpeditionen in den Himalaya entsandt.«

»Hierher? Warum denn das?«

Painter zuckte mit den Schultern. »Heinrich Himmler, der Reichsführer SS, war angeblich fasziniert vom Okkulten. Er hat alte vedische Texte gelesen. Der Drecksack hat geglaubt, der Himalaya wäre der Geburtsort der arischen Rasse. Die Forschungsexpeditionen sollten den Beweis erbringen. Da hätte er wohl lange suchen müssen.«

148

Lisa lächelte ihn an. »Vielleicht ist der alte Lama in seiner Jugend ja einer solchen Expedition begegnet und sollte für sie den Führer spielen.«

»Schon möglich. Aber ob das stimmt, werden wir nie erfahren. Seine Geheimnisse hat er mit ins Grab genommen.«

»Vielleicht aber auch nicht. Vielleicht wollte er in dem Zimmer irgendetwas Schreckliches loswerden und sich dadurch, dass er sein Wissen preisgab, unbewusst davon lossprechen.«

»Das sind eine Menge Vielleicht.« Painter massierte sich die Stirn, da zuckte er auf einmal zusammen. »Und ich kann noch eins hinzufügen. *Vielleicht* war das alles ja auch nur Unsinn.«

Lisa konnte ihn nicht widerlegen. Sie seufzte. Die Wirkung des Adrenalins, das sie bei der Flucht ausgeschüttet hatten, ließ rasch nach. »Ist Ihnen wieder warm?«

»Ja, danke.«

Sie schaltete das Heizgerät aus. »Wir müssen Gas sparen.«

Er nickte und musste plötzlich heftig gähnen.

»Wir sollten versuchen, etwas zu schlafen«, meinte Lisa. »Und zwar abwechselnd.«

Stunden später wurde Painter von Lisa wachgerüttelt. Er setzte sich auf. Draußen war es dunkel. Die vor ihm befindliche Eiswand war so schwarz wie der Fels.

Jedenfalls hatte der Sturm etwas nachgelassen.

»Was gibt's?«, fragte er.

Lisa hatte die Decke ein Stück herabsinken lassen.

Sie hob den Arm und flüsterte: »Warten Sie einen Moment.«

Er rückte näher zu ihr und schüttelte den letzten Rest Schläfrigkeit ab. Er wartete eine halbe Minute. Nichts geschah. Der Sturm hatte sich eindeutig gelegt. Das Heulen des Windes hatte aufgehört. Eine kristallklare winterliche Stille hatte sich auf das Tal und die Felswände herabgesenkt. Er lauschte angestrengt, doch es war kein verdächtiges Geräusch zu hören.

Irgendetwas hatte Lisa erschreckt.

Er spürte ihre Angst. Ihr Körper vibrierte geradezu.

»Lisa, was in aller Welt ...?«

Unvermittelt flammte die Eiswand auf, als fände draußen ein Feuerwerk statt. Das Ganze geschah völlig lautlos. Das funkelnde Leuchten wanderte die Wasserfälle hinauf und verblasste. Dann wurde das Eis wieder dunkel.

»Die Geisterlichter ...«, flüsterte Lisa.

Painter erinnerte sich, wie alles vor drei Tagen angefangen hatte. *Die Krankheit im Dorf, der Wahnsinn im Kloster.* Lisa hatte vermutet, die Nähe zu den seltsamen Lichterscheinungen stehe in direktem Zusammenhang mit der Schwere der Symptome.

Jetzt waren sie mitten im Niemandsland.

Den Lichterscheinungen so nahe wie noch nie.

Plötzlich flammte der gefrorene Wasserfall abermals auf und verstrahlte ein helles, tödliches Licht. Die Geisterlichter waren wieder aktiv.

5

Dicke Luft

18:12
Kopenhagen, Dänemark

Hatte in Europa denn alles Verspätung?

Gray sah auf die Uhr.

Die Auktion hatte um siebzehn Uhr beginnen sollen.

Die Züge und Busse waren hier so pünktlich, dass man die Uhr danach stellen konnte, doch Veranstaltungen standen auf einem ganz anderen Blatt. Es war schon nach sechs. Zuletzt hatte es geheißen, die Auktion solle um halb sieben anfangen, da sich einige mit dem Flugzeug anreisende Bieter aufgrund eines Sturms über der Nordsee verspätet hätten.

Nach und nach trudelten die Interessenten ein.

Als es auf den Abend zuging, hatte Gray auf einem Balkon im ersten Stock des Scandic Hotels Webers Posten bezogen. Das Ergenschein-Auktionshaus lag genau gegenüber, ein vierstöckiges Gebäude im modernen minimalistischen Stil mit viel Glas und hellem Holz, in dem man eher eine Kunstgalerie vermutet hätte. Die Auktion sollte im Keller stattfinden.

Und zwar hoffentlich bald.

Gray gähnte und streckte sich.

Zuvor hatte er seine Überwachungsausrüstung aus dem Hotel am Nyhavn geholt und die Rechnung bezahlt. Unter einem anderen Namen und mit einer neuen MasterCard hatte er sich in diesem Hotel ein Zimmer genommen. Es bot einen Panoramablick auf den

Rathausplatz, und vom Balkon aus hörte er das ferne Gelächter und die Musik vom Tivoli, einem der ältesten Vergnügungsparks der Welt.

Vor ihm stand ein Laptop, daneben lag ein angebissener Hotdog, den er bei einem Straßenhändler erstanden hatte. Seine erste Mahlzeit an diesem Tag. Entgegen allen Gerüchten spielte sich der Agentenalltag nicht nur in Spielcasinos und Gourmetrestaurants ab. Der Hotdog hatte zwar fast fünf Dollar gekostet, schmeckte aber prima.

Das Monitorbild erzitterte, als die bewegungsempfindlichen Kameras eine rasche Folge von Fotos aufnahmen. Die Bilder von zwei Dutzend Auktionsteilnehmern hatte er bereits gespeichert; steife Banker, abweisender Eurotrash, drei stiernackige Herren in abgenutzten Anzügen, auf deren Stirn Mafiosi gestempelt war, eine pummelige, professionell gekleidete Frau und ein Quartett weiß gekleideter Neureicher mit identischen Segelkappen. Natürlich sprachen sie Amerikanisch. Und zwar laut.

Gray schüttelte den Kopf.

Viele Nachzügler würden wohl nicht mehr kommen.

Da hielt vor dem Auktionshaus eine lang gestreckte schwarze Limousine. Zwei Personen stiegen aus. Sie waren groß gewachsen und schlank und hatten ähnliche Armanianzüge am Leib. Er trug eine blaue Tüpfelkrawatte, sie eine Seidenbluse in passendem Farbton. Beide waren jung, höchstens Mitte zwanzig. Ihre Erscheinung hingegen hatte nichts Jugendliches an sich. Vielleicht lag es an dem kurzen, gebleichten Blondhaar, das ihnen am Schädel klebte, sodass sie wie zwei Stummfilmstars aus den Zwanzigerjahren wirkten. Beide strahlten eine alterslose Anmut aus. Sie lächelten nicht, wirkten aber auch nicht abweisend. Selbst auf den Fotos funkelte freundliche Belustigung in ihren Augen.

Der Portier hielt ihnen die Tür auf.

Sie nickten ihm grüßend zu – wiederum nicht übertrieben herzlich, aber doch freundlich. Dann verschwanden sie im Auktionshaus. Der Portier folgte ihnen und drehte ein Türschild um. Das waren offenbar die letzten Gäste, die erwartet wurden, und vielleicht waren sie ja der Anlass gewesen, weshalb man so lange gewartet hatte.

Wer war das?

Er bezähmte seine Neugier. Logan Gregorys Befehle waren eindeutig gewesen.

Er klickte noch einmal die Fotos durch, um sich zu vergewissern, dass alle Auktionsteilnehmer sauber getroffen waren. Dann kopierte er sie auf einen USB-Stick, den er in die Tasche steckte. Jetzt brauchte er nur noch zu warten, bis die Auktion beendet war. Logan hatte dafür gesorgt, dass eine Liste der verkauften Objekte und der Käufer an ihn übermittelt würde. Sicherlich würden ein paar falsche Namen darunter sein, aber sie würden die Informationen mit den Datenbanken der für die Terrorbekämpfung zuständigen U. S. Taskforce und den Erkenntnissen von Europol und Interpol abgleichen. Gray würde vielleicht nie erfahren, was hier wirklich vorging.

Zum Beispiel hätte er gern gewusst, warum das Antiquariat niedergebrannt und Grette Neal getötet worden war.

Willentlich entspannte er die Faust. Er hatte den ganzen Nachmittag gebraucht, um wieder ruhiger zu werden, doch inzwischen hatte er sich damit abgefunden, die Grenzen einzuhalten, die Logan ihm setzte. Er hatte keine Ahnung, was hier gespielt wurde, und wenn er übereilt vorgegangen wäre, hätte das den Tod weiterer Personen nach sich ziehen können.

Gleichwohl plagten ihn Gewissensbisse. Den Nachmittag über war er im Hotelzimmer unruhig auf und ab gegangen. Immer wieder ließ er die letzten Tage Revue passieren.

Wenn er behutsamer vorgegangen wäre und bessere Vorsichtsmaßnahmen ergriffen hätte …

Grays Handy begann in der Hosentasche zu vibrieren. Er nahm es heraus und las die angezeigte Nummer ab. *Gott sei Dank.* Er klappte es auf und trat auf den Balkon hinaus.

»Rachel … schön, dass du anrufst.«

»Ich habe deine Nachricht bekommen. Ist alles in Ordnung bei dir?«

Sie klang besorgt, konnte ihr professionelles Interesse aber nicht verhehlen. In einer kurzen SMS hatte er sie darauf vorbereitet, dass ihr Rendezvous kurz ausfallen würde. Einzelheiten hatte er keine genannt. Trotz ihrer engen Beziehung galt es, Geheimhaltungsvorschriften zu beachten.

»Mir geht's gut. Aber Monk kommt her. Er wird kurz nach Mitternacht eintreffen.«

»Ich bin gerade in Frankfurt«, sagte Rachel. »Ein Zwischenstopp. Nach der Landung hab ich meine SMS abgerufen.«

»Es tut mir ehrlich leid.«

»Soll ich wieder umkehren?«

Er wollte sie in die Sache nicht hineinziehen. »Das wäre das Beste. Wir müssen was Neues ausmachen. Wenn sich die Lage hier beruhigt hat, kann ich vielleicht vor dem Rückflug in die Staaten bei dir in Rom vorbeischauen.«

»Das wäre schön.«

Die Enttäuschung war ihr deutlich anzuhören.

»Ich besuche dich«, sagte er und hoffte, dass es ihm gelingen würde, sein Versprechen auch einzulösen.

Rachel seufzte – nicht gereizt, sondern verständnisvoll. Über ihre Fernbeziehung machten sie sich beide keine Illusionen. Zwei Kontinente, zwei Karrieren. Aber sie waren bereit, daran zu arbeiten … und herauszufinden, wohin sie das führen würde.

»Ich hätte mich gern mit dir unterhalten«, sagte Rachel.

Er wusste, was sie meinte, und hörte die tiefere Bedeutung aus ihren Worten heraus. Sie hatten schon viel zusammen durchgemacht und ihre jeweiligen Stärken und Schwächen kennengelernt. Trotz aller Schwierigkeiten aber hatten sie nicht das Handtuch werfen wollen. Ihnen beiden war klar, dass es an der Zeit war, über den nächsten Schritt zu sprechen.

Darüber, wie sich die Entfernung verkürzen ließe.

Wahrscheinlich war das einer der Gründe, weshalb die Trennung seit dem letzten Treffen so lange gedauert hatte. Zwischen ihnen herrschte das stillschweigende Einverständnis, dass sie Zeit zum Nachdenken brauchten. Jetzt aber war es an der Zeit, die Karten auf den Tisch zu legen.

Entweder, oder.

Aber wusste er wirklich, was er wollte? Er liebte Rachel. Er hätte gern mit ihr zusammengelebt. Sie hatten sogar schon über Kinder gesprochen. Und trotzdem – irgendetwas beunruhigte ihn. Er war beinahe erleichtert, dass das Treffen geplatzt war. Etwas so Profanes wie kalte Füße war es nicht. Aber was war es dann?

Vielleicht hätten sie wirklich miteinander reden sollen.

»Ich besuche dich in Rom«, sagte er. »Versprochen.«

»Ich werd dich drauf festnageln. Ich werd sogar Onkel Vigors *micelli alla panna* für dich warm halten.« Ihre Anspannung hatte sich verflüchtigt. »Du fehlst mir, Gray. Wir …«

Plötzlich wurde unter ihm durchdringend gehupt. Eine Frau rannte über die Straße, ohne auf den Verkehr zu achten. Sie trug eine Kaschmirjacke und ein knöchellanges Kleid, das Haar hatte sie sich zum Knoten zurückgebunden. Beinahe hätte Gray sie nicht erkannt. Erst als sie dem Fahrer, der gehupt hatte, den Vogel zeigte, begriff er, wer das war.

Fiona.

Was zum Teufel hatte sie vor?

»Gray?«, tönte Rachels Stimme aus dem Handy.

»Tut mir leid, Rachel«, sagte er. »Ich muss Schluss machen.«

Er klappte das Handy zu und steckte es in die Tasche.

Fiona rannte zum Auktionshaus und stieß die Tür auf. Gray stürzte zum Laptop. Hinter der Glastür sah er das Mädchen. Sie unterhielt sich mit dem Portier. Dann drückte sie ihm ein Papier in die Hand. Er besah sich das Schreiben mit finsterer Miene, dann bedeutete er ihr einzutreten.

Fiona stürmte an ihm vorbei und verschwand. Die Kamera schaltete sich aus.

Gray blickte zwischen Laptop und Straße hin und her.

Verdammter Mist …

Logan würde das gar nicht gefallen. Keine überstürzten Aktionen, hatte er gesagt.

Aber was blieb ihm anderes übrig?

Gray riss sich die Straßenkleidung vom Leib. Das Jackett lag für alle Fälle griffbereit auf dem Bett.

Painter wäre an seiner Stelle auch nicht sitzen geblieben und hätte Däumchen gedreht.

22:22
Himalaya

»Wir müssen Ruhe bewahren«, sagte Painter. »Wir dürfen uns nicht von der Stelle bewegen.«

Das unheimliche Licht flammte auf und brachte den gefrorenen Wasserfall zum Funkeln, dann erlosch es wieder, lautlos und winterlich kalt. In der nachfolgenden Dunkelheit wirkte die kleine Höhle, in der sie saßen, kälter und unwirtlicher als zuvor.

Lisa rückte näher an Painter heran. Sie ergriff seine Hand und drückte sie so fest, dass das Blut daraus wich.

»Kein Wunder, dass sie darauf verzichtet haben, uns zu verfolgen«, flüsterte sie atemlos vor Angst. »Warum im Schneesturm umherirren, wenn sie bloß die verdammten Lichter anstellen müssen, um uns auszulöschen? Davor können wir uns nicht verstecken.«

Painter musste ihr recht geben. Wenn sie den Verstand verlören, würden sie vollkommen hilflos sein. Dann würden die Eiseskälte und die unwirtliche Landschaft sie ebenso sicher töten wie die Kugel eines Scharfschützen.

Dennoch wollte er die Hoffnung nicht aufgeben.

Bis bei ihnen der Wahnsinn ausbrach, würden noch Stunden vergehen. Diese Zeit mussten sie nutzen. Wenn es ihnen gelang, rechtzeitig einen sicheren Ort zu erreichen, ließe sich der Ausbruch des Wahnsinns vielleicht verhindern.

»Wir schaffen das schon«, sagte er lahm.

Das irritierte sie nur noch mehr.

»Und wie stellen Sie sich das vor?«

Als das Licht abermals aufflammte und die Höhle auffunkelte, als bestünde sie aus Diamant, wandte sie ihm das Gesicht zu. Sie wirkte gefasster, als er befürchtet hatte. Sicherlich hatte sie Angst – und das aus gutem Grund –, doch es lag auch ein diamanthartes Funkeln in ihren Augen.

»Behandeln Sie mich nicht wie ein Kind«, sagte Lisa und ließ seine Hand los. »Mehr verlange ich gar nicht.«

Painter nickte. »Wenn diese Leute glauben, dass die Strahlung oder was auch immer uns töten wird, werden sie in ihrer Wachsamkeit nachlassen. Wenn der Sturm sich gelegt hat, können wir …«

Plötzlich durchschnitt eine Gewehrsalve die winterliche Stille.

Painter wechselte einen Blick mit Lisa.

Es klang ganz nah.

Wie zum Beweis durchschlug eine Kugel die Eiswand. Painter und Lisa wichen zurück, die schützende Decke glitt zu Boden. Sie drückten sich an die Rückwand der kleinen Höhle. Es gab kein Entkommen.

Painter aber war noch etwas anderes aufgefallen.

Diesmal war das Licht nicht wieder erloschen. Der erstarrte Wasserfall verstrahlte noch immer ein tödliches Funkeln. Sie waren in dem Licht gefangen.

»Painter Crowe!«, rief eine megaphonverstärkte Stimme. »Wir wissen, dass Sie und die Frau da drin sind!«

Es war die Stimme einer Frau. Außerdem hatte sie einen Akzent.

»Kommen Sie raus! Mit erhobenen Händen!«

Painter drückte Lisas Schulter und legte so viel Ermutigung in die Geste, wie er es vermochte. »Bleiben Sie hier.«

Er zeigte auf die abgelegten Kleidungsstücke und bedeutete Lisa wortlos, sie solle sich wieder anziehen. Dann zog er die Stiefel an, stellte sich vor die Lücke im Eis und streckte den Kopf hindurch.

Wie so häufig im Gebirge hatte sich der Sturm ebenso rasch gelegt, wie er aufgekommen war. Am tiefschwarzen Himmel leuchteten Sterne. Die Milchstraße wölbte sich über dem verschneiten Tal. Stellenweise hing Eisnebel in der Luft.

In der Nähe durchschnitt ein Schweinwerfer die nächtliche Dunkelheit. Der Lichtkegel zielte unmittelbar auf den gefrorenen Wasserfall. Auf einem fünfzig Meter entfernten, etwas tiefer gelegenen Hang stand ein Schneemobil. Eine undeutlich zu erkennende Gestalt saß darauf und bediente den Scheinwerfer. Es war kein Geisterlicht, sondern eine ganz gewöhnliche Lampe, der bläulichen Färbung nach zu schließen mit einer Xenonbirne ausgestattet.

Painter wurde von einer Woge der Erleichterung erfasst. Hatten sie vielleicht die ganze Zeit schon die Scheinwerfer der Schneefahrzeuge beobachtet? Insgesamt waren es fünf. Mit weißen Parkas bekleidete Gestalten hatten sich auf dem Hang und an den Seiten verteilt. Alle waren mit Gewehren bewaffnet.

Da er keine andere Wahl hatte und außerdem verdammt neugierig war, hob Painter die Hände und trat aus der Höhle. Der nächststehende Mann, ein wahrer Hüne, trat mit erhobener Waffe näher. Ein dünner Lichtstrahl traf Painters Brust. Ein Ziellaser.

Da Painter unbewaffnet war, blieb ihm nichts anderes übrig, als abzuwarten. Er überlegte, ob er versuchen sollte, dem Mann die Waffe zu entreißen.

Nein, das wäre aussichtslos.

Er sah dem Fremden in die Augen.

Das eine war eisblau, das andere trübweiß.

Der Mörder vom Kloster.

Painter erinnerte sich noch gut an die gewaltigen Körperkräfte des Mannes. Doch selbst wenn es ihm gelungen wäre, die Waffe an sich zu bringen, hätte er immer noch einer großen Übermacht gegenübergestanden.

Hinter dem Mann trat eine weitere Gestalt hervor. Eine Frau. Vielleicht die gleiche, die gerade eben ins Megaphon gesprochen hatte. Mit dem Zeigefinger drückte sie das Gewehr des Mannes nach unten. Offenbar verfügte sie über außergewöhnliche Körperkräfte.

Painter musterte sie im Licht des Scheinwerfers. Sie war Ende dreißig, hatte kurz geschnittenes schwarzes Haar und grüne Augen. Bekleidet war sie mit einem weißen Parka mit pelzgefütterter Kapuze. Trotz des unförmigen Parkas wirkte sie eher schlank, und sie bewegte sich voller Anmut.

»Dr. Anna Sporrenberg«, sagte sie und reichte ihm die Hand.

Painter sah den Handschuh an. Wenn er sie an sich zöge, ihr den Arm um den Hals legte und sie als Geisel benutzte …

Ein Blick auf den hinter ihr stehenden Mörder belehrte ihn eines Besseren. Er ergriff die ausgestreckte Hand und schüttelte sie. Da man ihn nicht auf der Stelle erschossen hatte, konnte er auch höflich sein. Solange es dem Überleben diente, würde er das Spiel mitmachen. Außerdem musste er an Lisa denken.

»Director Crowe«, sagte die Frau. »In den vergangenen Stunden wurden in den Nachrichtenkanälen der internationalen Geheimdienste allerlei Spekulationen über Ihren Verbleib angestellt.«

Painter zuckte mit keiner Wimper. Er sah keinen Grund, seine Identität zu leugnen. Vielleicht konnte er sogar einen Vorteil daraus ziehen. »Dann wissen Sie also auch, welche Ressourcen eingesetzt werden würden, um mich zu finden.«

»Natürlich«, sagte sie auf Deutsch und nickte. »Aber ich würde mich an Ihrer Stelle nicht darauf verlassen, dass dies auch zum Erfolg führen wird. Einstweilen möchte ich Sie und die junge Frau bitten, mich zu begleiten.«

Painter wich abwehrend einen Schritt zurück. »Dr. Cummings hat mit alldem nichts zu tun. Sie wollte lediglich die Kranken versorgen. Sie weiß nichts.«

»Die Wahrheit werden wir bald herausfinden.«

Damit hatte sie die Maske fallen gelassen. Man ließ sie nur deshalb am Leben, weil sie herausfinden wollten, wie viel sie wussten. Painter erwog, es darauf ankommen zu lassen. Dann wäre es wenigstens schnell vorbei. Ein rascher Tod war einem langsamen, qualvollen Sterben vorzuziehen. Er wusste zu viel, um das Risiko eingehen zu dürfen, gefoltert zu werden.

Doch er war nicht allein. Er dachte daran, wie Lisa sich bei ihm die Hände gewärmt hatte. Solange sie lebten, gab es auch Hoffnung.

Mehrere Männer näherten sich ihnen. Lisa wurde mit vorgehaltener Waffe gezwungen, die schützende Höhle zu verlassen. Man führte sie zu den Schneemobilen.

Lisa sah ihn an. Angst flackerte in ihren Augen.

Er war entschlossen, sie zu schützen, soweit es in seiner Macht stand.

Anna Sporrenberg trat zu ihnen, als sie gefesselt wurden. »Bevor wir aufbrechen, möchte ich eines klarstellen. Wir können Sie nicht freilassen. Das verstehen Sie doch bestimmt. Ich will Ihnen keine trügerischen Hoffnungen machen. Aber ich kann Ihnen einen schmerzlosen, friedlichen Tod zusichern.«

»Wie bei den Mönchen«, entgegnete Lisa grob. »Wir haben gesehen, was Sie unter Barmherzigkeit verstehen.«

Painter suchte Lisas Blick. Es war besser, die Fremden nicht weiter zu reizen. Diese Schufte gingen offenbar über Leichen. Sie mussten die kooperativen Gefangenen spielen.

Aber jetzt war es passiert.

Anna wandte sich Lisa zu, als hätte sie die Ärztin jetzt erst bemerkt. Ihre Erwiderung klang hitziger als ihre bisherigen Bemerkungen. »Das war barmherzig, Dr. Cummings, das können Sie mir glauben.« Ihr Blick wanderte zu dem Mann, der sie bewachte. »Sie wissen nichts über die Krankheit, die das Kloster befallen hat. Sie haben keine Ahnung, welches Grauen die Mönche zu erwarten gehabt hätten. Ihr Tod war kein Mord, sondern Euthanasie.«

»Und wer hat Ihnen das Recht dazu gegeben?«, fragte Lisa.

Painter trat einen Schritt näher. »Lisa, bitte …«

»Nein, Mister Crowe.« Anna trat dicht vor Lisa hin. »Sie fragen, was uns das Recht dazu gegeben hat? Die Antwort lautet Erfahrung, Dr. Cummings. Erfahrung. Glauben Sie mir, ihr Tod war eine Gnade, keine Grausamkeit.«

»Und was ist mit den Männern, die mit mir im Helikopter waren? War das auch Barmherzigkeit?«

Anna seufzte, der Auseinandersetzung überdrüssig. »Wir mussten eine schwere Entscheidung treffen. Unsere Arbeit ist zu wichtig.«

»Und was ist mit uns?«, rief Lisa, als die Frau sich abwandte. »Wenn wir kooperieren, geben Sie uns eine schmerzlose Spritze. Und wenn wir nicht kooperieren, was dann?«

Anna schritt zum ersten Schneemobil in der Reihe. »Daumenschrauben gibt es bei uns nicht, falls Sie das meinen. Nur Drogen. Wir sind keine Barbaren, Dr. Cummings.«

»Nein, aber Sie sind Nazis!«, fauchte Lisa. »Wir haben das Hakenkreuz gesehen!«

»Reden Sie keinen Unsinn. Wir sind keine Nazis.« Anna schwang das Bein über den Sitz und blickte sich gelassen zu Lisa um. »Nicht mehr.«

18:38
Kopenhagen

Gray rannte über die Straße auf das Auktionshaus zu.

Was dachte Fiona sich nur dabei, nach allem, was geschehen war, hier aufzukreuzen?

Die Sorge um ihre Sicherheit wog schwer. Gray musste sich jedoch eingestehen, dass sie ihm den gewünschten Vorwand lieferte, persönlich bei der Auktion zu erscheinen. Die Spur derer, die den Laden in Brand gesteckt, Grette Neal getötet und auf ihn geschossen hatten, führte geradewegs hierher.

Auf dem Bürgersteig wurde Gray langsamer. Die Strahlen der untergehenden Sonne verwandelten den Eingang des Auktionshauses in einen silbernen Spiegel. Seine Kleidung war vom Feinsten. Der Armanianzug mit marineblauen Nadelstreifen passte ausgezeichnet, doch das gestärkte Hemd war am Hals etwas zu eng. Er rückte die hellgelbe Krawatte zurecht.

Nicht gerade unauffällig, doch er musste den Mittelsmann eines reichen amerikanischen Sammlers spielen.

Er öffnete die Eingangstür. Das Foyer wirkte eher nüchtern, wie es für Skandinavien typisch war: helles Holz, Trennwände aus Glas und wenig mehr. Die einzigen Möbelstücke waren ein Designersessel und ein Tisch von der Grundfläche einer Briefmarke. Darauf stand ein Blumentopf mit einer Orchidee. Auf dem tristen braunen Stängel saß eine rosarote Blüte.

Der Portier drückte seine Zigarette im Blumentopf aus und trat Gray mürrisch entgegen.

Gray zog die Einladung aus der Tasche. Um die Einladung zu bekommen, hatte er zum Beleg, dass er über das nötige Kleingeld verfügte, eine Viertelmillion Dollar hinterlegen müssen.

Der Portier besah sich die Einladung, nickte, löste eine Samtkordel, welche die nach unten führende breite Treppe absperrte, und winkte Gray hindurch.

Am Fuß der Treppe war eine Schwingtür. Zwei Wachposten standen davor. Der eine hielt einen Metalldetektor in der Hand. Gray ließ sich mit abgestreckten Armen abtasten. Er bemerkte die zu beiden Seiten der Tür installierten Überwachungskameras. Die Sicherheitsvorkehrungen waren streng. Als die Überprüfung beendet war, drückte der andere Wachposten einen Knopf und zog die Tür auf.

Stimmengemurmel drang heraus. Gray machte italienische, niederländische, französische, arabische und englische Gesprächsfetzen aus. Offenbar hatte die Auktion Interessenten aus aller Welt angelockt.

Gray trat ein. Er zog ein paar Blicke auf sich, doch die meisten Anwesenden begutachteten weiterhin die Glasvitrinen, welche die Wände säumten. Hinter der Theke standen Angestellte in schwarzen Anzügen, wie in einem Juwelierladen. Sie trugen weiße Handschuhe und gaben den Kaufinteressenten Erläuterungen zu den ausgestellten Objekten.

In einer Ecke spielte leise ein Streichquartett. Ein paar Kellner offerierten den Gästen des Hauses hohe Kelchgläser mit Champagner.

Gray meldete sich an einem Schreibtisch an und bekam ein nummeriertes Bieterschild ausgehändigt. Er schritt in den Raum hinein. Einige Interessenten hatten bereits Platz genommen. Gray machte die beiden Nachzügler aus, welche die Auktion aufgehalten hatten, das junge Pärchen, die Stummfilmstars. Sie saßen in der ersten Reihe. Auf dem Schoß der Frau lag ein Bieterschild. Der Mann hatte sich zu der Frau hinübergebeugt und flüsterte ihr etwas ins Ohr. Die Geste wirkte eigentümlich intim, ein Eindruck, der verstärkt wurde durch den langen, seitlich geneigten Hals der Frau. Es sah aus, als erwarte sie einen Kuss.

Als Gray den Mittelgang entlangschritt, sah sie kurz herüber, doch ihr Blick schweifte teilnahmslos über ihn hinweg.

Sie kannte ihn nicht.

Als Gray an dem erhöhten Podium am Ende des Raums angelangt war, drehte er sich langsam im Kreis. Eine unmittelbare Bedrohung war nicht zu erkennen.

Fiona war verschwunden.

Wo steckte sie?

Er trat zu einer der Vitrinen und schlenderte an der Wand entlang. Dabei lauschte er aufmerksam auf die Unterhaltungen, die ringsumher geführt wurden. Er kam an einem Angestellten vorbei, der für einen korpulenten Herrn behutsam einen schweren Wälzer mit Ledereinband auf die Vitrine legte. Der Mann beugte sich vor, auf seiner Nasenspitze saß eine Brille.

Gray las den Titel ab. Eine Abhandlung über Schmetterlinge mit handgezeichneten Illustrationen, etwa aus dem Jahr 1884.

Er ging weiter. Als er sich wieder dem Eingang näherte, stellte sich ihm eine nachlässig gekleidete Frau in den Weg, die er bereits fotografiert hatte. Sie reichte ihm einen kleinen weißen Umschlag. Gray nahm ihn entgegen, dann erst fragte er sich, was wohl darin sein mochte. Die Frau zeigte kein weitergehendes Interesse und entfernte sich.

Der Umschlag duftete nach Parfüm.

Eigenartig.

Mit dem Daumennagel brach er das Siegel und zog ein zusammengefaltetes Blatt Papier mit Wasserzeichen heraus. In säuberlicher Handschrift stand darauf:

SELBST DIE GILDE HÜTET SICH VOR DIESER FLAMME.
SEIEN SIE VORSICHTIG. GRUSS UND KUSS.

Die Unterschrift fehlte. Allerdings war am unteren Rand in scharlachroter Tinte ein kleiner zusammengerollter Drache gezeichnet. Gray fasste sich an den Hals und berührte den silbernen Drachenanhänger, das Geschenk einer Agentin, die einer konkurrierenden Organisation angehörte.

Seichan.

Sie arbeitete für die Gilde, ein zwielichtiges Kartell von Terrorzellen, deren Wege sich in der Vergangenheit mit denen der Sigma Force schon mehrfach gekreuzt hatten. Gray sträubten sich die Nackenhaare. Er drehte sich um und blickte suchend umher. Die schlampig gekleidete Frau, die ihm die Nachricht überreicht hatte, war verschwunden.

Er sah wieder auf die Nachricht.

Eine Warnung.

Besser spät als nie.

Jedenfalls konnte er jetzt sicher sein, dass die Gilde hier mitmischte. Das hieß, falls er Seichan trauen konnte ...

Gray war geneigt, ihr zu glauben.

Die sprichwörtliche Ganovenehre.

Plötzlich bemerkte er, dass am Ende des Raums Unruhe entstand.

Durch eine Hintertür kam ein groß gewachsener Herr in den Auktionsraum gestürmt. Der mit einem eleganten Smoking bekleidete Neuankömmling war Herr Ergenschein persönlich, der offenbar auch die Rolle des Auktionators innehatte. Mit der flachen

Hand strich er sich das geölte, offensichtlich gefärbte Haar glatt. Ein starres Lächeln lag auf seinem ausgezehrten Gesicht, so leblos wie eine Abbildung in einem Buch.

Der Grund für sein Unbehagen folgte ihm auf dem Fuß. Oder vielmehr wurde er von einem Wachmann am Oberarm hereingeführt.

Fiona.

Ihr Gesicht war gerötet. Die Lippen hatte sie zu einem farblosen Strich zusammengepresst.

Sie war außer sich.

Gray schritt der Gruppe entgegen.

Ergenschein wandte sich zur Seite. Er hatte einen in weiches, ungebleichtes Chamoisleder eingeschlagenen Gegenstand dabei. Damit näherte er sich der Hauptvitrine, die weit vorne stand. Bislang war sie noch leer. Einer der Angestellten öffnete die Vitrine. Ergenschein packte das Objekt behutsam aus und legte es hinein.

Als er Gray bemerkte, rieb sich der Auktionator die Hände und ging ihm ein Stück entgegen, wobei er die Hände wie im Gebet zusammenlegte. Der Angestellte schloss die Vitrine wieder ab.

Gray warf einen Blick auf das ausgestellte Objekt.

Die Darwinbibel.

Als sie Gray bemerkte, weiteten sich Fionas Augen.

Ohne sie zu beachten sprach er Ergenschein an. »Gibt es hier ein Problem?«

»Keineswegs, Sir. Die junge Dame wird nach draußen eskortiert. Sie hat keine Einladung vorzuweisen.«

Gray zückte seine eigene Einladung. »Ich glaube, es ist mir gestattet, einen Gast mitzubringen.« Er reichte Fiona die Hand. »Es freut mich, dass meine Begleiterin bereits hier ist. Ich wurde von meinem Auftraggeber aufgehalten. Ich habe mich an Miss Neal gewandt, um die Möglichkeit eines Privatgeschäfts zu sondieren. Ein Los interessiert mich besonders.«

Gray nickte zur Darwinbibel hinüber.

Ergenschein wand sich am ganzen Leib, doch er heuchelte vergeblich Mitgefühl. »Eine Tragödie, das mit dem Feuer. Aber ich muss Ihnen leider sagen, dass Grette Neal das Buch zur Auktion freigegeben hat. Ohne einen Widerruf ihres Vermögensverwalters kann ich es nicht zurückziehen. So ist das Gesetz.«

Fiona zerrte am Arm ihres Bewachers. In ihren Augen funkelte Mordlust.

Ergenschein beachtete sie nicht. »Ich fürchte, Sie werden bei der Auktion mitbieten müssen, Sir. Es tut mir wirklich leid, aber mir sind die Hände gebunden.«

»Wenn das so ist, werden Sie sicherlich keine Einwände dagegen haben, dass Miss Neal bei mir bleibt, um mich zu beraten, falls ich das Objekt in Augenschein nehmen möchte.«

»Wie Sie wünschen.« Ergenscheins Lächeln verflog für einen Moment. Er gab dem Wachmann ein Zeichen. »Aber sie muss ständig in Ihrer Nähe bleiben. Und da sie Ihr Gast ist, tragen Sie die Verantwortung.«

Der Wachmann ließ Fiona los. Als Gray mit ihr nach hinten ging, fiel ihm auf, dass der Mann ihnen an der Wand entlang folgte. Offenbar hatte sie jetzt ihren eigenen Bodyguard.

Gray geleitete sie zur letzten Sitzreihe. Eine Glocke bimmelte. Die Auktion würde in einer Minute beginnen. Die Plätze wurden eingenommen. Die meisten nahmen vorn Platz. Gray und Fiona hatten die letzte Stuhlreihe für sich.

»Was machen Sie hier?«, flüsterte Gray.

»Ich will mir die Bibel zurückholen«, erwiderte sie voller Verachtung. »Oder es wenigstens versuchen.«

Ergenschein trat aufs Podium und sprach ein paar Eröffnungsworte. Dabei bediente er sich des Englischen, wie es bei Auktionen mit internationaler Klientel üblich war. Er erläuterte die Bietregeln, nannte die Höhe der Provision und die Gebühren des Hauses und unternahm sogar einen kleinen Exkurs zur Etikette. Die wichtigste Regel besagte, dass man höchstens den zehnfachen Betrag der hinterlegten Summe bieten durfte.

Gray hörte kaum hin, sondern unterhielt sich weiter mit Fiona, was ihm ein paar erboste Blicke der weiter vorn sitzenden Bieter einbrachte.

»Sie wollen die Bibel wiederhaben? Warum denn das?«

Die junge Frau verschränkte die Arme vor der Brust und gab keine Antwort.

»Fiona ...«

Zornig wandte sie sich ihm zu. »Weil sie Omi gehört!« Tränen glitzerten in ihren Augen. »Sie wurde wegen der Bibel ermordet. Ich will nicht, dass die sie bekommen.«

»Wen meinen Sie?«

Fiona schwenkte vage den Arm. »Die Schufte, die sie auf dem Gewissen haben. Ich werd mir die Bibel holen und sie verbrennen.«

Gray lehnte sich seufzend zurück. Fiona wollte Rache üben. Sie wollte den Schuldigen wehtun. Das konnte er ihr nicht verdenken ... allerdings würde sie damit lediglich ihr eigenes Leben aufs Spiel setzen.

»Die Bibel gehört uns. Ich will sie wiederhaben.« Ihre Stimme brach. Sie schüttelte den Kopf und putzte sich die Nase.

Gray legte den Arm um sie.

Fiona zuckte zusammen, duldete aber die Berührung.

Die Auktion begann. Bieterschilder wurden gehoben und gesenkt. Die Lose kamen und gingen. Die besten Stücke würden erst ganz zum Schluss drankommen. Gray merkte sich, wer was ersteigert hatte. Besonders gut passte er auf, als die auf seinem Notizblock vermerkten Objekte den Besitzer wechselten: Mendels Arbeit über Genetik, Plancks Physikbücher und das Tagebuch von de Vries, der über Mutationen geforscht hatte.

Das alles ging an die beiden Stummfilmstars.

Deren Identität lag noch immer im Dunkeln. Die anderen Bieter tuschelten bereits. Offenbar kannte niemand ihre Namen. Nur die Nummer des unablässig in die Höhe schießenden Bieterschilds.

Nummer 002.

Gray neigte sich zu Fiona hinüber. »Kennen Sie das Pärchen? Haben Sie die schon mal in Ihrem Laden gesehen?«

Fiona reckte den Kopf und starrte die beiden eine volle Minute lang an, dann sackte sie wieder zusammen. »Nein.«

»Und was ist mit den anderen?«

Sie zuckte die Schultern.

»Fiona, sind Sie sich ganz sicher?«

»Ja!«, fauchte sie. »Scheiße, ich bin mir sicher.«

Das brachte ihr erneut empörte Blicke ein.

Endlich kam das letzte Los an die Reihe. Die Darwinbibel wurde aus der Vitrine geholt und so feierlich wie eine Reliquie auf einen Pultständer gelegt, der von einem Halogenspot angestrahlt wurde. Das Buch wirkte unauffällig; abbröckelnder schwarzer Ledereinband, zerfleddert und fleckig, ohne Beschriftung. Es hätte sich um einen x-beliebigen alten Wälzer handeln können.

Fiona straffte sich. Auf diesen Moment hatte sie gewartet. Sie packte Gray beim Handgelenk. »Wollen Sie wirklich dafür bieten?«, fragte sie. Ein Hoffnungsfunken schimmerte in ihren hellen Augen.

Gray musterte sie stirnrunzelnd – dann wurde ihm klar, dass das eigentlich gar keine schlechte Idee war. Wenn es Menschen gab, die deswegen töteten, würden sich vielleicht irgendwelche Fingerzeige auf die Hintergründe ergeben. Außerdem brannte er darauf, einen Blick darauf zu werfen. Zudem hatte die Sigma Force zweihundertfünfzigtausend Euro auf das Konto des Auktionshauses überwiesen. Somit konnte er bis zweieinhalb Millionen mitbieten. Das entsprach dem doppelten Schätzwert der Bibel. Wenn er sie erwarb, könnte er sie anschließend in aller Ruhe in Augenschein nehmen.

Er musste an Logan Gregorys Ermahnung denken. Indem er Fiona hierher gefolgt war, hatte er bereits gegen dessen Anweisungen gehandelt. Nein, er wagte es nicht, sich noch weiter auf die Sache einzulassen.

Er spürte, dass Fiona ihn ansah.

Wenn er mitbot, würde er sie beide zur Zielscheibe machen. Und wenn er überboten wurde? Dann hätte er ihrer beider Leben umsonst in Gefahr gebracht. War er heute nicht schon leichtsinnig genug gewesen?

»Meine Damen und Herren, wie lautet Ihr Eröffnungsgebot für das letzte Los dieser Veranstaltung?«, sagte Ergenschein würdevoll. »Sollen wir mit einhunderttausend eröffnen? Ah, ja, da werden einhunderttausend geboten … und zwar von einem Bieter, der bislang noch nicht in Erscheinung getreten ist. Wie schön. Nummer 144.«

Gray senkte das Bieterschild. Alle Blicke waren auf ihn gerichtet. Damit war er in den Ring gestiegen.

Fiona lächelte über beide Ohren.

»Und da wird das Gebot verdoppelt«, sagte Ergenschein. »Zweihunderttausend von der Nummer 002!«

Die Stummfilmstars.

Alle sahen ihn an, auch das Pärchen in der ersten Reihe. Zu spät, jetzt noch einen Rückzieher zu machen. Er hielt das Bieterschild hoch.

So ging es zehn spannende Minuten lang hin und her. Alle Anwesenden waren sitzen geblieben. Sie wollten sehen, wer die Darwinbibel ergattern würde. Die allgemeine Stimmung war auf Grays Seite. Zu viele waren von der Bieternummer 002 überboten worden. Und als die Zweimillionenmarke erreicht und der Schätzwert damit weit überboten wurde, war ein aufgeregtes Gemurmel zu vernehmen.

Plötzlich steigerte sich die Spannung noch weiter, als sich ein Telefonbieter ins Getümmel warf, doch als die Nummer 002 ihn überbot, gab er kein Gegengebot mehr ab.

Gray hingegen schon. *Zwei Millionen und dreihunderttausend.* Allmählich bekam er feuchte Hände.

»Zwei Millionen und vierhunderttausend von der Nummer 002! Meine Damen und Herren, bitte bleiben Sie auf Ihren Plätzen.«

Gray reckte abermals das Bieterschild.

»Zwei Millionen und fünfhunderttausend.«

Damit war für Gray das Ende der Fahnenstange erreicht. Als

das Pärchen unerbittlich das Bieterschild hob, konnte er nurmehr hilflos zusehen.

»Drei Millionen«, sagte der blasse junge Herr, des Spiels überdrüssig. Er erhob sich und blickte Gray herausfordernd an.

Gray war an seinem Limit angelangt. Selbst wenn er gewollt hätte, mehr konnte er nicht bieten. Das Bieterschild auf dem Schoß, schüttelte Gray den Kopf und gestand seine Niederlage ein.

Der Fremde verneigte sich von Gegner zu Gegner und tippte sich an einen imaginären Hut. Gray bemerkte auf dem Häutchen zwischen Daumen und Zeigefinger der rechten Hand des Mannes einen bläulichen Fleck. Eine Tätowierung. Auch seine Begleiterin, wohl seine Schwester und vielleicht sogar seine Zwillingsschwester, hatte an der linken Hand ein ganz ähnliches Zeichen.

Gray prägte sich die Tätowierung ein, denn vielleicht ließ sich später daraus auf die Identität der beiden Bieter schließen.

Der Auktionator lenkte ihn ab.

»Damit scheint Los Nr. 144 verkauft zu sein!«, verkündete Ergenschein. »Keine weiteren Gebote mehr. Zum Ersten, zum Zweiten und zum Dritten.« Er hob den Hammer, hielt ihn einen Moment lang in der Schwebe und ließ ihn dann auf den Rand des Pultes niederfallen.

Es wurde höflich applaudiert.

Hätte Gray gewonnen, wäre der Beifall stürmischer ausgefallen. Allerdings wunderte er sich, dass Fiona ebenfalls klatschte.

Sie grinste ihn an. »Verschwinden wir.«

Sie schlossen sich den zum Ausgang strömenden Besuchern an. Einige Auktionsteilnehmer brachten Gray gegenüber ihr Mitgefühl zum Ausdruck. Bald darauf standen sie auf der Straße. Alle gingen getrennte Wege.

Fiona zog ihn mit sich zu einer Konditorei mit Chintzvorhängen und schmiedeeisernen Kaffeetischen. Sie wählte einen Tisch in der Nähe einer Vitrine voller Windbeutel, Petit Fours, Schokoladeeclairs und Smørrebrød, dem allgegenwärtigen dänischen Sandwich.

Ohne die kulinarischen Verlockungen zu beachten, strahlte sie Gray übermütig an.

»Worüber freuen Sie sich so?«, fragte Gray. »Wir wurden überboten.«

Er saß dem Fenster gegenüber. Sie mussten vorsichtig sein. Trotzdem hoffte er, dass die Gefahr jetzt, da die Bibel verkauft war, vorbei wäre.

»Wir haben sie drangekriegt!«, sagte Fiona. »Drei Millionen! Fantastisch!«

»Ich glaube, Geld bedeutet denen nicht viel.«

Fiona zog die Haarnadel aus dem Knoten und schüttelte ihr Haar aus. Plötzlich wirkte sie zehn Jahre jünger. Belustigung und Schadenfreude lagen in ihrem Blick.

Gray hatte auf einmal ein flaues Gefühl im Magen.

»Fiona, was haben Sie getan?«

Sie legte die Handtasche auf den Tisch, schob sie Gray entgegen und hielt sie auf. Er neigte sich vor.

»Ach, Gott … Fiona …«

In der Handtasche war ein dicker Wälzer mit ramponiertem Ledereinband.

Das Gegenstück der Darwinbibel, die soeben den Besitzer gewechselt hatte.

»Ist das die echte Bibel?«, fragte Gray.

»Ich habe sie dem blinden Wichser im Hinterzimmer vor der Nase weggeschnappt.«

»Wie haben Sie das angestellt?«

»Der alte Trick: ein bisschen Ablenkung, und dann die beiden

Bücher ausgetauscht. Hab den ganzen Tag nach einer Bibel in der passenden Größe gesucht. Anschließend musste ich sie natürlich noch ein bisschen herrichten. Aber dann brauchte es nur noch ein paar Tränen, ein bisschen Geschrei und etwas Fummelei ...« Sie zuckte die Schultern. »Und eins, zwei, drei, da war's passiert.«

»Aber wenn Sie die Bibel schon hatten, warum wollten Sie dann, dass ich mitbiete?« Plötzlich machte es bei Gray Klick. »Sie haben mich benutzt.«

»Damit diese Schweine drei Millionen für eine billige Fälschung zahlen!«

»Sie werden bald merken, dass das nicht die echte Darwinbibel ist«, sagte Gray mit wachsendem Entsetzen.

»Ja, aber bis dahin bin ich längst weg.«

»Und wo wollen Sie hin?«

»Ich begleite Sie.« Fiona schloss die Handtasche.

»Das werden Sie nicht.«

»Wissen Sie noch, was Omi über die aufgelöste Bibliothek gesagt hat? Daher stammte die Darwinbibel.«

Gray wusste, was sie meinte. Grette Neal hatte angedeutet, jemand versuche, eine alte wissenschaftliche Bibliothek zu rekonstruieren. Sie hatte ihm eine Kopie des Kaufbelegs gegeben, doch die war bei dem Überfall ein Opfer der Flammen geworden.

Fiona tippte sich an die Stirn. »Ich habe mir die Adresse eingeprägt.« Sie streckte die Hand aus. »Was sagen Sie?«

Widerwillig wollte er einschlagen.

Im letzten Moment zog sie die Hand zurück. »Ich bin doch nicht blöd.« Sie streckte den Arm erneut vor und hielt die Hand auf. »Erst möchte ich Ihren echten Pass sehen, Sie Wichser. Glauben Sie etwa, ich würde eine Fälschung nicht erkennen?«

Er sah ihr in die Augen. Sie hatte ihm den Pass geklaut. Ihr Blick war unnachgiebig. Missmutig zog er den echten Pass aus einer Geheimtasche seines Anzugs hervor.

Fiona klappte ihn auf. »Grayson Pierce.« Sie warf den Pass auf den Tisch. »Freut mich, Sie kennenzulernen ... nach so langer Zeit.«

Er steckte den Pass wieder ein. »Jetzt zur Bibel. Woher stammt sie?«

»Das sage ich Ihnen nur, wenn Sie mich mitnehmen.«

»Reden Sie keinen Unsinn. Sie können nicht mitkommen. Sie sind noch ein Kind.«

»Ein Kind mit einer Darwinbibel.«

Gray war es leid, sich von ihr erpressen zu lassen. Er hätte ihr die Bibel entreißen können, wenn er gewollt hätte, aber für die Informationen, die er benötigte, galt das nicht. »Fiona, das ist verdammt noch mal kein Spiel.«

Ihr Blick verhärtete sich, und gleichzeitig alterte sie um Jahre. »Als ob ich das nicht wüsste«, sagte sie mit eiskalter Stimme. »Wo waren Sie, als man Omi im Leichensack weggetragen hat? In einem beschissenen *Sack*!«

Gray schloss die Augen. Mit ihrer Bemerkung hatte sie einen wunden Nerv getroffen, dennoch wollte er nicht nachgeben. »Fiona, es tut mir leid«, sagte er gepresst. »Ich kann Ihrer Bitte unmöglich nachkommen. Ich kann Sie nicht …«

Plötzlich schwankte der Boden wie bei einem Erdbeben. Die Schaufensterscheibe klirrte, Teller fielen auf den Boden. Fiona und Gray sprangen auf und stürzten zum Fenster. Eine wogende Qualmwolke stieg in den bedeckten Himmel auf. An der gegenüberliegenden Hausfront loderten Flammen empor.

Fiona sah Gray an. »Lassen Sie mich mal raten.«

»Mein Hotelzimmer«, sagte er.

»So viel für den Anfang.«

23:47
Himalaya

Painter saß hinter Lisa auf einem Schlitten, der von einem der Schneemobile gezogen wurde. Sie waren seit fast einer Stunde unterwegs, mit Plastikriemen verschnürt und aneinandergefesselt. Zumindest war der Schlitten geheizt.

173

Trotzdem versuchte er, Lisa mit dem Körper vor dem Fahrtwind zu schützen, so gut er es vermochte. Sie lehnte sich gegen ihn. Mehr konnten sie nicht tun. Ihre Handgelenke waren an Streben festgebunden.

Der Mörder saß auf dem Hintersitz des Schneemobils, das den Schlitten zog. Er wandte ihnen das Gesicht zu, zielte mit dem Gewehr auf sie und beobachtete sie unverwandt mit seinen ungleichen Augen. Anna Sporrenberg steuerte das Fahrzeug. Sie war die Anführerin der Gruppe.

Einer Gruppe ehemaliger Nazis.

Oder *reformierter* Nazis.

Oder was immer sie waren.

Painter beschloss, diese Frage erst einmal zurückzustellen. Im Moment hatten sie ein dringlicheres Problem.

Sie mussten am Leben bleiben.

Unterwegs hatte Painter erfahren, wie man ihn und Lisa in der Höhle entdeckt hatte. Nämlich mit Infrarot. In dieser Eiseskälte war es ein Leichtes gewesen, sie anhand der Wärmestrahlung in ihrem Versteck aufzuspüren.

Auch jetzt orientierten sich ihre Entführer mittels Infrarot in dem nahezu unpassierbaren Gelände.

Er setzte seine Überlegungen fort, die auf ein einziges Ziel ausgerichtet waren.

Ihre Flucht.

Aber wie sollten sie das anstellen?

Seit einer Stunde holperte die Karawane der Schneemobile jetzt schon durch die Winternacht. Die Fahrzeuge verfügten über Elektromotoren und glitten fast geräuschlos über den Schnee.

Lautlos und geschickt bewegten sich die fünf Schneemobile durch die zerklüftete Landschaft, glitten über Felsgrate, tauchten in tiefe Täler hinab, jagten über Eisbrücken hinweg.

Painter versuchte, sich den Weg einzuprägen. Die Erschöpfung und das unwirtliche Gelände aber verwirrten ihn. Außerdem pochte ihm der Schädel. Die Kopfschmerzen hatten wieder eingesetzt –

und auch das Schwindelgefühl. Die Symptome wurden eindeutig nicht schwächer. Außerdem musste er sich eingestehen, dass er vollständig die Orientierung verloren hatte.

Er legte den Kopf in den Nacken und blickte zum Himmel.

Die Sterne funkelten kalt herab.

Vielleicht konnte er sich ja so ihre Position einprägen.

Auf einmal begannen die Lichtpünktchen am Himmel zu kreisen. Er wandte den Blick ab. Hinter seinen Augen saß ein stechender Schmerz.

»Alles in Ordnung?«, flüsterte Lisa.

Painter brummte nur. Ihm war so übel, dass er nicht sprechen konnte.

»Wieder der Nystagmus?«, fragte Lisa.

Mit einem zornigen Ausruf unterband der Mörder jede weitere Unterhaltung. Painter war das nur recht. Er schloss die Augen, atmete tief durch und wartete darauf, dass der Schmerz nachließ.

Nach einer Weile fühlte er sich tatsächlich wieder besser.

Als er die Augen öffnete, arbeitete sich die Karawane gerade eine Felskuppe hoch, wurde langsamer und hielt an. Painter blickte sich um. Nichts zu sehen. Zur Rechten ragte eine vereiste Felswand auf. Es hatte wieder zu schneien begonnen.

Warum hatten sie angehalten?

Der Mörder stieg vom Schneemobil ab.

Anna trat zu ihm. Der Mann unterhielt sich mit ihr auf Deutsch.

Painter lauschte angestrengt und bekam die letzte Bemerkung des Mörders mit.

»… sollten sie einfach töten.«

Das sagte er ganz sachlich, ohne jede Gefühlsregung.

Anna runzelte die Stirn. »Wir müssen sie erst verhören, Gunther.« Sie blickte zu Painter hinüber. »Du weißt, mit welchen Problemen wir in letzter Zeit zu kämpfen haben. Wenn man ihn hergeschickt hat, könnte es sein, dass er etwas Entscheidendes weiß, das uns weiterhilft.«

Painter hatte keine Ahnung, wovon sie redete, hatte aber nichts gegen ihren Irrglauben. Zumal wenn er ihn am Leben erhielt.

Der Mörder schüttelte den Kopf. »Er wird uns Ärger machen. Ganz bestimmt.« Er wollte sich grollend abwenden. Die Angelegenheit war für ihn erledigt.

Anna berührte ihn an der Wange. Zärtlichkeit und Dankbarkeit drückte die Geste aus – und vielleicht noch etwas anderes. »Danke, Gunther.«

Der Mörder warf Painter einen gequälten Blick zu, dann stapfte er zur Felswand und verschwand in einer Spalte. Eine Dampfwolke drang heraus, und heller Lichtschein fiel auf den Schnee – dann wurde es sogleich wieder dunkel.

Eine Tür war geöffnet und wieder geschlossen worden.

Einer der Männer machte halblaut eine höhnische Bemerkung. *Leprakönig.*

Painter fiel auf, dass der Mann mit seiner Beschimpfung so lange gewartet hatte, bis Gunther außer Hörweite gewesen war. Ihm das ins Gesicht zu sagen, hatte er sich nicht getraut. So wie Gunther abwehrend die Schultern hochgezogen hatte, war ihm die Beschimpfung aber wohl vertraut.

Anna stieg wieder aufs Schneemobil. Ein anderer Bewaffneter nahm den Platz des Mörders ein und richtete die Waffe auf Painter und Lisa. Sie fuhren weiter.

Der Weg beschrieb einen Bogen um einen Felsvorsprung herum, dann führte er in eine noch steilere Rinne hinunter. Eisnebel erschwerte die Sicht. Ein massiver Felsgrat ragte aus dem Nebelmeer auf, gewölbt wie zwei schützende Hände.

Sie fuhren in den Nebel hinein. Die Scheinwerfer bohrten sich in den Dunst. In Sekundenschnelle sank die Sichtweite auf wenige Meter. Die Sterne verschwanden.

Auf einmal holperten sie unter einem Überhang hindurch, und es wurde dunkler. Plötzlich wurde es wärmer. Nackter Fels kam unter dem Schnee zum Vorschein. Um die Gesteinsbrocken hatte sich Schmelzwasser gesammelt.

Offenbar war hier geothermische Aktivität vorhanden. Tatsächlich gab es im Himalaya einige heiße Quellen, die zumeist nur den Einheimischen bekannt waren und vom Druck der sich an der asiatischen Kontinentalplatte reibenden indischen Platte gespeist wurden. Diese warmen Stellen waren möglicherweise der Ursprung des Shangri-La-Mythos.

Da die Schneedecke zu dünn wurde, mussten sie von den Schneemobilen absteigen. Man schnitt Painter und Lisa vom Schlitten los, zog sie auf die Füße und fesselte ihnen die Hände. Painter hielt sich dicht bei Lisa. In ihrem Blick spiegelten sich seine eigenen Besorgnisse wider.

Wo zum Teufel waren sie?

Umringt von weißen Parkas und Gewehren, geleitete man sie über die immer dünner werdende Schneedecke. Schließlich hatten sie nassen Fels unter den Stiefeln. Sie schritten über tropfende Stufen, die aus dem nackten Fels geschnitten waren. Der Nebel wurde dünner und zerriss.

Nach ein paar Schritten tauchte aus der Dunkelheit plötzlich eine Felswand auf, die unter einem Vorsprung lag. Eine natürliche Grotte. Ein Paradies aber war das nicht – nichts als schroffer, schwarzer Granit, tropfend und schwitzend.

Der Ort hatte mehr Ähnlichkeit mit der Hölle als mit Shangri-La.

Lisa stolperte. Painter stützte sie, so gut er es mit gefesselten Händen vermochte. Ihre Überraschung konnte er nachvollziehen.

Vor ihnen lag eine Burg.

Oder vielmehr eine *halbe* Burg.

Als sie näher kamen, stellte Painter fest, dass es sich um eine reine Fassade handelte, die man aus der Rückwand der Grotte herausgemeißelt hatte. Zwei hohe, mit Zinnen versehene Türme flankierten die Feste. Hinter den verglasten Fenstern brannten Lichter.

»Das Granitschloss«, erklärte Anna und geleitete sie zum überwölbten Eingang, der von großen Granitrittern bewacht wurde.

Ein schweres, mit Metallbuckeln und schwarzen Eisenbändern

verstärktes Eichentor verschloss den Eingang. Als sie näher kamen, hob sich vor ihnen das Tor wie ein Fallgitter.

Anna trat durch die Öffnung. »Kommen Sie. Es war eine lange Nacht, nicht wahr?«

Painter und Lisa wurden mit vorgehaltener Waffe zum Eingang geführt. Painter musterte die Brustwehren und Bogenfenster. Die ganze schwarze Granitfassade schwitzte, weinte und tropfte. Das Wasser lief wie schwarzes Öl daran herab. Es war, als löste sich die Burg vor ihren Augen auf und verschmölze wieder mit der Felswand.

Das Licht, das aus einigen der Fenster fiel, überzog die nasse Fassade mit einem Höllenglanz, der Painter an die Bilder von Hieronymus Bosch erinnerte. Der Künstler aus dem fünfzehnten Jahrhundert hatte sich auf verschrobene Höllenvisionen spezialisiert. Hätte Bosch jemals die Tore der Unterwelt gemalt, wäre bestimmt etwas ganz Ähnliches dabei herausgekommen wie diese Burg.

Painter blieb nichts anderes übrig, als hinter Anna durch den Torbogen zu treten. Unwillkürlich hielt er Ausschau nach dem Spruch, der Dante zufolge am Eingang der Hölle stand.

Lasst, die ihr eintretet, alle Hoffnung fahren.

Hier hätte er gut gepasst.

Lasst alle Hoffnung fahren …

Das traf es.

20:15
Kopenhagen, Dänemark

Als der Explosionslärm verhallt war, packte Gray Fiona beim Arm und stürmte mit ihr durch einen Nebenausgang der Konditorei. Er gelangte auf eine Nebenstraße und zwängte sich zwischen den Kunden hindurch, die den Gehsteig verstopften.

In der Ferne gellte Sirenengeheul.

Die Kopenhagener Feuerwehrleute hatten heute eine Menge zu tun.

178

Fiona im Schlepptau, erreichte er die Straßenecke. Der Qualm und das Chaos lagen bereits hinter ihnen. Plötzlich barst an seinem Ohr ein Backstein, und er hörte das *Ping* eines Querschlägers. Jemand hatte auf ihn geschossen. Er wirbelte herum, riss Fiona in die Gasse hinein, duckte sich und hielt Ausschau nach dem Schützen.

Und dann sah er ihn.

Ganz in der Nähe.

Einen halben Block entfernt, auf der anderen Straßenseite.

Es war die weißblonde Frau von der Auktion. Jetzt aber trug sie ein schwarzes, hautenges Trikot. Außerdem hatte sie sich mit einem neuen Accessoire ausgestattet: mit einer Pistole samt Schalldämpferaufsatz. Sie hielt die Waffe in Kniehöhe und näherte sich zielstrebig seiner Position. Plötzlich fasste sie sich ans Ohr und bewegte die Lippen.

Sie stand mit jemandem in Funkkontakt.

Als die Frau unter einer Straßenlaterne vorbeikam, bemerkte Gray seinen Irrtum. Das war nicht die Frau von der Auktion. Diese hier hatte längeres Haar. Ihr Gesicht war hagerer.

Offenbar eine ältere Schwester des Pärchens.

Gray schwenkte herum.

Er hatte geglaubt, Fiona wäre weitergerannt, dabei saß sie nur fünf Meter entfernt auf einer verrosteten, lindgrünen Vespa.

»Was machen Sie denn da?«

»Ich habe uns einen fahrbaren Untersatz besorgt.« Sie ließ einen Schraubenzieher in die offene Handtasche fallen.

Gray eilte zu ihr. »Wir haben keine Zeit, die Zündung kurzzuschließen.«

Fiona blickte sich über die Schulter zu ihm um, während sie an den Zünddrähten herumfummelte. Sie verzwirbelte zwei Drähte. Der Motor hustete, winselte, dann sprang er brummend an.

Verdammt noch mal …

Sie war gut – aber sein Vertrauen hatte Grenzen.

»Ich fahre«, sagte Gray.

Fiona rutschte achselzuckend auf den Rücksitz. Gray saß auf, rollte das Gefährt vom Ständer und gab Gas. Mit ausgeschaltetem Scheinwerfer fuhren sie die dunkle Gasse entlang. Das heißt, eigentlich ging es nur im Schneckentempo voran.

»Komm schon«, sagte Gray.

»Schalten Sie in den Zweiten hoch«, sagte Fiona. »Den Dritten können Sie vergessen. Diese alten Kisten muss man prügeln.«

»Ich brauche keinen Fahrunterricht.«

Trotzdem folgte Gray ihrem Rat, betätigte die Handkupplung und schaltete hoch. Der Roller machte einen Satz wie ein erschrecktes Fohlen. Während sie beschleunigten, wich er im Zickzack den Mülltonnen aus.

Hinter ihnen gellten Sirenen. Gray blickte sich um. Ein Feuerwehrwagen schoss mit Blaulicht an der Einmündung der Straße vorbei. Bevor Gray den Kopf wieder nach vorn wandte, gelangte eine Gestalt in Sicht, die sich als dunkle Silhouette von den Straßenlaternen abhob.

Die Schützin.

Er gab noch mehr Gas und schwenkte um einen Container herum. Jetzt war der Frau die Sicht verdeckt. Wenn er sich dicht an der Hauswand hielt, konnte er gefahrlos aus der Gasse hinausfahren.

Die Straßenmündung leuchtete hell wie ein Leuchtfeuer.

Die mussten sie erreichen.

Plötzlich tauchte in der Straßenmündung eine zweite dunkle Gestalt auf und blieb dort stehen. Die Schweinwerfer eines vorbeifahrenden Autos verwandelten ihr blondes Haar in Silber. Der Bruder der Frau trug einen langen dunklen Mantel. Er schlug den Trenchcoat auf und hob ein Gewehr.

Offenbar hatte ihm seine Schwester über Funk Bescheid gegeben, er solle den Roller aufhalten.

»Festhalten!«, rief Gray.

Als der Mann mit einer Hand die Waffe hob, bemerkte Gray, dass er den anderen Arm in einer Schlinge trug. Vom Ellbogen bis zum Handgelenk war er bandagiert. Obwohl sein Gesicht im Schatten lag, wusste Gray, wer ihnen da den Ausgang verstellte.

Das war der Mann, der Grette Neal ermordet hatte.

Er zielte auf Gray.

Es würde knapp werden.

Gray riss den Lenker herum. Mit qualmenden Reifen schlitterte er seitlich dem Mann entgegen.

Ein dumpfer Schuss fiel, und in eine nahe Tür schlug eine Ladung Schrotkugeln ein.

Fiona schrie auf.

Das aber war auch schon der einzige Schuss, den der Fremde abfeuern konnte. Mit einem Hechtsprung brachte er sich vor dem heranrutschenden Roller in Sicherheit. Als die dunkle Gasse hinter ihnen lag, brachte Gray das Gefährt mit einer Drehung am Gasgriff und quietschenden Reifen wieder in Normallage. Der Roller richtete sich auf und schoss auf die Straße, was einen erschreckten Audifahrer zu einem wilden Hupkonzert veranlasste.

Gray raste weiter.

Fionas Griff lockerte sich ein wenig.

Gray überholte langsamere Wagen und beschleunigte auf der abschüssigen Straße. Sie endete an einer Querstraße. Gray bremste, um scharf abzubiegen. Der Roller reagierte nicht. Er blickte nach unten. Neben dem Hinterrad tanzte ein loses Kabel in der Luft.

Das Bremskabel.

Bei der Rutschpartie war es offenbar gerissen.

»Bremsen Sie!«, schrie Fiona ihm ins Ohr.

»Die Bremse geht nicht!«, rief er. »Halten Sie sich fest!«

Gray würgte den Motor ab, dann bemühte er sich, den Roller wie bei einer Skiabfahrt durch scharfe Schwenks und Rutschmanöver zu verlangsamen. Dann ließ er das Hinterrad am Bordstein schleifen. Der Gummi begann zu qualmen.

Als sie die Straßenecke erreichten, waren sie noch immer viel zu schnell.

Gray riss den Roller herum. Schleifendes Metall sprühte Funken. Das Gefährt schlitterte dicht vor einem Laster über die Straße. Es wurde gehupt. Reifen quietschten.

Dann prallten sie gegen den Bordstein.

Der Roller überschlug sich. Gray und Fiona flogen durch die Luft.

Eine Hecke milderte den Aufprall, trotzdem rollten sie über den Gehsteig und kamen erst am Fuße einer Backsteinmauer zur Ruhe. Gray rappelte sich hoch und sah nach Fiona.

»Alles in Ordnung?«

Fiona richtete sich auf, eher wütend als verletzt. »Der Rock hat mich zweihundert Euro gekostet.« An einer Seite war er eingerissen. Sie hielt den Riss zu und bückte sich nach der Handtasche.

Grays Armanianzug hatte es noch schlimmer erwischt. Die Hose war am Knie zerrissen, und die rechte Seite des Sakkos sah aus, als habe er sie mit einer Drahtbürste bearbeitet. Bis auf ein paar Schrammen und Abschürfungen waren sie jedoch beide unverletzt.

Der Verkehr strömte unbeeindruckt an der Unfallstelle vorbei.

Fiona wandte sich zum Gehen. »Rollerunfälle passieren hier andauernd. Und Vespas werden auch häufig gestohlen. Das Besitzrecht an einem Roller ist in Kopenhagen ein dehnbarer Begriff. Du brauchst einen? Dann nimm dir einen. Das sieht man hier nicht so eng. Niemand schert sich drum.«

Doch so ganz stimmte das nicht.

Plötzlich quietschten Reifen. Zwei Einmündungen entfernt schwenkte eine schwarze Limousine auf die Straße. Sie beschleunigte in ihre Richtung. Die Scheinwerfer bohrten sich in die Dunkelheit.

Gray rannte mit Fiona den von Bäumen gesäumten Gehsteig entlang und hielt Ausschau nach einem Versteck. Diese Straßenseite wurde von einer hohen Backsteinmauer begrenzt. Keine Hauseingänge, keine abzweigenden Gassen. Hinter der Mauer waren muntere Flöten- und Streicherklänge zu vernehmen.

Neben der verunglückten Vespa wurde die Limousine langsamer.

Offenbar hatte man weitergemeldet, dass sie mit dem Roller geflüchtet waren.

»Da drüben«, sagte Fiona.

Sie schulterte die Tasche, führte ihn zu einer im Dunkeln liegenden Parkbank und kletterte darauf – dann sprang sie von der Rückenlehne ab und packte einen Ast. Sie krümmte sich zusammen und zog die Beine über den Ast.

»Was haben Sie vor?«

»Straßenkinder tun das ständig. Freier Eintritt.«

»Was?«

»Kommen Sie.«

Sie hangelte sich an dem dicken Ast entlang bis hinter die Mauer. Auf der anderen Seite ließ sie los und verschwand.

Die Limousine kam langsam näher.

Gray blieb nichts anderes übrig, als Fionas Beispiel zu folgen. Er stieg auf die Bank und sprang in die Höhe. Musikfetzen wehten über die Mauer heran, funkelnde, magische Klänge in der Dunkelheit der Nacht. Als er mit Armen und Beinen am Ast hing, blickte er über die Mauer.

Dahinter lag ein Wunderland von bunten Laternen, Miniaturpalästen und hell erleuchteten Jahrmarktsattraktionen.

Der Tivoli.

Der Vergnügungspark aus dem neunzehnten Jahrhundert lag im Zentrum Kopenhagens. Gray konnte den Teich erkennen. Im Wasser spiegelten sich Tausende Laternen und Lichter. Von Blumenbeeten gesäumte Wege führten an hell erleuchteten Pavillons, aus Holz erbauten Achterbahnen, Karussells und Riesenrädern entlang. Der alte Tivoli war weniger technikdominiert als die Disney-Parks und ähnelte eher einem intimen Erholungspark.

Gray hangelte sich über die Mauer hinweg.

Fiona winkte ihm vom Boden aus zu. Sie stand hinter einem Kiosk oder einem Werkzeugschuppen.

Gray ließ die Beine heruntersacken und baumelte einen Moment lang an den Armen.

Plötzlich wurde neben seiner rechten Hand ein Stück Rinde abgerissen. Erschreckt ließ er los und stürzte mit wedelnden Armen in die Tiefe. Er landete in einem Blumenbeet und schlug mit dem

Knie auf, doch der weiche Lehm dämpfte den Aufprall. Auf der anderen Seite der Mauer heulte ein Motor auf, und eine Autotür wurde zugeschlagen.

Man hatte sie entdeckt.

Gray schnitt eine Grimasse und humpelte zu Fiona hinüber. Sie hatte den Schuss gehört. Wortlos steuerten sie den Mittelpunkt des Tivoli an.

6

Das hässliche Entlein

01:22
Himalaya

Lisa aalte sich im dampfenden Mineralwasser. Wenn sie die Augen schloss, konnte sie sich vorstellen, sie wäre in einem exklusiven europäischen Badekurort. Die Ausstattung des Zimmers war jedenfalls üppig: Frotteetücher und Bademäntel aus ägyptischer Baumwolle, ein Himmelbett aus massivem Holz mit einem Stapel Decken und einem dicken Federbett. Die Wände zierten mittelalterliche Wandbehänge, der Steinboden war mit türkischen Teppichen bedeckt.

Painter war im Wohnraum und schürte den kleinen Kamin.

Sie teilten sich die angenehme Gefängniszelle.

Painter hatte Anna Sporrenberg gesagt, sie seien von den Staaten her miteinander befreundet. Damit hatte er verhindern wollen, dass sie getrennt wurden.

Lisa hatte keine Einwände erhoben.

Sie wollte hier nicht allein sein.

Trotz der hohen Wassertemperatur fröstelte Lisa. Als Ärztin diagnostizierte sie einen Schock. Die Wirkung des Adrenalins, das sie bisher aufrecht gehalten hatte, ließ allmählich nach. Sie erinnerte sich, nach der Deutschen geschlagen zu haben. Um ein Haar hätte sie sich auf sie gestürzt. Was hatte sie sich dabei nur gedacht? Sie konnte von Glück sagen, dass man sie nicht auf der Stelle erschossen hatte.

Painter hatte die ganze Zeit über die Fassung bewahrt. Es war beruhigend zu hören, wie er ein weiteres Holzscheit ins Feuer legte. Alltägliche Verrichtungen. Dabei musste auch er völlig erschöpft sein. Er hatte bereits in der großen Wanne gebadet, weniger aus hygienischen Gründen denn als Vorbeugemaßnahme gegen Erfrierungen. Unter Hinweis auf die weißen Flecken an seinen Ohren hatte Lisa darauf bestanden, dass er den Vortritt nahm.

Da sie wärmer gekleidet gewesen war, hatte sie die Kälte besser überstanden als er.

Trotzdem tauchte auch sie den Kopf unter und ließ das Haar im Wasser treiben. Die Wärme durchdrang ihren Körper. Ihre Sinne dehnten sich aus. Sie bräuchte nur einzuatmen, dann würde sie ertrinken. Eine kurze Panik, dann wäre es vorbei. Die Angst und die Anspannung hätten ein Ende. Sie könnte selbst über ihr Schicksal bestimmen – und das, was die Deutschen für sich reklamierten, wieder für sich beanspruchen.

Nur ein Atemzug …

»Sind Sie bald fertig?« Painters gedämpfte Stimme erreichte sie noch unter Wasser. »Man hat uns das Abendessen gebracht.«

Lisa tauchte aus dem Dampf auf. Wasser strömte ihr übers Gesicht. »Ich … ich komme gleich.«

»Lassen Sie sich ruhig Zeit!«, rief Painter vom Wohnzimmer herüber.

Sie hörte, wie er ein weiteres Scheit ins Feuer legte.

Wie schaffte er das nur? Nach dreitägiger Bettlägerigkeit, nach dem Kampf im Keller des Tempels und dem mühseligen Fußmarsch durch die Eiseskälte hatte er immer noch Kraftreserven. Das machte ihr Hoffnung. Vielleicht war es nichts weiter als Verzweiflung, doch sie spürte, dass er über Energien verfügte, die über das rein Physische hinausgingen.

Wie sie so über ihn nachdachte, ließ ihr Zittern allmählich nach.

Dampfend stieg sie aus der Wanne und rubbelte sich ab. Den dicken Bademantel ließ sie noch am Haken hängen. Neben dem altmodischen Waschbecken hing ein Ganzkörperspiegel. Die Oberfläche war beschlagen, doch sie konnte die Umrisse ihres Körpers erkennen. Sie drehte ein wenig das Bein, nicht um sich selbst zu bewundern, sondern um die blauen Flecke zu begutachten. Der durchdringende Schmerz in ihren Waden rief ihr etwas Elementares in Erinnerung.

Sie war immer noch am Leben.

Sie blickte zur Badewanne.

Nein, diese Genugtuung würde sie ihnen nicht lassen. Sie würde das durchstehen.

Sie schlüpfte in den Bademantel. Nachdem sie ihn an der Hüfte verknotet hatte, hob sie den schweren Metallriegel an und öffnete die Badezimmertür. Im Nebenraum war es wärmer. Ein automatisch regulierter Heizkörper hatte den Raum bewohnbar gehalten, doch jetzt verbreitete das Kaminfeuer wohlige Wärme. Es prasselte munter vor sich hin und hüllte den Raum in flackerndes, rötliches Licht. Ein brennender Kerzenleuchter am Bett trug ebenfalls zu der heimeligen Atmosphäre bei.

Strom gab es nicht in diesem Raum.

Anna Sporrenberg hatte ihnen erklärt, dass sie hier die natürliche Erdwärme zur Stromgewinnung nutzten und dabei auf die Erfindungen Rudolf Diesels zurückgriffen, des in Frankreich geborenen Deutschen, der vor hundert Jahren den Dieselmotor erfunden habe. Gleichwohl müssten sie mit der Energie sparsam umgehen und könnten nur bestimmte Teile der Burg mit Strom versorgen.

Hier gab es jedenfalls keinen.

Painter wandte sich bei ihrem Eintreten zu ihr um. Sie bemerkte, dass sein verwuscheltes Haar in der Zwischenzeit getrocknet war, was ihm ein verwegenes, jungenhaftes Aussehen verlieh. Barfüßig und mit einem ganz ähnlichen Bademantel bekleidet wie sie schenkte er eine dampfende Flüssigkeit in zwei Becher ein.

»Jasmintee«, sagte er und zeigte auf das kleine Sofa vor dem Kamin.

Auf einem Beistelltisch stand ein Tablett: Hartkäse, ein Laib

Schwarzbrot, Roastbeefscheiben, eine Schüssel Brombeeren und eine kleine Karaffe mit Sahne.

»Unsere Henkersmahlzeit?« Lisa hatte scherzhaft klingen wollen, doch es gelang ihr nicht ganz. Morgen würde man sie als Erstes verhören.

Painter klopfte neben sich aufs Sofa.

Sie setzte sich.

Während er das Brot schnitt, nahm sie eine Scheibe scharfen Cheddarkäse in die Hand. Sie schnupperte daran, legte sie wieder zurück. Kein Appetit.

»Sie sollten etwas essen«, meinte Painter.

»Wozu? Damit ich stärker bin, wenn sie uns unter Drogen setzen?«

Painter rollte eine Scheibe Roastbeef zusammen und steckte sie sich in den Mund. Vernehmlich kauend sagte er: »Sicher ist gar nichts. Wenn ich etwas im Leben gelernt habe, dann das.«

Lisa schüttelte skeptisch den Kopf. »Was wollen Sie damit sagen? Dass wir das Beste hoffen sollen?«

»Ich persönlich ziehe einen Plan vor.«

Lisa blinzelte. »Und, ist Ihnen schon was eingefallen?«

»Ein einfacher Plan. Nichts Weltbewegendes.«

»Und wie sieht er aus?«

Er schluckte und sah Lisa an. »Das funktioniert erstaunlich oft.«

Sie wartete. »Ja?«

»Aufrichtigkeit.«

Lisa lehnte sich zurück, ihre Schultern sackten herab. »Na großartig.«

Painter nahm eine Scheibe Brot, bestrich sie mit grobkörnigem Senf, legte eine Roastbeefscheibe darauf und krönte das Ganze mit einer Scheibe Käse. Dann hielt er sie Lisa hin. »Essen Sie.«

Seufzend und nur ihm zuliebe nahm sie die Kreation entgegen.

Painter schmierte sich ein weiteres Brot. »Zum Beispiel bin ich der Leiter einer Abteilung der DARPA mit dem Namen Sigma. Wir befassen uns mit Bedrohungen der nationalen Sicherheit und verfügen über ein Team von Spezialeinsatzkräften. Das ist der starke Arm der DARPA.«

Lisa knabberte an der Kruste und bekam kräftigen Senfgeschmack in den Mund. »Können wir darauf hoffen, dass die Soldaten uns befreien werden?«

»Wohl kaum. Jedenfalls nicht in dem uns zur Verfügung stehenden Zeitrahmen. Es wird Tage dauern, bis man festgestellt hat, dass ich nicht unter den Toten im Kloster bin.«

»Dann verstehe ich nicht, wie ...«

Painter hob beschwichtigend die Hand und murmelte mit vollem Mund: »Es geht um Aufrichtigkeit. Wir legen unsere Karten auf den Tisch und warten ab, was passiert. Jemand hat Sigma auf die Vorgänge in dieser Gegend aufmerksam gemacht. Es gab Meldungen über seltsame Krankheitsfälle. Woher kommen die vielen Pannen in letzter Zeit, nachdem sie all die Jahre über so großen Wert auf Geheimhaltung gelegt haben? Ich bin nicht der Typ, der viel auf Koinzidenzen gibt. Ich habe gehört, wie Anna sich mit dem einen Mann unterhalten hat. Sie hat angedeutet, es gebe hier ein Problem. Irgendetwas hat diese Leute aufgeschreckt. Vielleicht verfolgen wir ja ganz ähnliche Ziele. Es könnte sein, dass es Raum für eine Zusammenarbeit gibt.«

»Und dass sie uns am Leben lassen?«, meinte Lisa, teils hoffnungsvoll, teils spöttisch.

»Das weiß ich nicht«, antwortete Painter aufrichtig. »Solange wir für sie nützlich sind, werden sie uns bestimmt nicht töten. Aber wenn es uns gelingt, ein paar Tage herauszuschinden, dann erhöht sich die Wahrscheinlichkeit, dass entweder Hilfe von außen eintrifft oder dass sich die Umstände ändern.«

Lisa kaute nachdenklich. Ehe sie sich versah, hatte sie das Brot verzehrt. Und sie hatte immer noch Hunger. Sie gaben Sahne über die Brombeeren und teilten sich den Inhalt der Schüssel.

Auf einmal sah sie Painter in neuem Licht. Er war nicht nur ein zäher Bursche. Hinter seinen blauen Augen verbargen sich ein brillanter Intellekt und eine große Portion gesunder Menschenverstand. Als spürte er ihre Musterung, sah er sie an. Lisa wandte den Blick ab und studierte aufmerksam das Tablett.

Schweigend beendeten sie die Mahlzeit und tranken hin und wieder einen Schluck Tee. Als sie sich den Bauch vollgeschlagen hatten, machte sich auf einmal ihre Erschöpfung bemerkbar. Selbst das Reden war zu anstrengend. Außerdem genoss es Lisa, neben ihm zu sitzen. Es war so still, dass sie seinen Atem hörte. Der Duft seiner frisch gewaschenen Haut stieg ihr in die Nase.

Als sie den mit Honig gesüßten Tee getrunken hatten, massierte Painter sich auf einmal die rechte Schläfe. Sein rechtes Auge zuckte. Der Kopfschmerz war wieder aufgeflammt. Da sie nicht die Ärztin hervorkehren und ihn unnötig beunruhigen wollte, musterte sie ihn verstohlen von der Seite. Mit leicht vibrierenden Pupillen sah er ins erlöschende Feuer.

Painter hatte von Aufrichtigkeit gesprochen, aber wollte er wirklich wissen, wie es um ihn stand? Die Abstände zwischen den Anfällen wurden offenbar kleiner. Außerdem war sie eigennützig genug, sich zu fürchten – nicht um seine Gesundheit, sondern um die winzige Hoffnung aufs Überleben, die sie immer noch hatte. Sie war auf ihn angewiesen.

Lisa erhob sich. »Wir sollten jetzt schlafen. Die Nacht ist nicht mehr lang.«

Painter nickte stöhnend. Als er sich aufrichtete, schwankte er so stark, dass sie ihn stützen musste.

»Es geht schon«, sagte er.

So viel zum Thema Aufrichtigkeit.

Sie geleitete ihn zum Bett und schlug das Federbett zurück.

»Ich kann auf dem Sofa schlafen«, sagte er.

»Seien Sie doch nicht lächerlich. Legen Sie sich hin. Was sollen hier Anstand und Schicklichkeit? Wir befinden uns in der Gewalt von Nazis.«

»Von *ehemaligen* Nazis.«

»Ja, das ist wirklich ein großer Trost.«

Seufzend stieg er ins Bett, ohne den Bademantel zuvor abzulegen. Lisa ging ums Bett herum, legte sich ebenfalls hin und blies die Kerzen aus. Es wurde dunkler, doch die Glut im Kamin verbreitete noch immer ein angenehmes Licht. Lisa fürchtete sich vor der tiefen Dunkelheit.

Sie machte es sich bequem und zog die Decke hoch bis ans Kinn. Sie behielt einen gewissen Abstand zu Painter bei und kehrte ihm den Rücken zu. Offenbar spürte er ihre Angst, denn er wälzte sich auf die Seite.

»Falls wir sterben müssen«, murmelte er, »sterben wir gemeinsam.«

Sie schluckte. Das war nicht die Art Aufmunterung, die sie sich gewünscht hatte, doch andererseits hatte die Vorstellung auch etwas Tröstliches. Irgendetwas in seinem Tonfall, seine Aufrichtigkeit und das Versprechen, das er ihr damit gegeben hatte, bewirkten mehr, als haltlose Beschwichtigungen es vermocht hätten.

Sie glaubte ihm.

Sie kuschelte sich enger an ihn und verschränkte die Hand mit der seinen. Es war nichts Körperliches. Sie suchten lediglich Trost beieinander.

Er drückte ihre Hand, fest und beruhigend.

Sie rückte noch etwas näher an ihn heran, und er schmiegte sich an ihren Rücken.

Lisa schloss die Augen.

Sie rechnete damit, schlaflos zu bleiben, doch in seiner Umarmung schlummerte sie schließlich ein.

22:39
Kopenhagen, Dänemark

Gray sah auf die Uhr.

Seit zwei Stunden hielten sie sich jetzt schon versteckt. Zusammen mit Fiona war er in einen Wartungsraum eines Fahrgeschäfts geklettert, das *Minen* oder Bergwerk hieß. Es handelte sich um eine altmodische Jahrmarktsattraktion, bei der Wagen an comic-haften, bewegten Maulwurfmodellen in Bergmannskluft vorbeirollten, die in einem drolligen unterirdischen Steinbruch tätig waren. Ständig wurde ein und dasselbe Musikstück wiederholt, die akustische Version der chinesischen Wasserfolter.

Kurz nachdem sie ins Gewühl des Tivoli eingetaucht waren, hatten Gray und Fiona Karten für das Bergwerk gelöst und Vater und Tochter gespielt. Bei der ersten uneinsehbaren Kurve hatten sie sich jedoch aus dem Wagen gewälzt und waren in einem Wartungsraum verschwunden, der hinter einer Schwingtür verborgen war. Ein Schild warnte vor elektrischer Spannung. Da sie die Fahrt nicht beendet hatten, konnte Gray sich das Ende nur ausmalen. In seiner Vorstellung landeten die Maulwurfwesen im Krankenhaus, alle von der schwarzen Pest befallen.

Ihm wäre das jedenfalls ganz recht gewesen.

Der muntere dänische Refrain wurde zum tausendsten Mal wiederholt. Vielleicht war es nicht so schlimm wie eine Fahrt durch *It's a Small World* in Disneyland, aber viel fehlte nicht dazu.

Auf Grays Schoß lag die aufgeschlagene Bibel. Mit Hilfe einer kleinen Taschenlampe hatte er sie sorgfältig durchgeblättert und nach einem Hinweis auf ihre wahre Bedeutung gesucht. Sein Schädel pochte im Takt der Musik.

»Haben Sie eine Pistole dabei?«, fragte Fiona, die mit vor der Brust verschränkten Armen in der Ecke hockte. »Wenn ja, erschießen Sie mich bitte.«

Gray seufzte. »Wir müssen nur noch eine Stunde durchhalten.«

»Das überlebe ich nicht.«

Sie wollten so lange hier ausharren, bis der Vergnügungspark schloss. Es gab zwar nur einen einzigen offiziellen Ausgang, doch Gray nahm an, dass auch alle Nebenausgänge inzwischen unter Bewachung standen. Ihre einzige Chance bestand darin, sich dem Massenexodus anzuschließen, wenn die Besucher um Mitternacht zum Ausgang strömten. Er hatte versucht, sich beim Kopenhage-

ner Flughafen nach der Ankunftszeit von Monks Maschine zu er-
kundigen, doch das viele Metall in dem alten Gebäude legte sein
Handy lahm. Sie mussten den Flughafen erreichen.

»Haben Sie schon etwas gefunden?«, fragte Fiona.

Gray schüttelte den Kopf. Darwins Familienstammbaum auf
dem vorderen Deckblatt war sicherlich faszinierend. Weitere Erkenntnisse aber hatten die spröden Seiten, die er bislang umge-
blättert hatte, nicht erbracht. Bis jetzt war er lediglich auf ein paar
Zeichnungen gestoßen, die in leicht abgewandelter Form immer
wieder auftauchten.

Gray warf einen Blick auf sein Notebook. Er hatte die Symbole
am Seitenrand der Bibel möglichst detailgetreu eingegeben – ob sie
von Charles Darwin persönlich oder von einem späteren Besitzer
stammten, vermochte er nicht zu sagen.

Er schob Fiona das Notebook zu.

»Kommt Ihnen das irgendwie bekannt vor?«

Fiona beugte sich seufzend vor, ließ die Arme herabsinken und
betrachtete die Zeichen mit zusammengekniffenen Augen.

»Kritzeleien«, meinte sie. »Bestimmt kein Grund, deswegen zu
morden.«

Gray verdrehte die Augen, hielt aber den Mund. Fionas Stimmung
hatte sich verdüstert. Ihre Rachsucht und ihr manischer Zorn waren ihm lieber. Seit sie hier eingesperrt waren, hatte sie sich immer
mehr in sich selbst zurückgezogen. Wahrscheinlich hatte sie ihre
ganze Energie darauf verwandt, die Bibel wieder in ihren Besitz zu
bringen und auf diese Weise die Ermordung ihrer Großmutter zu
rächen. Hier im Dunkeln machte sich Ernüchterung bei ihr breit.

Was konnte er dagegen tun?

Er nahm Papier und Kuli zur Hand und überlegte, wie er ihr Interesse wecken könnte. Er zeichnete ein weiteres Symbol, die kleine Tätowierung auf dem Handrücken des Mannes, der mit ihm um die Wette geboten hatte.

Er schob Fiona den Zettel zu. »Und das hier?«

Mit einem noch lauteren, noch dramatischeren Seufzer beugte sie sich abermals vor. Dann schüttelte sie den Kopf. »Ein vierblättriges Kleeblatt. Ich weiß auch nicht. Was soll das … nein, warten Sie mal …« Sie nahm das Notebook und neigte sich dem Bildschirm entgegen. »Das habe ich schon mal gesehen!«

»Wo?«

»Auf einer Visitenkarte«, antwortete Fiona. »Aber da sah es anders aus, eher in Umrissen dargestellt.« Sie nahm den Kuli und begann zu zeichnen.

»Wessen Visitenkarte war das?«

»Die gehörte dem Arsch, der vor Monaten unsere Akten durchgesehen hat.« Fiona zeichnete weiter. »Wo haben Sie das gesehen?«

»Auf dem Handrücken des Mannes, der die Bibel ersteigert hat.«

Fiona gab eine Art Knurren von sich. »Ich hab's doch gewusst! Dann steckt also ein und derselbe Kerl hinter alldem. Erst versucht er, die Bibel zu stehlen. Dann verwischt er seine Spuren, indem er Omi tötet und den Laden niederbrennt.«

»Erinnern Sie sich an den Namen, der auf der Visitenkarte stand?«

Fiona schüttelte den Kopf. »Nur an das Zeichen erinnere ich mich noch. Das kannte ich nämlich.«

Sie reichte ihm den Zettel. Die Zeichnung war detailreicher als die Tätowierung und gab die komplizierte Struktur des Symbols wieder.

Gray tippte mit dem Finger darauf. »Sie haben das schon mal gesehen?«

Fiona nickte. »Ich sammle Sticker. Zu diesen schnieken Klamotten passen die natürlich nicht.«

Gray dachte an die Kapuzenjacke mit den vielen Stickern, die sie am Morgen getragen hatte.

»Ich hatte mal eine keltische Phase«, meinte Fiona. »Ich hab keine andere Musik mehr gehört und hauptsächlich Sticker mit keltischen Symbolen getragen.«

»Und das hier?«

»Das nennt man Erdquadrat oder Keltisches Kreuz. Es soll eine beschützende Wirkung haben, weil es die vier Ecken der Welt symbolisiert.« Sie tippte auf die verschlungenen Kleeblätter. »Deshalb wird es auch als Schutzknoten bezeichnet. Es soll einen schützen.«

Trotz angestrengten Nachdenkens gab der Hinweis Gray keinen weiteren Aufschluss.

»Ich hab Omi deshalb geraten, ihm zu vertrauen«, sagte Fiona. Sie war wieder gegen die Wand gesackt und flüsterte, als traute sie sich nicht, laut zu sprechen. »Sie mochte den Mann nicht. Abneigung auf den ersten Blick. Aber als ich die Visitenkarte sah, dachte ich, er wäre okay.«

»Sie konnten es nicht wissen.«

»Omi hat es gespürt«, erwiderte Fiona scharf. »Jetzt ist sie tot, und ich bin schuld.« Offenbar machte sie sich schwere Vorwürfe.

»Unsinn.« Gray rückte näher an sie heran und legte ihr den Arm um die Schulter. »Wer immer diese Leute sind, sie waren von Anfang an zu allem entschlossen. Das wissen Sie auch. Sie hätten sich die gewünschten Informationen auf jeden Fall beschafft. Hätten Sie den Mann abgewiesen, hätten sie sich dadurch nicht von ihrem Vorhaben abhalten lassen. Hätten Sie Ihre Großmutter nicht dazu bewegt, dem Mann die Durchsicht der Akten zu gestatten, hätte er Sie womöglich beide auf der Stelle getötet.«

Fiona lehnte sich an ihn.

»Ihre Großmutter …«

»Sie war nicht meine Großmutter«, entgegnete Fiona mit dumpfer Stimme.

Gray hatte das bereits vermutet, doch er schwieg.

»Sie hat mich mal dabei erwischt, wie ich sie beklauen wollte. Das war vor zwei Jahren. Aber sie hat nicht die Polizei gerufen. Stattdessen hat sie mir eine Suppe gemacht. Hühnersuppe.«

Es war so dunkel, dass er Fionas Gesicht nicht erkennen konnte, doch er entnahm ihrem Tonfall, dass sie lächelte.

»So war sie. Hat Straßenkindern immer geholfen. Hat Streuner bei sich aufgenommen.«

»So wie Bertal.«

»Und mich.« Sie schwieg eine Weile. »Meine Eltern sind bei einem Autounfall ums Leben gekommen. Sie waren pakistanische Einwanderer. Aus dem Punjab. Wir hatten in London, im Waltham Forest, ein kleines Haus mit Garten. Wir wollten uns einen Hund anschaffen. Dann … sind sie gestorben.«

»Das tut mir leid, Fiona.«

»Mein Onkel und meine Tante haben mich aufgenommen. Sie waren gerade aus dem Punjab nachgekommen.« Eine weitere lange Pause. »Nach einem Monat fing er an, nachts in mein Zimmer zu kommen.«

Gray schloss die Augen. O Gott …

»Da bin ich abgehauen … Ich hab ein paar Jahre lang auf den Londoner Straßen gelebt, brachte aber die falschen Leute gegen mich auf. Musste mich absetzen. Ich bin mit dem Rucksack quer durch Europa getrampt. Schließlich bin ich hier gelandet.«

»Und Grette hat Sie aufgenommen.«

»Und jetzt ist sie ebenfalls tot.« Erneut meldete sich ihr schlechtes Gewissen. »Vielleicht bringe ich anderen Menschen ja Unglück.«

Gray zog Fiona enger an sich. »Ich habe bemerkt, wie sie Sie angesehen hat. Dass Sie in ihrem Leben erschienen sind, hat ein großes Glück für sie bedeutet. Sie hat Sie geliebt.«

»Ich … ich weiß.« Fiona wandte das Gesicht ab. Ihre Schultern bebten. Sie schluchzte lautlos.

Gray hielt sie umarmt. Schließlich barg sie das Gesicht an seiner Schulter. Auf einmal verspürte Gray Gewissensbisse. Grette war eine sehr großzügige Frau gewesen, beschützend und gefühlsbetont, freundlich und mitfühlend. Er trug eine Mitschuld an ihrem Tod. Wenn er vorsichtiger gewesen und die Ermittlung weniger leichtsinnig angegangen wäre …

Er hätte die Folgen seines Tuns für andere bedenken sollen.

Fiona schluchzte noch immer.

Möglicherweise wäre es auch ohne seine ungeschickten Nachforschungen zum Mord und zur Brandstiftung gekommen, doch Gray warf sich vor allem sein späteres Verhalten vor. Er hatte sich abgesetzt und Fiona dem Chaos und ihrem Schmerz überlassen. Sie hatte nach ihm gerufen – erst im Zorn, dann flehentlich.

Trotzdem war er nicht stehen geblieben.

»Jetzt habe ich niemanden mehr«, schluchzte Fiona an seiner Schulter.

»Sie haben mich.«

Fiona wich zurück. Ihre Augen waren gerötet. »Aber Sie werden mich doch auch im Stich lassen.«

»Nein, denn Sie werden mich begleiten.«

»Aber Sie haben doch gemeint …«

»Vergessen Sie, was ich gesagt habe.« Gray wusste, dass Fiona in Kopenhagen ihres Lebens nicht mehr sicher wäre. Man würde sie töten, entweder um an die Bibel heranzukommen oder um eine Zeugin zu beseitigen. Sie wusste zu viel. Und das galt auch noch für jemand anderen. »Sie haben gemeint, Sie hätten sich die Adresse von dem Kaufbeleg der Bibel eingeprägt.«

Fiona musterte ihn mit unverhohlenem Misstrauen. Sie hatte sich wieder gefasst und versuchte herauszubekommen, ob sein Mitgefühl nur vorgeschoben war, um ihr zu entlocken, was sie wusste. Gray hatte Verständnis dafür, denn schließlich war sie auf der Straße aufgewachsen.

Er drängte sie nicht weiter. »Ein Freund von mir kommt mit einem Privatjet her. Gegen Mitternacht soll er landen. Dann können wir uns mit ihm in Verbindung setzen und jedes beliebige Ziel anfliegen. Sie können mir an Bord sagen, was Sie wissen.« Er streckte die Hand aus und forderte sie wortlos zum Einschlagen auf.

Ein Auge misstrauisch zusammengekniffen, ergriff Fiona seine Hand.

»Abgemacht«, sagte sie.

Grays Fehler wurden damit nicht ungeschehen gemacht, doch es war immerhin ein Anfang. Er musste sie aus der Schusslinie herausschaffen. Im Flugzeug wäre sie erst einmal sicher. Sie könnte unter Bewachung an Bord bleiben, während er und Monk die Ermittlungen fortsetzten.

Fiona schob ihm das Notebook mitsamt den gekritzelten Symbolen entgegen. »Nur damit Sie Bescheid wissen ... wir müssen nach Paderborn in Deutschland. Sobald wir dort sind, verrate ich Ihnen die Adresse.«

Gray fasste das Zugeständnis als kleinen Vertrauensbeweis auf. »Das reicht.«

Fiona nickte.

Damit war der Deal besiegelt.

»Jetzt fehlt nur noch, dass diese hirnlose Musik aufhört«, stöhnte sie.

Wie aufs Stichwort brach das Gedudel ab. Auch das leise Maschinengesumm und das Rattern der Wagen waren verstummt. In der plötzlichen Stille hörten sie Schritte, die sich der schmalen Tür näherten.

Gray richtete sich auf. »Bleiben Sie hinter mir!«, zischte er.

Fiona verstaute die Bibel in ihrer Handtasche. Gray nahm eine Eisenstange in die Hand, die er zuvor in dem Wartungsraum entdeckt hatte.

Die Tür ging auf, und jemand leuchtete ihnen ins Gesicht.

Ein Mann sagte ungehalten auf Dänisch: »Was machen Sie hier?«

Gray senkte die Stange. Um ein Haar hätte er sie dem Uniformierten in den Bauch gerammt.

»Wir haben geschlossen«, sagte der Mann und trat beiseite. »Verschwinden Sie, sonst hole ich den Sicherheitsdienst.«

Gray gehorchte. Der Mann musterte ihn finster. Gray wusste, wie das Ganze wirken musste. Ein älterer Mann, der sich in einem Vergnügungspark mit einer jungen Frau in einer Abstellkammer versteckt hatte.

»Alles in Ordnung, junge Dame?«, fragte der Arbeiter. Offenbar hatte er Fionas verquollene Augen und ihre zerrissene Kleidung bemerkt.

»Danke, alles bestens.« Sie hakte sich bei Gray unter und schwenkte ein wenig die Hüften. »Für *diesen* Spaß hat er extra bezahlt.«

Der Mann verzog angewidert das Gesicht. »Der Hinterausgang ist dort drüben.« Er zeigte auf ein Neonschild mit der Aufschrift *Exit*. »Lassen Sie sich nicht noch einmal erwischen. Es ist gefährlich, hier herumzulaufen.«

Weniger gefährlich als draußen, aber das konnte er nicht wissen. Gray trat ins Freie und sah auf die Uhr. Es war kurz nach elf. Der Park würde erst in einer Stunde schließen. Vielleicht sollten sie jetzt schon versuchen, nach draußen zu gelangen.

Als sie den Hauptweg erreichten, stellte sich heraus, dass sich kaum noch jemand in diesem Teil des Parks aufhielt. Kein Wunder, dass das Bergwerk bereits geschlossen hatte.

Vom Teich drangen Musikfetzen und Stimmenlärm herüber.

»Die sammeln sich jetzt für die Parade«, sagte Fiona. »Dazu gibt es ein Feuerwerk, dann schließt der Park.«

Gray konnte nur hoffen, dass das Feuerwerk nicht in einem Blutbad enden würde. Er musterte die Umgebung. Laternen erhellten die Nacht. Unmengen von Tulpen blühten in den Beeten. Nur noch wenige Besucher hielten sich auf den betonierten Wegen und Vorplätzen auf. Hier waren sie zu exponiert.

Er bemerkte zwei Wachleute, einen Mann und eine Frau, die etwas zu zielstrebig auf sie zuhielten. Hatte der Arbeiter vielleicht doch den Sicherheitsdienst alarmiert?

»Wir müssen allmählich untertauchen«, meinte Gray und zog Fiona in die entgegengesetzte Richtung. Er wandte sich dorthin, wo die Menschen waren. Sie schritten zügig aus und hielten sich möglichst im Baumschatten. Zwei Parkbesucher, welche die Parade nicht versäumen wollten.

Sie ließen die Rabatten hinter sich und betraten den zentralen Platz mit dem Teich, der von den Lampen und Laternen der umliegenden Pavillons und Paläste hell erleuchtet war. Jubel brandete auf, als sich der erste Paradewagen näherte. Der Aufbau war drei Stockwerke hoch und stellte eine mit smaragdgrünen und azurblauen Lämpchen geschmückte Nixe auf einem Fels dar. Die Nixe winkte einladend. Weitere Wagen folgten, alle mit animierten, fünf Meter großen Puppen. Dazu ertönte von Trommeln begleitete Flötenmusik.

»Die Hans-Christian-Andersen-Parade«, erklärte Fiona. »Zur Feier seines zweihundertsten Geburtstags. Er ist so was wie der Schutzheilige der Stadt.«

Sie näherten sich den Menschen, die das Ufer säumten. Begleitet von einem dumpfen Knall stieg ein gewaltiger, sich im Teichwasser spiegelnder Feuerball auf. Unter durchdringendem Pfeifen breiteten sich Lichtkaskaden über den Nachthimmel.

Während sie sich der wogenden Menschenmenge näherten, behielt Gray ständig die Umgebung im Auge. Er hielt nach einer blondhaarigen, schwarz gekleideten Person Ausschau. Aber das hier war Kopenhagen. Etwa jeder fünfte Parkbesucher war blond. Und Schwarz war in Dänemark anscheinend die Farbe der Saison.

Grays Herz klopfte im Rhythmus der Trommeln. Eine kurze Feuerwerkssalve trommelte auf seinen Brustkorb und seine Ohren ein. Schließlich hatten sie die Zuschauermenge erreicht.

Unmittelbar über ihnen flammte knisternd und prasselnd eine weitere Feuerblume auf.

Fiona stolperte.

Gray fing sie auf. Ihm dröhnten die Ohren.

Während der Knall verhallte, sah Fiona erschreckt zu ihm auf. Sie hob die Hand und hielt sie ihm entgegen, während er sie in die Menge zog.

Ihre Handfläche war blutig.

04:02
Himalaya

Painter erwachte im Dunkeln. Das Kaminfeuer war erloschen. Wie lange hatte er geschlafen? Da es hier keine Fenster gab, ließ sich die Uhrzeit schwer schätzen. Allerdings hatte er den Eindruck, dass es noch früh am Tage war.

Irgendetwas hatte ihn geweckt.

Er stützte sich auf den Ellbogen auf.

Lisa war ebenfalls wach und blickte zur Tür. »Haben Sie das auch gespürt?«

Der ganze Raum erbebte heftig. Ein dumpfes Dröhnen war zu hören, das auch im Bauch zu spüren war.

Painter warf die Decke ab. »Probleme.«

Er zeigte auf die frischen Kleidungsstücke, die ihnen ihre Gastgeber zur Verfügung gestellt hatten. Eilig kleideten sie sich an: lange Unterwäsche, schwere, abgetragene Jeans und dicke Pullover.

Lisa zündete die Kerzen an und zog robuste Lederstiefel an, die für Männer gemacht waren. Schweigend warteten sie. Etwa zwanzig Minuten lang lauschten sie dem gedämpften Lärm, der allmählich verebbte.

Dann ließen sich beide aufs Bett niedersinken.

»Was ist da wohl passiert?«, fragte Lisa.

Aufgeregte Rufe waren zu vernehmen.

»Keine Ahnung ... aber ich glaube, wir werden's bald erfahren.«

Stiefelgepolter drang durch die dicke Eichentür. Painter stand auf und lauschte angespannt.

»Die wollen zu uns«, sagte er.

An der Tür wurde laut geklopft. Painter wich einen Schritt zurück und hob warnend den Arm. Als Nächstes wurde mit einem lauten Klirren der Riegel angehoben.

Die Tür ging auf. Vier Männer schritten mit vorgehaltenen Gewehren in den Raum. Dann trat ein fünfter ein, der dem Mörder mit Namen Gunther ähnlich sah. Ein Hüne von Mann, mit dickem Hals und grau meliertem Bürstenschnitt. Er trug eine weite braune Hose, die in hohen Stiefelschäften steckte, und ein braunes Hemd.

Abgesehen von der fehlenden schwarzen Armbinde mit Hakenkreuz wirkte er wie ein SA-Mann.

Oder wie ein *ehemaliger* SA-Mann.

Er war ebenso blass wie Gunther, doch seine linke Gesichtsseite war unbeweglich, als hätte er einen Schlaganfall gehabt. Der linke Arm zitterte, als er damit zur Tür zeigte.

»Kommen Sie mit!«, blaffte der hünenhafte Anführer auf Deutsch. Dann wandte er sich ab und schritt den Gang entlang, als wäre es schlichtweg unvorstellbar, dass jemand sich seinen Anweisungen widersetzte. Andererseits verliehen die Gewehre, die auf Painter und Lisa gerichtet waren, seinem Befehl Nachdruck.

Painter nickte Lisa zu. Gemeinsam traten sie auf den Gang, gefolgt von der Eskorte. Der aus dem nackten Fels gehauene Gang war so schmal, dass zwei Personen nur mit Mühe nebeneinander Platz hatten. Bis auf die Zielscheinwerfer der Männer, die zitternde Schatten erzeugten, war es dunkel. Im Gang war es spürbar kälter als in ihrem Zimmer, doch die Temperatur lag oberhalb des Gefrierpunkts.

Sie brauchten nicht weit zu gehen. Painter hatte den Eindruck, sie näherten sich der Vorderseite der Burg, und er hatte recht. Schließlich hörte er sogar das leise Pfeifen des Windes. Offenbar hatte der Sturm wieder zugelegt.

Der Hüne klopfte an einer mit Schnitzereien verzierten Holztür. Eine gedämpfte Stimme forderte ihn zum Eintreten auf. Daraufhin öffnete er die Tür. Warmer Lampenschein und ein Schwall warmer Luft drangen auf den Gang heraus.

Ihr Bewacher trat über die Schwelle und hielt die Tür auf.

Painter geleitete Lisa in den Raum und blickte sich forschend um. Sie befanden sich in einem rustikal eingerichteten Arbeitszimmer mit einer Bibliothek, die sich über zwei Etagen erstreckte. Die obere Ebene wurde von einer schmucklosen Galerie aus Metall gesäumt. Den einzigen Zugang bot eine steile Leiter.

Die Wärme stammte von einem großen steinernen Kamin, in dem ein kleines Feuer brannte. Ein uniformierter deutscher Soldat in Öl blickte auf sie herab.

»Mein Großvater«, erklärte Anna Sporrenberg. Sie erhob sich hinter dem mit Schnitzereien verzierten monströsen Schreibtisch. Auch sie trug eine dunkle Jeans und Pullover. Offenbar war das in der Burg das Standardoutfit. »Er hat die Burg nach dem Krieg übernommen.« Sie deutete auf die im Halbkreis vor dem Kamin aufgestellten Lehnsessel. Sie sah aus, als hätte sie in der Zwischenzeit kein Auge zugetan. Außerdem roch sie verqualmt, als wäre sie mit Schießpulver in Berührung gekommen.

Interessant.

Painter sah ihr in die Augen, als sie sich zu den schweren Sesseln begaben. Es kribbelte ihn im Nacken. Trotz ihrer Erschöpfung war ihr Blick lebhaft und durchdringend. Schlauheit und berechnende Habgier zeigten sich darin. Sie war eine Person, mit der man rechnen musste. Auch sie versuchte sich offenbar ein Bild von ihm zu machen.

Was ging hier vor?

»Bitte setzen Sie sich«, sagte sie auf Deutsch und deutete abermals auf die Sessel.

Painter und Lisa nahmen nebeneinander Platz. Anna setzte sich ihnen gegenüber. Der Wachposten nahm mit vor der Brust verschränkten Armen bei der geschlossenen Tür Aufstellung. Painter wusste, dass die anderen Männer draußen warteten. Er hielt Ausschau nach einer Fluchtmöglichkeit. Der einzige andere Ausgang war ein tief in die Mauer eingelassenes vergittertes Fenster.

Es gab kein Entrinnen.

Er konzentrierte sich wieder auf Anna. Vielleicht gab es ja noch einen anderen Ausweg. Anna wirkte vorsichtig, hatte sie aber bestimmt nicht grundlos herbringen lassen. Er musste ihr möglichst viele Informationen entlocken, dabei aber äußerst behutsam vorgehen. Ihm fiel Annas Ähnlichkeit mit dem Mann auf dem Ölgemälde auf. Immerhin ein Anfang.

»Sie sagten, Ihr Großvater habe die Burg *übernommen*«, bemühte Painter sich um eine unverfängliche Eröffnung. »Wem gehörte sie davor?«

Anna lehnte sich zurück. Offenbar tat es ihr gut, einen Moment still dasitzen zu können. Gleichwohl wirkte sie konzentriert. Die Hände auf dem Schoß gefaltet, blickte sie kurz zu Lisa hinüber, dann sah sie wieder Painter an. »Das Granitschloss hat eine lange und dunkle Geschichte, Mister Crowe. Sagt Ihnen der Name Heinrich Himmler etwas?«

»Der zweitmächtigste Mann nach Hitler?«

»Ja. Der Reichsführer SS, ein Schlächter und Wahnsinniger.«

Mit ihrer Charakterisierung überraschte sie Painter. War das eine Finte? Vielleicht ein Spielzug, doch die Regeln des Spiels kannte er nicht ... jedenfalls noch nicht.

»Himmler hielt sich für die Reinkarnation König Heinrichs«,

fuhr Anna fort, »des Sachsenkönigs aus dem zehnten Jahrhundert. Er glaubte sogar, er erhielte Botschaften von ihm.«

Painter nickte. »Ich habe gehört, er interessierte sich für Okkultismus.«

»Eher war er besessen davon.« Anna zuckte mit den Schultern. »Diese Leidenschaft teilte er mit vielen Deutschen. Das geht bis zu Helena Blavatsky zurück, die den Begriff des Arischen geprägt hat. Sie hat behauptet, bei Studien in einem buddhistischen Kloster in den Besitz von Geheimwissen gelangt zu sein. Ihre Lehrer hätten ihr verraten, die Menschheit stamme von einer überlegenen Rasse ab, die irgendwann einen neuen Aufschwung nehmen werde.«

»Die sprichwörtliche Herrenrasse«, meinte Painter.

»Genau. Hundert Jahre später mischte Guido von List ihre Theorien mit germanischer Mythologie und schrieb der mythischen arischen Rasse eine nordische Herkunft zu.«

»Und die Deutschen verschlangen sein Buch«, sagte Painter, um sie noch weiter aus der Reserve zu locken.

»Warum auch nicht? Nach dem verlorenen Ersten Weltkrieg kam ihnen das gerade recht. Die deutschen Geheimlogen nahmen es begeistert auf. Die Thule-Gesellschaft, die Vril-Gesellschaft und der Orden der Neuen Templer.«

»Ich glaube, Himmler war sogar Mitglied bei der Thule-Gesellschaft.«

»Ja, der Reichsführer glaubte an diese Mythen. Sogar an die Magie der nordischen Runen. Deshalb wählte er die doppelten Sig-Runen, die beiden Blitze, als Zeichen seiner Krieger-Priester, der Schutzstaffel oder SS. Bei der Lektüre der Bücher von Madame Blavatsky gewann er die Überzeugung, die arische Rasse stamme aus dem Himalaya und werde von dort aus erneut den Siegeszug antreten.«

Lisa meldete sich zu Wort. »Und deshalb hat Himmler Expeditionen in den Himalaya entsandt.« Sie wechselte einen Blick mit Painter. Über dieses Thema hatten sie bereits gesprochen. Also hatten sie gar nicht so schiefgelegen. Trotzdem ging Painter immer noch eine frühere Bemerkung Annas durch den Sinn.

Wir sind keine Nazis. Nicht mehr.

Solange die Frau sich von der umgänglichen Seite zeigte, musste er sie in ihrem Redefluss bestärken. Er witterte eine Falle, tappte aber nach wie vor im Dunkeln. Obwohl ihm das gegen den Strich ging, bemühte er sich, sein Unbehagen zu verbergen.

»Und wonach hat Himmler hier gesucht?«, fragte er. »Nach einem unbekannten Arierstamm? Nach einem Shangri-La weißer Übermenschen?«

»Nicht direkt. Unter dem Deckmantel anthropologischer und zoologischer Forschung ließ Himmler SS-Mitglieder nach *Beweisen* für die Existenz der verschollenen Herrenrasse suchen. Er war überzeugt davon, dass hier Spuren dieser alten Rasse zu finden wären. Obwohl die Suche ergebnislos blieb, steigerte er sich immer mehr in seine Wahnvorstellungen hinein. Als er anfing, in Deutschland eine SS-Feste zu bauen, die so genannte Wewelsburg, errichtete er hier deren Gegenstück und ließ aus deutschen Konzentrationslagern tausend Zwangsarbeiter einfliegen. Außerdem ließ er eine Tonne ungemünztes Gold herschaffen, um uns zu Selbstversorgern zu machen. Was ihm, umsichtige Investitionen vorausgesetzt, auch gelungen ist.«

»Aber warum ausgerechnet hier?«, fragte Lisa.

Painter konnte nur raten. »Er glaubte, die arische Rasse würde von hier aus einen neuen Aufstieg erleben. Er wollte der Erbauer ihrer ersten Festung sein.«

Anna nickte anerkennend. »Außerdem glaubte er, die Lehrer, die Madame Blavatsky unterwiesen hatten, seien immer noch am Leben. In dieser Burg wollte er ihr Wissen und ihre Erfahrungen sammeln.«

»Sind diese Lehrer jemals aufgetaucht?«, fragte Painter spöttisch.

»Nein. Aber nach dem Kriegsende kam mein Großvater hierher. Und er brachte etwas Erstaunliches mit, das in der Lage sein könnte, Himmlers Traum wahr zu machen.«

»Und was war das?«, fragte Painter.

Anna schüttelte den Kopf. »Bevor wir weiterreden, muss ich Ihnen eine Frage stellen. Mit der Bitte um wahrheitsgemäße Antwort.«

Der plötzliche Themenwechsel erstaunte Painter. »Sie wissen, dass ich Ihnen das nicht versprechen kann.«

Zum ersten Mal lächelte Anna. »Ich weiß Ihre Aufrichtigkeit zu schätzen, Mister Crowe.«

»Und wie lautet Ihre Frage?« Painter war neugierig. Allmählich kamen sie dem Kern des Ganzen offenbar näher.

Anna fixierte ihn. »Sind Sie krank? Es ist mir nicht gelungen, das herauszufinden. Sie wirken ziemlich klar im Kopf.«

Painters Augen weiteten sich. Mit dieser Frage hatte er nicht gerechnet.

Ehe er etwas sagen konnte, antwortete Lisa: »Ja.«

»Lisa …«, sagte Painter warnend.

»Sie wird es ja doch erfahren. Dazu braucht man nicht Medizin studiert zu haben.« Sie wandte sich Anna zu. »Er leidet unter Störungen des vestibulären Systems, außerdem unter Nystagmus und Verwirrtheitszuständen.«

»Und wie steht es mit Migräne und Blitzen vor den Augen?«

Lisa nickte.

»Das habe ich mir gedacht.« Anna lehnte sich zurück. Offenbar sah sie sich bestätigt.

Painter runzelte die Stirn. Warum?

Lisa hakte nach. »Was hat die Symptome ausgelöst? Ich denke, wir … er hat ein Recht darauf, es zu erfahren.«

»Das würde zu weit führen, aber ich kann Ihnen eine Prognose geben.«

»Und wie sieht die aus?«

»Er wird binnen drei Tagen sterben. Unter Qualen.«

Painter versuchte, sich nichts anmerken zu lassen.

Lisa zuckte ebenfalls mit keiner Wimper. Ganz sachlich fragte sie: »Gibt es ein Heilmittel?«

Anna sah Painter an, dann wandte sie sich wieder Lisa zu.

»Nein.«

Er musste das Mädchen in Sicherheit bringen und zum Arzt schaffen. Gray spürte, wie das Blut aus der Schussverletzung sickerte und ihr Hemd durchtränkte.

Ringsumher wogte die Menge. Kamerablitze blendeten Gray. Von der vorbeiziehenden Parade schallten Musik und Gesang herüber. Die großen, beweglichen Puppen auf den Wagen schwenkten nickend die Köpfe.

Unablässig explodierten über dem Teich Feuerwerkskörper.

Gray duckte sich und hielt Ausschau nach dem Mann, der Fiona angeschossen hatte. Er warf einen Blick auf ihre Verletzung. Nur ein Streifschuss, eine blutende Verbrennung. Trotzdem musste sie medizinisch versorgt werden. Vor Schmerz war sie ganz bleich geworden.

Der Schuss war von hinten gekommen. Das bedeutete, der Schütze hielt sich im Gebüsch zwischen den Bäumen versteckt. Sie hatten Glück gehabt, dass sie gleich in der Menge hatten untertauchen können. Möglicherweise zogen die Jäger aber das Netz weiter zusammen. Wahrscheinlich hatten sie sich bereits unter die Zuschauer gemischt.

Er sah auf die Uhr. Noch eine Dreiviertelstunde, dann schloss der Park.

Er brauchte einen Plan … einen neuen Plan. Sie konnten nicht bis Mitternacht warten und darauf hoffen, mit dem Besucherstrom zu entwischen. Sie mussten sofort verschwinden.

Das Gelände zwischen dem Teich und dem Ausgang aber war nahezu menschenleer, denn alle Besucher hatten sich am Ufer versammelt. Wenn sie zum Ausgang rannten, hätten ihre Verfolger freies Schussfeld. Außerdem wurde das Tor bestimmt ebenfalls bewacht.

Fiona drückte die Hand auf die Verletzung. Zwischen ihren Fingern sickerte Blut hervor. In ihrem Blick lag Panik.

»Was sollen wir jetzt machen?«, flüsterte sie ihm zu.

Gray drängte sich weiter durchs Gewühl. Er hatte eine Idee. Die Durchführung war gefährlich, aber mit Vorsicht würden sie nicht aus dem Park herauskommen. Er drehte Fiona zu sich herum.

»Ich muss mir die Hände blutig machen.«

»Was?«

Er deutete auf ihr Hemd.

Stirnrunzelnd hob sie es an. »Aber passen Sie auf …«

Behutsam wischte er das herabrinnende Blut ab. Fiona zuckte zusammen und schrie leise auf.

»Tut mir leid«, sagte er.

»Ihre Finger sind eiskalt«, murmelte sie.

»Sind Sie okay?«

»Ich lebe noch.«

Das war das Allerwichtigste.

»Ich werde Sie gleich tragen müssen«, sagte Gray und richtete sich auf.

»Was haben Sie vor?«

»Schreien Sie, wenn ich es Ihnen sage.«

Sie rümpfte verwirrt die Nase, nickte jedoch.

Er wartete auf den passenden Moment. In der Ferne setzten Trommeln und Flöten ein. Gray schob Fiona Richtung Hauptausgang. Hinter einer Gruppe von Schulkindern machte Gray einen Mann im Trenchcoat aus, der den Arm in einer Schlinge trug. Grettes Mörder. Er drängte sich zwischen den Kindern hindurch und blickte suchend umher.

Gray wich in eine Gruppe Deutscher zurück, welche die Flöten und Trommeln mit Gesang begleiteten. Das Lied endete mit einem Paukenschlag explodierender Feuerwerkskörper.

»Jetzt geht's los«, sagte Gray und bückte sich. Er schmierte sich das Blut ins Gesicht und nahm Fiona auf die Arme. Er hob sie hoch und brüllte auf Dänisch: »Eine Bombe!«

Prasselnde Explosionen untermalten seine dröhnende Stimme.

»Schreien Sie!«, flüsterte er Fiona ins Ohr.

Er hob das blutverschmierte Gesicht. Fiona begann in seinen Armen zu kreischen.

»Eine Bombe!«, rief Gray.

Alle Gesichter wandten sich ihnen zu. Unablässig knallte und knatterte es. Auf Grays Wangen glänzte das frische Blut. Einen Moment lang waren die Umstehenden vor Schreck wie erstarrt. Dann setzte eine Kettenreaktion ein: Die Ersten wichen zurück und prallten gegen ihre Nachbarn. Es wurde geschrien und gerufen. Immer mehr Menschen gerieten in Bewegung.

Gray setzte den Zurückweichenden nach und suchte die Nähe derer, die am ängstlichsten reagierten.

Fiona schlug schreiend um sich. Sie schwenkte den Arm. Von ihren Fingern tropfte Blut.

Die Verwirrung breitete sich aus wie ein Lauffeuer. Nach den Bombenattentaten von London und Spanien fiel der Warnruf auf fruchtbaren Boden. Er wurde aufgenommen und von Mund zu Mund weitergereicht.

Die Menge wogte wie eine erschreckte Viehherde. Menschen rempelten sich gegenseitig an. Klaustrophobie verstärkte die Angst. Das Feuerwerk endete, doch entlang dem Ufer ertönten immer mehr Angstschreie. Jeder Flüchtende steckte zwei weitere Personen an. Die Zahl der panischen Menschen wuchs exponentiell. Füße scharrten übers Pflaster, wichen zurück, strebten zum Ausgang.

Ein Rinnsal verwandelte sich in eine Flutwelle.

Die kopflose Flucht zum Ausgang hatte begonnen.

Gray, der noch immer Fiona auf den Armen trug, ließ sich mitschwemmen. Er hoffte, dass niemand zertrampelt würde. Bislang aber war noch keine richtige Panik ausgebrochen. Jetzt, da das Feuerwerk geendet hatte, überwog die Verwirrung das Entsetzen. Gleichwohl eilten alle zum Ausgang.

Gray setzte Fiona ab und wischte sich mit dem Ärmel des Armanisakkos das Blut aus dem Gesicht. Fiona hielt sich an seinem Gürtel fest, um nicht von ihm getrennt zu werden.

Vor ihnen tauchte das Tor auf.

Gray ruckte mit dem Kinn. »Falls irgendwas passiert ... *rennen Sie*. Bleiben Sie in Bewegung.«

»Ich weiß nicht, ob ich's schaffe. Die Wunde tut höllisch weh.«

Gray bemerkte, dass sie humpelte und leicht gebeugt ging.

Die Wachleute schleusten die Menge durchs Tor und bemühten sich zu verhindern, dass jemand zerdrückt wurde. Gray bemerkte, dass zwei Wachleute tatenlos an der Seite standen. Ein junger Mann und eine Frau. Beide hellblond. Die Bieter von der Auktion. Als Wachleute getarnt bewachten sie das Tor. Beide hatten die Hand auf die im Halfter steckende Pistole gelegt.

Einen Moment lang traf sich Grays Blick mit dem der Frau.

Deren Blick wanderte weiter.

Dann schwenkte er zurück.

Sie hatte ihn erkannt.

Gray stemmte sich gegen die Strömung und wich zurück.

»Was ist?«, fragte Fiona, die hinter ihn gedrückt wurde.

»Wir kehren um. Wir müssen einen anderen Ausgang suchen.«

»Aber wie?«

Gray kämpfte sich gegen den Strom zum Rand durch. Der direkte Rückweg war ihnen versperrt. Im nächsten Moment hatte er sich aus der Menge gelöst. Nur wenige Menschen hasteten an ihm vorbei, eine Nebenströmung der großen Flut.

Sie brauchten Deckung.

Inzwischen hatten sie den Rand der verlassenen Paraderoute erreicht. Die Plattformwagen standen still. Die Lichter blinkten noch, doch die Musik war verstummt. Offenbar hatte die Panik auch die Fahrer erfasst. Sie hatten ihre Wagen im Stich gelassen und waren geflüchtet. Selbst die Wachleute waren zum Tor gerannt.

Gray bemerkte, dass die Tür zum Führerstand eines der Wagen offen stand.

»Dorthin!«, sagte er.

Er rannte auf den Wagen zu und zerrte Fiona mit sich. Über dem Führerstand ragte die riesige, beleuchtete Figur einer mageren Ente mit übergroßem Kopf auf, offenbar das hässliche Entlein aus dem Märchen Hans Christian Andersens.

Sie eilten unter dem mit blinkenden gelben Lichtern besetzten Flügel hindurch. Gray, der befürchtete, dass jeden Moment auf sie geschossen werden könnte, half Fiona in die Kabine. Er kletterte hinter ihr hinein und schloss sorgfältig die Tür.

Aus der Menge löste sich eine schwarz gekleidete Gestalt. Grettes Mörder. Er gab sich nicht die geringste Mühe, sein Gewehr zu verstecken. Alle Blicke waren der Straßenseite des Vergnügungsparks zugewandt. Er ging am Rand der flüchtenden Menge entlang und blickte zum Teich und zum Paradeweg.

Gray und Fiona duckten sich.

Der Mann ging im Abstand von wenigen Metern an ihnen vorbei.

»Das war knapp«, wisperte Fiona. »Wir sollten …«

»Pst.« Gray legte ihr den Zeigefinger auf die Lippen. Dabei stieß er mit dem Ellbogen gegen einen Schalter. Am Armaturenbrett klickte etwas.

O Scheiße …

Die in den Entenkopf eingebauten Lautsprecher begannen zu plärren.

QUACK, QUACK, QUACK … QUACK, QUACK, QUACK …

Das hässliche Entlein war zum Leben erwacht.

Und alle bekamen es mit.

Gray richtete sich auf. In dreißig Metern Entfernung wandte der Bewaffnete sich um.

Ihr Versteck war aufgeflogen.

Plötzlich sprang brummend der Motor an. Fiona hatte sich aufgesetzt und betätigte die Kupplung.

»Ich hab den Zündschlüssel entdeckt«, sagte sie und legte den ersten Gang ein. Der Wagen setzte sich ruckartig in Bewegung und schwenkte aus der Reihe heraus.

»Fiona, lassen Sie mich …«

»Sie sind vorhin gefahren. Sie sehen ja selbst, wohin uns das gebracht hat.« Sie hielt geradewegs auf den Mann mit dem Gewehr zu. »Außerdem bin ich dem Arschloch noch was schuldig.«

Dann hatte sie ihn also ebenfalls erkannt. Den Mörder ihrer Großmutter. Als er das Gewehr anlegte, hatte sie bereits hochgeschaltet. Völlig unbeeindruckt von der drohenden Gefahr, bretterte sie ihm entgegen.

Gray blickte sich in der Kabine um, suchte nach einer Möglichkeit, Fiona zu helfen.

So viele Schalter und Hebel …

Der Mann feuerte.

Gray zuckte zusammen, doch Fiona hatte den Schuss vorausgeahnt und rechtzeitig den Lenker herumgerissen. In der Ecke der Windschutzscheibe bildete sich ein Spinnennetz mit einem klaffenden Loch in der Mitte. In der Absicht, den Mann über den Haufen zu fahren, riss Fiona das Steuer in die entgegengesetzte Richtung.

Der oberlastige Plattformwagen legte sich auf die Seite und fuhr auf zwei Rädern weiter.

»Festhalten!«, schrie Fiona.

Während der Wagen den Boden schrammte, hechtete der Bewaffnete nach links. Er war verflucht schnell, legte gleich wieder das Gewehr an und zielte damit auf das Seitenfenster.

Zum Ausweichen reichte die Zeit nicht mehr aus.

Gray packte den am weitesten links platzierten Hebel, denn der kam ihm am logischsten vor. Er riss ihn nach hinten. Das Getriebe knirschte. Der eben noch erhobene linke Flügel des Entleins krachte nach unten. Er traf den Mann seitlich am Hals und durchtrennte die Wirbelsäule. Der Mann wurde hochgehoben und zur Seite geschleudert.

»Zum Ausgang!«, drängte Gray.

Das hässliche Entlein hatte Blut geschmeckt …

QUACK, QUACK, QUACK … QUACK, QUACK, QUACK …

Das laute Quaken räumte ihnen den Weg frei. Die Menschen spritzten auseinander. Die Wachleute wurden von der Menge zurückgedrängt. Auch die getarnten. Neben dem Besucherausgang hatte man ein weiteres Tor geöffnet, das ansonsten ausschließlich den Angestellten vorbehalten war.

Fiona hielt darauf zu.

Die Ente raste durchs Tor, wobei der linke Flügel abgerissen wurde. Das Führerhaus erbebte, dann befanden sie sich auf der Straße. Fiona fuhr weiter.

»Biegen Sie um die erste Ecke«, sagte Gray.

Fiona gehorchte und schaltete vor der Kurve wie ein Profi herunter. Das Entlein flog um die Ecke. Als sie noch zwei weitere Male abgebogen waren, bat Gray Fiona, sie solle anhalten.

»Wir können mit dem Ding nicht weiterfahren«, sagte er. »Das ist zu auffällig.«

»Finden Sie?« Fiona warf ihm einen Blick zu und schüttelte den Kopf.

Gray hatte einen Werkzeugkasten entdeckt und nahm einen großen Schraubenschlüssel heraus. Sie hielten auf einer Anhöhe. Gray bedeutete Fiona, sie solle aussteigen. Gray rückte auf den Fahrersitz, legte einen Gang ein, rammte den Schraubenschlüssel aufs Gaspedal und sprang auf den Gehsteig hinaus.

Das hässliche Entlein raste mit funkelnden Lichtern hügelabwärts, wobei es mehrere geparkte Autos rammte. Wenn es zur Ruhe käme, würde der Menschenauflauf eventuelle Verfolger ablenken.

Gray wandte sich in die entgegengesetzte Richtung. Vorerst waren sie in Sicherheit. Er sah auf die Uhr. Sie würden den Flughafen noch rechtzeitig erreichen. Dort wartete Monk auf sie. Er würde in Kürze landen.

Die neben ihm herhumpelnde Fiona sah sich um.

Das hässliche Entlein rumpelte in die Nacht davon.

QUACK, QUACK, QUACK … QUACK, QUACK, QUACK …

»Ich glaube, ich werd das Vieh vermissen«, sagte Fiona.

»Ich auch.«

Painter stand neben dem Kamin. Als sein Todesurteil verkündet worden war, hatte er sich aufgerichtet.

Der hünenhafte Aufpasser war drei Schritte vorgetreten, doch Anna gebot ihm mit erhobener Hand Einhalt. »Ist schon gut, Klaus«, sagte sie auf Deutsch.

Painter wartete, bis Klaus, der Aufpasser, wieder an der Tür Posten bezogen hatte. »Es gibt kein Heilmittel?«, sagte er dann.

Anna nickte. »Ich habe Ihnen die Wahrheit gesagt.«

»Aber warum ist Painter dann nicht wie die Mönche wahnsinnig geworden?«, wollte Lisa wissen.

Anna blickte Painter an. »Sie haben sich im Dorf aufgehalten, ein ganzes Stück vom Kloster entfernt, nicht wahr? Deshalb haben Sie weniger Strahlung abbekommen. Anstatt dass Ihr Gehirn in kürzester Zeit degeneriert, sind Sie von einem umfassenderen körperlichen Verfall betroffen. Trotzdem ist der Tod unausweichlich.«

Anna las ihm die nächste Frage von den Augen ab.

»Es gibt zwar kein Heilmittel, aber es besteht Hoffnung, den Verfall zu verlangsamen. Im Zuge jahrelanger Tierversuche haben wir ein paar vielversprechende Modelle entwickelt. Wir können Ihr Leben verlängern. Oder jedenfalls hätten wir es verlängern können.«

»Wie meinen Sie das?«, fragte Lisa.

Anna erhob sich. »Deshalb habe ich Sie herbringen lassen. Ich möchte Ihnen etwas zeigen.« Sie nickte Klaus, dem Aufpasser, zu, der daraufhin die Tür öffnete. »Kommen Sie mit. Vielleicht können wir uns gegenseitig helfen.«

Painter reichte Lisa die Hand. Er brannte vor Neugier. Einerseits witterte er eine Falle, andererseits schöpfte er neue Hoffnung.

Gab es einen besseren Köder?

Lisa neigte sich ihm entgegen. »Was geht hier vor?«, flüsterte sie ihm ins Ohr.

»Ich habe keine Ahnung.« Er blickte zu Anna hinüber, die sich mit Klaus unterhielt.

Vielleicht können wir uns gegenseitig helfen.

In der Absicht, Zeit zu schinden, hatte Painter Anna einen ganz ähnlichen Vorschlag machen wollen und mit Lisa bereits darüber gesprochen. Hatte man sie vielleicht abgehört? War das Zimmer verwanzt? Oder hatte sich die Lage so sehr zugespitzt, dass man auf ihre Kooperation angewiesen war?

Allmählich machte er sich ernsthaft Sorgen.

»Das muss etwas mit der Explosion zu tun haben«, meinte Lisa.

Painter nickte. Er musste unbedingt mehr in Erfahrung bringen. Die Sorge um seinen Gesundheitszustand schob er erst einmal beiseite … auch wenn es ihm schwerfiel, denn ein stechender Schmerz hinter den Augen und in den Backenzähnen erinnerte ihn ständig daran, dass er krank war.

Anna winkte sie zu sich heran. Klaus trat zurück. Er wirkte gar nicht glücklich. Andererseits hatte Painter bislang noch keine Gelegenheit gehabt, den Mann glücklich zu erleben. Aus irgendeinem Grund hoffte er, dass es dazu nie kommen würde. Was diesen Mann glücklich machte, ging mit Schmerzensschreien und Blutvergießen einher.

»Wenn Sie bitte mitkommen würden«, sagte Anna mit kühler Höflichkeit.

Sie trat durch die Tür, die von zwei Wachposten flankiert wurde. Klaus folgte Lisa und Painter, die anderen beiden Bewaffneten schlossen sich ihm an.

Sie wandten sich in die Richtung ihrer behaglich eingerichteten Gefängniszelle. Nach ein paar Biegungen betraten sie einen etwas breiteren Tunnel, der geradewegs in den Berg hineinführte. Erhellt wurde er von an der Wand angebrachten Glühbirnen, die mit Drahtkäfigen geschützt waren. Dies war der erste Hinweis auf moderne Technik, dem sie in der Burg bislang begegnet waren.

Sie schritten den Gang entlang.

Painter fiel auf, dass es verbrannt roch. Der Brandgeruch wurde immer stärker.

»Dann wissen Sie also, was mich krank gemacht hat«, sagte er zu Anna.

»Es war ein Unfall, wie ich bereits sagte.«

»Was ist schiefgegangen?«

»Das lässt sich nicht so leicht beantworten. Das reicht weit in die Vergangenheit zurück.«

»Bis zu der Zeit, als Sie noch Nazis waren?«

Anna sah ihn an. »Bis zur Entstehung des Lebens.«

»Tatsächlich?«, sagte Painter. »So lange geht das schon? Bedenken Sie, mir bleiben nur noch drei Tage.«

Anna schüttelte lächelnd den Kopf. »In diesem Fall werde ich mit der Ankunft meines Großvaters im Granitschloss beginnen. Das war zum Kriegsende. Wissen Sie, was damals los war? Deutschland brach zusammen, in ganz Europa herrschte Chaos.«

»Die Karten wurden neu gemischt.«

»Das galt nicht nur für die deutschen Grenzen und die Ressourcen des Landes, sondern auch für unsere Forschung. Die Alliierten ließen Deutschland von miteinander konkurrierenden Gruppen von Wissenschaftlern und Soldaten nach geheimer Technologie durchkämmen. Jeder raffte, so viel er konnte.« Anna runzelte die Stirn. »Sagt man das so?«

Painter und Lisa nickten.

»Allein Großbritannien ließ unter dem Codenamen T-Force fünftausend Soldaten und Zivilisten ausschwärmen. Die Technology-Force. Vorgeblich war es ihre Aufgabe, deutsche Technologie vor Plünderung und Raub zu schützen, doch in Wirklichkeit plünderten und raubten sie mit den Amerikanern, Franzosen und Russen um die Wette. Wissen Sie, wer die T-Force gegründet hat?«

Painter schüttelte den Kopf. Unwillkürlich verglich er die Sigma Force mit den Technologie-Teams des Zweiten Weltkriegs. Über dieses Thema hätte er gern mal mit Sean McKnight, dem Begründer von Sigma, gesprochen. Falls er so lange lebte.

»Wer führte das Kommando?«, fragte Lisa.

»Ein gewisser Commander Ian Fleming.«

Lisa schnaubte geringschätzig. »Der Autor der James-Bond-Bücher?«

»Genau. Angeblich hat er sich beim Verfassen seiner Romane die Männer seines Teams zum Vorbild genommen. Ich glaube, das vermittelt einen ganz guten Eindruck von der unbekümmerten Arroganz, mit der diese Technikräuber vorgingen.«

»Die Beute geht an den Sieger«, zitierte Painter achselzuckend.

»Mag sein. Aber mein Großvater hatte die Pflicht, möglichst viel Technologie zu bewahren. Er war ein Offizier des Sicherheitsdienstes.« Sie blickte Painter prüfend an.

Dann wurde es also ernst. Er nahm die Herausforderung an. »Die dem Sicherheitsdienst angehörenden SS-Leute waren an der Evakuierung deutscher Schätze beteiligt. Das betraf Kunstgegenstände, Gold, Antiquitäten und Technologie.«

Anna nickte. »Als die russischen Truppen gegen Ende des Kriegs die Ostgrenze überquerten, bekam mein Großvater einen streng geheimen Auftrag. Seine Befehle erhielt er von Heinrich Himmler persönlich, bevor der Reichsführer gefangen genommen wurde und Selbstmord beging.«

»Und was sollte er tun?«, fragte Painter.

»Er sollte alle Hinweise auf ein Projekt mit dem Codenamen Chronos beseitigen und die Technologie mitsamt den Unterlagen in Sicherheit bringen. Dabei ging es hauptsächlich um ein Gerät, das die Glocke genannt wurde. Das Forschungslabor befand sich tief unter der Erde, in einem stillgelegten Bergwerksstollen des Sudetengebirges. Er selbst hatte zunächst keine Ahnung, worum es bei dem Projekt ging, doch er sollte es bald erfahren. Daraufhin hätte er beinahe alles vernichtet, doch aufgrund seiner Befehle waren ihm die Hände gebunden.«

»Dann ist er also mit der Glocke geflohen. Wie hat er das geschafft?«

»Es gab zwei verschiedene Pläne. Je nach Lage sollte er entweder nach Norwegen flüchten oder nach Süden zur Adria. In beiden Fällen sollten ihn Agenten in Empfang nehmen. Mein Großvater entschied sich für die Flucht nach Norden. Himmler hatte ihm vom Granitschloss erzählt. Er floh zusammen mit einer Gruppe von Naziwissenschaftlern, die teilweise in den Konzentrationslagern tätig gewesen waren. Sie alle mussten untertauchen. Außerdem köderte sie mein Großvater mit einem Projekt, dem kaum ein Wissenschaftler hätte widerstehen können.«

»Mit der Glocke«, warf Painter ein.

»Genau. Das Projekt eröffnete den Wissenschaftlern Möglichkeiten, nach denen viele sich damals die Lippen leckten.«

»Und worum ging es dabei?«

Anna seufzte und warf Klaus einen Blick zu. »Um Vollkommenheit.« Sie schwieg einen Moment bedrückt, in Gedanken verloren.

Vor ihnen endete der Gang an einer großen Flügeltür aus Eisenholz. Dahinter führte eine Wendeltreppe aus roh behauenem Stein in die Tiefe des Berges. Die Wendeln führten um eine Stahlsäule herum, die so dick wie ein Baumstamm war.

Painter blickte nach oben. Die Säule durchstieß die Decke und reichte wahrscheinlich bis auf den Berghang hinaus. Ein Blitzableiter, schoss es ihm durch den Kopf. Außerdem roch es nach Ozon, was den Brandgeruch in den Hintergrund treten ließ.

»Über die Metallsäule leiten wir überschüssige Energie aus dem Berg ab«, erklärte Anna. Sie zeigte in die Höhe.

Painter legte den Kopf in den Nacken. Er dachte an die Geisterlichter, die in dem Gebiet gesichtet worden waren. War das der Ursprung der Leuchterscheinungen und vielleicht sogar der Krankheit?

Er schluckte seine Verbitterung hinunter und wandte seine Aufmerksamkeit der Treppe zu. Als der Kopfschmerz plötzlich wieder einsetzte, wurde ihm schwindelig. Um sich abzulenken, setzte er die Unterhaltung fort. »Zurück zur Glocke. Wozu war sie gut?«

Anna erwachte aus ihren Träumereien. »Zunächst konnte das

niemand sagen. Sie war das Ergebnis der Suche nach einer neuen Energiequelle. Einige meinten, es handele sich vielleicht um eine primitive Zeitmaschine. Deshalb bekam sie den Codenamen Chronos.«

»Eine Zeitmaschine?«, sagte Painter.

»Sie müssen bedenken«, sagte Anna, »dass die Nazis anderen Nationen auf bestimmten Technologiefeldern um Lichtjahre voraus waren. Deshalb kam es nach Kriegsende auch zu dieser wilden Jagd auf wissenschaftliche Erkenntnisse. Aber zurück zum Thema. Zu Anfang des Jahrhunderts standen zwei wissenschaftliche Modelle miteinander in Wettstreit: die Relativitätstheorie und die Quantentheorie. Obwohl sie einander nicht unbedingt widersprachen, bezeichnete selbst Einstein, der Vater der Relativitätstheorie, beide Theorien als unvereinbar. Sie spalteten die wissenschaftliche Gemeinde in zwei Lager. Und es ist bekannt, welcher Seite die Alliierten den Vorzug gaben.«

»Einsteins Relativitätstheorie.«

Anna nickte. »Was zur Atomspaltung führte, zur Atombombe und zur zivilen Nutzung der Kernenergie. Die ganze Welt wurde zu einem einzigen Manhattan-Projekt. Das alles basierte auf Einsteins Erkenntnissen. Die Nazis hingegen verfolgten nicht minder konsequent einen anderen Weg. Ihr Manhattan-Projekt gründete auf der Quantentheorie.«

»Warum verfolgten sie diesen Weg?«, fragte Lisa.

»Aus einem einfachen Grund«, antwortete Anna. »Weil Einstein Jude war.«

»Was?«

»Vergegenwärtigen Sie sich den historischen Kontext. Einstein war Jude. Damit waren seine Theorien in den Augen der Nazis disqualifiziert. Die Nazis gingen von den physikalischen Entdeckungen der arischen deutschen Wissenschaftler aus, deren Arbeit sie höher schätzten. Ihr Manhattan-Projekt basierte auf der Arbeit von Werner Heisenberg, Erwin Schrödinger und vor allem der von Max Planck, dem Begründer der Quantentheorie. Sie alle waren in ihrem Vaterland fest verwurzelt. Deshalb suchten die Nazis nach praktischen Anwendungen der Quantenmechanik. Ihre Leistungen werden noch heute als wegbereitend betrachtet. Die Naziwissenschaftler glaubten, mit Experimenten auf der Grundlage der Quantenmodelle ließe sich eine neue Energiequelle erschließen. Neuerdings verfolgt man diese Spur weiter. Die moderne Wissenschaft spricht von Nullpunktenergie.«

»Nullpunktenergie?«, wiederholte Lisa und wechselte einen Blick mit Painter.

Painter nickte. Über diese Theorie wusste er Bescheid. »Wird Materie auf den absoluten Nullpunkt abgekühlt – bis auf minus 273,15 Grad Celsius –, kommt die atomare Bewegung zum Stillstand. Nichts rührt sich mehr. Das ist der natürliche Nullpunkt. Trotzdem ist die Energie immer noch größer Null. Es existiert eine Hintergrundstrahlung, die es eigentlich nicht geben dürfte. Diese Energieform lässt sich mit herkömmlichen Theorien nicht schlüssig erklären.«

»Mit der Quantentheorie hingegen schon«, sagte Anna entschieden. »Sie erlaubt Bewegung auch dann, wenn alles zum Stillstand gekommen ist.«

»Wie ist das möglich?«, fragte Lisa.

»Am absoluten Nullpunkt bewegen sich die Elementarteilchen der Quantentheorie zufolge nicht im Raum, also nach oben, unten, rechts oder links, sondern sie materialisieren und dematerialisieren in rascher Folge und produzieren dabei Energie. Das nennt man Nullpunktenergie.«

»Das klingt ziemlich fantastisch«, meinte Lisa.

Painter schaltete sich ein. »Die Quantentheorie führt zu eigenartigen Ergebnissen. Trotzdem lässt sich die Energie nicht leugnen. In Laborversuchen hat man sie nachgewiesen. Wissenschaftler in aller Welt suchen nach einer Möglichkeit, diese Energie, welche die Grundlage allen Seins ist, anzuzapfen. Damit stünde eine unerschöpfliche Energiequelle zur Verfügung.«

Anna nickte. »Und die Nazis haben mit der gleichen Intensität daran geforscht, mit der Sie Ihr Manhattan-Projekt betrieben haben.«

Lisas Augen weiteten sich. »Eine unerschöpfliche Energiequelle. Hätten die Nazis sie entdeckt, hätte dies den Kriegsverlauf entscheidend beeinflusst.«

Anna hob die Hand. »Wer sagt eigentlich, sie hätten sie *nicht* entdeckt? Es ist bekannt, dass die Nazis in den letzten Kriegsmonaten bemerkenswerte Fortschritte erzielt haben. Bei Projekten mit den Decknamen Feuerball und Kugelblitz. Einzelheiten finden sich in öffentlich zugänglichen Akten der britischen T-Force. Allerdings kamen die Entdeckungen zu spät. Die Forschungseinrichtungen wurden zerbombt, die Wissenschaftler getötet, die Forschungsergebnisse geraubt. Das, was davon übrig geblieben war, verschwand in den streng geheimen Forschungsprojekten anderer Nationen.«

»Aber für die Glocke galt das nicht«, lenkte Painter das Gespräch wieder zum Ausgangspunkt zurück. Sein Gesundheitszustand ließ größere Abschweifungen nicht zu.

»So ist es«, bestätigte Anna. »Meinem Großvater gelang es, die auf der Erforschung der Nullpunktenergie basierenden Erkenntnisse des Chronos-Projekts in Sicherheit zu bringen. Er gab dem Projekt auch einen neuen Namen, nämlich Schwarze Sonne.«

»Aber was ist nun mit der Glocke?«, fragte Painter. »Was konnte man damit anfangen?«

»Die Glocke hat Sie krank gemacht«, antwortete Anna. »Sie hat Ihren Körper auf der Quantenebene geschädigt, und dagegen helfen keine Pillen.«

Painter wäre beinahe ins Straucheln geraten. Diese Information musste er erst einmal verarbeiten. *Auf der Quantenebene geschädigt.* Was sollte das heißen?

Die Treppe endete an einer Schranke aus überkreuzten Holzbalken, die von zwei weiteren Männern mit Gewehren bewacht wurde. Trotz seiner Benommenheit fiel Painter auf, dass die Felsdecke über der letzten Treppenwendel verrußt war.

Hinter der Schranke lag ein höhlenartiges Gewölbe. Painter konnte nicht weit sehen, doch er spürte die Hitze. Alles war verrußt. Auf dem Boden lagen in Reihen geordnet mit Planen zugedeckte Tote.

Hier musste die Explosion stattgefunden haben.

Aus der Ruine tauchte eine mit schwarzer Asche bedeckte Gestalt auf, deren Gesichtszüge aber noch erkennbar waren. Es war Gunther, der hünenhafte Bursche, der das Kloster niedergebrannt hatte. Offenbar hatte er geerntet, was er gesät hatte.

Nämlich Feuer.

Gunther näherte sich der Schranke. Anna und Klaus traten zu ihm. Als Klaus und Gunther nebeneinanderstanden, bemerkte Painter, wie ähnlich sie einander waren. Die Ähnlichkeit zeigte sich weniger im Gesicht als vielmehr in einer schwer fassbaren Härte und Fremdheit.

Gunther begrüßte Klaus mit einem Kopfnicken.

Die beiden Gefangenen nahm er kaum zur Kenntnis.

Anna nickte Gunther zu, dann unterhielten sie sich auf Deutsch. Painter verstand nur ein einziges Wort, das auf Deutsch und Englisch gleich klang.

Sabotage.

Dann ging es im Granitschloss also nicht mit rechten Dingen zu. Gab es hier Verräter? Und wenn ja, wer waren sie? Was hatten sie vor? Waren sie Freund oder Feind?

Gunthers Blick fiel auf Painter. Seine Lippen bewegten sich, doch Painter konnte ihn nicht verstehen. Anna schüttelte den Kopf. Gunther kniff verstimmt die Augen zusammen, nickte jedoch.

Painter wusste, dass seine Erleichterung wohl begründet war.

Gunther durchbohrte Painter noch einmal mit Blicken, dann wandte er sich ab und schritt in das verrußte Gewölbe hinaus.

Anna kam zu ihnen zurück. »Das wollte ich Ihnen zeigen.« Sie schwenkte den Arm.

»Die Glocke«, sagte Painter.

»Sie wurde zerstört. Ein Sabotageakt.«

Lisa blickte sich in der Ruine um. »Und die Glocke hat Painter krank gemacht.«

»Sie hätte ihn auch wieder heilen können.«

Painter betrachtete die Verwüstungen.

»Besitzen Sie ein zweites Exemplar?«, fragte Lisa. »Oder können Sie eins bauen?«

Anna schüttelte langsam den Kopf. »Eine der Schlüsselkomponenten können wir nicht duplizieren. Xerum 525. In den ganzen sechzig Jahren haben wir es nicht geschafft, den Stoff herzustellen.«

»Keine Glocke, keine Heilung«, bemerkte Painter.

»Aber es gibt vielleicht trotzdem eine Möglichkeit, wenn wir uns gegenseitig helfen.« Anna streckte die Hand aus. »Wenn wir kooperieren … Ich gebe Ihnen mein Wort darauf.«

Painters Handschlag fiel eher hölzern aus. Irgendetwas ließ ihn zögern. Er spürte, dass sie nicht ganz aufrichtig war. Anna hielt etwas zurück. Das ganze Gerede … die Erklärungen. Das hatte sie ablenken sollen. Warum bot sie ihnen überhaupt eine Zusammenarbeit an?

Auf einmal dämmerte es ihm.

»Der Unfall …«, sagte er.

Annas Finger zuckten.

»Es war gar kein Unfall, nicht wahr?« Er dachte an das eine Wort, das er aufgeschnappt hatte. »Es war Sabotage.«

Anna nickte. »Zunächst nahmen wir an, es handele sich um einen Unfall. Hin und wieder hatten wir Probleme mit Spannungsstößen, die Impulsspitzen bei der Glocke ausgelöst haben. Nichts Ernstes. Bei der Ableitung der Energie kam es in der Umgebung zu ein paar Erkrankungen und Todesfällen.«

Painter musste sich beherrschen, um nicht den Kopf zu schütteln. *Nichts Ernstes*, hatte Anna gesagt. Die Erkrankungen und die Todesfälle waren immerhin so ernst gewesen, dass Ang Gelu internationale Hilfe angefordert hatte.

Anna fuhr fort: »Vor ein paar Tagen hat jemand bei einem Routinetest die Einstellungen verändert, was zu einem exponentiellen Anstieg der freigesetzten Strahlung geführt hat.«

»Dabei wurden das Kloster und das Dorf in Mitleidenschaft gezogen.«

»Richtig.«

Painter drückte Anna die Hand. Sie wollte ihm ihre Hand entziehen, doch er ließ nicht locker. Sie war noch immer nicht ganz aufrichtig. Painter aber kannte die Wahrheit, die ebenso wenig zu leugnen war wie sein Kopfschmerz. Das war auch die Erklärung für ihr Angebot.

»Die Mönche und die Dorfbewohner waren jedoch nicht als Einzige betroffen«, sagte Painter. »Sondern auch alle Bewohner dieser Burg. Sie sind genauso krank wie ich. Sie leiden nicht an rascher neuronaler Degeneration wie die Mönche im Kloster, sondern am gleichen langsamen körperlichen Verfall wie ich.«

Annas Augen wurden schmal. Sie musterte ihn abschätzend – dann nickte sie. »Wir waren hier teilweise abgeschirmt. Der Großteil der Strahlung wurde nach oben und nach außen abgeleitet.«

Painter dachte an die Geisterlichter, die in den Bergen gesichtet worden waren. Um sich selbst zu schützen, hatten die Deutschen die unmittelbare Umgebung und damit auch das Kloster mit Strahlung überschüttet. Allerdings waren auch die Wissenschaftler nicht gänzlich ungeschoren davongekommen.

Anna erwiderte unverwandt seinen Blick. Schuldgefühle hatte sie offenbar keine. »Jetzt sind wir alle zum Tod verurteilt.«

Painter überlegte, welche Optionen er hatte, doch er fand keine Alternative. Obwohl sie sich gegenseitig misstrauten, saßen sie alle im selben Boot. Also konnten sie ebenso gut zusammenrücken. Er schüttelte Anna die Hand und besiegelte damit den Pakt.

Sigma und die Nazis zogen an einem Strang.

Zwei

7

Die schwarze Mamba

05:45
Tierreservat Hluhluwe-Umfolozi
Zululand, Südafrika

Khamisi Taylor stand vor dem Schreibtisch des obersten Wildhüters. In steifer Haltung wartete er darauf, dass Gerald Kellogg seinen vorläufigen Bericht über die Tragödie des vergangenen Tages zu Ende las.

Bis auf das Knarren des sich langsam drehenden Deckenventilators war es still im Raum.

Khamisi hatte sich Kleidung ausgeliehen, doch die Hose war zu lang, das Hemd zu eng. Immerhin war alles trocken. Nachdem er die Nacht im Wasserloch zugebracht hatte, wusste er warme Kleidung und festen Boden unter den Füßen zu schätzen.

Das galt auch fürs Tageslicht. Durch das hintere Bürofenster sah er den Himmel, der sich soeben rosig färbte. Die Welt tauchte aus den Schatten hervor.

Er hatte überlebt. Er war am Leben.

Das aber musste er erst noch verarbeiten.

In seinem Kopf hallten noch immer die Rufe des Ukufas wider.

Gerald Kellogg, der oberste Wildhüter, streichelte sich beim Lesen geistesabwesend den buschigen kastanienbraunen Schnäuzer. Das Morgenlicht verlieh seiner Glatze ein öliges, rosarotes Aussehen. Schließlich sah er auf und musterte Khamisi über die halbmondförmigen Gläser seiner Lesebrille hinweg.

»Und diesen Bericht soll ich nun zu den Akten nehmen, Mr. Taylor?«
Kellogg unterstrich mit dem Zeigefinger eine Zeile auf dem gelben
Papier. »›Ein unbekanntes Raubtier.‹ Genauer können Sie das Tier,
das Dr. Fairfield getötet und verschleppt hat, nicht beschreiben?«

»Sir, ich habe es nur undeutlich gesehen. Es war groß und hatte
ein weißes Fell. Das steht auch im Bericht.«

»Vielleicht eine Löwin«, meinte Kellogg.

»Nein, Sir ... Es war keine Löwin.«

»Wieso sind Sie sich da so sicher? Haben Sie nicht eben behauptet, Sie hätten das Tier nicht genau erkennen können?«

»Ja, Sir ... ich wollte sagen, Sir ... was ich gesehen habe, passte
nicht zu den bekannten Raubtieren des Buschlands.«

»Aber was war es dann?«

Khamisi schwieg. Er hütete sich davor, den Ukufa zu erwähnen.
Am helllichten Tag erntete man mit der Erwähnung von Monstern
nur Hohn und Spott. Dann wurde man gleich als abergläubisch
abgestempelt.

»Dann wurde Dr. Fairfield also von einem Tier angegriffen und
verschleppt, das Sie nicht genau identifizieren konnten ...«

Khamisi nickte langsam.

»... und Sie sind weggelaufen und haben sich im Wasserloch
versteckt?« Gerald Kellogg knüllte den Bericht zusammen. »Was
glauben Sie eigentlich, was das für unseren Ruf bedeutet? Einer
unserer Wildhüter lässt zu, dass eine sechzigjährige Frau getötet
wird, während er selbst wegrennt und sich versteckt. Den Schwanz
einzieht, ohne überhaupt zu wissen, was los ist.«

»Sir. Das ist nicht fair ...«

»Fair?«, dröhnte der oberste Wildhüter so laut, dass er noch im
Vorzimmer zu hören war, wo die ganze Belegschaft versammelt
war. »Ist es vielleicht fair, dass ich jetzt Dr. Fairfields Angehörige
anrufen und ihnen sagen muss, dass ihre Mutter oder Großmutter von einem wilden Tier gefressen wurde, während einer meiner
Wildhüter – einer meiner *bewaffneten* Wildhüter – weggerannt ist
und sich versteckt hat?«

»Ich konnte nichts tun.«

»Aber Ihre ... Haut retten, das konnten Sie.«

Das kurze Zögern war nicht zu überhören gewesen.

Eigentlich hatte er »Ihre schwarze Haut« sagen wollen.

Gerald Kellogg hatte Khamisi nur widerwillig eingestellt. Seine Familie hatte enge Beziehungen zur alten Apartheidsregierung unterhalten und war entsprechend weit aufgestiegen. Er gehörte noch immer dem Oldavi Countryclub an, zu dem nur Weiße Zutritt hatten und wo selbst heute, nach dem Ende der Apartheid, weiterhin viele Geschäfte getätigt wurden. Trotz der neuen Gesetze und obwohl die Barrieren in der Regierung durchlässig geworden waren und sich neue Allianzen bildeten, war beim Geschäftlichen vieles in Südafrika beim Alten geblieben. Die Diamantminen gehörten immer noch den De Beers, der überwiegende Rest den Waalenbergs.

Der Wandel würde seine Zeit brauchen.

Dass Khamisi diesen Job bekommen hatte, war ein kleiner Schritt, welcher der nachfolgenden Generation den Weg bereiten sollte. Deshalb hielt er seine Empörung sorgsam im Zaum. »Ich bin sicher, wenn man dort Nachforschungen anstellt, wird sich der Wahrheitsgehalt meiner Aussage bestätigen.«

»Glauben Sie wirklich, Mr. Taylor? Eine Stunde nachdem der Rettungshubschrauber Sie gegen Mitternacht im Schlamm entdeckt hat, habe ich ein Dutzend Männer dorthin geschickt. Vor einer Viertelstunde haben sie Bericht erstattet. Sie haben den Nashornkadaver gefunden. Er war von Schakalen und Hyänen nahezu blank genagt. Von dem Kalb wurde nicht die geringste Spur entdeckt. Und das gilt auch für Dr. Fairfield.«

Khamisi schüttelte den Kopf und überlegte, wie er den Anschuldigungen begegnen könnte. Er dachte an die lange Nachtwache im Wasserloch. Von Sonnenuntergang an war er auf einen Angriff gefasst gewesen. Stattdessen hatte er das Yip-yip-yip der Hyänen und das Gebell der Schakale gehört, die in die Senke herabgestiegen waren. Knurrend und jaulend waren sie über den Kadaver hergefallen.

Die Anwesenheit der Aasfresser hätte ihn beinahe bewogen, zum Jeep zu rennen. Wenn Schakale und Hyänen zurückkehrten, bedeutete das vielleicht, dass sich der Ukufa zurückgezogen hatte.

Trotzdem hatte er sich nicht vom Fleck gerührt.

Der heimtückische Angriff auf Dr. Fairfield war ihm noch allzu frisch im Gedächtnis gewesen.

»Bestimmt gibt es dort noch andere Spuren«, sagte er.

»Allerdings.«

Khamisis Miene hellte sich auf. Wenn es Beweise gab …

»Und zwar Löwenspuren«, sagte Kellogg. »Zwei ausgewachsene Weibchen. Wie ich bereits sagte.«

»Löwen?«

»Ja. Ich glaube, wir haben hier irgendwo ein paar Fotos dieser unbekannten Tiere. Vielleicht sollten Sie sie eingehend studieren, damit Sie sie in Zukunft auch wiedererkennen. Zeit genug werden Sie jedenfalls haben.«

»Sir?«

»Sie sind vorläufig suspendiert, Mr. Taylor.«

Khamisi vermochte seine Bestürzung nicht zu verhehlen. Wäre er weiß gewesen, hätte er mit Nachsicht rechnen können, und man hätte seiner Aussage eher Glauben geschenkt. Dem stand jedoch seine schwarze Haut entgegen. Er verzichtete darauf, Kellogg zu widersprechen. Das hätte alles nur noch schlimmer gemacht.

»Und zwar ohne Bezahlung, Mr. Taylor. So lange, bis die Untersuchung abgeschlossen ist.«

Eine offizielle Untersuchung. Khamisi konnte sich denken, wie sie ausgehen würde.

»Die örtliche Polizeidienststelle hat mich gebeten, Sie darauf hinzuweisen, dass Sie das Gebiet nicht verlassen dürfen. Zunächst einmal muss ausgeschlossen werden, dass Sie sich eines strafbaren Vergehens schuldig gemacht haben.«

Khamisi schloss die Augen.

Die Sonne ging auf, doch der Albtraum wollte einfach nicht enden.

Zehn Minuten später saß Gerald Kellogg noch immer am Schreibtisch. Er war allein im Büro. Mit seiner verschwitzten Hand fuhr er sich über den Schädel, der glänzte wie ein gewachster Apfel. Die Lippen hatte er zusammengepresst. Es war eine lange Nacht gewesen – so viele Brände hatte er löschen müssen. Und noch immer gab es zahllose andere Dinge zu regeln: Er musste sich mit den Medien auseinandersetzen und sich um die Angehörigen und die Partnerin der Biologin kümmern.

Kellogg schüttelte den Kopf. Dr. Paula Kane würde sich als die härteste Nuss erweisen. Er wusste, dass sich die »Partnerschaft« zwischen den beiden Frauen nicht aufs Berufliche beschränkt hatte. Dr. Paula Kane hatte gestern Nacht auf einer Hubschraubersuche bestanden, nachdem Dr. Fairfield von dem Tagesausflug in den Busch nicht zurückgekehrt war.

Sie hatte Gerald mitten in der Nacht aus dem Schlaf geklingelt und ihn gedrängt, tätig zu werden. Es kam häufiger vor, dass Forscher im Busch übernachteten. Aufgeschreckt war er erst, als er erfahren hatte, wohin Dr. Fairfield mit einem seiner Wildhüter gefahren war. Nämlich zur Nordwestgrenze des Reservats. Ganz in der Nähe lag die Privatbesitzung der Waalenbergs.

Eine Suche in diesem Gebiet verlangte seine volle Aufmerksamkeit.

Es war eine hektische Nacht gewesen, und es war viel Lauferei und Koordinationsarbeit nötig gewesen. Jetzt aber war es nahezu überstanden, und der Geist war in die sprichwörtliche Flasche zurückgekehrt.

Es gab nur noch eines zu regeln.

Er durfte es nicht länger aufschieben.

Er nahm den Telefonhörer ab und wählte die Privatnummer. Während er darauf wartete, dass jemand abnahm, klopfte er mit dem Kuli ungeduldig auf einen Notizblock.

»Berichten Sie«, meldete sich eine angespannte Stimme.

»Ich habe gerade eben mit ihm gesprochen.«

»Und?«

»Er hat nichts gesehen – jedenfalls nichts Genaues.«

»Was soll das heißen?«

»Er behauptet, einen Schemen gesehen zu haben. Beschreiben konnte er ihn nicht.«

Es entstand ein längeres Schweigen.

Gerald wurde nervös. »Sein Bericht wird überarbeitet. Es waren Löwen. Wir werden ein paar Tiere abschießen und die Angelegenheit damit bis morgen oder übermorgen abschließen. Der Mann wurde einstweilen vom Dienst suspendiert.«

»Ausgezeichnet. Sie wissen, was Sie zu tun haben.«

Kellogg widersprach. »Er wurde suspendiert. Er wird bestimmt keinen Ärger machen. Ich habe ihm einen ordentlichen Schreck eingejagt. Ich denke nicht, dass er ...«

»Genau. Lassen Sie das Denken. Sie wissen, was Sie zu tun haben. Sorgen Sie dafür, dass es wie ein Unfall aussieht.«

Es klickte in der Leitung.

Kellogg legte den Hörer auf die Gabel. Trotz der glucksenden Klimaanlage und des langsam kreisenden Ventilators war es stickig im Raum. Gegen die Gluthitze der Savanne war kein Kraut gewachsen.

Die Schweißtropfen auf seiner Stirn waren allerdings nicht allein der Hitze zuzuschreiben.

Sie wissen, was Sie zu tun haben.

Er wusste auch, dass Widerspruch zwecklos war.

Er sah auf den Notizblock nieder. Während des Telefonats hatte er geistesabwesend darauf gekritzelt, Ausdruck des Unbehagens, das der Mann am anderen Ende der Leitung ihm eingeflößt hatte.

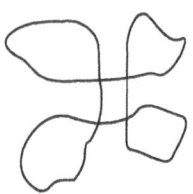

Gerald strich die Zeichnung durch, zog das Blatt ab und riss es in kleine Fetzen. Keine Spuren hinterlassen. Niemals. So lautete die Regel. Und er wusste, was er zu tun hatte.

Sorgen Sie dafür, dass es wie ein Unfall aussieht.

04:50
In 11000 Metern Höhe über Deutschland

»Wir landen in einer Stunde«, sagte Monk. »Vielleicht solltest du noch ein Nickerchen machen.«

Gray streckte sich. Das gedämpfte Triebwerkssummen der Challenger 600 hatte ihn müde gemacht, doch in Gedanken war er immer noch bei den Ereignissen der vergangenen Tage und versuchte, sich einen Reim darauf zu machen. Die Darwinbibel lag aufgeschlagen vor ihm.

»Wie geht es Fiona?«

Monk nickte zu dem Sofa im hinteren Teil der Maschine hinüber. Fiona lag unter einer Decke. »Hat endlich schlappgemacht. Hab sie mit ein paar Schmerzmitteln ruhiggestellt. Sonst hätte die nie den Mund gehalten.«

Seit sie am Kopenhagener Flughafen angelangt waren, hatte sie in einem fort geredet. Gray hatte Monk angerufen und sich von einem Privatwagen zu dem wartenden Jet bringen lassen, der gerade aufgetankt wurde. Logan hatte sich von Washington aus um die Formalitäten gekümmert.

Trotzdem hatte Gray erst aufgeatmet, als die Challenger abgehoben hatte.

»Und die Schussverletzung?«

Monk ließ sich achselzuckend auf den Nebensitz fallen. »Eigentlich nur ein Kratzer. Okay, ein tiefer, hässlicher Kratzer. Wird ein paar Tage lang wehtun. Ich hab sie mit Antiseptikum und flüssigem Wundschutz behandelt und ihr einen Verband angelegt. In ein paar Tagen ist sie wieder fit wie ein Turnschuh. Dann kann sie wieder Leute abzocken.«

Monk klopfte sich aufs Jackett und vergewisserte sich, dass seine Brieftasche noch da war.

»Das ist halt ihre Art, Hallo zu sagen«, meinte Gray. Er lächelte müde. Grette Neal hatte gestern etwas ganz Ähnliches zu ihm gesagt. O Gott, war das wirklich erst gestern gewesen?

Während Monk Fiona versorgte, hatte Gray Logan Bericht erstattet. Der diensthabende Einsatzleiter war gar nicht glücklich, von Grays Eskapaden zu erfahren … zumal er ihm ausdrücklich verboten hatte, an der Auktion teilzunehmen. Zum Glück hatte Gray noch den USB-Stick mit den Fotos der Auktionsteilnehmer, darunter auch das Pärchen mit dem wasserstoffblonden Haar. Das ganze Material zusammen mit den Faxkopien einiger Bibelseiten und seiner Notizen hatte er Logan übermittelt. Auch eine Skizze von dem Kleeblatttattoo, das ihm bei den unbekannten blonden Attentätern aufgefallen war, hatte er ihm geschickt.

Logan und Kat würden sich bemühen herauszufinden, wer hinter alldem steckte. Logan hatte bereits Erkundigungen bei den Kopenhagener Behörden eingeholt. Im Park war kein Toter gefunden worden. Offenbar war der Leichnam des Mannes, den sie enthauptet hatten, verschwunden. Somit hatte ihre Flucht aus dem Tivoli bei den flüchtenden Besuchern lediglich ein paar Schrammen und Blutergüsse zur Folge gehabt. Keine ernsthaften Schäden, abgesehen vom Paradewagen.

Er sah zu, wie Monk die Taschen seiner Jeans untersuchte.

»Ist der Ring noch da?«, stichelte Gray.

»Den hätte sie mir wirklich lassen können.«

Das musste man Fiona lassen: Sie war wirklich geschickt.

»Dann willst du mir jetzt also erzählen, was es mit dem Ringetui auf sich hat?«, sagte Gray und klappte die Darwinbibel zu.

»Ich wollte dich damit überraschen …«

»Monk, ich wusste ja gar nicht, dass dir so viel an mir liegt.«

»Ach, sei doch still. Ich wollte sagen, ich hätt's dir schon noch gesagt … auch wenn Miss Copperfield das Kaninchen im Hut gelassen hätte.«

Gray lehnte sich zurück und verschränkte die Arme vor der Brust. »Dann willst du ihr also einen Heiratsantrag machen. Aber ich weiß nicht … Mrs. *Kat* Kokkalis … Darauf wird sie sich bestimmt niemals einlassen.«

»Das glaub ich auch. Ich hab das verdammte Ding vor zwei Monaten gekauft. Bis jetzt hat sich noch keine passende Gelegenheit ergeben.«

»Wahrscheinlicher ist, du hattest noch nicht den Mut.«

»Ja, kann schon sein.«

Gray beugte sich vor und klopfte Monk aufs Knie. »Sie liebt dich, Monk. Hör auf, dir Sorgen zu machen.«

Monk grinste wie ein Schulbub. Irgendwie stand ihm das nicht. Gray sah jedoch in seinen Augen, wie ernst es ihm war. Auch ein wenig Angst lag in seinem Blick. Monk massierte sich den Armstumpf, an dem die Handprothese befestigt war. Trotz all seiner zur Schau gestellten Tapferkeit hatte ihn die Verletzung aus dem Gleichgewicht gebracht. Kat hatte eine Menge zu seiner Genesung beigetragen, mehr, als ein Arzt es vermocht hätte. Trotzdem war eine Spur Unsicherheit geblieben.

Er öffnete das mit schwarzem Samt ausgekleidete Etui und betrachtete den Drei-Karat-Ring. »Vielleicht hätte ich einen größeren Diamanten kaufen sollen – zumal jetzt.«

»Was meinst du?«

Monk schaute hoch. In seinem Gesicht zeigte sich plötzlich ein anderer Ausdruck, der mit bebender Hoffnung am ehesten zu charakterisieren war. »Kat ist schwanger.«

Gray straffte sich überrascht. »Was? Wie denn das?«

»Ich glaube, du weißt, wie es passiert ist«, meinte Monk.

»O Mann … meinen Glückwunsch«, stammelte er, dann fasste er sich wieder. Seine Bemerkung hatte wie eine Frage geklungen. »Ich meine … dann wollt ihr das Kind also behalten.«

Monk hob eine Braue.

»Klar«, sagte Gray und schüttelte den Kopf über seine eigene Blödheit.

»Wir wissen es erst seit Kurzem«, sagte Monk. »Kat möchte noch nicht, dass es allgemein bekannt wird ... nur dich sollte ich einweihen.«

Gray nickte und bemühte sich, die Neuigkeit zu verdauen. Er versuchte, sich Monk als Vater vorzustellen, und staunte, wie leicht ihm das fiel.

»Mein Gott, das ist ja großartig.«

Monk klappte das Etui wieder zu. »Und was ist mit dir?«

Gray runzelte die Stirn. »Was soll mit mir sein?«

»Ich rede von dir und Rachel. Wie hat sie auf deine Eskapaden im Tivoli reagiert?«

Gray legte die Stirn in Falten.

Monks Augen weiteten sich. »Gray ...«

»Was?«

»Du hast sie noch gar nicht angerufen, hab ich recht?«

»Ich dachte, es wäre vielleicht besser ...«

»Sie ist bei den Carabinieri. Dann hat sie vielleicht schon erfahren, dass in Kopenhagen ein Verrückter in einem gut besuchten Park erst Bombenalarm gegeben und anschließend mit einem Paradewagen durch die Gegend kutschiert ist. Sie kann sich denken, dass *du* daran beteiligt warst.«

Monk hatte recht. Er hätte sie auf der Stelle anrufen sollen.

»Grayson Pierce, was soll ich nur mit dir anfangen?« Monk schüttelte bekümmert den Kopf. »Wann willst du der Frau endlich reinen Wein einschenken?«

»Was soll das?«

»Komm schon. Ich bin froh, dass ihr beide gut miteinander auskommt, aber wo geht die Reise hin?«

Gray schnaubte. »Nicht, dass dich das was anginge, aber eigentlich wollten wir darüber sprechen, bevor das Chaos losbrach.«

»Da hast du ja Glück gehabt.«

»Weißt du, nur weil du seit zwei Monaten einen Verlobungsring in der Hosentasche mit dir herumträgst, macht dich das noch längst nicht zum Beziehungsexperten.«

238

Monk hob beschwichtigend die Hände. »Schon gut … ich mach 'nen Rückzieher … Ich hab doch nur gemeint …«

So leicht wollte Gray ihn jedoch nicht vom Haken lassen. »Was hast du gemeint?«

»Eigentlich willst du doch gar keine Beziehung.«

Gray blinzelte verdutzt. »Was redest du denn da? Rachel und ich, wir haben alles darangesetzt, damit es klappt. Ich liebe Rachel. Das weißt du auch.«

»Ja, das weiß ich. Ich habe nie was anderes behauptet. Aber du willst keine *richtige* Beziehung mit ihr.« Monk zählte an den Fingern ab. »Ich rede von *Heirat, Hypothek* und *Kindern*.«

Gray konnte nur den Kopf schütteln.

»Stattdessen genießt du mit Rachel ein verlängertes erstes Date.«

Gray wollte etwas erwidern, doch irgendwie hatte Monk ins Schwarze getroffen. Er dachte an die Verlegenheit, die sie bei jeder Begegnung überwinden mussten, eine Grenze, die sie erst einmal überschreiten mussten, bevor sich wahre Intimität einstellte. Genau wie bei einem ersten Date.

»Wie lange kennen wir uns schon?«, fragte Monk.

Gray winkte ab.

»Und wie viele ernsthafte Beziehungen hattest du in der Zeit?« Monk machte aus Daumen und Zeigefinger eine große Null. »Und jetzt schau dir an, wen du dir für deine erste ernsthafte Beziehung ausgesucht hast.«

»Rachel ist eine wundervolle Frau.«

»Das stimmt. Und ich finde es großartig, dass du dich endlich mehr öffnest. Aber ich rede davon, dass du unüberwindliche Barrieren aufrichtest, Mann.«

»Welche Barrieren?«

»Zum Beispiel der gottverdammte Atlantik. Der steht zwischen dir und einer richtigen Beziehung.« Monk wackelte mit drei Fingern.

Heirat, Hypothek, Kinder.

»Du bist noch nicht so weit«, sagte Monk. »Du hättest mal dein Gesicht sehen sollen, als ich dir von Kats Schwangerschaft erzählt habe. Das hat dir einen Mordsschreck eingejagt. Und dabei geht es doch nur um *mein* Kind.«

Gray klopfte das Herz bis zum Hals. Er atmete schwer. Das war ein richtiger Tiefschlag.

Monk seufzte. »Du hast Probleme, Mann. Vielleicht musst du ja noch irgendwas mit deinem Vater aufarbeiten. Ich weiß auch nicht.«

Das Läuten der Sprechanlage rettete Gray.

Der Pilot meldete: »Landung in etwa dreißig Minuten. Wir beginnen mit dem Sinkflug.«

Gray sah aus dem Fenster. Im Osten ging die Sonne auf.

»Ich glaub, ich mach noch ein Nickerchen«, murmelte Gray zum Fenster gewandt. »Bis zur Landung.«

»Gute Idee.«

Gray drehte den Kopf zu Monk herum. Er öffnete den Mund, um etwas zu erwidern, entschied sich jedoch für die Wahrheit. »Aber ich liebe Rachel.«

Monk stellte die Sitzlehne zurück und legte sich brummend auf die Seite. »Ich weiß. Das macht es ja so schwer.«

05:45
Tierreservat Hluhluwe-Umfolozi

Khamisi Taylor trank Tee im kleinen Gemeinschaftsraum. Obwohl der starke Tee mit Honig gesüßt war, schmeckte er nach nichts.

»Und es ist völlig ausgeschlossen, dass Marcia noch lebt?«, fragte Paula Kane.

Khamisi schüttelte den Kopf. Er war nach der Abreibung durch Kellogg nicht deshalb hergekommen, um vor der Realität zu flüchten. Ursprünglich hatte er sich in sein Zwei-Zimmer-Haus am Rande des Reservats zurückziehen wollen, wo die Wildhüter kleine Mietshäuser bewohnten. Khamisi fragte sich, wie lange er dort würde wohnen bleiben können, falls die Suspendierung eine Entlassung nach sich ziehen sollte.

Doch er war nicht nach Hause gefahren, sondern zu einer anderen Fertighaussiedlung, wo die Tierkundler während ihres Forschungsaufenthalts wohnten.

Khamisi war schon häufiger in dem weiß getünchten zweistöckigen Kolonialgebäude mit den großen, Schatten spendenden Akazien und dem kleinen Hof mit den freilaufenden Hühnern gewesen. Bei seinem letzten Besuch hatte er das zehnjährige Jubiläum der beiden Frauen gefeiert. Für die wissenschaftliche Gemeinde gehörten sie ebenso zum Inventar von Hluhluwe-Umfolozi wie die fünf großen Wildtierarten.

Jetzt aber war nur noch eine Frau übrig.

Dr. Paula Kane saß auf einem kleinen Diwan, durch einen niedrigen Tisch von Khamisi getrennt. Ihr standen die Tränen in den Augen, doch ihre Wangen blieben trocken.

»Es geht schon«, sagte sie. Ihr Blick wanderte zu den Fotos an der Wand, dem Panorama eines glücklichen Lebens. Er wusste, dass die beiden ein Paar waren, seit sie vor vielen Jahren in Oxford ihren Abschluss gemacht hatten. »Ich hatte ohnehin nur wenig Hoffnung.«

Paula Kane war eine groß gewachsene, schlanke Frau mit grau meliertem Haar, das in Schulterhöhe glatt abgeschnitten war. Obwohl er wusste, dass sie Ende fünfzig war, wirkte sie zehn Jahre jünger. Sie hatte sich eine gewisse strenge Schönheit bewahrt und strahlte ein Selbstvertrauen aus, das die Wirkung jedes noch so raffinierten Make-ups übertraf. Heute Morgen aber wirkte sie blass, ein Schatten ihrer selbst. Irgendetwas fehlte. Sie sah aus, als hätte sie in den Khakishorts und der weiten weißen Bluse geschlafen.

Khamisi konnte ihre Trauer, die sich in jeder Faser ihres Körpers ausdrückte, nicht lindern, doch er konnte seiner Anteilnahme Ausdruck verleihen. »Es tut mir leid.«

Paula sah ihn an. »Ich weiß, Sie haben getan, was Sie konnten. Ich habe mitbekommen, was hier so geredet wird. Eine Weiße stirbt, aber ein Schwarzer überlebt. Mit bestimmten Leuten möchte ich hier lieber nichts zu tun haben.«

Khamisi wusste, dass sie den Wildhüterchef meinte. Paula und Marcia waren schon öfter mit ihm aneinandergeraten. Paula wusste über seine Beziehungen und Verbindungen so gut Bescheid wie jeder andere. Die Apartheid mochte zwar in den Städten und Townships überwunden sein, doch der Mythos des Großen Weißen Jägers hatte nach wie vor Bestand.

»Sie trifft keine Schuld an ihrem Tod«, sagte Paula, wobei sie ihm aufmerksam in die Augen blickte.

Er wandte das Gesicht ab. Er wusste es zu schätzen, dass sie Verständnis für sein Verhalten hatte, doch Kelloggs Vorwürfe hatten seinen Schuldgefühlen neue Nahrung gegeben. Sein Verstand sagte ihm, er habe sich nach Kräften bemüht, Dr. Fairfield zu beschützen. Aber er war lebend aus dem Busch zurückgekommen, und sie nicht. Das waren die Fakten.

Khamisi erhob sich. Er wollte nicht länger stören. Er war hergekommen, um Dr. Kane sein Beileid zu bekunden und ihr persönlich zu berichten, was vorgefallen war. Das hatte er getan.

»Ich sollte jetzt wohl besser gehen«, sagte er.

Paula erhob sich ebenfalls und geleitete ihn zum Fliegengitter. Bevor er hinaustrat, berührte sie ihn am Ellbogen. »Was glauben Sie, was das war?«, fragte sie.

Er drehte sich zu ihr um.

»Ich meine, was war das für ein Tier, das sie getötet hat?«

Khamisi blickte in den morgendlichen Sonnenschein hinaus. Es war zu hell, um von Monstern zu sprechen. Außerdem hatte man ihm untersagt, darüber zu reden. Seine Anstellung stand auf dem Spiel.

Er sah auf Paula nieder und sagte ihr die Wahrheit.

»Es war kein Löwe.«

»Aber was war es dann?«

»Das werde ich schon noch herausfinden.«

Er trat ins Freie und ging die Treppe hinunter. Sein kleiner, verrosteter Pick-up wartete in der sengenden Sonne. Er kletterte in die glühend heiße Fahrerkabine und fuhr nach Hause.

Zum hundertsten Mal an diesem Morgen ließ er den Horror des Vortags Revue passieren. Die Jagdschreie des Ukufas übertönten beinahe das Brummen des Motors. Es war kein Löwe gewesen. Das konnte ihm niemand weismachen.

Schließlich tauchten die auf Pfählen errichteten Häuser vor ihm auf. Sie wirkten behelfsmäßig und hatten keine Klimaanlage. Er hielt inmitten einer roten Staubwolke neben dem Tor.

Erst einmal würde er ein paar Stunden schlafen.

Dann würde er sich auf die Suche nach der Wahrheit machen.

Er wusste auch schon, wo er mit seinen Nachforschungen beginnen würde.

Das aber musste noch warten.

Als er den Gartenzaun erreichte, fiel Khamisi auf, dass das Tor schief in den Angeln hing. Wenn er das Haus verließ, achtete er jedes Mal darauf, es sorgfältig zu verriegeln. Vielleicht aber hatte ja jemand sehen wollen, ob er zu Hause war, nachdem gestern Abend ihr Verschwinden bekannt geworden war.

Trotz seiner Erschöpfung waren Khamisis Sinne noch immer so wach wie in dem Moment, als er im Dschungel den ersten Schrei vernommen hatte. Eigentlich konnte er sich kaum vorstellen, dass seine Anspannung je wieder weichen würde.

Er schlüpfte durchs Tor. Die Vordertür war anscheinend verschlossen. Im Briefkasten steckte Post, die nicht angerührt worden war. Er stieg die Treppe hoch, immer eine Stufe nach der anderen.

Er wünschte, er wäre bewaffnet gewesen.

Ein Dielenbrett knarrte. Das Geräusch stammte nicht von der Treppe. Es war aus dem Haus gekommen.

Am liebsten wäre er weggerannt.

Nicht schon wieder. Diesmal nicht.

Er trat auf die Vorderveranda, stellte sich neben die Tür und betätigte vorsichtig die Klinke.

Verschlossen.

Er sperrte auf und öffnete die Tür. An der Hinterwand des Hauses knarrte erneut ein Brett.

»Wer da?«, rief er.

08:52
Himalaya

»Sehen Sie sich das mal an.«

Painter schreckte zusammen und war augenblicklich hellwach. Zwischen seinen Augen pulsierte der Kopfschmerz. Vollständig bekleidet wälzte er sich vom Bett. Er hatte gar nicht bemerkt, dass er eingeschlafen war. Vor zwei Stunden hatte man ihn und Lisa unter Bewachung in ihr Zimmer zurückgebracht. Anna hatte ein paar Dinge erledigen wollen, um die Painter sie gebeten hatte.

»Wie lange war ich weg?«, fragte er, als der Kopfschmerz langsam nachließ.

»Tut mir leid. Ich hab gar nicht gemerkt, dass Sie geschlafen haben.« Lisa saß im Schneidersitz am Kamin. Vor ihr stand der Tisch, auf dem sie Papiere ausgebreitet hatte. »Höchstens fünfzehn, zwanzig Minuten. Bitte schauen Sie sich das mal an.«

Painter richtete sich auf. Einen Moment lang schwankte das ganze Zimmer, dann rückte alles wieder an seinen Platz. Gar nicht gut. Er ging zu Lisa hinüber und ließ sich neben ihr auf dem Boden nieder.

Er bemerkte, dass ihre Kamera auf einem Papierstapel lag. Lisa hatte darum gebeten, ihr zum Zeichen des guten Willens den Fotoapparat zurückzugeben.

Sie schob ihm ein Blatt Papier zu.

Lisa hatte Symbole gezeichnet. Painter erkannte die Runen wieder, die Lama Khemsar auf die Zimmerwand gekritzelt hatte. Offenbar hatte sie die Zeichen vom Monitor abkopiert. Unter jedem Symbol stand ein Buchstabe.

ᛋᚲᚺᛈᛁᛚᛚᛗᛋᚲᚷᚷᛗ
SCHWARZESONNE

»Es handelt sich um einen einfachen Ersatzcode. Jede Rune steht für einen Buchstaben des Alphabets. Hab eine Weile herumprobieren müssen.«

»Schwarze Sonne«, las Painter die deutschen Worte vor.

»Ja. Der Name des Projekts, an dem hier gearbeitet wird.«

»Dann wusste Lama Khemsar also Bescheid.« Painter schüttelte den Kopf. »Der alte Buddhist hatte Verbindungen zur Burg.«

»Die ihn wohl traumatisiert haben.« Lisa nahm das Blatt Papier wieder an sich. »Der Wahnsinn hat offenbar an alte Wunden gerührt und den Schmerz neu aufleben lassen.«

»Oder aber der Lama hat die ganze Zeit über mit den Deutschen kooperiert, und das Kloster war lediglich ein Vorposten der Burg.«

»Wenn ja, dann hat es sich für ihn nicht ausgezahlt«, sagte Lisa spitz. »Ob wir für unsere Zusammenarbeit wohl mit einem ähnlichen Lohn rechnen dürfen?«

»Wir haben keine Wahl. Uns unentbehrlich zu machen stellt für uns die einzige Möglichkeit dar, am Leben zu bleiben.«

»Und später? Wenn wir nicht mehr unentbehrlich sind?«

Painter machte ihr nichts vor. »Dann wird man uns umbringen. Mit der Zusammenarbeit erkaufen wir uns nur einen Aufschub.«

Lisa schreckte nicht vor der Wahrheit zurück, sondern fühlte sich anscheinend eher bestärkt. Entschlossen straffte sie die Schultern.

»Also, womit fangen wir an?«, sagte sie.

»Indem wir uns den ersten Schritt eines jeden Konflikts bewusst machen.«

»Und der wäre?«

»Erkenne deinen Feind.«

»Ich glaube, ich weiß schon zu viel über Anna und ihr Team.«

»Nein. Ich meine damit, wir müssen herausfinden, wer hinter der Zerstörung der Glocke steht. Wer der Saboteur ist. Hier geht noch mehr vor, als wir ahnen. Die ersten Sabotageakte – die Eingriffe in die Sicherheitsmechanismen der Glocke, die ersten Krankheitsfälle – sollten uns aufmerksam machen. Das waren Rauchzeichen, die uns hierherlocken sollten.«

»Aber warum sollte das jemand wollen?«

»Weil dieser Jemand möchte, dass Annas Gruppe das Handwerk gelegt wird. Finden Sie es nicht seltsam, dass die Glocke, um die sich hier alles dreht, erst nach unserer Ankunft zerstört wurde? Was hat das wohl zu bedeuten?«

»Jemand wollte Annas Projekt sabotieren und gleichzeitig sicherstellen, dass die Technologie nicht in fremde Hände fällt.«

Painter nickte. »Vielleicht steckt noch mehr dahinter. Aber das könnte auch alles in die falsche Richtung führen. Vielleicht handelt es sich nur um eine Finte, während die eigentliche Musik woanders spielt. Aber wer ist der geheimnisvolle Dirigent im Hintergrund? Was hat er vor? Das müssen wir herausfinden.«

»Und die elektronischen Geräte, um die Sie Anna gebeten haben?«

»Die können uns vielleicht helfen, den Maulwurf ausfindig zu machen. Wenn wir den Saboteur schnappen, finden wir vielleicht heraus, wer hier wirklich die Fäden zieht.«

Als an der Tür geklopft wurde, schreckten sie beide zusammen.

Painter stand auf, während der Riegel angehoben und die Tür geöffnet wurde.

Anna und Gunther traten ins Zimmer. Der Deutsche hatte sich in der Zwischenzeit umgezogen. Dass er nicht von weiteren Wachleuten begleitet wurde, zeigte nur, wie gefährlich er war. Er war nicht einmal bewaffnet.

»Wenn Sie möchten, können Sie mit uns zusammen frühstücken«, sagte Anna. »Wenn wir fertig sind, dürften auch die gewünschten Geräte hier eingetroffen sein.«

»So schnell? Woher kommen die?«

»Aus dem Kathmandu-Tal. Auf der anderen Seite des Berges haben wir einen versteckten Hubschrauberlandeplatz.«

»Tatsächlich? Und der wurde noch nicht entdeckt?«

Anna zuckte die Schultern. »Wir passen unsere Flüge den täglichen Rundflügen für Touristen an. Der Pilot sollte in einer Stunde wieder hier sein.«

Painter nickte. Er hatte vor, die Zeit nach Kräften zu nutzen.

Und zwar zur Informationsgewinnung.

Für jedes Problem gab es eine Lösung. Zumindest hoffte er das.

Sie traten auf den Gang. Es war ungewöhnlich viel Betrieb. Die Neuigkeiten hatten sich herumgesprochen. Alle wirkten entweder beschäftigt oder aufgebracht oder warfen ihnen böse Blicke zu … als wären Painter und Lisa an dem Unglück schuld. Niemand aber trat ihnen zu nahe. Gunther bahnte ihnen mit schwerem Schritt den Weg. Ihr Bewacher war ihr Beschützer geworden.

Schließlich hatten sie Annas Arbeitszimmer erreicht.

Vor dem Kamin befand sich ein langer Tisch. Darauf standen Teller mit Würsten, Schwarzbrot, gereiftem Käse, verschiedenen Beerensorten, Pflaumen und Melonen sowie Schüsseln mit dampfendem Eintopf und Haferbrei.

»Wird noch eine Armee zum Essen erwartet?«, fragte Painter.

»Gutes Essen ist wichtig in dem kalten Klima, das hält Leib und Seele zusammen«, erwiderte Anna, ganz die brave Hausfrau.

Sie nahmen Platz. Teller wurden herumgereicht. Sie waren eine große, glückliche Familie.

»Wenn wir ein Gegenmittel finden wollen«, sagte Lisa, »müssen wir zunächst mehr über die Glocke erfahren. Über ihre Vorgeschichte und ihre Funktionsweise …«

Annas mürrische Miene hellte sich auf. Welcher Forscher sprach nicht gern von seinen Entdeckungen?

»Es begann mit Experimenten zur Entwicklung eines Generators«, sagte sie. »Man wollte einen neuartigen Motor bauen. Die Bezeichnung Glocke stammt von der glockenförmigen Keramikhülle, die mit Blei verkleidet ist und etwa dreihundertachtzig Liter Volumen hat. Darin befinden sich zwei ineinandergeschachtelte Metallzylinder, die gegenläufig rotieren.«

Anna verdeutlichte die Anordnung mit den Händen.

»Die Glocke war mit einem quecksilberartigen flüssigen Metall mit der Bezeichnung Xerum 525 gefüllt, das auch als Schmiermittel diente.«

Painter hatte die Bezeichnung schon einmal gehört. »Das ist die Substanz, von der Sie meinten, Sie könnten sie nicht ersetzen.«

Anna nickte. »Wir versuchen schon seit Jahrzehnten, das Flüssigmetall herzustellen. Die Zusammensetzung lässt sich nicht eindeutig bestimmen. Wir wissen, dass Thorium und Berylliumper-oxide darin enthalten sind, aber das ist auch schon alles. Fest steht nur, dass Xerum 525 von den Nazis bei der Erforschung der Nullpunktenergie entdeckt wurde. Es wurde in einem Labor hergestellt, das zum Kriegsende zerstört wurde.«

»Und es ist Ihnen nicht gelungen, die Substanz zu reproduzieren?«, fragte Painter.

Anna schüttelte den Kopf.

»Aber wozu war die Glocke nun eigentlich gut?«, wollte Lisa wissen.

»Wie ich schon sagte, es handelte sich um ein Experiment. Eins von vielen Experimenten, mit denen man versuchte, die unerschöpfliche Nullpunktenergie anzuzapfen. Als die Nazis das Gerät jedoch einschalteten, traten seltsame Effekte auf. Die Glocke emittierte ein blasses Licht. Elektrische Geräte in ihrer unmittelbaren Nähe bekamen einen Kurzschluss. Es kam zu Todesfällen. In einer Serie von Folgeexperimenten wurde das Gerät verbessert und mit einer Abschirmung ausgestattet. Die Experimente wurden in einem abgelegenen Bergwerksstollen durchgeführt. Weitere Todesfälle traten nicht auf, doch die Bewohner eines nahen Dorfes berichteten von Schlaflosigkeit, Schwindelanfällen und Muskelkrämpfen. Die Glocke setzte irgendeine Strahlung frei. Das weckte das Interesse der Wissenschaftler.«

»Glaubten sie, es handele sich um eine potenzielle Waffe?«

»Das weiß ich nicht. Die meisten Unterlagen wurden vom Forschungsleiter zerstört. Aber wir wissen, dass verschiedene biologische Experimente durchgeführt wurden: an Farnen, Schimmel, Eiern, Fleisch und Milch. Und an zahlreichen Tieren. An Wirbeltieren und Wirbellosen. An Schaben, Schnecken, Chamäleons, Kröten und natürlich an Mäusen und Ratten.«

»Und wie sah es mit dem Ende der Nahrungskette aus?«, fragte Painter. »Mit Versuchen am Menschen?«

Anna nickte. »Ich fürchte, die hat es ebenfalls gegeben. Die Moral bleibt bei der Forschung häufig als Erstes auf der Strecke.«

»Was kam bei den Experimenten heraus?«, fragte Lisa. Inzwischen hatte sie das Interesse am Essen verloren. Nicht weil das Thema sie angewidert hätte, sondern weil es sie faszinierte.

Anna, die wohl eine Gemeinsamkeit witterte, wandte sich ganz Lisa zu. »Die Effekte waren wiederum unerklärlich. Das Chlorophyll der Pflanzen verschwand, die Blätter färbten sich weiß. Binnen Stunden zersetzten sie sich zu einer grauen Masse. Das Blut der Tiere gelierte. Im Gewebe bildete sich eine kristalline Substanz, welche die Zellen von außen zerstörte.«

»Lassen Sie mich raten«, meinte Painter. »Nur die Schaben waren davon nicht betroffen.«

Lisa warf ihm einen tadelnden Blick zu, dann wandte sie sich wieder Anna zu. »Haben Sie eine Ahnung, was der Grund dafür sein könnte?«

»Da können wir nur Mutmaßungen anstellen. Bis heute sind wir keinen entscheidenden Schritt weitergekommen. Wir glauben, dass die Glocke bei der Rotation ein starkes elektromagnetisches Wirbelfeld aufbaut. Das Xerum 525, das Nebenprodukt früherer Nullpunktfeldforschung, strahlt unter dessen Einfluss möglicherweise unbekannte Quantenenergien aus.«

Painter setzte die Einzelteile im Kopf zusammen. »Dann ist das Xerum 525 also der Treibstoff, und die Glocke ist der Motor.«

Anna nickte.

»Die Glocke ist somit eine Art Mixer«, brummte Gunther, der bis jetzt geschwiegen hatte.

Alle Blicke wandten sich ihm zu. Er hatte den Mund voller Wurst. Es war das erste Mal, dass er Interesse an der Unterhaltung zeigte.

»Eine grobe, aber durchaus zutreffende Beschreibung«, pflichtete Anna ihm bei. »Stellen Sie sich die allgegenwärtige Nullpunktenergie als eine Schüssel mit Kuchenteig vor. Die rotierende Glocke ist dann der Rührbesen, der hineintaucht und Quantenenergie nach außen absaugt, sie quasi materialisiert und dabei alle möglichen seltsamen subatomaren Teilchen freisetzt. Bei den damaligen Experimenten hat man versucht, die Geschwindigkeit des Mixers zu regeln und die Teilchenschauer unter Kontrolle zu bringen.«

»Um weniger Dreck zu machen.«

»Und um die degenerativen Nebenwirkungen zu vermindern. Das ist auch gelungen. Die schädlichen Effekte wurden schwächer, und dann ereignete sich etwas Erstaunliches.«

Offenbar kam sie jetzt zum eigentlichen Kern.

Anna beugte sich vor. »Die Nazi-Wissenschaftler stellten nämlich fest, dass sich die Eigenschaften des biologischen Gewebes in mancherlei Hinsicht *verbesserten*, anstatt dass es sich zersetzte. Bei den Farnen trat Riesenwuchs auf. Die Mäuse zeigten bessere Reflexe, die Ratten höhere Intelligenz. Diese Effekte konnten nicht allein die Folge von Zufallsmutationen sein. Außerdem deutete vieles darauf hin, dass die positiven Wirkungen umso stärker ausfielen, je höher entwickelt das Lebewesen war.«

»Also ging man zu Menschenversuchen über«, bemerkte Painter.

»Sie müssen das im historischen Kontext sehen, Mr. Crowe. Die Nazis hielten sich für die Geburtshelfer der neuen Rasse von Übermenschen. Und sie wollten dieses Ziel binnen einer Generation erreichen. Die Moral musste gegenüber dem hehren Ziel zurückstehen.«

»Die Herrenrasse. Die Weltherrschaft.«

»So sahen das die Nazis. Und deshalb investierten sie viel Arbeit, um die Forschung an der Glocke voranzutreiben. Dann aber lief ihnen die Zeit davon. Deutschland brach zusammen. Die Glocke wurde in Sicherheit gebracht, um die Forschung im Geheimen fortzuführen. Das war die letzte Hoffnung des Dritten Reichs. Die Glocke sollte der arischen Rasse die Tür zur Wiedergeburt aufstoßen. Sie sollte einen neuen Aufstieg nehmen und die Welt beherrschen.«

»Und Himmler hat diesen Ort hier dafür ausgewählt«, sagte Painter. »Tief im Himalaya. Was für ein Wahnsinn.« Er schüttelte den Kopf.

»Bisweilen bringt der Wahnsinn die Welt weiter als das Genie. Man muss schon verrückt sein, um das Unmögliche anzustreben und zu beweisen, dass es durchaus realisierbar ist.«

»Und bisweilen kommt dabei nichts anderes heraus als eine neue Massenvernichtungswaffe.«

Anna seufzte.

Lisa lenkte das Gespräch wieder aufs eigentliche Thema zurück. »Was ergaben die Menschenversuche?«, fragte sie emotionslos.

Anna sah immer mehr die Kollegin in ihr. »Bei Erwachsenen waren die Auswirkungen schädlich. Zumal bei höheren Strahlendosen. Die Forschungen gingen jedoch weiter. Setzte man einen Fötus der Strahlung in utero aus, zeigte eines von sechs Kindern bemerkenswerte Verbesserungen. Veränderungen im für die Myostatinproduktion verantwortlichen Gen brachten Kinder mit ausgeprägterem Muskelwachstum hervor. Es gab auch noch andere Verbesserungen. Erhöhte Sehschärfe, verbesserte Hand-Auge-Koordination sowie erstaunliche Intelligenzquotienten.«

»Superkinder«, meinte Painter.

»Bedauerlicherweise werden solche Kinder kaum älter als zwei Jahre«, sagte Anna. »Dann verfallen sie und werden blass. Im Gewebe kommt es zur Kristallbildung. Finger und Zehen sterben ab und fallen schließlich ganz ab.«

»Interessant«, meinte Lisa. »Offenbar ganz ähnliche Nebenwirkungen wie bei der ersten Testserie.«

Painter musterte sie von der Seite. Hatte sie tatsächlich *interessant* gesagt? Lisa hing an Annas Lippen. Wie schaffte sie es nur, sachlich zu bleiben? Andererseits bemerkte er, dass ihr linkes Knie unter der Tischplatte heftig wippte. Beruhigend legte er die Hand darauf. Sie erzitterte unter seiner Berührung. Nach außen hin ließ sie sich nichts anmerken. Auf einmal wurde Painter klar, dass Lisas *Interesse* geheuchelt war. Sie schluckte ihre Wut und ihr Entsetzen hinunter, damit er den bösen Cop spielen konnte. Mit ihrem kooperativen Verhalten ermöglichte sie es ihm, hin und wieder ein paar härtere Fragen in die Unterhaltung zu werfen, um die gewünschten Antworten zu erhalten.

Painter tätschelte ihr das Knie und signalisierte ihr damit, dass er ihre Absicht verstanden hatte.

Lisa spielte ihre Rolle weiter. »Sie haben gesagt, eins von sechs Kindern habe vorübergehend Verbesserungen gezeigt. Wie erging es den übrigen fünf?«

Anna nickte. »Es traten Totgeburten auf. Lebensgefährliche Behinderungen. Oder die Mütter sind gestorben. Die Sterblichkeitsrate war hoch.«

»Und wer waren die Mütter?«, verlieh Painter ihrer beider Empörung Ausdruck. »Keine Freiwilligen, nehme ich an.«

»Urteilen Sie nicht zu hart, Mr. Crowe. Wissen Sie, wie hoch die Kindersterblichkeit in Ihrem eigenen Land ist? Höher als in manchen Ländern der Dritten Welt.«

Das war doch wohl nicht ihr Ernst. Ein absurder Vergleich.

»Die Nazis gehorchten ihrer vermeintlichen Pflicht«, sagte Anna. »Zumindest waren sie konsequent.«

Painter hätte ihr gern eine vernichtende Erwiderung entgegengeschleudert, doch die Empörung lähmte ihm die Zunge.

Stattdessen ergriff Lisa das Wort. Sie tastete nach seiner Hand, die immer noch auf ihrem Knie ruhte, und drückte sie. »Ich nehme an, die Wissenschaftler haben versucht, die unerwünschten Nebenwirkungen durch eine bessere Feinabstimmung der Glocke auszumerzen.«

»Natürlich. Bis zum Kriegsende aber wurden dabei keine wesentlichen Fortschritte erzielt. Eine Erfolgsmeldung gab es immerhin, doch das blieb ein Einzelfall. Angeblich wurde ein perfektes Kind geboren. Bis dahin wiesen alle Kinder, die unter der Glocke geboren worden waren, mehr oder minder schwere Beeinträchtigungen auf. Pigmentmangel, organische Asymmetrie, verschiedenfarbige Augen.« Anna sah kurz Gunther an. »Dieses Kind aber war anscheinend völlig makellos. Selbst eine grobe Genanalyse ergab keine Mängel. Allerdings ist nicht bekannt, wie das Ergebnis erzielt wurde. Der Forschungsleiter führte dieses Experiment im Geheimen durch. Als mein Großvater die Glocke in Sicherheit bringen wollte, erhob der Wissenschaftler Einwände und vernichtete seine Laborunterlagen. Das Kind starb kurz darauf.«

»Aufgrund von Nebenwirkungen?«

»Nein. Die Tochter des Wissenschaftlers ertränkte sich zusammen mit dem Kind.«

»Warum?«

Anna schüttelte den Kopf. »Darüber wollte mein Großvater nicht reden. Wie ich schon sagte, es war ein Sonderfall.«

»Wie hieß der Forscher?«, fragte Painter.

»Das weiß ich nicht mehr. Wenn Sie möchten, kann ich den Namen nachschlagen.«

Painter zuckte mit den Schultern. Wenn er nur Zugang zur Computeranlage von Sigma gehabt hätte. Er spürte, dass noch mehr hinter der Geschichte des Großvaters steckte.

»Und nach der Evakuierung?«, fragte Lisa. »Wurde die Forschung hier fortgesetzt?«

»Ja. Trotz unserer isolierten Lage haben wir uns bemüht, mit der wissenschaftlichen Entwicklung Schritt zu halten. Nach dem Krieg haben sich die Nazi-Wissenschaftler in alle Winde zerstreut. Viele wurden in Geheimprojekte in aller Welt eingespannt. In Europa, in der Sowjetunion, in Südamerika, den Vereinigten Staaten. Das waren unsere Zuträger, die uns mit Informationen versorgten. Einige glaubten noch immer an die Sache. Andere wurden mit ihrer Vergangenheit erpresst.«

»Und so blieben Sie auf dem Laufenden.«

Anna nickte. »Im Verlauf der folgenden zwanzig Jahre erzielten wir große Fortschritte. Es wurden längerlebige Superkinder geboren. Sie wuchsen hier auf wie Prinzen. Zum Zeichen dafür, dass sie aus dem Projekt Schwarze Sonne hervorgegangen waren, nannte man sie Ritter des Sonnenkönigs.«

»Wie wagnerianisch«, spottete Painter.

»Mag sein. Mein Großvater hielt große Stücke auf die Tradition. Aber ich lege Wert auf die Feststellung, dass alle Versuchspersonen hier im Granitschloss Freiwillige waren.«

»War das eine moralische Entscheidung? Oder lag es daran, dass hier im Himalaya keine Juden zur Verfügung standen?«

Anna überging seinen Einwurf und fuhr fort: »Trotz der erzielten Fortschritte litten die Sonnenkönige nach wie vor unter vorzeitigem körperlichen Verfall. Die Symptome setzten im Alter von zwei Jahren ein, waren aber weniger stark ausgeprägt als zuvor. Die akute Degeneration machte schleichendem Verfall Platz. Und mit der Zeit traten auch neue Symptome auf: neurologische Degeneration, akute Paranoia, Schizophrenie, Psychosen.«

»Das erinnert an das Krankheitsbild der Klostermönche«, meinte Lisa.

Anna nickte. »Das ist alles eine Frage der Symptomstärke und des Alters, in dem die Strahlung aufgenommen wurde. In utero bestrahlte Föten zeigten Verbesserungen, die mit einer lebenslangen chronischen Degeneration einhergingen. Bei Erwachsenen hingegen, die wie Painter und ich einer *schwachen*, undosierten Strahlung ausgesetzt waren, verläuft der Verfall schneller. Bei den Mönchen hingegen, die eine hohe Strahlungsmenge aufgenommen hatten, setzte der geistige Verfall unverzüglich ein.«

»Und die Sonnenkönige?«, fragte Painter.

»Auch für deren Krankheit gibt es kein Heilmittel. Während wir uns von der Glocke Heilung erhoffen können, gilt das nicht für die Sonnenkönige. Die im Mutterleib aufgenommene Strahlung macht sie gegen die Glocke anscheinend immun – im Guten wie im Schlechten.«

»Und als sie wahnsinnig wurden …?« Painter stellte sich vor, wie wahnsinnige Übermenschen in der Burg wüteten.

»Das war eine Bedrohung für unsere Sicherheit. Die Menschenversuche wurden schließlich eingestellt.«

Painter vermochte seine Überraschung nicht zu verhehlen. »Sie haben die Forschung eingestellt?«

»So kann man das nicht sagen. Die Menschenversuche haben sich als ineffizient erwiesen. Es dauerte einfach zu lange, bis die Ergebnisse beurteilt werden konnten. Deshalb verwendeten wir andere Modelle. Genetisch modifizierte Mäuse, in vitro gezüchtetes Fetalgewebe, Stammzelllinien. Nachdem das menschliche Genom analysiert worden war, konnten wir die Fortschritte mittels DNA-Tests schneller beurteilen. Das Forschungstempo zog an. Ich vermute, dass wir inzwischen wesentlich bessere Resultate erzielen würden, wenn wir das Projekt Sonnenkönige fortsetzen würden.«

»Warum haben Sie das nicht getan?«

Anna zuckte die Schultern. »Bei den Mäusen tritt immer noch Demenz auf. Das bereitet uns Sorge. Vor allem aber haben wir die Menschenversuche deshalb eingestellt, weil sich unser Interesse in der vergangenen Dekade eher wissenschaftlichen Themen zugewandt hat. Wir sehen uns nicht als Geburtshelfer einer neuen Herrenrasse. Wir sind wirklich keine Nazis mehr. Vielmehr glauben wir, dass unsere Arbeit irgendwann der ganzen Menschheit nutzen wird.«

»Warum kommen Sie dann nicht aus der Deckung?«, fragte Lisa.

»Um uns den Gesetzen zu unterwerfen und uns von Ignoranten Vorschriften machen zu lassen? Die Wissenschaft ist kein demokratischer Prozess. Willkürliche moralische Beschränkungen würden die Entwicklung nur verlangsamen. Das ist unannehmbar.«

Painter musste sich beherrschen, um nicht zornig zu schnauben. Offenbar hatte man hier die Naziideologie doch noch nicht ganz hinter sich gelassen.

»Was wurde aus den Sonnenkönigen?«, fragte Lisa.

»Das ist eine tragische Geschichte. Viele starben an degenerativen Effekten, andere wurden aufgrund ihres geistigen Verfalls euthanasiert. Einige wenige aber haben überlebt. Zum Beispiel Klaus, den Sie ja bereits kennengelernt haben.«

Painter dachte an den hünenhaften Kämpfer, seinen gelähmten Arm und die unbewegliche Gesichtshälfte, alles Anzeichen von Degeneration. Seine Aufmerksamkeit wandte sich Gunther zu, auch das ein Sonnenkönig.

»Gunther war der Letzte, der hier geboren wurde.«

Anna gab dem Hünen ein Zeichen.

Gunthers Stirnrunzeln vertiefte sich. Dennoch krempelte er gehorsam den Hemdsärmel hoch und entblößte den Oberarm. Eine schwarze Tätowierung kam zum Vorschein.

»Das Symbol der Sonnenkönige«, sagte Anna. »Ein Zeichen des Stolzes, des Pflichtbewusstseins und der Vollkommenheit.«

Gunther ließ den Ärmel wieder herunter.

Painter musste an die höhnische Bemerkung denken, die nach der gestrigen Schlittenfahrt einer der Männer Gunther hinterhergeschleudert hatte. Welchen Ausdruck hatte er gleich noch verwendet? *Leprakönig.* Offenbar genossen die ehemaligen Ritter des Sonnenkönigs nicht mehr viel Respekt. Gunther war der Letzte einer aussterbenden Art. Wer würde um ihn trauern?

Annas Blick verweilte einen Moment auf Gunther, dann wandte sie sich wieder Lisa und Painter zu.

Vielleicht würde es ja doch eine Trauernde geben.

Lisa, die immer noch Painters Hand hielt, ergriff wieder das Wort. »Eines ist mir noch unklar. Auf welche Weise bewirkt die Glocke all diese Veränderungen? Sie haben gemeint, es handele sich nicht um Zufallsmutationen.«

Anna nickte. »So ist es. Wir haben nicht nur die Wirkung der Glocke erforscht, sondern auch ihre Funktionsweise.«

»Und haben Sie dabei Fortschritte erzielt?«, fragte Painter.

»Natürlich. Eigentlich sind wir uns ziemlich sicher, dass wir die grundlegenden Prinzipien inzwischen verstanden haben.«

Painter blinzelte überrascht. »Tatsächlich?«

Anna runzelte die Stirn. »Ich dachte, das wäre offensichtlich.« Sie blickte zwischen Painter und Lisa hin und her. »Die Glocke steuert den Evolutionsprozess.«

05:45
Tierreservat Hluhluwe-Umfolozi

»Wer ist da?«, wiederholte Khamisi an der Schwelle seines Hauses. Irgendjemand hielt sich im hinteren Schlafzimmer versteckt.

Vielleicht war es aber auch nur ein Tier.

Ständig drangen Affen in die Häuser ein und hin und wieder auch größere Tiere.

Trotzdem wagte er es nicht, den Raum zu betreten. Er bemühte sich, etwas zu erkennen, doch die Vorhänge waren vorgezogen. Nach der Fahrt im blendenden Sonnenschein war es in dem Haus so dunkel wie im tiefen Dschungel.

Khamisi, der weiterhin auf der Veranda stand, langte um die Ecke herum zum Lichtschalter. Schließlich hatte er ihn gefunden und schaltete das Licht ein. Eine einzelne Lampe erhellte den karg möblierten Raum und die Kochnische. Trotzdem konnte er noch immer nicht erkennen, was da im Schlafzimmer auf ihn wartete.

Irgendetwas raschelte dort hinten.

»Wer ...?«

Plötzlich verspürte er einen Stich am Hals. Verblüfft taumelte er ins Zimmer hinein. Er tastete nach dem Einstich und berührte etwas Gefiedertes, das in seinem Hals steckte.

Er zog es heraus und starrte es verständnislos an.

Ein Pfeil.

Ähnliche Pfeile benutzte er, um größere Tiere zu betäuben.

Der hier aber war anders.

Der Pfeil entglitt seinen Fingern.

Das Gift hatte sein Gehirn erreicht. Die ganze Welt kippte. Khamisi versuchte sich festzuhalten, schaffte es aber nicht.

Die Dielenbretter stürzten ihm entgegen.

Er vermochte den Sturz ein wenig zu dämpfen, schlug aber trotzdem hart mit dem Kopf auf. Lichtblitze erhellten die Dunkelheit, die ihn umschloss. Sein Kopf lag schlaff auf den Holzbrettern. Aus diesem Blickwinkel bemerkte er ein am Boden straff gespanntes Seil. Er kniff die Augen zusammen. *Nein, es war kein Seil.*

Sondern eine Schlange. Drei Meter lang.

Er erkannte sie auf den ersten Blick.

Eine schwarze Mamba.

Sie war tot, in zwei Hälften zerteilt. Daneben lag eine Machete. Seine eigene Machete.

Während sich Kälte in seinen Gliedern ausbreitete, begriff er die bittere Wahrheit.

Der vergiftete Pfeil.

Er war anders gewesen als die Pfeile, mit denen man Tiere betäubte. Dieser Pfeil hatte *zwei* Nadeln gehabt.

Er fixierte die tote Schlange.

Es war eine Inszenierung.

Tod durch Schlangenbiss.

Im Schlafzimmer knarrten die Dielenbretter. Mit letzter Kraft gelang es ihm, den Kopf zu wenden. In der Tür stand jetzt eine dunkle, vom Lampenschein beleuchtete Gestalt, die ihn ausdruckslos musterte.

Nein. Das ergab alles keinen Sinn.

Warum?

Er wusste keine Antwort.

Dunkelheit senkte sich auf ihn herab und trug ihn fort.

8

Mischlinge

»Sie bleiben hier«, sagte Gray. Er stand in der Mitte der Hauptkabine der Challenger, hatte die Fäuste in die Hüfte gestemmt und versperrte den Durchgang.

»Scheißdreck«, erwiderte Fiona. Sie wich ebenfalls nicht von der Stelle.

Monk lehnte feixend und mit vor der Brust verschränkten Armen in der Kabinentür.

»Ich habe Ihnen die Adresse noch nicht verraten«, sagte Fiona. »Entweder Sie suchen einen Monat lang die ganze Stadt von Haus zu Haus ab, oder ich bringe Sie hin. Sie haben die Wahl, Mann.«

Gray stieg die Röte ins Gesicht. Warum hatte er ihr die Adresse nicht entlockt, als sie schwach und verletzlich gewesen war? Er schüttelte den Kopf. Schwach und verletzlich war Fiona eigentlich nie.

»Was soll das hier werden?«

»Sieht so aus, als hätten wir's hier mit einer Klette zu tun«, meinte Monk.

Gray wollte nicht nachgeben. Vielleicht ließ sie sich ja abschrecken, wenn er sie daran erinnerte, wie knapp sie im Tivoli dem Tod entronnen war. »Und was ist mit Ihrer Verletzung?«

Fiona schnaubte. »Was soll schon damit sein? Alles so gut wie neu. Der Flüssigverband hat's voll gebracht.«

»Damit kann man sogar schwimmen«, sagte Monk. »Der ist wasserfest.«

»Also, was ist?«, sagte Fiona.

Gray wandte sich ihr zu. Er wollte die Verantwortung für das Mädchen loswerden. Er wollte nicht mehr ihr Babysitter sein.

»Er hat Angst, Sie könnten erneut verletzt werden«, meinte Monk achselzuckend.

Gray seufzte. »Fiona, bitte sagen Sie uns die Adresse.«

»Sobald wir im Wagen sitzen«, erwiderte Fiona. »Dann verrat ich sie Ihnen. Ich lass mich nicht hier einsperren.«

»Die Uhr tickt«, sagte Monk. »Und es sieht so aus, als könnten wir nass werden.«

Der Morgenhimmel war strahlend blau, doch im Norden sammelten sich dunkle Wolken. Ein Gewitter war im Anzug.

»Na schön.« Gray bedeutete seinem Partner, er solle den Ausgang freimachen. Dann konnte er Fiona wenigstens im Auge behalten.

Zu dritt stiegen sie die Rampe des Jets hinunter. Die Formalitäten waren bereits erledigt, und ein Mietwagen stand bereit. Monk und Gray hatten jeweils einen schwarzen Rucksack geschultert. Gray fiel auf, dass auch Fiona einen Rucksack dabeihatte.

»Es war noch einer übrig«, erklärte Monk. »Keine Sorge. In ihrem sind weder Schusswaffen noch Granaten. Glaub ich jedenfalls.«

Gray schritt kopfschüttelnd über die Asphaltfläche auf das Parkhaus zu. Alle drei waren sie ähnlich gekleidet: schwarze Jeans und schwarzer Pullover, dazu Turnschuhe. Die Haute Couture der Touristen. Fiona hatte ihr Outfit mit ein paar Stickern aufgemotzt. Auf einem stand: STRANGERS HAVE THE BEST CANDY.

Als sie das Parkhaus betraten, überprüfte Gray ein letztes Mal seine Bewaffnung. Er klopfte auf die Glock Kaliber 9 mm, die unter dem Pullover im Halfter steckte, und betastete den Knauf des Dolchs aus karbonisiertem Plastik, dessen Scheide an seinem linken Unterarm festgeschnallt war. In seinem Rucksack waren weitere Waffen: Blendgranaten, C4-Sprengstoff, Ersatzmagazine.

Diesmal war er vorbereitet.

Schließlich standen sie vor dem Wagen. Es war ein mitternachtsblauer BMW 525i.

Fiona wandte sich zur Fahrertür.

Gray verstellte ihr den Weg. »Sehr witzig.«

Monk trat um den Wagen herum und rief: »Vorsicht!«

Fiona duckte sich und blickte suchend umher.

Gray fasste sie beim Arm und schob sie zur Hintertür. »Er wollte damit nur den Beifahrersitz für sich reklamieren.«

Fiona funkelte Monk übers Wagendach hinweg finster an. »Idiot.«

»Tut mir leid. Sie sollten nicht so schreckhaft sein, junge Dame.«

Sie stiegen in die Limousine ein. Gray ließ den Motor an und blickte sich zu Fiona um. »Und? Wohin jetzt?«

Monk hielt bereits einen Stadtplan in der Hand.

Fiona beugte sich vor und langte Monk über die Schulter. Sie fuhr mit dem Finger über den Stadtplan.

»Aus der Stadt raus. Zwanzig Kilometer in südwestliche Richtung. Wir fahren nach Büren im Almetal.«

»Und die Adresse?«

Fiona ließ sich zurücksinken. »Sehr witzig«, wiederholte sie seinen eigenen Ausspruch.

Ihre Blicke trafen sich im Rückspiegel. Seinen lahmen Versuch, ihr die Adresse zu entlocken, quittierte sie mit Empörung.

Verdenken konnte er ihr's nicht.

Fiona bedeutete ihm ungeduldig, er solle endlich losfahren.

Ihm blieb nichts anderes übrig, als der Aufforderung nachzukommen.

Gegenüber dem Parkhaus saßen zwei Personen in einem weißen Mercedes Roadster. Der Mann senkte das Fernglas und setzte eine italienische Sonnenbrille auf. Er nickte seiner Zwillingsschwester zu. Auf Niederländisch sprach sie leise in ein Satellitentelefon.

Er hielt ihre linke Hand und streichelte mit dem Daumen über das Tattoo.

Sie drückte zärtlich seine Finger.

Als er den Blick senkte, bemerkte er, dass sie einen Fingernagel vollständig abgekaut hatte. An ihrer ansonsten makellos manikürten Hand fiel er ebenso ins Auge wie eine gebrochene Nase.

Verlegen bemühte sie sich, den Nagel zu verbergen.

Dabei hatte sie keinen Grund, sich zu schämen. Er hatte Verständnis für die Bestürzung und die Trauer, welche die Ursache für den abgekauten Nagel waren. In der vergangenen Nacht hatten sie Hans verloren, einen ihrer älteren Brüder.

Er war von dem Mann getötet worden, der in dem Wagen saß, der soeben losgefahren war.

Der Zorn verengte ihm das Gesichtsfeld, als er beobachtete, wie der BMW aus dem Parkhaus fuhr. Da sie heimlich einen GPS-Sender installiert hatten, würden sie ihm mühelos folgen können.

»Verstanden«, sagte seine Schwester ins Telefon. »Wie erwartet verfolgen sie hier die Spur der Bibel weiter. Sie werden bestimmt zum Hirszfeld-Anwesen in Büren fahren. Das Flugzeug wird weiterhin bewacht. Alles ist vorbereitet.«

Während sie lauschte, fing sie den Blick ihres Zwillingsbruders auf.

»Ja«, sagte sie ins Telefon und an ihren Bruder gewandt, »wir werden es schaffen. Wir werden uns die Darwinbibel nicht entwischen lassen.«

Ihr Bruder nickte zustimmend. Er ließ ihre Hand los, drehte den Zündschlüssel herum und ließ den Motor an.

»Bis später, Großvater«, sagte seine Schwester.

Sie beugte sich herüber und strich ihm eine Strähne aus dem Gesicht. Sie kämmte sein Haar mit den Fingern und strich es glatt.

Perfekt.

Immerzu perfekt.

Er küsste ihre Fingerspitzen, als sie die Hand zurückzog.

Liebe und ein Versprechen.

Sie würden sich rächen.

Trauern konnten sie später.

Er fädelte den polarweißen Mercedes in den Verkehr ein und nahm die Verfolgung auf.

11:08
Himalaya

Die Spitze des Lötkolbens glühte. Painter bemühte sich, das Gerät ruhig zu halten. Seine Hand zitterte, doch Angst war nicht der Grund. Hinter seinem rechten Auge pochte der Kopfschmerz. Zur Krampflösung hatte er mehrere Tylenoltabletten sowie zwei Phenobarbital geschluckt. Die fortschreitende Entkräftung und den Ausbruch des Wahnsinns würden die Medikamente nicht verhindern, doch Anna zufolge würden sie dafür sorgen, dass er ein paar Stunden länger einsatzfähig blieb.

Wie viel Zeit blieb ihm noch?

Höchstens drei Tage, dann wäre er nicht mehr einsatzfähig.

Er versuchte, seine Besorgnis zu verdrängen. Angst und Verzweiflung waren nicht minder gefährlich als die Krankheit. Wie sein Vater nach Art der weisen Pequotindianer zu sagen pflegte: *Händeringen hält einen nur davon ab, die Ärmel aufzukrempeln.*

Ganz in diesem Sinne konzentrierte Painter sich darauf, das Kabel am Erdleitungsdraht festzulöten. Der Draht führte durch die ganze unterirdische Burg zu verschiedenen Antennen. Auch zu der Satellitenschüssel, die nahe dem Berggipfel aufgestellt war.

Als er fertig war, lehnte Painter sich zurück und wartete darauf, dass die Lötstelle abkühlte. Er saß vor einer Werkbank. Werkzeuge und Elektronikteile waren säuberlich aufgereiht wie chirurgische Instrumente. Sein Arbeitsplatz wurde flankiert von zwei aufgeklappten Laptops.

Beide Geräte hatte Gunther ihm zur Verfügung gestellt. Der Mann, der die Mönche abgeschlachtet hatte. Der Mörder Ang Gelus. Jedes Mal, wenn der Mann in seine Nähe kam, flammte Painters Zorn aufs Neue auf.

So wie jetzt.

Der groß gewachsene Mann stand hinter ihm und sah ihm bei der Arbeit auf die Finger. Sie waren im Wartungsraum allein. Am liebsten hätte Painter ihm den glühenden Lötkolben ins Auge gerammt. Aber was dann? Von der nächsten Siedlung waren sie meilenweit entfernt, zudem waren sie vom Tod bedroht. Kooperation war ihre einzige Überlebenschance. Deshalb war Lisa in Annas Arbeitszimmer geblieben und forschte dort nach einem Heilmittel.

Painter und Gunther verfolgten einen anderen Weg.

Sie jagten den Saboteur.

Gunther zufolge war die Bombe, welche die Glocke zerstört hatte, von Hand angebracht worden. Und da seit der Explosion niemand die Burg verlassen hatte, hielt sich der Saboteur höchstwahrscheinlich noch immer darin auf.

Wenn es ihnen gelang, den Kerl dingfest zu machen, würden sie vielleicht etwas Interessantes in Erfahrung bringen.

Deshalb hatten sie als Köder ein Gerücht gestreut.

Jetzt brauchten sie nur noch eine Falle zu stellen.

Der eine Laptop war mit dem Kommunikationsnetzwerk der Burg verbunden. Mithilfe der Passwörter, die Gunther ihm verraten hatte, war Painter in das System eingedrungen. Dann hatte er mehrere komprimierte Datenpakete hochgeladen, mit deren Hilfe die ausgehende Kommunikation überwacht werden konnte. Wenn der Saboteur mit der Außenwelt kommunizierte, ließ sich sein Standort bestimmen.

Painter glaubte jedoch nicht, dass der Saboteur dermaßen plump vorging. Er hatte überlebt und operierte schon seit längerem im Geheimen. Das erforderte eine gewisse Schlauheit – und die Möglichkeit, unbemerkt auf das Kommunikationsnetzwerk der Burg zugreifen zu können.

Deshalb hatte Painter einen Apparat gebaut.

Der Saboteur musste im Besitz eines tragbaren Satellitentelefons sein, mit dem er heimlich Kontakt mit seinen Hintermännern aufnahm. Ein solches Telefon war jedoch auf eine Sichtverbindung zwischen der Antenne und dem geostationären Satelliten angewiesen. Leider gab es in der Burg zu viele Winkel, Fenster und Einlässe, als dass man sie alle hätte überwachen können, ohne Verdacht zu erregen.

Deshalb hatte er sich etwas anderes einfallen lassen müssen.

Painter testete den Signalverstärker, den er mit dem Erdleitungsdraht verbunden hatte. Ein ganz ähnliches Gerät hatte er einmal bei Sigma gebaut. Bevor man ihn zum Leiter von Sigma befördert hatte, waren Überwachungsgeräte und Microengineering seine Spezialgebiete gewesen. Damit kannte er sich aus.

Der Verstärker verband den Erdleitungsdraht mit dem zweiten Laptop.

»Das sollte jetzt funktionieren«, sagte Painter, dessen Kopfschmerzen endlich ein wenig nachgelassen hatten.

»Schalten Sie's ein.«

Painter schaltete den Batteriestrom ein und justierte Signalamplitude und Pulsrate. Der Laptop würde den Rest erledigen und alle zugeschalteten Geräte detektieren. Die Vorrichtung war primitiv; Gespräche abzuhören war damit unmöglich. Aber sie würde heimliche Übertragungen bis auf dreißig Meter genau lokalisieren. Das sollte eigentlich reichen.

Painter schloss die Feinabstimmung ab. »Fertig. Jetzt brauchen wir nur noch abzuwarten, bis der Mistkerl telefoniert.«

Gunther nickte.

»Das heißt, falls der Saboteur überhaupt anbeißt«, setzte Painter hinzu.

Vor einer halben Stunde hatten sie das Gerücht in Umlauf gebracht, ein in einem mit Blei verkleideten Tresor versteckter Vorrat an Xerum 525 habe die Explosion unbeschadet überstanden und alle Bewohner der Burg könnten somit wieder hoffen. Denn wenn noch etwas von dem unersetzlichen Treibstoff vorhanden war, könnten sie vielleicht eine neue Glocke bauen. Anna ließe aus den unbeschädigten Teilen bereits einen neuen Apparat anfertigen. Selbst wenn die Krankheit unheilbar wäre, ließe sich damit vielleicht Zeit gewinnen. Und das gelte für sie alle.

Um Hoffnung aber ging es dabei nicht.

Vielmehr wollten sie den Saboteur aus der Reserve locken. Er sollte glauben, sein Plan sei gescheitert und die Glocke werde wieder aufgebaut. Wenn er sich mit seinen Hintermännern beraten wollte, musste er das Satellitentelefon benutzen.

Und dann würde Painter auf den Plan treten.

Er wandte sich Gunther zu. »Wie fühlt man sich denn so als Supermann?«, fragte er. »Als Ritter der Schwarzen Sonne?«

Gunther zuckte die Schultern. Seine Beiträge zur Unterhaltung beschränkten sich offenbar auf Grunzlaute, Stirnrunzeln und einsilbige Antworten.

»Ich meine, fühlen Sie sich anderen überlegen? Sind Sie stärker, schneller? Können Sie mit einem Satz auf Hausdächer springen?«

Gunther glotzte ihn verständnislos an.

Painter seufzte und wechselte das Thema, um den Hünen vielleicht doch noch zum Reden zu bringen. »Was bedeutet der Ausdruck *Leprakönig*? Den hab ich irgendwo aufgeschnappt.«

Painter wusste verdammt gut, was er bedeutete, doch damit erzielte er endlich eine Reaktion. Als Gunther wegsah, bemerkte Painter das Funkeln in seinen Augen. Das Schweigen dehnte sich. Er war sich nicht sicher, ob der Deutsche jetzt reden würde.

Painter ließ das Wort im Raum hängen. Schließlich gab Gunther nach.

»Wer Vollkommenheit anstrebt, erträgt den Misserfolg nicht. Wenn wir vom Wahnsinn verschont werden, nimmt die Krankheit einen grauenhaften Verlauf. Da sperrt man die Betroffenen besser weg. Damit man sie nicht sieht.«

»Sie werden ausgestoßen wie Leprakranke.«

Painter versuchte sich vorzustellen, wie es sein musste, als der *Letzte* der Sonnenkönige aufzuwachsen und schon in jungen Jahren zu erfahren, wie man einmal enden würde. Erst ein verehrter Prinz, dann ein ausgestoßener, siecher Leprakönig.

»Aber Sie helfen weiterhin mit«, sagte Painter. »Sie dienen immer noch der Sache.«

»Das ist mein Lebenszweck. Ich kenne meine Pflicht.«

Painter fragte sich, ob diese Einstellung aufgezwungen oder genetisch verankert war. Er musterte den Mann. Eigentlich war er überzeugt, dass die Antwort komplizierter war.

»Warum nehmen Sie an unserem Schicksal überhaupt Anteil?«, fragte er.

»Ich glaube an die Aufgabe. Mein Leiden wird dazu beitragen, dass anderen dieses Schicksal erspart bleibt.«

»Und die Suche nach einem Heilmittel? Die hat doch nichts damit zu tun, Ihr Leben zu verlängern.«

Gunthers Augen blitzten. »*Ich bin nicht krank*«, sagte er auf Deutsch.

»Was soll das heißen?«

»Die Sonnenkönige wurden unter der Glocke geboren!«, blaffte Gunther.

Auf einmal begriff Painter. Er dachte an Annas Bemerkung zu den Übermenschen, die gegenüber jeder weitergehenden Manipulation durch die Glocke unempfänglich seien. *Zum Besseren wie zum Schlechteren.*

»Sie sind immun«, sagte er.

Gunther wandte das Gesicht ab.

Dann war es also nicht Eigennutz, was ihn bewog, den anderen zu helfen.

Aber was war es dann?

Auf einmal erinnerte er sich, wie Anna Gunther über den Tisch hinweg angesehen hatte. Voll warmer Zuneigung. Sein Zustand hatte sie nicht abgeschreckt. Offenbar hatte er trotz der ihm entgegenschlagenden Ablehnung einen bestimmten Grund, ihr zu helfen.

»Sie lieben Anna«, murmelte Painter.

»Natürlich liebe ich sie!«, erwiderte Gunther scharf. »Sie ist meine Schwester.«

Lisa war in Annas Arbeitszimmer eingesperrt. Sie stand vor einem Leuchtkasten, der an der Wand hing. Normalerweise betrachtete man damit Röntgenaufnahmen, doch Lisa hatte zwei mit schwarzen Linien bedeckte Acetatpapierblätter daran festgeklemmt. Es handelte sich um archivierte Chromosomen-Karten, die bei der Erforschung der Mutationswirkung der Glocke angefertigt worden waren. Das Probenmaterial hatte man vor und nach der Bestrahlung von fetaler DNA mittels Amniozentese gewonnen. Bei den bestrahlten Proben markierten Kreise die von der Glocke veränderten Chromosomen. Am Rand waren die Karten mit deutschen Anmerkungen versehen.

Anna hatte sie bereits übersetzt und war weitere Bücher holen gegangen.

Lisa fuhr mit dem Finger über die Mutationen und suchte nach einem Muster. Sie hatte bereits mehrere Fallstudien durchgesehen. Bislang konnte sie in den Mutationen weder einen Sinn noch ein Muster erkennen.

Schließlich wandte sie sich zum Tisch, auf dem sich Bücher und gebundene Laborberichte stapelten, die Belege jahrzehntelanger Forschung.

Hinter ihr prasselte das Kaminfeuer. Sie musste sich beherrschen, um die Aufzeichnungen nicht in die Flammen zu werfen. Aber das hätte sie wahrscheinlich selbst dann nicht getan, wenn Anna nicht gewesen wäre. Sie war nach Nepal gekommen, um die physiologischen Auswirkungen der Höhenluft zu erforschen. Sie war nicht nur Ärztin, sondern im Grunde ihres Herzens auch Forscherin.

Genau wie Anna.

Nein, bei ihr war das etwas anderes.

Lisa schob eine wissenschaftliche Monographie mit dem Titel *Teratogenese embryonischer Blastoderme* beiseite. Darin ging es um Missgeburten, die zuvor der Strahlung der Glocke ausgesetzt worden waren. Was die klinische Nüchternheit der schwarzen Linien auf dem Acetatpapier verborgen hatte, zeigten die Fotos im Buch in allen schaurigen Einzelheiten: Embryos ohne Gliedmaßen, einäugige Föten, Totgeburten mit Wasserköpfen.

Nein, sie war wirklich anders als Anna.

Zorn wallte in Lisa auf.

Da kam Anna die Metallleiter heruntergepoltert, die zur zweiten Ebene ihrer wissenschaftlichen Bibliothek hochführte. Unter den Arm hatte sie sich weitere Bücher geklemmt. Jedenfalls hielt die Deutsche keine Informationen zurück. Warum hätte sie das auch tun sollen? Es lag in ihrem ureigensten Interesse, ein Heilmittel für die Quantenkrankheit zu finden. Anna hielt das für ein sinnloses Unterfangen, da sie glaubte, in den vergangenen Jahrzehnten alle Möglichkeiten ausgeschöpft zu haben. Dennoch hatte es keiner großen Überredungskunst bedurft, sie zur Zusammenarbeit zu bewegen.

Lisa bemerkte, dass die Hände der Frau kaum merklich zitterten. Ständig rieb sie die Handflächen aneinander, um das krampfartige Zittern zu verbergen. Die übrigen Burgbewohner versteckten ihr Leiden weniger gut. Die allgemeine Anspannung war deutlich zu spüren. Lisa war Zeugin mehrerer lautstarker Auseinandersetzungen und eines Faustkampfes geworden. Außerdem hatte sie gehört, dass sich in den vergangenen Stunden zwei Selbstmorde ereignet hätten. Jetzt, da die Glocke zerstört war und kaum mehr Hoffnung bestand, ein Heilmittel zu finden, löste sich die Ordnung allmählich auf. Was würde passieren, wenn der Wahnsinn ausbrach, bevor sie und Painter eine Lösung des Problems gefunden hatten?

Lisa schob diese Gedanken beiseite. Sie wollte nicht aufgeben. Was immer der Grund für Annas momentanes Entgegenkommen sein mochte, sie war entschlossen, das Beste daraus zu machen.

Lisa nickte Anna zu. »Also, ich glaube, ich habe mir einen groben Überblick verschafft. Aber Sie haben vorhin etwas erwähnt, was mir nicht aus dem Kopf geht.«

Anna ließ die Bücher auf den Tisch fallen und nahm auf einem Stuhl Platz. »Und das wäre?«

»Sie haben gesagt, Sie glaubten, die Glocke steuere den Evolutionsprozess.« Lisa deutete auf die Bücher- und Manuskriptstapel. »Das hier aber sind Belege eines Eugenik-Programms unter dem Einfluss mutagener Strahlung, bei dem es darum geht, mittels genetischer Manipulation eine bessere Rasse zu kreieren. Haben Sie vielleicht etwas übertrieben, als Sie den Begriff *Evolution* gebraucht haben?«

Anna schüttelte den Kopf, ohne an Lisas Frage Anstoß zu nehmen. »Wie definieren Sie eigentlich Evolution, Dr. Cummings?«

»Im üblichen darwinistischen Sinn, würde ich sagen.«

»Und was verstehen Sie darunter?«

Lisa runzelte die Stirn. »Evolution ist ein allmählicher Prozess biologischen Wandels, bei dem ein einzelliger Organismus mittels Diversifizierung die ganze Palette lebender Organismen hervorgebracht hat.«

»Und Gott hat Ihrer Ansicht nach seine Hand dabei nicht im Spiel?«

Die Frage verblüffte Lisa. »Im Sinne des Kreationismus?«

Anna sah ihr direkt in die Augen. »Oder wie beim Intelligent Design.«

»Das ist doch wohl nicht Ihr Ernst. Womöglich wollen Sie auch noch behaupten, die Evolution sei nichts weiter als eine Theorie.«

»Ich bitte Sie. Ich bin kein Laie, der beim Wort ›Theorie‹ an Mutmaßungen oder Vermutungen denkt. In der Wissenschaft gründet jede Theorie auf Fakten und überprüften Hypothesen.«

»Dann akzeptieren Sie also Darwins Evolutionstheorie?«

»Gewiss. Ohne jeden Zweifel. Sie wird von allen möglichen Wissenschaftsdisziplinen gestützt.«

»Und warum reden Sie dann von …?«

»Das eine schließt das andere nicht unbedingt aus.«

Lisa hob eine Braue. »Intelligent Design *und* Evolution?«

Anna nickte. »Aber holen wir mal etwas weiter aus, damit es zu keinen Missverständnissen kommt. Das Gefasel der Kreationisten, die bestreiten, dass die Erde eine Kugel ist, und der Leute, welche die Bibel wörtlich verstehen und glauben, die Welt sei höchstens zehntausend Jahre alt, wollen wir mal beiseitelassen. Wenden wir uns stattdessen den Hauptargumenten der Befürworter des Intelligent Design zu.«

Lisa schüttelte den Kopf. Eine Exnazi, die eine Lanze für Pseudowissenschaft brach. Was sollte das?

Anna räusperte sich. »Zugegeben, die meisten Argumente, die für Intelligent Design sprechen, sind irreführend. Da wird das zweite Gesetz der Thermodynamik falsch interpretiert, da werden statistische Modelle verwendet, die keiner Überprüfung standhalten, und die Ergebnisse radiometrischer Gesteinsuntersuchungen werden fehlinterpretiert. Diese Aufzählung könnte man beliebig fortsetzen. Das ist alles Unfug, der eine unvoreingenommene Sicht erschwert.«

Lisa nickte. Das war einer der Hauptgründe, weshalb sie sich Sorgen machte über aktuelle Bestrebungen, im Biologieunterricht neben der Evolutionstheorie auch Pseudowissenschaft zu unterrichten. Intelligent Design war ein multidisziplinärer Sumpf, in dem selbst der durchschnittliche Wissenschaftler den Überblick verlieren musste, vom Highschoolschüler ganz zu schweigen.

Anna aber war mit ihren Argumenten noch nicht am Ende. »Das alles mal außer Acht gelassen, gibt es doch ein Argument der Befürworter des Intelligent Design, das Beachtung verdient.«

»Und das wäre?«

»Das Problem der Zufallsmutationen. Bloßer Zufall reicht nicht aus, um die Vielzahl der positiven Mutationen zu erklären, die im Laufe der Zeit aufgetreten sind. Wie viele Gendefekte kennen Sie, die mit positiven Veränderungen einhergingen?«

Dieses Argument war Lisa nicht neu. *Das Leben hat sich zu schnell entwickelt, als dass es sich um puren Zufall handeln könnte.* Darauf fiel sie nicht herein.

»Die Evolution ist kein purer Zufall«, erwiderte sie. »Natürliche Auslese beziehungsweise der Anpassungsdruck der Umwelt sortieren Gendefekte aus und bewirken, dass lediglich die am besten angepassten Organismen ihre Gene weitergeben.«

»Die Stärksten überleben also?«

»Diejenigen, die ausreichend angepasst sind. Die Veränderungen brauchen nicht vollkommen zu sein, sie müssen lediglich einen Überlebensvorteil mit sich bringen. Im Laufe von Hunderten von Millionen Jahren haben diese kleinen Vorteile die heutige Artenvielfalt hervorgebracht.«

»Im Laufe von Hunderten von Millionen Jahren? Zugegeben, das ist eine lange Zeitspanne, aber reicht sie wirklich aus für die ganze Bandbreite evolutionären Wandels? Und was ist mit den Evolutionsschüben, die in verhältnismäßig kurzer Zeit zahlreiche neue Arten hervorgebracht haben?«

»Ich nehme an, Sie beziehen sich auf die so genannte kambrische Explosion?«, sagte Lisa. Das war eines der Hauptargumente der Befürworter des Intelligent Design. Das Kambrium umfasste eine relativ kurze Zeitspanne, ganze fünfzehn Millionen Jahre. Dennoch tauchte gerade in dieser Periode wie aus dem Nichts eine Vielzahl neuer Arten auf: Schwämme, Schnecken, Quallen und Trilobiten. Dieses Tempo konnten die Gegner der Evolutionstheorie nicht nachvollziehen.

»*Nein.* Es gibt zahlreiche Fossilienfunde, die belegen, dass die Wirbellosen gar nicht so plötzlich entstanden sind. Schon in präkambrischer Zeit gab es zahlreiche Schwämme und wurmartige Vielzeller. Die Vielfalt der in dieser Zeit entstandenen Arten lässt sich mit dem Auftreten der Hoxgene im genetischen Code erklären.«

»Hoxgene?«

»Das sind vier bis sechs Gene, die kurz vor Beginn des Kambriums im genetischen Code aufgetaucht sind. Es hat sich gezeigt, dass sie für die Entwicklung des Embryos zuständige Schalter steuern. Sie definieren oben und unten, rechts und links, die elementare Körperform. Fruchtfliegen, Frösche und Menschen besitzen alle exakt die gleichen Hoxgene. Schneidet man ein Hoxgen aus dem Genom einer Fliege aus und setzt es in die DNA eines Frosches ein, erfüllt es seine Aufgabe wie zuvor. Diese Gene sind die fundamentalen Regelschalter bei der Entwicklung des Embryos, und schon kleinste Veränderungen im Gen haben große Auswirkungen auf die Körperform.«

Lisa hatte zwar keine Ahnung, worauf Anna hinauswollte, doch ihr Fachwissen überraschte sie. Die Deutsche war nicht weniger beschlagen als sie selbst. Wären sie sich bei einer wissenschaftlichen Konferenz begegnet, hätte Lisa Spaß an der Debatte gehabt. Tatsächlich musste sie sich gewaltsam in Erinnerung rufen, wen sie da vor sich hatte.

»Dann könnte das Auftauchen der Hoxgene zu Beginn des Kambriums also die dramatisch zunehmende Formenvielfalt erklären«, erwiderte Anna. »Aber die Hoxgene sind keine Erklärung für andere Phasen schneller – und nahezu zielgerichteter – Evolution.«

»Zum Beispiel?« Die Unterhaltung wurde immer interessanter.

»Zum Beispiel der Birkenspanner. Kennen Sie die Geschichte?«

Lisa nickte. Das war eines der Hauptargumente des gegnerischen Lagers. Birkenspanner waren weiß gesprenkelt, um sich auf der Birkenrinde zu tarnen. Als jedoch während der Industrialisierung in Manchester die Bäume verrußten, waren die weißen Schmetterlinge auf einmal deutlich zu erkennen und wurden leichte Beute der Vögel. Innerhalb weniger Generationen nahm der überwiegende Teil der Population jedoch eine tiefschwarze Farbe an, womit die Tarnung wiederhergestellt war.

»Wenn Mutationen tatsächlich zufällig auftreten«, argumentierte Anna, »ist es schon ein erstaunlicher Zufall, dass damals ausgerechnet die *schwarze* Farbe ausgebildet wurde. Wenn das ein rein zufälliges Ereignis war, hätte es doch auch rote, grüne oder purpurfarbene Schmetterlinge geben müssen, nicht wahr? Oder vielleicht sogar zweiköpfige?«

Lisa hätte vor Entrüstung beinahe die Augen verdreht. »Ich könnte jetzt erwidern, dass die andersfarbigen Motten gefressen wurden und dass die zweiköpfigen Exemplare gestorben sind. Aber Ihr Argument ist nicht stichhaltig. Die Farbveränderung der Schmetterlinge wurde nicht durch eine Mutation hervorgerufen. Diese Art besaß bereits ein Gen für Schwarz. In jeder Generation wurden ein paar schwarze Exemplare geboren, doch die meisten wurden gefressen, sodass die Population weiß blieb. Als die Bäume jedoch verrußten, hatten die schwarzen Schmetterlinge einen Überlebensvorteil und füllten die Lücken aus, welche die weißen hinterließen. Eben darum geht es bei diesem Beispiel. Die Umwelt vermag eine Population zu beeinflussen. Mit Mutation hatte das gar nichts zu tun. Das Gen für Schwarz war bereits vorhanden.«

Anna lächelte.

Lisa begriff, dass die Deutsche lediglich ihr Wissen hatte auf die Probe stellen wollen. Sie straffte sich ein wenig. Einerseits war sie verärgert, andererseits reizte sie das Ganze nur noch mehr.

»Sehr schön«, sagte Anna. »Dann möchte ich auf ein weniger weit zurückliegendes Ereignis zu sprechen kommen. Auf ein Ereignis, das unter kontrollierten Laborbedingungen stattgefunden hat. Ein Forscher hat einen Stamm Kolibakterien gezüchtet, der keine Laktose verdauen konnte. Damit impfte er eine Petrischale und bot Laktose als einziges Nahrungsmittel an. Was meinen Sie, was passierte?«

Lisa zuckte die Schultern. »Da die Bakterien Laktose nicht verdauen konnten, müssen sie wohl verhungert sein.«

»So erging es achtundneunzig Prozent der Bakterien. Die verbliebenen zwei Prozent aber lebten munter weiter. Sie hatten spontan ein mutiertes Gen herausgebildet, das sie in die Lage versetzte, Laktose zu verdauen. Und zwar im Verlauf einer einzigen Generation. Ich finde das erstaunlich. Sie nicht? Das widerspricht dem Gesetz der Wahrscheinlichkeit. Warum haben zwei Prozent der Population trotz der vielen Gene des Escherichia-coli-Bakteriums und des seltenen Auftretens von Mutationen das eine zum Überleben notwendige Gen ausgebildet? Das spricht der Wahrscheinlichkeit Hohn.«

Lisa musste ihr insoweit recht geben. »Vielleicht war das Labor kontaminiert.«

»Das Experiment wurde wiederholt, und zwar mit gleichem Ergebnis.«

Lisa blieb skeptisch.

»Ich sehe den Zweifel in Ihren Augen. Betrachten wir ein anderes Beispiel, das den zufälligen Charakter der Genmutationen widerlegt.«

»Und das wäre?«

»Gehen wir zurück zum Anfang des Lebens. Zur Ursuppe, in der die Evolutionsmaschine ansprang.«

Anna hatte gemeint, die Geschichte der Glocke reiche bis zum Ursprung des Lebens zurück. Wollte sie darauf hinaus? Lisa spitzte die Ohren.

»Stellen wir die Uhr zurück«, fuhr Anna fort. »Betrachten wir den ersten Einzeller und vergegenwärtigen wir uns Darwins Dogma: Alles, was existiert, stammt von einer einfacheren, weniger komplexen Lebensform ab. Aber was war vor dem ersten Einzeller? Wie weit lässt sich das Leben reduzieren, und kann man es dann noch als Leben bezeichnen? Ist die DNA lebendig? Oder das Chromosom? Wie steht es dann mit einem Protein oder Enzym? Wo liegt die Grenze zwischen Chemie und Leben?«

»Zugegeben, das ist eine interessante Frage«, räumte Lisa ein.

»Dann möchte ich eine weitere Frage stellen. Wie muss man sich den Sprung von der chemischen Ursuppe zur ersten Zelle vorstellen?«

Lisa kannte die Antwort. »Die Erdatmosphäre enthielt große Mengen Wasserstoff, Methan und Wasserdampf. Bei Energiezufuhr, zum Beispiel in Form von Blitzen, bildeten diese Gase einfache organische Verbindungen. Die köchelten dann in der sprichwörtlichen Ursuppe und bildeten schließlich Moleküle, die selbstreplizierend waren.«

»Was im Laborversuch bestätigt wurde«, sagte Anna und nickte. »In einem Glaskolben mit Gasen von der Zusammensetzung der ursprünglichen Erdatmosphäre bildet sich eine wässrige Mischung von Aminosäuren, den Bausteinen der Proteine.«

»Und so fing das Leben an.«

»Ah, Sie können's ja gar nicht erwarten«, scherzte Anna. »Wir sind gerade erst bei den Aminosäuren, den Grundbausteinen, angelangt. Aber wie gelangt man von ein paar Aminosäuren zum ersten selbstreplizierenden Protein?«

»Man mischt die Aminosäuren so lange, bis sie sich miteinander in der erforderlichen Reihenfolge verbinden.«

»Und das geschah zufällig?«

Lisa nickte.

»Damit kommen wir zur eigentlichen Wurzel des Problems, Dr. Cummings. Ich stimme insofern mit Ihnen überein, als die darwinistische Evolution nach der Ausbildung des ersten selbstreplizierenden Proteins eine bedeutende Rolle spielte. Aber wissen Sie, wie viele Aminosäuren sich miteinander verbinden müssen, damit ein selbstreplizierendes Protein entsteht?«

»Nein.«

»Mindestens zweiunddreißig. Das ist das kleinste Protein, das sich replizieren kann. Die Wahrscheinlichkeit, dass sich dieses Molekül zufällig bildet, ist astronomisch klein. Nämlich zehn hoch minus einundvierzig.«

Lisa zuckte mit den Schultern. Widerwillig entwickelte sie allmählich Respekt für diese Frau.

»Machen wir uns das Wahrscheinlichkeitsverhältnis einmal klar«, sagte Anna. »Nähme man *alle* Proteine, die in *allen* Regenwäldern der Erde zu finden sind, und löste die Aminosäurebausteine heraus, wäre es immer noch höchst unwahrscheinlich, dass sich in dieser Aminosäuresuppe eine Molekülkette mit zweiunddreißig Gliedern bilden würde. Tatsächlich bräuchte es die *fünftausendfache* Menge, damit sich eine solche Kette bildet. Fünftausend Regenwälder. Also noch einmal: Wie gelangt man von einer

277

wässrigen Mischung von Aminosäuren zum ersten Replikator, dem ersten Leben?«

Lisa schüttelte den Kopf.

Anna verschränkte voller Genugtuung die Arme vor der Brust. »Diese evolutionäre Lücke zu überspringen bereitete selbst Darwin Mühe.«

»Trotzdem ist es unwissenschaftlich«, entgegnete Lisa, »diese Lücke mit der Hand Gottes aufzufüllen. Bloß weil wir noch keine Antwort auf diese Frage haben, heißt das nicht, dass übernatürliche Kräfte im Spiel gewesen wären.«

»Von übernatürlichen Kräften war nicht die Rede. Und wer sagt eigentlich, ich wüsste die Antwort nicht?«

Lisa riss verblüfft die Augen auf. »Und wie lautet die?«

»Vor Jahrzehnten haben wir eine Entdeckung gemacht, die erst jetzt Gegenstand der seriösen Forschung wird.«

»Und das wäre?« Lisa straffte sich unwillkürlich und vergaß völlig, ihr lebhaftes Interesse an allem, was mit der Glocke zu tun hatte, zu verbergen.

»Wir bezeichnen das als Quantenevolution.«

Lisa vergegenwärtigte sich die Vorgeschichte der Glocke und den Umstand, dass die Nazis die fremdartige und verwirrende Welt der subatomaren Teilchen und der Quantenphysik erforscht hatten. »Aber was hat das mit der Evolution zu tun?«

»Das neuartige Forschungsfeld der Quantenevolution bietet großartige Belege für die Theorie des Intelligent Design«, antwortete Anna, »doch es beantwortet auch die fundamentale Frage nach dem *Designer*.«

»Sie scherzen. Wer soll das sein? Gott?«

»Nein.« Anna sah ihr direkt in die Augen. »Wir selbst.«

Bevor Anna weitere Erklärungen vorbringen konnte, begann ein altes, an der Wand befestigtes Funkgerät zu rauschen, und es meldete sich eine wohlbekannte Stimme: Gunther.

»Wir haben eine Spur zum Saboteur gefunden. Wir werden jetzt aktiv.«

Gray überholte einen Heulaster, schaltete in den fünften Gang und raste durch die letzte Haarnadelkurve. Von der Hügelkuppe aus hatten sie freie Sicht aufs vor ihnen liegende Tal.

»Das Almetal«, sagte Monk, der auf dem Beifahrersitz saß. Er klammerte sich am Haltegriff über der Tür fest.

Gray wurde langsamer und schaltete herunter.

Monk funkelte ihn vorwurfsvoll an. »Wie ich sehe, hat dir Rachel in Italien Fahrunterricht erteilt.«

»Wenn du in Rom bist …«

»Wir sind nicht in Rom.«

Da hatte Monk wohl recht. Vor ihnen erstreckte sich ein weites Flusstal mit grünen Wiesen, Wäldern und frisch gepflügten Feldern. Am Talgrund lag ein romantisches Städtchen mit schmalen, gewundenen Straßen und Steinhäusern mit roten Schindeldächern.

Alle Augen aber ruhten auf der wuchtigen, von Wald umgebenen Burg am gegenüberliegenden Hang oberhalb der Stadt. Wie so viele der klotzigen Rheinburgen besaß auch diese hier eine märchenhafte Ausstrahlung, als lebten darin Prinzessinnen und Ritter mit weißen Rössern.

»Wäre Dracula schwul gewesen«, bemerkte Monk, »dann hätte er sich eine solche Burg erbaut.«

Gray verstand, was er meinte. Das Bauwerk wirkte irgendwie bedrohlich, doch das mochte auch an den von Norden heranziehenden Wolken liegen. Sie hatten Glück gehabt, dass sie das Städtchen vor dem Unwetter erreicht hatten.

»Wohin jetzt?«, fragte Gray.

Fiona hantierte auf dem Rücksitz mit dem Stadtplan herum. Sie hatte die Rolle der Navigatorin übernommen, da sie die Adresse bislang für sich behalten hatte.

Sie beugte sich vor und zeigte zum Fluss. »Wir müssen über die Brücke fahren.«

»Sind Sie sicher?«

»Ja, ich bin mir sicher. Ich werd ja wohl noch einen Stadtplan lesen können.«

Gray fuhr ins Tal hinunter und überholte eine lange Kolonne Fahrradfahrer mit unterschiedlichen Renntrikots. Anschließend beschleunigte er weiter, bis sie den Stadtrand erreicht hatten.

Es war, als gelangten sie in eine andere Zeit. Ein deutsches Postkartenidyll. Die Fenster hatten alle Blumenkästen mit blühenden Tulpen, die Dächer hohe Giebel. Von der Hauptstraße zweigten Gassen mit Kopfsteinpflaster ab. Sie kamen an einem von Straßencafés und Biergärten gesäumten Platz vorbei. In der Mitte stand ein Musikpavillon, in dem wahrscheinlich allabendlich Polka gespielt wurde.

Sie rollten über die Brücke, und bald darauf fuhren sie wieder zwischen Wiesen und kleinen Gehöften dahin.

»Die Nächste links!«, rief Fiona.

Gray bremste scharf und lenkte den BMW um eine enge Kurve. »Beim nächsten Mal bitte etwas früher Bescheid sagen.«

Die von hohen Hecken gesäumte Straße verengte sich. Der Asphalt machte Kopfsteinpflaster Platz. Der Wagen rumpelte über den unebenen Straßenbelag. Zwischen den Pflastersteinen spross Unkraut. Vor ihnen tauchte ein offenes Eisentor auf, das die ganze Straßenbreite einnahm.

Gray wurde langsamer. »Wo sind wir?«

»Wir sind da«, sagte Fiona. »Von hier stammt die Darwinbibel. Vom Hirszfeld-Anwesen.«

Gray fuhr durchs Tor. Aus dem immer dunkler werdenden Himmel platterten die ersten Regentropfen.

»Gerade noch rechtzeitig«, meinte Monk.

Hinter dem Tor lag ein großer Hof, der von den beiden Flügeln eines kleinen Landguts eingeschlossen wurde. Das Hauptgebäude lag unmittelbar vor ihnen. Es war lediglich zweistöckig, doch das schiefergedeckte Steildach verlieh ihm eine gewisse Vornehmheit.

Ein Blitz zuckte über den Himmel und lenkte Grays Blick auf sich.

»He!«, rief jemand.

Gray sah wieder nach vorn.

Um ein Haar hätte er einen Fahrradfahrer gerammt. Der mit einem gelben Fußballtrikot und Radlershorts bekleidete junge Mann klatschte mit der flachen Hand auf die Motorhaube des BMW.

»Pass gefälligst auf, wo du hinfährst, Mann!« Er zeigte Gray einen Vogel.

Fiona hatte bereits das Fenster heruntergelassen und streckte den Kopf hinaus. »Verpiss dich, du Penner! Wenn du schon so tuntig durch die Gegend schleichst, solltest du wenigstens die Augen aufhalten!«

Monk schüttelte den Kopf. »Scheint so, als hätte Fiona bereits ein Date.«

Gray hielt vor dem Haupttrakt. Davor parkte nur ein einziger Wagen, dafür waren in den Fahrradständern mehrere Mountainbikes und Rennräder aufgereiht. Unter dem Vordach standen mehrere durchnässte Jugendliche, die Rucksäcke neben sich auf dem Boden. Als Gray den Motor abstellte, schnappte er eine spanische Bemerkung auf. Offenbar war das hier eine Jugendherberge. Er meinte bereits Patchouli und Marihuana zu riechen.

Waren sie hier wirklich richtig?

Selbst wenn, so bezweifelte Gray, dass sie hier weiterkommen würden. Fragen aber kostete nichts. »Wartet hier«, sagte er. »Monk, du bleibst bei …«

»Such dir beim nächsten Mal ein Modell mit Kindersicherung aus«, erwiderte Monk und öffnete die Hintertür.

»Na dann komm.«

Mit einseitig geschultertem Rucksack näherte Fiona sich bereits dem Eingang.

Auf der Vortreppe holte Gray sie ein und fasste sie beim Ellbogen. »Wir bleiben zusammen. Niemand sondert sich ab.«

Fiona war ebenso aufgebracht wie er. »Genau. Wir bleiben zusammen. Keiner sondert sich ab. Das bedeutet nicht, mich in Flugzeugen oder Autos zurückzulassen.« Sie entzog sich ihm und öffnete die Tür.

Eine Glocke bimmelte.

Hinter dem Mahagonitresen blickte ein Mann auf. Im Kamin brannte ein Feuer, das die Morgenkälte vertrieb. Das Foyer hatte eine Kassettendecke und einen Schieferboden. Die Wände waren mit verblichenen Malereien geschmückt, die jahrhundertealt zu sein schienen. Überall zeigten sich Anzeichen des Verfalls: bröckelnder Putz, Staub an den Deckenstreben, zerschlissene Teppiche. Dieses Haus hatte schon bessere Tage gesehen.

Der kräftige junge Mann nickte ihnen freundlich zu. Er trug ein T-Shirt und eine grüne Trainingshose, war Anfang zwanzig und wirkte wie ein Studienanfänger aus einem Werbespot der Modefirma Abercrombie & Fitch.

»*Guten Morgen*«, sagte er und trat an den Tresen.

Während ein Donnerschlag durchs Tal rollte, blickte Monk sich um. »Unter *gut* verstehe ich was anderes«, brummte er.

»Ah, Amerikaner«, meinte der Mann am Tresen, der Monks Bemerkung mitbekommen hatte. In seinem Tonfall lag eine gewisse Kühle.

Gray räusperte sich. »Ist das hier das Hirszfeld-Anwesen?«

Die Augen des Mannes weiteten sich leicht. »Ja, schon, aber seit zwanzig Jahren ist hier die Burgschloss-Herberge untergebracht. Seit Johann Hirszfeld, mein Vater, das Anwesen geerbt hat.«

Dann waren sie hier also richtig. Er sah Fiona an, die fragend eine Braue hob. Sie wühlte gerade in ihrem Rucksack. Er konnte nur hoffen, dass keine Blendgranaten darin waren.

Gray wandte sich wieder dem jungen Mann zu. »Ich würde gern mit Ihrem Vater sprechen.«

»In welcher Angelegenheit?« Wieder der abweisende Tonfall, gepaart mit einer gewissen Vorsicht.

Fiona schob Gray beiseite. »In dieser Angelegenheit.« Sie

klatschte einen dicken Wälzer auf den Empfangstresen: die Darwinbibel.

Verdammt noch mal! Dabei hatte er das Buch unter Bewachung im Flugzeug gelassen.

Da hatte wohl jemand nicht aufgepasst.

»Fiona …«, sagte Gray warnend.

»Die gehört mir!«, zischte sie.

Der junge Mann hob das Buch hoch und blätterte darin. Irgendwelche Anzeichen von Wiedererkennen zeigte er keine. »Eine Bibel? Bekehrungsversuche sind in der Jugendherberge nicht gestattet.« Er klappte das Buch zu und schob es Fiona entgegen. »Außerdem ist mein Vater Jude.«

Jetzt, da die Katze aus dem Sack war, entschied Gray sich für eine direktere Vorgehensweise. »Die Bibel hat früher mal Charles Darwin gehört. Wir glauben, dass sie im Besitz Ihrer Familie war, und würden uns gern mit Ihrem Vater darüber unterhalten.«

Der junge Mann beäugte die Bibel mit weniger Geringschätzung als zuvor. »Die Bibliothek wurde verkauft, bevor mein Vater das Anwesen übernommen hat«, sagte er langsam. »Ich habe sie nie zu sehen bekommen. Erst von Nachbarn habe ich erfahren, dass sie jahrhundertelang im Besitz unserer Familie war.«

Er trat um den Tresen herum und geleitete sie am Kamin vorbei zu einem überwölbten Durchgang. Dahinter lag ein kleiner Saal. An der einen Seite waren hohe, schmale Fenster, was dem Raum etwas Klaustrophobisches gab. An der anderen Wand befand sich ein kalter Kamin, der so groß war, dass man aufrecht hätte hineintreten können. Die Wände waren gesäumt von Tischen und Bänken. Eine ältere Frau in einem Kittel putzte gerade den Boden.

»Hier war früher die Bibliothek untergebracht. Jetzt ist das der Speisesaal der Herberge. Mein Vater wollte das Anwesen nicht veräußern, doch er hatte Steuerschulden. Ich nehme an, das war der Grund, weshalb die Bibliothek vor einem halben Jahrhundert verkauft wurde. Mein Vater musste die Möbel versteigern lassen. Mit jeder Generation verschwindet ein Stück Geschichte mehr.«

»Eine Schande«, sagte Gray.

Der Mann nickte und wandte sich ab. »Ich gehe jetzt zu meinem Vater. Mal sehen, ob er mit Ihnen sprechen möchte.«

Kurz darauf kam er zurück und geleitete sie zu einer breiten Flügeltür. Er sperrte auf und forderte sie auf hindurchzutreten. Dahinter lag der private Wohnbereich des Anwesens.

Der junge Mann stellte sich als Ryan Hirszfeld vor und geleitete sie nach hinten zu einem Gewächshaus aus Glas und Bronze. Töpfe mit Farnen und blühenden Bromelien säumten die Wände. An der einen Seite befand sich ein Stufenregal mit verschiedenen Pflanzen, von denen einige wie Unkraut wirkten. Weiter hinten stand eine einzelne Palme mit mehreren verdorrten Wedeln, deren Krone ans Glasdach stieß. Das Gewächshaus wirkte ungepflegt und vernachlässigt. Das durch eine geborstene Glasscheibe in einen Eimer tropfende Wasser verstärkte den Eindruck noch.

Der Glanz der alten Zeit war auch hier längst erloschen.

In der Mitte des Gewächshauses saß ein gebrechlicher Mann in einem Rollstuhl, auf dem Schoß eine Decke, den Blick in den hinteren Teil des Raums gerichtet. Regen spülte über die Glasflächen, sodass die Außenwelt fern und unwirklich schien.

Ryan näherte sich ihm beinahe scheu. »*Vater. Hier sind die Leute mit der Bibel.*«

»Sprich Englisch, Ryan ... sprich Englisch.« Der Mann drehte den Rollstuhl herum. Seine Haut wirkte pergamenten. Sein Atem pfiff. Wahrscheinlich litt er an einem Lungenemphysem.

Sein Sohn Ryan schaute gequält drein. Gray fragte sich, ob er sich dessen bewusst war.

»Ich bin Johann Hirszfeld«, sagte der alte Mann. »Dann sind Sie also wegen der alten Bibliothek hergekommen. Sie sind nicht die Einzigen, die sich in letzter Zeit dafür interessieren. Jahrzehntelang hat keine Menschenseele danach gefragt. In diesem Jahr sind Sie schon der zweite Besuch.«

Gray musste an Fionas Schilderung des geheimnisvollen älteren Herrn denken, der Grettes Akten durchgesehen hatte. Offenbar war er dabei auf den Kaufbeleg der Bibel gestoßen und hatte die Spur bis hierher verfolgt.

»Ryan hat gemeint, Sie hätten eins der Bücher dabei.«

»Die Darwinbibel«, sagte Gray.

Der alte Herr streckte die Hände aus. Fiona reichte ihm die Bibel. Er legte sie sich auf den Schoß. »Hab sie nicht mehr gesehn, seit ich ein Junge war«, sagte er schnaufend und blickte seinen Sohn an. »Danke, Ryan. Ich glaube, du solltest wieder zur Rezeption zurückgehen.«

Ryan zog sich widerwillig zurück.

Johann wartete, bis sein Sohn die Tür des Gewächshauses hinter sich geschlossen hatte, dann senkte er den Blick seufzend auf die Bibel. Er schlug das Deckblatt auf und betrachtete den Stammbaum der Familie Darwin. »Das war eines der wertvollsten Besitztümer unserer Familie. Mein Urgroßvater hat die Bibel im Jahr 1901 von der British Royal Society geschenkt bekommen. Zur Jahrhundertwende war er ein berühmter Botaniker.«

Melancholie schwang in seiner Stimme mit.

»Die wissenschaftliche Forschung hat in unserer Familie eine lange Tradition. Nicht zu vergleichen mit den Errungenschaften des Herrn Darwin, aber ein paar Fußnoten gehen schon auf ihr Konto.« Sein Blick wanderte zu den regenüberströmten, tropfenden Glasscheiben. »Aber das ist lange her. Jetzt müssen wir halt als Hoteliers berühmt werden.«

»Zurück zur Bibel«, sagte Gray. »Können Sie mir etwas darüber erzählen? War die Bibliothek schon immer hier untergebracht?«

»Gewiss. Wenn einer von uns ins Ausland ging, um zu forschen, nahm er auch das eine oder andere Buch mit. Die Bibel aber hat das Haus nur ein einziges Mal verlassen. Ich erinnere mich nur deshalb daran, weil ich zugegen war, als sie zurückgegeben wurde. Wir erhielten sie per Post. Das verursachte einige Aufregung.«

»Warum?«

»Ich habe mir gedacht, dass Sie danach fragen würden. Deshalb habe ich Ryan weggeschickt. Das braucht er nicht zu hören.«

»Was meinen Sie?«

»Mein Großvater Hugo hat für die Nazis gearbeitet. Und meine Tante Tola auch. Die beiden waren unzertrennlich. Ich habe erst später davon erfahren. Es wurde darüber getuschelt, dass sie an einem Geheimprojekt beteiligt wären. Beide waren angesehene Biologen.«

»Worum ging es dabei?«, fragte Monk.

»Das wusste niemand. Mein Großvater und Tante Tola sind zum Kriegsende beide ums Leben gekommen. Einen Monat zuvor aber traf eine Kiste meines Großvaters ein. Darin waren einige der Bücher, die er mitgenommen hatte. Vielleicht ahnte er schon, dass er nicht überleben würde, und wollte die Bücher für die Nachwelt bewahren. Insgesamt waren es fünf.« Der Mann tippte auf die Bibel. »Das hier war auch dabei. Aber inwiefern ihm die Bibel bei der Forschung helfen sollte, weiß ich wirklich nicht.«

»Vielleicht eine Erinnerung an Zuhause«, meinte Fiona leise.

Es war, als bemerke Johann die junge Frau erst jetzt. Er nickte bedächtig. »Schon möglich. Vielleicht erinnerte sie ihn an seinen Vater und er wollte sich auf diese Weise symbolisch seiner Anerkennung vergewissern. Sozusagen als Legitimation für sein Handeln.« Der alte Mann schüttelte den Kopf. »Für die Nazis zu arbeiten. Grauenhaft.«

Gray erinnerte sich an eine Bemerkung Ryans. »Moment mal. Sie sind doch Juden, nicht wahr?«

»Ja. Aber Sie sollten wissen, dass meine Urgroßmutter, Hugos Mutter, eine Deutsche mit engen Familienbindungen war. Die reichten bis in die NSDAP. Als Hitler mit der Rassenverfolgung begann, wurde unsere Familie verschont. Wir galten als Mischlinge. In unseren Adern floss so viel deutsches Blut, dass wir dem Todesurteil entgingen. Zum Beweis ihrer Loyalität wurden mein Großvater und meine Tante von den Nazis rekrutiert. Die horteten Wissenschaftler so emsig wie Eichhörnchen ihre Nüsse.«

»Dann hat man sie also zur Zusammenarbeit gezwungen«, bemerkte Gray.

Johann blickte nach draußen in den Regen. »Das waren schwierige Zeiten. Mein Großvater hatte eigenartige Überzeugungen.«

»Als da wären?«

Johann tat so, als habe er die Frage nicht gehört. Er schlug wieder die Bibel auf und blätterte darin. Gray fielen dabei handschriftliche Anmerkungen ins Auge. Er trat näher heran und zeigte auf die Kritzeleien.

»Wissen Sie zufällig, was das bedeutet?«, fragte er.

»Haben Sie schon mal von der Thule-Gesellschaft gehört?«, entgegnete der alte Mann.

Gray schüttelte den Kopf.

»Das war eine rechtsradikale deutsche Gruppierung. Mein Großvater war Mitglied, mit zweiundzwanzig wurde er aufgenommen. Die Familie seiner Mutter verkehrte mit den Gründungsmitgliedern. Sie waren durchdrungen von der Ideologie des Übermenschen.«

»Ich verstehe.«

»Die Gesellschaft war nach dem mythischen Land Thule benannt, einem Überbleibsel des untergegangenen Atlantis und Heimat eines Volkes von Übermenschen.«

Monk schnaubte abfällig.

»Wie ich schon sagte«, fuhr Johann mit pfeifendem Atem fort, »mein Großvater hatte recht eigenartige Überzeugungen, doch damit stand er damals nicht allein. Das galt besonders für diese Gegend hier. In den umliegenden Wäldern besiegten die germanischen Teutonen die römischen Legionen und errichteten eine Grenze zum römischen Reich. Die Thule-Gesellschaft hielt die teutonischen Krieger für Nachfahren der untergegangenen Rasse von Übermenschen.«

Allmählich ging Gray der Reiz des Mythos auf. Wenn die Germanen der Vorzeit Übermenschen gewesen waren, dann trugen auch ihre Nachfahren – die Deutschen – ihr genetisches Erbe in sich. »Das war der Ursprung der arischen Ideologie.«

»Ihre Anschauungen gründeten auf Mystizismus mit okkulten Dreingaben. Ich habe das nie so richtig verstanden. Mein Großvater aber war offenbar ungewöhnlich wissbegierig. Ständig war er auf der Suche nach Merkwürdigkeiten und historischen Mysterien. In seiner Freizeit ging es ihm vor allem darum, seinen Verstand zu schärfen. Er trainierte sein Gedächtnis und beschäftigte sich mit Puzzlespielen. Damit war er immerzu zugange. Irgendwann stieß er auf die okkulten Geschichten und suchte nach der dahinterliegenden Wahrheit. Das wurde zu einer Obsession.«

Der alte Mann sah wieder auf die Bibel nieder und blätterte darin. Als er am Ende angelangt war, suchte er nach dem hinteren Deckblatt. »Das ist merkwürdig.«

Gray sah ihm über die Schulter.

»Was meinen Sie?«

Der alte Mann fuhr mit dem Finger über die Innenseite des Einbands. Er schlug das Buch vorn auf, dann wieder hinten. »Es gab nicht nur vorn einen Stammbaum, sondern auch hinten. Damals war ich noch jung, aber daran erinnere ich mich ganz genau.«

Johann hielt das Buch hoch und zeigte den hinteren Einband vor. »Der Familienstammbaum fehlt.«

»Lassen Sie mich mal sehen.« Gray nahm die Bibel entgegen und untersuchte eingehend die Innenseite des Einbands. Fiona und Monk sahen ihm dabei zu.

Er fuhr mit dem Finger über den Einband, besah ihn sich aus nächster Nähe.

»Schaut mal«, sagt er. »Anscheinend hat jemand das hintere Deckblatt abgetrennt und es mit dem Einband verklebt.« Gray blickte Fiona an. »Könnte das Grette getan haben?«

»Ganz bestimmt nicht. Eher hätte sie die Mona Lisa in Fetzen gerissen.«

Wenn nicht Grette, dann …

Gray blickte Johann an.

»Das war keiner aus meiner Familie, da bin ich mir sicher. Die Bibliothek wurde wenige Jahre nach dem Krieg verkauft. Seit sie hierher zurückgekehrt ist, hat die Bibel bestimmt niemand mehr angerührt.«

Somit blieb nur doch Hugo Hirszfeld übrig.

»Ein Messer«, sagte Gray und trat zum Gartentisch.

Monk holte ein Schweizer Taschenmesser aus seinem Rucksack. Er klappte es auf und reichte es Gray. Mit der Messerspitze trennte der die Ränder des Deckblatts auf und hob eine Ecke an. Das dicke Blatt ließ sich mühelos abziehen, denn es war nur am Rand verklebt.

Johann kam an den Tisch gerollt. Er musste sich abstützen, um über den Rand sehen zu können. Gray machte keine Anstalten, seine Entdeckung zu verbergen. Vielleicht würde er ja seinen Rat noch brauchen.

Er nahm das Deckblatt ab. Darunter kam die Pappe des Einbands zum Vorschein. Darauf war die zweite Hälfte des Stammbaums der Familie Darwin gezeichnet. Johann hatte recht gehabt. Doch das war noch nicht alles.

»Das ist ja schrecklich«, sagte Johann. »Wie konnte mein Großvater die Bibel nur so verunstalten?«

Der Stammbaum wurde überlagert von einem mit schwarzer Tinte gezeichneten, tief in die Pappe eingeritzten Symbol.

Mit der gleichen Tinte war darunter auf Deutsch eine Zeile geschrieben.

Gott, verzeih mir.

Gray übersetzte für die anderen.

Monk zeigte auf das Symbol. »Was soll das?«

»Eine Rune«, antwortete Johann und ließ sich wieder in den Rollstuhl zurückfallen. »Eine weitere Verrücktheit meines Großvaters.«

Gray wandte sich ihm zu.

»Die Thule-Gesellschaft glaubte an die Magie und Zauberkraft der Runen und der damit einhergehenden Riten«, erklärte Johann. »Als die Nazis sich deren Vorstellungen vom Übermenschen zu eigen machten, übernahmen sie auch die Runenmystik.«

Gray wusste einigermaßen Bescheid über die Nazisymbolik und deren Beziehung zu den Runen, aber was hatte das mit der Darwinbibel zu tun?

»Wissen Sie, was dieses spezielle Zeichen bedeutet?«, fragte Gray.

»Nein. Das gehört sicherlich nicht zum Allgemeinwissen eines deutschen Juden. Der Krieg ist schließlich vorbei.« Johann wendete den Rollstuhl und blickte in den Regen hinaus. Donner grollte, gleichzeitig fern und nah. »Aber ich kenne jemanden, der Ihnen weiterhelfen könnte. Der Mann ist Museumskurator.«

Gray klappte die Bibel zu und stellte sich neben Johann. »In welchem Museum arbeitet er?«

Ein Blitz erhellte das Gewächshaus. Johann zeigte nach oben. Gray legte den Kopf in den Nacken. Im verblassenden Licht und verschleiert vom Regen ragte die wuchtige Burg auf.

»Im historischen Museum des Hochstifts Paderborn«, sagte Johann. »Es hat heute geöffnet und befindet sich in der Burg.« Der alte Mann blickte finster nach draußen. »Dort wird man Ihnen bestimmt sagen können, was das Zeichen bedeutet.«

»Wie kommen Sie darauf?«, fragte Gray.

Johann sah ihn an, als hätte er einen Einfaltspinsel vor sich. »Wer sollte es besser wissen? Das ist schließlich die Wewelsburg.« Als Gray keine Reaktion zeigte, seufzte er resigniert. »Himmlers schwarzes Camelot. Die Festung der SS.«

»Dann war das also tatsächlich Draculas Burg«, murmelte Monk.

Johann fuhr fort: »Im siebzehnten Jahrhundert fanden dort Hexenprozesse statt. Tausende Frauen wurden gefoltert und hingerichtet. Himmler setzte diese blutige Tradition fort. Zwölfhundert Juden aus dem Konzentrationslager Niederhagen starben beim Wiederaufbau der Burg. Ein verfluchter Ort. Sollte eigentlich abgerissen werden.«

»Aber Sie erwähnten ein Museum«, versuchte Gray Johann von seiner aufflammenden Empörung abzulenken. Das Pfeifen in seinen Bronchien war stärker geworden. »Dort kennt man sich also mit Runen aus?«

Johann nickte. »Heinrich Himmler gehörte der Thule-Gesellschaft an, wo man sich viel mit Runen beschäftigte. So wurde er überhaupt erst auf meinen Großvater aufmerksam. Beide waren geradezu besessen von Runen.«

Gray hatte das Gefühl, dass in der okkulten Thule-Gesellschaft alle Fäden zusammenliefen. Aber worum ging es eigentlich? Er musste mehr in Erfahrung bringen. Als Nächstes stand wohl ein Besuch im Museum an.

Johann rückte ein Stück von Gray ab; sie waren entlassen. »Wegen ihrer übereinstimmenden Interessen hat Himmler unsere Familie, eine Familie von Mischlingen, verschont. Das KZ blieb uns erspart.«

Wegen Himmler.

Jetzt verstand Gray den Groll dieses Mannes – und warum er seinen Sohn weggeschickt hatte. Dieses Familiengeheimnis ließ man besser ruhen. Johann blickte in den Regen hinaus.

Gray nahm die Bibel vom Tisch und wandte sich zum Gehen. »Danke!«, rief er dem alten Mann zu.

Johann antwortete nicht, von Erinnerungen überwältigt.

Bald darauf standen Gray, Monk und Fiona wieder vor dem Eingang. Es goss immer noch in Strömen. Der Hof lag verlassen da. Für heute war Schluss mit den Fahrradausflügen.

»Fahren wir«, sagte Gray und trat in den Regen hinaus.

»Das ideale Wetter, um eine Burg zu stürmen«, bemerkte Monk sarkastisch.

Als sie über den Hof eilten, sah Gray, dass neben ihrem BMW ein zweiter Wagen geparkt war. Die Motorhaube dampfte noch im kalten Regen. Offenbar war er eben erst eingetroffen.

Ein weißer Mercedes.

9

Sabotage

»Woher kommt das Signal?«, fragte Anna.

Von Gunthers Anruf aufgeschreckt, war sie soeben in die Werkstatt gestürmt. Sie war allein und meinte, Lisa habe noch in der Bibliothek recherchieren wollen. Painter hielt es für wahrscheinlicher, dass Anna sie voneinander getrennt halten wollte.

Solange Lisa in Sicherheit war, sollte ihm das recht sein.

Zumal wenn sie tatsächlich dem Saboteur auf die Spur gekommen sein sollten.

Painter beugte sich zum Bildschirm vor und massierte sich die Fingerspitzen, denn es kribbelte ihn unter den Nägeln. Er unterbrach seine Tätigkeit kurz, um auf die Schemazeichnung der Burg zu zeigen.

»Das Signal kommt ungefähr aus diesem Bereich«, sagte er und tippte auf den Bildschirm. Die Burg reichte erstaunlich weit in den Berg hinein. Die Hohlräume erstreckten sich unter dem Gipfel hindurch. Das Signal stammte von der anderen Seite. »Genau eingrenzen lässt sich der Ort freilich nicht. Der Saboteur ist auf eine Sichtverbindung angewiesen, wenn er das Satellitentelefon benutzen will.«

Anna richtete sich auf. »Dort befindet sich die Landeplattform für Helikopter.«

Gunther brummte bestätigend.

Plötzlich verschwanden die einander überlagernden pulsierenden Linien auf dem Bildschirm. »Das Telefonat wurde beendet«, sagte Painter. »Wir müssen uns beeilen.«

»Nimm Verbindung mit Klaus auf«, sagte Anna zu Gunther. »Seine Männer sollen die Landeplattform absperren. Sofort.«

Gunther schwenkte zu einem Wandtelefon herum und veranlasste die Absperrung. Der Plan sah vor, alle Personen im näheren Umkreis der Stelle, wo das Signal aufgetreten war, zu durchsuchen, um festzustellen, wer ein Satellitentelefon besaß.

Anna wandte sich wieder Painter zu. »Danke für Ihre Hilfe. Wir machen uns jetzt auf die Suche.«

»Ich könnte Ihnen noch weiter helfen.« Painter hatte unterdessen eifrig Eingaben in den Laptop gemacht. Er prägte sich die Zahlen auf dem Bildschirm ein, dann löste er den selbst gebauten Signalverstärker vom Erdleitungsdraht. Er richtete sich auf. »Aber dafür bräuchte ich ein tragbares Satellitentelefon.«

»Ich kann Sie nicht mit einem Satellitentelefon hier zurücklassen«, sagte Anna, massierte sich die Schläfe mit den Fingerknöcheln und zuckte zusammen. Kopfschmerzen.

»Sie müssen mich nicht hier allein lassen. Ich könnte Sie auch zur Landeplattform begleiten.«

Gunther trat einen Schritt vor und blickte noch finsterer drein als sonst.

Anna winkte ihn zurück. »Wir haben keine Zeit, uns zu streiten.« Ein wortloser Austausch fand zwischen dem großen Mann und seiner Schwester statt. Offenbar sollte er Painter im Auge behalten.

Anna trat als Erste auf den Gang.

Painter folgte, wobei er sich noch immer die Finger massierte. Die Nägel brannten inzwischen. Eigentlich hätte er gemeint, das Nagelbett sei entzündet, doch stattdessen wirkten die Fingernägel eigentümlich blass.

Erfrierungen?

Gunther reichte ihm ein Telefon, bemerkte Painters Besorgnis und schüttelte den Kopf. Er streckte die Hand vor. Zunächst begriff Painter nicht, was das sollte – dann sah er, dass an drei Fingern die Nägel fehlten.

Gunther ballte mehrmals hintereinander die Hände zu Fäusten. Dann rührte das Brennen also nicht von Erfrierungen her, sondern von der Quantenkrankheit. Er dachte an Annas Aufzählung der Verstümmelungen, die bei den Testpersonen aufgetreten waren: Verlust von Fingern, Ohren, Zehen. Ganz ähnlich wie bei der Leprakrankheit.

Wie viel Zeit blieb ihnen noch?

Während sie zur anderen Bergseite marschierten, musterte Painter Gunther von der Seite. Der Mann hatte sein ganzes Leben unter einem Damoklesschwert verbracht. Chronische und progressive Auszehrung, gefolgt von Wahnsinn. Painter litt sozusagen unter der Reader's-Digest-Version dieser Krankheit. Er musste sich eingestehen, dass er Angst hatte – weniger vor den Verstümmelungen als vielmehr vor dem Wahnsinnigwerden.

Gunther hatte seine Gedanken offenbar erraten. »Ich werde nicht zulassen, dass Anna das Gleiche passiert«, brummte er. »Ich werde alles tun, um das zu verhindern.«

Painter rief sich in Erinnerung, dass die beiden Geschwister waren. Erst nachdem er das erfahren hatte, waren ihm auch die Ähnlichkeiten aufgefallen: ähnliche Lippen- und Kinnform, gleichartige Stirnfalten. Damit endeten die Gemeinsamkeiten aber auch schon. Annas dunkles Haar und ihre smaragdgrünen Augen standen in krassem Gegensatz zur blassen Erscheinung ihres Bruders. Gunther aber war unter der Glocke geboren worden, ein Kindesopfer, der Zehnte in Blut, der Letzte der Sonnenkönige.

Während sie durch die Gänge schritten und Treppen hinunterstiegen, öffnete Painter das Akkufach des Telefons. Er steckte die Abdeckplatte in die Tasche, löste den Akku und verband seinen Verstärker mit dem unter dem Akkufach befindlichen Antennendraht. Die Übertragung würde nur wenige Sekunden dauern, doch das sollte eigentlich reichen.

»Was machen Sie da?«, fragte Gunther.

»Das ist ein GPS-Detektor. Der Verstärker hat die Chip-Spezifikation des Telefons gespeichert, das der Saboteur benutzt hat. Wenn er in der Nähe ist, kann ich ihn damit vielleicht aufspüren.«

Gunther brummte zufrieden gestellt und kaufte ihm die Lüge ab.

So weit, so gut.

Die Treppe mündete auf einen Gang, der so breit war, dass ein Panzer hindurchgepasst hätte. Alte Schienen führten tiefer in den Berg hinein. Die Landeplattform lag am anderen Ende, von der eigentlichen Burg abgeschirmt. Sie kletterten auf einen Flachbettwagen. Gunther löste die Handbremse und schaltete mit einem Fußpedal den Elektromotor ein. Es gab keine Sitze, nur ein Geländer. Painter hielt sich daran fest, während sie durch den Gang glitten. In regelmäßigen Abständen waren Lampen an der Decke befestigt.

»Dann gibt es hier also sogar eine U-Bahn«, meinte Painter.

»Um den Nachschub heranzuschaffen«, erklärte Anna gequält. Auf dem Weg hierher hatte sie zwei Tabletten geschluckt. Ein Schmerzmittel?

Sie kamen an mehreren Lagerräumen vorbei, in denen Fässer, Kartons und Kisten gestapelt waren. Das alles war umständlich eingeflogen worden. Bald darauf hatten sie den Endpunkt der Schiene erreicht. Es war wärmer geworden. Die Luft war feucht und roch leicht nach Schwefel. Sie stiegen ab. Ein tiefes Brummen kam aus dem Boden, das sich bis in die Beine fortpflanzte. Painter, der sich die Schemazeichnung der Burg eingeprägt hatte, wusste, dass sich in der Tiefe das geothermische Kraftwerk befinden musste.

Sie aber wandten sich nach oben, nicht nach unten.

Eine Rampe führte in die Höhe, breit genug für einen Jeep. Sie gelangten in einen großen Raum. Durch eine offene Stahltür in der Decke strömte Tageslicht herein. Man hatte den Eindruck, man befände sich im Lager eines Flughafens: Es gab Kräne, Gabelstapler, schweres Gerät. Und in der Mitte des Raums standen zwei Helikopter vom Typ A-Star Ecuriel, der eine schwarz, der andere weiß; beide erinnerten an zornige Hornissen, tauglich für Flüge in großer Höhe.

Klaus, der hünenhafte Sonnenkönig, hatte sie bereits bemerkt. Er wandte ihnen das gesunde Auge zu und kam ihnen entgegen. Ohne die anderen zu beachten, sprach er Anna an: »*Alles gesichert*!«, meldete er schneidig.

Er deutete mit dem Kinn zu den Männern und Frauen hinüber, die sich an den Rand drängten. Bewacht wurden sie von einem guten Dutzend Bewaffneter.

»Und es ist niemand an euch vorbeigekommen?«, fragte Anna.

»Nein. Wir sind bereit.«

Anna hatte in jedem Quadranten der Burg einen Sonnenkönig postiert, der den ihm zugeteilten Sektor absperren sollte, sobald Painter mit seinem Gerät fündig geworden war. Aber wenn er nun einen Fehler machte? Die entstehende Unruhe würde den Saboteur sicherlich aufschrecken. Als Folge davon würde er sich noch mehr zurückziehen. Das war ihre einzige Chance.

Auch Anna war sich dessen bewusst. Steifbeinig schritt sie durch die Höhle. »Haben Sie schon etwas …?«

Plötzlich stolperte sie und geriet ins Taumeln. Painter fing sie auf und stützte sie.

»Es geht schon«, flüsterte sie und schüttelte seine Hand ab.

»Wir haben alle durchsucht«, sagte Klaus, der sich bemühte, ihr Straucheln zu übersehen. »Ein Telefon oder sonst irgendwelche verdächtigen Geräte haben wir nicht entdeckt. Wir wollten gerade damit anfangen, die Landeplattform abzusuchen.«

Annas Stirnrunzeln vertiefte sich. Genau das hatte sie befürchtet. Anstatt das Telefon mit sich herumzuschleppen, hatte es der Saboteur irgendwo versteckt.

Andererseits konnte Painter sich auch geirrt haben.

In diesem Fall würde er büßen müssen.

Painter trat neben Anna. Er hob das manipulierte Gerät hoch. »Ich könnte die Suche nach dem Telefon vielleicht beschleunigen.«

Anna musterte ihn misstrauisch, doch da sie keine andere Wahl hatte, nickte sie schließlich.

Painter schaltete das Satellitentelefon ein und tippte die Nummer, die er sich eingeprägt hatte. Neun Ziffern. Nichts geschah. Alle Blicke waren auf ihn gerichtet.

Noch immer nichts.

Hatte er die falsche Nummer eingegeben?

»Was ist los?«, fragte Anna.

Painter starrte die Ziffern auf dem kleinen Display an. Er las sie noch einmal ab, dann bemerkte er seinen Fehler. »Ich habe die letzten beiden Ziffern vertauscht.«

Kopfschüttelnd gab er die Nummer noch einmal ein, konzentriert und langsam. Schließlich hatte er es geschafft. Als er aufsah, begegnete er Annas Blick. Sein Fehler war nicht allein auf den Stress zurückzuführen. Sie wusste es ebenfalls. Das Eintippen von Zahlenfolgen war eine beliebte Methode zur Messung der geistigen Aufmerksamkeit.

Dabei war es nur eine simple Telefonnummer gewesen.

Freilich eine wichtige.

Painter hatte die Nummer des Satellitentelefons eingetippt, das der Saboteur benutzte. Er drückte die Verbindungstaste und schaute hoch.

Kurz darauf ertönte ein lautes Trillern.

Alle Köpfe wandten sich herum.

Im Mittelpunkt der Blicke: Klaus.

Der Sonnenkönig trat einen Schritt zurück.

»Der Saboteur ...«, sagte Painter.

Klaus öffnete den Mund, um eine Erwiderung vorzubringen – dann aber verhärteten sich seine Gesichtszüge, und er riss seine Pistole aus dem Halfter.

Gunther, der die Pistole vom Typ MK23 bereits in der Hand hielt, reagierte blitzschnell.

Mündungsfeuer blitzte auf.

Klaus flog die Funken sprühende Waffe aus der Hand. Gunther

sprang vor und drückte seinem Leidensgefährten den qualmenden Pistolenlauf an die Wange. Das von der heißen Mündung verkohlte Fleisch zischte. Klaus zuckte nicht einmal mit der Wimper. Sie brauchten den Saboteur lebend. Gunther stellte die naheliegende Frage.

»*Warum*?«, knurrte er.

Klaus funkelte ihn mit seinem gesunden Auge an. Das Lid des anderen Auges hing ebenso schlaff herab wie die ganze Gesichtshälfte, was seinem höhnischen Grinsen etwas Grauenhaftes verlieh. »Um der erniedrigenden Herrschaft der Leprakönige ein Ende zu machen.«

Lange unterdrückter Hass verzerrte seine Gesichtszüge. Painter konnte den Zorn, der jahrelang in diesem Mann geschwelt hatte, während man über seinen allmählichen Verfall gespottet hatte, nur erahnen. Einst ein Prinz, jetzt ein Leprakranker. Painter aber spürte, dass Rache nicht sein einziges Motiv war. Irgendjemand hatte einen Maulwurf aus ihm gemacht.

Aber wer?

»Bruder«, sagte Klaus zu Gunther, »das Leben als Zombie ist kein unabwendbares Schicksal. Es gibt ein Heilmittel.« Sein Tonfall drückte wilde Hoffnung und eindringliches Flehen aus. »Wir können wieder Könige unter den Menschen sein.«

Das also waren seine vierzig Silberstücke.

Die Hoffnung auf ein Heilmittel.

Gunther zeigte sich unbeeindruckt. »Ich bin nicht dein Bruder«, entgegnete er im Brustton der Überzeugung. »Und ich war auch niemals ein König.«

Painter spürte die tiefen Gegensätze zwischen den beiden Sonnenkönigen. Klaus war zehn Jahre älter. Er war als Prinz aufgewachsen und hatte alles verloren. Gunther hingegen war zum Ende der Versuchsreihe geboren worden, als man bereits über den körperlichen Verfall und den damit einhergehenden Wahnsinn Bescheid wusste. Er war schon immer ein Leprakönig gewesen und hatte nie etwas anderes kennengelernt.

Außerdem unterschieden sie sich noch in einem anderen entscheidenden Punkt.

»Mit deinem Verrat hast du Anna zum Tod verurteilt«, sagte Gunther. »Dafür wirst du büßen und mit dir alle, die dir geholfen haben.«

Klaus machte keinen Rückzieher, doch sein Tonfall wurde ernster. »Sie kann ebenfalls geheilt werden. Das lässt sich machen.«

Er spürte Gunthers Zögern und dessen aufflammende Hoffnung. Ihm ging es weniger um sich selbst als vielmehr um seine Schwester. »Sie muss nicht sterben.«

Painter erinnerte sich an eine Bemerkung Gunthers. *Ich werde nicht zulassen, dass Anna das Gleiche passiert. Ich werde alles tun, um das zu verhindern.*

»Wer hat dir ein Heilmittel in Aussicht gestellt?«, fragte Anna mit harter Stimme.

Klaus lachte heiser. »Größere Männer als die wehleidigen Kreaturen, in die ihr euch hier verwandelt habt. Es geschieht euch nur recht, wenn ihr ausgelöscht werdet. Ihr habt euren Zweck erfüllt. Jetzt werdet ihr nicht mehr gebraucht.«

Plötzlich ertönte ein lauter Knall. Die Batterie des Satellitentelefons, mit dem Painter den Saboteur entlarvt hatte, war explodiert, nachdem der Verstärker kurzgeschlossen hatte. Er ließ die qualmenden Überreste fallen und blickte nach oben zur Ausflugöffnung. Hoffentlich hatte die Zeit ausgereicht.

Er war nicht der Einzige, der vom explodierten Telefon abgelenkt wurde. Alle Blicke hatten sich ihm zugewandt.

Klaus nutzte die Gelegenheit, zückte ein Jagdmesser und warf sich auf den anderen Sonnenkönig. Gunther drückte ab und traf Klaus im Bauch. Trotzdem schaffte es Klaus noch, ihn im Zusammenbrechen an der Schulter zu verletzen.

Gunther drehte sich keuchend weg und schleuderte Klaus zu Boden.

Klaus prallte hart auf. Er wälzte sich auf die Seite und fasste sich an den Bauch. Blut strömte aus der Wunde. Klaus hustete. Hellrotes Arterienblut strömte aus seinem Mund. Eine Schlagader war getroffen. Er war tödlich verletzt.

Anna kniete neben Gunther nieder und untersuchte seine Verletzung. Er streichelte über ihren Rücken, die Pistole unverwandt auf Klaus gerichtet. Vom blutgetränkten Ärmel tropfte Blut auf den Boden.

Klaus lachte, was wie das Knirschen von Steinen klang. »Ihr werdet alle sterben! Ihr werdet ersticken, wenn sich der Knoten zuzieht!«

Er wurde von einem Hustenanfall geschüttelt. Das Blut breitete sich zu einer Lache aus. Mit einem letzten höhnischen Auflachen sackte er zusammen. Gunther senkte die Waffe. Von Klaus ging keine Gefahr mehr aus. Ein letzter Atemzug, dann regte er sich nicht mehr.

Tot.

Gunther ließ sich von Anna mit einem ölverschmierten Lappen notdürftig verbinden.

Währenddessen schritt Painter um Klaus' Leichnam herum. Irgendetwas beunruhigte ihn. Die anderen Anwesenden hatten Grüppchen gebildet und unterhielten sich aufgeregt. In ihren Stimmen mischten sich Angst und Hoffnung. Sie alle hatten gehört, dass Klaus ein Heilmittel erwähnt hatte.

Anna trat an seine Seite. »Ich werde veranlassen, dass unsere Techniker sein Satellitentelefon untersuchen. Vielleicht finden sie ja eine Spur zu den Hintermännern.«

»Dazu reicht die Zeit nicht mehr«, murmelte Painter, der alles Unwichtige ausblendete. Er konzentrierte sich auf das, was ihm durch den Kopf ging, bekam den Faden aber einfach nicht zu fassen.

Er vergegenwärtigte sich jeden einzelnen Satz, den Klaus geäußert hatte.

… Wir können wieder Könige unter den Menschen sein.

… Ihr habt euren Zweck erfüllt. Jetzt werdet ihr nicht mehr gebraucht.

Während er sich bemühte, die Puzzleteile zusammenzufügen, flammte auf einmal wieder der Kopfschmerz auf.

Irgendjemand hatte Klaus als Doppelagenten angeheuert – als Akteur in einem Spiel, bei dem es um Industriespionage ging. Und diese Leute arbeiteten an einem ganz ähnlichen Projekt. Jetzt, da sie die Burg nicht mehr brauchten, schickten sie sich an, den Konkurrenten zu beseitigen.

»Ob er wohl die Wahrheit gesagt hat?«, meinte Gunther.

Painter musste daran denken, wie Gunther bei der Erwähnung des Heilmittels für ihn und seine Schwester gezögert hatte. Klaus aber hatte sein Wissen mit in den Tod genommen.

Trotzdem waren sie entschlossen, nicht aufzugeben.

Anna hatte sich hingekniet. Sie zog ein kleines Telefon aus Klaus' Tasche. »Wir müssen uns beeilen.«

»Können Sie uns dabei helfen?«, wandte Gunther sich an Painter und zeigte aufs Handy.

Ihre einzige Hoffnung bestand darin, herauszufinden, mit welchem Gesprächspartner Klaus geredet hatte.

»Wenn es Ihnen gelingt, den Anruf zum Empfänger zurückzuverfolgen ...«, meinte Anna und richtete sich wieder auf.

Painter schüttelte den Kopf, was jedoch keine Verneinung bedeutete. Er presste die Handballen auf die Augen. Der Kopfschmerz wuchs sich allmählich zu einer regelrechten Migräne aus. Doch auch das war nicht der Grund für sein Kopfschütteln.

Er war ganz dicht dran ...

Anna berührte ihn am Ellbogen. »Es liegt in Ihrem ureigensten Interesse, uns ...«

»Das weiß ich!«, fauchte er. »Halten Sie endlich mal den Mund und lassen Sie mich nachdenken.«

Anna ließ die Hand herabsinken.

Plötzlich schwiegen alle. Painter bemühte sich, den Gedanken zu fassen, der ihm die ganze Zeit im Kopf herumging. Es war so ähnlich wie bei der Verwechslung der beiden Ziffern. Der bohrende Kopfschmerz machte ihn ganz benommen.

»Das Satellitentelefon ... irgendwas war damit ...«, flüsterte er, während er die Migräne mit schierer Willenskraft in den Hintergrund drängte. »Aber was?«

»Wovon reden Sie?«, fragte Anna leise.

Auf einmal machte es bei ihm klick. Wie hatte er nur so blind sein können?

Painter ließ die Arme sinken und öffnete die Augen. »Klaus wusste, dass die Burg elektronisch überwacht wurde. Warum hat er trotzdem den Anruf gemacht? Warum ist er das Risiko eingegangen, enttarnt zu werden?«

Kaltes Entsetzen machte sich in ihm breit. Er wandte sich Anna zu. »Das Gerücht, das Sie in Umlauf gebracht haben. Es ging um einen geheimen Vorrat an Xerum 525. Waren wir die Einzigen, die wussten, dass das Gerücht falsch ist?«

Den Anwesenden im Raum stockte angesichts dieser Enthüllung der Atem. Zornige Stimmen wurden laut. Das Gerücht hatte bei vielen die Hoffnung geweckt, dass es gelingen könnte, eine zweite Glocke zu bauen. Jetzt waren die Hoffnungen zerstoben.

Doch es musste noch jemand anders an das Gerücht geglaubt haben.

»Nur noch Gunther wusste Bescheid«, bestätigte Anna Painters schlimmste Befürchtung.

Painters Blick ging in die Ferne. Er vergegenwärtigte sich das Schemabild der Burg. Jetzt kannte er den Grund für Klaus' Telefonat, und er wusste, warum der Sonnenkönig von hier aus telefoniert hatte. Der Scheißkerl hatte damit gerechnet, unentdeckt zu bleiben, und sich nicht einmal die Mühe gemacht, sich des Telefons zu entledigen. Er hatte sich absichtlich im Hangar aufgehalten.

»Anna, als Sie das Gerücht in Umlauf gebracht haben, haben Sie da auch erwähnt, warum das Xerum 525 bei der Explosion der Vernichtung entgangen ist und wo es sich angeblich befindet?«

»Ich habe gesagt, es befinde sich in einem Tresor.«

»Wo befindet sich der Tresor?«

»Weit weg von der Unglücksstelle, nämlich in meinem Arbeitszimmer. Warum?«

Also auf der anderen Seite der Burg.

»Man hat uns ausgetrickst«, sagte Painter. »Als Klaus von hier aus telefoniert hat, war er sich bewusst, dass die gesamte Burg überwacht wurde. Er wollte uns von Ihrem Arbeitszimmer und dem Geheimtresor, in dem sich angeblich der letzte Vorrat an Xerum 525 befindet, ablenken und hierherlocken.«

Anna schüttelte verständnislos den Kopf.

»Klaus' Telefonat war ein Ablenkungsmanöver. Stattdessen ging es darum, den verbliebenen Vorrat an Xerum 525 in die Hände zu bekommen.«

Annas Augen weiteten sich.

Gunther hatte ebenfalls begriffen, worauf Painter hinauswollte. »Es muss noch einen zweiten Saboteur geben.«

»Der in der Zwischenzeit nach dem Xerum 525 gesucht hat.«

»In meinem Arbeitszimmer«, sagte Anna.

Auf einmal wurde Painter bewusst, was ihm am meisten zugesetzt und ihn die ganze Zeit über bedrückt hatte. Die Erkenntnis traf ihn wie ein weiß glühendes Messer. Es gab eine Person, die dem Saboteur im Wege war.

Lisa recherchierte auf der zweiten Ebene der Bibliothek. Sie war über die schmiedeeiserne Leiter zu dem wackligen Laufgang hochgeklettert und schritt nun an den Regalen entlang, wobei sie sich mit einer Hand am Geländer festhielt.

Seit einer Stunde sammelte sie nun schon Bücher und Manuskripte zum Thema Quantenmechanik. Sie hatte sogar die Originalabhandlung von Max Planck entdeckt, dem Vater der Quantentheorie, der eine verwirrende Welt der Elementarteilchen beschrieb, eine Welt, in der die Energie in kleine Pakete aufgeteilt war, die als Quanten bezeichnet wurden, und in der die Materie sowohl Teilchen- als auch Welleneigenschaften hatte.

Das alles sprengte ihr fast den Schädel.

Was hatte das mit der Evolution zu tun?

Sie spürte, dass die Antwort auf diese Frage den Weg zu einem Heilmittel weisen würde.

Sie streckte den Arm aus, zog ein Buch aus dem Regal und versuchte den Titel zu lesen. Um die verblichenen Buchstaben erkennen zu können, kniff sie die Augen zusammen.

War das der gesuchte Band?

Ein Geräusch an der Tür lenkte sie ab. Sie wusste, dass der Ausgang bewacht wurde. Was ging da vor? Kehrte Anna bereits zurück? Hatte man den Saboteur entlarvt? Lisa ging zur Leiter zurück. Hoffentlich hatte Anna Painter dabei. Sie war nicht gern getrennt von ihm. Und vielleicht wurde er ja schlau aus diesen seltsamen Theorien, die sich mit Energie und Materie befassten.

An der Leiter angelangt, drehte sie sich um und schickte sich an, den Fuß auf die oberste Sprosse zu setzen.

Ein jäh abbrechender Schrei ließ sie innehalten.

Der Schrei war von draußen gekommen.

Instinktiv sprang Lisa hoch und warf sich flach auf den Laufgang. Das Metallgitter des Bodens bot kaum Deckung. Deshalb robbte sie dicht an den Schatten am Fuß der Regale, wo das Licht der Wandleuchter nicht hinreichte.

Als sie still dalag, wurde die Tür an der anderen Seite des Raums geöffnet und wieder geschlossen. Eine Gestalt war in den Raum geschlüpft. Eine Frau. In einem schneeweißen Parka. Anna aber war es nicht. Die Frau streifte die Kapuze ab und zog ein Halstuch vom Gesicht herunter. Sie hatte langes weißes Haar und war so blass wie ein Gespenst.

Freund oder Feind?

Lisa beschloss, sich einstweilen versteckt zu halten.

Das Auftreten der Fremden wirkte irgendwie zu selbstbewusst. Vielleicht lag es an der Art, wie sie sich umschaute. Sie drehte sich halb um die eigene Achse. Auf dem Parka war ein Blutspritzer. In der anderen Hand hielt sie ein geschwungenes Katana, ein japanisches Kurzschwert. Von der Klinge tropfte Blut.

Die Frau tänzelte durch den Raum und beschrieb dabei einen Kreis.

Sie war auf der Jagd.

Lisa hielt den Atem an. Sie konnte nur hoffen, dass sie hier im Schatten nicht entdeckt wurde. Die untere Ebene wurde von den wenigen Lampen und dem Kaminfeuer erhellt. Das Feuer prasselte, hin und wieder loderten Flammen empor. Die Galerie aber blieb in Halbdunkel gehüllt.

Würde das reichen?

Lisa beobachtete, wie der Eindringling in der Mitte des Raums mit erhobenem Katana eine weitere Drehung um die eigene Achse vollführte.

Von der Musterung zufrieden gestellt, näherte sich die weißblonde Frau zielstrebig Annas Schreibtisch. Ohne das Durcheinander auf der Arbeitsplatte zu beachten, trat sie hinter den breiten Tisch. Sie schlug einen Gobelin zurück, hinter dem ein großer schwarzer, gusseiserner Wandsafe zum Vorschein kam.

Sie befestigte die Ecke des Gobelins an einem Haken, kniete nieder und inspizierte das Kombinationsschloss, den Griff und die Kanten der Tür.

Jetzt, da die Frau abgelenkt war, wagte Lisa wieder zu atmen. Wenn hier jemand einbrechen wollte, sollte es ihr recht sein, solange die Frau mit der Beute nur bald wieder verschwand. Aber wenn die Einbrecherin die Wachposten getötet hatte, könnte sie vielleicht einen Nutzen daraus ziehen. Wenn es ihr gelang, ein Telefon zu erreichen, könnte sich das Ganze zu ihrem Vorteil auswirken.

Ein lautes Scheppern ließ sie zusammenzucken.

Ein paar Meter neben ihr war ein schweres Buch aus dem Regal gefallen und aufgeschlagen auf dem Laufgang gelandet. Die Seiten flatterten noch vom Aufprall. Lisa bemerkte, dass es sich um das Buch handelte, das sie eben halb herausgezogen hatte. Die Schwerkraft hatte in der Zwischenzeit den Rest besorgt und das Buch allmählich aus dem Fach gezogen.

Die Einbrecherin hatte wieder in der Mitte des Raums Position bezogen.

In ihrer linken Hand tauchte wie aus dem Nichts eine Pistole auf, die in die Höhe zielte.

Lisa konnte sich nirgendwo verstecken.

09:18
Büren, Deutschland

Gray öffnete die Fahrertür des BMW. Als er einsteigen wollte, rief ihn jemand an. Er drehte sich zum Eingang der Jugendherberge um. Ryan Hirszfeld eilte ihnen mit einem Regenschirm in der Hand nach. Donner grollte, der Regen prasselte auf den Parkplatz nieder.

»Steigt ein!«, sagte Gray zu Monk und Fiona, deutete auf die Limousine und drehte sich wieder um.

»Wollen Sie zur Burg, zur Wewelsburg?«, fragte der junge Mann und hob den Regenschirm an, damit sie beide darunter passten.

»Ja, warum?«

»Können Sie mich mitnehmen?«

»Ich glaube, das geht nicht ...«

Ryan fiel ihm ins Wort. »Sie haben sich nach meinem Urgroßvater Hugo erkundigt. Ich könnte Ihnen einiges über ihn erzählen. Sie brauchen mich nur mitzunehmen.«

Gray zögerte. Der junge Mann hatte die Unterhaltung mit Johann, seinem Vater, anscheinend belauscht. Wusste Ryan etwas, was seinem Vater unbekannt war? Sein Blick wirkte jedenfalls aufrichtig.

Gray öffnete die Hintertür des Wagens und hielt sie ihm auf.

»Danke.« Ryan schloss den Regenschirm und nahm neben Fiona auf dem Rücksitz Platz.

Gray setzte sich ans Steuer. Kurz darauf holperten sie die Einfahrt entlang.

»Sollten Sie jetzt nicht an der Rezeption stehen?«, fragte Monk, den Kopf zu Ryan nach hinten gewandt.

»Alicia vertritt mich«, erwiderte Ryan. »Bei dem Wetter bleiben die Leute sowieso lieber im Warmen.«

Gray betrachtete den jungen Mann im Rückspiegel. Die Musterung, die er durch Monk und Fiona über sich ergehen lassen musste, verunsicherte ihn offenbar.

»Was möchten Sie uns sagen?«, fragte Gray.

Ryan erwiderte seinen Blick im Rückspiegel. Er schluckte, dann nickte er. »Mein Vater glaubt, ich wüsste über meinen Urgroßvater Hugo nicht Bescheid. Er zieht es vor, die Vergangenheit ruhen zu lassen. Aber es wird viel gemunkelt. Auch über Tante Tola.«

Gray verstand, was er meinte. Familiengeheimnisse neigten dazu, zum Vorschein zu kommen, sosehr man sich auch bemühte, sie unter Verschluss zu halten. Offenbar interessierte Ryan sich für seine Vorfahren und die Rolle, die sie im Krieg gespielt hatten. Die Neugier leuchtete ihm aus den Augen.

»Sie haben eigene Nachforschungen über die Vergangenheit angestellt?«, sagte Gray.

Ryan nickte. »Das begann vor drei Jahren. Im Grunde aber fing es schon beim Fall der Berliner Mauer an, als die Sowjetunion auseinanderbrach.«

»Ich verstehe nicht, was Sie meinen«, sagte Gray.

»Erinnern Sie sich noch, dass Russland damals geheime Sowjetakten freigegeben hat?«

»Dunkel. Was ist damit?«

»Also, damals, als die Wewelsburg wiederaufgebaut wurde …«

»Moment mal.« Fiona veränderte die Körperhaltung. Bis jetzt hatte sie mit verschränkten Armen dagesessen, als wäre sie erbost über das Eindringen des Fremden. Gray aber hatte bemerkt, dass sie den jungen Mann von der Seite abschätzend gemustert hatte. Er hätte gern bewusst, ob Ryan noch im Besitz seiner Brieftasche war. »Wiederaufgebaut? Dieses grässliche Ding wurde wiederaufgebaut?«, fragte sie.

Ryan nickte, während die auf dem Hügel gelegene Burg allmählich ins Blickfeld gelangte. Gray betätigte den Blinker und bog auf die Straße ein, die zur Burg hochführte. »Himmler hatte die Burg kurz vor Kriegsende sprengen lassen. Nur der Nordturm war unversehrt geblieben. Nach dem Krieg wurde sie wiederaufgebaut. In einem Teil davon ist das Museum untergebracht, im Rest eine Jugendherberge. Beides ärgert meinen Vater.«

Gray konnte das gut nachvollziehen.

»1979 wurde sie fertiggestellt«, fuhr Ryan fort. »Im Laufe der Jahre haben die Museumsleiter von den ehemaligen Alliierten Dokumente und sonstige Belege erhalten, die einen Bezug zur Burg haben.«

»Unter anderem auch von Russland«, warf Monk ein.

»Genau. Als die Dokumente freigegeben wurden, schickte der Museumsleiter Archivare nach Russland. Vor drei Jahren kamen sie mit ganzen Wagenladungen ursprünglich geheimer Dokumente zurück, die Aufschluss über die russischen Militäraktionen in dieser Gegend geben. Außerdem hatten die Archivare eine lange Liste mit Namen dabei, zu denen sie Nachforschungen anstellen sollten. Auch mein Urgroßvater Hugo Hirszfeld stand auf dieser Liste.«

»Warum gerade er?«

»Er hat an den Ritualen der Thule-Gesellschaft teilgenommen, die auf der Burg stattgefunden haben. Außerdem war er ein anerkannter Runenexperte, und davon gibt es viele in der Burg. Er hat sogar mit Karl Wiligut korrespondiert, Himmlers Leibastrologen.«

Gray dachte an das dreizackige Zeichen in der Darwinbibel, hielt aber den Mund.

»Die Archivare brachten mehrere Kisten mit Dokumenten über meinen Urgroßvater mit. Mein Vater wurde zwar informiert, weigerte sich aber, bei der Auswertung in irgendeiner Weise behilflich zu sein.«

»Sie aber haben Akteneinsicht genommen?«, sagte Monk.

»Ich wollte mehr über ihn wissen«, erwiderte Ryan. »Ich wollte wissen … was damals geschah …« Er schüttelte den Kopf.

»Und was haben Sie in Erfahrung gebracht?«, fragte Gray.

»Nicht viel. In einer Kiste waren Unterlagen des Forschungslabors der Nazis, in dem mein Urgroßvater gearbeitet hat. Er hatte den Rang eines Oberarbeitsleiters inne und leitete das Projekt.« Auf einmal klang er beschämt und herausfordernd zugleich. »Aber woran da gearbeitet wurde, habe ich nicht herausbekommen. Das war wohl geheim. Das meiste waren Privatbriefe, die er an Freunde und Familienangehörige geschrieben hatte.«

»Und Sie haben sie alle gelesen?«

Ryan nickte langsam. »Dabei bekam ich den Eindruck, dass meinem Urgroßvater Zweifel an seiner Arbeit gekommen sind. Aber er konnte nicht aussteigen.«

»Sonst hätte man ihn erschossen«, meinte Fiona.

Ryan schaute einen Moment ganz elend drein, dann fasste er sich wieder. »Ich glaube, es ging ihm eher um das Projekt – er konnte einfach nicht loslassen. Jedenfalls nicht ganz. Er war gleichzeitig fasziniert und abgestoßen.«

Gray spürte, dass auch Ryans Vergangenheitsforschungen ambivalent getönt waren.

Monk drehte den Kopf nach hinten, wobei es laut knackte. »Was hat das alles mit der Darwinbibel zu tun?«, kam er wieder aufs eigentliche Thema zu sprechen.

»Ich habe eine Notiz gefunden«, sagte Ryan. »Adressiert an meine Tante Tola. Darin wird eine Bücherkiste erwähnt, die mein Urgroßvater nach Hause geschickt hat. Ich erinnere mich deshalb daran, weil mir einige Bemerkungen seltsam vorkamen.«

»Was hat er geschrieben?«

»Der Brief befindet sich im Museum. Ich hab mir gedacht, Sie könnten ihn sich vielleicht kopieren ... als Ergänzung zu der Bibel.«

»An den genauen Wortlaut erinnern Sie sich nicht mehr?«

Ryan legte die Stirn in Falten. »Nur an ein paar Zeilen. ›Versteckt in meinen Büchern findet sich Vollkommenheit, liebe Tola. Die Wahrheit ist zu wundervoll, um sie sterben zu lassen, und zu verstörend, um sie freizusetzen.‹«

310

Schweigen senkte sich herab.

»Zwei Monate später ist er gestorben.«

Gray ließ sich die Zeilen durch den Kopf gehen. *Versteckt in meinen Büchern.* Damit waren die fünf Bücher gemeint, die Hugo vor seinem Tod nach Hause geschickt hatte. Hatte er das getan, um irgendein Geheimnis zu bewahren? Um etwas zu schützen, das zu wundervoll war, um es sterben zu lassen, und zu verstörend, um es freizusetzen?

Gray fixierte Ryan im Rückspiegel. »Haben Sie sonst noch jemandem von Ihrer Entdeckung erzählt?«

»Nein, aber der alte Herr mit der Nichte und dem Neffen ... die zu Anfang des Jahres mit meinem Vater über die Bücher gesprochen haben ... Die waren bereits in der Burg gewesen und hatten die archivierten Unterlagen meines Urgroßvaters durchgesehen. Ich glaube, sie hatten die Notiz ebenfalls gelesen und wollten von meinem Vater weitere Auskünfte haben.«

»Diese Leute ... die Nichte und der Neffe. Wie sahen sie aus?«

»Beide weißhaarig. Groß gewachsen. Aus gutem Hause, wie mein Vater sagen würde.«

Gray wechselte einen Blick mit Monk.

Fiona räusperte sich und zeigte auf ihren Handrücken. »Hatten sie an dieser Stelle ein Tattoo?«

Ryan nickte langsam. »Ich glaube, ja. Kurz nach ihrer Ankunft schickte mein Vater mich weg. Wie heute. Die Kinder brauchen nicht alles zu hören.« Er versuchte zu lächeln, doch die Spannung im Wagen hatte auf ihn übergegriffen. Sein Blick huschte hektisch umher. »Kennen Sie die beiden?«

»Konkurrenten«, antwortete Gray. »Sammler wie wir.«

Ryan schaute skeptisch drein, stellte aber keine weiteren Fragen.

Gray dachte erneut an die handgezeichnete Rune in der Bibel. Gab es in den anderen vier Büchern vielleicht ganz ähnliche kryptische Symbole? Standen sie in Verbindung mit Hugos Forschungen, die er im Auftrag der Nazis betrieben hatte? Und worum ging es überhaupt? Es war höchst unwahrscheinlich, dass die Mörder hier aufgetaucht waren, um auf gut Glück ein paar alte Dokumente durchzusehen. Sie mussten nach etwas ganz Speziellem gesucht haben.

Aber wonach?

Monk sah immer noch nach hinten. Unvermittelt wandte er sich wieder nach vorn und ließ sich in den Sitz zurücksinken. Leise sagte er: »Du weißt, dass wir verfolgt werden?«

Gray nickte wortlos.

Einen halben Kilometer hinter ihnen mühte sich ein zweiter Wagen die regennassen Serpentinen hoch. Derselbe Wagen, den sie auf dem Parkplatz gesehen hatten. Ein perlweißer Mercedes Roadster. Vielleicht waren das Touristen wie sie, die einen Ausflug zur Burg unternahmen.

Nun, das würde sich zeigen.

»Vielleicht solltest du etwas mehr Abstand halten, Isaak.«

»Sie haben uns bereits bemerkt, Ischke.« Er zeigte durch die regengepeitschte Windschutzscheibe auf den BMW, der vor ihnen herfuhr. »Sieh nur, wie er die Kurven nimmt, viel langsamer und weniger eng als eben noch. Der Fahrer weiß Bescheid.«

»Wollen wir wirklich, dass sie misstrauisch werden?«

Isaak neigte seiner Schwester den Kopf entgegen. »Die Jagd ist immer dann am schönsten, wenn das Wild aufgeschreckt wurde.«

»Ich glaube, Hans wäre da anderer Ansicht gewesen«, sagte sie bedrückt.

Er streichelte mit dem Finger über ihren Handrücken und bat sie wortlos um Entschuldigung. Er wusste, wie empfindlich sie war.

»Das ist die einzige Zufahrtsstraße«, versicherte er ihr. »In der Burg ist alles vorbereitet. Wir brauchen sie nur noch in die Falle zu treiben. Wenn sie uns im Auge behalten, sind sie nach vorn weniger wachsam.«

Seufzend bekundete sie ihre Zustimmung.

»Es wird Zeit, dass wir die vielen losen Enden zusammenführen. Dann können wir nach Hause fliegen.«

»Nach Hause«, wiederholte sehnsüchtig seine Schwester.

»Wir haben es fast geschafft. Wir müssen immer das Ziel im Auge behalten, Ischke. Hans' Opfer soll nicht vergebens gewesen sein. Das Blut, das er vergossen hat, kündet vom Erwachen einer neuen, besseren Welt.«

»Das meint jedenfalls Großvater.«

»Du weißt, dass er recht hat.«

Er neigte ihr abermals den Kopf entgegen. Um ihre Lippen spielte ein mattes Lächeln.

»Pass auf mit dem Blut, mein Schatz.«

Seine Schwester sah auf die stählerne Schwertklinge nieder. Geistesabwesend hatte sie sie mit einem weißen Tuch abgewischt. Ein Tropfen war bereits auf ihre weiße Hose gefallen. Gerade eben hatte sie damit ein weiteres loses Ende beseitigt.

»Danke, Isaak.«

13:22
Himalaya

Lisa starrte die Pistole an.

»Wer ist da? Zeigen Sie sich!«, rief die blonde Frau zu ihr auf Deutsch herauf.

Obwohl Lisa die Sprache nicht konnte, war ihr klar, was gemeint war. Langsam richtete sie sich auf. »Ich kann kein Deutsch!«, rief sie nach unten.

Die Frau musterte sie so intensiv, dass Lisa meinte, von einem Laser abgetastet zu werden.

»Sie sind Amerikanerin«, sagte die Frau in steifem Englisch. »Kommen Sie langsam runter.«

Die Pistole in ihrer Hand zielte unentwegt auf Lisa.

Da sie auf der Galerie keine Deckung hatte, blieb Lisa keine andere Wahl. Sie ging zur Leiter, kehrte der Fremden den Rücken zu und kletterte hinunter. Bei jeder Sprosse erwartete sie, den Pistolenknall zu hören, doch sie gelangte unversehrt auf den Boden.

Lisa drehte sich mit seitlich abgestreckten Armen um.

Die Frau trat näher. Lisa wich vor ihr zurück. Sie spürte, dass die Fremde auch deshalb nicht geschossen hatte, weil sie davor zurückschreckte, Lärm zu machen. Die Wachen vor der Tür hatte sie mit dem Schwert getötet, und bis auf den einen Schrei war das lautlos vonstattengegangen.

Das blutige Katana hielt die Fremde noch immer in der Hand.

Vielleicht wäre es besser gewesen, sie wäre auf der Galerie geblieben und hätte die Frau wie an einem Schießstand feuern lassen. Die Schüsse wären vielleicht bemerkt worden. Es war dumm gewesen, sich in die Reichweite des Schwertes zu begeben, doch die Panik hatte Lisas Urteilskraft getrübt. Es war schwer, sich einer Aufforderung zu widersetzen, wenn man mit einer Waffe bedroht wurde.

»Das Xerum 525«, sagte die Frau. »Ist das in dem Safe?«

Lisa überlegte, was sie antworten sollte. Die Wahrheit sagen oder lügen? Die Entscheidung fiel ihr nicht schwer. »Anna hat es mitgenommen«, antwortete sie und deutete zur Tür.

»Wo wollte sie hin?«

Lisa vergegenwärtigte sich die erste Lektion, die Painter ihr nach ihrer Gefangennahme erteilt hatte: Man musste sich unentbehrlich machen. »Ich kenne mich hier nicht aus, deshalb kann ich den Weg nicht beschreiben. Aber ich weiß, wie man dorthin kommt. Ich … ich könnte Sie hinbringen«, sagte Lisa mit bebender Stimme. Sie musste einen überzeugenden Eindruck machen und so tun, als hätte sie wirklich etwas zu bieten. »Ich bringe Sie nur dann hin, wenn Sie mir zur Flucht verhelfen.«

Der Feind meines Feindes ist mein Freund.

Würde die Frau darauf hereinfallen? Sie sah außergewöhnlich gut aus: Sie war gertenschlank, hatte makellose Haut und üppige Lippen, doch hinter ihren blauen Augen verbargen sich eiskalte Berechnung und ein scharfer Verstand.

Sie fixierte Lisa ausdruckslos.

Eine unheimliche Wirkung ging von ihr aus.

»Dann zeigen Sie mir den Weg«, sagte sie und steckte die Pistole in das Halfter. Das Katana behielt sie in der Hand.

Andersherum wäre es Lisa lieber gewesen.

Lisa sollte vorgehen. Sie schlug einen Bogen um die Fremde und näherte sich der Tür. Vielleicht könnte sie ja unterwegs in den Gängen flüchten. Das wäre ihre einzige Chance. Sie musste den passenden Moment abwarten, wenn die Frau abgelenkt war oder zögerte, und dann die Beine in die Hand nehmen.

Ein Luftzug und das Flackern der Flammen im Kamin waren die einzige Warnung.

Lisa drehte sich um – die Frau stand bereits hinter ihr, nur einen Schritt entfernt. Lautlos und unglaublich schnell war sie herangeglitten. Ihre Blicke trafen sich. In dem Moment, bevor das Schwert sich senkte, begriff Lisa, dass die Frau ihr keinen Moment geglaubt hatte.

Sie hatte lediglich gewartet, bis Lisa abgelenkt war.

Das würde ihr letzter Fehler sein.

Alles um sie herum erstarrte, gefangen im Aufblitzen kostbaren japanischen Silbers, das ihrer Brust entgegenzuckte.

09:30
Wewelsburg, Deutschland

Gray fuhr auf den Parkplatz und hielt neben einem blauen Touristenbus. Hinter dem massigen Bus war der BWM von der Straße aus nicht zu sehen. Unmittelbar vor ihnen lag der Torbogen zum Burghof.

»Bleiben Sie im Wagen«, sagte Gray und wandte sich halb um. »Damit sind Sie gemeint, junge Dame.«

Fiona machte eine obszöne Geste, blieb aber angeschnallt.

»Monk, setz du dich hinters Steuer. Lass den Motor laufen.«

»Ist gut.«

Ryan machte große Augen. »*Was ist denn los?*«

»Nichts ist *los*«, entgegnete Monk. »Aber behalten Sie für alle Fälle den Kopf unten.«

Gray öffnete die Tür. Eine Regenböe peitschte ihm entgegen, was sich anhörte, als schlüge in den Bus eine Maschinengewehrsalve ein. In der Ferne grollte Donner.

»Ryan, dürfte ich mir mal Ihren Regenschirm ausborgen?«

Der junge Mann reichte ihm den Schirm.

Gray stieg aus. Er öffnete den Regenschirm, rannte um den Bus herum und postierte sich an der Hecktür, wo er vor dem Regen einigermaßen geschützt war. Er hoffte, dass man ihn für einen Angestellten des Busunternehmens halten würde. Im Schutze des Regenschirms musterte er die Straße.

In der Düsternis tauchten Scheinwerfer auf. Der Wagen bog gerade um die letzte Kurve.

Im nächsten Moment tauchte der Mercedes-Zweisitzer auf. Ohne abzubremsen fuhr er am Parkplatz vorbei. Gray beobachtete, wie die Hecklichter im Regen verschwanden und sich dem kleinen Dorf Wewelsburg näherten, das sich an die Flanke der Burg schmiegte. Dann verschwand der Wagen hinter einer Kurve.

Gray wartete volle fünf Minuten, dann erst ging er wieder um den Bus herum und bedeutete Monk, die Luft sei rein. Monk schaltete die Zündung aus. Da der Mercedes nicht kehrtgemacht hatte, forderte Gray die anderen zum Aussteigen auf.

»Paranoia?«, meinte Fiona, als sie an ihm vorbei zum Torbogen ging.

»Wenn jemand hinter Ihnen her ist, kann man wohl kaum von Paranoia sprechen!«, rief Monk ihr nach. Dann wandte er sich an Gray. »Glaubst du, sie haben es wirklich auf uns abgesehen?«

Gray blickte in den Regen hinaus. Er mochte keine Zufälle, durfte sich von dem flauen Gefühl im Bauch aber auch nicht lähmen lassen. »Bleib bei Fiona und Ryan. Wir bitten den Museumsleiter, uns eine Kopie von Hugos Brief an seine Tochter zu geben, dann machen wir, dass wir verschwinden.«

Monk musterte den vor ihnen aufragenden Turm. Der Regen strömte über die grauen Steine und ergoss sich aus grünen Regenrinnen. Im Erdgeschoss waren nur wenige Fenster erhellt. Das wuchtige Bauwerk wirkte düster und bedrückend.

»Damit das klar ist«, grummelte er. »Sobald ich auch nur eine Scheißfledermaus sehe, bin ich hier weg.«

13:31
Himalaya

Lisa sah, wie das Schwert sich ihrer Brust näherte. Der Zeitablauf verlangsamte sich, als würde sie sterben.

Auf einmal klirrte Glas … gefolgt von einem leisen Knall, der unendlich weit entfernt schien. Der Kopf der Fremden wurde zurückgeschleudert, Blut und Knochenmasse sprudelten aus ihrem Hals.

Trotzdem vollendete sie den tödlichen Hieb.

Die Schwertklinge traf Lisas Brust, durchdrang die Haut und traf aufs Brustbein. Doch es lag keine Kraft mehr dahinter. Das Heft des Katanas entglitt den schlaffen Fingern. Die Spitze senkte sich, bevor sie weiteren Schaden anrichten konnte.

Lisa taumelte zurück. Der Bann war gebrochen.

Die Klinge aus japanischem Stahl drehte sich um die eigene Achse und prallte mit einem reinen Glockenton auf dem Boden auf. Dann brach die Frau neben ihrer Waffe zusammen.

Lisa wich zurück, ungläubig, benommen, völlig gefühllos.

Abermals klirrte Glas.

Die Geräusche, die sie hörte, klangen dumpf, als befände sie sich unter Wasser.

»Sind Sie verletzt? Lisa …«

Sie schaute hoch. An der anderen Seite der Bibliothek. Das einzige Fenster. Zuvor war es bereift und beschlagen gewesen. Jetzt war die Scheibe geborsten. Ein Kopf tauchte in der Öffnung auf, umrahmt von spitzen Scherben.

Painter.

Hinter ihm tobte der Sturm und wirbelte Schnee und Schmelzwasser umher. Etwas Großes, Schweres, Dunkles senkte sich herab. Ein Helikopter. Aus der offenen Luke baumelte ein Seil mit Gurt.

Lisa sank zitternd auf die Knie.

»Ich bin gleich bei Ihnen«, versprach er.

Fünf Minuten später beugte Painter sich über die Tote. Das also war Klaus' Komplizin. Anna kniete am Boden und durchsuchte die Frau. Lisa hatte am Kamin in einem Sessel Platz genommen. Den Pullover hatte sie ausgezogen und die Bluse aufgeknöpft. Man sah ihren BH und darunter den blutigen Schnitt. Mit Gunthers Hilfe hatte Lisa die etwa drei Zentimeter lange Wunde bereits gesäubert und legte nun einen Verband an. Sie hatte Glück gehabt. Die BH-Stäbchen hatten ein tieferes Eindringen der Klinge verhindert und ihr das Leben gerettet. Da sollte noch mal einer was gegen Stütz-BHs sagen.

»Keine Papiere, kein Ausweis«, sagte Anna. Sie blickte Painter an. »Wir hätten sie lebend gebraucht.«

Er konnte keine Entschuldigung geltend machen. »Ich habe auf die Schulter gezielt.«

Frustriert schüttelte er den Kopf. Beim Abseilen vom Helikopter hatte er einen heftigen Schwindelanfall erlitten. Doch es war auf jede Sekunde angekommen. Zu Fuß hätten sie es von der anderen Seite der Burg niemals rechtzeitig bis hierher geschafft. Der Helikopter war ihre einzige Chance gewesen. Deshalb waren sie über den Berghang geflogen, und Painter hatte sich abgeseilt.

Anna war keine gute Schützin, und Gunther hatte den Helikopter geflogen.

Somit war nur noch Painter übrig geblieben.

Trotz des Schwindels und der Sehstörungen war er zum Fenster gekrochen und hatte so gut es ging durch die Scheibe gezielt. Als die Frau mit gezücktem Schwert auf Lisa zugerannt war, hatte er handeln müssen.

Und da hatte er eben abgedrückt.

Selbst wenn sie jetzt womöglich alles verloren hatten und vielleicht niemals erfahren würden, wer hinter den Saboteuren stand, so bedauerte Painter seine Entscheidung nicht. Er hatte die Angst in Lisas Gesicht gesehen. Und da hatte er, Schwindel hin oder her, eben abgedrückt. Noch immer hämmerte der Kopfschmerz in seinem Schädel.

Und wenn er nun Lisa getroffen hätte …? Wie lange würde es dauern, bis er zum Sicherheitsrisiko würde? Diesen Gedanken schob er beiseite.

Händeringen hält einen nur davon ab, die Ärmel aufzukrempeln.

»Hat sie irgendwelche besonderen Merkmale?«, meldete er sich wieder zu Wort.

»Nur das hier.« Anna drehte die Hand um, sodass man den Handrücken sah. »Haben Sie das schon mal gesehen?«

Ein schwarzes Tattoo verunstaltete die makellos weiße Haut. Vier verwobene Schlaufen.

»Könnte ein keltisches Symbol sein, aber ich weiß nicht, was es bedeutet.«

»Mir sagt das auch nichts.« Anna ließ die Hand der Toten herabfallen.

Painter war noch etwas anderes aufgefallen. Er beugte sich weiter vor und drehte die noch warme Hand erneut um. Am kleinen Finger fehlte der Nagel, das Nagelbett war vernarbt. Eine kleine Blessur, aber eine bedeutsame.

Anna rieb mit dem Daumen über das Nagelbett. »Trocken …« Nachdenklich legte sie die Stirn in Falten. Ihre Blicke trafen sich.

»Denken Sie das Gleiche wie ich?«, sagte er.

Anna sah aufs Gesicht der Toten nieder. »Ich müsste erst die Netzhaut untersuchen und nachsehen, ob am Sehnerv Blutflecken vorhanden sind.«

Mehr brauchte Painter nicht zu wissen. Er hatte mit eigenen Augen gesehen, mit welch übermenschlicher Schnelligkeit sich die Frau durch den Raum bewegt hatte. »Sie war eine Sonnenkönigin.«

Lisa und Gunther gesellten sich zu ihnen.

»Aber keine von uns«, erwiderte Anna. »Dafür war sie viel zu jung. Und zu perfekt. Ihre Erschaffer haben die modernsten Techniken eingesetzt, die wir im Laufe der vergangenen Jahrzehnte bei In-vitro-Versuchen vervollkommnet haben. Sie haben die Ergebnisse auf menschliche Versuchsobjekte übertragen.«

»Könnte es sein, dass jemand sie hinter Ihrem Rücken erschaffen hat … sozusagen nach Dienstschluss?«

Anna schüttelte den Kopf. »Der Betrieb der Glocke erfordert eine gewaltige Energiemenge. Das hätten wir gemerkt.«

»Dann kann das nur eines bedeuten.«

»Sie wurde an einem anderen Ort erschaffen.« Anna richtete sich auf. »Es gibt noch jemanden, der über eine funktionsfähige Glocke verfügt.«

Painter untersuchte noch immer das Nagelbett und die Tätowierung. »Und dieser Jemand will Ihnen an den Kragen«, murmelte er.

Alle schwiegen.

In der plötzlichen Stille vernahm Painter ein kaum hörbares Tonsignal. Es kam von der Toten. Auf einmal wurde ihm bewusst, dass er den Ton schon mehrmals gehört, aufgrund der Unruhe im Raum aber nicht weiter beachtet hatte.

Er schob den Ärmel des Parkas hoch.

Die Tote trug eine Digitaluhr mit fünf Zentimeter breitem Lederarmband. Painter betrachtete die rote Anzeige. Ein holografischer Zeiger wanderte im Kreis und zählte die Sekunden. Die Digitalziffern leuchteten.

01:32

Bei jeder Umdrehung des Zeigers wurde eine Sekunde runtergezählt.

Noch anderthalb Minuten.

Painter löste die Uhr vom Handgelenk und besah sich die Innenseite des Armbands. Zwei silberne Kontakte waren zu erkennen. Ein Pulsmesser. Die Uhr verfügte offenbar über einen Mikrosender.

»Was machen Sie da?«, fragte Anna.

»Haben Sie die Tote nach Sprengstoff abgesucht?«

»Sie ist sauber«, antwortete Anna. »Warum fragen Sie?«

Painter richtete sich auf. »Ihr Puls wurde überwacht. Als das Herz zu schlagen aufhörte, wurde ein Signal gesendet.« Er sah auf die Armbanduhr. »Das ist nichts weiter als ein Timer.«

01:05

»Klaus und diese Frau hatten wer weiß wie lange schon ungehinderten Zugang zu sämtlichen Anlagen des Granitschlosses. Da hatten sie auch Gelegenheit, eine Sicherung einzubauen.« Painter hielt die Armbanduhr hoch, damit alle sie sehen konnten. »Ich habe so das Gefühl, dass wir nicht hier sein sollten, wenn der Countdown abläuft.«

Ein zweiter Zeiger wanderte einmal im Kreis, und es ertönte ein leises Läuten, als die Minute unterschritten wurde.

00:59

»Wir müssen von hier verschwinden! Beeilung!«

10

Das schwarze Camelot

09:32
Wewelsburg, Deutschland

»Die SS war ursprünglich die Leibgarde Adolf Hitlers«, sagte auf Französisch der Führer, der eine klitschnasse Touristenschar durch das Museum Wewelsburg dirigierte. »Die Bezeichnung SS ist die Abkürzung für *Schutzstaffel*. Erst später wurde daraus Himmlers Schwarzer Orden.«

Gray ließ die Gruppe passieren. Während sie auf den Museumsleiter warteten, hatte er genug aufgeschnappt, um sich ein Bild von der Geschichte der Burg machen zu können. Himmler hatte die Anlage für eine symbolische Reichsmark gemietet und dann eine Viertelmilliarde in den Wiederaufbau gesteckt, um sein persönliches Camelot zu errichten – ein kleiner Preis, verglichen mit dem vergossenen Blut und dem Leiden der Zwangsarbeiter.

Gray stand neben einer Vitrine, in der eine gestreifte Gefängnisuniform des Konzentrationslagers Niederhagen ausgestellt war.

Draußen grollte der Donner und ließ die Fensterscheiben klirrend erbeben.

Als die Besuchergruppe sich entfernte, vermischte sich die Stimme des Fremdenführers mit dem Gemurmel der wenigen anderen Museumsbesucher, die alle Schutz vor dem Regen gesucht hatten.

Monk stand bei Fiona. Ryan war den Museumsleiter holen gegangen. Monk betrachtete ein Exemplar des berüchtigten silbernen Totenkopfrings, den die SS-Offiziere getragen hatten. Runen sowie ein

Totenschädel mit gekreuzten Knochen waren darauf eingraviert. Ein schauerliches Schmuckstück, aufgeladen mit Symbolik und Macht.

Des Weiteren waren in dem kleinen Raum Architekturmodelle, Fotos des Alltagslebens, Ausrüstungsgegenstände der SS und eine kleine Teekanne ausgestellt, die einmal Himmler gehört hatte. Eine sonnenförmige Rune zierte die Kanne.

»Da kommt der Museumsleiter«, sagte Monk. Er nickte einem untersetzten Herrn zu, der soeben aus einer Tür mit der Aufschrift »Privat« trat. Ryan begleitete ihn.

Der Museumsleiter war Ende fünfzig, hatte grau meliertes Haar und trug einen zerknitterten schwarzen Anzug. Er nahm die Brille ab und reichte Gray die Hand.

»Dr. Dieter Ulmstrom«, sagte der Mann. »Ich leite das historische Museum des Hochstifts Paderborn. Willkommen.«

Sein gehetzter Blick strafte seine Worte Lügen.

»Ryan hat mir schon gesagt, dass Sie Auskünfte zu einigen Runen wünschen, die Sie in einem alten Buch gefunden haben. Sehr interessant.«

Dabei wirkte er eher genervt als interessiert.

»Wir wollen Sie nicht lange aufhalten«, sagte Gray. »Aber wir haben uns gedacht, Sie könnten uns vielleicht über die Bedeutung einer bestimmten Rune aufklären.«

»Natürlich. Wenn der Museumsleiter der Wewelsburg sich auf einem Gebiet auskennen muss, dann auf dem der Runen.«

Gray ließ sich von Fiona die Darwinbibel geben. Er schlug sie ganz hinten auf und zeigte sie dem Mann.

Mit gespitzten Lippen setzte Dr. Ulmstrom wieder die Brille auf und beugte sich vor. Er musterte die Rune, die Hugo Hirszfeld auf den hinteren Einband gezeichnet hatte.

»Dürfte ich das Buch bitte mal in die Hand nehmen?«

Nach kurzem Zögern reichte Gray es ihm.

Der Museumsleiter blätterte darin und hielt kurz inne, als er auf die Kritzeleien am Seitenrand stieß. »Eine Bibel ... sehr eigenartig ...«

»Es geht um das Zeichen ganz hinten«, sagte Gray drängend.

»Natürlich. Dieses Zeichen bedeutet *Mensch*.«

»Mensch«, wiederholte Gray das deutsche Wort.

»Ja. Beachten Sie die Form. Sie ähnelt einem kopflosen Strichmännchen.« Dr. Ulmstrom blätterte weiter nach vorn. »Ryans Urgroßvater war besessen von den Zeichen, die mit dem Allvater in Beziehung stehen.«

»Wie meinen Sie das?«, sagte Gray.

Ulmstrom zeigte auf ein Kritzelbild im Inneren des Buches.

»Diese Rune steht für den Buchstaben K«, sagte er. »Im Angelsächsischen nennt man sie auch Cen. Das ist eine ältere Version des Zeichens für Mensch. Man erkennt die beiden erhobenen Arme, eine einfachere Darstellung. Und auf dieser Seite findet sich das Spiegelbild dieser Rune.« Er blätterte zurück und zeigte auf die Zeichnung.

»Diese Symbole verhalten sich zueinander wie die beiden Seiten einer Münze. Wie Yin und Yang, männlich und weiblich, Licht und Dunkelheit.«

Gray nickte. Das erinnerte ihn an die Unterhaltungen, die er mit Ang Gelu während seines Aufenthalts im buddhistischen Kloster geführt hatte. Offenbar waren alle Kulturen fasziniert von der Dualität. Auf einmal erwachte seine Sorge um Painter. Bis jetzt hatten sie noch keine Nachricht aus Nepal bekommen.

Monk lenkte das Gespräch wieder aufs eigentliche Thema zurück. »Was haben die Runen mit dem Allvater zu tun?«

»Alle drei gehören symbolisch zusammen. Von der großen Mensch-Rune nimmt man an, dass sie den nordischen Gott Thor darstellt, den Lebensbringer, der für eine höhere Seinsweise steht. Für das, wonach wir alle streben.«

Gray ließ sich das durch den Kopf gehen. »Und die beiden anderen Runen, die K-Runen, stellen die beiden Hälften der Mensch-Rune dar.«

»Häh?«, machte Monk.

»Genau«, sagte Fiona. Mit dem Zeigerfinger malte sie in den Staub auf einem der Schaukästen. »Wenn man die beiden K-Runen zusammenfügt, ergibt sich die Mensch-Rune. Wie bei einem Puzzle.«

»Ausgezeichnet«, meinte der Museumsleiter. Er tippte auf die ersten beiden Runen. »Die stehen für den gewöhnlichen Menschen in all seiner Dualität und bilden gemeinsam den Allvater, ein göttliches Wesen.« Ulmstrom reichte Gray die Bibel und schüttelte den Kopf. »Ryans Urgroßvater war anscheinend regelrecht davon besessen.«

Gray starrte das Symbol auf dem Einband an. »Ryan, Hugo war doch Biologe, nicht wahr?«

Ryan wirkte angewidert von alldem. »Ja. Genau wie meine Großtante Tola.«

Gray nickte langsam. Die Nazis hatten sich schon immer für den Mythos des Übermenschen interessiert, für den Allvater, von dem angeblich die arische Rasse abstammte. Waren die Kritzeleien lediglich Ausdruck von Hugos Glauben an die Nazi-Ideologie? Gray bezweifelte das. Ryan hatte gemeint, aus der Korrespondenz seines Urgroßvaters ließe sich auf eine zunehmende Desillusionierung schließen – und dann war da noch die kryptische Mitteilung an seine Tochter, der Hinweis auf eine geheime Wahrheit, die *zu wundervoll* sei, *um sie sterben zu lassen, und zu verstörend, um sie freizusetzen.*

Und das unter Kollegen.

Er spürte, dass alles miteinander verknüpft war: die Runen, der Allvater, die Forschungen der Vergangenheit. Und dieses Geheimnis war so kostbar, dass Menschen deswegen töteten.

Ulmstrom fuhr fort: »Die Mensch-Rune hatte eine besondere Bedeutung für die Nazis. Sie nannten sie Lebensrune.«

»Lebensrune?«, wiederholte Gray, der aus seinen Gedankenspielen aufschreckte.

»Ja. Sie benutzten sie sogar zur Kennzeichnung des Unternehmens Lebensborn.«

»Was war das?«, fragte Monk.

»Ein Zuchtprogramm«, antwortete Gray. »In den Lebensbornheimen sollten mehr blonde, blauäugige Kinder zu Welt kommen.«

Der Museumsleiter nickte. »Wie die K-Rune hat aber auch die Lebensrune eine Kehrseite.« Er bat Gray, die Bibel umzudrehen und das Symbol auf den Kopf zu stellen. »Die Lebensrune verwandelt sich in ihr Gegenteil. In die Todesrune.«

13:37
Himalaya

Der tödliche Countdown ging weiter.

0:55

Painter hielt den Timer der Toten in der Hand. »Zu Fuß können wir nicht mehr flüchten. Wir würden nicht mehr rechtzeitig aus der Explosionszone herauskommen.«

»Aber was sollen wir tun?«, fragte Anna.

»Wir nehmen den Helikopter«, sagte Painter und zeigte zum Fenster. Der Motor des A-Star-Helikopters war noch warm.

»Ich muss die anderen warnen.« Anna wandte sich zum Telefon.

»*Keine Zeit!*,« rief Gunther und verstellte ihr den Weg.

Er nahm das Sturmgewehr von der Schulter, ein russisches Bullpup A-91. Mit der anderen Hand riss er eine Granatenkartusche vom Hüftgürtel und rammte sie in die 40-mm-Abschussvorrichtung.

»*Hierher!*« Mit großen Schritten näherte er sich Annas mächtigem Schreibtisch. »*Schnell!*«

Mit dem Gewehrlauf zielte er auf das vergitterte Fenster.

Painter fasste Lisa bei der Hand und suchte Deckung. Anna folgte ihm auf den Fersen. Gunther wartete, bis sie ihn fast erreicht hatten, dann feuerte er. Eine Stichflamme schoss aus dem Lauf.

Sie warfen sich hinter den Schreibtisch.

Gunther fasste seine Schwester um die Hüfte und wälzte sich über sie. Die Granate explodierte mit einem ohrenbetäubenden Knall. Painter hatte das Gefühl, ihm rissen die Trommelfelle. Die Druckwelle versetzte den Schreibtisch um fast einen halben Meter. Stein- und Glassplitter prallten von der Vorderseite des Schreibtischs ab. Die Luft war voller Staub und Qualm.

Gunther zog Anna auf die Beine. Worte wurden keine gewechselt. In der Außenwand der Bibliothek klaffte ein schartiges Loch.

Der Boden und ein Teil des Hofs waren übersät mit zerfetzten und brennenden Büchern.

Sie stürmten zum Fensterloch.

Der Helikopter stand gut vierzig Meter entfernt auf dem Überhang. Sie rannten durch die Trümmer hindurch darauf zu.

Painter hielt noch immer den Timer in der Hand. Er las die Anzeige erst ab, als sie den Helikopter erreicht hatten. Gunther hatte schon die Hecktür aufgerissen. Painter half Anna und Lisa beim Einsteigen, dann hechtete auch er in die Kabine.

Gunther saß bereits auf dem Pilotensitz und schnallte sich an. Painter sah auf den Timer. Nützen würde es ohnehin nichts mehr. Entweder sie würden es schaffen oder nicht.

Er starrte das Display an. Ihm pochte der Schädel, hinter den Augen saß ein bohrender Schmerz. Er konnte die Ziffern kaum erkennen.

00:09

Höchste Zeit.

Der Antrieb brüllte auf. Painter blickte hoch. Die Rotoren begannen sich zu drehen ... langsam, viel zu langsam. Er sah aus dem Fenster. Der Heli stand auf einem mit Schneewehen bedeckten Hang. Wolkenfetzen trieben über den Himmel, die Felswände und Täler waren von Eisnebel verschleiert.

Gunther fluchte verhalten. Die Luft war in dieser Höhe so dünn, dass die Rotoren erst auf volle Touren kommen mussten, bevor sie abheben konnten.

00:03

Sie würden es nicht mehr schaffen.

Painter fasste Lisa bei der Hand.

Er drückte sie fest – dann auf einmal hob sich der Boden und krachte wieder nach unten. Ein fernes Dröhnen war zu hören. Alle hielten den Atem an und warteten darauf, von der Druckwelle vom Hang geschleudert zu werden. Doch nichts geschah. Vielleicht würde es ja glimpflicher abgehen als erwartet.

Dann brach die Schneewehe weg, auf der der Helikopter stand.

Der A-Star kippte nach vorn. Die Rotoren rührten nutzlos in der Luft.

Der ganze Hang geriet ins Rutschen, als hätte der Berg ihn einfach abgeschüttelt, und riss den Helikopter mit sich.

Eine weitere Erschütterung ... noch eine Explosion ...

Der Heli ruckte, wollte aber einfach nicht abheben.

Gunther kämpfte mit der Steuerung und gab Vollgas.

Die Felswand raste auf sie zu. Trotz des dröhnenden Motorengeräuschs war der Schnee zu hören, ein Tosen wie von einer mächtigen Stromschnelle.

Lisa presste sich gegen Painter und drückte seine Hand so fest, dass ihre Knöchel weiß hervortraten. Anna hingegen saß stocksteif da, mit ausdruckslosem Gesicht, den Blick starr nach vorn gerichtet.

Gunther machte keinen Mucks, als sie über die Felskante getragen wurden.

Unter ihnen sackte der Schnee weg. Sie legten sich auf die Seite. Rüttelnd und heftig schwankend stürzte der Heli in die Tiefe. Um sie herum ragten schroffe Felswände auf.

Keiner gab einen Laut von sich. Allein die Rotoren kreischten.

Dann trafen die Rotoren auf einmal auf Widerstand. Mit einem sanften Ruck wie in einem haltenden Aufzug kam der A-Star zum Stillstand. Gunther hantierte brummend an der Steuerung, und dann begann der Heli ganz allmählich zu steigen.

Über ihnen stürzten die Nachzügler der Schneelawine in die Tiefe.

Der Heli stieg in eine Höhe, aus der sie die Schäden an der Burg in Augenschein nehmen konnten. Aus sämtlichen Fenstern drang Qualm hervor. Das Eingangstor war von der Druckwelle herausgedrückt worden.

Vom Hubschrauberlandeplatz auf der anderen Seite stieg eine dichte schwarze Rauchwolke in den Himmel.

Anna war zusammengesackt und hatte die Handflächen aufs Seitenfenster gelegt. »Hundertfünfzig Männer und Frauen.«

»Vielleicht haben sich ja ein paar in Sicherheit bringen können«, sagte Lisa dumpf.

Abgesehen vom aufsteigenden Qualm rührte sich nichts.

Anna zeigte auf die Burg. »Wir sollten nach Überlebenden suchen …«

Doch es sollte keine Suche geben und keine Hilfe.

Heute nicht, niemals.

Plötzlich schossen gleißende Blitze aus sämtlichen Fenstern. Hinter dem Hang ging eine natriumdampfgelbe Sonne auf. Das alles geschah vollkommen lautlos, wie bei einem Wärmegewitter. Das Gleißen brannte sich in die Netzhaut ein und ließ alles andere verblassen.

Der Helikopter ruckte, als Gunther unwillkürlich den Steuerknüppel zurückkriss. Auf einmal drang ein gewaltiges, ohrenbetäubendes Grollen heran. Das war keine Lawine. Es klang tektonisch, als verschöben sich Kontinentalplatten.

Der Heli wurde durchgeschüttelt wie eine Fliege in einem Farbmischer.

Nach und nach stellte sich das Sehvermögen wieder ein.

»Mein Gott …«, murmelte jemand beeindruckt.

Trotz des Steinstaubs in der Luft war das Ausmaß der Zerstörung deutlich zu erkennen. Die ganze Bergflanke war nach innen gesackt. Der Überhang aus Granit, der die Burg nach oben hin abgeschirmt hatte, war eingestürzt, als hätte sich ein Gutteil des Berges einfach in Nichts aufgelöst.

»*Das gibt es doch nicht*«, murmelte Anna.

»Was meinen Sie?«

»Diese Zerstörungskraft, das muss eine NPE-Bombe gewesen sein.« Ihr Blick war glasig.

Painter wartete auf weitere Erklärungen.

Nachdem sie tief durchgeatmet hatte, sprach Anna weiter. »NPE – Nullpunktenergie. Einsteins Formeln führten zur ersten Atombombe und setzten die Energien einiger Uranatome frei. Das aber war nur ein Klacks im Vergleich zu den verborgenen Kräften, die in Plancks Quantentheorie schlummern. Diese Bomben zapfen unmittelbar die Energie an, die der Urknall hervorgebracht hat.«

Es wurde still in der Kabine.

Anna schüttelte den Kopf. »Experimente mit dem Treibstoff der Glocke – dem Xerum 525 – ließen darauf schließen, dass man die Nullpunktenergie als Waffe einsetzen kann. Wir haben diesen Ansatz allerdings nicht weiterverfolgt.«

»Jemand anders aber schon«, sagte Painter. Er dachte an die weißblonde Tote.

Entsetzen und tiefe Verstörung zeigten sich in Annas Gesicht. »Wir müssen sie aufhalten.«

»Wen meinen Sie? Wer steckt dahinter?«

Lisa meldete sich zu Wort. »Es könnte sein, dass wir das schon bald herausfinden werden.« Sie zeigte nach Steuerbord.

Hinter dem Nachbargipfel kamen drei Helikopter zum Vorschein, die aufgrund der weißen Lackierung vor dem Hintergrund der Gletscher nur schwer auszumachen waren. Sie verteilten sich und rasten dem A-Star entgegen.

Painter wusste gut genug über die Regeln des Luftkampfes Bescheid, um sich einen Reim auf das Manöver machen zu können.

Die Helikopter flogen in Angriffsformation.

09:39
Wewelsburg, Deutschland

»Zum Nordturm geht es hier entlang«, sagte Dr. Ulmstrom.

Der Museumsleiter führte Gray, Monk und Fiona durch den Hinterausgang des Hauptausstellungsraums. Ryan war kurz zuvor mit der Archivarin des Museums weggegangen, einer schlanken Frau in einem Tweedkostüm. Sie wollten Hugo Hirszfelds Brief und alle anderen relevanten Schriftstücke kopieren. Gray spürte, dass er dicht vor neuen Erkenntnissen stand, doch zunächst musste er mehr in Erfahrung bringen.

Deshalb hatte er eingewilligt, sich vom Museumsleiter persönlich durch Himmlers Burg führen zu lassen. Hier hatte Hugo erste Verbindungen zu den Nazis geknüpft. Gray spürte, dass sie sich möglichst viel Hintergrundwissen aneignen mussten – und wer konnte ihnen dabei besser behilflich sein als der Museumsleiter?

»Um die Nazis wirklich zu verstehen«, sagte der vorangehende Ulmstrom, »muss man aufhören, sie als politische Partei zu betrachten. Im Grunde war die NSDAP eine Sekte.«

»Eine Sekte?«, wiederholte Gray.

»Sämtliche Zutaten waren jedenfalls vorhanden. Es gab einen Guru, der allen Zweifeln enthoben war, es gab uniformierte Gefolgsleute, Rituale, im Geheimen abgelegte Treueschwüre und vor allem ein mächtiges Totem, nämlich das Hakenkreuz, auch Swastika genannt. Ein Symbol, welches das Kruzifix und den Davidstern ersetzen sollte.«

»Gedopte Hare Krishnas«, murmelte Monk.

»Darüber sollte man keine Scherze machen. Die Nazis kannten sich aus mit der inhärenten Kraft von Idealen. Die sind mächtiger als jedes Gewehr oder jede Rakete. Damit haben sie eine ganze Nation unterworfen und einer Gehirnwäsche unterzogen.«

Ein Blitz erhellte den hinter ihnen liegenden Saal. Den nachfolgenden Donner spürten sie im Bauch. Die Beleuchtung flackerte.

Alle blieben stehen.

»Eine einzige quiekende Fledermaus«, flüsterte Monk. »Eine kleine würde mir schon reichen …«

Die Beleuchtung stabilisierte sich wieder. Sie gingen weiter. Der kurze Flur endete vor einer verschlossenen Glastür. Dahinter befand sich ein großer Raum.

»Der Obergruppenführersaal.« Ulmstrom zog einen schweren Schlüsselbund aus der Tasche und schloss auf. »Das Allerheiligste der Burg. Den normalen Besuchern ist der Zutritt zu diesem Bereich nicht gestattet, aber ich denke, es wird Sie interessieren.«

Er hielt ihnen die Tür auf.

Im Gänsemarsch traten sie ein. Regenschauer peitschten gegen die Fenster des kreisförmigen Saals.

»Himmler ließ diesen Raum als Gegenstück zum Rittersaal der Artusburg Camelot errichten. In der Mitte gab es sogar einen runden Eichentisch, um den sich die zwölf höchsten Offiziere seines Schwarzen Ordens versammelten, um zu beraten und Rituale zu vollziehen.«

»Schwarzer Orden, was bedeutet das?«, fragte Monk.

»Das ist eine andere Bezeichnung für Himmlers SS. Sie war Himmlers innerstem Kreis vorbehalten, einer geheimen Verschwörergruppe, deren Wurzeln bis zur Thule-Gesellschaft zurückreichen.«

Grays Neugier war geweckt. Schon wieder die Thule-Gesellschaft. Himmler hatte ihr angehört und Ryans Urgroßvater desgleichen. Er überlegte, was das wohl bedeuten mochte. Eine geheime Verschwörergruppe von Okkultisten und Wissenschaftlern, die glaubten, dass früher einmal eine Herrenrasse die Welt beherrscht habe – und dass sie es wieder tun würde.

Der Museumsleiter fuhr fort: »Himmler glaubte, dieser Raum und der Turm seien der spirituelle und geografische Mittelpunkt der neuen arischen Welt.«

»Warum gerade hier?«, fragte Gray.

Ulmstrom zuckte mit den Achseln und trat in die Mitte des Raums. »In dieser Gegend haben die Teutonen die Römer geschlagen, eine Entscheidungsschlacht in der Geschichte der Germanen.«

Ryans Vater hatte etwas ganz Ähnliches gesagt.

»Dafür gab es verschiedene Gründe. Die Gegend ist aufgeladen mit Legenden. Ganz in der Nähe liegt eine prähistorische Monolith-Anlage, die an Stonehenge erinnert, die so genannten Externsteine. Manche Leute glauben, darunter lägen die Wurzeln des nordischen Weltenbaums Yggdrasil. Und dann gab es natürlich noch die Hexen.«

»Die hier verbrannt worden sind«, meinte Gray.

»Himmler glaubte vielleicht nicht ganz zu Unrecht, diese Frauen seien getötet worden, weil sie Heiden waren und nordische Riten und Rituale praktizierten. In seinen Augen wurde die Burg durch den Umstand, dass hier ihr Blut vergossen wurde, noch weiter aufgewertet.«

»Dann haben die Immobilienmakler also recht«, murmelte Monk. »Die Lage ist entscheidend.«

Ulmstrom runzelte die Stirn, fuhr aber fort. »Wie auch immer, hier sehen wir, worum es in der Wewelsburg eigentlich ging.« Er zeigte auf den Boden.

Auf dem weißen Boden war ein Muster aus dunkelgrünen Fliesen zu erkennen. Es hatte Ähnlichkeit mit einer Sonne, von der zwölf Blitze ausgingen.

»Die Schwarze Sonne.« Ulmstrom schritt am äußeren Rand entlang. »Dieses Symbol taucht in abgewandelter Form in zahlreichen Mythen auf. Für die Nazis bedeutete es das Reich, aus dem der Allvater stammt. Ein Reich mit vielen Namen: Thule, Hyperborea, Agartha. Letztlich stellt das Symbol die Sonne dar, unter der die arische Rasse wiedergeboren werden soll.«

»Die Wiedervereinigung mit dem Allvater«, sagte Gray, die Mensch-Rune vor Augen.

»Das war das größte Ziel der Nazis ... oder jedenfalls galt das für Himmler und den Schwarzen Orden. Sie wollten dem deutschen Volk seinen gottähnlichen Status zurückgeben. Deshalb hat Himmler für den Schwarzen Orden dieses Zeichen ausgewählt.«

Allmählich dämmerte Gray, welche Art Forschung Hugo betrieben haben mochte. Ein Biologe mit Verbindungen zur Wewelsburg. War er vielleicht mit einem perversen Ableger des Unternehmens Lebensborn befasst gewesen, mit einer Art Eugenik-Programm? Aber warum sollte deswegen heute noch jemand andere Menschen umbringen? Was hatte Hugo herausgefunden, das er geheim halten wollte und in verschlüsselter Form in seinen Büchern aufbewahrt hatte?

Gray musste an den Brief denken, den Ryans Urgroßvater kurz vor seinem Tod geschrieben hatte. Was hatte er entdeckt? Was hatte er vor den Nazis verbergen wollen?

Draußen blitzte es erneut. Das Symbol der Schwarzen Sonne leuchtete auf. Die elektrische Beleuchtung flackerte, während der Donner durch die Burg hallte. Aufgrund der Hügellage war sie besonders exponiert.

Wie zur Bestätigung flackerte die Beleuchtung – dann erlosch sie ganz.

Stromausfall.

Trotzdem fiel durch die Fenster noch immer genügend Licht.

Ganz in der Ferne waren Rufe zu vernehmen.

In der Nähe ertönte ein lautes Klirren.

Alle Blicke wandten sich in die Richtung.

Die Tür hatte sich geschlossen. Gray tastete unwillkürlich nach seiner Waffe, die unter dem Pullover im Halfter steckte.

»Sicherheitsabsperrung«, meinte Ulmstrom beruhigend. »Keine Sorge. Die Notstromaggregate sollten jeden Moment …«

Flackernd ging die Beleuchtung wieder an.

Ulmstrom nickte. »Ah, das ging ja schnell. Ich bitte um Entschuldigung. Wenn Sie mir folgen würden.«

Er geleitete sie durch die Sicherheitstür, doch anstatt zum großen Ausstellungssaal zurückzugehen, wandte er sich einer an der Seite gelegenen Treppe zu. Die Besichtigungstour war offenbar noch nicht beendet.

»Der nächste Raum wird Sie vielleicht besonders interessieren, denn dort ist die Mensch-Rune aus Ihrer Bibel abgebildet.«

Über den Flur näherten sich eilige Schritte.

Als Gray sich umdrehte, wurde ihm bewusst, dass seine Hand noch immer auf dem Kolben der Pistole lag. Doch es bestand kein Grund, die Waffe zu ziehen. Ryan eilte ihnen entgegen, in der Hand einen dicken Umschlag.

Er war etwas außer Atem, und sein Blick huschte unruhig umher. Offenbar hatte ihn der kurze Stromausfall aus der Fassung gebracht. »Ich glaube …« Er räusperte sich. »Ich habe alles kopiert, auch den Brief an meine Großtante Tola.«

Monk nahm den Umschlag entgegen. »Dann können wir ja jetzt unseren Arsch hier rausschaffen.«

Vielleicht war das wirklich das Beste. Gray blickte Dr. Ulmstrom an, der unmittelbar vor der nach unten führenden Treppe stand.

Der Museumsleiter kam ihnen einen Schritt entgegen. »Wenn Sie in Eile sind …«

»Nein, nein. Was wollten Sie gerade über die Mensch-Rune sagen?« Es wäre dumm gewesen, wieder wegzufahren, ohne der Sache auf den Grund gegangen zu sein.

Ulmstrom wies zur Treppe. »Dort unten liegt der einzige Raum, in dem die Mensch-Rune abgebildet ist. Das ergibt natürlich nur dann einen Sinn, wenn man bedenkt …«

»Wenn man was bedenkt?«

Ulmstrom seufzte und sah auf die Uhr. »Kommen Sie. Ich muss mich ohnehin kurz fassen.« Er drehte sich um und schritt die Treppe hinunter.

Mit einer Handbewegung forderte Gray Fiona und Ryan auf, ihm zu folgen. Monk verdrehte die Augen, als er an Gray vorbeikam. »Eine unheimliche Burg, wir sollten machen, dass wir hier wegkommen …«

Gray hatte Verständnis für Monks Ungeduld. Ihm war ebenfalls nicht ganz geheuer. Erst der falsche Alarm mit dem Mercedes, dann der Stromausfall. Bislang aber lag noch alles im grünen Bereich. Außerdem wollte er sich die Gelegenheit, mehr über die Runen und die Vorgeschichte der Bibel zu erfahren, nur ungern entgehen lassen.

Von unten drang Ulmstroms Stimme zu Gray hoch.

Die anderen hatten inzwischen den Treppenabsatz erreicht. »Dieser Raum liegt unmittelbar unter dem Obergruppenführersaal.«

Gray schloss sich den anderen an, als der Museumsleiter gerade eine Tür aufschloss. Wie bei der Tür im Erdgeschoss war die dicke Glasscheibe drahtverstärkt. Ulmstrom ließ sie hindurchtreten, dann schloss er sich ihnen an.

Sie befanden sich in einem weiteren kreisförmigen Raum. Dieser hier war fensterlos und wurde von einigen Wandleuchten schummrig erhellt. Zwölf Granitsäulen stützten die Kuppeldecke. In deren Mitte befand sich ein gemaltes Hakenkreuz.

»Das ist die Krypta«, erklärte Ulmstrom. »In der Mitte des Raums wurden die Wappen gefallener SS-Offiziere feierlich verbrannt.«

Gray hatte die Steinmulde, die unmittelbar unter dem Hakenkreuz lag, bereits bemerkt.

»Wenn Sie sich der Mulde nähern und die Wände betrachten, sehen Sie die Mensch-Rune.«

Gray folgte der Empfehlung des Museumsleiters. In den Richtungen der vier Himmelsrichtungen waren Runen in die Steinwände gemeißelt. Jetzt verstand er, was Ulmstrom mit seiner Bemerkung gemeint hatte: *Das ergibt natürlich nur dann einen Sinn, wenn man bedenkt …*

Die Mensch-Rune stand auf dem Kopf.

Todesrunen.

Ein lautes Klirren hallte durch den Raum. Diesmal aber gab es keinen Stromausfall. Gray fuhr herum. Jäh wurde ihm bewusst, dass er einen Fehler gemacht hatte. Vor lauter Neugier war er leichtsinnig geworden. Dr. Ulmstrom war die ganze Zeit in der Nähe der Tür geblieben.

Jetzt stand er draußen und schloss ab.

Durch das dicke, wahrscheinlich kugelsichere Glas hindurch rief er ihnen zu: »Jetzt werden Sie die wahre Bedeutung der Todesrune kennenlernen.«

Es knallte laut. Die Beleuchtung erlosch. Da es im Raum keine Fenster gab, war es stockdunkel.

In der plötzlich einsetzenden Stille war ein neues Geräusch zu vernehmen: ein lautes Zischen.

Eine Schlange, ob menschlich oder tierisch, war es nicht.

Gray schmeckte es am Gaumen.

Gas.

13:38
Himalaya

Die drei Helikopter näherten sich in Angriffsformation.

Painter beobachtete sie durch ein Fernglas. Er hatte sich losgeschnallt und sich auf den Sitz des Kopiloten gesetzt. Er kannte das Modell: Eurocopter vom Typ Tiger, mittelschwer, ausgerüstet mit schwenkbaren mehrläufigen MGs und Luft-Luft-Raketen.

»Ist Ihr Heli bewaffnet?«, fragte Painter.

Gunther schüttelte den Kopf. »Nein.« Er betätigte die Pedale, schwenkte von den Angreifern ab und beschleunigte. Geschwindigkeit war ihre einzige Hoffnung.

Der A-Star, leichter gebaut und von Waffensystemen unbelastet, war schneller und wendiger. Doch auch diese Vorzüge hatten ihre Grenzen.

Painter wusste, in welche Richtung Gunther der Not gehorchend flog, denn er hatte die Landkarten aufmerksam studiert. Bis zur chinesischen Grenze waren es lediglich dreißig Meilen.

Wenn die gegnerischen Helikopter sie nicht abschossen, würde die chinesische Luftwaffe sie am Eindringen in deren Luftraum hindern. Wegen der gegenwärtigen Spannungen zwischen der nepalesischen Regierung und den maoistischen Rebellen wurde die Grenze streng bewacht. Somit saßen sie in der Patsche.

Anna, die den Kopf nach hinten gewandt hatte, rief vom Rücksitz aus: »Raketenangriff!«

Noch ehe der Warnruf verklungen war, schoss an der Backbordseite eine Feuer spuckende Rauchfahne vorbei, die sie nur um wenige Meter verfehlte. Die Rakete schlug in einen vereisten Grat

ein. Inmitten einer Feuerwolke wurden Gesteinstrümmer emporgeschleudert. Ein großer Teil der Felswand brach wie bei einem
kalbenden Gletscher ab und rutschte in die Tiefe.

Gunther zog den Heli auf die Seite und raste aus dem Gefahren-
bereich hinaus.

Dann ließ er die Maschine absacken und schoss zwischen zwei
Felsgraten hindurch. Erst einmal waren sie aus der Schusslinie
heraus.

»Wenn wir schnell landen würden«, sagte Anna, »könnten wir
zu Fuß weiterflüchten.«

Painter schüttelte den Kopf und übertönte das Brüllen des Motors: »Ich kenne die Tiger. Die sind mit Infrarot ausgerüstet. Damit
hätten sie uns im Nu aufgespürt, und dann wären wir ihren MGs
und Raketen schutzlos ausgeliefert.«

»Aber was sollen wir sonst tun?«

Immer wieder bohrten sich sengende Stiche in Painters Schädel.
Sein Gesichtsfeld hatte sich auf Laserdurchmesser verengt.

Lisa beugte sich vor, sah auf den Kompass und sagte: »Zum
Everest.«

»Was?«

Sie ruckte mit dem Kinn Richtung Kompass. »Wir fliegen geradewegs zum Everest. Wenn wir dort landen, können wir uns in der
Masse der Bergsteiger verstecken.«

Painter ließ sich ihren Vorschlag durch den Kopf gehen. *In der
Masse untergehen.*

»Das schlechte Wetter hat zu einem Stau geführt«, erklärte Lisa.
»Bei meinem Aufbruch haben etwa zweihundert Leute auf den
Aufstieg gewartet. Darunter auch ein paar nepalesische Soldaten.
Jetzt, da das Kloster abgebrannt ist, könnten sie sogar noch Ver-
stärkung bekommen haben.«

Lisa blickte zu Anna hinüber. Painter konnte in ihrem Gesicht
lesen wie in einem aufgeschlagenen Buch. Sie kämpften um ihr Leben, an der Seite ausgerechnet der Leute, die das Kloster niedergebrannt hatten. Die äußere Bedrohung einte sie. Während Anna

sich lediglich brutale, unverzeihliche Entscheidungen vorwerfen lassen musste, hatte der äußere Feind den Anlass für ihr Handeln geliefert und die Kette von Ereignissen in Gang gesetzt, die sie alle hierhergeführt hatten.

Painter war sich bewusst, dass ein Ende nicht abzusehen war. Das war erst der Anfang, nichts weiter als ein Ablenkungsmanöver. Etwas Ungeheuerliches war im Gange. Annas Worte hallten in seinem Kopf wider.

Wir müssen sie aufhalten.

»Das Basislager mit seinen vielen Satellitentelefonen und Videoleitungen werden sie bestimmt nicht angreifen«, sagte Lisa abschließend.

»Jedenfalls hoffen wir das«, meinte Painter. »Wenn sie sich nicht zurückziehen, würden wir zahlreiche Menschen in Gefahr bringen.«

Lisa lehnte sich zurück und ließ sich das Argument durch den Kopf gehen. Painter wusste, dass sich ihr Bruder im Basislager befand. Sie suchte seinen Blick.

»Es steht zu viel auf dem Spiel«, sagte sie und zog damit den gleichen Schluss wie er. »Wir müssen das Risiko eingehen. Es muss endlich jemand von den Vorgängen erfahren!«

Painter blickte sich in der Kabine um.

»Es geht schneller, wenn wir über die Schulter des Everest zur anderen Seite fliegen, als wenn wir den Weg drum herum nehmen«, sagte Anna. Sie zeigte zu der vor ihnen aufragenden Bergwand.

»Dann fliegen wir also zum Basislager?«, sagte Painter.

Alle waren einverstanden.

Jedenfalls fast alle.

Mit brüllendem Motor setzte ein Helikopter über den Grat hinweg, seine Kufen verfehlten nur knapp ihre Rotoren. Der Angreifer schien verblüfft darüber, dass er ihnen so nahe gekommen war. Der Tiger drehte sich und vollführte eine aufwärtsgerichtete Pirouette.

Man hatte sie entdeckt.

Painter hoffte, dass die anderen beiden Maschinen woanders nach ihnen suchten – andererseits reichte ein Tiger auch schon.

Der unbewaffnete A-Star schoss durch eine breitere Schlucht hindurch, eine schüsselförmige Vertiefung voller Schnee und Eis. Deckung gab es hier keine. Der Pilot des Tigers setzte ihnen geistesgegenwärtig nach.

Gunther gab Gas und erhöhte die Umdrehungszahl. Den schwereren Tiger würden sie vielleicht abhängen können, nicht aber dessen Raketen.

Wie zum Beleg ging der Tiger in den Sturzflug über und eröffnete das Feuer. Die MGs spuckten Feuer, die Kugeln durchsiebten den Schnee.

»Es ist zwecklos, den Scheißkerl abhängen zu wollen!«, rief Painter und deutete mit dem Daumen nach oben. »Versuchen Sie's lieber in diese Richtung!«

Auf Gunthers Stirn bildeten sich tiefe Falten.

»Der Angreifer ist schwerer«, erklärte Painter. »Wir können höher steigen. Dann kann er uns nicht mehr folgen.«

Gunther nickte, zog den Steuerknüppel an und ging in den Steigflug über. Wie ein Expressaufzug schoss der Heli in die Höhe.

Der Pilot des Tigers wurde von dem plötzlichen Richtungswechsel überrascht und brauchte einen Moment, bevor er ihnen im Spiralflug nachsetzte.

Painter beobachtete den Höhenmesser. Der Höhenweltrekord für Helikopter wurde von einem umgebauten A-Star gehalten, der auf dem Gipfel des Mount Everest gelandet war. So weit brauchten sie nicht aufzusteigen. Als sie die Zweiundzwanzigtausend-Fuß-Marke überschritten, blieb der schwere Tiger bereits zurück. Die Rotoren rührten nutzlos in der dünnen Luft, sodass er Mühe hatte, seine Lage zu stabilisieren und sich in eine günstige Angriffsposition für einen Raketenabschuss zu bringen.

Währenddessen stieg ihre Maschine unentwegt der Freiheit entgegen.

Allerdings konnten sie nicht ewig hier oben bleiben.

Nach dem Aufstieg kommt der Fall.

Unter ihnen beschrieb der gegnerische Helikopter enge Kreise wie ein Hai. Er brauchte lediglich abzuwarten. Die anderen beiden Tiger näherten sich ebenfalls, ein Rudel, das seine Beute langsam einkreiste.

»Setzen Sie die Maschine genau über den Tiger«, sagte Painter und führte die Hände übereinander.

Gunther gehorchte stirnrunzelnd.

Painter drehte sich zu Anna und Lisa um. »Beobachtet den Gegner durch die Seitenfenster. Sagt mir Bescheid, wenn der Tiger sich genau unter uns befindet.«

Beide nickten.

Painter konzentrierte sich auf den vor ihm befindlichen Hebel.

»Genau in Position!«, meldete Lisa von der anderen Kabinenseite her.

»Jetzt!«, rief Anna einen Moment später.

Painter riss den Hebel zurück. Er gehörte zu der Winsch an der Unterseite der Maschine, mit der Painter abgeseilt worden war, als er Lisa aus der Bibliothek gerettet hatte. Diesmal aber wollte er kein Geschirr hinunterlassen. Der Nothebel diente dazu, die Winsch abzuwerfen, wenn das Seil sich irgendwo verfangen hatte. Er riss den Hebel vollständig zurück und spürte den Ruck, mit dem die Winsch sich löste.

Painter presste das Gesicht ans Fenster.

Gunther schwenkte den Helikopter herum, damit sie besser sehen konnten.

Die Winsch überschlug sich in der Luft, wobei sich das Seil verhedderte.

Dann krachte sie gegen den Rotor des Tigers. Die Wirkung war ebenso zerstörerisch wie der Volltreffer eines Explosivgeschosses. Die Rotorblätter wurden in alle Richtungen geschleudert. Der Helikopter drehte sich um die eigene Achse, kippte auf die Seite und stürzte ab.

Painter zeigte auf die einzige Erhebung, die bis in diese Höhe reichte. Vor ihnen ragte der weiße, von Wolken verschleierte Gipfel des Everest auf.

Sie mussten das tiefer gelegene Basislager erreichen – doch in der Tiefe drohte Gefahr.

Zwei Helikopter rasten wie zornige Hornissen auf sie zu.

Und Painter hatte keine Winsch mehr, die er hätte abwerfen können.

Lisa beobachtete, wie die beiden Helikopter von Mücken- auf Falkengröße anschwollen. Jetzt ging es um die Wurst.

Gunther tauchte steil in die Tiefe und ließ die dünne Luft hinter sich. Er hielt auf die Lücke zwischen dem Mount Everest und dem Mount Lhotse zu. Ein Grat – der berühmte Südsattel – verband den Lhotse mit dem Everest. Den mussten sie überwinden und den Berg zwischen sich und die Verfolger bringen. Das Basislager befand sich unmittelbar am Fuße des Sattels.

Wenn es ihnen gelang, das zu erreichen …

Sie dachte an ihren Bruder, stellte sich sein Lausbubenlächeln vor, die widerspenstige Tolle am Hinterkopf, die er ständig zu glätten versuchte. Was dachten sie sich eigentlich dabei, diesen Krieg ins Basislager zu bringen, zu ihrem Bruder?

Der vor ihr sitzende Painter neigte sich zu Gunther hinüber. Wegen des Motorengebrülls war nicht zu verstehen, was er sagte. Sie musste ihm vertrauen. Er würde das Leben anderer Menschen bestimmt nicht leichtsinnig aufs Spiel setzen.

Der Grat kam näher. Als sie zum Bergpass hinabstießen, weitete sich die Sicht. An Steuerbord füllte der Everest das Fenster aus, vom Gipfel wehte eine Schneefahne. Der Lhotse, der viertgrößte Berg der Welt, ragte zur Linken auf wie eine Wand.

Gunther machte den Sinkwinkel noch steiler. Lisa klammerte sich an den Gurt, denn sie hatte das Gefühl, sie könnte jeden Moment durch die Windschutzscheibe fallen. Schnee und Eis füllten die Fenster aus.

»Eine Rakete!«, schrie Anna.

Gunther riss den Steuerknüppel zurück. Die Nase des Helikopters ruckte nach rechts oben. Die Rakete schoss unter den Kufen vorbei, schlug in die Ostflanke des Grats ein und explodierte. Gunther schwenkte von der Einschlagstelle weg und senkte erneut die Nase des Helikopters.

Lisa presste die Wange ans Fenster und blickte nach hinten. Die beiden gegnerischen Maschinen hatten aufgeholt und hielten auf sie zu. Plötzlich verdeckte ihr eine Eiswand die Sicht.

»Wir sind über den Grat drüber!«, rief Painter. »Festhalten!«

Lisa sah wieder nach vorn. Der Heli jagte in schwindelerregendem Sturzflug den Hang des Südsattels hinunter. Schnee und Eis rasten unter ihnen vorbei. Vor ihnen tauchte ein dunkler Flecken auf. Das Basislager.

Sie hielten geradewegs darauf zu, als wollten sie die Zeltstadt rammen.

Das Lager wurde mit jeder Sekunde größer. Die flatternden Gebetsfahnen und einzelne Zelte waren bereits erkennbar.

»Das wird eine harte Landung!«, rief Painter.

Gunther bremste einfach nicht ab.

Unwillkürlich murmelte Lisa ein Gebet oder auch ein Mantra. »O Gott ... o Gott ... o Gott ...«

In diesem Moment zog Gunther die Maschine wieder hoch. Der kräftige Wind erschwerte das Manövrieren. Mit kreischenden Rotoren verlor der Helikopter weiter an Höhe.

Die Welt kippte und drehte sich.

Lisa wurde umhergeschleudert und klammerte sich an den Armlehnen fest.

Dann prallten die Kufen schräg auf dem Boden auf. Lisa wurde nach vorn geschleudert, doch der Gurt hielt. Der Rotor wirbelte Schnee auf, und der Helikopter schwankte auf den Kufen zurück und stand dann still.

»Schnell raus!«, rief Painter, als Gunther den Motor drosselte.

Die Luken sprangen auf, und die Passagiere taumelten ins Freie.

Painter tauchte an Lisas Seite auf und fasste sie beim Arm. Anna und Gunther folgten ihnen. Zahlreiche Menschen eilten ihnen entgegen. Lisa blickte zum Grat hoch. An der Einschlagstelle stieg eine Rauchwolke auf. Offenbar waren nach der Explosion alle aus den Zelten gestürzt.

Ein Sprachengewirr prasselte auf sie ein.

Halb betäubt vom Lärm des Helikopters fühlte Lisa sich allem ganz fern.

Auf einmal drang eine vertraute Stimme an ihr Ohr.

»Lisa!«

Sie drehte sich um. Eine Gestalt in schwarzer Schneehose und grauem Thermohemd schob sich rücksichtslos durchs Gewühl.

»Josh!«

Painter lenkte seine Schritte dem Unbekannten entgegen, und die anderen folgten ihm. Dann schloss Lisa ihren Bruder in die Arme. Er roch leicht nach Yak. Noch nie hatte sie etwas Besseres gerochen.

»*Vorsicht!*«, knurrte hinter ihnen Gunther.

Eine Warnung.

Ringsumher wurde laut gerufen. Sämtliche Blicke schwenkten in eine Richtung. Arme wurden gehoben.

Lisa löste sich von ihrem Bruder.

Zwei Kampfhubschrauber schwebten über dem Sattel und verteilten den von der Einschlagstelle aufsteigenden Rauch. Sie verharrten vollkommen reglos – wie zwei tödliche Raubtiere.

»Was wollen die?«, fragte jemand.

Lisa brauchte sich nicht extra umzudrehen. Das war Boston Bob gewesen, ihr Fauxpas. Sein Dialekt und sein winselnder Tonfall waren unverkennbar. Der alte Plagegeist war Josh offenbar wie eine Klette gefolgt. Sie beachtete ihn nicht.

Josh aber spürte ihre Anspannung. »Lisa …?«

Sie schüttelte den Kopf, fixierte unverwandt die beiden Hubschrauber. Sie musste ihre ganze Konzentration aufbieten, um sie zum Abschwenken zu bewegen.

Es nutzte nichts.

Beide Helikopter kippten leicht nach vorn und jagten den Hang hinab. Die Bug-MGs spuckten Feuer. In zwei parallelen Linien wurden Schnee und Eis emporgeschleudert. Die Linien wanderten immer weiter den Hang hinunter und zielten unmittelbar aufs Basislager.

»Nein ...«, stöhnte Lisa.

Boston Bob wich zurück. »Was zum Teufel hast du angestellt?«

Die Zuschauer, die eben noch schreckensstarr das Schauspiel beobachtet hatten, spritzten auf einmal auseinander und flüchteten schreiend in alle Richtungen.

Painter fasste Lisa wieder beim Arm. Zusammen mit Josh, der Lisa in der Zwischenzeit nicht losgelassen hatte, zog er sie mit sich. Sie wichen zurück, doch nirgendwo gab es Deckung.

»Ich brauche ein Funkgerät!«, schrie er Josh an. »Wo ist das Funkgerät?«

Ihr Bruder blickte wortlos zum Himmel hoch.

Lisa rüttelte am Arm ihres Bruders, zwang ihn, sie anzusehen. »Josh, wir brauchen ein Funkgerät.« Painter hatte recht. Wenn sie schon nicht ihr Leben retten konnten, mussten sie wenigstens eine Nachricht an die Außenwelt übermitteln.

Ihr Bruder hustete, fasste sich und zeigte zu einem großen roten Zelt. »Da drüben ... nach dem Rebellenangriff aufs Kloster wurde eine Funkstation aufgebaut.« Sie rannten los.

Lisa bemerkte, dass Boston Bob sich ihnen anschloss und sich ständig über die Schulter umsah. Offenbar spürte er die Autorität, die von Painter und Gunther ausging. Vielleicht lag es aber auch an Gunthers Sturmgewehr. Der Deutsche hatte die Abschussvorrichtung mit einer Granate bestückt. Er war bereit zum letzten Gefecht und würde sie verteidigen, während sie den Funkspruch absetzten.

Bevor sie das Zelt jedoch erreicht hatten, rief Painter: »Hinlegen!«

Er riss Lisa mit sich zu Boden. Alle bis auf Bob folgten seinem Beispiel. Josh versetzte ihm einen Stoß, sodass auch er zu Boden ging.

Ein lautes Kreischen hallte von den Bergen wider.

Painter musterte den Himmel.

»Was ist los?«, fragte Lisa.

»Warten Sie«, antwortete Painter und runzelte verwirrt die Stirn.

Dann tauchten über dem Hang des Mount Lhotse auf einmal zwei Militärjets auf, die zwei parallele Kondensstreifen hinter sich herzogen. Die Bordgeschütze unter den Flügeln spuckten Feuer.

Raketen.

O nein!

Das Basislager aber war nicht ihr Ziel. Die Jets schossen über sie hinweg und zogen dann steil hoch.

Die beiden Kampfhubschrauber, die bereits drei Viertel der Strecke bis zum Lager zurückgelegt hatten, explodierten, als sie von den mit Hitzefühlern ausgestatteten Raketen getroffen wurden. Die brennenden Wracks schlugen in den Hang ein und schleuderten Schneefontänen hoch. Trümmerteile regneten herab, doch keines traf das Lager.

Painter richtete sich auf und zog Lisa auf die Beine.

Auch die anderen rappelten sich hoch.

Boston Bob schob sich nach vorn auf Lisa zu. »Was zum Teufel sollte der Scheiß?«

Lisa wandte sich ab. Was war in Seattle nur in sie gefahren, dass sie mit ihm geschlafen hatte? Als wäre sie damals nicht ganz bei sich gewesen.

»He, so fertigst du mich nicht ab, du Miststück!«

Lisa fuhr herum – doch sie brauchte gar nichts zu unternehmen. Painter hatte bereits reagiert. Seine Faust schoss vor und traf Boston Bob im Gesicht. Lisa kannte den Ausdruck »stehend k. o. gehen«, war aber noch nie dabei Zeuge gewesen. Boston Bob schwankte und schlug dann der Länge nach hin. Er rappelte sich nicht wieder hoch, sondern blieb mit gebrochener Nase reglos liegen.

Painter schüttelte mit schmerzverzerrter Miene den Kopf.

Josh schnappte grinsend nach Luft. »O Mann, das wollte ich schon die ganze Woche tun.«

Ein Mann mit rotblondem Haar trat aus dem Zelt mit dem Funkgerät. Er trug eine Militäruniform. Eine *amerikanische* Militäruniform. Er näherte sich der Gruppe und nahm Painter ins Visier.

»Director Crowe«, sagte er mit Georgia-Akzent und streckte die Hand aus.

Painter ergriff seine Hand und zuckte erneut zusammen, als seine Knöchel schmerzhaft gedrückt wurden.

»Logan Gregory lässt Sie grüßen, Sir.« Der Uniformierte nickte zu den qualmenden Wracks am Hang hinüber.

»Besser spät als nie«, sagte Painter.

»Er ist gerade am Telefon. Wenn Sie mir bitte folgen würden.«

Painter begleitete Air-Force-Offizier Major Brooks ins Funkerzelt. Lisa, Anna und Gunther wollten ihm folgen, doch der Major versperrte ihnen den Eingang.

»Keine Panik«, sagte Painter. »Ich bin gleich wieder da.«

Er bückte sich und trat ins Zelt. Eine Menge technische Geräte waren darin untergebracht. Ein Funkoffizier wandte sich von einer Satellitenfunkkonsole ab. Painter nahm seinen Platz ein und hielt sich den Hörer ans Ohr.

»Logan?«

Sein Stellvertreter war klar und deutlich zu hören. »Director Crowe, es freut mich, dass Sie wohlauf sind.«

»Ich glaube, das habe ich Ihnen zu verdanken.«

»Wir haben Ihren Notruf aufgefangen.«

Painter nickte. Dann war die Nachricht, die er in der Burg mit dem manipulierten Verstärker abgesetzt hatte, also angekommen. Zum Glück war der überlastete Verstärker erst nach der Übermittlung des GPS-Signals explodiert.

»Wir mussten auf die Schnelle die Satellitenüberwachung einrichten und den Einsatz mit dem königlichen nepalesischen Militär koordinieren«, erklärte Logan. »Es war ganz schön knapp.«

Offenbar hatte Logan seit ihrer Flucht aus der Burg die Lage per Satellit überwacht. Aber über die Einzelheiten konnten sie später sprechen. Painter hatte dringendere Sorgen.

»Logan, bevor ich einen umfassenden Bericht abliefere, möchte ich, dass Sie etwas für mich recherchieren. Ich werde Ihnen ein Symbol faxen, ein Tattoo.« Painter kritzelte auf ein imaginäres Stück Papier, worauf Major Brooks ihm Stift und Notizblock brachte. Eilig zeichnete er das Symbol, das er auf der Hand der getöteten Deutschen gesehen hatte. Mehr konnten sie im Moment nicht tun.

»Fangen Sie sofort an«, fuhr Painter fort. »Finden Sie heraus, ob dieses Symbol von einer Terrorzelle, einer politischen Gruppierung, einem Drogenkartell oder irgendwelchen Pfadfindern benutzt wird.«

»Ich werde das unverzüglich veranlassen.«

Painter reichte das Blatt mit der Zeichnung der Kleeblatttätowierung dem Funkoffizier, der es in ein Faxgerät einlegte.

Während die Übertragung lief, berichtete Painter in groben Zügen, was geschehen war. Zum Glück hielt Logan sich mit Zwischenfragen zurück.

»Ist das Fax schon eingetroffen?«, erkundigte er sich nach ein paar Minuten.

»Ich hab's gerade bekommen.«

»Gut. Die Recherche hat oberste Priorität.«

Ein langes Schweigen entstand. Painter glaubte schon, die Verbindung wäre abgebrochen, als Logan sich auf einmal zögernd wieder meldete. »Sir ...«

»Was ist?«

»Ich kenne das Symbol. Grayson Pierce hat es mir vor acht Stunden gefaxt.«

»Was?«

Logan setzte Painter über die Vorgänge in Kopenhagen ins Bild. Painter versuchte, sich einen Reim darauf zu machen. Das bei der Verfolgungsjagd ausgeschüttete Adrenalin erschwerte ihm die Konzentration. Mühsam setzte er die Puzzleteile zusammen. Die gleichen Leute waren also auch hinter Gray her, Sonnenkönige, die unter der Glocke zur Welt gekommen waren. Was aber hatten sie in Europa verloren? Was war so wichtig an den alten Wälzern? Gray verfolgte gegenwärtig die Spur in Deutschland weiter und versuchte, neue Erkenntnisse zu gewinnen.

Painter schloss die Augen. Die Kopfschmerzen wurden immer schlimmer. Die Ereignisse in Europa bestätigten seine Befürchtung, dass die Gefahr weltumspannend war. Irgendetwas höchst Bedrohliches war da im Schwange.

Aber was?

Es gab nur einen einzigen Ansatzpunkt, den sie weiterverfolgen konnten. »Das Symbol muss eine ganz spezielle Bedeutung haben. Wir müssen herausfinden, wofür es steht.«

»Das kann ich Ihnen vielleicht sagen«, erwiderte Logan prompt.

»Was? So schnell?«

»Ich hatte acht Stunden Zeit, Sir.«

Natürlich. Wie hatte er das nur vergessen können. Painter schüttelte den Kopf und sah auf den Kuli in seiner Hand. Plötzlich fiel ihm etwas auf. Er drehte die Hand um. Der Nagel des Ringfingers hatte sich gelöst. Wahrscheinlich war er abgerissen, als er den Idioten niedergeschlagen hatte. Blut war keins zu sehen, nur bleiches, trockenes, gefühlloses kaltes Fleisch.

Painter wusste, was das zu bedeuten hatte.

Die Zeit lief ihm davon.

Logan berichtete, was er in der Zwischenzeit in Erfahrung gebracht hatte, doch Painter fiel ihm ins Wort. »Haben Sie die Information bereits an Gray weitergereicht?«

»Noch nicht, Sir. Wir können ihn im Moment nicht erreichen.«

Painter runzelte die Stirn. Während er seine eigene Besorgnis hintanstellte, sagte er entschieden: »Setzen Sie sich mit ihm in Verbindung, ganz egal wie. Gray hat keine Ahnung, womit er es da zu tun hat.«

09:50
Wewelsburg, Deutschland

Als Monk eine Taschenlampe einschaltete, wurde es in der Krypta unvermittelt hell.

Auch Gray holte seine Taschenlampe aus dem Rucksack. Er schaltete sie ein und leuchtete nach oben. Am Rand der Kuppeldecke befanden sich kleine Belüftungsschlitze. Ein grünliches Gas strömte heraus. Da es schwerer als Luft war, strömte es wie ein dampfender Wasserfall aus den Öffnungen.

Die Schlitze lagen zu hoch und waren zu zahlreich, um sie zu verstopfen.

Fiona rückte ängstlich näher. Ryan stand auf der anderen Seite der Mulde und beobachtete entsetzt das Schauspiel. Die Arme hatte er um den Brustkasten geschlungen.

Monk regte sich plötzlich.

Er hatte die Glock Kaliber 9 mm gezogen und zielte damit auf die Glastür.

»Nicht!«, rief Gray.

Zu spät. Monk drückte ab.

Der dröhnende Knall ging mit dem durchdringenden *Ping* eines vom Glas abprallenden Querschlägers einher, der Funken aus einem der stählernen Luftschlitze schlug. Offenbar war das Gas jedoch nicht brennbar. Die Funken hätten sie alle umbringen können.

Monk war das inzwischen offenbar ebenfalls klar geworden. »Kugelsicher«, brummte er verärgert.

»Wegen der zahlreichen Einbruchsversuche von Neonazis waren wir gezwungen, zusätzliche Sicherheitsvorkehrungen einzubauen«, erklärte der Museumsleiter.

»Du Schwein!«, knurrte Monk.

Das Gas breitete sich am Boden aus. Es roch süßlich modrig, schmeckte jedoch säuerlich. Wenigstens kein Zyan. Das schmeckte nämlich nach Bittermandel.

»Alle müssen stehen bleiben«, sagte Gray. »Reckt den Kopf möglichst hoch. Geht in die Mitte des Raums, weg von den Luftschlitzen.«

Sie sammelten sich um die Zeremonialgrube. Fiona tastete nach Grays Hand und drückte sie. Mit der anderen Hand hob sie etwas hoch. »Ich hab ihm die Brieftasche geklaut, falls das jemanden interessiert.«

»Na toll«, meinte Monk. »Sie hätten den Schlüsselbund nehmen sollen.«

»Mein ... mein Vater weiß, dass wir hier sind!«, rief Ryan auf Deutsch. »Er wird die Polizei alarmieren!«

Das musste man dem jungen Mann lassen: Er ließ nichts unversucht.

Eine neue, gesichtslose Stimme meldete sich hinter dem spiegelnden Glas zu Wort. »Ich fürchte, das wird Ihrem Vater nicht möglich sein – nie mehr.« Es war keine Drohung, sondern lediglich eine Feststellung.

Ryan taumelte zurück, als hätte man ihn geschlagen. Sein Blick wanderte zu Gray, dann sah er wieder zur Tür.

Gray hatte die Stimme wiedererkannt, Fiona desgleichen. Sie krampfte die Finger um Grays Hand. Es war der tätowierte Bieter von der Auktion.

»Diesmal werden Ihnen Ihre Tricks nicht helfen«, sagte der Mann. »Hier kommt niemand raus.«

Gray war bereits benommen. Sein Körper fühlte sich gewichtslos an. Er schüttelte den Kopf, um die Benommenheit zu verscheuchen. Der Mann hatte recht. Sie konnten nicht fliehen. Das hieß aber nicht, dass sie wehrlos gewesen wären.

Wissen war Macht.

»Pack mal dein Feuerzeug aus«, sagte er zu Monk.

Gray ließ den Rucksack zu Boden gleiten und riss das Notizbuch heraus. Er warf es in die Grube.

»Monk, wirf Ryans Kopien dazu.« Gray streckte die Hand aus. »Fiona, die Bibel bitte.«

Beide gehorchten.

»Anzünden«, sagte Gray.

Monk zündete Ryans Kopien an und warf die brennenden Blätter in die Mulde. Im nächsten Moment loderten Flammen empor und verzehrten alles. Der aufsteigende Rauch drängte vorübergehend sogar das Giftgas zurück – jedenfalls hoffte das Gray. Ihm war schwindelig, als wäre er betrunken.

Die beiden Männer vor der Tür tuschelten miteinander.

Gray hielt die Darwinbibel hoch. »Wir allein kennen das Geheimnis, das die Bibel in sich birgt!«, rief er.

Die gesichtslose Stimme des weißblonden Killers klang belustigt. »Dr. Ulmstrom hat alles in Erfahrung gebracht, was wir wissen wollten. Er hat die Mensch-Rune gesehen. Die Bibel ist für uns wertlos.«

»Tatsächlich?« Gray leuchtete die Bibel mit der Taschenlampe an. »Wir haben Ulmstrom lediglich das gezeigt, was Hugo Hirszfeld auf den *hinteren* Einband gezeichnet hat, aber nicht das, was *vorn* steht!«

Nach einem Moment der Stille setzte das Stimmengemurmel wieder ein. Gray meinte eine Frauenstimme auszumachen, vielleicht die Zwillingsschwester des Blonden.

Ulmstrom äußerte ein deutlich vernehmbares *Nein*. Es klang abwehrend.

Plötzlich taumelte Fiona. Ihre Beine gaben nach. Monk fing sie auf und hielt ihren Kopf über das ansteigende Gas. Auch er schwankte bereits.

Gray durfte nicht länger warten. Um des dramatischen Effekts willen schaltete er die Taschenlampe aus und warf die Bibel in die Feuergrube. Er war religiös genug, um einen Anflug schlechten Gewissens zu verspüren. Das alte Papier fing auf der Stelle Feuer.

Die Flammen loderten bis in Kniehöhe empor. Die Rauchentwicklung wurde stärker.

Gray holte tief Luft und verlieh seiner Stimme einen möglichst überzeugenden Klang. »Wenn wir sterben, nehmen wir das Geheimnis der Darwinbibel mit ins Grab!«

Er wartete und hoffte, dass seine List Früchte tragen würde.

Eine Sekunde ... zwei Sekunden ...

Das Gas stieg immer höher. Jeder Atemzug schmerzte.

Plötzlich sackte Ryan zusammen, als hätte jemand die Fäden durchtrennt, die ihn aufrecht hielten. Monk versuchte ihn zu stützen, ging aber selbst in die Knie, da er bereits Fiona festhielt. Es gelang ihm nicht mehr, sich aufzurichten. Er brach zusammen und zog Fiona mit sich.

Gray starrte auf die schwarze Tür. Die Taschenlampe entglitt Monks schlaffen Fingern und rollte über den Boden. War dort draußen noch jemand? Glaubten sie ihm?

Er würde es nie erfahren. Ihm verschwamm die Sicht, und dann wurde es dunkel um ihn.

17:30
Tierreservat Hluhluwe-Umfolozi

Tausende Meilen entfernt erwachte ein Mann aus der Bewusstlosigkeit.

Die Welt war ein Chaos aus Schmerz und grellen Farben. Als etwas über sein Gesicht streifte, vielleicht eine Vogelschwinge, hoben sich flatternd seine Lider. Gesang drang an seine Ohren.

»Er kommt zu sich«, sagte jemand auf Zulu.

»Khamisi ...« Eine Frauenstimme.

Es dauerte eine Weile, bis er den Namen mit sich selbst in Verbindung gebracht hatte. Das bereitete ihm Unbehagen. Jemand stöhnte – er selbst.

»Stütz ihn«, sagte die Frau. Sie sprach Zulu mit britischem Akzent.

Khamisi wurde hochgezogen. Jemand stopfte ihm Kissen unter den Rücken. Allmählich kehrte sein Sehvermögen zurück. Er befand sich in einer Lehmziegelhütte. Es war dunkel, doch an den Fensterabdeckungen und den Rändern des Vorhangs am Eingang drangen schmerzhafte Lichtspeere vorbei. Die Decke war mit bunten Kürbissen, Tierhäuten und Federschnüren geschmückt. Ein eigenartiger Geruch lag in der Luft. Jemand hielt ihm etwas vor die Nase. Der starke Ammoniakgeruch veranlasste ihn, den Kopf nach hinten zu reißen.

Er schlug kraftlos um sich und bemerkte, dass am linken Arm ein Infusionsschlauch befestigt war, der zu einem Beutel mit gelblicher Flüssigkeit führte. Jemand hielt seine Arme fest.

Ein Schamane mit Federkrone und nacktem Oberkörper hielt seine Schulter umklammert. Er war es, der gesungen und mit einer Geierschwinge über sein Gesicht gestreift hatte, um den Tod zu verscheuchen.

Auf der anderen Seite des Lagers fasste Dr. Paula Kane seinen Arm und legte ihn auf die Decke. Er war nackt. Die Decke war schweißdurchtränkt.

»Wo ... was ...?«, krächzte er.

»Wasser!«, befahl Paula.

Die dritte Person im Raum, ein gebeugter alter Schwarzer, reichte ihm einen zerbeulten Trinkbecher.

»Können Sie den Becher halten?«, fragte Paula.

Khamisi nickte. Allmählich fühlte er sich etwas kräftiger. Er nahm den Becher entgegen und trank vom lauwarmen Wasser, das ihm die verklebte Zunge löste und sein Gedächtnis wieder in Schwung brachte. Der alte Mann, der ihm den Becher gereicht hatte, war bei ihm zu Hause gewesen.

Sein Herzschlag beschleunigte sich. Er fasste sich mit der Linken an den Hals und zog den Infusionsschlauch dabei mit. Auf einmal erinnerte er sich wieder. An den Biss. An die schwarze Mamba. An das Attentat mit der Schlange.

»Was ist passiert?«

Der Alte berichtete. Jetzt erinnerte Khamisi sich wieder, dass dieser Mann vor fünf Monaten als Erster behauptet hatte, er habe im Reservat einen Ukufa gesehen. Damals hatte nicht einmal Khamisi ihm geglaubt.

»Ich habe gehört, was der Missus zugestoßen ist«, sagte der Mann. Er nickte Paula mitfühlend zu. »Und ich habe gehört, was du gesehen hast. Viel Gerede. Ich gehe zu dir, um mit dir zu sprechen. Du aber bist nicht da. Also warte ich. Als andere Leute kommen, versteck ich mich. Hacken eine Schlange entzwei. Mamba. Böse Magie. Ich halt mich versteckt.«

Khamisi schloss die Augen. Als er nach Hause gekommen war, hatte ihn ein Giftpfeil getroffen. Dann hatte man ihn für tot gehalten und liegen gelassen. Dass der Alte im Haus versteckt gewesen war, hatten die Attentäter nicht gewusst.

»Ich komm aus meinem Versteck«, fuhr der Alte fort. »Ich rufe Hilfe. Heimlich bringen wir dich weg.«

Paula Kane schloss den Bericht ab. »Wir haben Sie hierhergebracht«, sagte sie. »Das Gift hätte Sie um ein Haar getötet, aber die Medizin – die moderne und die alte – hat Ihnen das Leben gerettet. Es war ganz schön knapp.«

Khamisis Blick wanderte vom Infusionsbeutel zum Schamanen. »Danke.«

»Sind Sie kräftig genug, um zu gehen?«, fragte Paula. »Sie sollten sich bewegen. Das Gift setzt dem Kreislauf mächtig zu.«

Mithilfe des Schamanen richtete Khamisi sich auf und schlug schamhaft die Decke um die schweißfeuchte Hüfte. Der Mann geleitete ihn zum Eingang. Bei den ersten Schritten fühlte er sich noch so schwach wie ein Säugling, doch dann ging es immer besser.

Der Vorhang vor dem Eingang wurde zurückgeschlagen.

Der Sonnenschein und die Hitze trafen ihn mit voller Wucht.

Er schätzte, dass es auf den Abend zuging. Die Sonne näherte sich bereits dem Horizont.

Er legte die Hand schützend vor die Augen und trat hinaus.

Er erkannte das kleine Zuludorf wieder. Es lag am Rand des

Hluhluwe-Umfolozi-Reservats. Von hier aus war es gar nicht weit bis zu der Stelle, wo sie das tote Nashorn gefunden hatten und wo Dr. Fairfield angegriffen worden war.

Khamisi blickte Paula Kane an. Sie hatte die Arme vor der Brust verschränkt. Ihr Gesicht wirkte müde.

»Es war der oberste Wildhüter«, sagte Khamisi. Daran hatte er nicht den geringsten Zweifel. »Er wollte mich zum Schweigen bringen.«

»Damit niemand erfährt, wie Marcia zu Tode gekommen ist und was Sie gesehen haben.«

Er nickte.

»Aber was …?«

Der Rest des Satzes ging im Lärm eines Helikopters im Tiefflug unter. Der Luftschwall der Rotoren peitschte Büsche und Bäume. Die Vorhänge vor den Hütteneingängen flatterten, als wollten sie den Störenfried verscheuchen.

Die schwere Maschine entfernte sich dicht über der Savanne.

Khamisi sah ihr nach. Das war kein Touristenausflug.

Paula setzte ein Fernglas an die Augen. Der Helikopter flog noch ein Stück weiter, dann setzte er zur Landung an. Khamisi trat neugierig einen Schritt vor.

Paula reichte ihm das Fernglas. »Den ganzen Tag geht das schon so.«

Khamisi hob das Fernglas an die Augen. Die Ferne rückte heran. Der zweirotorige Hubschrauber setzte hinter dem drei Meter hohen schwarzen Zaun auf, der die Privatbesitzung der Waalenbergs umgab, und verschwand außer Sicht.

»Irgendetwas hat sie aufgeschreckt«, sagte Paula.

Khamisi sträubten sich die Nackenhaare.

Er schwenkte das Fernglas zur Seite und betrachtete den Zaun. Das alte, selten benutzte Tor war geschlossen. In silbernem Filigran war darauf das Wappen der Waalenbergs abgebildet, Krone und Kreuz.

Drei

11

Der Dämon in der Maschine

00:33
Im Luftraum über dem Indischen Ozean

»Captain Bryant und ich werden hier in Washington versuchen, so viel wie möglich über die Waalenbergs herauszubekommen«, sagte Logan Gregory über Satellitentelefon.

Painter trug ein Headset. Er brauchte die Hände, um den Papierberg zu sichten, den Logan ihnen nach Kathmandu gefaxt hatte. Darin waren alle möglichen Informationen über die Waalenbergs aufgeführt: Familiengeschichte, Finanzreports, internationale Verbindungen, sogar Klatsch und Tratsch.

Ganz oben auf dem Stapel lag ein pixeliges Foto. Es zeigte einen Mann und eine Frau, die gerade aus einer Limousine ausstiegen. Gray Pierce hatte das Bild vor Beginn der Auktion von seinem Hotelzimmer aus aufgenommen. Das digitale Überwachungsfoto hatte Logans Vermutung bestätigt. Das Tattoo gab das Wappen des Waalenberg-Clans wieder. Die beiden Personen auf dem Foto waren Isaak und Ischke Waalenberg, die jungen Erben des Familienvermögens, das größer war als das Bruttosozialprodukt so manchen Landes.

Painter hatte dem weißblonden Haar und den bleichen Gesichtern noch eine weitere Information entnommen. Die beiden Zwillinge waren Sonnenkönige. Genau wie Gunther, der Deutsche aus dem Granitschloss.

Painter blickte nach vorn.

Gunther schlief auf einem Sofa, die Beine ragten über das Polster hinaus. Seine Schwester saß in einem Sessel vor einem Papierstapel, der ebenso hoch war wie der von Painter. Beide wurden von Major Brooks und zwei bewaffneten U. S. Rangern bewacht. Jetzt waren die Rollen vertauscht. Aus den Bewachern waren Gefangene geworden. Trotz der Machtverschiebung hatte sich nichts Grundlegendes zwischen ihnen verändert. Anna war auf Painters Verbindungen und logistische Unterstützung angewiesen; Painter auf Annas Wissen. Annas Kommentar hatte gelautet: »Über Recht und Unrecht und die Frage der Verantwortung reden wir später, wenn alles vorbei ist.«

Logan unterbrach seine Gedankengänge. »Kat und ich haben heute Vormittag einen Termin in der südafrikanischen Botschaft. Vielleicht können die ja etwas Licht in diese öffentlichkeitsscheue Familie bringen.«

Öffentlichkeitsscheu war noch zurückhaltend formuliert. Die Waalenbergs waren die Kennedys Südafrikas: reich und skrupellos. Obwohl der Familie auch noch weitere Ländereien gehörten, verließen sie die nahe Johannesburg gelegene Besitzung von der Größe Rhode Islands nur selten.

Painter nahm das pixelige Digitalfoto zur Hand.

Eine Familie von Sonnenkönigen.

Für die zweite Glocke kam eigentlich nur ein Standort in Frage: der Privatsitz der Familie Waalenberg.

»Ein britischer Geheimagent wird Sie nach der Landung in Johannesburg in Empfang nehmen. MI5 hat die Waalenbergs schon seit Jahren im Visier und überwacht auffällige Transaktionen. Die Mauer der Geheimhaltung aber konnte man bislang noch nicht durchdringen.«

Wenn den Waalenbergs praktisch das ganze Land gehört, ist das ja auch kein Wunder, dachte Painter.

»Man wird Ihnen mit Rat und Tat zur Seite stehen«, schloss Logan. »Wenn Sie in drei Stunden landen, weiß ich mehr.«

»Ist gut.« Painter starrte das Foto an. »Und was ist mit Gray und Monk?«

»Die sind von der Bildfläche verschwunden. Wir haben ihren Wagen am Flughafen in Frankfurt entdeckt.«

Frankfurt? Das ergab keinen Sinn. Die Stadt war zwar ein internationales Verkehrskreuz, doch Gray konnte jederzeit auf einen Regierungsjet zurückgreifen, der schneller gewesen wäre als jede Linienmaschine. »Und noch immer keine Nachricht?«

»Nein, Sir. Aber wir halten alle Kanäle offen.«

Das war eine beunruhigende Neuigkeit.

Painter massierte sich die Stirn, doch nicht einmal Kodein half gegen den bohrenden Kopfschmerz. Er konzentrierte sich auf den Motorenlärm des Flugzeugs, das die Dunkelheit durchteilte. Was war los mit Gray? Viele Möglichkeiten gab es nicht: Entweder er war untergetaucht, gefangen genommen oder getötet worden. Wo steckte er?

»Setzen Sie alle Hebel in Bewegung, Logan.«

»Wird gemacht. Wenn Sie in Johannesburg ankommen, habe ich bestimmt schon Neuigkeiten für Sie.«

»Schlafen Sie eigentlich nie, Logan?«

»An der Ecke ist ein Café, Sir. So halte ich mich über Wasser.« Er lachte müde. »Und was ist mit Ihnen, Sir?«

Während die Vorbereitungen liefen und die Brandherde – im wörtlichen wie im übertragenen Sinn – gelöscht wurden, hatte Painter in Kathmandu im Eiltempo ein wenig Schlaf nachgeholt.

»Ich halte mich ganz gut, Logan. Keine Sorge.«

Na dann.

Nachdem er die Verbindung unterbrochen hatte, fuhr Painter geistesabwesend über das blasse, raue Nagelbett des Ringfingers. Die anderen Finger juckten – von den Zehen ganz zu schweigen. Logan hatte ihn dazu überreden wollen, nach Washington zurückzufliegen und sich an der Johns Hopkins untersuchen zu lassen, doch Painter vertraute darauf, dass Annas Gruppe sich mit der Krankheit am besten auskannte. *Schädigungen auf der Quantenebene.* Da würde eine konventionelle Behandlung nichts nützen. Um den Krankheitsverlauf zu verlangsamen, brauchten sie eine zweite funktionierende Glocke. Anna zufolge würden regelmäßige Strahlenbehandlungen unter kontrollierten Bedingungen ihr Leben um Jahre verlängern. *Vielleicht finden wir ja irgendwann sogar ein richtiges Heilmittel,* hatte Anna hoffnungsvoll geschlossen.

Zunächst aber mussten sie die zweite Glocke ausfindig machen.

Und mehr in Erfahrung bringen.

Als er von hinten angesprochen wurde, schreckte er zusammen. »Ich glaube, wir sollten mit Anna reden«, sagte Lisa, als hätte sie seine Gedanken gelesen.

Painter wandte den Kopf. Er hatte geglaubt, Lisa sei eingeschlafen. Stattdessen hatte sie geduscht und lehnte nun an seiner Rückenlehne, bekleidet mit einer frischen Khakihose und einer cremefarbenen Bluse. Sie musterte ihn forschend. »Sie sehen beschissen aus«, meinte sie.

»Sie verstehen es wirklich, mit Kranken umzugehen«, erwiderte er, stand auf und streckte sich.

Plötzlich kippte das Flugzeug, und es wurde dunkel. Lisa fasste ihn beim Ellbogen und stützte ihn. Dann wurde es wieder hell, und der Boden richtete sich gerade aus. Bloß ein Schwindelanfall.

»Versprechen Sie mir, dass Sie vor der Landung noch etwas schlafen«, sagte sie und drückte seinen Ellbogen fester.

»Wenn es sich ergibt – *autsch*!«

Ihre Fingernägel bohrten sich in seinen Arm.

»Okay, ich versprech's.«

Ihre Hand entspannte sich. Sie nickte Anna zu, die gerade einen Stapel Frachtpapiere der Waalenberg-Besitzung durchsah. Sie versuchte herauszufinden, ob die Waalenbergs Geräte und Materialien eingekauft hatten, die für den Betrieb der Glocke erforderlich waren.

»Ich würde gern mehr über die Funktionsweise der Glocke und deren theoretische Grundlagen erfahren«, sagte Lisa. »Wenn die Krankheit auf Quantenschäden zurückzuführen ist, müssen wir verstehen, was das bedeutet. Sie und Gunther sind die einzigen

Überlebenden des Granitschlosses. Allerdings bezweifle ich, dass Gunther über die theoretischen Hintergründe Bescheid weiß.«

Painter nickte. »Der ist eher ein Wachhund als ein Wissenschaftler.«

Wie zur Bestätigung ließ Gunther ein lautes Schnarchen vernehmen.

»Das gesamte Wissen über die Glocke befindet sich somit in Annas Kopf. Und wenn sie geistig abbauen sollte ...«

Dann war das gesamte Wissen verloren.

»Wir müssen die Informationen sichern, bevor es dazu kommt«, pflichtete Painter ihr bei.

Lisa sah ihm in die Augen. Sie brauchte ihre Gedanken nicht zu verstecken. Er konnte in ihrem Gesicht lesen wie in einem aufgeschlagenen Buch. Er dachte daran, wie sie in Kathmandu ins Flugzeug gestiegen war. Obwohl sie erschöpft und mit den Nerven am Ende gewesen war, hatte sie keinen Moment gezögert, ihn zu begleiten. Sie hatte verstanden, worum es ging. So wie jetzt auch.

Nicht nur Annas Wissen war in Gefahr.

Sondern auch Painters Leben.

Eine einzige Person hatte ihn von Anfang an begleitet, eine Person, die über die erforderlichen medizinischen und wissenschaftlichen Kenntnisse verfügte und nicht von geistigem Verfall bedroht war. In der Burg hatten Lisa und Anna lange Unterhaltungen unter zwei Augen geführt. Lisa hatte auf eigene Faust in Annas wissenschaftlicher Bibliothek recherchiert. Wer außer ihr konnte den entscheidenden kleinen Hinweis erkennen, der über Erfolg und Misserfolg entscheiden würde?

Lisa hatte das begriffen.

Deshalb hatten sich in Kathmandu weitere Diskussionen erübrigt.

Sie war einfach an Bord gekommen.

Lisa gab seinen Ellbogen frei und ließ den Arm herabsinken. Sie drückte ihm kurz die Hand und nickte zu Anna hinüber. »Dann wollen wir ihr Wissen mal anzapfen.«

»Um die Funktionsweise der Glocke zu verstehen«, erklärte Anna, »müssen Sie sich zunächst die Grundlagen der Quantentheorie vergegenwärtigen.«

Lisa musterte die Deutsche. Ihre Pupillen waren verengt, denn sie hatte Kodein eingenommen. Sie nahm zu viel davon. Annas Finger zitterten. Sie hielt die Lesebrille mit beiden Händen umklammert, als müsse sie sich daran festhalten. Sie hatten sich nach hinten gesetzt. Gunther schlief unter Bewachung im Vorderteil der Kabine.

»Ich glaube, für eine ausführliche Erklärung fehlt uns die Zeit.« Anna ließ kurz die Brille los und reckte den Zeigefinger. »Zunächst einmal sollten wir uns klarmachen, dass auf der subatomaren Ebene – in der Welt der Elektronen, Protonen und Neutronen – die klassischen Naturgesetze ihre Gültigkeit verlieren. Max Planck hat entdeckt, dass Elektronen, Protonen und Neutronen sowohl Teilchen- als auch Welleneigenschaften besitzen. Das erscheint seltsam und widersprüchlich. Teilchen haben fest umrissene Flugbahnen, während Wellen diffuser sind, unschärfer. Ihnen lassen sich keine bestimmten Koordinaten zuordnen.«

»Und auf der subatomaren Ebene weisen Elementarteilchen beide Merkmale auf?«, fragte Lisa.

»Sie besitzen das *Potenzial*, sich sowohl als Welle wie auch als Teilchen zu verhalten«, antwortete Anna. »Das führt uns zum nächsten Punkt. Zur Heisenbergschen Unschärferelation.«

Davon hatte Lisa bereits gehört und sich in Annas Bibliothek eingehender damit vertraut gemacht. »Heisenberg hat postuliert, nichts sei gewiss, solange es nicht gemessen wird«, sagte sie. »Aber ich begreife nicht, was das mit Elektronen, Protonen und Neutronen zu tun hat.«

»Das beste Beispiel für die Heisenberg'sche Unschärferelation ist Schrödingers Katze«, fuhr Anna fort. »Man stelle sich eine Katze in einem Kasten vor, in dem sich ein Gerät befindet, das die Katze jeden Moment vergiften kann. Ob das Ereignis eintritt und die Katze getötet wird oder ob sie weiterlebt, ist dem Zufall überlassen.

Heisenberg sagt nun, solange der Kasten geschlossen sei, bedeute dies, dass die Katze *potenziell* sowohl tot als auch lebendig sei. Erst wenn jemand den Kasten öffne und nachschaue, entscheide sich die Realität für eine dieser beiden Möglichkeiten. Dann könne die Katze nur entweder tot *oder* lebendig sein.«

»Klingt eher wie eine philosophische als wie eine wissenschaftliche Fragestellung«, meinte Lisa.

»Das mag zutreffen, solange es um eine Katze geht. Aber auf der subatomaren Ebene hat sich das als wahr erwiesen.«

»Erwiesen? Wie denn das?«, fragte Painter. Bislang hatte er sich still verhalten und es Lisa überlassen, die Fragen zu stellen. Sie spürte, dass er bereits eine ganze Menge über das Thema wusste. Offenbar wollte er ihr jedoch Gelegenheit geben, ihren Kenntnisstand dem seinen anzugleichen.

»Und zwar beim klassischen Doppelspaltversuch«, antwortete Anna. »Das führt uns zu Punkt drei.« Sie nahm zwei Blatt Papier, zeichnete zwei Schlitze auf das erste und hielt das unbeschriebene Blatt dahinter.

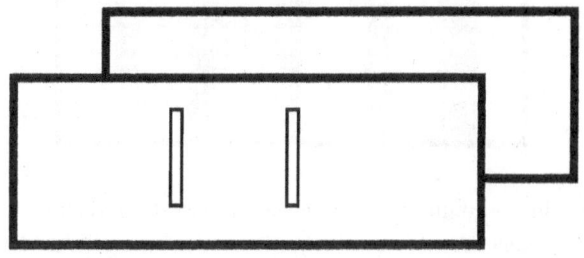

»Das Versuchsergebnis scheint dem gesunden Menschenverstand zu widersprechen ... Nehmen wir an, dieses Blatt wäre eine Betonwand und die Schlitze wären Fenster. Würde man mit einem Gewehr auf die beiden Schlitze schießen, ergäbe sich auf der dahinter liegenden Wand etwa folgendes Muster.«

Sie zeichnete Punkte auf das zweite Blatt Papier.

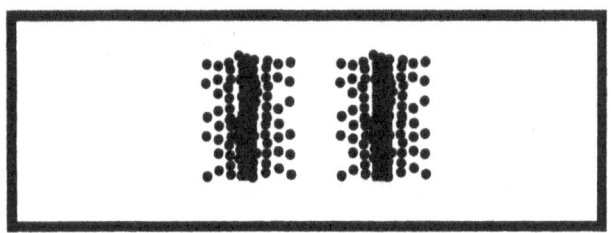

»Das wollen wir als Beugungsmuster A bezeichnen. Es zeigt die Auftrefforte von Kugeln oder Partikeln nach Passieren der Schlitze.«

Lisa nickte. »Okay.«

»Als Nächstes richten wir anstatt des Gewehrs einen großen Scheinwerfer auf die Wand, dessen Licht durch die beiden Schlitze geht. Da Licht sich wellenförmig ausbreitet, ergibt sich ein anderes Beugungsmuster.«

Auf einem weiteren Blatt Papier zeichnete sie ein Muster aus hellen und dunklen Streifen.

»Das Muster kommt dadurch zustande, dass die durch die beiden Schlitze gehenden Lichtwellen miteinander interferieren. Dieses von Wellen erzeugte Muster wollen wir als Interferenzmuster B bezeichnen.«

»Kapiert«, sagte Lisa, gespannt darauf, wie es weitergehen würde.

Anna hielt die beiden Blätter hoch. »Und nun feuern wir mit einer Elektronenkanone einzelne Elektronen auf die beiden Schlitze ab. Wie sieht nun das resultierende Muster aus, was meinen Sie?«

»Da die Elektronen den Kugeln vergleichbar sind, sollte sich das Beugungsmuster A ergeben.« Lisa zeigte aufs erste Bild.

»Bei Laborversuchen erhält man jedoch das Interferenzmuster B.«

Lisa ließ sich das durch den Kopf gehen. »Das Wellenmuster. Somit verhalten sich die Elektronen, die von der Kanone verschossen werden, also nicht wie Gewehrkugeln, sondern wie das Licht eines Scheinwerfers, das sich wellenförmig ausbreitet und das Muster B erzeugt.«

»Genau.«

»Dann gleichen die Elektronen also eher Wellen.«

»Ja. Jedoch nur dann, wenn es keinen Zeugen des Durchgangs durch die Schlitze gibt.«

»Das verstehe ich nicht.«

»Bei einem anderen Versuch haben die Wissenschaftler einen kleinen Detektor an einem der Schlitze angebracht. Der hat jedes Mal gepiept, wenn ein Elektron den Schlitz passierte. Und wie sah Ihrer Meinung nach das Muster auf der Wand nach Einschalten des Geräts aus?«

»Das sollte sich nicht verändert haben, oder?«

»Im Makromaßstab hätten Sie recht. Im subatomaren Maßstab gilt das jedoch nicht. Nach Einschalten des Detektors erhält man das Beugungsmuster A.«

»Dann hat sich das Muster allein aufgrund des Messvorgangs verändert?«

»Genau wie Heisenberg es vorausgesagt hat. Es klingt unglaublich, ist aber wahr. Der Versuch wurde zahllose Male wiederholt, immer mit dem gleichen Ergebnis. So lange, bis man es misst, hat das Elektron sowohl Wellen- als auch Teilcheneigenschaften. Der Messvorgang zwingt das Elektron, sich für einen der beiden Zustände zu entscheiden.«

Lisa versuchte, sich eine subatomare Welt vorzustellen, in der alles in einem Zustand des *Potenziellen* verharrte. Das ergab keinen Sinn.

»Wenn subatomare Partikel Atome bilden«, sagte Lisa, »und die Atome wiederum bilden die Welt, die wir kennen und die sich anfassen lässt, wo ist dann die Grenze zwischen dem Reich der Quantenmechanik und der Welt realer Objekte?«

»Auch hier gilt, dass man etwas messen muss, um das Potenzial zusammenbrechen zu lassen. Solche Messvorgänge finden in unserer Umgebung ständig statt. Teilchen prallen gegeneinander, Photonen treffen auf irgendeine Oberfläche. Die Umwelt misst ständig die subatomare Welt und zwingt das Potenzial dazu, sich in harte Fakten zu verwandeln. Betrachten wir zum Beispiel Ihre Hände. Auf der Quantenebene verhalten sich die subatomaren Teilchen, aus denen die Atome bestehen, gemäß den verwirrenden Quantenregeln. Gleichzeitig sind die Atome aber miteinander verflochten, sodass komplexe Gebilde wie beispielsweise Ihr Fingernagel entstehen. Diese Atome stoßen zusammen, schwingen umher und interagieren – das heißt, sie messen sich gegenseitig und wandeln somit das Potenzial in eindeutige Realität um.«

»Okay ...« Lisa vermochte ihre Skepsis nicht ganz zu verhehlen.

»Ich weiß, das klingt bizarr«, sagte Anna, »dabei habe ich die verwirrende Welt der Quantentheorie eben nur gestreift. Konzepte wie die Nichtlokalität, den Tunneleffekt oder die multiplen Universen lasse ich völlig außer Acht.«

Painter nickte. »Da draußen geht es ganz schön seltsam zu.«

»Aber die genannten drei Punkte sollten Sie verstanden haben«, erwiderte Anna und zählte an den Fingern ab. »Subatomare Teilchen existieren in einem Quantenzustand des Potenziellen. Um das Potenzial zu konkretisieren, muss man eine Messung vornehmen. Und es ist die *Umwelt*, die ständig solche Messvorgänge vornimmt und auf diese Weise bewirkt, dass die Realität stabil bleibt.«

Lisa gab sich damit vorerst zufrieden. »Aber was hat das mit der Glocke zu tun?«, fragte sie. »In der Bibliothek haben Sie von *Quantenevolution* gesprochen.«

»Richtig«, sagte Anna. »Was ist die DNA? Doch nichts weiter als eine Proteinmaschine, oder? Sie stellt die Bausteine her, aus denen Zellen und Körper bestehen.«

»Einfach ausgedrückt, trifft das zu.«

»Dann möchte ich mich noch einfacher ausdrücken. Die DNA ist ein genetischer Code, der in Form chemischer Bindungen gespeichert ist. Und was löst die Verbindungen und schaltet Gene ein und aus?«

Lisa rief sich ihre elementaren Chemiekenntnisse in Erinnerung. »Die Bewegung der Elektronen und Protonen.«

»Und die subatomaren Partikel gehorchen welchen Regeln: denen der klassischen Physik oder denen der Quantentheorie?«

»Denen der Quantentheorie.«

»Wenn sich ein Proton an einem von zwei Orten befinden muss – an A oder B –, um ein Gen ein- oder auszuschalten, wo ist es dann anzutreffen?«

Lisa blinzelte. »Wenn es das Potenzial besitzt, sich an einem von beiden Orten zu befinden, dann befindet es sich an beiden Orten zugleich. Das Gen ist sowohl ein- als auch ausgeschaltet. Und zwar so lange, bis es gemessen wird.«

»Und wodurch wird es gemessen?«

»Durch die Umgebung.«

»Und die Umgebung eines Gens ist …?«

Lisas Augen weiteten sich. »Das DNA-Molekül als solches.«

Anna nickte zustimmend. »Auf dieser elementaren Ebene verhält sich die lebende Zelle wie ihr eigener Quantenmessapparat. Die ständige Quantenmessung ist der eigentliche Motor der Evolution. Das erklärt, warum Mutationen *nicht* zufällig sind und weshalb die Evolution schneller abläuft, als wenn sie auf reinem Zufall beruhen würde.«

»Einen Moment«, sagte Lisa. »Das müssen Sie näher erläutern.«

»Nehmen wir ein Beispiel. Denken Sie an die Bakterien, die keine Laktose verdauen können – wenn man ihnen Laktose als einziges Nahrungssubstrat anbietet, bilden sie mit wundersamer Geschwindigkeit ein Enzym, das die Laktose abbaut. Und das gegen alle Wahrscheinlichkeit.« Anna hob eine Braue. »Kommen Sie selbst auf die Erklärung? Mithilfe der drei Quantenprinzipien? Vielleicht hilft es Ihnen auf die Sprünge, wenn ich Ihnen sage, dass die nützliche Mutation darauf beruht, dass ein einzelnes Proton den Ort wechselt.«

Lisa gab sich alle Mühe. »Also, wenn das Proton an beiden Orten zugleich sein könnte, folgt aus der Quantentheorie, dass es sich tatsächlich an beiden Orten zugleich aufhält. Dann war das Gen also gleichzeitig mutiert und nicht mutiert und befand sich in einem potenziellen Zwischenzustand.«

Anna nickte. »Fahren Sie fort.«

»Nun zwingt die Zelle in ihrer Eigenschaft als Quantenmessapparat die DNA dazu, sich für eine von beiden Möglichkeiten zu entscheiden, nämlich entweder zu mutieren oder nicht zu mutieren. Und weil die Zelle lebt und mit ihrer Umgebung in Wechselwirkung steht, hat sie unter Ausschluss des Zufalls den Ausschlag für die nützliche Mutation gegeben.«

»Wissenschaftler bezeichnen das als adaptive Mutation. Die Umgebung wirkt auf die Zelle ein, die Zelle auf die DNA, und die Mutation erweist sich als förderlich für die Zelle. Dies alles auf Grundlage der Quantengesetze.«

Lisa ahnte allmählich, worauf Anna hinauswollte. In einer früheren Unterhaltung hatte sie den Begriff »Intelligent Design« gebraucht. Sie hatte sogar die Antwort auf die Frage gegeben, wer ihrer Ansicht nach das Ganze steuere.

Wir selbst.

Jetzt begriff Lisa, wie Anna das gemeint hatte. Die Körperzellen steuerten die Evolution, reagierten auf die Umgebung und brachten das Potenzial in der DNA zum Zusammenbruch, um sich der Umgebung besser anzupassen. Dann setzte die darwinistische natürliche Auslese ein, um die Modifikationen dauerhaft zu bewahren.

»Vor allem aber«, fuhr Anna mit etwas heiserer Stimme fort, »erklärt die Quantenmechanik, wie der erste Lebensfunke übersprang.

Erinnern Sie sich noch, wie unwahrscheinlich es war, dass aus der Ursuppe ein selbstreplizierendes Protein entstand? In der Quantenwelt wird der Zufall ausgemerzt. Das erste selbstreplizierende Protein hat sich deshalb gebildet, weil damit aus dem Chaos Ordnung entstand. Seine Fähigkeit, das Quantenpotenzial zu messen und zum Zusammenbruch zu bringen, trat an die Stelle der zufälligen Zusammenstöße in der Ursuppe. Das Leben entstand deshalb, weil es das bessere Quantenmesswerkzeug war.«

»Und Gott hat gar nichts damit zu tun?«, wiederholte Lisa die Frage, die sie bereits im Granitschloss gestellt hatte. Ihr kam es so vor, als sei das vor einer kleinen Ewigkeit gewesen.

Anna fasste sich mit zitternden Fingern an die Stirn. Heftig blinzelnd blickte sie mit schmerzverzerrter Miene aus dem Fenster. Ihre Stimme war so leise, dass sie kaum zu verstehen war. »Das habe ich nicht gesagt ... Sie betrachten das aus dem falschen Blickwinkel.«

Lisa ließ das Thema fallen. Anna war offenbar zu erschöpft, um die Unterhaltung fortzusetzen. Sie brauchte alle dringend Schlaf. Eine Frage aber musste sie noch stellen.

»Und die Glocke?«, fragte Lisa. »Worin besteht deren Beitrag?«

Anna senkte die Hand und blickte erst Painter und dann Lisa an. »Die Glocke ist das ultimative Quantenmessgerät.«

Mit angehaltenem Atem versuchte Lisa die Information zu verarbeiten.

Trotz ihrer Erschöpfung wirkte Anna leidenschaftlich erregt. Ihre Gemütsverfassung war schwer einzuschätzen: Stolz drückte sich darin aus, das Bedürfnis, sich zu rechtfertigen, Glaube ... aber auch eine Menge Angst.

»Könnte man das Feld der Glocke beherrschen, ließe sich damit nicht nur die DNA perfektionieren, sondern die ganze Menschheit.«

»Und was ist mit uns?«, schaltete Painter sich ein. Ihr emotionaler Aufruhr ließ ihn völlig ungerührt. »Mit Ihnen und mit mir? Was hat das, was mit uns geschieht, mit Perfektionierung zu tun?«

Das Feuer in Annas Augen erlosch, wurde von Erschöpfung und Frust erstickt. »Da die Glocke das Potenzial zur Weiterentwicklung in sich birgt, lauert in ihren Quantenwellen auch das Gegenteil.«

»Das Gegenteil?«

»Ich rede von der Krankheit, die unsere Körperzellen befallen hat.« Anna wandte den Blick ab. »Es geht dabei nicht nur um Degeneration ... sondern um Rückentwicklung.«

Painter starrte sie verdutzt an.

Sie senkte die Stimme zu einem heiseren Flüstern. »Unsere Körper entwickeln sich zu dem Urschleim zurück, aus dem wir stammen.«

05:05
Südafrika

Er erwachte vom Geschnatter der Affen.

Affen?

Unvermittelt schreckte Gray aus seiner Benommenheit hoch und stützte sich auf. Während er die Umgebung musterte, setzte allmählich die Erinnerung ein.

Er war am Leben und befand sich in einer Gefängniszelle.

Er erinnerte sich an das in die Krypta strömende Gas, an das Wewelsburg-Museum und die Finte. Er hatte die Darwinbibel verbrannt und behauptet, sie berge ein Geheimnis, über das allein er und seine Begleiter Bescheid wüssten. Er hatte gehofft, bei ihren Gegnern werde die Vorsicht die Oberhand über die Rachsucht gewinnen. Offenbar hatte er sich nicht geirrt. Er war am Leben. Aber wo steckten die anderen? Monk, Fiona und Ryan?

Gray blickte sich um. Der Raum war zweckmäßig-nüchtern eingerichtet. Eine Pritsche, eine Toilette, eine offene Dusche. Keine Fenster. Der Eingang war mit zentimeterdicken Gitterstäben verschlossen. Dahinter lag ein von Neonröhren erhellter Gang. Gray blickte an sich hinunter. Man hatte ihn nackt ausgezogen, doch auf einem am Fußende des Bettes festgeschraubten Stuhl lag ein Stapel frischer Kleidung.

Er warf die Decke ab und richtete sich auf. Die Zelle schwankte, doch nach ein paar Atemzügen ging der Schwindel vorbei. Eine leichte Übelkeit blieb zurück. Aufgrund der Nachwirkungen des Giftgases fiel ihm das Atmen schwer.

Außerdem schmerzte ihn die Hüfte. Vorsichtig berührte er die faustgroße Quetschung und ertastete mehrere verschorfte Nadeleinstiche. Am linken Handrücken klebte ein Heftpflaster. Von einer Infusion? Offenbar hatte man ihn medizinisch versorgt und ihm damit das Leben gerettet.

Gedämpftes Geschnatter und Geschrei waren zu vernehmen.

Wilde Affen.

Es hörte sich nicht so an, als wären das Käfigtiere.

Eher als erwache die Natur.

Aber wo befand er sich? Die Luft war hier trockener, wärmer als tags zuvor. Es roch irgendwie modrig. Er befand sich in einem wärmeren Klima. Vielleicht irgendwo in Afrika. Wie lange war er bewusstlos gewesen? Die Armbanduhr hatte man ihm gelassen, somit wusste er die Tageszeit, nicht jedoch, *welcher* Tag heute war. Er spürte jedoch, dass mehr als ein Tag verstrichen war. Das sagte ihm sein Stoppelbart.

Er trat zum Kleiderstapel und bückte sich.

Die Bewegung ließ jemanden aufmerksam werden.

An der gegenüberliegenden Seite des Flurs trat Monk an die Gitterstäbe seiner Gefängniszelle. Gray nahm es mit großer Erleichterung auf, dass sein Partner am Leben war. »Gott sei Dank ...«, flüsterte er.

»Alles okay bei dir?«

»Bin ziemlich groggy ... total schlapp.«

Monk war bereits angekleidet und trug einen weißen Overall. Gray zog einen gleichartigen Overall an.

Monk hob den linken Arm und zeigte den Stummel mit den Biokontakt-Implantaten aus Titan vor, an denen normalerweise die Handprothese befestigt war. »Die Scheißkerle haben mir nicht mal die beschissene Hand gelassen.«

Monks fehlende Prothese war jedoch die kleinste ihrer Sorgen. Vielleicht könnte sich das sogar zu ihrem Vorteil auswirken. Aber immer der Reihe nach …

»Was ist mit Fiona und Ryan?«

»Keine Ahnung. Vielleicht sind sie in einer anderen Zelle … oder an einem ganz anderen Ort.«

Oder sie sind tot, setzte Gray im Stillen hinzu.

»Was jetzt, Boss?«, fragte Monk.

»Viele Möglichkeiten haben wir nicht. Wir lassen unsere Gegner den ersten Schritt tun. Sie wollen Informationen von uns haben. Wir warten ab, was sie uns dafür bieten.«

Monk nickte. Er wusste, dass Gray in der Burg geblufft hatte, doch sie mussten weiter so tun als ob. Der Zellentrakt wurde bestimmt abgehört.

Wie zum Beweis wurde am Ende des Gangs eine Tür geöffnet.

Schritte näherten sich. Eine ganze Gruppe.

Dann gelangten sie in Sicht: Männer in grün-schwarzen Tarnuniformen, die von einem hochgewachsenen blonden Mann angeführt wurden. Es war der Bieter von der Auktion. Seine Erscheinung war ausgesprochen elegant. Mit seiner Hose aus schwarzem Köper, den weißen Lederslippern und der Strickjacke aus weißer Kaschmirwolle war er passend für eine Gartenparty gekleidet.

Zehn Bewaffnete begleiteten ihn. Sie teilten sich in zwei Gruppen auf, jeweils eine für jede Zelle. Gray und Monk traten barfuß auf den Gang, die Arme mit Plastikriemen auf den Rücken gefesselt.

Der Anführer nahm vor ihnen Aufstellung.

Mit seinen eisblauen Augen musterte er Gray.

»Guten Morgen«, sagte er steif und ein wenig geziert, als werde er von den Überwachungskameras gehemmt. »Mein Großvater wünscht Sie zu sprechen.«

Trotz seines höflichen Auftretens sprach aus seinen Worten nur mühsam gezügelte Wut. Eine unausgesprochene Drohung schwang darin mit. Man hatte es ihm verwehrt, die Beute zu erlegen, und jetzt wartete er auf die nächste Gelegenheit. Aber was war der eigentliche Grund für diese Wut? Der Tod seines Bruders ... oder der Umstand, dass Gray ihn in der Wewelsburg ausgetrickst hatte? Wie auch immer, hinter seinem kultivierten Äußeren und seiner Gespreiztheit lauerte eine barbarische Wildheit.

»Bitte folgen Sie mir«, sagte er und wandte sich zum Gehen.

Er schritt den Gang entlang, Gray und Monk im Schlepptau. Gray musterte die Zellen zu beiden Seiten des Flurs. Sie waren leer. Von Fiona und Ryan keine Spur. Ob sie wohl noch am Leben waren?

Der Gang endete an drei Stufen, die zu einer Tür aus massivem Stahl hochführten. Die Tür stand offen und wurde bewacht.

Gray ließ den nüchternen Gefängnistrakt hinter sich und trat in ein schummriges, grünes Wunderland hinaus. Ringsumher wucherte ein wahrer Dschungel aus dornigen Kletterpflanzen und Orchideen. Das dichte Blätterdach verdeckte den Himmel. Gray wusste jedoch, dass es früher Morgen war, kurz vor Sonnenaufgang. Schwarze Laternenpfähle im viktorianischen Stil säumten den Weg, der in den wilden Dschungel hineinführte. Vögel zwitscherten und kreischten. Insekten summten. Weiter oben in den Bäumen begrüßte sie ein Affe mit abgehacktem Geschrei. Damit schreckte er einen rot gefiederten Vogel auf, der auf einen tiefer gelegenen Ast hinuntersegelte.

»Afrika«, murmelte Monk. »Südlich der Sahara. Vielleicht in der Nähe des Äquators.«

Gray war der gleichen Ansicht. Er schätzte, dass er etwa zwanzig Stunden lang bewusstlos gewesen war. In der Zeit hätten sie jeden beliebigen Ort in Afrika erreichen können.

Aber wo genau befanden sie sich?

Die Bewaffneten eskortierten sie den mit Kies bestreuten Weg entlang. Nur wenige Meter neben ihnen brach ein großes Tier durchs Unterholz. Obwohl es so nah war, konnte er es nicht erkennen. Sollte ihnen die Flucht gelingen, würde ihnen der Wald willkommene Deckung bieten.

Doch es ergab sich keine Gelegenheit. Nach nur fünfzig Metern endete der Weg. Der Dschungel wich zurück.

Vor ihnen erstreckte sich gepflegter, von Lampen erhellter Rasen, ein Park mit Fontänen und Springbrunnen, mit Teichen und plätschernden Bächen. Eine Antilope mit langem Geweih hob witternd den Kopf, verharrte einen Moment lang reglos und suchte dann mit weiten Sätzen im Wald Deckung.

Der wolkenlose Himmel war mit Sternen gesprenkelt, doch im Osten kündigte ein blasses Rosa den Morgen an. In etwa einer Stunde würde es hell werden.

Grays Aufmerksamkeit wurde jedoch von etwas anderem gefesselt.

Jenseits des Parks lag eine sechsgeschossige Villa, erbaut aus Bruchstein und exotischen Hölzern. Sie erinnerte an die Ahwahnee Lodge im Yosemite-Nationalpark, war aber wesentlich wuchtiger, sozusagen von wagnerianischen Ausmaßen. Ein Urwaldversailles. Es nahm eine Grundfläche von bestimmt zehn Morgen ein und war in Giebel und Stufen mit zahllosen Balkonen und Balustraden gegliedert. Zur Linken ragte ein gläsernes Gewächshaus hervor, das in der Dunkelheit wie eine aufgehende Sonne strahlte.

Der hier zur Schau gestellte Reichtum war überwältigend.

Über einen gefliesten Weg, der über mehrere Teiche und Bäche hinwegführte, näherten sie sich dem Herrenhaus. Eine zwei Meter lange Schlange glitt über eine der Steinbrücken. Plötzlich richtete sie sich auf und spreizte die Brillenzeichnung.

Eine Königskobra.

Die Schlange bewachte die Brücke, bis der weißblonde Mann ein langes Schilfrohr abbrach und sie damit wie eine widerspenstige Katze verscheuchte. Die Schlange sperrte zischend das Maul auf, dann gab sie nach und glitt von den Holzbohlen ins dunkle Wasser.

Ungerührt setzten sie den Weg fort. Während sie sich dem Herrenhaus näherten, schaute Gray sich unauffällig um.

Dabei fiel ihm eine weitere Exzentrizität auf. Von den oberen Stockwerken führten aus Holz erbaute Brücken geradewegs in das Blätterdach des Dschungels hinein. Diese Wege waren ebenfalls beleuchtet. Gray drehte sich im Gehen einmal um die eigene Achse. Überall leuchteten elektrische Lampen.

»Sieh mal!«, murmelte Monk und ruckte mit dem Kinn nach links.

Auf dem Baumpfad kam langsam ein Wachposten mit geschultertem Gewehr in Sicht, der sich als dunkle Silhouette von der Beleuchtung abhob. Gray warf Monk einen Blick zu. Wo einer war, mussten auch noch mehr sein. Dort in den Baumkronen war womöglich eine kleine Armee versteckt. Eine Flucht wurde immer unwahrscheinlicher.

Schließlich gelangten sie zu einer Treppe, die zu einer breiten Veranda aus poliertem Zebraholz hinaufführte. Eine Frau erwartete sie, die Zwillingsschwester des Blonden, die ebenso elegant gekleidet war wie er. Der Mann trat vor und küsste sie auf beide Wangen.

Er sprach sie auf Niederländisch an. Obwohl Gray die Sprache nicht beherrschte, bekam er das Wesentliche mit.

»Sind die anderen bereit?«, fragte der Mann.

»Wir warten nur noch auf ein Zeichen von *grootvader*.« Sie wies mit dem Kinn auf das hell erleuchtete Gewächshaus an der einen Seite der Veranda. »Dann kann die Jagd beginnen.«

Gray überlegte, was das wohl zu bedeuten habe, doch es lag noch zu vieles im Dunkeln.

Mit einem schweren Seufzer wandte der Blonde sich zu ihnen um und streifte sich eine Haarsträhne aus der Stirn. »Mein Großvater wird Sie im Gewächshaus empfangen«, sagte er, als wäre ihm jedes Wort zu viel. Er geleitete sie die Veranda entlang. »Sie werden ihm höflich und respektvoll begegnen, sonst bekommen Sie es mit mir zu tun.«

»Isaak …!«, rief die Frau ihm nach.

Er blieb stehen und drehte sich um. »Ja, Ischke?«

Sie sprach immer noch Niederländisch. »*De Jongen en het meisje? Sollen wir sie jetzt holen?*«

Er nickte und erteilte einen Befehl.

Während Gray im Stillen noch übersetzte, wurde er vorwärtsgestoßen. Er blickte sich zu der Frau um. Sie trat soeben ins Haus.

De Jongen en het meisje.

Der Junge und das Mädchen.

Damit konnten nur Ryan und Fiona gemeint sein.

Also waren beide noch am Leben. Das war ein Trost – obwohl Isaaks Nachsatz ihm das Blut in den Adern gefrieren ließ.

Lass sie erst einmal bluten.

05:18
Im Luftraum über Afrika

Painter hielt einen Kuli in der Hand. Es war still im Flugzeug, nur Gunther ließ hin und wieder einen Schnarcher vernehmen. Dass es gefährlich werden könnte, ließ ihn offenbar völlig ungerührt. Andererseits stand Gunther im Unterschied zu Anna und Painter nicht unter Zeitdruck. Zwar waren sie alle drei von unausweichlicher Degeneration bedroht, doch Anna und Painter hatten dabei die Überholspur eingeschlagen.

Da Painter nicht schlafen konnte, machte er sich mit der Geschichte des Waalenberg-Clans vertraut und sammelte so viele Informationen wie möglich.

Erkenne deinen Feind.

Die Waalenbergs waren im Jahr 1617 nach Algerien gekommen. Ihre Familiengeschichte reichte bis zu den berüchtigten Berberpiraten an der nordafrikanischen Küste zurück. Der erste Waalenberg war Quartiermeister bei dem Piraten Sleyman Reis De Veenboer gewesen, der eine ganze Flotte von Kaperschiffen und Galeeren befehligt hatte, die vor Algier ihr Unwesen trieben.

Nachdem sie mit dem Sklavenhandel reich geworden waren, zogen die Waalenbergs nach Süden und ließen sich in der großen niederländischen Kolonie am Kap der Guten Hoffnung nieder. Das bedeutete jedoch nicht, dass sie das Piratenhandwerk an den Nagel gehängt hätten. Sie kamen in der niederländischen Kolonie zu Einfluss, und als im Land Gold gefunden wurde, profitierten die Waalenbergs davon am meisten. Und Gold gab es in Hülle und Fülle. Das Witwatersrand Reef, ein Gebirgszug in der Nähe von Johannesburg, barg vierzig Prozent der gesamten Goldvorräte der Welt. Im allgemeinen Bewusstsein weniger gegenwärtig als die Diamantminen der De Beers, stellte das Gold des Reefs weltweit noch immer eine der wertvollsten Quellen des Reichtums dar.

Dieser Reichtum war die Grundlage einer Familiendynastie, die nicht nur den Ersten und den Zweiten Burenkrieg, sondern auch alle politischen Umwälzungen überstand, die zum heutigen Südafrika führten. Die Familie war eine der reichsten der Welt – wenngleich die Waalenbergs sich im Verlauf der letzten Generationen und zumal unter der Regentschaft des gegenwärtigen Patriarchen Sir Baldric Waalenberg immer mehr zurückgezogen hatten. Je seltener sie in der Öffentlichkeit in Erscheinung traten, desto üppiger wucherten die Gerüchte. Man munkelte von Gräueltaten, Perversionen, Drogensucht, Inzucht. Dessen ungeachtet handelten die Waalenbergs mit Diamanten, Öl, Petrochemikalien und Pharmazeutika und wurden dabei immer reicher. Sie waren das »multi« in »multinational«.

Konnte es wirklich sein, dass diese Familie hinter der Zerstörung des Granitschlosses steckte?

Mächtig war sie jedenfalls und konnte jederzeit aus dem Vollen schöpfen. Außerdem ähnelte das Tattoo des blonden Mörders dem »Kreuz« im Wappen der Waalenbergs. Und dann waren da noch die Zwillinge Isaak und Ischke. Was hatten sie in Europa gewollt?

So viele unbeantwortete Fragen.

Painter blätterte um und tippte mit dem Kuli auf das Waalenberg-Wappen.

Das Symbol musste eine bestimmte Bedeutung haben …

Logan hatte ihn nicht nur über die Geschichte der Waalenbergs informiert, sondern auch über das Symbol. Es ging auf die Kelten zurück, ein nordisches Volk der indogermanischen Sprachfamilie. Es stellte die Sonne dar und wurde häufig auf Schilden abgebildet – daher die Bezeichnung *Schutzknoten*.

Painters Hand hielt inne.

Schutzknoten.

Klaus hatte sie im Sterben verflucht.

Ihr werdet alle sterben! Ihr werdet ersticken, wenn sich der Knoten zuzieht!

Painter hatte geglaubt, Klaus habe vom Zuziehen einer Schlinge geredet. Aber wenn er nun das Symbol gemeint hatte?

Wenn sich der Knoten zuzieht …

Painter drehte ein Fax um. Mit Blick auf das Waalenberg-Wappen zeichnete er das Symbol so, als hätten sich die einzelnen Schlaufen wie bei einem Schuhknoten zusammengezogen.

»Was machen Sie da?«, fragte hinter ihm Lisa.

Er drückte mit dem Kuli so fest auf, dass das Papier beinahe zerrissen wäre.

»Du meine Güte, haben Sie mich erschreckt!«

Gähnend setzte Lisa sich auf die Armlehne und klopfte ihm auf die Schulter. »Sie sind vielleicht schreckhaft.« Sie ließ die Hand auf seiner Schulter liegen und beugte sich vor. »Aber im Ernst, was machen Sie da eigentlich?«

Auf einmal wurde Painter bewusst, dass ihre rechte Brust beinahe seine Wange streifte.

Er räusperte sich und konzentrierte sich wieder auf die Zeichnung. »Ich beschäftige mich gerade mit dem Symbol, mit dem der Mörder tätowiert war. Ein Mitarbeiter von mir hat das Zeichen bei zwei Sonnenkönigen in Europa bemerkt. Bei einem Zwillingspaar, den Enkeln von Sir Baldric Waalenberg. Das muss etwas zu bedeuten haben. Vielleicht haben wir ja einen Hinweis übersehen.«

»Oder der Bursche kennzeichnet seine Nachkommen wie Vieh. Auf jeden Fall werden sie ganz ähnlich gezüchtet.«

382

Painter nickte. »Dann war da noch die Verwünschung, die Klaus ausgestoßen hat. Irgendwas mit einem sich zuziehenden Knoten. Kam mir vor wie ein unausgesprochenes Geheimnis.«

Mit ein paar behutsamen Strichen stellte er die Zeichnung fertig.

Dann legte er die beiden Blätter nebeneinander.

Das Original und den zugezogenen Knoten.

Painter betrachtete die beiden Zeichnungen. Auf einmal ging ihm ein Licht auf.

Lisa bemerkte, wie er scharf einatmete. »Was ist?«, sagte sie und beugte sich noch weiter vor.

Er tippte auf die zweite Zeichnung. »Kein Wunder, dass Klaus sich auf ihre Seite hat ziehen lassen. Wahrscheinlich ist das auch der Grund, weshalb die Waalenbergs seit Generationen so zurück-gezogen leben.«

»Ich kann Ihnen nicht folgen.«

»Wir haben es hier mit keinem neuen Gegner zu tun. Sondern mit dem *gleichen*.« Painter schraffierte das Zentrum des zugezo-genen Schutzknotens und enthüllte dessen geheime Bedeutung.

»Ein Hakenkreuz!«, sagte Lisa erschrocken.

Painter blickte seufzend zu dem schlummernden Riesen und dessen Schwester hinüber.

»Schon wieder Nazis.«

06:04
Südafrika

Das gläserne Gewächshaus war bestimmt ebenso alt wie das Herrenhaus. Die Glasscheiben waren in Blei gefasst und wirkten schlierig, als wären sie in der afrikanischen Sonne geschmolzen und erst anschließend in das schwarze Metallrahmenwerk eingesetzt worden, das Gray an ein Spinnennetz erinnerte. Kondensierte Feuchtigkeit verschleierte die Sicht auf den dunklen Dschungel.

Schon nach wenigen Schritten machte Gray die hohe Luftfeuchtigkeit zu schaffen, die nahezu hundert Prozent betragen musste. Sein dünner Baumwolloverall war bereits schweißdurchtränkt.

Alle möglichen Pflanzen wucherten in Töpfen, rankten von terrassenförmig angeordneten Regalen in die Höhe oder hingen aus an schwarzen Eisenketten befestigten Körben herab. Die Luft war erfüllt vom Duft zahlloser Blüten. In der Mitte plätscherte ein Springbrunnen aus Bambus und Stein. Das Ganze war durchaus beeindruckend, dennoch fragte sich Gray, wozu man in Afrika denn ein Gewächshaus brauchte.

Die Antwort ließ nicht lange auf sich warten.

Auf der zweiten Terrasse stand ein weißhaariger Herr, in der einen Hand eine kleine Gartenschere, in der anderen eine Pinzette. Mit chirurgischer Präzision knipste er das Ästchen eines blühenden Pflaumenbonsais ab. Anschließend richtete er sich mit einem zufriedenen Seufzen auf.

Der Baum wirkte alt und knorrig und war mit Kupferdraht umwickelt. Der prächtige Blütenschmuck wirkte vollkommen symmetrisch, ausgewogen und harmonisch.

»Der ist zweihundertzwanzig Jahre alt«, sagte der alte Mann, während er sein Werk bewunderte. Er hatte einen starken Akzent und wirkte wie Heidis Großvater mit Anzug. »Er war schon alt, als Kaiser Hirohito ihn mir 1941 zum Geschenk machte.«

Er legte das Werkzeug weg und drehte sich um. Er trug eine weiße Schürze über dem marineblauen Anzug mit roter Krawatte und streckte die Hand zu seinem Enkelsohn aus. »Isaak, *te'vreden ...*«

Der junge Mann stürzte zu ihm und half dem alten Mann von der zweiten Terrasse herunter. Das brachte ihm ein väterliches Schulterklopfen ein. Der alte Mann legte die Schürze ab, nahm einen schwarzen Gehstock und stützte sich schwer darauf. Gray bemerkte, dass der silberne Griff von einem Wappen geziert wurde: von einem filigranen *W* mit dem Kleeblattsymbol darunter. Mit dem gleichen Zeichen waren Ischke und Isaak tätowiert.

»Ich bin Sir Baldric Waalenberg«, stellte sich der Patriarch mit leiser Stimme vor. »Wenn Sie mir bitte in den Salon folgen würden, wir haben einiges zu bereden.«

Daraufhin wandte er sich ab und entfernte sich humpelnd.

Der alte Mann war Ende achtzig, doch abgesehen davon, dass er einen Stock brauchte, wirkte er noch ausgesprochen rüstig. Das dichte, silberweiße, in der Mitte gescheitelte Haar reichte ihm etwas verwegen bis auf die Schultern. Eine Brille baumelte an einer silbernen Halskette. Das eine Glas war mit einer Lupe ausgestattet, wie sie von Juwelieren verwendet wird.

Während sie über den Schieferboden schritten, fiel Gray auf, dass die Pflanzen im Gewächshaus geordnet waren; erst kamen die Bonsais und Sträucher, dann die Farne und schließlich die Orchideen.

Der Patriarch bemerkte sein Interesse. »Seit sechs Jahrzehnten züchte ich Phalaenopsis.« Er war bei einer Orchidee mit mitternachtsblauen Blüten stehen geblieben. Ihre Farbe erinnerte an einen Bluterguss.

»Hübsch«, sagte Monk mit kaum verhohlenem Sarkasmus.

Isaak funkelte Monk vorwurfsvoll an.

Der alte Mann überging die Bemerkung. »Die *schwarze* Orchidee zu züchten ist mir bislang jedoch noch nicht gelungen. Das ist der Heilige Gral der Orchideenzüchter. Ich bin ihr recht nahe gekommen, aber mit der Lupe sieht man entweder Streifen oder einen Stich ins Purpurrote.«

Zerstreut fasste er sich an die Brille.

Auf einmal begriff Gray, worin der Unterschied zwischen dem wuchernden Dschungel und dem Gewächshaus bestand. Die Natur war hier kein Quell der Freude, sondern etwas, das es zu beherrschen galt. Unter der Glaskuppel wurde die Natur beschnitten, stranguliert, selektiert und mit Bonsaidraht geformt. Sogar die Bestäubung erfolgte von Menschenhand.

Sie traten durch eine Bleiglastür und gelangten in einen kleinen Salon, der an das Haus angebaut war. Die Sitzgruppe war aus Rattan und Mahagoni. An der anderen Seite führte eine mit Isolierstreifen abgedichtete Flügeltür ins Herrenhaus.

Baldric Waalenberg ließ sich in einem Sessel mit Schwinglehne nieder.

Isaak trat zum Schreibtisch, der mit einem HP-Computer und einem an der Wand befestigten Flachmonitor ausgestattet war. Daneben stand eine Schiefertafel.

Verschiedene Zeichen waren darauf gemalt – ausnahmslos Runen. Gray erkannte die Mensch-Rune aus der Darwinbibel wieder.

Unauffällig zählte er die Zeichen und prägte sie sich ein. Fünf Symbole. Fünf Bücher. Das hier war der komplette Satz von Hugo Hirszfelds Runen. Was aber hatten sie zu bedeuten? Welches Geheimnis war *zu wundervoll, um es sterben zu lassen, und zu verstörend, um es freizusetzen?*

Der alte Mann faltete die Hände im Schoß und nickte Isaak zu.

Der drückte eine Taste. Der hochauflösende Monitor wurde hell.

Über dem Dschungelboden hing ein in der Mitte unterteilter Käfig. Zwei Personen hockten darin.

Gray trat unwillkürlich einen Schritt vor, doch ein Aufpasser verstellte ihm mit vorgehaltener Waffe den Weg. Eine der beiden Gestalten auf dem Bildschirm hob das Gesicht, das von einem Spotscheinwerfer angestrahlt wurde.

Fiona.

Die andere Person war Ryan.

Fiona hatte die linke Hand in den Saum des Hemdes gewickelt. Der Stoff wies dunkle Flecken auf. Ryan hatte die Rechte unter die linke Achsel gesteckt. *Lass sie erst einmal bluten.* Irgendein Mistkerl hatte sie an den Händen verletzt. Gray hoffte, dass das schon alles war. Dunkle Wut wallte in ihm auf. Das Herz hämmerte ihm in der Brust, und seine Sicht schärfte sich.

»Können wir uns jetzt unterhalten?«, sagte der alte Mann mit einem freundlichen Grinsen. »Wie zivilisierte Menschen?«

Gray wandte sich ihm zu, behielt aber den Bildschirm im Auge. So viel zur so genannten Vornehmheit. »Was wollen Sie wissen?«, fragte er kühl.

»Die Bibel. Was haben Sie sonst noch darin entdeckt?«

»Lassen Sie die beiden frei, wenn ich es Ihnen sage?«

»Und ich will meine beschissene Hand wiederhaben!«, platzte Monk heraus.

Gray blickte von Monk zum alten Waalenberg.

Baldric nickte Isaak zu, der wiederum einem der Wachposten ein Zeichen gab und auf Niederländisch einen Befehl knurrte. Der Mann machte auf dem Absatz kehrt und trat durch die Flügeltür ins Haus.

»Wenn Sie kooperieren, besteht keinerlei Anlass zu weiteren Unfreundlichkeiten. Darauf gebe ich Ihnen mein Wort. Ihnen allen wird kein Haar gekrümmt werden.«

Gray sah keinen Nutzen darin, ihn weiter hinzuhalten, zumal er ihm außer Lügen nichts zu bieten hatte. Er drehte sich zur Seite und zeigte seine auf dem Rücken gefesselten Hände vor. »Ich werde Ihnen zeigen, was wir entdeckt haben. Exakt beschreiben kann ich es nicht. Es handelt sich um ein weiteres Symbol.«

Ein erneutes Kopfnicken, und Gray war frei. Er massierte sich die Handgelenke und trat vor die Tafel hin. Mehrere gesenkte Gewehrläufe wiesen auf ihn.

Er musste irgendetwas Überzeugendes zeichnen, doch mit Runen kannte er sich nicht aus. Gray dachte an Himmlers Teekanne, die er im Museum gesehen hatte und die mit einem Runenzeichen geschmückt war. Das sollte diesen Nazis eigentlich genug zu denken geben. Wenn er den sprichwörtlichen Sand ins Getriebe streute, würde das die Halunken vielleicht davon abhalten, das Rätsel zu lösen.

Er nahm ein Stück Kreide und zeichnete das Symbol, das er auf der Teekanne gesehen hatte.

Baldric beugte sich vor und betrachtete das Zeichen mit zusammengekniffenen Augen.

Gray stand mit der Kreide in der Hand da wie ein Schüler, der eine mathematische Gleichung geschrieben hat und auf das vernichtende Urteil seines Lehrers wartet.

»Und das ist alles, was Sie in der Bibel entdeckt haben?«, sagte Baldric.

Aus den Augenwinkeln bemerkte Gray, dass Isaak höhnisch grinste.

Irgendwas stimmte nicht.

Baldric wartete auf Grays Antwort.

»Lassen Sie erst die beiden frei«, verlangte Gray und warf einen Blick auf den Monitor.

Der alte Mann sah Gray direkt in die Augen. Trotz seiner heuchlerischen Vornehmtuerei lag ein Anflug von Grausamkeit in seinem Blick. Der alte Mann amüsierte sich offenbar königlich.

Nach einer Weile wandte Baldric den Blick als Erster ab, sah seinen Enkelsohn an und nickte erneut.

»*Wer zuerst?*«, fragte Isaak.

Gray spannte sich an. Das sah gar nicht gut aus.

Baldric antwortete auf Englisch und nahm wieder Gray ins Visier. Offenbar war er entschlossen, die Situation bis zur Neige auszukosten. »Der Junge, denke ich. Das Mädchen heben wir uns für später auf.«

Isaak gab einen Befehl in den Computer ein.

Auf dem Bildschirm war zu beobachten, wie sich unter Ryan eine Falltür öffnete. Lautlos und wild um sich schlagend stürzte er in das hohe Gras unter dem Käfig. Er rappelte sich eilig auf und blickte sich ängstlich um. Offenbar nahm er eine Gefahr wahr, die Gray verborgen blieb. Vielleicht hatte das herabtropfende Blut der beiden Gefangenen wilde Tiere angelockt.

Eine Bemerkung Ischkes hallte in Grays Kopf wider.

Wir warten nur noch auf ein Zeichen von grootvader ... *Dann kann die Jagd beginnen.*

Welche Jagd?

Baldric drehte pantomimisch einen Schalter.

Isaak tippte auf eine Taste. Verborgene Lautsprecher übertrugen aufgeregtes Geschrei.

Fiona war klar und deutlich zu verstehen. »Lauf, Ryan! Klettre auf einen Baum!«

Der Junge drehte sich erneut im Kreis, dann humpelte er los und verschwand außer Sicht. Die Lautsprecher übertrugen das Gelächter der unsichtbaren Wachposten.

Auf einmal ertönte ein Schrei.

Wild und blutrünstig.

Gray bekam eine Gänsehaut.

Baldric fuhr sich mit der Handkante über die Kehle, worauf die Übertragung abbrach.

»Wir züchten hier nicht nur Orchideen, Commander Pierce«, sagte er, wobei er alle Verstellung jäh fallen ließ.

»Sie haben uns Ihr Wort gegeben«, sagte Gray.

»Das Versprechen gilt unter der Voraussetzung, dass Sie kooperieren!« Baldric richtete sich geschmeidig auf und deutete geringschätzig auf die Tafel. »Wollen Sie uns für dumm verkaufen? Wir wissen genau, dass in der Darwinbibel keine weiteren Informationen enthalten waren. Wir haben alles, was wir brauchen. Ich wollte Sie lediglich auf die Probe stellen und Ihnen etwas demonstrieren. Wir haben Sie aus anderen Gründen hergebracht. Es gibt noch andere Fragen, die einer Beantwortung harren.«

Gray schwirrte der Kopf, doch allmählich dämmerte es ihm. »Das Gas ...«

»... sollte Sie nicht töten, sondern lediglich bewusstlos machen. Aber Ihre Finte war amüsant, das muss ich Ihnen lassen. Jetzt aber sollten wir uns ernsthafteren Dingen zuwenden.«

Baldric trat näher an den Wandmonitor heran. »Sie fühlen sich für die Kleine verantwortlich, nicht wahr? Ein wildes Ding. *Zeer goed*. Ich will Ihnen zeigen, was sie im Wald erwartet.«

Ein Kopfnicken, dann wurde eine Taste gedrückt, und auf dem Monitor öffnete sich ein weiteres Fenster.

Grays Augen weiteten sich vor Entsetzen.

»Wir möchten mehr über einen Ihrer Kollegen erfahren«, sagte Baldric. »Zuvor aber wollte ich Ihnen klarmachen, dass weitere Ausflüchte zwecklos sind. Oder bedürfen Sie einer weiteren Demonstration?«

Gray starrte entmutigt auf den Monitor. »Was wollen Sie wissen?«

Baldric trat näher. »Es geht um Ihren Boss. Um Painter Crowe.«

12

Ukufa

Als sie die Treppe zur Niederlassung von British Telecom hochstiegen, fiel Lisa auf, dass Painters Beine zitterten. Sie wollten sich mit einem britischen Geheimagenten treffen, der die Logistik und Bodenunterstützung des Angriffs auf die Besitzung der Waalenbergs koordinieren sollte. Vom Flughafen an der Richards Bay, einem der großen Airports an der südafrikanischen Küste, war es mit dem Taxi nur ein Katzensprung bis zu der Niederlassung gewesen. Bis zum Anwesen der Waalenbergs war es eine Stunde mit dem Auto.

Von Painters Hand blieb ein feuchter Abdruck auf dem Geländer zurück. Lisa fasste ihn beim Ellbogen und half ihm die letzte Stufe hoch.

»Es geht schon!«, sagte er aufbrausend.

Sie schwieg, denn sie wusste, dass Angst der Grund für seine Verärgerung war. Außerdem hatte er starke Schmerzen. Im Flugzeug hatte er eine Kodein-Tablette nach der anderen geschluckt.

Lisa hatte gehofft, er würde sich im Flugzeug etwas erholen, doch wenn überhaupt war seine Entkräftung – seine Degeneration, wie Anna sich ausgedrückt hatte – weiter vorangeschritten.

Anna und Gunther waren unter Bewachung am Flughafen zurückgeblieben, obwohl das eigentlich unnötig war. Die letzte Stunde des Flugs hatte die Deutsche auf der Toilette verbracht und sich ständig übergeben. Beim Abschied hatte Anna mit einem feuchten Waschlappen auf der Stirn in Gunthers Armen auf dem Sofa gelegen. Ihr linkes Auge war blutunterlaufen gewesen, das rechte schmerzhaft geschwollen. Lisa hatte ihr ein Antiemetikum und eine Morphiumspritze gegeben.

Obwohl sie ihre Befürchtungen für sich behielt, schätzte Lisa, dass Anna und Painter bestenfalls noch ein Tag blieb. Dann würde keine Behandlung mehr helfen.

Major Brooks, ihr einziger Begleiter, hielt ihnen die Tür auf. Dabei musterte er wachsam die Straße, doch zu dieser frühen Stunde waren nur wenige Menschen unterwegs.

Bemüht, sein Humpeln zu verbergen, schritt Painter steifbeinig durch die Tür.

Lisa folgte ihm. Man geleitete sie am Empfang vorbei durch ein Labyrinth grauer Kabinen und Büros in einen Konferenzsaal.

Niemand hielt sich darin auf. Die Fenster boten Ausblick auf die Lagune der Richards Bay. Im Norden lag der Industriehafen mit seinen Kränen und Containerschiffen. Im Süden, abgetrennt durch eine Kaimauer, lag die eigentliche Lagune, die jetzt unter Naturschutz stand und Krokodile, Haie, Flusspferde, Pelikane, Kormorane und die allgegenwärtigen Flamingos beherbergte.

Die aufgehende Sonne verwandelte das Wasser in einen Feuerspiegel.

Tee und Gebäck wurden gebracht. Painter hatte bereits Platz genommen. Lisa setzte sich neben ihn. Major Brooks blieb in Türnähe stehen.

Obwohl sie kein Wort gesagt hatte, sprach ihre Miene Bände. »Es geht mir gut.«

»Nein, geht es nicht«, erwiderte sie leise. Der leere Raum schüchterte sie aus irgendeinem Grund ein.

Er lächelte sie mit funkelndem Blick an. Trotz seines unübersehbaren körperlichen Verfalls war noch immer mit ihm zu rechnen. Er sprach etwas schleppend, doch das konnte auch an den Medikamenten liegen. Würde er bis zuletzt bei vollem Bewusstsein sein?

Unwillkürlich tastete sie unter der Tischplatte nach seiner Hand.

Er erwiderte ihren Händedruck.

Sie wollte ihn gar nicht mehr loslassen. Die Stärke ihrer Empfindungen überraschte und überwältigte sie. Dabei kannten sie sich kaum. Sie wollte mehr von ihm erfahren. Sie wollte wissen, was sein Lieblingsgericht war, was ihn lauthals zum Lachen brachte, wie er tanzte und was er einem beim Gutenachtsagen ins Ohr flüsterte. Sie wollte nicht, dass das alles verloren ging.

Er drückte ihr die Hand, als könnte sie ihn mit bloßer Willenskraft am Leben erhalten.

In diesem Moment öffnete sich erneut die Tür, und der britische Geheimagent betrat den Raum.

Lisa musterte die Person überrascht. Sie hatte einen James-Bond-Klon erwartet, einen gut aussehenden Spion im Armani-Anzug. Stattdessen betrat eine mit einem zerknitterten Safarianzug bekleidete ältere Frau den Raum. In der Hand hielt sie einen zerknautschten Hut. Ihr Gesicht war mit Ausnahme der Augen, die sie unterwegs offenbar mit einer Sonnenbrille geschützt hatte, mit rötlichem Staub verkrustet. Deshalb wirkte sie trotz der müde herabhängenden Schultern und einer gewissen Traurigkeit im Blick irgendwie erstaunt.

»Ich bin Dr. Paula Kane«, sagte sie, nickte Major Brooks zu und trat dann an den Tisch. »Zur Koordination des Einsatzes bleibt uns nicht mehr viel Zeit.«

Painter hatte sich erhoben. Auf dem Tisch waren Satellitenfotos ausgebreitet. »Wann wurden die Aufnahmen gemacht?«, fragte er.

»Gestern Abend«, antwortete Paula Kane.

Ihre Funktion hatte sie bereits erläutert. Nach der Promotion in Biologie sei sie vom britischen Geheimdienst angeworben und nach Südafrika geschickt worden. Zusammen mit ihrer Partnerin habe sie eine Reihe von Forschungsvorhaben durchgeführt und gleichzeitig das Waalenberg-Anwesen beobachtet. Sie hätten die Familie fast ein Jahrzehnt lang ausspioniert, bis sich vor zwei Tagen die Tragödie ereignet habe. Ihre Partnerin sei unter mysteriösen Umständen ums Leben gekommen. Die offizielle Version laute, sie sei von Löwen angegriffen worden. Als Paula Kane diese Erklärung vorbrachte, wirkte sie jedoch wenig überzeugt.

»Nach Mitternacht haben wir die Anlage mit Infrarot gescannt«, fuhr Paula fort, »aber leider trat ein Defekt auf. Das Foto ging verloren.«

Painter musterte den Grundriss des gewaltigen Anwesens, das eine Gesamtfläche von über hunderttausend Morgen einnahm. Eine kleine Rollbahn war zu erkennen, eine Schneise mitten durch den Dschungel. Im bewaldeten Hochland, auf den weitläufigen, grasbestandenen Savannen und im dichten Wald lagen verschiedene Nebengebäude verstreut. Mitten im tiefsten Dschungel lag eine Burg aus Stein und Holz, der Hauptsitz der Waalenbergs.

»Ein besseres Foto vom Terrain haben wir nicht?«

Paula Kane schüttelte den Kopf. »Der Dschungel in dieser Gegend besteht aus Bergregenwald mit uraltem Baumbestand. Solche Wälder gibt es in Südafrika nur noch sehr wenige. Die Waalenbergs haben diesen Ort ausgewählt, weil er abgelegen ist und weil sie sich diesen riesigen Wald aneignen wollten. Die Basis des Waldes bilden vierzig Meter hohe Bäume, die in klar abgegrenzte Schichten gegliedert sind. Die Artenvielfalt übertrifft die anderer Regenwälder einschließlich des kongolesischen Dschungels.«

»Zudem bietet er hervorragende Deckung«, bemerkte Painter.

»Was unter dem Blätterdach vorgeht, wissen allein die Waalenbergs. Allerdings ist uns bekannt, dass das Herrenhaus nur die Spitze des Eisbergs ist. Auf dem Gelände gibt es weitläufige unterirdische Anlagen.«

»Wie tief unter der Erde?«, fragte Painter und sah Lisa an. Falls hier tatsächlich Experimente mit der Glocke durchgeführt wurden, dann sicherlich unterirdisch.

»Das wissen wir nicht. Jedenfalls nicht genau. Aber die Waalenbergs haben ein Vermögen mit der Goldförderung verdient.«

»Am Witwatersrand Reef.«

Paula schaute hoch. »Genau. Wie ich sehe, haben Sie Ihre Hausaufgaben gemacht.« Sie wandte sich wieder den Satellitenfotos zu. »Die bei der Goldförderung gewonnenen Kenntnisse sind in den Bau der unterirdischen Anlage eingeflossen. Es ist uns bekannt, dass Bertrand Culbert, der leitende Bergbauingenieur, zum Bau des so genannten *Fundaments* des Herrenhauses hinzugezogen wurde. Kurz darauf ist er allerdings verstorben.«

»Lassen Sie mich raten. Die genauen Todesumstände wurden nie geklärt.«

»Er wurde von einem Wasserbüffel zertrampelt. Das war allerdings weder der erste noch der letzte mysteriöse Todesfall im Dunstkreis der Waalenbergs.« Ihre Augen nahmen einen schmerzlichen Ausdruck an, als sie an ihre Partnerin dachte. »Es wird gemunkelt, in dem Gebiet seien schon zahlreiche Menschen spurlos verschwunden.«

»Trotzdem hat noch niemand einen Durchsuchungsbefehl erwirkt.«

»Sie sollten dabei bedenken, wie unbeständig die Politik Südafrikas ist. Die Regierungen kommen und gehen, der wahre Herrscher aber ist seit jeh das Gold. Die Waalenbergs sind unangreifbar. Das Gold schützt sie besser als jede Privatarmee.«

»Und was ist mit Ihnen?«, fragte Painter. »Warum interessiert sich das MI5 für die Waalenbergs?«

»Unser Interesse reicht weit zurück. Der britische Geheimdienst beobachtet die Waalenbergs schon seit dem Ende des Zweiten Weltkriegs.«

Painter nahm müde wieder Platz. Mit dem einen Auge hatte er Mühe, scharf zu sehen. Er rieb es behutsam. Da ihm nur allzu deutlich bewusst war, dass Lisa ihn beobachtete, wandte er sich wieder Paula zu. Dass das Hakenkreuz im Wappen der Waalenbergs versteckt war, hatte er noch nicht erwähnt, doch der MI5 war über diese Verbindung offenbar bereits im Bilde.

»Wir wussten, dass die Waalenbergs die Forschungs- und Lehrgemeinschaft Ahnenerbe der Nazis mit erheblichen Zuwendungen unterstützt haben. Wissen Sie über diese Organisation Bescheid?«

Painter schüttelte den Kopf, was einen Krampf auslöste. Der Kopfschmerz strahlte inzwischen über den Hals bis ins Rückgrat aus. Mit zusammengebissenen Zähnen ertrug er den Schmerz.

»Die Forschungsgemeinschaft Ahnenerbe war Heinrich Himmler unterstellt. Sie suchte nach den Wurzeln der arischen Rasse. Außerdem war sie für einige der abscheulichsten Gräuel verantwortlich, die in Konzentrationslagern und anderen geheimen Einrichtungen begangen wurden. Grob gesagt waren das verrückte Wissenschaftler, die mit Waffen herumgefuchtelt haben.«

Painter musste sich beherrschen, um nicht zusammenzuzucken – diesmal aber war der Auslöser eher psychischer als physischer Natur. Sigma hatte man schon mit ganz ähnlichen Worten charakterisiert. *Wissenschaftler mit Waffen.* Mit welchem Gegner hatten sie es hier zu tun? Mit einer Naziversion von Sigma?

Lisa meldete sich zu Wort. »Woher rührte das Interesse der Waalenbergs an diesem Forschungszweig?«

»Das können wir nicht genau sagen. Während des Krieges gab es in Südafrika jedoch viele Nazi-Sympathisanten. Wir wissen, dass der gegenwärtige Patriarch, Sir Baldric Waalenberg, sich für Eugenik interessierte und dass er vor dem Ausbruch der Feindseligkeiten an wissenschaftlichen Konferenzen in Deutschland und Österreich teilgenommen hat. Nach dem Krieg aber verschwand er und nahm die ganze Familie mit.«

»Um seine Wunden zu lecken?«, sagte Painter.

»Das erscheint uns fraglich. Nach dem Krieg suchten die Alliierten in Deutschland nach geheimer Nazitechnologie.« Paula zuckte die Achseln. »Auch die britischen Streitkräfte.«

Painter nickte. Von den Plünderungen hatte ihm bereits Anna berichtet.

»Die Nazis aber verstanden es, einen Gutteil ihrer Technologie verschwinden zu lassen, und verfolgten dabei eine Politik der verbrannten Erde. Sie exekutierten Wissenschaftler, bombardierten

Forschungseinrichtungen. In Bayern kamen unsere Streitkräfte um Minuten zu spät. In einem Graben fanden wir einen Wissenschaftler mit Kopfschuss, der noch am Leben war. Bevor er starb, gab er uns ein paar Hinweise. Es wurde dort an einer neuen Energiequelle geforscht, auf die man bei Quantenexperimenten gestoßen war. Offenbar war ihnen ein Durchbruch gelungen. Man hatte eine ungewöhnlich potente Energiequelle entdeckt.«

Painter wechselte einen Blick mit Lisa. Das passte zu Annas Aussagen über die Nullpunktenergie.

»Die Forschungsergebnisse wurden über von den Nazis eingerichtete Schleichwege außer Landes geschmuggelt. Außer der Bezeichnung der Substanz und dem Endziel der Schmuggelaktion ist kaum etwas darüber bekannt.«

»Die Waalenberg-Besitzung?«, riet Lisa.

Paula nickte.

»Und die Bezeichnung der Substanz?«, fragte Painter, obwohl er die Antwort bereits ahnte. »Ging es um Xerum 525?«

Paula blickte überrascht hoch und legte die Stirn in Falten. »Woher wissen Sie das?«

»Die Energiequelle der Glocke«, murmelte Lisa überrascht.

Für Painter aber passte das alles zusammen. Es wurde allmählich Zeit, vor Dr. Paula Kane die Karten auf den Tisch zu legen. Er richtete sich auf.

»Ich möchte Ihnen jemanden vorstellen.«

Annas Reaktion fiel nicht minder heftig aus. »Dann ging das Wissen um das Herstellungsverfahren für das Xerum 525 also gar nicht verloren? *Unglaublich!*«

Sie hatten sich alle in einem Hangar des Airports Richards Bay versammelt, wo zwei staubige Laster gerade mit Waffen und Ausrüstung beladen wurden.

Lisa überprüfte die Inventarliste der medizinischen Ausrüstung und verfolgte gleichzeitig die Unterhaltung zwischen Painter, Anna und Paula. Gunther stand neben Lisa. Mit sorgenvoller Miene musterte er seine Schwester. Seit Lisa ihr neue Medizin verabreicht hatte, schien es ihr etwas besser zu gehen.

Aber wie lange würde sie noch durchhalten?

»Während die Glocke von Ihrem Großvater in den Norden geschafft wurde«, sagte Painter gerade zu Anna, »hat man das Herstellungsverfahren für das Xerum 525 offenbar mit dem Schiff nach Süden in Sicherheit gebracht. Auf diese Weise wurde das Risiko aufgeteilt. Irgendwann haben die Waalenbergs erfahren, dass die Glocke den Krieg überdauert hatte. Baldric Waalenberg – der maßgebliche Finanzier der Forschungsgemeinschaft Ahnenerbe – wusste offenbar von der Existenz des Granitschlosses.«

»Die Forschungsgemeinschaft hat Himmlers Himalaya-Expeditionen unterstützt«, pflichtete Paula ihm bei.

»Als sie erst einmal Bescheid wussten, bereitete es Baldric keine Probleme, das Granitschloss zu infiltrieren.«

Annas Gesicht wurde immer länger – und das nicht wegen ihrer Krankheit. »Der Schuft hat uns ausgenutzt! Die ganze Zeit!«

Painter nickte. Er hatte Lisa und Paula bereits auf der Fahrt zum Hangar ins Bild gesetzt. Baldric Waalenberg hatte im Hintergrund alles gesteuert und aus der Ferne die Strippen gezogen. Er war nicht der Typ, der Talent nutzlos verschwendete oder das Rad neu erfinden wollte, und hatte die Wissenschaftler im Granitschloss, die Experten für die Glocke waren, ihre Forschung fortsetzen lassen, während seine Spione die Ergebnisse nach Afrika übermittelt hatten.

»Irgendwann hat Baldric anscheinend seine eigene Glocke gebaut«, sagte Painter. »Er hat im Geheimen damit experimentiert, seine eigenen Sonnenkönige gezeugt und die von Ihren Wissenschaftlern entwickelten Techniken weiter verfeinert. Da Sie im Granitschloss kein Xerum 525 herstellen konnten, waren Sie verwundbar und ohne es zu wissen von Baldric Waalenberg abhängig. Er konnte Ihnen jederzeit den Teppich unter den Füßen wegziehen.«

»Was er auch getan hat!«, giftete Anna.

»Aber warum?«, fragte Paula. »Eigentlich lief doch alles ganz in seinem Sinne.«

Painter zuckte die Schultern. »Vielleicht weil Annas Gruppe sich immer weiter vom Nazi-Ideal der arischen Vorherrschaft entfernt hat.«

Anna presste die Hand gegen die Stirn, als wollte sie die bittere Wahrheit einfach nicht wahrhaben. »Außerdem gab es Gerüchte … einer der Wissenschaftler … wollte sich der wissenschaftlichen Gemeinde anschließen und unsere Forschungsergebnisse öffentlich machen.«

»Ich glaube, das war nicht der einzige Grund«, meinte Painter. »Da steckt noch mehr dahinter. Eine ganz große Sache. Das Granitschloss war offenbar auf einmal obsolet geworden.«

»Da könnten Sie recht haben«, sagte Paula. »In den vergangenen Monaten wurde auf dem Gelände eine erhöhte Betriebsamkeit registriert. Irgendetwas hat sie aufgescheucht.«

»Ich glaube, sie haben einen Durchbruch erzielt«, meinte Anna besorgt.

Auf einmal meldete Gunther sich mit knarzender Stimme zu Wort. »*Genug!*« Vor lauter Unmut vergaß er, englisch zu sprechen. »Der Schuft hat die Glocke … er hat das *Xerum* … Das schnappen wir uns. Dann setzen wir es ein.« Er zeigte auf seine Schwester. »Genug gequatscht!«

Lisa stimmte dem Hünen mit ganzem Herzen zu. »Wir müssen irgendwie in das Haus hineingelangen.« Und zwar bald, setzte sie im Stillen hinzu.

»Um das Anwesen zu stürmen, bräuchte es eine ganze Armee.« Painter wandte sich Paula zu. »Können wir mit Unterstützung der südafrikanischen Regierung rechnen?«

Paula schüttelte den Kopf. »Aussichtslos. Die Waalenbergs haben zu viele Hände geschmiert. Wir müssen versuchen, irgendwie heimlich reinzukommen.«

»Die Satellitenfotos sind jedenfalls keine große Hilfe«, meinte Painter.

»Dann versuchen wir es eben mit Lowtech«, sagte Paula und geleitete die anderen zu den wartenden Lkws. »Ich habe bereits einen Mann vor Ort.«

06:28

Khamisi lag flach auf dem Bauch. Obwohl es bereits Morgen war, hüllten die Schatten der ersten Sonnenstrahlen den Waldboden in noch tiefere Dunkelheit als zuvor. Er war mit einem Tarnanzug bekleidet und hatte seine große doppelläufige Nitro Holland & Holland Royal Kaliber .465 auf den Rücken geschnallt. In der Rechten hielt er einen traditionellen Kurzspeer der Zulus, einen Assegai.

Hinter ihm lagen zwei Zulu-Fährtensucher: Tau, der Enkel des Stammesältesten, der Khamisi nach dem Attentat behandelt hatte, und Njongo, sein bester Freund. Beide waren mit Schusswaffen sowie Kurz- und Langspeeren bewaffnet. Nach alter Sitte waren sie mit bemalten Tierhäuten und Stirnbändern aus Otternhaut bekleidet.

In der Nacht hatten sie den Wald rund ums Herrenhaus erkundet und herausgefunden, wie man den Hochwegen und den darauf patrouillierenden Wachposten aus dem Weg gehen konnte. Dabei waren sie den Tierpfaden gefolgt, die das Unterholz durchzogen, und an einer kleinen, im Dickicht verborgenen Herde Impalas vorbeigekommen. Khamisi hatte unterwegs mehrfach angehalten, um als Kletterpflanzen getarnte Seile an den Hochwegen zu befestigen. Außerdem hatte er ein paar Überraschungen angebracht.

Als er seine Pflicht erledigt hatte, war er mit den Fährtensuchern zu einem Bach marschiert, der unter dem Wildzaun hindurchströmte, der die Besitzung umschloss.

Auf einmal vernahm er einen grauenhaften Schrei.

Huu-iii-UUU!

Das Gebrüll mündete in ein schrilles Jaulen.

Khamisi erstarrte. Dieser Schrei hatte sich ihm unauslöschlich eingeprägt.

Ein Ukufa.

Paula Kane hatte recht gehabt. Sie hatte angenommen, dass die Wesen von der Waalenberg-Anlage gekommen waren. Ob sie nur zufällig entkommen oder vorsätzlich auf Khamisi und Marcia gehetzt worden waren, vermochte sie nicht zu sagen. Jedenfalls streiften sie jetzt ungehindert umher und jagten.

Aber wen?

Der Schrei war von links gekommen.

Die Ukufas hatten es auf jemand anderen abgesehen. Diese Ungeheuer waren geübte Jäger. Vorzeitig würden sie ihren Aufenthaltsort niemals verraten. Irgendetwas hatte sie in Erregung versetzt und ihren Blutdurst geweckt.

Auf einmal rief jemand auf Deutsch um Hilfe.

Ganz in der Nähe.

Da der Schrei des Ukufas ihm noch immer durch Mark und Bein ging, wäre Khamisi am liebsten Hals über Kopf weggerannt. Das war eine Instinktreaktion.

Tau murmelte etwas auf Zulu. Ihm war es ebenfalls nicht geheuer.

Anstatt dem Fluchtdrang nachzugeben, wandte Khamisi den Kopf in die Richtung, aus der der Hilferuf gekommen war. Er dachte an die Angst, die er empfunden hatte, als er, bis zum Hals im Wasserloch stehend, auf die Morgendämmerung gewartet hatte. Er durfte den Fremden nicht seinem Schicksal überlassen.

Er wälzte sich zu Tau hinüber und reichte ihm die Karten, die er gezeichnet hatte. »Geht zum Lager zurück. Gebt das Dr. Kane.«

»Khamisi ... Bruder ... nein, komm mit.« Taus Augen waren vor Angst geweitet. Bestimmt hatte ihm sein Großvater vom Ukufa erzählt und die alten Mythen zum Leben erweckt. Dass die beiden Männer ihn überhaupt begleitet hatten, musste er ihnen hoch anrechnen. Außer ihnen hätte es kaum jemand gewagt, die Besitzung zu betreten. Die Menschen waren hier ausgesprochen abergläubisch.

Jetzt aber, da sie es mit der Realität zu tun hatten, wollte Tau verschwinden.

Khamisi konnte es ihm nicht verdenken. Dafür war die Angst, die er neulich erlebt hatte, noch zu frisch. Anstatt bei Marcia auszuharren, war er geflohen und hatte zugelassen, dass sie getötet wurde.

»Geht«, befahl Khamisi. Er deutete zum Zaun hinüber. Die Karten mussten nach draußen gelangen.

Tau und Njongo zögerten einen Moment, dann nickte Tau. Beide richteten sich auf und verschwanden geduckt im Dschungel. Khamisi konnte nicht einmal ihre Schritte hören.

Abermals herrschte Totenstille, so schwer und dicht wie der Wald selbst. Vorsichtig näherte sich Khamisi dem Ort, von dem die Schreie gekommen waren – der des Ukufas und der des Mannes.

Nach einer vollen Minute brach auf einmal wie ein flüchtender Vogelschwarm neuerliches Geheul aus dem Dschungel hervor. Es endete in einem abgehackten Bellen. Khamisi stutzte. Irgendetwas an diesem Schrei war ihm auf unheimliche Weise vertraut.

Bevor er sich darüber klar werden konnte, drang ein leises Schluchzen an sein Ohr.

Der Mann befand sich unmittelbar vor ihm.

Mit dem Doppellauf der Flinte teilte Khamisi ein paar Zweige. Vor ihm lag eine kleine Lichtung. Ein umgestürzter Baum hatte eine Schneise in den Urwald gepflügt. Durch das Loch im Blätterdach drang ein Strahl Morgensonne bis zum Waldboden. Der umliegende Dschungel wirkte dadurch noch düsterer.

An der anderen Seite der Lichtung fiel ihm eine Bewegung ins Auge. Ein junger Mann – eigentlich noch ein Jüngling – war ein Stück weit einen Baum hochgeklettert und versuchte, den nächsten Ast zu erreichen, schaffte es jedoch nicht, sich mit der rechten Hand festzuhalten. Sein Ärmel war blutig.

Auf einmal sank der Junge auf die Knie nieder, schlang die Arme um den Stamm und machte sich ganz klein.

Plötzlich wurde der Verursacher seiner Angst sichtbar.

Khamisi erstarrte, als das Wesen auf die Lichtung trat. Trotz seiner leisen Fortbewegungsweise war es gewaltig. Es war größer als ein ausgewachsener Löwe, doch es war keine Raubkatze. Das zottige Fell war albinoweiß, die Augen funkelten rot. Der Rücken senkte sich von den stämmigen, hohen Schultern zum tief angesetzten Hinterteil hinab. Auf dem muskulösen Hals saß ein großer Kopf mit breiten Fledermausohren. Die Ohren schwenkten umher, dann richteten sie sich zu dem Baum hin aus, hinter dem sich der Junge versteckt hatte.

Das Wesen reckte den Kopf und schnüffelte, vom Blutgeruch angezogen.

Die Lefzen wichen von den Reißzähnen zurück.

Das Monstrum stieß einen neuerlichen Schrei aus, der in eine Art Bellen mündete.

Dann begann es zu klettern.

Khamisi wusste, was er da vor sich hatte.

Einen Ukufa.

Den Tod.

Trotz seiner monströsen Erscheinung aber kannte Khamisi seinen wahren Namen.

06:30

»Crocuta crocuta«, sagte Baldric Waalenberg, während er sich dem LCD-Monitor zuwandte. Er hatte bemerkt, dass Gray das Wesen beobachtete, das die Videoübertragung aus Fionas Käfig überlagerte.

Gray musterte aufmerksam das bärenartige Tier, das knurrend in die Kamera schaute, mit weit offenem Maul, in dem man das rosige Zahnfleisch und die gelblichen Reißzähne sah. Es wog bestimmt dreihundert Pfund und bewachte die aufgeblähten Überbleibsel einer Antilope.

»Die gefleckte Hyäne«, fuhr Baldric fort. »Diese Spezies ist der zweitgrößte Fleischfresser Afrikas und vermag ganz allein ein ausgewachsenes Gnu zu Fall zu bringen.«

Gray runzelte die Stirn. Das Tier auf dem Monitor war keine

gewöhnliche Hyäne, sondern mindestens viermal so groß wie normal. Und dann das helle Fell. Gigantismus und Albinismus. Eine mutierte Monstrosität.

»Was haben Sie damit angestellt?«, fragte er, unfähig, seinen Abscheu zu verbergen. Außerdem wollte er den Mann zum Reden bringen und Zeit schinden. Er wechselte einen Blick mit Monk, dann sah er wieder den alten Mann an.

»Wir haben das Tier verbessert und es kräftiger gemacht.« Baldric sah seinen Enkel an. Isaak beobachtete leidenschaftslos das Schauspiel auf dem Monitor. »Nicht wahr, Isaak?«

»Ja, *grootvader*.«

»Der Vorfahr der heutigen Hyäne ist auf prähistorischen Höhlenmalereien in Europa abgebildet. Die Riesenhyäne. Wir haben Crocuta in alter Pracht wiederauferstehen lassen«, sagte Baldric mit der gleichen wissenschaftlichen Nüchternheit wie eben, als er von der Züchtung der schwarzen Orchidee gesprochen hatte. »Wir haben sogar ihre Intelligenz gesteigert, indem wir menschliche Stammzellen in den zerebralen Cortex eingebracht haben. Mit faszinierenden Ergebnissen.«

Gray hatte von ähnlichen Experimenten mit Mäusen gelesen. An der Stanford University hatten Wissenschaftler Mäuse gezüchtet, deren Gehirn zu einem Prozent menschlich war. Was zum Teufel ging hier vor?

Baldric trat vor die Tafel mit den fünf Runenzeichen und tippte mit dem Stock darauf. »Wir haben mehrere Cray XT3 Superrechner auf Hugos Code angesetzt. Sobald wir den entschlüsselt haben, können wir unsere Ergebnisse auf den Menschen übertragen. Wir werden den nächsten Evolutionsschritt einleiten. Von Afrika aus wird die Menschheit in neuem Glanz auferstehen. Dann ist endlich Schluss mit der Rassenvermischung, und an ihre Stelle wird Rassenreinheit treten. Die wartet nämlich nur darauf, aus unseren verdorbenen Genen freigesetzt zu werden.«

Gray hörte das Echo der Rassenideologie der Nazis aus seinen Worten heraus. Der Mythos des Übermenschen. Der alte Mann war wahnsinnig. Das war die einzige Erklärung. Sein Blick aber war vollkommen klar. Und das Bild auf dem Monitor war der Beweis, dass er seinem Ziel bereits einen gewaltigen Schritt näher gekommen war.

Isaak gab etwas ein, worauf die mutierte Hyäne vom Bildschirm verschwand. Die Albinohyäne. Isaak und seine Schwester. Die weißblonden Attentäter. Ausnahmslos Waalenbergs Kinder. Baldric hatte nicht nur mit Orchideen und Hyänen herumexperimentiert.

»Nun aber wollen wir uns Painter Crowe zuwenden«, sagte der alte Mann. Er deutete auf den Bildschirm. »Jetzt wissen Sie, was das junge *meisje* im Käfig erwartet, wenn Sie unsere Fragen nicht wahrheitsgemäß beantworten. Keine Spielchen mehr.«

Gray musterte den Bildschirm. Er durfte nicht zulassen, dass Fiona etwas zustieß. Notfalls musste er eben Zeit schinden. Das Mädchen war nur deshalb in die Sache hineingezogen worden, weil er bei den Ermittlungen in Kopenhagen ungeschickt vorgegangen war. Er war für sie verantwortlich. Außerdem mochte er Fiona und respektierte sie, auch wenn sie bisweilen schon recht lästig sein konnte. Gray wusste, was er zu tun hatte.

Er wandte sich Baldric zu. »Was wollen Sie wissen?«

»Painter Crowe hat sich anders als Sie als nicht zu unterschätzender Gegner erwiesen. Nachdem wir ihm einen Hinterhalt gelegt hatten, ist er spurlos verschwunden. Sie werden uns helfen, ihn ausfindig zu machen.«

»Und wie?«

»Indem Sie Kontakt mit der Sigma-Zentrale aufnehmen. Wir verfügen über eine abhörsichere, verschlüsselte Telefonleitung. Sie werden die Funkstille beenden und herausfinden, was Sigma über das Projekt Schwarze Sonne weiß und wo Painter Crowe sich versteckt hält. Beim kleinsten Anzeichen von Verrat …« Er nickte zum Monitor hinüber.

Jetzt verstand Gray die Absicht hinter dieser eindringlichen Lektion. Diese Leute hatten ihm die letzte Hoffnung nehmen wollen, sie hinters Licht führen zu können. Fiona retten oder Sigma verraten, war das die Alternative?

Seine Entscheidung wurde durch das Erscheinen der Wachposten aufgeschoben, die eine weitere Forderung von ihm erfüllt hatten.

»Meine Hand!«, rief Monk, als er die Prothese bemerkte, die einer der Männer dabeihatte. Er zerrte an den Fesseln, mit denen man ihm die Arme auf den Rücken gebunden hatte.

Baldric bedeutete dem Mann, näher zu treten. »Geben Sie Isaak die Prothese.«

Isaak fragte auf Niederländisch: »Wurden im Labor alle versteckten Waffen entfernt?«

Der Mann nickte. »Ja, Sir. Alles in Ordnung.«

Trotzdem untersuchte Isaak die Handprothese. Das Teil war eine technische Meisterleistung der DARPA und verfügte über eine periphere Nervensteuerung, die mit den Titaniumkontakten im Armstumpf verbunden war. Außerdem war es mit einer hochwertigen Mechanik und hochmodernen Elektromotoren ausgestattet, die präzise Bewegungen ermöglichten und sensorische Signale übermittelten.

Monk warf Gray einen Blick zu.

Gray bemerkte, dass Monk mit den Fingern der linken Hand einen Code in die Kontaktpunkte des rechten Armstumpfs tippte.

Gray nickte und kam einen Schritt näher auf Monk zu.

Das war eines der Spezialfeatures der elektronischen Prothese. Sie verfügte über eine *drahtlose* Steuerung.

Ein Funksignal wurde an die Prothese übermittelt.

Die Prothese in Isaaks Hand begann sich zu bewegen.

Die Finger ballten sich zur Faust.

Mit Ausnahme des Mittelfingers.

»Zur Hölle mit euch«, murmelte Monk.

Gray packte Monk beim Ellbogen und zerrte ihn zur Flügeltür, die ins Herrenhaus führte.

Die Explosion war nicht besonders stark, aber die Blendgranate explodierte mit einem lauten Knall. Die Ladung war in die Plastikhülle der Hand eingearbeitet und nicht zu detektieren gewesen. Trotz der geringen Explosivkraft hatte sie eine große Wirkung. Die geblendeten Wachposten schrien laut. Gray und Monk krachten durch die Flügeltür, rannten den Gang entlang, bogen um die erstbeste Ecke und polterten über den polierten Hartholzboden.

Alarmglocken schrillten.

Sie mussten einen Fluchtweg finden, und zwar pronto.

Gray bemerkte eine breite Treppe, die nach oben führte. Er lenkte Monk darauf zu.

»Wohin geht's eigentlich?«, fragte Monk.

»Nach oben, oben, oben …«, antwortete Gray im Laufen, während er jeweils zwei Stufen auf einmal nahm. Die Sicherheitskräfte würden annehmen, dass sie durch die erstbeste Tür oder ein Fenster nach draußen flüchteten. In seinem Kopf rotierte eine dreidimensionale Schemazeichnung des Herrenhauses. Auf dem Herweg hatte er sich das Gebäude sorgfältig eingeprägt. Er konzentrierte sich im Vertrauen auf sein räumliches Orientierungsvermögen.

»Hier geht's lang.« Er zerrte Monk von einem Treppenabsatz in einen weiteren Flur hinein. Sie befanden sich im fünften Stock. Immer noch schrillten die Alarmglocken.

»Wohin …?«, fragte Monk.

»Zu den Laufgängen, die durch die Baumkronen führen«, antwortete Gray und zeigte zur Tür am Ende des Flurs.

Leicht aber würde es nicht werden.

Als hätte jemand den kurzen Wortwechsel belauscht, senkte sich vor der Tür ein Metallgitter herab. Eine automatische Absperrung.

»Beeilung!«, rief Gray.

Das Gitter war bereits zu drei Vierteln geschlossen.

Gray rannte noch schneller und ließ Monk hinter sich. Im Laufen packte er einen an der Wand stehenden Stuhl und schleuderte ihn nach vorn. Der Stuhl schlitterte über den glatten Holzboden. Gray stürmte ihm hinterher. In dem Moment, als der Stuhl gegen die Tür prallte, senkte sich das Gitter darauf nieder. Es knirschte. Über dem Ausgang flammte ein rotes Licht auf. Eine Fehlfunktion. Im Überwachungszentrum blinkte bestimmt schon eine Warnleuchte.

Als er die Tür erreichte, splitterten und knackten die Stuhlbeine unter dem Druck des knirschenden Fallgitters.

Monk kam atemlos herbeigerannt, die Arme noch immer auf den Rücken gefesselt.

Gray krabbelte unter den Stuhl und streckte die Hand nach dem Türknauf aus. Wegen des Gitters kam er nur schwer heran.

Er bekam den Knauf zu fassen und drehte ihn.

Abgeschlossen.

»Verdammter Mist!«, fluchte er.

Der Stuhl knackte erneut. Stiefelgepolter hallte durch den Flur. Die Verfolger stürmten die Treppe herauf. Befehle wurden gebrüllt.

Gray wandte den Kopf. »Stütz mich!«, sagte er. »Ich muss die Tür eintreten.«

In sitzender Haltung und mit angezogenen Beinen stemmte Gray sich gegen Monks Schulter.

Plötzlich sprang die Tür von alleine auf, und zwei khakifarbene Hosenbeine wurden in der Öffnung sichtbar. Einer der Wachposten war offenbar auf die Fehlfunktion aufmerksam geworden und wollte nachsehen, was da nicht stimmte.

Gray trat dem Mann gegen die Schienbeine.

Der verlor den Halt, prallte mit dem Kopf gegen das Gitter und landete mit dem Hintern auf den Holzbohlen. Gray warf sich nach vorn und trat dem Mann mit dem Absatz gegen den Kopf. Der Wachposten sackte zusammen.

Monk kickte den Stuhl unter dem Gitter zur Seite und wälzte sich durch die Öffnung. Das Fallgitter senkte sich vollends herab und verschloss den Durchgang.

Gray nahm dem Wachposten die Waffen ab. Mit dessen Messer trennte er Monk die Fesseln durch und reichte ihm die Schusswaffe, eine halbautomatische Pistole vom Typ HK Mark 23. Gray selbst nahm das Gewehr.

Mit vorgehaltener Waffe rannten sie den Hochweg entlang. Unmittelbar vor dem Waldrand teilte sich der Weg. In beide Richtungen war die Luft anscheinend rein.

»Wir müssen uns aufteilen«, sagte Gray. »Damit verbessern wir unsere Chancen. Du musst dir ein Telefon verschaffen und Kontakt mit Logan aufnehmen.«

»Und was ist mit dir?«

Gray schwieg. Eine Antwort erübrigte sich.

»Gray … sie ist vielleicht schon tot.«

»Das wissen wir nicht.«

Monk musterte ihn forschend. Er hatte das Monstrum auf dem Monitor gesehen, doch er wusste, Gray hatte keine andere Wahl.

Monk nickte.

Wortlos rannten sie in entgegengesetzte Richtungen.

06:34

Khamisi hatte den Hochweg erreicht, der zu einem Baum an der anderen Seite der Lichtung hinüberführte. Er bewegte sich lautlos und geschmeidig.

Der Ukufa umkreiste noch immer den Baum und bewachte seine Beute. Der laute Knall von gerade eben hatte ihn erschreckt. Er hatte sich vom Stamm auf den Boden herabfallen lassen und witterte. Mit aufgestellten Ohren stolzierte er um den Baum herum. Vom Herrenhaus schallte der Lärm von Alarmglocken und Sirenen herüber.

Khamisi machte sich Sorgen.

Waren Tau und Njongo entdeckt worden?

Oder war jemand auf das Basislager am Rande des Anwesens gestoßen? Die Sammelstelle war als Jagdlager der Zulus getarnt, von denen es in der Gegend viele gab. Hatte vielleicht jemand seine wahre Bestimmung entdeckt?

Was immer der Grund für den Aufruhr war, der Lärm ließ das Hyänenmonstrum – den Ukufa – vorsichtiger werden. Khamisi nutzte die Gelegenheit, da er abgelenkt war, um auf einen der Hochwege zu klettern. Er wälzte sich auf die Holzbohlen und nahm die Flinte von der Schulter. Die Angst schärfte seine Sinne. Zum Glück war die Panik von ihm abgefallen. Khamisi hatte bemerkt, dass das Tier sich ganz langsam bewegte und ein leises Knurren ausstieß, das hin und wieder in ein nervöses Bellen und Heulen mündete.

Normales Hyänenverhalten.

Trotz seiner gewaltigen Größe hatte das Tier nichts Übernatürliches oder Mythisches an sich.

Dass er ein Wesen aus Fleisch und Blut vor sich hatte, stärkte Khamisis Zuversicht.

Er rannte zu dem Baum hinüber, auf den der Junge geklettert war, und löste ein aufgerolltes Seil vom Rucksack.

Als er sich über die Drahtseilabspannung des Hochwegs beugte, sah er den Jungen. Er stieß einen scharfen Pfiff aus, der einen Vogelruf imitierte. Der Junge hatte nach unten geblickt. Der Pfiff aus der Höhe ließ ihn zusammenschrecken. Als er den Blick hob, sah er Khamisi.

»Ich hole dich hier raus!«, rief Khamisi leise auf Englisch, in der Hoffnung, der Junge würde ihn verstehen.

Der Pfiff aber hatte noch jemanden aufmerksam gemacht.

Der Ukufa äugte zur Brücke hoch. Mit seinen roten Augen fixierte er Khamisi. Die Lider sanken herab. Er bleckte die Zähne. Sein Blick wirkte irgendwie berechnend.

War das der Ukufa, der Marcia auf dem Gewissen hatte?

Khamisi hätte am liebsten beide Läufe auf dieses grinsende Gesicht abgefeuert, doch der Knall der großkalibrigen Flinte hätte seinen Aufenthaltsort verraten. Inzwischen herrschte bestimmt höchste Alarmstufe. Stattdessen legte er die Flinte vor seinen Füßen ab, denn er brauchte volle Bewegungsfreiheit.

»He, Junge!«, sagte Khamisi. »Ich werfe dir jetzt ein Seil zu. Binde dir eine Schlinge um die Hüfte.« Er gestikulierte. »Dann ziehe ich dich hoch.«

Der Junge nickte mit angstgeweiteten Augen. Sein Gesicht wirkte verquollen, denn er hatte geweint.

Khamisi beugte sich über den Rand, schwang das Seil hin und her und warf es dem Jungen zu. Es entfaltete sich im Flug, verfehlte den Jungen jedoch und blieb in den Ästen hängen.

»Du musst ein Stück hochklettern!«

Das brauchte er nicht zweimal sagen. Jetzt, da die Rettung in Sicht war, machte sich der Junge mit größerer Entschlossenheit als zuvor ans Werk. Mühsam zog er sich auf den nächsthöheren Ast hinauf. Er legte sich das Seil um die Hüfte und schüttelte es aus dem Geäst frei. Dabei stellte er sich gar nicht ungeschickt an.

Khamisi holte das schlaffe Seil ein und befestigte das Ende an einem der stählernen Stützpfosten des Hochwegs. »Ich ziehe dich jetzt hoch! Du wirst ein Stück zur Seite pendeln.«

»Machen Sie schnell!«, rief der Junge aufgeregt und zu laut.

Khamisi schwenkte herum und sah, dass der Ukufa auf den Jungen aufmerksam geworden war. Die Bewegung fesselte das Tier wie die Maus die Katze. Es grub die Klauen in den Stamm und kletterte daran hoch.

Khamisi begann unverzüglich das Seil einzuholen. Nach kurzer Zeit spürte er das Gewicht des Jungen. Er beugte sich vor. Der Junge schwang hin und her wie ein Pendel.

Der Ukufa folgte der Bewegung mit den Augen, ohne mit Klettern innezuhalten. Khamisi ahnte seine Absicht. Er wollte springen und sich den am Seil hängenden Jungen schnappen.

Khamisi holte das Seil schneller ein. Der Junge schwang noch immer hin und her.

»*Wie zijn u?*«, rief plötzlich jemand hinter ihm.

Vor Schreck hätte er das Seil um ein Haar losgelassen. Er blickte sich über die Schulter um.

Auf dem Hochweg stand eine groß gewachsene, schlanke Frau, schwarz gekleidet und mit wildem Blick. Das blonde Haar hatte

411

sie kurz geschoren. Eines der älteren Waalenbergkinder. Offenbar hatte sie ihn durch Zufall entdeckt. In der Hand hielt sie ein Messer. Khamisi wagte nicht, das Seil loszulassen.

Gar nicht gut.

Der Junge stieß einen Schrei aus.

Khamisi und die Frau sahen nach unten.

Der Ukufa hatte inzwischen die Höhe des Jungen erreicht und war kurz davor zu springen. Das Gelächter der Frau mischte sich mit dem Bellen der Riesenhyäne. Die Holzbohlen knackten, als sie mit dem Messer in der Hand hinter Khamisi trat.

Die Situation war ausweglos.

06:38

Gray kniete an der Kreuzung nieder. Der Hochweg gabelte sich hier dreifach. Über den linken Weg gelangte man zum Herrenhaus zurück. Der mittlere Weg führte am Waldrand entlang und bot Ausblick auf den Park. Der rechte Weg mündete geradewegs im Dschungel.

Wohin sollte er sich wenden?

Aus der Hocke heraus musterte Gray die Schatten und verglich sie mit dem Videobild, das er zuvor auf dem Monitor gesehen hatte. Länge und Ausrichtung der Schatten ließen Rückschlüsse auf die Position der aufgehenden Sonne in Relation zur Position des Käfigs zu, in dem Fiona gefangen gehalten wurde. Die abzusuchende Fläche aber war trotzdem immens groß.

Leises Fußgetrappel war zu hören, und der Weg erzitterte leicht.

Eine Patrouille.

Zwei Trupps war er bereits begegnet.

Gray schulterte das Gewehr, wälzte sich zum Rand des Weges und ließ sich fallen. Er hielt sich am Geländer fest und hangelte sich daran entlang bis zu einem dicht belaubten Ast. Kurz darauf polterten über ihm drei Wachposten vorbei. Die Vibration der Holzbohlen pflanzte sich durchs Stahlseil fort.

Als die Männer ihn passiert hatten, zog er sich am Ast wieder auf den Weg hinauf. Als er das Bein über das Stahlseil schwang, bemerkte er eine rhythmische Vibration. Näherte sich eine weitere Patrouille?

In Bauchlage legte er das Ohr ans Seil und lauschte wie ein Indianer auf Fährtensuche. Die Vibration hatte einen bestimmten Rhythmus, wie die angezupfte Stahlsaite einer Gitarre. Dreimal schnell, dreimal langsam, dreimal schnell. Dann wiederholte sich das Muster.

Ein Morsecode.

SOS.

Jemand übermittelte über das Seil einen Hilferuf.

Gray richtete sich auf und näherte sich geduckt der Weggabelung. Er betastete die Absperrseile. Nur eines davon vibrierte. Dieses Seil führte nach rechts in den Dschungel hinein.

Sollte das tatsächlich …?

In Ermangelung eines besseren Hinweises folgte Gray dem rechten Weg. Dabei hielt er sich dicht am Rand und bemühte sich, möglichst vorsichtig aufzutreten, damit der Hochweg nicht in Schwingung geriet. An jeder Kreuzung hielt Gray an und vergewisserte sich, in welche Richtung das vibrierende Seil führte.

Er war so darauf konzentriert, den richtigen Weg zu finden, dass er sich plötzlich einem nur vier Meter entfernten Wachposten gegenübersah, als er unter einem herabhängenden Palmwedel hindurchtrat. Der Mann war braunhaarig, Mitte zwanzig, ein typischer Hitlerjunge. Er lehnte am Stahlseil und blickte Gray entgegen. Er hob bereits die Waffe, da er durch das Schwanken des Palmwedels aufmerksam geworden war.

Gray hatte keine Zeit mehr, das Gewehr in Anschlag zu bringen. Stattdessen warf er sich zur Seite – was kein Versuch war, der Kugel auszuweichen. Auf diese kurze Entfernung konnte der Mann gar nicht danebenschießen.

Gray prallte gegen das Seilgeländer.

Der daran lehnende Wachposten wurde durchgeschüttelt. Die

Mündung seines Gewehrlaufs ruckte nach oben. Mit zwei Schritten hatte Gray ihn erreicht und duckte sich. Den Dolch hielt er bereits in der Hand.

Da der Mann das Gleichgewicht verloren hatte, bereitete es Gray keine große Mühe, ihn zum Schweigen zu bringen. Er rammte ihm die Klinge in den Hals und durchtrennte den Kehlkopf. Eine schnelle Drehung, und das Blut spritzte hervor. In Sekundenschnelle würde der Wachposten tot sein. Gray fing den zusammensackenden Mann auf und wuchtete ihn über das Geländer. Bedauern verspürte er keines, denn er musste daran denken, wie die Wachposten gelacht hatten, als Ryan in das Gehege des Monsters hinabgestürzt war. Wie viele Menschen waren wohl schon auf die gleiche Weise umgekommen? Der Mann stürzte durchs rauschende Blätterwerk und krachte ins Unterholz.

Gray duckte sich erneut und lauschte. War der Sturz vielleicht bemerkt worden?

Überraschend nah rief zur Linken eine Frau mit starkem Akzent auf Englisch: »Hör auf, gegen die Gitterstangen zu treten, sonst lassen wir dich runterfallen!«

Eine vertraute Stimme antwortete ihr. »Verpiss dich, du Klappergestell!«

Fiona.

Sie war also noch am Leben.

Trotz der Gefahr musste Gray unwillkürlich grinsen – vor Erleichterung und Respekt.

In geduckter Haltung schlich er zum Ende des Hochweges. Er mündete auf einen Laufgang, der kreisförmig um eine Lichtung herumführte. Das war die Lichtung, die Gray auf dem Monitor gesehen hatte. Der Käfig war an dem Hochweg befestigt.

Fiona trat gegen die Käfigstäbe. *Dreimal schnell, dreimal langsam, dreimal schnell.* Ihre Miene spiegelte wilde Entschlossenheit wider. Gray spürte die durch die Halteseile des Käfigs übertragene Vibration jetzt in den Füßen.

Braves Mädchen.

Offenbar hatte sie die Alarmsirenen des Herrenhauses gehört. In der Hoffnung, Gray sei die Flucht gelungen, hatte sie versucht, ihn auf sich aufmerksam zu machen. Oder aber sie war einfach nur stinksauer, und das SOS-Signal war reiner Zufall.

Gray machte drei Wachposten aus, in Zwei-, Drei- und Neun-Uhr-Position. Ischke, die in ihrem schwarz-weißen Outfit noch immer hinreißend aussah, befand sich ihm gegenüber in der Zwölf-Uhr-Position. Sie hatte beide Hände auf das Drahtseilgeländer gelegt und blickte finster zu Fiona hinunter.

»Ein Schuss ins Knie würde dich vielleicht zur Vernunft bringen!«, rief sie Fiona zu und legte die Hand auf die Pistole in ihrem Halfter.

Fiona hielt unvermittelt inne und fluchte verhalten, dann senkte sie den Fuß.

Gray überschlug seine Chancen. Er hatte lediglich ein Gewehr und einen Dolch als Waffe und sah sich drei bewaffneten Wachposten und Ischkes Pistole gegenüber. Ein ungünstiges Verhältnis.

Plötzlich ertönte ein lautes Rauschen, dann waren Wortfetzen zu vernehmen.

Ischke löste das Funkgerät vom Gürtel und hob es an den Mund. »Ja?«

Sie lauschte eine halbe Minute lang, dann stellte sie eine Frage, die Gray nicht verstand, und unterbrach die Verbindung. Sie ließ das Funkgerät sinken und wandte sich an die Wachposten.

»Neue Befehle!«, sagte sie auf Niederländisch. »Wir sollen das Mädchen auf der Stelle töten.«

06:40

Der Ukufa stieß mehrere schrille Schreie aus und machte Anstalten, den am Seil baumelnden Ryan anzuspringen. Khamisi spürte, dass sich ihm die Frau von hinten näherte. Da er das Seil hielt, konnte er nicht zur Waffe greifen.

»Wer sind Sie?«, fragte die Frau, das Messer in der Hand.

Khamisi tat das einzig Richtige.

Er beugte die Knie, warf sich über die Reling und hielt im Fallen das Seil umklammert, das sich sirrend um den stählernen Stützpfosten wand. Während er dem Erdboden entgegenstürzte, wurde der Junge nach oben gerissen. Laut schreiend schlug er um sich.

Der Ukufa sprang, doch vom herabstürzenden Khamisi wurde der Junge im letzten Moment zum Hochweg hochgezogen und prallte dagegen.

Aufgrund des plötzlichen Rucks rutschte Khamisi das Seil aus den Fingern.

Er stürzte zu Boden und landete im Gras. Der Junge klammerte sich an die Unterseite des Hochweges. Die Frau blickte verblüfft auf Khamisi nieder.

Nur wenige Meter von ihm entfernt landete etwas Schweres im Gras.

Khamisi setzte sich auf.

Der Ukufa sprang knurrend auf die Beine. Speichel troff ihm aus dem Maul.

Mit seinen roten Augen fasste er die einzige Beute in Reichweite in den Blick.

Khamisi.

Seine Hände waren leer. Das Gewehr lag auf dem Hochweg.

Das Tier jaulte vor Blutgier und Enttäuschung. Es sprang Khamisi an, um ihm die Kehle durchzubeißen.

Khamisi fiel auf den Rücken und hob seine einzige Waffe. Den Assegai. Der Kurzspeer war noch immer an seinem Schenkel festgeschnallt. Als sich der Ukufa auf ihn stürzte, stieß Khamisi die Klinge nach oben. Wie alle Zulujungen hatte er von seinem Vater gelernt, wie man die Waffe gebrauchte. Vor seinem Weggang nach Australien. Geleitet von einem tief verwurzelten Instinkt rammte Khamisi dem Tier – ein Monstrum aus Fleisch und Blut und kein mythisches Wesen – die Klinge zwischen die Rippen und trieb sie ihm tief in den Leib, als sich das Gewicht der Hyäne auf ihn legte.

Der Ukufa schrie. Vom eigenen Schwung getragen segelte er

über Khamisi hinweg und entriss ihm dabei den Speer. Khamisi wälzte sich herum. Jetzt war er unbewaffnet. Der Ukufa trat wie rasend um sich, wobei der Speer noch tiefer in die Wunde getrieben wurde. Er schrie ein letztes Mal, zuckte krampfhaft und erschlaffte.

Tot.

Ein Wutschrei aus der Höhe ließ Khamisi aufblicken.

Die Frau auf dem Hochweg hatte Khamisis Gewehr gefunden und zielte damit auf ihn. Der Schuss dröhnte so laut wie eine Granatenexplosion. Dicht neben ihm explodierte ein Busch. Erde spritzte hoch. Khamisi wich zurück. Die Frau schwenkte den Lauf herum und nahm ihn diesmal mit größerer Sorgfalt aufs Korn.

Der zweite Schuss klang irgendwie schärfer.

Khamisi warf sich zur Seite – und stellte fest, dass er wundersamerweise unverletzt geblieben war.

Als er nach oben sah, kippte die Frau über das Geländerseil. Ihre Brust war blutig.

Eine Gestalt tauchte auf dem Hochweg auf.

Ein muskulöser Mann mit kahl rasiertem Schädel. In der Linken hielt er eine Pistole, die er auf seinen Armstumpf stützte. Er beugte sich über das Seil und sah den Jungen, der sich noch immer an der Unterseite des Weges festklammerte.

»Ryan …«

Der Junge schluchzte erleichtert auf. »Bringen Sie mich hier raus.«

»Genau das hatte ich vor …« Er musterte Khamisi. »Das heißt, wenn der Typ da weiß, wo der Ausgang liegt. Ich kenne mich hier nicht aus.«

06:44

Die beiden Schüsse hallten durch den Wald.

Ein kleiner Schwarm grüner Papageien flog unter lautem Protestgeschrei auf und flatterte über die Lichtung.

Gray duckte sich.

War Monk entdeckt worden?

Ischke dachte offenbar das Gleiche, denn sie wandte den Kopf in die Richtung, aus der die Schüsse gekommen waren. Warnend schwenkte sie die Hände. »Passt auf!«, rief sie den Wachposten zu.

Die Wachposten rannten mit vorgehaltenen Gewehren den Kreisweg entlang und näherten sich Gray aus beiden Richtungen. Gray ließ sich fallen, rollte sich ab und drückte dabei das Gewehr an die Brust. Er warf sich vom Hochweg. Der erste Wachposten würde ihn in wenigen Sekunden erreicht haben. Wie zuvor hielt er sich am Seilgeländer fest, bekam es in der Hektik aber nur mit einer Hand zu fassen. Er schwang herum. Das Gewehr rutschte ihm von der Schulter.

Unter allerlei Verrenkungen bekam er den Lederriemen mit einem Finger zu fassen und stieß einen Seufzer der Erleichterung aus.

Über ihm polterten die Wachposten vorbei und versetzten das Geländerseil in Schwingung.

Plötzlich entglitt Gray der Lederriemen. Die Schwerkraft hatte ihn entwaffnet. Das Gewehr bohrte sich ins Unterholz. Gray fasste mit der anderen Hand nach dem Seil und hielt sich fest. Wenigstens hatte sich beim Aufprall kein Schuss gelöst.

Die Schritte der Wachposten entfernten sich.

Er hörte, wie Ischke ins Funkgerät sprach.

Was nun?

Es stand Messer gegen Pistole. Er zweifelte weder an ihrer Bereitschaft, die Waffe einzusetzen, noch an ihrer Treffsicherheit.

Dafür hatte er das Überraschungsmoment auf seiner Seite.

Das aber wurde zumeist überschätzt.

Gray hangelte sich an der Unterseite des Hochweges entlang bis zum Kreisgang vor. Dann bewegte er sich an dessen Außenrand weiter, sodass er von der Frau nicht gesehen werden konnte. Da er die Holzbohlen nicht in Schwingung versetzen wollte, kam er nur langsam voran. Er stimmte seine Bewegungen auf die Windböen ab, die sich hin und wieder im Blätterdach fingen.

Seine Annäherung blieb jedoch nicht unbemerkt.

Fiona war im Käfig so weit wie möglich von Ischke abgerückt. Offenbar hatte sie deren Bemerkung verstanden. *Wir sollen das Mädchen auf der Stelle töten.* Obwohl die blonde Frau durch die Schüsse vorübergehend abgelenkt gewesen war, wandte sie sich nun wieder Fiona zu.

Da Fiona am Käfigboden hockte, sah sie Gray, einen Gorilla in weißem Overall, der sich, halb vom Laubwerk verdeckt, an der Unterseite des Kreisweges entlanghangelte. Sie zuckte vor Überraschung zusammen, fasste sich jedoch rasch wieder. Ihre Blicke trafen sich.

Trotz ihres lautstarken Wütens lag Entsetzen in ihrem Blick. In dem Käfig wirkte sie viel kleiner und verletzlicher als zuvor. Sie hatte die Arme um die Brust geschlungen und rang um Fassung. Aufgrund der Erfahrungen, die sie auf der Straße gesammelt hatte, wusste sie, dass sie ihren vollständigen Zusammenbruch allein mit Imponiergehabe verhindern konnte. Auf diese Weise hielt sie sich einigermaßen aufrecht.

Sie winkte ihm unauffällig zu, zeigte nach unten und schüttelte mit angstvoll geweiteten Augen andeutungsweise den Kopf, um ihn zu warnen.

Vom Boden drohte Gefahr.

Er musterte das dichte Gras und die auf der Lichtung verteilten Büsche. Der Schatten war nahezu undurchdringlich. Er konnte nichts Auffälliges erkennen, nahm sich Fionas Warnung jedoch zu Herzen.

Er durfte nicht den Halt verlieren.

Gray schätzte die Strecke ab, die er bislang zurückgelegt hatte. Er befand sich ungefähr in Acht-Uhr-Position, Ischke in Zwölf-Uhr-Position. Er hatte noch eine beachtliche Strecke zurückzulegen, und seine Arme ermüdeten bereits, und die Finger begannen zu schmerzen. Er musste sich beeilen. Das ständige Stop-and-Go war tödlich. Wenn er schneller hangelte, bestand allerdings die Gefahr, dass Ischke auf ihn aufmerksam wurde.

Fiona hatte offenbar den gleichen Gedanken. Sie stand auf, trat gegen die Gitterstäbe und rüttelte daran, sodass das ganze Gebilde ins Schwanken geriet. Gray hangelte sich daraufhin schneller vor.

Leider lenkte Fiona damit Ischkes Zorn auf sich.

Die Waalenberg senkte das Funkgerät und schrie Fiona zu: »Jetzt hab ich die Faxen aber langsam dicke!«

Fiona tobte ungerührt weiter.

Gray brachte die Neun-Uhr-Position hinter sich.

Ischke trat an die innere Drahtseilabspannung und geriet dabei zur Hälfte in Grays Sicht. Sie nahm ein Gerät aus der Tasche ihres Sweaters. Mit den Zähnen zog sie die Antenne heraus, dann richtete sie sie auf Fiona. »Es wird Zeit, dass du Skuld begegnest, der nordischen Schicksalsnorne.«

Sie drückte eine Taste.

Fast unmittelbar unterhalb von Gray heulte ein Tier wütend auf. Unter heftigem Geraschel trat es aus dem schattigen Dunkel des Dschungels auf die grasbestandene Lichtung. Eine mutierte Hyäne. Sie wog bestimmt dreihundert Pfund, ein wahres Muskelpaket mit gefährlichen Reißzähnen. Das Tier knurrte leise mit hochgezogenen Lefzen. Dann bellte es, schnappte ins Leere und witterte zum Käfig hoch.

Das Monstrum war Gray am Waldboden offenbar die ganze Zeit gefolgt. Er konnte sich denken, was als Nächstes kommen würde.

Eilig hangelte er sich an der Elf-Uhr-Position vorbei.

Ischke schwelgte in Fionas Angst. »Skuld wurde ein Chip ins Gehirn implantiert, der ihren Appetit und ihre Mordlust steigert.« Sie drückte erneut auf die Taste. Die Hyäne heulte auf und sprang mit geiferndem Maul zum Käfig hoch, vom Chip schier zum Wahnsinn getrieben.

Auf diese Weise hielten die Waalenbergs also ihre Monster in Schach.

Mit funkgesteuerten Implantaten.

Auf diese Weise machten sie sich die Natur gefügig.

»Wir sollten den Hunger der armen Skuld allmählich stillen«, sagte Ischke.

Gray würde es nicht mehr schaffen. Trotzdem hangelte er sich unermüdlich weiter.

So nah.

Und doch zu spät.

Ischke drückte eine weitere Taste. Die Bodenklappe des Käfigs öffnete sich mit einem deutlich vernehmbaren *Klong*.

O nein.

Gray hielt mitten im Schwung inne. Er beobachtete, wie sich die Falltür unter Fiona öffnete. Sie stürzte auf das geifernde Tier hinunter.

Gray bereitete sich darauf vor, sich ebenfalls fallen zu lassen und ihr beizustehen.

Fiona aber hatte aus Ryans Missgeschick gelernt. Sie war vorbereitet. Im Fallen hielt sie sich an den unteren Käfigstäben fest. Skuld, die Hyäne, sprang in die Luft und schnappte nach ihren Beinen. Fiona zog sich langsam hoch.

Ischke lachte grausam. »*Zeer goed, meisje.* Wirklich geschickt! *Grootvader* hätte deine Gene bestimmt gern in seine Sammlung aufgenommen. Aber leider musst du ja Skulds Hunger stillen.«

Gray beobachtete, wie Ischke erneut die Pistole hob.

Er schwang sich noch ein Stück weiter und blickte zwischen den Holzbohlen hindurch zu ihr hoch.

»Machen wir der Sache ein Ende«, murmelte Ischke auf Niederländisch.

Gray sah das genauso.

Er zog sich hoch, nahm mit den Beinen Schwung – dann schwang er wie ein Turner am Reck wieder vor. Mit den Absätzen traf er die über das Seil gebeugte Ischke im Bauch.

In dem Moment, als er sie erwischte, löste sich auch der Schuss aus ihrer Pistole.

Die Kugel traf auf Metall und prallte als Querschläger davon ab. Daneben.

Ischke wurde zurückgeschleudert, während Gray auf den Holzbohlen landete. Mit dem Messer in der Hand rollte er sich ab. Ischke war auf ein Knie gesunken. Die Pistole hatte sie fallen gelassen.

Gray und Ischke stürzten sich gleichzeitig darauf.

Obwohl der Tritt in den Bauch ihr den Atem verschlagen hatte, bewegte sie sich mit schlangenhafter Geschmeidigkeit. Sie bekam die Pistole als Erste zu fassen.

Gray aber hatte das Messer.

Er rammte ihr die Klinge durchs Handgelenk und nagelte es am Bodenbrett fest. Ischke schrie auf und ließ die Pistole fallen. Gray wollte sie packen, doch der Griff prallte vom Boden ab, und die Waffe flog über den Rand des Kreisweges.

Der kurze Moment, da Gray abgelenkt war, genügte Ischke, um das Messer aus dem Brett herauszureißen. Auf die andere Hand gestützt, drehte sie sich und trat nach Grays Kopf.

Er versuchte auszuweichen, doch ihr Schienbein traf ihn mit Wucht an der Schulter. Gray rollte sich mit verstauchter Schulter herum. Die Frau hatte Mordskräfte.

Bevor er sich aufrichten konnte, sprang sie ihn an und versuchte, ihn mit der in ihrem verletzten Handgelenk steckenden Messerklinge zu blenden. Mit Mühe und Not bekam er ihren Ellbogen zu fassen und verdrehte ihr den Arm, wobei sie beide über die Kante hinausgerieten.

Er ließ trotzdem nicht locker.

Er und Ischke fielen über die Kante.

Im letzten Moment schlang Gray das linke Bein um einen der Stützpfosten. Er kam ruckartig zum Halten und verstauchte sich das Knie. Ischke löste sich von ihm und stürzte in die Tiefe.

Noch während er am Bein hing, beobachtete er, wie die Frau durchs Gebüsch brach und mit großer Wucht auf dem grasbewachsenen Boden aufprallte.

Ungläubig sah er mit an, wie Ischke sich wieder hochrappelte.

Mit schmerzhaft verrenktem Knöchel machte sie einen Ausfall-schritt, um nicht umzufallen.

Ein lautes Poltern ließ Gray zusammenfahren.

Fiona hatte sich von einem der Befestigungsseile des Käfigs auf den Hochweg hinaufgeschwungen und war auf den Holzbohlen gelandet.

Während des Kampfes hatte sie sich offenbar erst auf den Käfig hinaufgezogen und war dann über die Befestigungsseile zum Weg hochgeklettert. Sie stürzte zu Gray, schüttelte dabei die linke Hand und zuckte die Schultern. Der Schnitt, den Ischke ihr zugefügt hatte, hatte wieder zu bluten begonnen.

Gray sah wieder zur Lichtung hinunter.

Die Frau starrte mit Mordlust in den Augen zu ihm hoch.

Allerdings war sie nicht allein auf der Lichtung.

Skuld rannte von hinten auf sie zu. Die Schnauze hatte die Hyäne auf den Boden gesenkt, ein Hai im Gras, der Blut witterte.

Wie passend, dachte Gray.

Die Frau aber hielt dem Tier lediglich den unverletzten Arm entgegen. Die gewaltige Hyäne blieb unvermittelt stehen, hob das geifernde Maul und schmiegte sich wie ein scharfer Pitbull, der seinen Herrn begrüßt, an ihre Hand.

Währenddessen ließ Ischke Gray nicht aus den Augen.

Sie humpelte ein Stück vor.

Gray starrte zu ihr hinunter.

Im Gras war Ischkes Pistole deutlich zu erkennen.

Gray richtete sich mühsam auf. Er fasste Fiona bei der Schulter und schob sie von sich weg. »Lauf!«

Das brauchte er ihr nicht zweimal sagen. Gemeinsam rannten sie den Kreis entlang. Die Schritte des Mädchens wurden beflügelt von Angst und Adrenalin. Sie gelangten zur Abzweigung.

Fiona bog ab und hielt sich dabei an einem der Geländerpfosten fest. Gray tat es ihr nach. Als er um die Ecke schwenkte, schlug das Metall plötzlich Funken. Ein Pistolenschuss knallte.

Ischke hatte die Waffe gefunden.

Sie rannten noch schneller den geraden Hochweg entlang und vergrößerten den Abstand zur humpelnden Schützin immer mehr. Gray schätzte, dass sie in einer Minute die nächste Kreuzung erreicht hätten und in Sicherheit wären. Die Panik machte Vorsicht Platz.

Als Fiona die Gabelung erreichte, über die er hergekommen war, wurde er langsamer. In alle möglichen Richtungen zweigten Wege ab. Wohin sollten sie sich wenden? Ischke hatte inzwischen bestimmt schon Alarm gegeben – es sei denn, das Funkgerät war beim Sturz kaputtgegangen, doch darauf durfte er sich nicht verlassen. Er musste davon ausgehen, dass ihnen die Wachposten den Weg nach draußen versperren würden.

Und was war mit Monk? Was hatten die Schüsse zu bedeuten, die Ischkes Begleiter fortgelockt hatten? War Monk am Leben, tot, gefangen? Es gab einfach zu viele Unbekannte. Sie mussten sich irgendwo verstecken und vorübergehend von der Bildfläche verschwinden.

Aber wie sollten sie das anstellen?

Er spähte den einzigen Weg entlang, der zum Herrenhaus zurückführte.

Dort würde bestimmt niemand nach ihnen suchen. Außerdem gab es dort Telefone. Wenn es ihm gelänge, nach draußen zu telefonieren, dann würde er vielleicht auch herausfinden, was hier eigentlich vorging …

Das aber war reines Wunschdenken. Das Haus war gesichert wie eine Festung.

Fiona folgte seinem Blick mit den Augen.

Sie zupfte ihn am Arm und holte etwas aus der Tasche. Es sah aus wie Spielkarten an einer Kette. Sie hielt die Karten hoch.

Es waren keine Spielkarten.

Sondern Codekarten.

»Die hab ich der Eisprinzessin geklaut, als sie mich geschnitten hat«, sagte Fiona geringschätzig. »Wird ihr vielleicht eine Lehre sein.«

Gray nahm die Karten entgegen und besah sie sich. Er dachte

daran, wie Monk Fiona in Himmlers Krypta Vorwürfe gemacht hatte, weil sie dem Museumsdirektor nicht die Schlüssel geklaut hatte. Das Mädchen hatte sich Monks Schelte offenbar zu Herzen genommen.

Mit zusammengekniffenen Augen musterte Gray das Herrenhaus.

Dank der kleinen Taschendiebin hatte er jetzt freien Zugang zur Festung.

Aber was sollte er tun?

13

Xerum 525

Painter saß in einer Lehmhütte mit Grasdach im Schneidersitz vor zahlreichen Landkarten und Lageplänen. Es roch nach Dung und nach Staub. Das kleine Zulu-Lager war dennoch der perfekte Sammelpunkt, denn es war nur zehn Minuten Fußmarsch von der Waalenberg-Besitzung entfernt.

In regelmäßigen Abständen sausten Hubschrauber über das Lager hinweg, die von dem Privatgelände aufstiegen und die Grenze überwachten, doch Paula Kane hatte das Lager geschickt in Szene gesetzt. Aus der Luft war nicht zu erkennen, dass das kleine Dorf etwas anderes war als eine Zwischenstation der Nomadenstämme, die in dieser Gegend mühsam ihren Lebensunterhalt bestritten. Niemand konnte ahnen, dass in einer der Hütten Kriegsrat gehalten wurde.

Die ganze Gruppe hatte sich versammelt, um die Einsatzstrategie zu besprechen und die Kräfte zu bündeln.

Painter gegenüber saßen Anna und Gunther. Lisa wich Painter nicht von der Seite – seit ihrer Ankunft in Afrika hatte sie eine stoische Miene aufgesetzt, doch die Besorgnis in ihren Augen war nicht zu übersehen. Major Brooks stand wachsam an der Wand, die Hand auf die im Halfter steckende Pistole gelegt.

Sie alle lauschten aufmerksam dem Vortrag des ehemaligen Tierhüters Khamisi. Neben ihm saß weit vorgebeugt der erstaunlichste Teilnehmer der Besprechung.

Monk Kokkalis.

Painter hatte große Augen gemacht, als Monk zusammen mit Khamisi und einem erschöpften und unter Schock stehenden jungen Mann ins Lager spaziert war. Anschließend hatte er von seinen Erlebnissen berichtet und Fragen beantwortet.

Anna starrte die Runen an, die Monk gezeichnet hatte. Ihre Augen waren blutunterlaufen. Mit zitternder Hand griff sie nach dem Blatt Papier. »Das sind sämtliche Runen, die in den Büchern von Hugo Hirszfeld zu finden waren?«

Monk nickte. »Das alte Arschloch war überzeugt, dass sie für die nächste Stufe seines Plans eine enorme Bedeutung haben.«

Anna sah Painter an. »Dr. Hugo Hirszfeld leitete das ursprüngliche Projekt Schwarze Sonne. Erinnern Sie sich noch daran, dass ich Ihnen gesagt habe, er hätte das Rätsel der Glocke meiner Ansicht nach gelöst gehabt? Ich glaube, er hat im Geheimen ein letztes Experiment durchgeführt und dabei ein perfektes Kind erschaffen, das nicht von Degeneration bedroht war. Einen vollkommenen Sonnenritter. Aber wie er das angestellt hat … das weiß niemand.«

»Und dann ist da noch der Brief, den er an seine Schwester geschrieben hat«, sagte Painter. »Daraus geht hervor, dass ihm irgendetwas Angst gemacht hat. Eine Wahrheit … *zu wundervoll, um sie sterben zu lassen, und zu verstörend, um sie freizusetzen.* Deshalb hat er sein Geheimnis mit Runen verschlüsselt.«

Anna seufzte erschöpft. »Und Baldric Waalenberg war dermaßen überzeugt davon, den Code entschlüsseln und sich das verlorene Wissen aneignen zu können, dass er das Granitschloss zerstört hat.«

»Ich glaube, da steckt noch mehr dahinter. Dass Sie nicht mehr gebraucht wurden, war nicht der einzige Grund«, erwiderte Painter. »Ich glaube, Sie haben ganz recht mit Ihrer Vermutung. Mit diesem ganzen Gerede von wegen, man wolle an die Öffentlichkeit gehen, stellte Ihre Gruppe eine wachsende Bedrohung dar. Und da er dem Ziel, der Erfüllung des arischen Traums, so nahe war, wollte er dieses Risiko eliminieren.«

Anna schob Lisa das Blatt mit den Runenzeichnungen zu. »Wenn Hugo recht hatte, dann ist es für die Behandlung unserer Krankheit von ausschlaggebender Bedeutung, dass wir den Code entziffern. Die Glocke ist auch so bereits in der Lage, den Krankheitsverlauf zu *verlangsamen* – aber wenn wir das Rätsel lösen, könnte sie uns *heilen*.«

Lisa brachte das Gespräch wieder auf den Boden der Tatsachen zurück. »Erst einmal müssen wir uns Zugang zur Glocke der Waalenbergs verschaffen. Dann können wir uns Gedanken über die Heilung machen.«

»Und was ist mit Gray?«, fragte Monk. »Und mit Fiona?«

Painter ließ sich seine Sorge nicht anmerken. »Wir wissen nicht, wo er steckt. Entweder er versteckt sich, oder er wurde gefangen genommen oder getötet. Im Moment ist Commander Pierce auf sich allein gestellt.«

Monks Miene verdüsterte sich. »Mithilfe der Karte, die Khamisi gezeichnet hat, könnte ich mich einschleichen.«

»Nein. Wir dürfen uns im Moment nicht aufspalten.« Painter massierte die Stelle hinter dem rechten Ohr, wo ein stechender Kopfschmerz saß. Die Stimmen hallten. Ihm wurde übel.

Monk starrte ihn an.

Painter winkte ab. Monk aber bereitete nicht allein der körperliche Zustand seines Vorgesetzten Sorge. Traf Painter die richtigen Entscheidungen? Wie stand es um seinen Geisteszustand? Der Zweifel in Monks Gesicht ließ auch Painter nachdenklich werden. Konnte er überhaupt noch klar denken?

Als spürte sie seine Verwirrung, drückte ihm Lisa aufmunternd das Knie.

»Es geht schon«, versuchte er nicht nur sie zu beruhigen, sondern auch sich selbst.

Plötzlich wurde der Vorhang vor dem Eingang beiseitegeschlagen. Sonnenschein und Hitze strömten herein. Paula Kane trat geduckt in den schummrigen Raum. Ein alter Zulu in vollem Häuptlingsstaat folgte ihr, bekleidet mit Federbusch, Federschmuck und perlenverziertem Leopardenfell. Obwohl bereits Mitte sechzig, war sein Gesicht faltenlos und wie aus Stein gemeißelt. Der Schädel war glatt rasiert. In der Hand hielt er einen mit Federn geschmückten Holzstab und eine uralte Feuerwaffe, die wohl eher zeremoniellen Zwecken diente.

Als Painter sich erhob, erkannte er die Waffe. Es handelte sich um ein englisches Gewehr mit der Bezeichnung Brown Bess, das schon in den napoleonischen Kriegen eingesetzt worden war.

Paula Kane stellte den Besucher vor. »Mosi D'Gana, der Zuluhäuptling.«

Der Mann sagte in ungelenkem Englisch: »Wir sind bereit.«

»Danke für Ihre Unterstützung«, erwiderte Painter höflich.

Mosi neigte andeutungsweise den Kopf. »Nicht euch leihen wir unsere Speere. Das sind wir den Voortrekkers wegen des Blood River noch schuldig.«

Als Painter die Stirn runzelte, erklärte Paula Kane: »Als die Engländer die Buren aus Kapstadt vertrieben, drangen sie ins Landesinnere vor. Die Spannungen zwischen den Einwanderern und den Eingeborenenstämmen, den Xhosa, Pondo, Swazi und Zulus, kulminierten. Im Jahr 1838 gerieten die Zulus am Büffelfluss in einen Hinterhalt. Sie wurden zu Tausenden getötet und verloren ihre Heimat. Es war ein Gemetzel. Seitdem trägt der Fluss den Namen Blood River. Der Voortrekker, der die Zulus verraten hat, hieß Piet Waalenberg.«

Mosi streckte Painter seine alte Waffe entgegen. »Das werden wir nie vergessen.«

Painter hatte keinen Zweifel, dass das Gewehr bereits an der berüchtigten Schlacht teilgenommen hatte. In dem Bewusstsein, dass damit ein Pakt besiegelt war, nahm er das Steinschlossgewehr entgegen.

Mosi setzte sich geschmeidig im Schneidersitz auf den Boden. »Es gibt viel zu bereden.«

Paula nickte Khamisi zu und hielt den Vorhang hoch. »Khamisi, der Truck steht bereit. Tau und Njongo warten bereits.« Sie sah auf die Uhr. »Sie müssen sich beeilen.«

Der Tierhüter stand auf. Bis Sonnenuntergang hatte jeder seine Aufgabe zu erledigen.

Painter erwiderte Monks Blick. Dessen Besorgnis war unverkennbar. Seine Sorge aber galt nicht Painter – sondern Gray. Noch acht Stunden bis Sonnenuntergang. Bis dahin waren ihnen jedoch die Hände gebunden.

Gray war auf sich allein gestellt.

12:05

»Behalt den Kopf unten«, flüsterte Gray Fiona zu.

Sie schritten dem Wachposten am Flurende entgegen. Gray trug eine Tarnuniform, komplett mit Stulpenstiefeln und schwarzer Kappe, die er sich tief ins Gesicht gezogen hatte. Der Mann, von dem er sich die Sachen ausgeborgt hatte, lag bewusstlos, geknebelt und gefesselt in einem Schrank in einem der oben gelegenen Schlafzimmer.

Außerdem hatte er sich noch das Funkgerät ausgeborgt, das jetzt an seinem Gürtel befestigt und mit einem Ohrhörer verkabelt war. Die Unterhaltungen wurden auf Niederländisch geführt und waren schwer zu verstehen, doch zumindest konnten sie sich so einigermaßen auf dem Laufenden halten.

Die hinter Gray hergehende Fiona trug eine Dienstmädchenkluft, die sie aus dem Schrank hatte, in dem der bewusstlose Wachposten lag. Die Kleidung war ihr etwas zu groß, doch das verbesserte nur die Tarnung. Die meisten Hausangestellten hatten mehr oder weniger dunkle Hautfarbe, was typisch war für einen Afrikaans-Haushalt. Mit ihrer mokkabraunen Haut passte die aus Pakistan stammende Fiona ausgezeichnet in das Ambiente. Das glatte Haar hatte sie unter einer Haube verborgen. Wenn man nicht genau hinsah, würde sie als Afrikanerin durchgehen. Um den Eindruck zu vervollständigen, ließ sie Kopf und Schultern hängen und bewegte sich mit kleinen Trippelschritten voran.

Bislang war ihre Verkleidung noch nicht auf die Probe gestellt worden.

Über Funk war gemeldet worden, man habe Gray und Fiona im Dschungel gesichtet. Da das Herrenhaus abgesperrt war, patrouillierten darin nur wenige Wachposten. Der Großteil der Sicherheitskräfte suchte den Wald, die Nebengebäude und die Grenze der Besitzung ab.

Bedauerlicherweise waren die Sicherheitsvorkehrungen nicht so nachlässig, dass die Telefonleitungen offen geblieben wären. Kurz nachdem sie sich mit Ischkes Codekarte Einlass verschafft hatten, hatte Gray ein paar Telefone ausprobiert. Wollte man eine Verbindung nach draußen herstellen, musste man sich zunächst Zugang zu einem verschlüsselten Sicherheitsnetz verschaffen. Hätten sie das versucht, wären sie zweifellos entdeckt worden.

Somit waren ihre Möglichkeiten eingeschränkt.

Sie konnten sich verstecken. Aber was hätten sie damit gewonnen? Schließlich wussten sie nicht, ob Monk es nach draußen schaffen würde. Also mussten sie eine aktivere Rolle übernehmen. Daher hatten sie beschlossen, sich zunächst einen Überblick über die Anlage des Hauses zu verschaffen. Zu diesem Zweck mussten sie in das Sicherheitszentrum im Hauptgeschoss eindringen. Gray war mit einer Pistole bewaffnet, Fiona hatte einen Elektroschocker in der Tasche des Kittels stecken.

Der Wachposten stand am Gangende auf dem Balkon und bewachte mit einem Automatikgewehr den Haupteingang. Gray näherte sich ihm. Der Mann war groß und stämmig und wirkte mit seinem Schlafzimmerblick irgendwie primitiv und gemein. Gray nickte ihm zu und wandte sich zur Treppe. Fiona folgte ihm auf den Fersen.

Alles lief glatt.

Dann sagte der Mann etwas auf Niederländisch. Obwohl Gray den Wortlaut nicht verstand, war dem kehligen Lachen des Mannes zu entnehmen, dass es sich um eine obszöne Bemerkung handelte.

Als Gray den Kopf wandte, bekam er mit, wie der Wachposten Fiona in den Hintern kniff. Mit der anderen Hand wollte er sie beim Ellbogen packen.

Da war er bei der Falschen gelandet.

Fiona wirbelte herum. »Verpiss dich, du Wichser.«

Ihr Kittel streifte das Knie des Mannes. Ein blauer Funke brannte sich durch die Tasche und schlug in den Oberschenkel des Wachpostens ein. Mit einem erstickten Gurgeln prallte er zurück.

Gray fing den zuckenden Mann auf und zerrte ihn vom Balkon in einen Nebenraum. Dort ließ er ihn fallen und schlug ihn mit dem Pistolenknauf bewusstlos, dann knebelte und fesselte er ihn.

»Warum hast du das getan?«, fragte Gray.

Fiona trat hinter ihn und zwickte ihn fest in den Hintern.

»He!« Er richtete sich jäh auf und fuhr herum.

»Wie hat Ihnen das gefallen?«, schäumte Fiona.

Der Punkt ging an sie. Gleichwohl bemühte er sich, sie zu beschwichtigen. »Ich kann diese Mistkerle nicht alle fesseln.«

Fiona hatte die Arme vor der Brust verschränkt. Ihre Augen funkelten wütend, doch es lag auch Angst darin. Er konnte ihr keinen Vorwurf aus ihrer Schreckhaftigkeit machen. Er wischte sich den kalten Schweiß von der Stirn. Vielleicht sollten sie sich einfach irgendwo verstecken und das Beste hoffen.

Im Funkgerät knackte es. Gray spitzte die Ohren. War der Zwischenfall auf der Treppe bemerkt worden? Er übersetzte das Stimmengewirr, so gut er konnte. »… *ge'vangene* … bringen sie zum Haupteingang …«

Das meiste konnte Gray nicht verstehen, doch das Wort *ge'vangene* war eindeutig.

Gefangene.

Das konnte nur eines bedeuten.

»Sie haben Monk geschnappt …«, flüsterte er. Ihm wurde ganz kalt.

Fiona ließ die Arme sinken und musterte ihn besorgt.

»Los, komm«, sagte er und wandte sich zur Tür. Den Taser des gefesselten Wachpostens hatte er bereits eingesteckt und schulterte nun dessen Gewehr.

Er ging zur Treppe zurück. Während sie die Stufen hinunter-eilten, teilte er Fiona flüsternd seinen Plan mit. Im Flur im Erd-geschoss hielt sich niemand auf, auch nicht in der Eingangshalle.

Sie schritten über den mit afrikanischen Webteppichen belegten polierten Holzboden. Ihre Schritte hallten. An den Wänden hingen Trophäen: der Kopf eines unter Naturschutz stehenden schwarzen Nashorns, ein gewaltiger Löwe mit mottenzerfressener Mähne so-wie mehrere Antilopen mit unterschiedlich geformten Geweihen.

Gray trat ins Foyer. Fiona zog einen Staubwedel aus der Tasche, Teil ihrer Tarnung. Sie nahm an der einen Türseite Aufstellung, Gray mit dem Gewehr in der Hand an der anderen.

Lange zu warten brauchten sie nicht.

Wie viele Bewacher würden Monk begleiten?

Zumindest war er noch am Leben.

Das Metallgitter vor dem Haupteingang begann sich klirrend zu heben. Gray beugte sich vor und zählte die Beine. Er reckte Fiona zwei Finger entgegen. Zwei Wachposten eskortierten einen Ge-fangenen in weißem Overall.

Als das Gitter sich vollständig gehoben hatte, trat Gray vor.

Die Wachposten sahen einen Kollegen vor sich, einen Mann, der mit seinem Gewehr den Eingang bewachte. Mit dem Gefangenen im Schlepptau traten sie ein. Dass Gray einen Elektroschocker in der Hand hielt und Fiona von der anderen Seite auf sie zutrat, be-kamen sie nicht mit.

Alles ging ganz schnell.

Im nächsten Moment lagen die Wachposten auch schon zuckend am Boden, ihre Absätze trommelten auf die Holzdielen. Gray trat beiden gegen die Schläfe, wahrscheinlich etwas fester als nötig, doch er vermochte seine Wut kaum mehr zu zügeln.

Der Gefangene war eine Frau.

»Wer sind Sie?«, fragte er die verblüffte Unbekannte, als er den ersten Wachposten eilig in eine Abstellkammer zog.

Die grauhaarige Frau half Fiona mit dem freien Arm, den anderen Mann ins Kabuff zu ziehen. Sie war kräftiger, als man auf den ersten Blick meinen mochte. Den linken Arm trug sie in einer Schlinge. Die linke Gesichtsseite war zerkratzt, genäht und blutig. Offenbar war sie gebissen worden. Trotz ihrer Verletzungen erwiderte sie entschlossen Grays Blick.

»Ich bin Dr. Marcia Fairfield.«

12:25

Der Jeep rumpelte die einsame Straße entlang.

Wildhüter Gerald Kellogg wischte sich den Schweiß von der Stirn. Zwischen seinen Beinen klemmte eine Flasche Bier.

Trotz des hektischen Vormittags war er entschlossen, die Routine beizubehalten. Er konnte sowieso nichts mehr tun. Die Sicherheitskräfte der Waalenberg-Besitzung hatten nur ein paar dürftige Informationen übermittelt. Mehrere Personen waren geflohen. Kellogg hatte die Ranger bereits alarmiert und an sämtlichen Toren Posten aufstellen lassen. Er hatte Fotos verteilt, die ihm von der Waalenberg-Besitzung gefaxt worden waren. Offiziell galten die Flüchtigen als Wilderer. Schwer bewaffnet und gefährlich.

Solange es keine heiße Spur gab, hatte er Zeit, zu Hause die übliche zweistündige Mittagspause einzulegen. Jeden Dienstag gab es Brathähnchen und Süßkartoffeln. Er lenkte den Jeep am Viehgatter vorbei auf die von niedrigen Hecken gesäumte Hauptstraße. Vor ihm erhob sich auf einer gepflegten Rasenfläche von einem Morgen Größe ein zweistöckiges Holzhaus im Kolonialstil, sichtbares Zeichen seiner Stellung. Das für die Gartenpflege und die Hausarbeit zuständige Personal war zehn Mann stark, und alles gehörte ihm allein. Mit dem Heiraten hatte er keine Eile.

Warum sollte man die Kuh kaufen, wenn man sie auch so melken konnte?

Außerdem hatte er eine Vorliebe für unreife Früchtchen.

Vor kurzem war die elfjährige Aina in sein Haus gekommen, eine Nigerianerin mit pechschwarzer Haut. So hatte er sie gern, denn dann sah man die Blutergüsse nicht. Nicht dass ihm deswegen jemand Vorhaltungen gemacht hätte. Er hatte einen männlichen Bediensteten, Mxali, einen Swazi-Schläger, den er aus dem Gefängnis geholt hatte und der den Haushalt mit Disziplin und Strenge führte. Probleme jeglicher Art wurden rasch beseitigt, zu Hause und notfalls auch anderswo. Außerdem halfen ihm die Waalenbergs bereitwillig dabei, Störenfriede verschwinden zu lassen. Was aus ihnen wurde, nachdem der Hubschrauber sie auf der Waalenberg-Besitzung abgesetzt hatte, wollte Gerald lieber nicht wissen. Allerdings waren ihm Gerüchte zu Ohren gekommen.

Trotz der Mittagshitze schauderte er.

Am besten stellte man keine Fragen.

Er stellte den Wagen im Schatten einer dicht belaubten Akazie ab, stieg aus und schritt über den Kiesweg zur Küchentür. Zwei Gärtner harkten ein Blumenbeet. Als Gerald vorbeikam, hielten sie den Blick gesenkt, wie er es ihnen beigebracht hatte.

Der Duft des Brathähnchens und des Knoblauchs ließ ihm das Wasser im Mund zusammenlaufen. Seine Nase und sein Bauch lenkten ihn zu den drei Stufen der Holztreppe, die zur Fliegengittertür hinaufführte. Mit knurrendem Magen trat er in die Küche.

Die Backofentür zur Linken stand offen. Der Koch kniete am Boden, mit dem Kopf im Rohr. Kellogg hob erstaunt die Brauen. Es dauerte eine Weile, bis er begriff, dass er gar nicht den Koch vor sich hatte.

»Mxali …?«

Jetzt erst fiel ihm auf, dass es verbrannt roch. Im Arm des Mannes steckte etwas. Ein gefiederter Pfeil. Mxalis Lieblingswaffe. Für gewöhnlich vergiftet.

Hier stimmte etwas nicht.

Kellogg wich zurück und wandte sich zur Tür.

Die beiden Gärtner hatten die Harken fallen gelassen und zielten mit Gewehren auf seinen dicken Bauch. Es kam häufiger vor, dass kleine marodierende Banden, Halbstarke aus den schwarzen Townships, Farmen und abgelegene Häuser überfielen. Kellogg hob die Hände. Das Blut gefror ihm in den Adern.

Als ein Dielenbrett knarrte, drehte er sich um und duckte sich unwillkürlich.

Eine dunkle Gestalt trat aus dem Schatten des Nebenraums hervor.

Kellogg stockte der Atem, als er den Eindringling sah – und den Hass in dessen Augen.

Ein Gespenst.

»Khamisi …«

12:30

»Was hat er denn nun eigentlich?«, fragte Monk und gaffte Painter hinterher, der mit Dr. Paula Kanes Satellitentelefon in einer der Hütten verschwunden war. Zusammen mit Logan Gregory koordinierte Painter den Einsatz.

Er saß im Schatten einer anderen Hütte zusammen mit Dr. Lisa Cummings auf einem Baumstamm. Obwohl die Ärztin mit Staub bedeckt war und ein wenig gehetzt wirkte, war sie noch immer eine reine Augenweide.

»Seine Körperzellen sind in Degeneration begriffen und lösen sich von innen heraus auf«, antwortete sie. »Das meint jedenfalls Anna Sporrenberg. Sie hat in den vergangenen Jahren die zellschädigende Wirkung der Glockenstrahlung eingehend untersucht. Organausfall ist die Folge. Ihr Bruder Gunther leidet an einer chronischen Form der Krankheit. Aufgrund seiner gesteigerten Selbstheilungskräfte und seines verbesserten Immunsystems ist der Verfall bei ihm allerdings verlangsamt. Anna und Painter, die als Erwachsene eine Überdosis an Strahlung abbekommen haben, verfügen hingegen über keinen körpereigenen Schutz.«

Da sie wusste, dass Monk eine medizinische Ausbildung absolviert hatte, ging sie in die Einzelheiten: Abnahme der roten Blutkörperchen, steigender Bilirubinspiegel, Ödeme, Muskelkrämpfe mit zeitweiliger Versteifung von Hals und Schultern, Knocheninfarkte, Hepatosplenomegalie, deutliche Herzgeräusche, Kalzifizierung der Extremitäten sowie Trübung der Pupillen.

Letztendlich lief jedoch alles auf eine einzige Frage hinaus.

»Wie viel Zeit bleibt ihnen noch?«, sagte Monk.

Lisa blickte seufzend zu der Hütte hinüber, in der Painter verschwunden war. »Höchstens noch ein Tag. Selbst wenn wir heute ein Heilmittel finden sollten, dürften wahrscheinlich dauerhafte Schäden zurückbleiben.«

»Ist Ihnen aufgefallen, wie schleppend er spricht? Kommt das von den Medikamenten, oder …?«

Lisa sah ihn gequält an. »Das liegt nicht allein an den Medikamenten.«

Monk spürte, dass sie sich das zum ersten Mal selbst eingestand. Die Erkenntnis ging mit Furcht und Hoffnungslosigkeit einher. Ihre Reaktion fiel heftiger aus, als von einer besorgten Ärztin oder einer fürsorglichen Freundin zu erwarten gewesen wäre. Painter bedeutete ihr etwas, und sie bemühte sich, ihre Gefühle im Zaum zu halten und ihr Herz zu verschließen.

Painter erschien im Hütteneingang und winkte Monk zu sich. »Kat ist in der Leitung.«

Monk stand eilig auf, vergewisserte sich, dass keine Hubschrauber zu sehen waren, und ging zu Painter hinüber. Er nahm das Satellitentelefon entgegen, deckte die Sprechmuschel ab und nickte Dr. Cummings zu. »Boss, ich glaube, die Frau braucht Gesellschaft.«

Painter verdrehte die Augen. Sie waren blutunterlaufen, denn in der Lederhaut war es zu Blutungen gekommen. Er beschattete die schmerzenden Augen und ging zur Ärztin hinüber.

Monk wartete, bis Painter außer Hörweite war, dann hob er das Telefon an den Mund. »Hallo, Babe.«

»Nenn mich nicht Babe. Was zum Teufel machst du in Afrika?«

Monk lächelte. Kats Tadel kam ihm so gelegen wie ein Glas frischer Limonade in der Wüste. Ihre Frage war lediglich rhetorisch gemeint, denn man hatte sie bereits ins Bild gesetzt.

»Ich dachte, du solltest lediglich den Aufpasser spielen?«, fuhr sie fort.

Monk schwieg und gab ihr damit Gelegenheit, erst einmal Dampf abzulassen.

»Wenn du zurückkommst, sperr ich dich ein ...«

So ging es eine ganze Weile weiter.

Schließlich kam Monk endlich einmal zu Wort. »Du hast mir auch gefehlt.«

Ein Schnauben ging in ein Seufzen über. »Man hat mir gesagt, Gray werde immer noch vermisst.«

»Dem passiert schon nichts«, versicherte er ihr. Das hätte er auch selbst gern geglaubt.

»Finde ihn, Monk. Unternimm alles, was in deiner Macht steht.«

Genau das hatte Monk vor. Er wusste ihre Einstellung zu schätzen. Sie bat ihn nicht, vorsichtig zu sein. Dafür kannte sie ihn zu gut. Gleichwohl sagte sie mit tränenerstickter Stimme: »Ich liebe dich.«

Das war Motivation genug, vorsichtig zu sein.

»Ich liebe dich auch.« Mit gesenkter Stimme fügte er hinzu: »*Euch beide.*«

»Komm bald her.«

»Da kann mich niemand daran hindern.«

Kat seufzte erneut. »Logan hat mich angepiepst. Ich muss Schluss machen. Um zehn nach sieben haben wir eine Besprechung mit einem Vertreter der südafrikanischen Botschaft. Wir werden uns bemühen, von hier aus möglichst viel Druck zu machen.«

»Gebt ihnen Zunder, Babe.«

»Wird gemacht. Tschüs, Monk.«

»Kat, ich ...« In der Leitung knackte es. Mist.

Monk ließ das Telefon sinken und blickte zu Lisa und Painter hinüber. Sie steckten die Köpfe zusammen und unterhielten sich, doch er spürte, dass es dabei mehr um körperliche Nähe als um verbalen Austausch ging. Er sah aufs Telefon. Zumindest Kat war in Sicherheit und wohlauf.

12:37

»Ich wurde in eine unterirdisch gelegene Gefängniszelle geschleppt«, sagte Dr. Marcia Fairfield. »Dort wollte man mich weiter verhören. Offenbar sind sie unruhig geworden.«

Zu dritt saßen sie auf dem Treppenabsatz des ersten Stocks. Der Wachposten, der Fiona angemacht hatte, lag mit blutender Nase bewusstlos am Boden.

Dr. Fairfield hatte bereits in knappen Worten geschildert, wie sie von den Schoßtieren der Waalenbergs angegriffen und verschleppt worden war. Die Waalenbergs waren bereits informiert gewesen, dass sie für den britischen Geheimdienst arbeitete, und hatten deshalb das Gerücht verbreitet, sie sei von einem Löwen getötet worden. Ihre Verletzungen sahen jedenfalls ganz schön übel aus. »Ich konnte sie davon überzeugen, dass mein Begleiter, ein Wildhüter, getötet worden war. Mehr konnte ich nicht tun. Hoffentlich ist es ihm gelungen, sich in Sicherheit zu bringen.«

»Aber was haben die Waalenbergs zu verbergen?«, fragte Gray. »Was geht hier eigentlich vor?«

Marcia schüttelte den Kopf. »Offenbar handelt es sich um eine makabre Version eines genetischen Manhattan-Projekts. Mehr weiß ich nicht. Aber ich glaube, sie verfolgen noch einen anderen Plan. Sozusagen ein Nebenprojekt. Vielleicht geht es sogar um ein Attentat. Ich habe den Begriff Serum 525 aufgeschnappt. Außerdem haben sie in dem Zusammenhang Washington D. C. erwähnt.«

Gray runzelte die Stirn. »Haben sie auch eine Zeitangabe gemacht?«

»Nein. Aber aus ihrem Gelächter habe ich geschlossen, dass es bald passieren soll. Schon in allernächster Zeit.«

Gray ging unruhig auf und ab und rieb sich mit dem Finger-knöchel am Kinn. *Das Serum ... vielleicht handelt es sich um eine biologische Waffe ... um ein Pathogen, ein Virus ...* Er schüttel-te den Kopf. Er musste sich mehr Informationen besorgen – und zwar rasch.

»Wir müssen uns Zugang zu dem unterirdischen Labor verschaf-fen«, murmelte er. »Herausfinden, worum es wirklich geht.«

»In diesem Trakt war ich untergebracht«, sagte Dr. Fairfield.

Er nickte. »Wenn ich mich für einen Wachmann ausgebe, könn-te das unsere Eintrittskarte sein.«

Gray wandte sich Fiona zu, auf eine Auseinandersetzung ge-fasst. Am besten wäre es, wenn sie hierbliebe. Wenn er eine Ge-fangene eskortierte, würde sie in ihrer Dienstmädchenkluft Ver-dacht erregen.

»Ich weiß schon! Kein Platz für ein Dienstmädchen«, zeigte Fiona überraschend Einsicht. Sie stupste den bewusstlosen Wach-mann mit der Fußspitze an. »Ich bleibe hier bei unserem Casanova, bis Sie wieder da sind.«

Trotz der Tapferkeit, die sie nach außen hin zur Schau stellte, flackerte Angst in ihrem Blick.

»Wir werden nicht lange fortbleiben«, versprach er.

»Das will ich Ihnen auch geraten haben.«

Als das geklärt war, nahm Gray das Gewehr, zeigte zur Tür und sagte zu Dr. Fairfield: »Also los.«

Mit vorgehaltener Waffe geleitete er Marcia zum Aufzug. Nie-mand sprach sie an. Zum Betreten des unterirdischen Bereichs musste man eine Codekarte einführen. Gray zog Ischkes zweite Karte durch den Leseschlitz. Die Farbe der Kontrollleuchte wech-selte von Rot zu Grün.

»Haben Sie einen Vorschlag, wo wir mit der Suche anfangen sollen?«, fragte Gray.

Marcia hob die Hand. »Je größer der Schatz, desto tiefer ist er im Verlies verborgen.« Sie drückte die unterste Taste. Sieben Ebenen unter der Erde. Der Aufzug setzte sich in Bewegung.

Während Gray den Countdown der Kontrollleuchten verfolgte, ging ihm Marcias Bemerkung von vorhin durch den Kopf.

Ein Attentat. Wahrscheinlich in Washington.

Was hatte der Gegner vor?

06:41 EST
Washington, D. C.

Die Embassy Row lag nur zwei Meilen von der National Mall entfernt. Der Fahrer bog auf die Massachusetts Avenue ein und steuerte die südafrikanische Botschaft an. Kat saß mit Logan auf dem Rücksitz und verglich ihrer beider Notizen. Soeben war die Sonne aufgegangen, und vor ihnen kam das Botschaftsgebäude in Sicht.

Das vierstöckige Bauwerk aus Indianakalkstein mit den Giebeln und Gauben im kapholländischen Stil leuchtete im Sonnenschein. Der Fahrer hielt vor dem Wohntrakt der Botschaft. Der Botschafter hatte sich bereit erklärt, sie zu dieser frühen Stunde in seinem privaten Arbeitszimmer zu empfangen. Offenbar hielt man es für geraten, bei allem, was die Waalenbergs anging, größtmögliche Diskretion walten zu lassen.

Kat hatte damit kein Problem.

In ihrem Schulterhalfter steckte eine Pistole.

Kat stieg aus und wartete, bis Logan neben sie getreten war. Vier geriffelte Pilaster stützten das mit dem südafrikanischen Wappen geschmückte Vordach. Ein Portier hielt ihnen die Glastür auf.

Logan, der zweite Mann bei Sigma, ging voran. Kat hielt sich ein, zwei Schritte hinter ihm und musterte wachsam die Straße. Die Waalenbergs waren so reich, dass man nicht wissen konnte, wer alles auf ihrer Gehaltsliste stand – und das galt auch für John Hourigan, den Botschafter.

Sie traten ins weitläufige Foyer. Eine Sekretärin in einem adretten marineblauen Kostüm nahm sie in Empfang. »Botschafter Hourigan wird jeden Moment eintreffen. Ich soll Sie zu seinem Arbeitszimmer geleiten. Darf ich Ihnen Tee oder Kaffee bringen?«

Logan und Kat lehnten dankend ab.

Kurz darauf betraten sie einen holzgetäfelten Raum. Die Möbel – Schreibtisch, Bücherregale, Tische – waren alle aus Stinkholz. Diese südafrikanische Baumart war inzwischen so selten geworden, dass ihr Holz nicht mehr exportiert werden durfte.

Logan nahm vor dem Schreibtisch Platz. Kat blieb stehen.

Sie brauchten nicht lange zu warten.

Die Tür öffnete sich erneut, und ein großer, hagerer Mann mit sandblondem Haar trat ein. Auch er trug einen marineblauen Anzug, hatte sich das Sakko jedoch über den Arm gelegt. Vermutlich wollte er durch diese zur Schau gestellte Lässigkeit seine Kooperationsbereitschaft demonstrieren. Dazu passte, dass er sie in seinem Arbeitszimmer empfing.

Das aber kaufte Kat ihm nicht ab.

Während Logan sie vorstellte, sah Kat sich im Raum um. Vor dem Hintergrund geheimdienstlicher Ermittlungen war zu vermuten, dass das Gespräch aufgezeichnet wurde. Sie versuchte zu erraten, wo die Überwachungsgeräte versteckt waren.

Botschafter Hourigan nahm Platz. »Sie möchten Erkundigungen zur Waalenberg-Besitzung einholen ... das hat man mir jedenfalls gesagt. Wie kann ich Ihnen helfen?«

»Wir glauben, dass einer ihrer Mitarbeiter an einer Entführung beteiligt ist, die in Deutschland stattgefunden hat.«

Hourigan heuchelte Erstaunen. »Ich bin entsetzt. Aber bislang hat sich weder das deutsche BKA noch Interpol oder Europol an mich gewandt.«

»Auf unsere Quellen ist Verlass«, beharrte Logan. »Wir bitten Sie lediglich, uns vor Ort durch die Scorpions zu unterstützen.«

Hourigan legte nachdenklich die Stirn in Falten. Die Scorpions waren das südafrikanische Gegenstück des FBI. Dass es zu einer Zusammenarbeit kommen würde, war unwahrscheinlich. Logan könnte allenfalls erreichen, dass die Arbeit von Sigma durch diese Organisation nicht behindert wurde. Wenn es gegen die mächtigen Waalenbergs ging, durften sie zwar nicht auf Unterstützung hoffen, doch vielleicht konnten sie so viel Druck ausüben, dass die örtlichen Behörden Sigma zumindest keine Steine in den Weg legten. Das wäre ein zwar kleines, aber wichtiges Zugeständnis.

Kat blieb weiterhin stehen und beobachtete das Tauziehen der beiden Männer.

»Ich versichere Ihnen, dass die Waalenbergs internationalen Gepflogenheiten und nationalen Gesetzen höchsten Respekt entgegenbringen. Die Familie engagiert sich bei der Armutsbekämpfung und unterstützt karitative Vereinigungen und Stiftungen in aller Welt. Zum Gedenken an die erste Goldmünze, die vor hundert Jahren in Südafrika geprägt wurde, hat sie all unseren Botschaften und Konsulaten erst kürzlich eine goldene Jubiläumsglocke geschenkt.«

»Das mag ja sein, aber das heißt noch lange nicht, dass …«

Kat fiel Logan ins Wort. »Erwähnten Sie soeben eine goldene *Glocke*?«

Hourigan sah sie an. »Ja, ein Geschenk von Sir Baldric Waalenberg persönlich. Insgesamt einhundert vergoldete Jubiläumsglocken mit dem Wappen Südafrikas. Die unsere haben wir im großen Saal im vierten Stock angebracht.«

Logan wechselte einen Blick mit Kat.

»Dürften wir vielleicht einen Blick darauf werfen?«, fragte Kat.

Die Wendung, die das Gespräch genommen hatte, verunsicherte den Botschafter, doch es fiel ihm auf die Schnelle keine Begründung ein, mit der er ihr den Wunsch hätte abschlagen können. Vielleicht hoffte er sogar, auf diese Weise bei dem diplomatischen Geplänkel die Oberhand zu gewinnen.

»Es wäre mir ein Vergnügen, sie Ihnen zeigen zu dürfen.« Er erhob sich und sah auf seine Armbanduhr. »Aber ich fürchte, wir müssen uns beeilen. Ich habe eine Verabredung zum Frühstück, die ich nicht versäumen darf.«

Wie Kat vermutet hatte, nahm Hourigan die Besichtigung als Vorwand, die Unterhaltung vorzeitig zu beenden und weitergehende Verpflichtungen zu umgehen. Logan sah Kat fragend an. Hoffentlich war sie auf der richtigen Fährte.

Der Botschafter geleitete sie zu einem Aufzug, mit dem sie ins oberste Stockwerk hinauffuhren. Sie schritten durch einen mit südafrikanischer Eingeborenenkunst dekorierten Flur, der in einen großen Saal mündete, der mehr Ähnlichkeit mit einem Museum als mit einem bewohnten Raum hatte. Es gab Vitrinen, lange Tische und massive Truhen mit handgearbeiteten Messingbeschlägen. Die Fensterwand ging auf den Hinterhof und den Garten hinaus. In einer Ecke aber hing eine große goldene Glocke. Offenbar war sie erst kürzlich ausgepackt worden, denn auf dem Boden lagen noch ein paar Strohhalme herum. Die Glocke war einen Meter hoch und hatte einen Durchmesser von einem halben Meter. Das Wappen Südafrikas war darin eingeprägt.

Kat trat näher heran. Ein dickes Stromkabel ringelte sich am Boden, das zur Spitze der Glocke führte.

»Sie läutet automatisch zu bestimmten Tageszeiten«, erklärte der Botschafter. »Ein Wunderwerk der Handwerkskunst. Wenn Sie hineinblicken, sehen Sie das Uhrwerk, das so fein gearbeitet ist wie bei einer Rolex.«

Kat wandte sich zu Logan um, der blass geworden war. Er hatte ebenfalls die Skizzen gesehen, die Anna Sporrenberg von der ursprünglichen Glocke angefertigt hatte. Das hier war das exakte Gegenstück in Gold. Auch über die gesundheitsschädlichen Wirkungen des Geräts war er im Bilde. Wahnsinn und Tod. Kat blickte aus dem Fenster. Aus dieser Höhe war die weiße Kuppel des Kapitols zu sehen.

Eine Bemerkung des Botschafters ging ihr durch den Kopf.

Einhundert goldene Glocken ... in aller Welt verteilt.

»Sie musste von einem Spezialisten installiert werden«, fuhr der Botschafter ein wenig gelangweilt fort. Offenbar sehnte er das Ende der Unterhaltung herbei. »Ich glaube, er muss hier noch irgendwo sein.«

Hinter ihnen fiel die Tür ins Schloss.

Alle drei drehten sich um.

444

»Ah, da ist er ja«, sagte Hourigan. Er verstummte abrupt, als er das kleine MG sah, das der Neuankömmling dabeihatte. Sein Haar war weißblond. Kat bemerkte, dass er auf dem rechten Handrücken eine dunkle Tätowierung hatte.

Sie langte zum Schulterhalfter.

Der Mann eröffnete wortlos das Feuer. Sein MG spuckte Feuer.

Glas zerbarst, Holz splitterte.

Die goldene Glocke tönte von den Querschlägern wider.

12:44
Südafrika

Die Fahrstuhltür öffnete sich im siebten Kellergeschoss. Gray trat auf den Gang, das Gewehr im Anschlag. Er blickte in beide Richtungen. Anders als die mit edlen Möbeln und kostbarem Schmuck ausgestatteten Räume des Herrenhauses wurde das Kellergeschoss von Neonröhren erhellt. Die Wände waren grau, die Decke niedrig. An einer Seite des Flurs waren Stahltüren mit Elektronikschlössern. Die anderen Türen waren ganz normal.

Gray legte die flache Hand auf eine der Türen.

Sie vibrierte. Er nahm ein rhythmisches Summen wahr.

Ein Stromkraftwerk? Wenn ja, musste es ausgesprochen leistungsstark sein.

Marcia trat neben ihn. »Ich glaube, wir sind hier eine Ebene zu tief«, flüsterte sie. »Hier sind wohl eher Materiallager und Versorgungseinrichtungen untergebracht.«

Gray näherte sich einer der verschlossenen Stahltüren. »Die Frage ist nur, was wird hier gelagert?«

Auf dem Türschild stand »EMBRYONAAL«.

»Ein Embryonenlabor«, übersetzte Marcia.

Mit wachsamem Blick trat sie neben ihn und zuckte leicht zusammen, als sie den bandagierten Arm bewegte.

Gray zog Ischkes Codekarte durch den Leseschlitz. Das grüne

Lämpchen leuchtete auf, und das Magnetschloss entriegelte die Tür. Gray öffnete sie. Das Gewehr hatte er geschultert und stattdessen die Pistole gezogen.

Die Neonröhren an der Decke leuchteten flackernd auf.

Sie befanden sich in einem etwa vierzig Meter langen Saal. Die kühle Luft wurde offenbar gefiltert. An der einen Seite standen deckenhohe Gefrierschränke aus Edelstahl. Die Kompressoren summten. An der anderen Seite befanden sich Lastkarren, Flaschen mit flüssigem Stickstoff und ein großer Mikroskopiertisch, der mit einem Mikrosektionstisch verkabelt war.

Offenbar waren sie in einem Kältelabor gelandet.

An einem Bildschirmarbeitsplatz lief ein HP-Rechner. Der Bildschirmschoner war aktiviert, ein silbernes Symbol, das vor schwarzem Hintergrund rotierte. Ein wohlbekanntes Symbol. Gray hatte es bereits auf dem Fußboden der Wewelsburg gesehen.

»Die Schwarze Sonne«, murmelte Gray.

Marcia sah ihn fragend an.

Gray deutete auf die rotierende Sonne. »Das war das Symbol von Himmlers Schwarzem Orden, einer Verschwörerclique von Okkultisten und Wissenschaftlern, die der Thule-Gesellschaft angehörten und besessen waren von der Ideologie des Übermenschen. Baldric gehörte wohl ebenfalls dazu.«

Gray spürte, dass der Kreis sich allmählich schloss. Von Ryans Urgroßvater führte die Spur hierher. Er deutete mit dem Kinn auf den Computer. »Nehmen Sie sich mal das Dateiverzeichnis vor und schauen Sie, was Sie herausfinden können.«

Während Marcia vor dem Rechner Platz nahm, trat Gray zu einem der Gefrierschränke. Er öffnete die Tür. Ein eiskalter Luftschwall drang heraus. Die einzelnen Schubladen waren beschriftet und indiziert. Während Marcia emsig tippte, zog Gray eine der Schubladen heraus. Darin befanden sich säuberlich in Haltern geordnet mit einer gelben Flüssigkeit gefüllte Glasröhrchen.

»Tiefgefrorene Embryos«, erklärte hinter ihm Marcia.

Er schloss das Gefrierfach und blickte die Reihe der Gefrierschränke entlang. Wenn Marcia recht hatte, waren hier Tausende Embryos gelagert.

»Auf dem Rechner befindet sich eine Datenbank mit Genom- und Abstammungsdaten. Sowohl für Menschen als auch für Tiere. Ausnahmslos Säugetiere. Sehen Sie sich das mal an.«

Seltsame Bezeichnungen füllten den Bildschirm aus.

Nucleotide Verandering (DNA)
[CROCUTA CROCUTA]
Thu Nov 14:56:25 GMT

Schema V.1.16
VERANDERING
Loci A.0. Transversie   CODE RANGSCHIKKEN
A.0.2. Dipyrimidine to
Dithymidine (c[CT]>TT)   ATGGTTACGCGCTCATG
                                         GAATTCTCGCTCATGGA
                                         ATTCTCGCTCGTCAACT

Loci A.3 Gedeeltelijk
A.3.3.4. Dinucleotide (transcriptie)   CTAGAAATTACGCTCTTA
                                         CGCTTCTCGCTTGTTAC
                                         GCGCTCA
                                         GTTACGCGCTCGCGCTCA
                                         TGGAATTCTCGC TCATG

Loci B.5.

B.5.1.3. Cryptische plaatsactivering ATGGTTACGCGCTCCGC
TGGAATTCTCGCTC ATG
Loci B.7. GAATTCTCGCTC
B.7.5.1. Pentanucleotide
(g[TACAGATTC] verminderde stabiliteit)

»Das ist anscheinend eine Liste von Mutationsveränderungen mit Angabe der Polynukleotidsequenzen«, sagte Marcia.

Gray tippte auf die oberste Bezeichnung. »Crocuta crocuta«, las er ab. »Die gefleckte Hyäne. Das Resultat dieser Forschungsreihe habe ich mit eigenen Augen gesehen. Baldric Waalenberg hat davon gesprochen, dass man dieser Spezies zum Zwecke der Vervollkommnung sogar menschliche Zellen ins Gehirn implantiert habe.«

Marcias Miene hellte sich auf. Sie ging wieder ins Hauptverzeichnis zurück. »Das erklärt den Namen der Datenbank. *Hersenschim*. Das bedeutet Schimäre. Die biologische Bezeichnung für einen Organismus mit artfremdem Genmaterial, das bei Pflanzen mittels Pfropfung und bei Tieren durch Übertragung von Fremdzellen in einen Embryo eingebracht wird.« Sie tippte auf den Monitor. »Aber wozu das Ganze?«

Gray straffte sich und ließ den Blick durchs Embryonenlabor schweifen. Worin bestand der Unterschied zu Baldrics Orchideenzüchtungen und der Zurichtung von Bonsaibäumen? Im Grunde war das nur eine andere Methode, die Natur zu manipulieren und zu formen, um seine eigene Vorstellung von Vollkommenheit zu verwirklichen.

»Hmm …«, machte Marcia. »Eigenartig.«

Gray wandte sich um. »Was denn?«

»Wie ich schon sagte, hier gibt es auch menschliche Embryos.« Sie blickte sich über die Schulter zu Gray um. »Anscheinend sind sie alle genetisch mit den Waalenbergs verknüpft.«

Das war keine Überraschung. Gray war bereits aufgefallen, wie ähnlich sich die Nachkommen der Waalenbergs waren. Der Familienpatriarch manipulierte den Familienstammbaum offenbar schon seit Generationen.

Aber das hatte Marcia nicht gemeint.

»Die Embryos der Waalenbergs wurden wiederum mit Stammzellenlinien gekreuzt, die von Crocuta crocuta stammen.«

»Von den Hyänen?«

Marcia nickte.

Allmählich dämmerte es ihm. »Wollen Sie damit sagen, er habe seinen leiblichen Kindern Stammzellen dieser Monster implantiert?« Gray vermochte seinen Abscheu nicht zu verhehlen. Kannte die perverse Fantasie dieses Mannes denn überhaupt keine Grenzen?

»Das ist noch nicht alles«, sagte Marcia.

Gray krampfte sich der Magen zusammen, denn er ahnte, was als Nächstes kommen würde.

Marcia zeigte auf ein kompliziertes Diagramm. »Die Stammzellen der Hyänen wurden wiederum mit der nächsten Generation menschlicher Embryonen gekreuzt.«

»Du lieber Gott ...«

Gray dachte daran, wie Ischke mit ausgestreckter Hand die angreifende Hyäne gestoppt hatte. Offenbar war ihre Beziehung nicht auf das Verhältnis von Herr und Hund beschränkt, sondern sie waren miteinander verwandt. Baldric hatte seinen Kindern Stammzellen der mutierten Hyänen implantiert und sie miteinander gekreuzt wie Orchideen.

»Aber es kommt noch schlimmer«, sagte Marcia verstört. Sie war kreidebleich geworden. »Die Waalenbergs waren ...«

Gray fiel ihr ins Wort. Er hatte genug gehört. Sie mussten die Suche fortsetzen. »Wir sollten allmählich weitergehen.«

Marcia löste sich nur widerwillig vom Computer, nickte aber und stand auf. Sie verließen das Monsterlabor und gingen weiter den Flur entlang. Auf der nächsten Tür stand »FOETUSSEN«. Ein Fötallabor. Gray blieb nicht stehen. Er wollte gar nicht wissen, welches Grauen sich hinter der Tür verbarg.

»Wie stellen sie das nur an?«, fragte Marcia. »Die Mutationen, die lebensfähigen Schimären ...? Offenbar verfügen sie über ganz spezielle Techniken der Genmanipulation.«

»Schon möglich«, murmelte Gray. »Aber perfekt sind sie nicht – jedenfalls noch nicht.«

Er dachte an Hugo Hirszfelds Arbeit und den Runencode. Jetzt war ihm klar, weshalb Baldric so viel Aufhebens darum machte. Er versprach sich davon Vollkommenheit. *Zu wundervoll, um sie sterben zu lassen, und zu verstörend, um sie freizusetzen.*

Vor dem Monströsen schreckte Baldric gewiss nicht zurück. Aber was hatte er jetzt, da er über Hugos Code verfügte, als Nächstes vor? Außerdem saß ihm Sigma im Nacken. Kein Wunder, dass Baldric über Painter Crowe hatte Bescheid wissen wollen.

Sie hatten die nächste Tür erreicht. Dem großen Abstand zum Fötallabor nach zu schließen, war der dahinterliegende Raum riesig.

Auf dem Türschild stand »XERUM 525«.

Gray sah Marcia an.

»Also kein *Serum*«, sagte er.

»Xerum«, las Marcia kopfschüttelnd ab.

Mit der entwendeten Codekarte verschaffte Gray sich Einlass. Das grüne Lämpchen leuchtete auf, das Schloss klickte. Er drückte die Tür auf. Flackernd schaltete sich die Beleuchtung ein. Es roch nach Korrosionsmittel und nach Ozon. Boden und Wände waren dunkel.

»Gehen Sie voran«, sagte Marcia und berührte die Wand.

Gray hatte ein klammes Gefühl, doch die Neugier siegte. Der höhlenartige Raum wirkte wie ein Lager für gefährlichen Abfall. Die Regale reichten weit in den Raum hinein. Darin waren gelbe 40-Liter-Fässer mit dem Aufdruck »525« gestapelt.

Gray hatte bereits befürchtet, er könnte es mit biologischer Kriegsführung zu tun haben. Oder enthielten die Fässer etwa spaltbares Material, nuklearen Abfall? War der Raum deshalb mit Blei verkleidet?

Marcia zeigte sich unbeeindruckt. Sie näherte sich einem der Regale. Die einzelnen Fächer waren etikettiert. »Albanien«, las sie vor, dann ging sie zum nächsten. »Argentinien.«

Die Ländernamen waren alphabetisch geordnet.

Gray ließ den Blick über die Regale schweifen. Hier waren bestimmt hundert Fässer untergebracht.

Marcia suchte seinen Blick. Auf einmal konnte er ihre Besorgnis nachvollziehen.

Das durfte doch nicht wahr sein …

Gray eilte an den Regalen entlang und las gelegentlich ein Etikett ab. »BELGIEN … FINNLAND … GRIECHENLAND …«

Er rannte weiter.

Schließlich hatte er das gesuchte Fach erreicht.

»USA«.

Marcia hatte jemanden Washington D. C. erwähnen hören und vermutet, es könnte sich um ein geplantes Attentat gehandelt haben. Er blickte die Reihe der Fässer entlang. Offenbar war Washington nicht allein bedroht. Baldrics Interesse für Painter war in diesem Zusammenhang einleuchtend. Sigma stellte gegenwärtig die größte Bedrohung für seine Pläne dar.

Zum Ausgleich hatte er seinen Zeitplan umgestellt.

Das Fach mit der Beschriftung »USA« war leer.

Das dazugehörige Fass mit dem Xerum 525 fehlte.

07:25 EST
Georgetown University Hospital
Washington, D. C.

»Voraussichtliche Ankunftszeit?«, fragte der Cheffunker des Krankenhauses. Er saß vor einem Touchscreen und hatte ein drahtloses Headset aufgesetzt.

Vom MedSTAR-Unfallhubschrauber aus antwortete eine verrauschte Stimme: »Sind schon unterwegs. Landung in zwei Minuten.«

»Die Notaufnahme bittet um nähere Informationen.« Von der Schießerei in der Embassy Row hatten alle gehört. Die Notfallpläne hatten gegriffen. In der ganzen Stadt war Alarm ausgelöst worden. Es herrschte allgemeine Verwirrung.

»Das medizinische Botschaftspersonal hat zwei Verletzte angekündigt. Zwei ihrer eigenen Leute. Beide Südafrikaner, einer ist der Botschafter. Aber es hat auch zwei Amerikaner erwischt.«

»Status?«

»Ein Toter, ein Schwerverletzter.«

14

Menagerie

Fiona horchte an der Tür, den Elektroschocker in der Hand. Stimmen näherten sich dem ersten Treppenabsatz. Die Angst schnürte ihr den Hals zu. Der Adrenalinvorrat, der sie die vergangenen vierundzwanzig Stunden über in Gang gehalten hatte, erschöpfte sich allmählich. Ihre Hände zitterten, und sie atmete flach und abgehackt.

Der gefesselte und geknebelte Wachposten, der sie begrabscht hatte, lag hinter ihr auf dem Boden. Als er zu stöhnen begonnen hatte, war sie gezwungen gewesen, ihm einen weiteren Stromschlag zu versetzen.

Die Stimmen näherten sich ihrem Versteck.

Fiona spannte sich an.

Wo war Gray? Jetzt war er fast schon eine Stunde weg.

Zwei Personen näherten sich der Tür. Eine der Stimmen kannte sie. Das war das blonde Miststück, das sie an der Hand verletzt hatte. Ischke Waalenberg. Sie und ihr Begleiter unterhielten sich auf Niederländisch, doch Fiona bereitete es keine Mühe, sie zu verstehen.

»… Codekarten«, sagte Ischke aufgebracht. »Ich hab sie bei dem Sturz wohl verloren.«

»Also, meine liebe *zuster*, hier kann dir nichts geschehen.«

Zuster. Schwester. Dann war der Mann also ihr Bruder.

»Als zusätzliche Vorsichtsmaßnahme werden wir neue Zahlencodes programmieren«, fügte er hinzu.

»Und die beiden Amerikaner und das Mädchen wurden noch nicht gefunden?«

»Wir haben die Bewachung des Grenzzauns bereits verstärkt. Sie müssen sich noch auf dem Gelände befinden. Wir werden sie bestimmt finden. *Grootvader* hat bereits eine Überraschung für sie vorbereitet.«

»Was für eine Überraschung denn?«

»Sie wird sicherstellen, dass niemand die Besitzung lebend verlässt. Vergiss nicht, bei ihrer Ankunft hat er DNA-Proben von ihnen genommen.«

Ischkes Lachen ließ Fiona das Blut in den Adern gefrieren. Die Stimmen entfernten sich.

»Komm.« Die Stimme ihres Bruders wurde leiser, als sie die Treppe zum Erdgeschoss hinuntergingen. »*Grootvader* möchte, dass wir uns alle unten versammeln.«

Am Fuß der Treppe hielten sie an. Fiona, die das Ohr an die Tür gelegt hatte, konnte die Unterhaltung nicht mehr verstehen, hatte aber den Eindruck, die beiden stritten sich. Aber sie hatte bereits genug gehört.

Niemand wird die Besitzung lebend verlassen.

Was hatten sie vor? Ischkes eiskaltes Lachen hallte in ihrem Kopf wider. Es hatte freudlos und zufrieden geklungen. Was immer sie planten, sie zweifelten offenbar nicht am Ausgang. Aber was hatten die DNA-Proben damit zu tun?

Fiona wusste, dass es nur eine Möglichkeit gab, das herauszufinden. Sie hatte keine Ahnung, wann Gray zurückkommen würde, und fürchtete, die Zeit würde für sie alle knapp. Sie mussten in Erfahrung bringen, in welcher Gefahr sie schwebten – nur dann hatten sie eine Chance, ihr auszuweichen.

Somit hatte sie keine andere Wahl.

Fiona steckte den Taser in die Tasche und nahm den Staubwedel in die Hand. Dann sperrte sie die Tür auf. Jetzt war sie auf die Fähigkeiten angewiesen, die sie sich auf der Straße erworben hatte. Sie zog die Tür auf und glitt auf den Gang hinaus. Mit dem Rücken zur Tür blieb sie stehen und schob sie mit dem Po zu. Noch nie hatte sie sich so allein gefühlt und so viel Angst gehabt. Sie legte die Hand auf die Klinke, schloss die Augen und sprach ein Gebet, nicht an Gott gerichtet, sondern an eine Person, die sie gelehrt hatte, dass Tapferkeit verschiedene Gesichter hatte, darunter auch das Selbstopfer.

»Omi ...«, flüsterte sie.

Sie vermisste Grette Neal, ihre Ziehmutter. Die Geheimnisse der Vergangenheit hatten sie getötet, und jetzt bedrohten neue Geheimnisse Fiona und die anderen. Wenn sie überleben wollten, musste sie ebenso tapfer und uneigennützig sein wie Omi.

Die Stimmen entfernten sich.

Fiona rückte vor, den Staubwedel wie zur Abwehr erhoben. Sie spähte über das Geländer des ersten Treppenabsatzes und machte das weißblonde Haar der beiden Zwillinge aus. Jetzt konnte sie die Unterhaltung verstehen.

»Wir sollten *grootvader* nicht warten lassen«, sagte der Bruder.

»Ich komme gleich runter. Ich will nur mal eben nachsehen, ob Skuld im Zwinger ist. Sie war sehr erregt, und ich hab Angst, sie könnte sich verletzen.«

»Das könnte man auch von dir sagen, meine liebe *zuster*.«

Fiona trat einen Schritt vor. Der Bruder streichelte der Schwester über die Wange, eine schaurig intime Berührung.

Ischke schmiegte die Wange an seine Hand, dann löste sie sich unvermittelt von ihm. »Ich bin gleich wieder da.«

Ihr Bruder nickte und trat vor den Aufzug. »Ich sage *grootvader* Bescheid.« Er drückte eine Taste, worauf die Aufzugtür sich öffnete.

Ischke entfernte sich in die entgegengesetzte Richtung.

Fiona eilte die Treppe hinunter. Auf den letzten Stufen zügelte sie ihre Schritte. Ischke war in einen Flur eingebogen, der offenbar geradewegs ins Herrenhaus führte.

Fiona folgte ihr in weitem Abstand, mit gesenktem Kopf und den Staubwedel wie eine Bibel im Arm. Sie machte kleine Schritte, ein unscheinbares Dienstmädchen in Demutshaltung. Ischke stieg fünf Stufen hinunter und passierte zwei Wachposten, dann bog sie nach links in einen anderen Flur ab.

Fiona näherte sich den beiden Männern. Sie wurde schneller und gab sich den Anschein, als beeilte sie sich, einen Auftrag auszuführen. Den Kopf hielt sie nach wie vor tief gesenkt, sodass sie in dem übergroßen Dienstmädchenoutfit beinahe unsichtbar war.

Sie hatte die kleine Treppe erreicht.

Die Wachposten beachteten sie nicht. Offenbar wollten sie sich von ihrer besten Seite zeigen, nachdem soeben die Hausherrin an ihnen vorbeigekommen war. Fiona stieg die fünf Stufen hinunter. Auf dem Flur hielt sich niemand auf.

Fiona blieb stehen.

Ischke war verschwunden.

Einerseits fühlte sie sich erleichtert, andererseits war sie voller Angst.

Soll ich wieder nach oben gehen und auf das Beste hoffen?

Ischkes eiskaltes Lachen hallte ihr noch durch den Kopf – da drang auf einmal ihre scharfe Stimme hinter einer schmiedeeisernen Tür mit Glasfüllung hervor.

Irgendetwas passte ihr nicht.

Fiona eilte zur Tür und lauschte daran.

»Das Fleisch muss blutig sein! Frisch!«, tobte Ischke. »Wenn du das nicht hinbekommst, werf ich dich in den Zwinger.«

Eine gedämpfte Entschuldigung. Schritte, die sich entfernten.

Fiona legte das Ohr ans Glas.

Ein Fehler.

Die Tür wurde aufgestoßen und schlug ihr gegen den Kopf. Ischke kam herausgestürmt. Fluchend rempelte sie Fiona an.

Fiona reagierte instinktiv, ganz im Vertrauen auf ihre altbewährten Fähigkeiten. Sie machte sich von Ischke los, ließ sich auf ein Knie nieder und duckte sich – schwer fiel es ihr nicht.

»Pass gefälligst auf, wo du hintrittst!«, fauchte Ischke.

»*Ja, maitresse*«, flüsterte Fiona unterwürfig.

»Geh mir aus dem Weg!«

Fiona geriet in Panik. Wo sollte sie hin? Ischke fragte sich bestimmt, was das Mädchen hier zu suchen hatte. Die Tür stand immer noch offen. Fiona rutschte vor und kroch durch die Öffnung, nur weg von Ischke.

Ihre Hand wanderte zum Taser in ihrer Tasche, doch es dauerte einen Moment, bis es ihr gelang, das hineinfallen zu lassen, was sie Ischke soeben aus der Pullovertasche stibitzt hatte. Es war einfach so über sie gekommen, aus reiner Gewohnheit. Blöd. Jetzt zahlte sie dafür einen hohen Preis. Bevor sie den Taser herausholen konnte, entfernte Ischke sich schimpfend. Die schwere Tür aus Eisen und Glas fiel klirrend ins Schloss.

Fiona hätte sich in den Hintern beißen können. Was nun? Jetzt musste sie eine Weile warten, bevor sie wieder auf den Gang trat. Wenn sie sich gleich wieder an Ischkes Fersen heftete, würde sie Verdacht erregen. Außerdem wusste sie, wohin Ischke wollte. Zurück zum Aufzug. Leider kannte Fiona sich in dem Haus nicht aus, sonst hätte sie auf einem anderen Weg zum Foyer zurückgehen und einen weiteren Versuch starten können.

Vor Angst und Enttäuschung schossen ihr die Tränen in die Augen.

Sie hatte es vermasselt.

Frustriert musterte sie die neue Umgebung. Sie befand sich in einem hell erleuchteten kreisförmigen Innenhof. Durch das geodätische Glasdach strömte Sonnenschein herein. Große Palmen strebten in die Höhe. Mächtige Säulen stützten das Dach und trennten schattige Arkaden ab. Wie Kapellen von einem Kirchenschiff zweigten vom großen Hof drei Nebenhöfe ab. Deren Decke war ebenfalls gewölbt und so hoch wie die des Haupthofs. Die ganze Anlage hatte die Form eines Kreuzes.

Allerdings war dies kein Ort stiller Kontemplation.

Als Erstes bemerkte sie den Gestank. Es roch wie in einem Leichenhaus. Schreie und wehklagendes Stöhnen hallten durch die Räume. Neugierig trat sie einen Schritt vor. Drei Stufen führten in den überwölbten Hof hinunter. Der Mann, mit dem Ischke geschimpft hatte, war nicht zu sehen.

Fiona blickte sich um.

In die Arkaden am Rande des großen Hofs waren verglaste und zusätzlich mit Eisenstäben gesicherte Käfige eingelassen. Gefleckte, massige Tiere waren darin zu erkennen. Einige schliefen, andere schnürten auf und ab, eines nagte an einem Schenkelknochen. Die Hyänen.

Das aber war noch nicht alles. In einigen Käfigen waren noch andere Monster untergebracht. Ein Gorilla musterte Fiona mit verstörender Intensität. Aufgrund einer Mutation hatte er kein Fell. Die schrumplige Elefantenhaut hing ihm in Falten vom Leib.

In einem anderen Käfig wanderte ein Löwe hin und her. Er hatte Fell, doch es war hell und fleckig und mit Fäkalien und getrocknetem Blut verschmutzt. Er hechelte, und seine Augen waren blutunterlaufen. Aus seinem Maul ragten geschwungene Fangzähne.

Alle Tiere waren irgendwie entstellt: Es gab eine gestreifte Antilope mit korkenzieherartig gewundenem Geweih, zwei klapperdürre große Schakale, ein Albinowarzenschwein mit dem Panzer eines Gürteltiers. Der Anblick war beklemmend und traurig. Die zusammengesperrten Schakale jaulten und heulten und staksten auf verkrüppelten Beinen umher.

Das Mitleid mit den geschundenen Kreaturen trat gegenüber dem Abscheu vor den Riesenhyänen jedoch in den Hintergrund. Ihr Blick fiel auf eine Hyäne, die an einem großen Schenkelknochen nagte, der von einem Wasserbüffel oder Gnu stammte. Blutiges Fleisch und schwarzes Fell warteten noch darauf, vom Knochen gelöst zu werden. Fiona stellte sich unwillkürlich vor, sie befände sich an der Stelle des Tieres. Hätte Gray sie nicht gerettet …

Sie schauderte.

Die Riesenhyäne spannte die mächtigen Kiefermuskeln an und biss den Knochen durch. Es knallte wie ein Pistolenschuss.

458

Fiona schreckte zusammen und wich zur Tür zurück. Sie hatte lange genug gewartet. Da ihr Plan fehlgeschlagen war, wollte sie zu ihrem Versteck zurückkehren.

Sie drückte die Klinke und zog daran.

Abgeschlossen.

14:30

Mit klopfendem Herzen musterte Gray die schweren Stahlhebel. Er hatte lange gebraucht, um den Hauptschalter für den Sicherungskasten zu finden. Er spürte die Energie, die durch die dicken Kabel floss. Das elektromagnetische Feld war so stark, dass es ihn im Nacken prickelte.

Er hatte schon zu viel Zeit vergeudet.

Jetzt, da sie entdeckt hatten, dass das für die USA bestimmte Fass mit dem Xerum 525 fehlte, lastete die Verantwortung schwer auf Gray. Auf eine weitere Erkundung des Kellergeschosses hatte er verzichtet. Im Moment kam es vor allem darauf an, Washington zu warnen.

Als Marcia aus ihrer Zelle geholt worden war, hatte sie in dem Sicherheitstrakt ein Kurzwellenfunkgerät bemerkt, das offenbar für den Notfall gedacht war. Sie wusste, wen sie anfunken könnte, nämlich Dr. Paula Kane, welche die Warnung weiterleiten würde. Allerdings wussten sie beide, dass es ein Selbstmordkommando wäre. Aber blieb ihnen eine andere Wahl?

Zumindest Fiona war einstweilen in Sicherheit.

»Worauf warten Sie noch?«, fragte Marcia. Sie hatte die Armschlinge durchtrennt und einen Laborkittel angezogen, den sie in einem der Spinde gefunden hatte. Im Dunkeln mochte sie als Laborantin durchgehen.

Marcia stand hinter Gray, in der Hand eine Taschenlampe.

Gray hob die Hand zum ersten Hebel.

Die Feuertreppe des Kellers hatten sie bereits lokalisiert. Die Treppe führte bestimmt zum Wohnbereich hoch. Wenn sie nach draußen zum Sicherheitstrakt gelangen wollten, mussten sie zunächst einmal Verwirrung stiften.

Die Lösung war ihnen gerade eben eingefallen. Gray hatte sich an eine der Flurtüren gelehnt und dabei das Summen gespürt, das vom Stromgenerator ausging. Wenn sie es schafften, einen Kurzschluss auszulösen, Chaos zu stiften und die elektronischen Geräte der Buren vorübergehend lahmzulegen, würde das ihre Chancen, sich Zugang zum Funkgerät zu verschaffen, beträchtlich vergrößern.

»Fertig?«, fragte Gray.

Marcia schaltete die Taschenlampe ein. Sie erwiderte seinen Blick, atmete tief durch und nickte.

»Licht aus«, sagte Gray und legte den ersten Hebel um.

Dann nahm er sich den nächsten vor, und so ging es weiter.

14:35

Die Hofbeleuchtung flackerte und erlosch.

O je …

Fiona stand mitten auf dem Hof, in der Nähe eines kleinen Springbrunnens. Kurz zuvor hatte sie den Posten bei der versperrten Tür aufgegeben und war in die Mitte des Hofs geschlichen, wo sie nach einem anderen Ausgang Ausschau gehalten hatte. Es musste noch einen zweiten Ausgang geben.

Jetzt erstarrte sie.

Einen Moment lang herrschte Stille. Entweder es verwirrte die Tiere, dass das tiefe Brummen verstummt war, oder aber sie spürten, dass sich das Machtgefüge im Raum verlagert hatte.

Hinter Fiona öffnete sich quietschend eine Tür.

Langsam drehte sie sich um.

Eine der Käfigtüren stand halb offen. Eine der Hyänen hatte sie mit der Nase angestupst. Aufgrund des Stromausfalls hatten sich die Magnetschlösser geöffnet. Das Tier schlich aus dem Käfig. Blut tropfte von seiner Schnauze. Das war die Hyäne, die den Schenkelknochen benagt hatte. Sie knurrte leise.

Hinter Fionas Rücken ertönte ein keckerndes Bellen. Die Raubtiere der Menagerie verständigten sich untereinander. Weitere Käfigtüren öffneten sich quietschend.

Fiona verharrte reglos neben dem Springbrunnen. Auch die Wasserpumpe war ausgefallen. Das Geplätscher war verstummt, als fürchtete sich selbst das Wasser, aufzufallen.

Irgendwo in einem der Nebenhöfe schwenkte der Kegel einer Taschenlampe umher. Ein Mensch. Vielleicht der Tierwärter, den Ischke gescholten hatte. Wie es aussah, würden seine Schützlinge ihr blutiges Mahl doch noch bekommen. Schritte näherten sich ihr. Plötzlich schrie jemand gequält auf, und es wurde gejault und gebellt.

Als laute Fressgeräusche zu hören waren, hielt Fiona sich die Ohren zu.

Sie konzentrierte sich ganz auf das erste Tier, das seinen Käfig verlassen hatte.

Die Hyäne mit der blutigen Schnauze kam näher. Fiona erkannte sie an den schwach ausgeprägten Flecken wieder, weiß auf weißem Grund. Es war das Tier aus dem Dschungel.

Ischkes Liebling.

Skuld.

Der Festschmaus aus dem Käfig war ihr entgangen.

Jetzt waren die Karten neu gemischt.

14:40

»Helfen Sie uns … *bitte!*« Gunther kam in die Hütte gestürzt, gefolgt von Major Brooks.

Lisa stand auf und ließ das Stethoskop sinken, mit dem sie Painter die Brust abgehört hatte. Dabei war ihr ein systolisches Geräusch aufgefallen. In den vergangenen zwölf Stunden war es immer später aufgetreten, was auf eine rasch fortschreitende Aortenstenose hindeutete. Die leichte Angina pectoris hatte sich verschlimmert, und wenn Painter sich überanstrengte, musste er mit

Bewusstlosigkeit aufgrund von Herzrhythmusstörungen rechnen. Lisa befürchtete, dass die Herzklappe verkalken könnte. Eine so starke Verschlimmerung in so kurzer Zeit hatte sie noch nie erlebt. Überall in Painters Körper hatten sich mineralische Ablagerungen gebildet, sogar in der Augenflüssigkeit.

Painter, der flach auf dem Rücken lag, stützte sich auf die Ellbogen auf und zuckte zusammen. »Was ist los?«, fragte er Gunther.

Major Brooks antwortete mit gedehntem Südstaatenakzent: »Es geht um seine Schwester, Sir. Sie hat einen Anfall … eine Art Krampf.«

Lisa packte die Arzttasche. Painter versuchte, aus eigener Kraft aufzustehen, musste aber von Lisa gestützt werden. »Sie bleiben hier«, sagte Lisa.

»Es geht schon«, erwiderte Painter gereizt.

Lisa hatte keine Zeit, sich mit ihm zu streiten. Sie ließ seinen Arm los. Painter taumelte. Sie eilte zu Gunther hinüber. »Gehen wir.«

Brooks wartete, denn er wusste nicht, ob er Painter helfen sollte.

Painter winkte ab und humpelte der Gruppe nach.

Lisa rannte zur Nachbarhütte. Sie hatte das Gefühl, sie befände sich in einem Backofen. Kein Lüftchen regte sich. Die sengende Hitze machte das Atmen nahezu unmöglich. Der gleißende Sonnenschein tat ihr in den Augen weh. Im nächsten Moment trat sie gebückt ins kühlere Hütteninnere.

Anna lag völlig verkrampft in verkrümmter Haltung auf einer Grasmatte. Lisa stürzte zu ihr. Zuvor hatte sie am Unterarm bereits einen Venenkatheter angelegt. Auch Painter hatte einen. Der Katheter erleichterte die Verabreichung von Medikamenten und Blutplasma.

Lisa ließ sich auf ein Knie nieder, holte eine mit Diazepam gefüllte Spritze hervor und injizierte die ganze Dosis in den Katheter. Anna entspannte sich und erschlaffte. Ihre Lider hoben sich flatternd. Sie war wieder bei Bewusstsein, erschöpft, aber bei klarem Verstand.

Painter und Monk traten in die Hütte.

»Wie geht es ihr?«, fragte Painter.

»Was meinen Sie wohl?«, erwiderte Lisa erschöpft.

Gunther half seiner Schwester, sich aufzusetzen. Ihr kreidebleiches Gesicht war mit einer Schweißschicht bedeckt. Painter musste für die nächsten Stunden mit ganz ähnlichen Symptomen rechnen. Obwohl beide die gleiche Strahlendosis aufgenommen hatten, hielt er sich aufgrund seiner kräftigen Statur besser als Anna. Allerdings war ihr Überleben nurmehr eine Frage von Stunden.

Lisa schaute zu dem Lichtstrahl hoch, der durch einen Fensterschlitz fiel. Bis zum Einbruch der Dunkelheit war es noch lang.

Monk brach die lastende Stille. »Ich habe mit Khamisi gesprochen. Er meldet, in dem verdammten Herrenhaus seien die Lichter ausgegangen.« Er grinste zaghaft, als zweifelte er, ob gute Neuigkeiten überhaupt willkommen waren. »Ich schätze, da steckt Gray dahinter.«

Painter runzelte die Stirn. Schon seit einer ganzen Weile war das die einzige mimische Äußerung, zu der er noch fähig war. »Das wissen wir nicht.«

»Aber es wäre durchaus möglich.« Monk fuhr sich über den kahl rasierten Schädel. »Sir, ich glaube, wir sollten den Zeitplan neu überdenken. Khamisi meint …«

»Khamisi ist nicht der Einsatzleiter!«, blaffte Painter.

Monk wechselte einen Blick mit Lisa. Vor zwanzig Minuten hatten sie sich unter vier Augen unterhalten. Das war einer der Gründe, weshalb Monk mit Khamisi telefoniert hatte. Er hatte gewisse Erfahrungen bestätigt haben wollen. Monk nickte Lisa zu.

Sie nahm eine weitere Spritze aus der Tasche und näherte sich Painter.

»Ich würde gern den Katheter spülen«, sagte sie. »Da ist geronnenes Blut drin.«

Painter hielt den Arm hoch. Er zitterte.

Lisa stützte ihn beim Handgelenk und injizierte den Inhalt der

Spritze. Monk trat hinter Painter und fing ihn auf, als dessen Beine nachgaben.

»Was ...?« Painter konnte den Kopf nicht mehr aufrecht halten.

Monk legte den Arm um seine Hüfte. »Das ist nur zu Ihrem Besten, Sir.«

Painter fixierte Lisa finster. Sein Arm fuhr herum – ob er sie schlagen oder seiner Bestürzung über den Verrat Ausdruck verleihen wollte, wusste er wahrscheinlich selbst nicht. Das Beruhigungsmittel wirkte bereits.

Major Brooks hatte alles mit offenem Mund beobachtet.

Monk zuckte mit den Schultern. »Waren Sie etwa noch nie bei einer Meuterei dabei?«

Brooks fasste sich wieder. »Wenn Sie mich so direkt fragen, Sir ... so was erlebe ich ständig.«

Monk nickte. »Khamisi ist mit dem Paket schon unterwegs. In drei Stunden dürfte er hier sein. Er und Dr. Kane übernehmen die Bodenunterstützung.«

Lisa wandte sich an Gunther: »Können Sie Ihre Schwester tragen?«

Gunther legte sie sich wortlos über die Schulter.

»Was haben Sie vor?«, fragte Anna mit schwacher Stimme.

»Bis Sonnenuntergang halten Sie beide nicht mehr durch«, antwortete Lisa. »Wir dringen zur Glocke vor.«

»Wie ...?«

»Zerbrechen Sie sich nicht unnötig Ihren hübschen Kopf«, sagte Monk und schleppte, unterstützt von Major Brooks, Painter ins Freie. »Wir haben alles durchdacht.«

Monk suchte erneut Lisas Blick. Sie verstand auch ohne Worte, was er ihr sagen wollte.

Vielleicht war es schon zu spät.

Gray stieg mit vorgehaltener Pistole als Erster die Treppe hoch. Er und Marcia bemühten sich, möglichst leise aufzutreten. Mit der flachen Hand dämpfte Marcia den Strahl der Taschenlampe. Das Licht reichte gerade aus, um zu erkennen, wohin sie traten. Da die Aufzüge nicht mehr funktionierten, fürchtete Gray, einem Wachposten in die Arme zu laufen.

Obwohl er die gleiche Uniform trug wie sie, wollte er in Begleitung einer Forscherin aus dem Keller unliebsame Begegnungen nach Möglichkeit vermeiden.

Sie kamen durch das sechste Untergeschoss, in dem es ebenso dunkel war wie im siebten.

Gray wurde schneller. Die Angst, dass jeden Moment Notstromaggregate anspringen könnten, hielt sich mit seiner Vorsicht die Waage. Als sie um den nächsten Treppenabsatz bogen, tauchte vor ihnen ein Lichtschimmer auf.

Er hob die Hand. Marcia blieb stehen.

Das Licht bewegte sich nicht, sondern verharrte an Ort und Stelle. Also kein patrouillierender Wachposten. Wahrscheinlich die Notbeleuchtung.

Aber man konnte nie wissen …

»Warten Sie hier«, flüsterte er Marcia zu.

Sie nickte.

Gray ging mit vorgehaltener Pistole weiter. Am nächsten Absatz sickerte Licht durch eine halb offene Tür. Als Gray näher kam, hörte er Stimmen. Oben blieb die Treppe dunkel. Warum gab es hier unten Strom? Offenbar verfügte diese Ebene über einen eigenen Stromkreislauf.

Stimmen hallten durch den Flur.

Wohlbekannte Stimmen. Isaak und Baldric.

Sie hielten sich in einem Raum auf. Gray blickte nach unten. Im Streulicht des Flurs zeichnete sich Marcias Gesicht als helles Oval ab. Er winkte ihr beruhigend zu.

Auch sie hatte die Stimmen gehört.

Isaak und Baldric hatten sich von dem Stromausfall offenbar nicht aus der Ruhe bringen lassen. Wussten sie überhaupt, dass in den übrigen Etagen des Herrenhauses der Strom ausgefallen war? Gray zügelte seine Neugier. Er musste Washington warnen.

Wortfetzen drangen an sein Ohr. »Die Glocke wird sie alle töten«, sagte Baldric.

Gray zögerte. Sprachen sie etwa über Washington? Wenn ja, was hatten sie vor? Wenn er mehr in Erfahrung bringen könnte …

Gray reckte Marcia zwei Finger entgegen. Nur zwei Minuten. Wenn er dann nicht zurück war, musste sie allein klarkommen. Er hatte ihr die zweite Pistole gegeben. Wenn es ihm gelang, einen Blick auf die Glocke zu werfen, könnte das vielen Menschen das Leben retten.

Erneut reckte er die beiden Finger.

Marcia nickte. Falls Gray geschnappt wurde, hinge alles von ihr ab.

Er zwängte sich durch den Spalt, ohne die Tür zu bewegen, denn er wollte es vermeiden, durch quietschende Scharniere auf sich aufmerksam zu machen. Vor ihm erstreckte sich ein von Neonröhren erhellter Flur, der nach ein paar Metern an einer stählernen Doppeltür endete. Gegenüber der Tür lag der Aufzug.

Eine Türhälfte stand offen.

Gray näherte sich der Tür auf den Fußballen. Dort angelangt, drückte er sich flach an die Wand. Er ließ sich auf ein Knie nieder und spähte in den Raum.

Er hatte eine niedrige Decke, nahm aber das ganze Kellergeschoss ein. Das hier war das eigentliche Herzstück des Labors. Computer säumten die Wände. Zahlen- und Buchstabenkolonnen scrollten über die Monitore. Offenbar verfügten die Rechner über eine eigene Stromversorgung.

Die beiden Männer waren so in ihre Arbeit vertieft, dass sie vom Stromausfall noch nichts mitbekommen hatten. Das aber konnte sich jeden Moment ändern.

Baldric und Isaak, Großvater und Enkel, beugten sich über einen Computerarbeitsplatz. Auf dem 30-Zoll-Monitor an der Wand wurden nacheinander verschiedene Runen dargestellt. Es waren die fünf Runen aus Hugos Büchern.

»Den Code haben wir noch immer nicht geknackt«, sagte Isaak. »Ist es da ratsam, das Glocken-Programm weltweit anzuwenden?«

»Es wird schon klappen!« Baldric schlug mit der Faust auf den Tisch. »Das ist nur eine Frage der Zeit. Außerdem sind wir der Vollkommenheit mit dir und deiner Schwester schon ganz nahe gekommen. Ihr habt ein langes Leben vor euch. Fünfzig Jahre. Erst im letzten Lebensjahrzehnt wird der Verfall einsetzen. Wir müssen weitermachen.«

Isaak wirkte nach wie vor skeptisch.

Baldric richtete sich auf und zeigte an die Decke. »Da siehst du, was uns die Verzögerungen eingebrockt haben. Unser Versuch, die Aufmerksamkeit der internationalen Behörden auf den Himalaya zu lenken, ist fehlgeschlagen.«

»Nur weil wir Anna Sporrenberg unterschätzt haben.«

»Und Sigma auch«, setzte Baldric hinzu. »Aber egal. Jetzt sitzen uns die Regierungen im Nacken. Mit Gold allein können wir uns nicht freikaufen. Wir müssen handeln. Erst Washington, dann die ganze Welt. In dem nachfolgenden Chaos bleibt uns Zeit genug, den Code zu knacken. Die Vollkommenheit ist unser.«

»Von Afrika ausgehend wird eine neue Welt erstehen«, sagte Isaak mechanisch, als hätte man ihm diesen Spruch schon in jungen Jahren eingetrichtert und ihn quasi in seinem genetischen Code verankert.

»Ohne Fehl und Makel«, beendete Baldric die Litanei, doch auch sein Beitrag klang leidenschaftslos, wie auswendig gelernt. Als wäre nur noch ein einziger Schritt zu tun, um das Zuchtprogramm zu vollenden, eine bloße Formsache.

Baldric stützte sich auf seinen Stock. Jetzt, da er mit seinem Enkel allein war, wirkte er viel hinfälliger als zuvor. Gray fragte sich, ob Baldric sich vielleicht mehr von dem Gefühl, die Zeit werde für ihn knapp, leiten ließ als von rationaler Überlegung. Waren sie vielleicht alle unwissende Bauern in einem Spiel, das von Baldrics Besessenheit gesteuert wurde? Hatte Baldric dieses Szenario bewusst oder unbewusst selbst herbeigeführt, um seinen Plan noch zu Lebzeiten zur Ausführung zu bringen?

Isaak war an einen anderen Rechner getreten. »Hier stehen alle Anzeigen auf Grün«, sagte er. »Die Glocke hat Strom und kann jederzeit eingeschaltet werden. Jetzt können wir diesen Bundesstaat entlaufener Häftlinge endlich säubern.«

Gray versteifte sich. Was sollte das?

Baldric wandte dem Runencode den Rücken zu und sah in die Mitte des Raums. »Fertig machen zum Einschalten.«

Gray schob sich ein Stück weiter vor, um besser sehen zu können.

In der Mitte stand eine gewaltige Glocke, entweder aus Keramik oder Metall. Wahrscheinlich hätte er sie nicht einmal zur Hälfte umfassen können.

Motoren summten, brummten und tuckerten. Eine Art Metallmanschette, die von einer komplizierten Mechanik umschlossen war, senkte sich von der Decke herab und versank in der Außenhülle der Glocke. Gleichzeitig öffnete sich an einem gelben Tank in der Nähe ein Ventil, und durch einen durchsichtigen Schlauch floss eine metallisch-rötliche Flüssigkeit in die Glocke hinein.

Ein Schmiermittel? Oder eine Art Brennstoff?

Gray hatte keine Ahnung, was da vor sich ging, bemerkte jedoch die Beschriftung an der Seite des Tanks. 525. Darin befand sich das geheimnisvolle Xerum.

»Fahr den Berstschutz hoch«, befahl Baldric. Er musste schreien, um sich in dem Getöse Gehör zu verschaffen. Mit dem Stock zeigte er auf den Boden.

Der Boden war auch hier grau gekachelt, abgesehen von einer stumpfschwarzen Kreisfläche von etwa dreißig Metern Durchmesser, in deren Mitte die Glocke stand. Eingefasst war sie wie die Manege im Zirkus von einem dreißig Zentimeter dicken Sockel. Die Decke war das Spiegelbild des Bodens, abgesehen davon, dass die Kreisfläche hier von einer Rinne eingefasst wurde.

Alles war aus Blei.

Gray nahm an, dass der Boden hydraulisch angehoben werden konnte. Dann wäre die Glocke vollständig von einem zylinderförmigen Bleimantel umfangen.

»Was ist los?«, rief Baldric seinem Enkel zu.

Isaak betätigte mehrmals hintereinander einen Kippschalter. »Der Antrieb des Berstschutzes hat keinen Strom!«

Gray sah auf seine Füße nieder. Die Motoren mussten sich auf der darunter befindlichen Ebene befinden. Dort war der Strom ausgefallen. Plötzlich schrillte ein Telefon. Gray ahnte, wer in der Leitung war. Der Sicherheitsdienst hatte endlich die Hausherren ausfindig gemacht.

Zeit zu verschwinden.

Gray richtete sich auf und drehte sich um.

Ein Rohr traf ihn am Handgelenk, sodass er die Pistole fallen ließ. Dann holte der Angreifer nach seinem Kopf aus. Gray schaffte es im letzten Moment, dem Hieb auszuweichen.

Ischke drängte ihm entgegen. Die Aufzugtür war teilweise geöffnet. Offenbar hatte Ischke sich im Aufzug aufgehalten, als der Strom ausgefallen war, und sich anschließend mit Gewalt befreit. Wegen des Motorenlärms hatte Gray nicht mitbekommen, dass sie die Tür aufgehebelt hatte.

Ischke holte erneut mit dem Rohr aus; offenbar verfügte sie über einige Erfahrung im Stockkampf.

Gray beobachtete ihre Augen und wich in den Raum hinein zurück. Dabei vermied er es, zur Feuertreppe zu blicken. Er konnte nur hoffen, dass Marcia sich rechtzeitig in Sicherheit gebracht hatte und nun auf eigene Faust versuchte, ans Kurzwellenfunkgerät heranzukommen und Washington zu warnen.

Ischke, deren Kleidung und Gesicht ölverschmiert waren, setzte Gray nach.

Hinter Grays Rücken meldete Baldric sich zu Wort. »*Wat is dit?* Ischke hat anscheinend die Maus gefangen, die die Stromleitungen durchgenagt hat.«

Gray drehte sich um.

Er war unbewaffnet. Jetzt war guter Rat teuer.

»Die Generatoren werden jeden Moment wieder anspringen«, erklärte Isaak gelangweilt, von Grays Erscheinen völlig unbeeindruckt.

Der Boden begann zu vibrieren. Der Berstschutz stieg langsam in die Höhe.

»Jetzt brauchen wir nur noch die anderen Ratten auszuräuchern«, sagte Baldric.

14:45

Monk musste schreien, um sich trotz des Helikopterlärms verständlich zu machen. Sand und Staub wurden umhergewirbelt. »Können Sie den Vogel fliegen?«

Gunther nickte und packte den Steuerknüppel.

Monk klopfte dem Hünen auf die Schulter. Er musste dem Nazi vertrauen. Monk konnte die Maschine einhändig nicht fliegen. Da der Riese jedoch alles tun würde, um seine Schwester zu retten, glaubte Monk, kein Risiko einzugehen.

Anna nahm mit Lisa auf dem Rücksitz Platz. Painter saß in sich zusammengesunken, mit schlaff herabhängendem Kopf zwischen ihnen. Lisa hatte ihm nur eine geringe Dosis Beruhigungsmittel gespritzt. Hin und wieder murmelte er unverständliches Zeug vor sich hin und warnte vor einem drohenden Sandsturm, mit den Gedanken in der Vergangenheit.

Mit eingezogenem Kopf ging Monk um den Hubschrauber herum. Auf der anderen Seite standen Khamisi und Mosi D'Gana, der Zuluhäuptling. Sie hielten sich gegenseitig beim Unterarm.

Mosi hatte seinen Zeremonialschmuck abgelegt und war nun mit Khakihose und einer Schirmmütze bekleidet. Er hatte ein Automatikgewehr geschultert, und im Halfter seines schwarzen Gürtels steckte eine Pistole. Da er der Tradition aber nicht ganz den Rücken hatte kehren wollen, hatte er sich einen Kurzspeer mit gefährlich wirkender Klinge auf den Rücken geschnallt.

»Du übernimmst das Kommando«, sagte Mosi förmlich zu Khamisi, als Monk sich ihnen näherte.

»Ist mir eine Ehre, Sir.«

Mosi nickte und ließ Khamisis Arm los. »Ich habe schon viel Gutes über dich gehört, Fat Boy.«

Monk hatte die beiden Männer erreicht. Fat Boy?

Khamisis Augen weiteten sich vor Scham und Stolz. Mit einem Kopfnicken entfernte er sich. Mosi kletterte in den Helikopter. Er würde bei der ersten Angriffswelle dabei sein. Monk hatte keine andere Wahl. Das war er dem Häuptling schuldig.

Khamisi ging zu Paula Kane hinüber. Gemeinsam würden sie den Bodenangriff koordinieren.

Monk spähte mit zusammengekniffenen Augen durch die Staubwolke hindurch. Die Männer waren zu Fuß, zu Pferd, mit verrosteten Motorrädern und zerbeulten Pick-ups eingetroffen. Mosis Aufruf hatte sich in kürzester Zeit verbreitet. Wie sein Ahne Shaka Zulu hatte er eine Streitmacht versammelt. Männer und Frauen. Bekleidet mit traditionellen Fellen, Overalls und Jeans. Und es kamen immer noch mehr.

Ihre Aufgabe wäre es, die Kämpfer der Waalenbergs zu beschäftigen und das Gelände nach Möglichkeit zu sichern. Wie würden sich die Zulus gegen die gut bewaffneten und erfahrenen Sicherheitsleute der Waalenbergs schlagen? Würde sich das Massaker vom Bloody River wiederholen?

Es gab nur eine Möglichkeit, das herauszufinden.

Monk zog sich in die enge Kabine hoch. Mosi nahm neben Major Brooks auf einer Sitzbank Platz. Ihnen gegenüber saßen Anna, Lisa und Painter. Außerdem hatte sich noch ein halbnackter Zulu-Krieger namens Tau festgeschnallt. Er musste sich vorbeugen, um den Kopiloten mit dem Kurzspeer in Schach halten zu können.

Der oberste Wildhüter Gerald Kellogg saß gefesselt und geknebelt neben Gunther. Er hatte ein geschwollenes blaues Auge.

Monk kletterte in die Passagierkabine, tippte Gunther auf die Schulter und zeigte nach oben. Gunther nickte und zog den Steuerknüppel an. Der Hubschrauber stieg mit brüllenden Motoren in die Luft.

Der Boden wich unter ihnen zurück. Vor ihnen erstreckte sich die Besitzung der Waalenbergs. Monk war darüber informiert, dass das Gelände mit Boden-Luft-Raketen gesichert war. Der unbewaffnete, langsame Transporthubschrauber war eine fliegende Zielscheibe.

Das war schlecht.

Monk beugte sich vor.

»Es wird Zeit, dass du zeigst, dass du dein Geld wert bist, Wildhüter.«

Monk setzte ein gemeines Grinsen auf. Er wusste, das war kein schöner Anblick, doch das war ihm gerade recht.

Kellogg erbleichte.

Monk machte sich lang und hielt dem Wildhüter das Mikrofon an die Lippen. »Nehmen Sie Kontakt mit den Wachleuten auf.«

Khamisi hatte ihm die Frequenz bereits entlockt. Daher rührte auch Kelloggs blaues Auge.

»Halten Sie sich ans Drehbuch«, warnte Monk und grinste dabei unentwegt.

Kellog beugte sich von ihm weg.

War sein Grinsen wirklich so furchteinflößend?

Um der Drohung Nachdruck zu verleihen, drückte Tau dem Mann die Speerspitze an den Hals.

Das Funkgerät rauschte. Kellogg hielt sich an den abgesprochenen Text. »Wir haben die entlaufenen Gefangenen geschnappt«, teilte er der Basis mit. »Monk Kokkalis ist an Bord. Wir bringen ihn zur Landeplattform auf dem Dach.«

Gunther bekam die Antwort über Kopfhörer mit.

»Verstanden. Over«, sagte Kellogg.

Gunther musste schreien, um sich verständlich zu machen. »Wir haben Landeerlaubnis.«

Er raste auf die Besitzung zu. Das Herrenhaus gelangte in Sicht. Aus der Luft wirkte es noch beeindruckender.

Monk setzte sich wieder und sah Lisa an. Die neben ihr sitzende Anna hatte sich ans Fenster gelehnt, die Augen gequält geschlossen. Painter hing stöhnend in den Gurten. Die Wirkung des Beruhigungsmittels ließ allmählich nach.

Lisa stützte ihn.

Monk bemerkte, dass sie seine Hand hielt – wenn er es recht bedachte, schon die ganze Zeit.

Sie suchte Monks Blick.

Angst flackerte in ihren Augen.

Angst um Painter.

14:56

»Ist die Sendeantenne ausgefahren?«, fragte Baldric.

Isaak nickte zum Schaltpult hinüber.

»Dann bereite die Glocke aufs Einschalten vor.«

Baldric wandte sich Gray zu. »Wir haben die Glocke mit dem DNA-Code Ihrer Begleiter programmiert. Das versetzt sie in die Lage, die entsprechende DNA selektiv zu denaturieren und zu zerstören, während andere DNA nicht in Mitleidenschaft gezogen wird. Das ist unsere Version der Endlösung.«

Gray dachte an Fiona, die in ihrem Versteck auf ihn wartete. Und an Monk, der soeben eingeflogen wurde.

»Sie haben keinerlei Veranlassung, sie zu töten«, sagte Gray. »Sie haben meinen Partner gefangen genommen. Verschonen Sie den Jungen und das Mädchen.«

»Wenn Sie in den vergangenen Tagen nichts gelernt haben, ist das Ihre Sache. Ich jedenfalls habe gelernt, dass es besser ist, reinen Tisch zu machen.« Baldric nickte Isaac auffordernd zu. »Schalte die Glocke ein.«

»Warten Sie!«, schrie Gray und trat einen Schritt vor.

Ischke hatte ihm die Pistole abgenommen und hielt ihn damit in Schach.

Baldric wirkte gelangweilt und ungeduldig.

Gray hatte nur noch einen einzigen Trumpf im Ärmel. »Ich weiß, wie man Hugos Code knacken kann.«

Baldric reagierte überrascht. Er hob die Hand und gebot Isaak Einhalt. »Tatsächlich? Sie wollen ein Problem lösen, an dem mehrere Cray-Computer bislang gescheitert sind?«

Gray wusste, dass er Baldric irgendwie ködern musste, wenn er verhindern wollte, dass der Mann die Glocke einschaltete und seine Freunde verstrahlte. Er zeigte auf den Monitor, der in einer Endlosschleife die Runen anzeigte. Der Computer rechnete unentwegt und suchte nach einer Kombination, die auf eine mnemonische Zahl hindeutete.

»Wenn Sie so weitermachen, werden Sie es niemals schaffen«, sagte Gray.

»Warum?«

Gray leckte sich über die trockenen Lippen. Er durfte in seiner Konzentration nicht nachlassen. Er wusste genau, dass die Rechner versagen würden, denn er hatte das Rätsel der Runen bereits gelöst. Er verstand die Lösung nicht, wusste aber, dass er richtiglag, zumal in Anbetracht von Hugo Hirszfelds jüdischer Herkunft.

Aber wie viel von seinem Wissen sollte er preisgeben? Er musste die Wahrheit sorgfältig dosieren.

»Sie haben die falsche Rune aus der Darwinbibel genommen«, sagte Gray wahrheitsgemäß. »Außerdem sind es nicht *fünf* Runen, sondern *sechs*.«

Baldric seufzte. Die Skepsis hatte sich in tiefen Linien um seinen Mund eingegraben. »Wie bei dem Sonnenrad, das Sie uns aufgezeichnet haben?« Er wandte sich wieder Isaak zu.

»Nein!«, rief Gray. »Warten Sie, ich zeig's Ihnen!«

Auf einem Computertisch sah er einen Filzstift liegen. Er zeigte darauf. »Bitte geben Sie mir den Stift.«

Mit finsterer Miene nickte Baldric.

Isaak warf Gray den Stift zu.

Gray fing ihn auf und kniete nieder. Mit dem schwarzen Filzstift zeichnete er auf die grauen Bodenkacheln. »Die Rune aus der Darwinbibel.«

»Die Mensch-Rune«, sagte Baldric.

Gray tippte darauf. »Sie steht für einen höheren Grad von Vollkommenheit, für den göttlichen Plan, der hinter allem steht.«

»Und weiter?«

»Das war Hugos Ziel. Das gesuchte Endresultat. Nicht wahr?«

Baldric nickte langsam.

»Das *Resultat* gehört nicht zu seinem Code. Der Code führt lediglich darauf hin.« Er tippte energischer auf die Rune am Boden. »Deshalb gehört dieses Zeichen nicht in den Code.«

Allmählich dämmerte es dem alten Mann. »Und die anderen Runen aus der Darwinbibel …«

Gray zeichnete sie auf.

»Diese beiden Runen ergeben eine dritte.« Er malte einen Kreis um die beiden gegabelten Runen. »Sie stehen für die Menschheit, das Ausgangsmaterial, das einem höheren Zustand entgegenstrebt. Deshalb gehören diese beiden Runen zum Code.«

Gray zeichnete den vollständigen Runensatz auf. »Das ist die falsche Sequenz.«

Er strich sie durch und zeichnete den richtigen Satz auf, wobei er die letzte Rune aufspaltete.

Baldric trat einen Schritt näher. »Und das soll der gültige Satz sein? Den es zu entschlüsseln gilt?«

»Ja«, antwortete Gray wahrheitsgemäß.

Baldric nickte mit nachdenklich zusammengekniffenen Augen. »Ich glaube, Sie könnten recht haben, Commander Pierce.«

Gray richtete sich auf.

»*Dank u*«, sagte Baldric und wandte sich wieder Isaak zu. »Schalte die Glocke ein. Töte seine Freunde.«

15:07

Während die Rotoren ausliefen, half Lisa, Painter aus dem Helikopter zu heben. Der Zulu-Krieger Tau fasste ihn von der anderen Seite. Das Beruhigungsmittel wirkte nur für kurze Zeit. In ein paar Minuten würde Painter wieder zu sich kommen.

Gunther stützte Anna. Ihr Blick war glasig. Gerade eben hatte sie sich eine weitere Morphiumspritze gesetzt. Allerdings hatte sie wieder blutigen Auswurf.

Monk und Mosi D'Gana standen vor den drei toten Männern, welche die Landeplattform bewacht hatten. Da sie lediglich mit der Übergabe eines Gefangenen gerechnet hatten, war es leicht gewesen, sie zu überwältigen. Ein paar Schüsse mit den Schalldämpferpistolen hatten die Besatzung der Landeplattform außer Gefecht gesetzt.

»Bleiben Sie hier«, sagte Monk zu Tau. »Bewachen Sie den Hubschrauber. Behalten Sie den Gefangenen im Auge.«

Chefwildhüter Kellogg lag auf dem Boden. Er war geknebelt, die Hände hatte man ihm mit Handschellen auf den Rücken gefesselt und die Füße verschnürt. Flüchten konnte er jedenfalls nicht.

Monk gab Major Brooks und Mosi D'Gana ein Zeichen, sie sollten die Führung übernehmen. Sie alle hatten Paula Kanes Schemaplan des Hauses gesehen und sich die günstigste Route ins Kellergeschoss eingeprägt. Bis dorthin war es noch ein gutes Stück Weg. Die Landeplattform befand sich an der Rückseite des Hauses.

Brooks und Mosi führten sie mit angelegten Sturmgewehren zur Tür auf dem Flachdach des Herrenhauses. Sie bewegten sich so koordiniert, als wären sie schon einmal zusammen im Einsatz gewesen. Gunther hielt eine Pistole in der Hand und hatte zusätzlich ein stummelläufiges Sturmgewehr geschultert. So näherten sie sich der Tür.

Brooks rannte vor und entriegelte die Tür mit einer der entwendeten Codekarten. Zusammen mit Mosi verschwand er im Inneren des Hauses und sah nach, ob die Luft rein war. Die anderen warteten.

Monk sah auf die Uhr. Sie hatten nicht mehr viel Zeit.

Ein kurzer Pfiff von der Treppe.

»Los geht's«, sagte Monk.

Hinter der Tür lag eine kurze Treppe, die zum fünften Stock hinunterführte. Brooks stand vor dem Treppenabsatz. Auf der Treppe lag ein Wachposten. Aus dem aufgeschlitzten Hals sprudelte stoßweise Blut. Auf dem Absatz hockte Mosi, in der Hand ein blutiges Messer.

Sie drangen weiter nach unten vor, Windung um Windung. Dabei trafen sie auf keine weiteren Wachposten mehr. Wie sie gehofft hatten, richtete sich das Augenmerk der Sicherheitskräfte nach draußen. Der Aufmarsch der Zulus vor der Grenze der Besitzung war ihnen nicht entgangen.

Monk sah erneut auf die Uhr.

Als sie den ersten Stock erreichten, betraten sie einen langen Flur mit poliertem Holzfußboden. Es war dunkel. Die Wandleuchter flackerten, als wäre die Stromversorgung noch immer gestört ... oder als wäre das Stromnetz überlastet.

Lisa fiel ein merkwürdiger Geruch auf.

Der Flur endete an einem Quergang. Brooks sondierte nach rechts, denn dorthin wollten sie sich wenden. Im Nu bog er wieder um die Ecke und drückte sich flach an die Wand.

»Zurück ... zurück ...«

Ein herausforderndes Gebrüll war zu vernehmen. Dann folgte ein abgehacktes Bellen ... und aufgeregtes Jaulen. Ein schrilles Heulen übertönte alle anderen Laute.

»Ein Ukufa«, sagte Mosi und scheuchte die anderen zurück.

»Lauft!«, sagte Brooks. »Wir versuchen, sie zu vertreiben, dann kommen wir nach.«

Monk zerrte Lisa und Painter mit sich.

»Was ist los?«, fragte Lisa gepresst.

»Jemand hat die Hunde auf uns gehetzt«, antwortete Monk.

Gunther stolperte voran. Der Hüne musste seine Schwester praktisch tragen. Ihre Füße schleiften über den Boden.

Hinter ihrem Rücken knallte es mehrmals hintereinander.

Das Gebrüll machte schmerzerfülltem Geheul und Jaulen Platz.

Sie rannten noch schneller.

Die Gewehre feuerten in einem fort.

»Verdammt noch mal!«, fluchte Brooks.

Lisa blickte sich über die Schulter um.

Brooks und Mosi verließen ihren Posten und flüchteten, wobei sie noch im Laufen nach hinten schossen.

»Los, los, los!«, brüllte Brooks. »Es sind einfach zu viele!«

478

Drei gewaltige Tiere mit weißem Fell kamen um die Ecke gestürmt, mit gebleckten Zähnen und die geifernden Schnauzen dicht auf den Boden gesenkt. Sie gruben die Krallen in den Holzboden und bewegten sich im Zickzack, beinahe als ahnten sie die Kugeln voraus. Alle drei hatten blutende Wunden, was ihre Mordlust aber eher noch anzustacheln schien.

Als Lisa wieder nach vorn sah, trat ein weiteres Ungeheuer aus einem der Räume am Ende des Flurs hervor und schnitt ihnen den Fluchtweg ab.

Gunthers großkalibrige Pistole dröhnte ohrenbetäubend laut. Er verfehlte das Tier, da es sich unglaublich schnell aus der Schusslinie bewegte.

Monk kam schlitternd zum Stehen und hob das Gewehr.

Lisa wurde vom eigenen Schwung weitergetragen. Sie ließ sich auf ein Knie nieder und zog den schlaffen Painter mit sich. Durch den Aufprall wurde er wieder etwas wacher.

»Wo ... sind wir?«, fragte er benommen.

Lisa drückte ihn zu Boden. Ständig krachten Schüsse.

Hinter ihr ertönte ein durchdringender Schrei.

Sie fuhr herum. Aus einer Türöffnung schnellte ein muskulöser Schemen hervor und schleuderte Major Brooks gegen die Wand.

Lisa schrie auf und krabbelte auf allen vieren in die entgegengesetzte Richtung.

Mosi eilte Major Brooks laut brüllend zu Hilfe, den Speer über den Kopf gereckt.

Lisa klammerte sich an Painter fest.

Die Hyänen waren überall.

In diesem Moment fiel Lisa eine Bewegung ins Auge. Hinter einer Tür zur Linken richtete sich ein weiteres Tier auf und drückte dagegen. Seine Schnauze war blutig. Die Augen funkelten rot in der Dunkelheit des Raums. Lisa fühlte sich in den Wahnsinn des buddhistischen Klosters zurückversetzt. Auch dort waren ungeheuerliche Dinge geschehen, die jedoch mit kühlem Kopf geplant gewesen waren.

Hier war es das Gleiche.

Das Ungeheuer näherte sich leise knurrend, mit triumphierend gebleckten Lefzen.

15

Die Hörner des Büffels

15:10
Südafrika

Khamisi lag unter einer Tarnmatte in einer ausgetrockneten Wasserrinne.

»Noch drei Minuten«, sagte Dr. Paula Kane, die neben ihm auf dem Bauch lag.

Mit Ferngläsern musterten sie den schwarzen Zaun.

Khamisi hatte seine Streitmacht an der Grenze des Parks verteilt. Ein paar Zulus trieben Kühe über uralte Pfade. Einige alte Männer, geschmückt mit Perlen, Federbüschen und Federn, standen in Schulterdecken gehüllt da. Vom Dorf schallten munterer Gesang und der Klang von Trommeln herüber. Der Aufmarsch war als Hochzeitsfeier in Szene gesetzt.

Kreuz und quer waren Motorräder, Geländewagen und Trucks abgestellt. Einige der jüngeren Krieger, darunter auch Frauen, standen bei den Fahrzeugen. Liebespaare turtelten, andere tranken aus Holzbechern und grölten wie berauscht. Eine Gruppe barbrüstiger Männer mit bemalten Gesichtern tanzte mit Stöcken.

Abgesehen von den Stöcken waren keine Waffen zu sehen.

Khamisi veränderte die Schärfeeinstellung seines Fernglases und blickte über den hohen, stacheldrahtbewehrten Zaun hinweg. Im Blätterdach des Dschungels war eine Bewegung zu erkennen. Entlang den Hochwegen waren Sicherheitskräfte in Stellung gegangen und spähten über den Zaun.

»Noch eine Minute«, sagte Paula. Unter der Tarnmatte, die zudem im Schatten eines Stinkholzbaums lag, stand ein Dreibeinstativ mit einem Gewehr. Zu seinem Erstaunen hatte sie ihm erzählt, sie habe mal eine olympische Goldmedaille im Schießen gewonnen.

Khamisi setzte das Fernglas ab. Die traditionelle Angriffsstrategie der Zulus hieß »der Büffel«. Der Haupttrupp, auch als die »Brust« bezeichnet, griff frontal an, während die »Hörner des Büffels« von den Flanken her zuschlugen, dem Gegner den Fluchtweg abschnitten und ihn einkreisten. Khamisi aber hatte eine kleine Modifikation vorgenommen, um den Mangel an moderner Bewaffnung wettzumachen. Aus diesem Grund hatte er die ganze Nacht über das Gelände ausgekundschaftet und kleine Überraschungen hinterlegt.

»Noch zehn Sekunden«, verkündete Paula und setzte den Countdown leise fort. Sie presste die Wange an den Gewehrkolben.

Khamisi hob den Sender hoch, drehte den Schlüssel herum und hielt den Daumen über eine Reihe von Knöpfen.

»Jetzt!«, sagte Paula.

Khamisi drückte den ersten Knopf.

Hinter dem Zaun explodierten die Sprengladungen, die er nachts angebracht hatte. Flammen schlugen empor, das Blätterdach wurde zerfetzt. Die Ladungen zündeten nacheinander, denn er wollte größtmögliche Verwirrung stiften. Brennende Holzbohlen und Äste wurden durch die Luft geschleudert, während die ganze Vogelpopulation des Waldes erschreckt die Flucht ergriff, eine Explosion regenbogenfarbener Konfettis.

Khamisi hatte C4-Sprengstoff, den die Briten ihm besorgt hatten, an Kreuzungen und Stützpfosten der Hochwege angebracht. Die Explosionen breiteten sich aus, wanderten um das Herrenhaus herum, brachten die Hochwege zum Einsturz, zwangen die Verteidiger, auf den Boden zu wechseln, und lösten Verwirrung und Panik aus.

Die Zulu-Krieger ließen die Decken herabfallen. Darunter kamen Gewehre zum Vorschein. Andere knieten nieder, rissen die Tarnmatten von den Waffenverstecken und wurden zur Brust des Büffels. An den Flanken wurden Motoren angelassen. Khamisis Krieger bemannten die Fahrzeuge und verwandelten Motorräder und Trucks in die »Büffelhörner«.

»Jetzt«, wiederholte Paula.

Khamisi drückte die restlichen Knöpfe, einen nach dem anderen.

Auf einer Länge von einer halben Meile flog der Zaun in die Luft. Pfosten und Stacheldraht wurden umhergeschleudert. Damit war der Bauch des Gegners entblößt.

Khamisi warf die Tarnmatte ab und richtete sich auf. Von hinten kam ein Motorrad angerast, das inmitten einer Staubwolke rutschend zum Stehen kam. Njongo forderte ihn mit einer Handbewegung zum Aufsitzen auf. Khamisi aber hatte noch eine letzte Aufgabe zu erledigen. Er reckte eine Sirene über den Kopf empor und schaltete sie ein. Das ohrenbetäubende Geheul schallte über das Land der Zulus hinweg und kündete vom erneuten Angriff des Büffels.

15:13

Die Explosionen waren selbst im Keller zu hören. Im Glockensaal flackerte die Beleuchtung. Alle erstarrten. Baldric stand mit seinem Enkel Isaak an der Computerwand. Ischke bewachte Gray und zielte mit der Pistole auf dessen Brust. Alle blickten fragend zur Decke.

Alle bis auf Gray.

Sein Blick klebte an der Stromanzeige der Konsole. Die Anzeigen näherten sich stetig dem Sollwert. Ohne Grays Flehen nachzugeben, hatte Baldric die Glocke eingeschaltet. Ein anschwellendes Summen kam aus dem Bleizylinder, der das Gerät einhüllte. Auf einem Monitor war die blassblau leuchtende Außenhülle der Glocke zu sehen.

Wenn die volle Leistung erreicht wäre, würde sich im Umkreis von fünf Meilen eine Pulswelle ausbreiten und Monk, Fiona und Ryan töten, ganz gleich, wo sie sich versteckten. Gray hingegen war in dem Raum vor der tödlichen Strahlung geschützt.

»Erkundige dich, was da los ist«, befahl Baldric seinem Enkel, als der Explosionslärm erstarb.

Isaak langte bereits zum roten Telefon.

Der laute Pistolenschuss unmittelbar im Anschluss an die gedämpften Detonationen erschreckte sie alle.

Gray fuhr herum. Auf dem Fliesenboden waren Blutspritzer.

Ischke, an deren linker Schulter sich ein hellroter Fleck gebildet hatte, wurde von der Wucht des Treffers herumgeschleudert. Die Pistole hielt sie freilich in der Rechten. Noch aus der Bewegung heraus zielte Ischke auf die Schützin.

Dr. Marcia Fairfield kniete in der Türöffnung, doch da ihr rechter Arm verletzt war, hatte sie mit links geschossen und es nicht geschafft, einen tödlichen Treffer anzubringen.

Ischke hatte kein solches Handicap. Obwohl auch sie völlig überrascht war, zielte sie mit sicherer Hand.

Bis Gray sich auf sie warf.

Zwei Pistolenschüsse hallten ohrenbetäubend laut im Saal wider – Ischke und Marcia hatten gleichzeitig geschossen.

Beide verfehlten ihr Ziel.

Gray schlang von hinten die Arme um Ischke und versuchte, sie von Marcia wegzudrehen, doch die Frau war kräftig und wehrte sich so verbissen wie eine Wildkatze. Trotzdem gelang es Gray, ihre Pistolenhand zu packen.

Isaak kam auf sie zugerannt, in der Hand einen Dolch aus Solinger Stahl.

Marcia feuerte in kniender Haltung auf ihn, doch Gray und Ischke verdeckten ihr teilweise die Sicht.

Gray rammte sein Kinn gegen Ischkes blutige Schulter. Die Frau stöhnte auf, ihr Widerstand wurde etwas schwächer. Dann riss er ihren Arm hoch und presste ihre Finger zusammen. Ein Schuss löste sich. Er spürte den Rückschlag bis in die Schulter. Die Kugel traf unmittelbar vor Isaak den Boden. Der Querschläger streifte seinen Unterschenkel, sodass er ins Stolpern geriet.

Als Ischke bemerkte, dass ihr Zwillingsbruder verletzt war, riss sie einen Arm los und rammte Gray den Ellbogen in die Rippen. Er bekam keine Luft mehr, vor seinen Augen tanzten Flecken. Ischke löste sich vollends aus seiner Umklammerung.

Isaak hatte das Gleichgewicht wiedergefunden. Mordlust blitzte in seinen Augen, der Dolch funkelte gefährlich.

Gray zögerte keinen Moment. Er sprang vor und rammte Ischke von hinten mit der Schulter. Da sie aufgrund der Befreiungsaktion bereits aus dem Gleichgewicht war, flog sie ihrem Bruder entgegen.

Genau in seinen Dolch.

Die geriffelte Klinge bohrte sich in ihre Brust.

Vor Schmerz und Überraschung schrie sie auf. Auch ihr Bruder schrie. Ischke ließ die Pistole fallen und klammerte sich an ihrem Bruder fest.

Mit einem gewaltigen Hechtsprung fing Gray die Waffe auf, bevor sie den Boden berührte.

Er wälzte sich auf den Rücken und zielte auf Isaak.

Der hätte reagieren können, hätte reagieren müssen, hielt stattdessen aber seine Schwester in den Armen, das Gesicht verzerrt vor Qual.

Gray feuerte von der Seite, ein sauberer Kopfschuss, der Isaak von seinem Elend erlöste.

In einer letzten Umarmung brachen die Zwillinge zusammen, und ihrer beider Blut mischte sich.

Gray richtete sich auf.

Marcia kam herangestürmt und zielte mit der Pistole auf Baldric. Der alte Mann starrte seine toten Enkelkinder an. In seinen Augen aber lag kein Schmerz, nur eine Art Enttäuschung wie über unbefriedigende Versuchsergebnisse. Vollkommen ungerührt stützte er sich auf seinen Stock.

Der Kampf hatte nicht mal eine Minute gedauert.

Gray bemerkte, dass die Stromanzeige der Glocke im roten Bereich war. Bis der Pulsstrahl ausgelöst wurde, blieben ihm vielleicht noch zwei Minuten. Er setzte dem alten Mann die noch heiße Pistolenmündung auf die Wange. »Schalten Sie die Glocke ab.«

Baldric erwiderte seinen Blick mit eiskalter Gelassenheit. »Nein.«

15:13

Während die Detonationen verhallten, geriet das erstarrte Tableau im Foyer des Sitzes der Waalenbergs in Bewegung. Als die ersten Sprengladungen hochgingen, hatten sich die Hyänen flach auf den Boden gelegt. Einige hatten auf der Stelle kehrtgemacht, doch die verbliebenen Tiere hatten bei ihrer Beute ausgeharrt. Jetzt richteten sich die muskulösen Monster langsam wieder auf.

»Nicht schießen!«, flüsterte Monk eindringlich. »Alle da hinein!«

Er zeigte auf eine Tür. In dem Raum könnten sie sich besser verteidigen. Gunther schleppte Anna. Mosi D'Gana trat von dem Tier zurück, das er mit dem Speer durchbohrt hatte, und half Major Brooks auf die Beine. Er blutete aus einer tiefen Bisswunde am Oberschenkel.

Bevor sie sich zurückziehen konnten, vernahm Monk von der anderen Seite her auf einmal ein bösartiges Knurren.

Jemand flüsterte seinen Namen. »Monk …«

Lisa hockte vor Painter, der reglos vor einer anderen Tür auf dem Boden lag. In der Türöffnung richtete sich ein riesiges Tier auf, die größte der Hyänen. Lisa und Painter befanden sich in der Schusslinie.

Die Hyäne pflanzte die Beine weit gespreizt auf den Boden, als wollte sie ihre Beute bewachen. Die Lefzen wichen von den messerscharfen Zähnen zurück. Ein drohendes Knurren kam aus ihrem Maul. Blut und Speichel tropften auf den Boden. Die rot glimmenden Augen warnten jeden davor, ihr auch nur einen Schritt näher zu kommen.

Monk spürte, dass die Hyäne Painter und Lisa zerreißen würde, wenn er auch nur die Waffe hob. Er wollte es trotzdem darauf ankommen lassen, doch bevor er auch nur die Hand heben konnte, ertönte hinter ihm plötzlich ein scharfer Befehl.

»Skuld! Pfui!«

Monk drehte sich um.

Fiona war am Ende des Flurs aufgetaucht. Sie marschierte an zwei Hyänen vorbei, die jaulend auf die Seite kippten. Der Elektroschocker in ihrer Hand sprühte blaue Funken. In der anderen Hand hielt sie ein unbekanntes Gerät. Dessen Antenne wies auf das Tier, das Lisa und Painter bedrohte.

»Böser Hund«, sagte Fiona.

Zu Monks Verblüffung wich das Tier vor ihr zurück. Das Knurren verstummte, die Lefzen senkten sich. Wie unter einem geheimen Bann ließ die Hyäne die Zunge heraushängen. Das Funkeln in ihren Augen erlosch, als sie auf die Fliesen niedersank. Sie stöhnte leise, beinahe ekstatisch.

Fiona hatte die Gruppe erreicht.

Monk blickte verwundert den Flur entlang. Auch die anderen Monster waren dem Bann erlegen.

»Die Waalenbergs haben den Viechern Chips eingepflanzt«, erklärte Fiona und hielt das Gerät hoch. »Damit können sie Schmerz auslösen – und *Lust*.«

Das Monster in der Türöffnung gab ein zufriedenes Wimmern von sich.

Monk betrachtete stirnrunzelnd den Sender. »Wo haben Sie das Ding her?«

Fiona erwiderte wortlos seinen Blick und bedeutete ihm und den anderen, ihr zu folgen.

»Sie haben es gestohlen«, sagte Monk.

Fiona schritt achselzuckend den Flur entlang. »Sagen wir mal, ich bin mit einer alten Kollegin zusammengestoßen, und da ist es in meiner Tasche gelandet. Die Frau hatte keine Verwendung dafür.«

Monk half Lisa, Painter zu stützen. Gunther hatte sich Anna unter den Arm geklemmt, Mosi und Brooks stützten sich gegenseitig. Für einen Sturmtrupp boten sie einen traurigen Anblick.

Jetzt aber hatten sie Verstärkung bekommen.

Angelockt von der Aura der Lust, die Fiona um sich verbreitete, folgte ihr das ein Dutzend Tiere umfassende Rudel wie die Ratten dem Rattenfänger von Hameln.

»Ich werd sie einfach nicht mehr los«, plapperte Fiona. Monk bemerkte, dass ihre Hände zitterten. Sie hatte Angst.

»Seit ich die richtige Taste gefunden habe, rennen sie hinter mir her. Ich habe mich in dem Zimmer versteckt, wo ich auf Gray warten sollte, aber die Hyänen haben wohl in den umliegenden Fluren und Räumen auf mich gewartet.«

Na großartig, dachte Monk. Und wir sind ihnen geradewegs in die Fänge gelaufen, die passende Stärkung nach dem virtuellen Sex.

»Dann hab ich das Geschrei gehört und die Explosionen, und ...«

»Schon gut«, fiel Monk ihr ins Wort. »Was ist mit Gray? Wo steckt er?«

»Er ist mit dem Aufzug nach unten gefahren. Vor einer Stunde.« Sie zeigte nach vorn zu einer Empore. Dahinter lag ein größerer Raum. »Ich führ Sie hin.«

Sie wurde schneller. Die anderen bemühten sich, mit ihr Schritt zu halten, und sahen sich hin und wieder nach dem Rudel um. Fiona führte sie über eine Treppe in die Haupteingangshalle hinunter. Der Aufzug lag gegenüber der mit prachtvollen Schnitzereien verzierten Eingangstür.

Major Brooks näherte sich humpelnd dem elektronischen Schloss und probierte nacheinander verschiedene Codekarten aus. Endlich wechselte die Anzeige von Rot zu Grün. Ein Summen drang durch die geschlossenen Türen. Die Kabine wurde hochgefahren.

Während sie warteten, ließen sich die Hyänen auf die Hinterbeine nieder und schwelgten in der lustvollen Aura, die von Fionas Gerät ausging. Einige Tiere tappten mit den Pfoten abwechselnd auf den Boden, darunter auch die Hyäne, die Fiona Skuld genannt hatte.

Alle beäugten wortlos die Monster.

Von draußen waren gedämpftes Geschrei und Schüsse zu hören. Der Kampf war entbrannt, und Khamisi war mittendrin. Wie lange würde er brauchen, um zu ihnen zu stoßen?

Wie aufs Stichwort sprang plötzlich die Eingangstür auf. In der Ferne waren knatternde Schüsse und Detonationen zu hören. Das Geschrei wurde lauter. Kämpfer strömten in die Eingangshalle. Die Streitkräfte der Waalenbergs waren im Rückzug begriffen. Darunter waren auch schwarz uniformierte Vertreter der Elite, weißblonde Geschwister, etwa ein Dutzend Personen insgesamt, die einen etwas geschlauchten Eindruck machten, als kämen sie gerade von einem anstrengenden Tennismatch.

Während draußen weiter gekämpft wurde, musterten sich die gegnerischen Gruppen in der Halle.

Gar nicht gut.

Monks Team sah sich einer fünffachen Übermacht gegenüber und stand mit dem Rücken zur Wand.

15:15

Gray trat einen Schritt von Baldric Waalenberg zurück.

»Passen Sie auf ihn auf«, wies er Marcia an.

Während er die Leistungsanzeige der Glocke im Auge behielt, ging er zu dem Rechner hinüber, den Isaak bedient hatte. Damit wurde auch der Berstschutz gesteuert.

»Was machen Sie da?«, fragte Baldric scharf. Plötzlich wirkte er besorgt.

Dann gab es also etwas, was dem alten Mann mehr Angst einjagte als eine Kugel. Gut zu wissen. Gray legte den Kippschalter um. Im

Boden begannen Motoren zu summen, und die Schutzvorrichtung senkte sich herab. Bläuliches Licht strömte über den oberen Rand und wurde immer heller, je tiefer die Schutzmanschette sank.

»Nicht! Sie werden uns alle umbringen!«

Gray drehte sich um. »Dann stellen Sie das verdammte Ding ab.«

Baldrics Blick huschte zwischen dem sich absenkenden Berstschutz und der Computerkonsole hin und her. »Ich kann die Glocke nicht abstellen, Sie *ezel*! Jetzt ist sie scharf. Sie *muss* sich entladen.«

Gray zuckte mit den Schultern. »Tja, da kann man nichts machen.«

Der bläuliche Lichtring wurde breiter.

Baldric wandte sich fluchend der Konsole zu. »Aber ich kann die Todesformel löschen. Sie neutralisieren. Dann geschieht Ihren Freunden nichts.«

»Machen Sie schon.«

Baldrics knorrige Finger bewegten sich eilig über die Tastatur. »Heben Sie den Schutzschirm an!«

»Erst wenn Sie fertig sind.« Gray sah dem alten Mann über die Schulter. Auf dem Monitor wurden Namen und der dazugehörige alphanumerische Code angezeigt, der mit »GENETISCH PROFIEL« überschrieben war. Baldric Waalenberg drückte viermal hintereinander die Löschtaste, dann waren die genetischen Profile gelöscht.

»Fertig!«, sagte er und wandte sich zu Gray um. »Heben Sie den Berstschutz an!«

Gray betätigte den Schalter, der mit einem lauten Klicken umsprang.

Es knarrte im Boden – dann brach etwas mit einem markerschütternden Knacken. Der teilweise abgesenkte Bleimantel kam unvermittelt zum Stillstand.

Über den oberen Rand hinweg strahlte die blaue Sonne in den Raum. Um die Glocke herum flirrte die Luft, während sich die

Außenschale in die eine und die Innenschale in die andere Richtung drehte.

»Unternehmen Sie was!«, flehte Baldric.

»Die Hydraulik klemmt«, murmelte Gray.

Baldric wich zurück. Mit jedem Schritt weiteten sich seine Augen ein bisschen mehr. »Sie werden uns alle umbringen! Wenn die Glocke die volle Leistung erreicht, wird sie im Umkreis von fünf Meilen alle töten – wenn es nicht noch schlimmer kommt.«

Gray traute sich nicht zu fragen, was passieren würde, wenn der schlimmste Fall eintraf.

15:16

Monk beobachtete, wie zahlreiche Gewehrläufe zu ihnen herumschwenkten.

Sie saßen in der Falle.

Der Aufzug war noch unterwegs, doch selbst wenn er bereits gehalten hätte, hätte es zu lange gedauert, bis sie eingestiegen wären und sich die Türen wieder geschlossen hätten. Ein Feuergefecht war unvermeidlich.

Es sei denn …

Monk neigte sich zu Fiona hinüber. »Wie wär's jetzt mit ein wenig Schmerz?«

Er nickte zu den Hyänen hinüber, die sich zur Treppe zurückgezogen hatten.

Fiona verlagerte den Finger auf dem Steuergerät und schaltete von Lust auf Schmerz um.

Die Wirkung trat augenblicklich ein. Es war, als hätte jemand den Hyänen auf den Schwanz getreten. Ihr Gebrüll ließ die Wände erbeben. Ein paar Tiere stürzten von der Empore herab und krachten auf den Boden. Einige rollten die Treppe hinunter und prallten gegen die Neuankömmlinge. Mit Klauen und Zähnen stürzten sie sich in blinder Wut auf alles, was sich bewegte. Männer schrien. Gewehrschüsse knallten.

Hinter Monks Rücken sprangen mit einem Bimmeln die Aufzugtüren auf. Monk ließ sich zurückfallen, zog Fiona mit sich und rief Lisa und Painter zu, sie sollten es ihm nachtun. Kugeln durchsiebten die Luft, doch die meisten Kämpfer der Waalenbergs zielten auf die Hyänen. Mosi und Brooks erwiderten das Feuer, während sie sich zur Aufzugkabine zurückzogen.

Trotzdem würde es knapp werden. Und wie sollte es weitergehen? Die Bewaffneten würden sie einfach jagen.

Monk drückte blindlings einen der Knöpfe für die Kellergeschosse.

Was dann kommen würde, darüber konnte er sich später den Kopf zerbrechen.

Einer aus ihrer Gruppe aber wollte nicht klein beigeben.

Gunther schob Anna Monk entgegen. »Kümmern Sie sich um sie! Ich halte die Verfolger auf.«

Während die Türen sich allmählich schlossen, streckte Anna die Arme nach ihm aus. Er drückte sie behutsam weg und trat wieder in die Eingangshalle hinaus. Dann drehte er sich um, in der einen Hand eine Pistole, in der anderen das Gewehr – zuvor aber blickte er Monk fest in die Augen, ein wortloses Flehen.

Beschützen Sie Anna.

Dann schlossen sich die Türen.

15:16

Khamisi raste tief auf den Lenker herabgebeugt mit dem Motorrad durch den Dschungel. Hinter ihm saß Paula Kane mit angelegtem Gewehr. Ein Zulu-Krieger und eine britische Geheimagentin. Seltsame Verbündete. Einige der blutigsten Zwischenfälle in der Geschichte des Landes hatten sich im neunzehnten Jahrhundert beim Krieg Engländer gegen Zulus zugetragen.

Aber die Zeiten hatten sich geändert.

Jetzt waren sie ein bestens aufeinander abgestimmtes Team.

»Nach links!«, rief Paula.

Khamisi riss den Lenker herum. Paulas Gewehrlauf schwenkte auf die andere Seite. Sie feuerte. Ein Wachposten brach mit einem Aufschrei zusammen.

Rechts und links hallten Gewehrschüsse und Detonationen durch den Wald.

Die Verteidiger der Waalenberg-Besitzung waren in wilder Flucht begriffen.

Übergangslos gelangten sie in einen gepflegten Park mit einer Gesamtfläche von etwa zehn Morgen. Khamisi bremste jäh ab und schlitterte mit dem Motorrad unter die Zweige einer Weide.

Vor ihnen ragte das Herrenhaus auf.

Khamisi hob das Fernglas, das er an einem Riemen um den Hals trug, und nahm das Dach ins Visier. Auf der Landeplattform stand ein Helikopter. Etwas bewegte sich da. Als er das Fernglas scharf gestellt hatte, erkannte er Tau. Sein Zulufreund stand am Dachrand und musterte das Kampfgeschehen am Boden.

Dann kam von links eine zweite Person ins Blickfeld, in der Hand ein schlagbereit erhobenes Rohr. Der oberste Wildhüter.

»Halten Sie still«, sagte Paula hinter Khamisis Rücken.

Sie stützte den Gewehrschaft auf Khamisis Kopf und blickte durchs Zielfernrohr.

Khamisi zuckte inwendig zusammen, hielt jedoch still und blickte unverwandt durchs Fernglas.

Paula drückte ab. Der Schuss dröhnte ihm in den Ohren.

Kelloggs Kopf wurden nach hinten geschleudert. Tau wäre vor Schreck beinahe vom Dach gestürzt, ließ sich dann aber flach auf den Bauch fallen, ohne zu ahnen, dass Paula ihm soeben das Leben gerettet hatte.

15:17

»Sie werden uns alle umbringen!«, wiederholte Baldric.

Gray wollte sich nicht geschlagen geben. »Können Sie die Entladung der Glocke hinauszögern? Dann könnte ich unten mal nachsehen, was da nicht stimmt, und den Schutzschild gegebenenfalls reparieren.«

Der alte Mann starrte den reglosen Berstschutz an, der gekrönt war von einem blauen Strahlenkranz. Sein Gesicht war verzerrt vor Angst. »Möglich wäre es vielleicht ... aber ...«

»Was, aber?«

»Jemand muss da reingehen.« Mit zitterndem Krückstock zeigte er auf die Reaktionskammer und schüttelte den Kopf. Freiwillig würde er sich nicht dafür melden.

Die Tür wurde aufgestoßen, und jemand rief: »Ich mach's.«

Gray und Marcia drehten sich um und hoben die Pistolen.

Ihnen bot sich ein erstaunlicher Anblick. Als Erster gelangte Monk in Sicht, der die dunkelhaarige Frau stützte, die gerufen hatte. Die meisten anderen waren Unbekannte. Ein älterer Schwarzer und ein glatt rasierter junger Mann mit militärischem Rundhaarschnitt kamen als Nächste. Dann folgten Fiona und eine groß gewachsene, athletische Frau mit blondem Haar, die aussah, als sei sie soeben einen Marathon gelaufen. Sie stützten einen älteren Mann, der sich kaum mehr auf den Beinen halten konnte. Der Schwung hatte ihn aufrecht gehalten. Sobald die Frauen stehen blieben, sackte der Mann zusammen. Er hob den Kopf. Blaue Augen erwiderten Grays Blick.

»Gray ...«, flüsterte er benommen.

Das Wiedererkennen war ein Schock. »Director Crowe?«

Gray eilte zu ihm.

»Keine Zeit«, sagte die Dunkelhaarige, die noch immer von Monk gestützt wurde. Sie wirkte nicht ganz so mitgenommen wie Painter. Sie musterte die Abschirmung und die Glocke, als sähe sie dergleichen nicht zum ersten Mal. »Sie müssen mir helfen, in die Kammer zu klettern. Und der kommt mit.«

Mit zitterndem Arm zeigte sie auf Baldric Waalenberg.

Der alte Mann stöhnte. »Nein ...«

Die Frau funkelte ihn an. »Wir brauchen zwei Paar Hände für die Polaritätsleiter. Und Sie kennen sich mit dem Gerät aus.«

Monk zeigte auf den Schwarzen. »Mosi, helfen Sie Anna. Wir brauchen eine Leiter.« Dann wandte er sich Gray zu, schüttelte ihm die Hand und umarmte ihn.

»Wir haben nicht mehr viel Zeit«, flüsterte er Monk ins Ohr, erstaunt darüber, welche Erleichterung Monks Erscheinen für ihn bedeutete. Neue Hoffnung durchströmte ihn.

»Du kannst mir später berichten, was los war.« Er löste ein Funkgerät vom Gürtel und reichte es Gray. »Bring das Ding zum Laufen. Ich kümmere mich darum, dass es hier oben weitergeht.«

Gray nahm das Funkgerät entgegen und verließ den Raum. Zahllose Fragen lagen ihm auf der Zunge, doch die mussten noch warten. Er schaltete das Funkgerät ein. Er hörte Lärm, aufgeregte Stimmen und ein paar Schreie. Schritte folgten ihm. Er blickte sich um. Fiona kam ihm nachgelaufen.

»Ich komme mit!«, rief sie und schloss zu ihm auf, als er die Feuertreppe erreicht hatte.

Er wandte sich nach unten.

Fiona hielt einen Sender mit ausgezogener Antenne in der Hand. »Nur für den Fall, dass Sie zufällig einem dieser Monster begegnen.«

»Bleib oben«, sagte er.

»Ach, seien Sie doch still.«

Sie stürmten die Treppe hinunter und rannten über den Gang zum Maschinenraum.

Monk meldete sich über Funk. »Anna und dieses Arschloch sind in der Kammer. Er macht keinen besonders glücklichen Eindruck. Schade. Dabei hatten wir gerade angefangen, uns miteinander anzufreunden.«

»Monk …«, ermahnte Gray seinen Freund, sich auf seine Aufgabe zu konzentrieren.

»Ich werde Anna ein Funkgerät reinreichen. Dann kann sie sich mit dir absprechen. Ach, übrigens, dir bleibt nur noch eine knappe Minute. *Ciao*.«

Kopfschüttelnd betätigte Gray die Klinke.

Abgeschlossen.

Er rüttelte ein zweites Mal an der Klinke. Fiona seufzte. »Keinen Schlüssel?«

Gray zog die Pistole hinter dem Hosenbund hervor, zielte aufs Schloss und drückte ab. Der Schuss hallte dröhnend im Gang wider. Vom Schloss war nurmehr ein qualmendes Loch übrig geblieben. Er drückte die Tür auf.

Fiona folgte ihm. »So geht's auch.«

Vor ihnen befanden sich der Motor und die Hydraulik zum Anheben und Absenken des Berstschutzes.

Das Funkgerät gab ein rhythmisches Störgeräusch von sich, einem Brandungsrauschen ähnlich. Offenbar interferierte es mit der Glocke. Monk hatte das Funkgerät wohl an Anna übergeben.

Auf einmal drang eine Frauenstimme durch. Anna führte eine technische Debatte, eine zornige Mischung aus Deutsch und Niederländisch. Gray drehte die Lautstärke herunter, während sie um den Motor herumgingen. Dann meldete sich Anna auf Englisch.

»Commander Pierce?«

Er räusperte sich. »Fangen Sie an.«

Ihre Stimme krächzte vor Erschöpfung. »Wir versuchen, das sprichwörtliche Loch im Deich mit den Fingern zu stopfen, aber lange geht das nicht mehr gut.«

»Halten Sie durch.«

Gray hatte das Problem bereits geortet. An einem der Hydraulikkolben qualmte ein Kabel. Er schlug den Hemdsaum um seine Hand und riss es heraus, dann drehte er sich zu Fiona um. »Wir brauchen ein neues Kabel. Irgendwo muss hier eins sein.«

»Beeilung, Commander.«

Das Rauschen schwoll bedrohlich an, trotzdem war Baldrics eindringliches Geflüster zu verstehen: »Schließen Sie sich uns an. Eine Expertin wie Sie könnten wir gut gebrauchen.«

Trotz seiner Panik ließ Baldric offenbar nichts unversucht.

Gray spitzte die Ohren. Würde Anna sie verraten? Er gab Fiona ein Zeichen. »Werfen Sie mir den Sender zu.«

Sie gehorchte. Er fing das Gerät auf und brach die Antenne ab. Es blieb keine Zeit mehr, ein intaktes Kabel zu suchen. Er würde die Lücke überbrücken müssen. Er rammte die Antenne zwischen die Kontakte und trat vor das Steuerpult, an dem ein großer Kipphebel ins Auge fiel. Die Anordnung war selbsterklärend.

Oben stand *OP* und unten *ONDER'AAN*.

Auf und ab.

Nicht gerade Hightech.

»Anna«, sagte Gray ins Funkgerät. »Sie und Baldric können wieder rausklettern.«

»Das geht nicht, Commander. Einer von uns muss das Loch im Deich stopfen. Wenn wir beide rausgehen, fliegt die Glocke auf der Stelle in die Luft.«

Gray schloss die Augen. Auf Baldric allein war kein Verlass.

Das Rauschen schwoll an seinem Ohr zu einem dumpfen Brausen an.

»Sie wissen, was Sie zu tun haben, Commander.«

Er betätigte den Hebel.

Ihre letzten Worte drangen an sein Ohr. »Sagen Sie meinem Bruder ... dass ich ihn liebe.«

Als er das Funkgerät sinken ließ, presste sie noch einen Satz hervor – ob es ihre Entgegnung auf Baldrics Angebot war, eine abschließende Rechtfertigung oder nur für ihre eigenen Ohren bestimmt, würde er niemals erfahren.

»Ich bin kein Nazi.«

15:19

Lisa kniete und hielt Painter in den Armen. Auf einmal kam ein gewaltiges Maschinendröhnen aus dem Boden. Der gewaltige Bleischutz stieg zur Decke auf, das grelle blaue Licht erlosch.

Sie richtete sich halb auf. Anna war noch dort drinnen. Auch Monk trat unwillkürlich einen Schritt auf den sich schließenden Berstschutz zu.

Ein verzweifelter Schrei drang heraus.

Der alte Mann hatte ihn ausgestoßen. Er krallte die Finger um den oberen Rand und versuchte sich festzuhalten. Zu spät. Der Schutzschild stieg so hoch, dass er nicht mehr herankam, und rastete in der kreisförmigen Deckenvertiefung ein.

Baldrics gedämpftes Geschrei war noch immer zu hören.

Dann spürte es Lisa. Im Bauch. Ein gewaltiger Energieausbruch. Dafür gab es keine Worte. Ein Erdbeben ohne Erschütterung. Dann nichts mehr. Totenstille. Die Welt hielt den Atem an.

Painter stöhnte, als hätte er Schmerzen.

Sein Kopf ruhte auf ihrem Schoß. Sie untersuchte ihn. Seine Augen zeigten das Weiße. Sein Atem rasselte. Sie schüttelte ihn behutsam. Keine Reaktion. Semikomatös. Es ging mit ihm zu Ende.

»Monk …!«

15:22

»Beeilung, Gray!«, schrie Monk ins Funkgerät.

Gefolgt von Fiona stürmte Gray die Treppe hoch. Im Maschinenraum hatte er sich gerade noch die Zeit genommen, ein Ersatzkabel zu suchen und die Hydraulik zu reparieren. Er hatte nicht alles verstanden, was Monk ihm mitgeteilt hatte, doch die Leerstellen füllte er mit dem, was er bereits wusste. Painter war irgendwie verstrahlt worden, und die Glocke stellte die einzige Möglichkeit dar, ihn zu heilen.

Als er sich der fünften Ebene näherte, vernahm er Stiefelgepolter, das sich ihnen näherte. Gray zog die Pistole. Was nun?

Auf der Treppe tauchte ein großer, kreidebleicher Mann mit buschigen Brauen auf, der ihm fast entgegenfiel. Sein Hemd war blutdurchtränkt. Das Gesicht war bis zum Hals aufgekratzt. Die gebrochene Hand hielt er sich an den Bauch.

Gray hob die Waffe.

Fiona rannte an ihm vorbei. »Nicht schießen. Der steht auf unserer Seite.« Mit leiserer Stimme setzte sie hinzu: »Das ist Annas Bruder.«

Der Hüne stolperte an ihnen vorbei. Fiona erkannte er, doch als er Gray sah, kniff er misstrauisch die Augen zusammen. Mit dem Gewehr deutete er nach oben. »Blockiert«, knurrte er.

Dann hatte ihnen der Hüne die Atempause also mit seinem eigenen Blut erkauft.

Sie rannten zum Glockenraum. Gray wusste jedoch, dass er Gunther vorbereiten musste. Nachdem Anna sich geopfert hatte, war er ihm das schuldig. Er berührte ihn am Ellbogen.

»Ich muss Ihnen etwas sagen ...«, setzte er an.

Gunther wandte den Kopf und spannte sich an. Sein Gesicht nahm einen gequälten Ausdruck an, als rechnete er mit dem Schlimmsten.

Gray erklärte ihm in knappen Worten, was geschehen war. Er ließ nichts aus und schloss mit der bitteren Wahrheit. »Sie hat uns allen das Leben gerettet.«

Der Hüne war unterdessen langsamer geworden. Was seine Verletzungen nicht geschafft hatten, bewirkte nun die Trauer. Langsam sank er im Flur auf die Knie.

Gray blieb stehen. »Ich soll Ihnen ausrichten, sie habe Sie geliebt. Das waren ihre letzten Worte.«

Gunther schlug die Hände vors Gesicht und krümmte sich auf dem Boden zusammen.

»Es tut mir leid ...«, sagte Gray.

Monk tauchte in der Tür auf. »Gray, was zum Teufel ...?« Als er den am Boden liegenden Gunther sah, verstummte er.

Gray schritt Monk entgegen.

Es war noch nicht vorbei.

15:23

»Die Abschirmung absenken!«

Lisa blickte Commander Pierce entgegen, der mit Monk gerade

den Raum betrat. Beide steckten die Köpfe zusammen. Sie selbst stand an der Steuerkonsole. Kurz zuvor hatte sie sich mit dem Gerät vertraut gemacht. Auf der Herfahrt hatte Anna ihr die Funktionsweise der Glocke eingehend erklärt, da sie fürchtete, ihr Verfall könne so rasch voranschreiten, dass sie nicht mehr in der Lage wäre, die richtigen Knöpfe zu drücken. Deshalb hatte sie eine andere Person einweihen wollen. Und so war Lisa die Bürde der Verantwortung zugefallen.

»Die Abschirmung!«, rief Gray ihr zu.

Lisa nickte matt und drückte den Schalter.

Die Motoren begannen zu brummen. Sie wandte den Kopf und beobachtete, wie der Berstschutz sich absenkte. Dr. Fairfield kümmerte sich um Painter, der auf einer Plane lag. Rechts von ihr deckten Mosi und Brooks gerade die toten Zwillinge zu.

Was aber war mit deren Großvater?

Die Abschirmung hatte sich bereits auf Hüfthöhe abgesenkt. Die Glocke war wieder sichtbar geworden. Matt und reglos wartete sie darauf, wieder eingeschaltet zu werden. Lisa musste daran denken, dass Anna sie als ultimatives Quantenmessgerät bezeichnet hatte. Das jagte ihr eine Mordsangst ein.

Links von ihr wiederholte Monk mit erhobener Stimme, was Khamisi über Funk gemeldet hatte. Die Zulu-Krieger hatten das Gelände gesichert und die überlebenden Verteidiger ins Herrenhaus getrieben, wo sie nun belagert wurden. Es wurde noch immer geschossen.

»Gunther hat die Feuertreppe blockiert«, sagte Gray. »Die Aufzugtüren stehen offen und sind verkeilt. Das sollte uns einen kleinen Aufschub verschaffen.« Er winkte Brooks und Mosi zu. »Behaltet den Flur im Auge!«

Mit angelegten Waffen stürmten die beiden nach draußen.

Kaum waren sie verschwunden, taumelte Gunther durch die Tür. Lisa entnahm seinem Gesichtsausdruck, dass er über Anna Bescheid wusste. Er hatte alle Waffen abgelegt. Mit bleischweren Schritten näherte er sich der Abschirmung, die allmählich im Boden versank. Er wollte das Ende miterleben, eine symbolische Absolution für das Blut, das an seinen Händen klebte.

Die Abschirmung kam ruckartig zum Stehen. Das Motorengebrumm erstarb.

Lisa fürchtete sich vor dem Anblick, der sich ihr bieten würde, doch sie musste ihre Pflicht tun.

Zögernd schritt sie zur Glocke.

Anna lag zusammengekrümmt wie ein Embryo neben dem Gerät. Ihre Haut war aschfahl, das dunkle Haar schneeweiß, als hätte sie sich in eine Marmorstatue verwandelt. Gunther trat über die Einfassung hinweg und kniete neben seiner Schwester nieder. Wortlos neigte er sich vor und schloss sie in die Arme. Ihr Kopf sank schlaff gegen seine Schulter.

Nach einer Weile richtete Gunther sich wieder auf, kehrte der Glocke den Rücken und wandte sich zur Tür.

Niemand versuchte ihn aufzuhalten.

Er verschwand auf dem Gang.

Lisa Blick fiel auf die zweite Gestalt, die auf dem Bleiboden lag: Baldric Waalenberg. Auch seine Haut war wächsern, nahezu durchscheinend. Bei ihm hatte die Strahlung jedoch das Haar verbrannt, sogar die Augenbrauen und die Wimpern. Das Fleisch war verschrumpelt, sodass er wie mumifiziert wirkte. Außerdem stimmte etwas nicht mit dem Knochenbau.

Lisa erstarrte, wagte es nicht, näher heranzutreten.

Der haarlose Schädel sah aus, als sei er teilweise geschmolzen und hätte sich anschließend wieder verfestigt. Die Hände waren verkrümmt, die Finger verlängert, wie bei einem Affen. Der Begriff Degeneration kam ihr in den Sinn.

»Schaffen Sie ihn hier raus«, sagte Gray angewidert, dann wandte er sich an Lisa: »Ich helfe Ihnen, Painter hier reinzutragen.«

Lisa schüttelte langsam den Kopf und wich zurück. »Das können wir nicht tun …« Sie vermochte den Blick nicht von dem grauenhaft entstellten Patriarchen der Waalenbergs abzuwenden. Sie durfte nicht zulassen, dass Painter ein ähnliches Schicksal erlitt.

Gray trat neben sie. »Worauf wollen Sie hinaus?«

Lisa schluckte und beobachtete, wie Monk das Monstrum am Hemdsärmel packte. Offenbar schreckte er davor zurück, die Haut des Leichnams zu berühren. »Painters Zustand ist zu weit fortgeschritten. Die Glocke hätte den Verfall lediglich verlangsamen können. Rückgängig machen kann sie ihn nicht. Wollen Sie, dass Ihr Chef ein Leben lang in diesem Zustand verharrt?«

»Wo Leben ist, da ist auch Hoffnung«, sagte er leise. Monk zog den entstellten alten Mann aus dem Gerät heraus und zerrte ihn über die Einfassung, was Lisa einen Moment ablenkte.

Sie setzte gerade zu einer Bemerkung an, die dazu gedacht war, Gray seine falschen Hoffnungen zu nehmen, da riss Baldric Waalenberg die Augen auf. Sie waren trüb und blind und wirkten wie aus Stein gemeißelt. Dann öffnete er den Mund zu einem lautlosen Schrei. Er hatte keine Stimmbänder mehr und war dem Grauen und dem Schmerz hilflos ausgeliefert, ohne sich artikulieren zu können.

Lisa schrie für ihn auf und wich zurück, bis sie mit dem Rücken gegen die Konsole stieß. Auch Monk wurde von Entsetzen gepackt. Er ließ Baldric auf den Fliesenboden fallen.

Der mutierte Mann sackte zusammen. Die Muskeln hatten sich zurückgebildet, deshalb vermochte er seine Gliedmaßen nicht zu bewegen. Sein Mund aber ging auf und zu wie bei einem Fisch auf dem Trockenen. Mit seinen toten Augen starrte er ins Leere.

Dann verdeckte Gray Lisa die Sicht auf das Grauen. »Director Crowe braucht Sie.«

»Ich … ich kann nichts für ihn tun.«

»Doch, Sie können. Wir setzen die Glocke ein.«

»Das kann ich Painter nicht antun.« Ihre Stimme schraubte sich hysterisch in die Höhe. »Nicht *das*!«

»Ihm wird das nicht passieren. Monk hat mir berichtet, dass Anna Sie instruiert hat. Sie wissen, wie man die Glocke für eine Palliativbestrahlung einrichtet. Was eben passiert ist, war etwas ganz anderes. Baldric hatte die Glocke auf maximale Leistung programmiert, denn er wollte töten. Letztlich ernten Sie damit, was Sie gesät haben.«

Lisa schlug die Hände vors Gesicht. »Aber was wollen wir ernten?«, stöhnte sie. »Painter steht an der Schwelle des Todes. Warum sollen wir sein Leiden verlängern?«

Gray zog ihre Hände nach unten, neigte sich vor und zwang sie, ihn anzusehen. »Ich kenne Director Crowe. Und ich glaube, Sie kennen ihn ebenfalls. Er würde kämpfen bis zuletzt.«

Als Ärztin kannte sie dieses Argument, aber sie war zu sehr Realistin, um daran zu glauben. Wenn der Zustand des Kranken hoffnungslos war, konnte der Arzt nichts weiter tun, als dafür zu sorgen, dass er wenigstens in Würde starb.

»Wenn es zumindest eine kleine Aussicht auf Heilung gäbe, und sei sie noch so winzig«, sagte sie kopfschüttelnd. Ihr Tonfall wurde sicherer. »Dann würde ich es versuchen. Dazu müssten wir aber wissen, was Hugo Hirszfeld seiner Schwester mitteilen wollte. Wir müssten seinen Code entschlüsseln.«

Gray fasste sie beim Kinn. Sie wollte erbost den Kopf abwenden, doch er hielt sie fest.

»Ich weiß, welche Information Hugo in seinen Büchern versteckt hat«, sagte er.

Sie musterte ihn skeptisch, doch er meinte es offenbar ernst.

»Ich kenne die Lösung«, sagte er.

16

Das Rätsel der Runen

15:25
Südafrika

»Das ist kein Code«, sagte Gray. »Damit hat es nicht das Geringste zu tun.«

Er kniete auf dem Boden. Mit einem Filzstift zog er einen Kreis um die Runen, die er für Baldric Waalenberg aufgezeichnet hatte.

Alle hatten sich um ihn versammelt, doch sein Blick war unverwandt auf Lisa Cummings gerichtet. Die Lösung, auf die er gekommen war, ergab keinen Sinn, doch er spürte, dass sie das *Schloss* war, und diese Frau, die besser über die Glocke Bescheid wusste als jeder andere im Raum, verfügte vielleicht über den *Schlüssel*. Sie mussten es gemeinsam versuchen.

»Schon wieder Runen«, sagte Lisa.

Gray sah sie fragend an.

Lisa zeigte auf die Zeichen am Boden. »Ich habe eine andere Gruppe von Runen gesehen, mit Blut gezeichnet. Diese Zeichen standen für *Schwarze Sonne*. Das war der Name des Projekts, das Anna in Nepal betrieben hat.«

504

Gray überlegte, was das bedeuten mochte. Er dachte an das Symbol der Schwarzen Sonne, das er unten auf dem Computermonitor gesehen hatte. Himmlers Verschwörerclique hatte sich nach dem Krieg in alle Winde zerstreut. Annas Gruppe war in den Norden gegangen. Baldrics Gruppe in den Süden. Dann hatten sie sich so weit auseinanderentwickelt, bis aus den ehemaligen Verbündeten Feinde geworden waren.

Lisa tippte auf die Runen und lenkte damit seine Aufmerksamkeit wieder auf sich. »Die Runen, die ich entschlüsselt habe, standen für einzelne Buchstaben. Vielleicht verhält es sich hier ähnlich?«

Gray schüttelte den Kopf. »Baldric hatte die gleiche Vermutung. Deshalb gelang es ihm nicht, die Runen zu entziffern. So leicht wollte Hugo es ihm nicht machen.«

»Aber wenn das kein Code ist«, fragte Monk, »was ist es dann?«

»Ein Puzzle«, antwortete Gray.

»Was?«

»Erinnere dich mal an unsere Unterhaltung mit Ryans Vater.«

Monk nickte.

Gray vergegenwärtigte sich die Begegnung mit Johann Hirszfeld, dem alten Mann, der an einem Lungenemphysem litt und dessen Leben von der Wewelsburg und dem schmutzigen kleinen Nazigeheimnis seiner Familie überschattet gewesen war.

»Er hat seinen Großvater Hugo als ausgesprochen wissbegierig geschildert. Als einen Mann, der ständig nach Merkwürdigkeiten Ausschau hielt und historische Mysterien ergründen wollte.«

»Diese Neigung hat ihn zu den Nazis geführt«, sagte Fiona.

»Und in seiner Freizeit hat Hugo seinen Verstand geschärft.«

Johanns Worte hallten durch Grays Kopf: *Er trainierte sein Gedächtnis und beschäftigte sich mit Puzzlespielen. Damit war er immerzu zugange.*

Er tippte auf die Runen. »Das ist auch wieder so eine Denksportaufgabe. Kein Code ... sondern ein Puzzle. Man muss die Runen umsortieren, das Chaos in Ordnung verwandeln.«

Gray hatte das Puzzle den gestrigen Tag über im Kopf herumgewälzt und die Runen vor seinem geistigen Auge so lange gedreht und gewendet, bis sich eine Form herauskristallisiert hatte. Er wusste, dass er die richtige Lösung gefunden hatte. Zumal in Anbetracht der Angst, in der Hugo zuletzt gelebt hatte, und des explizit geäußerten Bedauerns über seine Kollaboration mit den Nazis. Aber was hatte es zu bedeuten? Sein Blick fiel auf Lisa.

Er zeichnete die sechs Runen nacheinander neu und setzte sie in der richtigen Reihenfolge zusammen.

Ordnung statt Chaos.

Vergebung für die Kollaboration.

Das Heilige, das aus dem Gottlosen entsteht.

Mithilfe der heidnischen Runen hatte Hugo seinem wahren kulturellen Erbe Ausdruck verliehen.

»Das ist ja ein Stern«, sagte Monk.

Lisa schaute hoch. »Nicht irgendein Stern – das ist der Davidstern.«

Gray nickte zustimmend.

Fiona stellte die entscheidende Frage. »Aber was bedeutet er?«

Gray seufzte. »Das weiß ich nicht. Ich habe keine Ahnung, was das mit der Perfektionierung der Glocke zu tun haben könnte. Vielleicht wollte er seiner Familie eine Botschaft übermitteln.«

Gray rief sich Annas letzte Worte ins Gedächtnis: *Ich bin kein Nazi.*

War Hugos Runencode auch nur eine letzte Erklärung an die Adresse der Nachwelt?

»Nein!«, sagte Lisa scharf. Ihr entschiedener Einspruch hallte im ganzen Raum wider. »Wenn wir das Rätsel lösen wollen, müssen wir uns so verhalten, als wüssten wir die Antwort.«

In ihren Augen flackerte ein Feuer, das eben noch nicht da gewesen war.

Hoffnung.

»Anna zufolge«, fuhr sie fort, »hat sich Hugo zusammen mit dem Kind in die Glockenkammer begeben. Und zwar ohne spezielle Hilfswerkzeuge. Nur er und der Junge. Und als das Experiment abgeschlossen war, stellte sich bei den Tests heraus, dass es ihm gelungen war, den ersten wahren Sonnenritter zu erschaffen.«

»Aber was hat er da drin gemacht?«, fragte Fiona.

Lisa tippte auf den Davidstern. »Der hat irgendwie damit zu tun. Aber ich weiß nicht, was das Symbol bedeutet.«

Gray hingegen wusste es. In seiner Jugend und dann bei Sigma, als er seiner Ausbildung den letzten Schliff gab, hatte er sich mit ganz unterschiedlichen Religionen und spirituellen Fragen beschäftigt. »Der Stern hat verschiedene Bedeutungen. Er ist ein Symbol der Frömmigkeit und des Glaubens. Vielleicht bedeutet er aber auch noch mehr. Der sechszackige Stern besteht im Grunde aus zwei übereinander liegenden Dreiecken. Die beiden Dreiecke der jüdischen Kabbalah sind gleichbedeutend mit Yin und Yang, hell und dunkel, Körper und Seele. Das eine Dreieck steht für das Stoffliche und den Körper. Das andere für die Seele, das spirituelle Selbst, das Bewusstsein.«

»Und zusammen bedeuten sie *beides*«, sagte Lisa. »Weder Partikel noch Welle – sondern *beides zugleich*.«

In ihrem Blick zeigte sich ein Anflug von Begreifen. »Was?«, sagte Gray.

Lisa sah zur Glockenkammer hinüber. »Anna hat gemeint, die Glocke sei im Grunde ein Quantenmessgerät, das Einfluss nimmt auf die Evolution. Die *Quantenevolution*. Alles dreht sich um die Quantenmechanik. Ich bin sicher, die ist der Schlüssel zur Lösung des Rätsels.«

Gray runzelte die Stirn. »Wie meinen Sie das?«

Lisa erläuterte kurz, was sie von Anna gelernt hatte. Bei Gray, der im Auftrag von Sigma Biologie und Physik studiert hatte, erübrigten sich umständliche Erklärungen.

Er schloss die Augen, lehnte sich zurück und versuchte, den Davidstern mit der Quantenmechanik in Beziehung zu setzen. Lag die Antwort vielleicht irgendwo dazwischen?

»Sie meinten, Hugo sei allein in die Kammer gegangen, ist das richtig?«, sagte Gray.

»Ja«, antwortete Lisa leise, als spürte sie, dass sie seine Gedankengänge nicht stören durfte.

Gray konzentrierte sich. Hugo hatte ihm das *Schloss* gegeben, Lisa den *Schlüssel*. Jetzt lag es an ihm. Er blendete den Zeitdruck aus, drehte und wendete die Hinweise und Bruchstücke, probierte dies und das.

So wie Hugo es mit seinen Puzzles getan hatte.

Und wie beim Davidstern formte sich in seinem Kopf allmählich die richtige Kombination. So makellos, so vollkommen. Eigentlich hätte er schon eher darauf kommen müssen.

Gray öffnete die Augen.

»Ja?«, fragte Lisa gespannt.

Gray erhob sich. »Fahrt die Glocke hoch!«, sagte er und trat an die Konsole. »Sofort!«

Lisa startete die Prozedur. »Es dauert vier Minuten, bis der Palliativpuls ausgelöst wird.« Während sie die entsprechenden Tasten drückte, blickte sie Gray fragend an. »Was haben Sie vor?«

Gray drehte sich zur Glocke um. »Es stimmt nicht, dass Hugo keine Hilfswerkzeuge in die Glocke mitgenommen hätte.«

»Aber das hat Anna …«

»Nein«, fiel Gray ihr ins Wort. »Er hat den Davidstern mit hineingenommen. Frömmigkeit und Glaube. Vor allem aber hatte er seinen eigenen Quantencomputer dabei.«

»Was?«

Im Bewusstsein, dass er richtig lag, sprudelte Gray seine Erklärung nur so hervor. »Das Bewusstsein setzt die Wissenschaftler schon seit Jahrhunderten in Erstaunen – und das galt auch für Darwin. Was ist das Bewusstsein? Ist es mehr als das Gehirn mit seinen feuernden Synapsen? Wo liegt die Grenze zwischen Gehirn und Bewusstsein? Zwischen Materie und Geist, Körper und Seele?«

Er zeigte auf das Symbol.

»Die moderne Forschung sagt, sie befindet sich dort. Wir sind beides, Welle *und* Partikel. Körper *und* Seele. Das Leben ist ein Quantenphänomen.«

»Also, jetzt gehen aber die Pferde mit dir durch«, meinte Monk, der mit Fiona an Grays Seite getreten war.

Gray atmete tief durch. »Die moderne Wissenschaft leugnet die Spiritualität«, fuhr er aufgeregt fort. »Sie behauptet, das Gehirn sei nichts weiter als ein komplizierter Computer und das Bewusstsein lediglich ein Nebenprodukt des komplexen Verbunds der feuernden Nervenzellen, also im Wesentlichen ein Neurocomputer auf Quantenbasis.«

»Ein Quantencomputer«, warf Lisa ein. »Das sagten Sie bereits. Aber was zum Teufel ist das?«

»Sie wissen, wie der Computercode auf der elementarsten Ebene aussieht: seitenweise Nullen und Einsen. So denkt der moderne Computer. Ein, aus. Null oder eins. Sollte der Quantencomputer jemals Wirklichkeit werden, wird er eine dritte Möglichkeit bieten. Null *oder e*ins wie zuvor – und null *und* eins.«

Lisa blinzelte verblüfft. »Genau wie bei den Elektronen, die den Gesetzen der Quantenmechanik unterliegen. Die verhalten sich entweder wie Wellen oder wie Teilchen oder wie beide zugleich.«

»Eine dritte Möglichkeit«, sagte Gray mit einem Nicken. »Das klingt nicht besonders aufregend, aber es versetzt den Computer in die Lage, verschiedene Algorithmen gleichzeitig auszuführen.«

»Ich besorg mir mal 'nen Kaugummi«, brummte Monk.

»Rechenoperationen, für die ein herkömmlicher Computer Jahre bräuchte, könnte man damit in Sekundenbruchteilen durchführen.«

»Und unser Gehirn verhält sich ganz ähnlich?«, sagte Lisa. »Wie ein Quantencomputer?«

»Das nimmt man neuerdings an. Unser Gehirn strahlt ein messbares elektrisches Feld aus, das von der komplexen Interaktion der Neuronen erzeugt wird. Manche Wissenschaftler vermuten, dass das Bewusstsein diesem Feld innewohnt und dass es die Brücke darstellt zwischen der Materie des Gehirns und der Quantenwelt.«

»Und die Glocke reagiert superempfindlich auf Quantenphänomene«, meinte Lisa. »Dadurch, dass er zusammen mit dem Kind in die Glockenkammer gegangen ist, hat er den Ausgang des Experiments beeinflusst.«

»Das Beobachtungsergebnis wird durch den Beobachtungsvorgang beeinflusst. Aber ich glaube, das war noch nicht alles.« Gray wies mit dem Kinn auf den Davidstern. »Warum gerade der? Warum ein Zeichen der Frömmigkeit?«

Lisa schüttelte den Kopf.

»Ein Gebet ist doch im Grunde nichts anderes als ein bestimmter Geistes- oder Bewusstseinszustand ... Und wenn das Bewusstsein ein Quantenphänomen ist, dann gilt das auch für das *Gebet*.«

Bei Lisa machte es klick. »Und wie bei allen Quantenphänomenen beeinflusst auch das Gebet notwendigerweise das Ergebnis.«

»Mit anderen Worten ...« Gray wartete.

Lisa richtete sich auf. »Das Gebet funktioniert.«

»Das war Hugos Entdeckung, die er in seinen Büchern versteckt hat. Eine Wahrheit, die zu erschreckend und verstörend und gleichzeitig zu wundervoll ist, um sie untergehen zu lassen.«

Monk stützte sich neben Lisa auf die Konsole. »Willst du damit sagen, er hat darum gebetet, dass das Kind vollkommen wird?«

Gray nickte. »Als Hugo zusammen mit dem Kind in die Kammer trat, betete er um Vollkommenheit, ein konzentrierter, gesammelter Gedanke, selbstlos und rein. Das menschliche Bewusstsein verhält sich beim Gebet wie ein perfektes Quantenmessgerät. In der Glocke wurde das makellose Quanten*potenzial* des Jungen gemessen und durch Hugos konzentrierten Willen beeinflusst, was dazu führte, dass sich alle Variablen in der gewünschten Weise manifestiert haben. Ein perfekter Wurf mit dem genetischen Würfel.«

Lisa wandte sich um. »Dann können wir auf diese Weise vielleicht auch die Quantenschäden rückgängig machen, die Painter erlitten hat, und ihn retten, bevor es zu spät ist.«

Plötzlich meldete sich Marcia zu Wort, die noch immer bei dem am Boden liegenden Painter kniete. »Sie sollten sich besser beeilen.«

15:32

Monk und Gray hoben den in eine Plane eingewickelten Painter in die Glockenkammer.

»Platzieren Sie ihn möglichst nahe an der Glocke«, sagte Lisa, dann gab sie den anderen letzte Anweisungen. Die beiden Glockenschalen waren bereits in gegenläufiger Rotation begriffen. Sie musste an Gunthers Charakterisierung denken. *Ein Mixer.* Das traf es recht gut. Die Keramikhülle strahlte ein mildes Licht aus.

Sie sank neben Painter auf die Knie und überprüfte die wenigen lebenswichtigen Funktionen, die er noch zeigte.

»Wenn Sie möchten, bleibe ich bei Ihnen«, sagte Gray an ihrer Schulter.

»Nein. Ein zweiter Quantencomputer könnte das Ergebnis verfälschen.«

»Zu viele Köche verderben den Brei«, kommentierte Monk.

»Dann lassen Sie mich an Ihrer Stelle bei ihm bleiben«, sagte Gray.

Lisa schüttelte den Kopf. »Wir haben nur einen Versuch. Da es darum geht, Painter zu heilen, kann ich als Ärztin hier mehr ausrichten.«

Gray seufzte skeptisch.

»Sie haben Ihren Job getan, Gray. Sie haben das Rätsel gelöst und uns wieder Hoffnung gegeben.« Sie sah zu ihm auf. »Lassen Sie mich jetzt meine Arbeit tun.«

Gray nickte und wandte sich ab.

Monk neigte sich zu Lisa hinüber. »Seien Sie vorsichtig mit Ihren Wünschen für Painter«, sagte er bedeutungsvoll und gab ihr einen Kuss auf die Wange. Er war nicht so dumm, wie er manchmal tat.

Dann trat auch er zurück.

Von der Steuerkonsole her rief Marcia: »Puls in einer Minute.«

Sie drehte sich um. »Den Berstschutz hochfahren.«

Als die Motoren ansprangen, beugte Lisa sich auf Painter hinunter. Seine Haut wirkte bläulich – vielleicht lag es aber auch nur an dem Licht, das die Glocke ausstrahlte. Jedenfalls war es für ihn höchste Zeit. Seine Lippen waren rissig, er atmete flach, der Herzschlag war kaum noch zu hören. Die Haarwurzeln hatten sich schneeweiß gefärbt. Sein Verfall schritt exponentiell voran.

Der Berstschutz stieg hoch und verdeckte die Sicht nach außen. Die Stimmen der anderen klangen immer gedämpfter und verstummten ganz, als die Manschette in der Deckenaussparung einrastete.

Da es nichts mehr zu sehen gab, legte Lisa die Stirn auf Painters Brust. Sie musste sich nicht anstrengen, um sich in eine meditative Stimmung zu versetzen. Es hieß, in einem Schützenloch gebe es keine Atheisten. Und mit einem Schützenloch war das hier sicherlich vergleichbar. Allerdings wusste sie nicht, welchen Gott sie um Beistand anflehen sollte.

Lisa dachte an die Unterhaltung mit Anna, die sich um die Themen Evolution und Intelligent Design gedreht hatte. Anna hatte behauptet, aufgrund von Quantenmessungen werde das Potenzial Realität. Das erste selbstreplizierende Protein habe sich deshalb aus Aminosäuren gebildet, weil der lebendige Organismus das bessere Quantenmessgerät sei. Wenn man diesen Gedanken fortspann, war das *Bewusstsein*, das ein noch besseres Quantenmessgerät als das Leben an sich war, aus dem gleichen Grund entstanden. Ein weiteres Glied in der Kette der Evolution. Sie vergegenwärtigte sich die Abfolge.

AMINOSÄUREN ... DAS ERSTE PROTEIN ... DER BEGINN DES LEBENS ... Bewusstsein ...???

Lisa musste an die kryptische Bemerkung denken, mit der Anna auf ihre Frage nach der Rolle Gottes reagiert hatte. Während das Konzept der Quantenevolution die göttliche Mitwirkung an spontanen positiven Mutationen eher ausschloss, hatte Anna das Thema mit folgenden Worten abgeschlossen: *Sie betrachten das aus dem falschen Blickwinkel*. Lisa hatte sich die Äußerung mit Annas Erschöpfung erklärt. Aber vielleicht hatte Anna sich ja die gleiche Frage gestellt. Was war das Ziel der Evolution? Nichts weiter als ein perfektes, unbestechliches Quantenmessgerät?

Und wenn ja, wo blieb dann Gott?

Da sie keine Antwort auf diese Fragen wusste, konzentrierte sie sich auf Painter. Sie wünschte sich nichts sehnlicher, als dass er weiterlebte. Bislang hatte sie ihre tiefen Gefühle vor den anderen – und vielleicht auch vor sich selbst – verborgen. Jetzt aber funktionierte das nicht mehr.

Sie öffnete ihr Herz, gab ihre Verletzlichkeit preis.

Während die Glocke summte und immer heller leuchtete, ließ sie ihren Gefühlen freien Lauf.

Vielleicht hatte ihr das immer gefehlt. Vielleicht war das der Grund, weshalb die Männer so rasch wieder aus ihrem Leben verschwanden, weshalb sie vor ihnen weglief. Das alles nur deshalb, damit niemand mitbekam, wie verletzlich sie war. Sie versteckte ihre Verletzlichkeit hinter einem Panzer aus Professionalität und Unverbindlichkeit. Ihre Gefühle behielt sie für sich. Kein Wunder, dass sie allein auf einem Berg gewesen war, als Painter in ihr Leben gestolpert war.

So durfte sie nicht weitermachen.

Sie hob den Kopf, neigte sich vor und küsste Painter zärtlich auf die Lippen, wobei sie alles in den Kuss hineinlegte, was sie sonst immer unterdrückte.

Dann schloss sie die Augen und zählte die letzten Sekunden. Sie öffnete ihr Herz, wünschte Painter eine Zukunft und Gesundheit und flehte nahezu darum, dass ihm mehr Zeit geschenkt werde.

War das die eigentliche Funktion der Glocke? Sollte sie einen Quantentunnel zu dem viel umfassenderen Quantenmessgerät herstellen, das am Ende der Evolution lag? Eine persönliche Verbindung zum ultimativen Designer?

Lisa wusste, was sie zu tun hatte. Sie ließ die Wissenschaftlerin in sich los, ihre ganze Persönlichkeit. Ihr Ziel lag jenseits des Bewusstseins, jenseits des Gebets.

Es nannte sich *Glaube*.

In diesem Moment äußerster Reinheit flammte die Glocke unvermittelt auf, verschmolz die beiden Menschen in der Kammer miteinander und verwandelte die Realität in reines Potenzial.

15:36

Gray drückte den Schalter. Die Abschirmung senkte sich herab. Alle hielten den Atem an. Welcher Anblick würde sich ihnen bieten? Die Motoren brummten. Alle versammelten sich vor der Abschirmung.

Monk blickte besorgt zu Gray.

In der Stille ertönte von links auf einmal ein Glöckchen.

Die Glockenkammer wurde allmählich sichtbar. Reglos und dunkel ruhte die Glocke in ihrer Mitte – dann tauchte Lisa auf, die sich über Painter beugte. Sie wandte ihnen den Rücken zu.

Niemand sprach.

Langsam richtete Lisa sich auf und drehte sich um. Tränen lösten sich von ihren Wimpern und rollten ihr über die Wangen. Als sie sich aufrichtete, zog sie Painter mit sich. Er sah besser aus als eben noch. Blass, erschöpft, entkräftet. Doch er hob aus eigener Kraft den Kopf und sah zu Gray hinüber.

Sein Blick stellte sich scharf.

Eine Woge der Erleichterung durchströmte Gray.

Dann tönte wieder das kleine Glöckchen.

Painters Blick wanderte in die Richtung, aus der das Geräusch gekommen war – dann sah er wieder Gray an. Seine Lippen bewegten sich. Kein Wort kam heraus. Gray trat dicht an ihn heran.

Painter kniff angestrengt die Augen zusammen. Er versuchte es erneut. Seine Worte waren kaum zu verstehen und ergaben keinen Sinn. Unwillkürlich zweifelte Gray an Painters Verstand.

»Eine Bombe ...«, wiederholte Painter krächzend.

Lisa hatte es ebenfalls gehört. Sie sah in die gleiche Richtung wie Painter. Zu Baldric Waalenberg. Dann schob sie Painter Monk entgegen.

»Kümmern Sie sich um ihn.«

Sie näherte sich dem alten Mann, der in verrenkter Haltung auf dem Boden lag. Irgendwann war er unbemerkt und unbetrauert verstorben. Baldric Waalenberg war nicht mehr.

Gray trat neben sie.

Lisa kniete nieder und schob Baldrics Hemdärmel hoch. Er trug eine große Armbanduhr. Sie drehte seine Hand um. Eine zweite Hand wanderte über die Digitalanzeige.

Lisa verdrehte den Arm so, dass Gray die Ziffern ablesen konnte.

02:01

Als die digitale Hand eine weitere Umdrehung abgeschlossen hatte, erklang das schon vertraute Tonsignal, und die Anzeige sprang auf 2:00 um.

»Uns bleiben weniger als zwei Minuten, um von hier zu verschwinden«, sagte Lisa.

Gray nahm sie beim Wort und richtete sich auf. »Alle raus hier! Monk, funk Khamisi an! Sag ihm, er soll sich mit seinen Leuten so weit wie möglich vom Herrenhaus zurückziehen.«

Sein Partner gehorchte.

»Auf dem Dach steht ein Helikopter bereit«, sagte Lisa.

Alle rannten los. Gray übernahm Painter von Monk. Mosi stützte Brooks. Lisa, Fiona und Marcia bildeten den Abschluss.

»Wo ist Gunther?«, fragte Fiona.

»Der hat seine Schwester weggebracht«, antwortete Brooks. »Er wollte allein sein.«

Sie hatten keine Zeit, nach ihm zu suchen. Gray zeigte zum Aufzug. Monks Gruppe hatte einen Stuhl in der Öffnung verkeilt, damit ihnen niemand folgen konnte. Mosi riss ihn mit einer Hand heraus und schleuderte ihn in den Flur.

Sie zwängten sich in die Kabine.

Lisa drückte die oberste Taste. Fünfter Stock. Der Aufzug setzte sich nach oben in Bewegung.

»Ich habe den Mann auf dem Dach angefunkt. Er kann nicht fliegen, aber er weiß, wie man den Zündschlüssel dreht. Er lässt schon mal den Motor warmlaufen.«

»Die Bombe«, sagte Gray zu Lisa. »Was haben wir zu erwarten?«

»Wenn sie von der gleichen Machart wie die im Himalaya ist, eine gewaltige Explosion. Die Leute hier haben mit dem Xerum 525 eine Quantenbombe entwickelt.«

Gray dachte an die Fässer auf der untersten Ebene.

Verdammter Mist …

Der Aufzug stieg in die Höhe und passierte das Erdgeschoss, in dem Totenstille herrschte. Und weiter ging's.

Painter, der noch immer nicht auf eigenen Beinen stehen konnte, regte sich. Er fing Grays Blick auf. »Beim nächsten Mal …«, krächzte er, »fliegen Sie allein nach Nepal.«

Gray lächelte. Ja, Painter war fast schon wieder der Alte.

Aber wie lange würde er durchhalten?

Der Aufzug hatte den fünften Stock erreicht und kam zum Stillstand.

»Noch eine Minute«, sagte Marcia. Sie hatte die Geistesgegenwart besessen, die Uhr im Auge zu behalten.

Sie rannten die Treppe zum Dach hoch, wo der Helikopter auf

sie wartete. Die Rotoren drehten sich. Unmittelbar vor dem Einsteigen übergab Gray Painter an Monk.

»Schaff alle an Bord.«

Gray rannte zur anderen Seite und kletterte auf den Pilotensitz.

»Noch fünfzehn Sekunden!«, rief Marcia.

Gray gab Gas. Die Rotoren kreischten. Als er den Steuerknüppel anzog, hoben die Kufen vom Dach ab. Noch nie zuvor hatte Gray einem Ort so bereitwillig den Rücken gekehrt. Der Helikopter schraubte sich in die Höhe. Wie viel Abstand würden sie brauchen?

Er verstellte den Neigungswinkel der Rotoren und gab noch mehr Gas.

Während sie emporstiegen, kippte er die Maschine leicht nach vorn und musterte das umliegende Gelände. Jeeps und Motorräder rasten in alle Himmelsrichtungen vom Herrenhaus fort.

Marcia zählte die Sekunden. »Fünf, vier ...«

Ihre Präzision wirkte ein wenig deplatziert.

Plötzlich wurde es in der Tiefe so gleißend hell, als starteten sie von einer Sonne. Am verstörendsten aber war, dass die Explosion vollkommen lautlos war. Gray, der sich nicht umsehen konnte, bemühte sich, den Vogel in der Luft zu halten, doch es war, als hätte sich die Luft unter ihnen verflüchtigt. Er spürte, wie der Helikopter absackte.

Im nächsten Moment erlosch das Licht mit einem lauten Knall und fiel von ihnen ab wie ein Wasserschwall.

Die Rotoren bekamen wieder Grip. Die Maschine taumelte.

Dann stabilisierte Gray den Hubschrauber und machte, dass er von hier wegkam. Der Schreck war ihm mächtig in die Glieder gefahren. Er blickte sich um. An der Stelle, wo sich das Herrenhaus befunden hatte, sah man jetzt einen sauber aus dem Erdreich herausgeschnittenen Krater. Es war, als hätte ein gewaltiger Titan das Haus mitsamt dem größten Teil des umliegenden Parks aus dem Erdboden gerissen.

Alles war verschwunden. Keine Trümmer. Nur ein Loch im Boden.

Die quer durchgeschnittenen Teiche und Bäche ergossen sich als rauschende Wasserfälle über den Rand des Lochs.

In etwas größerer Entfernung machte Gray Fahrzeuge aus, die angehalten hatten und deren Insassen zur Unglücksstelle blickten. Einige Neugierige kamen bereits näher. Khamisis Krieger. Sie hatten überlebt. Die Zulus sammelten sich entlang der Grenze des Anwesens und nahmen wieder in Besitz, was man ihnen vor so langer Zeit weggenommen hatte.

Gray flog im weiten Bogen zum Krater zurück. Er dachte an das fehlende Fass mit dem Xerum 525, das für die Vereinigten Staaten bestimmt gewesen war. Er schaltete das Funkgerät ein und ließ sich mit Sigma verbinden. Zuvor musste er eine lange Reihe von Sicherheitscodes durchgeben.

Zu seiner Verblüffung meldete sich diesmal jemand anderer als Logan, nämlich Sean McKnight, der ehemalige Leiter von Sigma. Gray wurde ganz kalt. Was machte Sean McKnight in der Zentrale? Irgendwas stimmte da nicht. McKnight berichtete ihm in knappen Worten, was geschehen war. Seine letzten Worte trafen Gray ins Mark.

Benommen unterbrach er die Verbindung.

Monk, dem Grays wachsende Bestürzung nicht entgangen war, beugte sich vor.

»Was ist los?«, fragte er.

Gray wandte den Kopf. Er musste seinem Partner in die Augen sehen.

»Monk ... es betrifft Kat.«

17:47
Washington, D. C.

Drei Tage waren vergangen. Drei *lange* Tage, in denen sie in Südafrika eine Menge zu regeln gehabt hatten.

Schließlich war ihr Flugzeug nach einem Direktflug von Johannesburg nach Washington auf dem Dulles International Airport gelandet. Monk hatte sich am Flughafen von Gray und den anderen verabschiedet und war mit einem Taxi davongefahren. Nach kurzer Zeit geriet das Taxi in der Nähe des Parks in einen Stau. Monk musste sich zusammennehmen, um nicht die Tür aufzureißen und zu Fuß weiterzulaufen, doch nach einer Weile löste sich der Stau auf, und der Verkehr bewegte sich weiter.

Monk beugte sich vor. »Einen Fünfziger, wenn Sie in weniger als fünf Minuten da sind.«

Die Beschleunigung drückte ihn in den Sitz. So war es schon besser.

Nach zwei Minuten tauchten die braunen Backsteingebäude auf. Das Taxi raste an einem Schild mit der Aufschrift »Georgetown University Hospital« vorbei. Mit quietschenden Reifen hielt es auf dem Besucherparkplatz und hätte noch um ein Haar einen Krankenwagen gestreift.

Monk warf dem Fahrer eine Handvoll Geldscheine zu und sprang hinaus.

Er zwängte sich seitlich durch eine Automatiktür, die sich für seinen Geschmack viel zu langsam öffnete. Dann rannte er den Flur entlang, rempelte Patienten und Krankenpfleger an. Er kannte den Weg.

Als er an einer Säuglingsstation vorbeilief, rief ihm eine Krankenschwester zu, er solle stehen bleiben, doch er reagierte nicht.

Heute nicht, meine Liebe.

Monk schlitterte um eine Ecke und sah das Bett. Auf den letzten Metern sank er auf die Knie nieder und rutschte auf der Trainingshose bis an die Bettkante vor. Der Aufprall war ziemlich hart.

Kat starrte ihn entgeistert an. Der Löffel mit bebendem Wackelpeter verharrte dicht vor ihrem Mund. »Monk …?«

»Eher konnte ich nicht kommen«, japste er völlig außer Atem.

»Aber wir haben doch erst vor anderthalb Stunden über Satellitentelefon miteinander geredet.«

»Worte sind Schall und Rauch.«

Er rappelte sich hoch, beugte sich übers Bett und küsste sie mitten auf den Mund. Ihre linke Schulter und ihr Oberkörper waren verbunden. Der größte Teil des Verbands war unter einem blauen Krankenhausnachthemd verborgen. Drei Schüsse, zwei Bluttransfusionen, Lungenkollaps, ein zerschmettertes Schlüsselbein und eine gerissene Milz.

Aber sie hatte überlebt.

Glück im Unglück.

Logan Gregorys Beerdigung sollte in drei Tagen stattfinden.

Beide zusammen aber hatten Washington vor einem terroristischen Angriff bewahrt, den Attentäter der Waalenbergs erschossen und den tückischen Plan vereitelt. Die goldene Zeremonialglocke befand sich nun in den unterirdischen Laboratorien von Sigma. Das für die Glocke bestimmte Xerum 525 hatte man im Frachthafen von New Jersey entdeckt. Als die US-Geheimdienste die Fracht in dem weitläufigen Netz von Firmen, Scheinfirmen und Tochtergesellschaften endlich ausfindig gemacht hatten, stellte sich heraus, dass die letzte noch vorhandene Xerum-Probe sich zersetzt hatte, da sie zu lange der Sonne ausgesetzt worden war. Und ohne den entsprechenden Treibstoff würden die Glocken, die man in anderen Botschaften entdeckt hatte, niemals läuten.

Gott sei Dank.

Monk zog die altmodische Lösung vor.

Er streichelte über Kats Bauch. Nach dem Kind zu fragen, traute er sich nicht.

Doch das war auch nicht nötig. Kat legte ihre Hand auf die seine. »Dem Kind geht es gut. Die Ärzte glauben nicht, dass es zu Komplikationen kommen wird.«

Monk sank wieder auf die Knie und legte erleichtert den Kopf auf ihren Bauch. Er schloss die Augen, legte ihr behutsam den Arm um die Hüfte und zog sie an sich.

»Das ist schön.«

Kat streichelte ihm die Wange.

Monk nahm ein schwarzes Schmucketui aus der Hosentasche. Mit geschlossenen Augen streckte er es Kat entgegen, ein lautloses Gebet auf den Lippen.

»Heirate mich.«

»Mach ich.«

Monk schlug die Augen auf und schaute zu der Frau hoch, die er liebte. »Was hast du gesagt?«

»Ich hab Ja gesagt.«

Monk hob den Kopf. »Bist du dir auch ganz sicher?«

»Willst du's mir etwa wieder ausreden?«

»Also, du hast starke Medikamente bekommen. Vielleicht sollte ich dich besser ein andermal fragen …«

»Gib mir einfach den Ring.« Sie nahm das Etui entgegen und öffnete es. Einen Moment lang schaute sie schweigend hinein. Dann sagte sie: »Es ist leer.«

Monk nahm ihr das Etui wieder ab und starrte entgeistert hinein. Der Ring war verschwunden.

Er schüttelte den Kopf.

»Was ist passiert?«, fragte Kat.

»Fiona«, knurrte Monk.

22:32

Painter befand sich in einem anderen Flügel des Georgetown University Hospital. Der Tisch, auf dem er lag, wurde aus dem doughnutförmigen Tomographen ausgefahren. Die Untersuchung hatte länger als eine Stunde gedauert. Um ein Haar wäre er dabei eingenickt, denn in den vergangenen Tagen hatte er kaum geschlafen. Die unablässige Todesangst hatte verhindert, dass er zur Ruhe kam.

Eine Krankenschwester öffnete die Tür.

Hinter ihr betrat Lisa den Raum.

Painter setzte sich auf. Es war kühl. Andererseits war er lediglich mit einem dünnen Krankenhauskittel bekleidet. Er zupfte daran, um sich einen Rest von Würde zu bewahren, musste sich aber schließlich seine Niederlage eingestehen.

Lisa setzte sich neben ihn. Mit dem Kinn wies sie zum Überwachungsraum. Hinter der Glasscheibe steckten mehrere Forscher von Johns Hopkins und Sigma die Köpfe zusammen und begutachteten Painters Gesundheitszustand.

»Es sieht gut aus«, sagte Lisa. »Die Verkalkungen bilden sich zurück. Deine Laborwerte normalisieren sich bereits. An der Aortenklappe könnten leichte Narben zurückbleiben, aber das ist noch nicht sicher. Das Tempo deiner Genesung ist bemerkenswert – ein medizinisches Wunder, möchte ich fast sagen.«

»Ich glaube, das trifft es«, meinte Painter. »Aber was ist damit?«

Er fasste sich an die weiße Haarsträhne über dem einen Ohr.

Lisa streichelte über sein Haar. »Mir gefällt's. Hauptsache, du wirst gesund.«

Er glaubte ihr. Zum ersten Mal glaubte auch er daran, dass er wieder gesund werden würde. Ein gedehnter Seufzer der Erleichterung kam ihm über die Lippen. Er hatte wieder eine Zukunft.

Painter ergriff Lisas Hand, küsste sie in die Handkuhle und ließ wieder los.

Lisa blickte errötend zum Überwachungsfenster, ließ seine Hand jedoch nicht los, als sie mit der Krankenschwester ein paar technische Fragen besprach.

Painter musterte sie unterdessen. Er war nach Nepal geflogen, um Nachforschungen zu den von Ang Gelu gemeldeten Krankheitsfällen anzustellen und weil er ungestört hatte nachdenken wollen. Er war auf Räucherstäbchen, Meditation, fromme Gesänge und Gebete gefasst gewesen, doch stattdessen war er in eine teuflische Auseinandersetzung geraten, die ihn um den halben Globus geführt hatte. Dennoch war das erhoffte Ergebnis eingetreten.

Zärtlich drückte er Lisas Hand.

Er hatte sie gefunden.

Doch obwohl sie in den vergangenen Tagen so viel durchgemacht hatten, kannten sie einander kaum. Wer war diese Frau? Was war ihr Lieblingsgericht, was brachte sie herzlich zum Lachen, wie würde es sich anfühlen, mit ihr zu tanzen, und was würde sie ihm beim Gutenachtsagen ins Ohr flüstern?

Painter, der fast nackt und sozusagen bis auf die DNA-Ebene entblößt neben ihr saß, war sich nur einer Sache sicher.

Er wollte alles über sie wissen.

14:22

Zwei Tage später verhallte auf den grünen Hängen des Nationalfriedhofs von Arlington die letzte Salve des Ehrensaluts. Der Himmel war strahlend blau, eigentlich zu schön für eine Beerdigung.

Als die Zeremonie endete, entfernte Gray sich ein paar Schritte von den schwarz gekleideten Trauergästen. In der Ferne ragte das Grabmal des unbekannten Soldaten auf, achtzig Tonnen Yule-Marmor aus Colorado. Man hatte es zu Ehren der namenlosen Gefallenen errichtet, die im Dienste des Vaterlands ihr Leben geopfert hatten.

Logan Gregory war auch so ein namenloser Gefallener. Nur ganz wenige Menschen wussten, welchen Heldenmut er bewiesen hatte, als er sein Blut zum Schutz der Allgemeinheit vergossen hatte.

Einige aber wussten Bescheid.

Gray beobachtete, wie der Vizepräsident Logans schwarz gekleideter Mutter, die von seinem Vater gestützt wurde, die zusammengefaltete Fahne reichte. Logan hatte keine Frau und keine Kinder gehabt. Sigma war sein Leben gewesen – und sein Tod.

Als die Beileidsbekundungen ausgetauscht waren, zerstreuten sich die Trauergäste und wandten sich den wartenden schwarzen Limousinen zu.

Gray nickte Painter zu. Er musste sich auf einen Stock stützen, denn er litt noch unter den Nachwirkungen der Degeneration, wurde aber von Tag zu Tag kräftiger. Dr. Lisa Cummings hatte sich bei ihm eingehakt, nicht um ihn zu stützen, sondern einfach weil sie ihm nahe sein wollte.

Monk schloss sich ihnen an, als sie zu den wartenden Autos zurückgingen.

Kat lag noch im Krankenhaus. Die Beerdigung wäre sowieso zu viel für sie gewesen. Erst einmal musste sie ihre Erlebnisse verarbeiten.

Als sie vor dem Friedhofstor angelangt waren, trat Gray an Painters Seite. Sie hatten noch einiges zu bereden.

Lisa küsste den Director auf die Wange. »Wir sehen uns später.« Sie entfernte sich zusammen mit Monk. Sie würden mit einem anderen Wagen zu Logans Haus fahren, wo es einen kleinen Empfang geben würde.

Zu seiner Überraschung hatte Gray erfahren, dass Logans Eltern in Takoma Park lebten, nur ein paar Straßen von seinen eigenen Eltern entfernt. Ein neuerlicher Beweis, wie wenig er über den Mann gewusst hatte.

Painter ging zu einem Lincoln und öffnete die Tür. Sie nahmen auf dem Rücksitz Platz. Als der Wagen sich in Bewegung setzte, fuhr der Fahrer die Trennscheibe hoch.

»Gray, ich habe Ihren Bericht gelesen«, sagte Painter. »Ein interessanter Blickwinkel. Verfolgen Sie die Angelegenheit weiter. Dazu müssten Sie aber noch einmal nach Europa fliegen.«

»Ich habe dort sowieso noch ein paar persönliche Angelegenheiten zu regeln. Deshalb wollte ich Sie um ein paar Tage Urlaub bitten.«

Painter hob müde eine Braue. »Ich bin mir nicht sicher, ob die Welt schon wieder bereit dafür ist, dass Sie in Urlaub gehen.«

Gray musste ihm in dieser Hinsicht recht geben.

Painter rutschte unruhig auf dem Sitz herum; offenbar hatte er noch immer Schmerzen. »Und was ist mit dem Bericht von Dr. Marcia Fairfield? Glauben Sie ... glauben Sie, dass der Stammbaum der Waalenbergs tatsächlich ...« Painter schüttelte den Kopf.

Gray hatte den Bericht ebenfalls gelesen. Er dachte an die Unterhaltung, die er mit der britischen Ärztin im Embryonenlabor auf der tiefsten Ebene der unterirdischen Forschungsanlage geführt hatte. Dr. Fairfield hatte gemeint, je größer der Schatz, desto tiefer sei er im Verlies versteckt. Das galt auch für Geheimnisse, zumal für die der Waalenbergs. Zum Beispiel für die Experimente, die sie mit Schimären durchgeführt hatten und bei denen sie Stammzellen tierischer und menschlicher Herkunft im Gehirn kombiniert hatten.

Das aber war noch immer nicht das Schlimmste.

»Wir haben die medizinischen Akten von Anfang der Fünfzigerjahre überprüft«, sagte Gray. »Die Vermutung wurde bestätigt. Baldric Waalenberg war unfruchtbar.«

Painter schüttelte den Kopf. »Kein Wunder, dass der Mistkerl so besessen war von Zuchtversuchen und Genetik und sich die Natur gefügig machen wollte. Er war der Letzte der Waalenbergs. Aber die Experimente an seinen Kindern ... stimmt das wirklich?«

Gray zuckte die Achseln. »Baldric war am Projekt Lebensborn der Nazis beteiligt. Am arischen Zuchtprogramm. Außerdem noch an weiteren Eugenikprojekten und den ersten Versuchen, Eizellen und Spermien zu lagern. Offenbar war das Forschungsprojekt mit dem Xerum 525 nicht das einzige, das nach dem Krieg von Baldric weitergeführt wurde. Er hat noch ein anderes Projekt weiterverfolgt, das in Glasröhren eingefroren war. Mit den aufgetauten Spermien hat er seine junge Frau geschwängert.«

»Und Sie glauben wirklich, dass es so war?«

Gray nickte. In dem unterirdischen Labor hatte Dr. Fairfield den wahren Familienstammbaum des neuen, genetisch verbesserten Waalenberg-Clans gesehen. Sie hatte den Namen gesehen, der neben dem von Baldrics Frau gestanden hatte. Heinrich Himmler, der Leiter des Schwarzen Ordens. Der Naziverbrecher hatte sich nach dem Krieg in dem Glauben umgebracht, er werde weiterleben und mit seinem Samen den arischen Übermenschen zeugen, ein neues Geschlecht deutscher Könige.

»Jetzt, da der Waalenberg-Clan ausgelöscht ist«, sagte Gray, »hat auch dieses Ungeheuer seine letzte Ruhe gefunden.«

»Zumindest hoffen wir das.«

Gray nickte. »Ich stehe in ständigem Kontakt mit Khamisi. Er hält uns über die Aufräumarbeiten auf der Besitzung auf dem Laufenden. Bislang wurden mehrere Wachposten festgenommen. Er fürchtet, einige der Neuzüchtungen könnten in den Dschungel entkommen sein, doch es ist davon auszugehen, dass sie bei der Explosion alle umgekommen sind. Trotzdem wird die Suche fortgeführt.«

Khamisi war zum vorläufigen Chefwildhüter des Hluhluwe-Umfolozi-Reservats ernannt worden. Außerdem hatte ihm die südafrikanische Regierung polizeiliche Vollmachten erteilt und ihn beauftragt, die Zusammenarbeit mit Häuptling Mosi D'Gana zu koordinieren. Dr. Paula Kane und Marcia Fairfield gewährten ihm technische Unterstützung und standen mit den verschiedenen internationalen Geheimdiensten in Verbindung, die von den bewaffneten Auseinandersetzungen und der Bombenexplosion aufgeschreckt worden waren.

Die beiden Geheimagentinnen hielten sich in ihrem Haus im Reservat auf, glücklich darüber, unversehrt und wieder vereint zu sein. Fiona hatten sie vorübergehend bei sich aufgenommen und sie in einem Sonderprogramm der Universität von Oxford untergebracht.

Gray blickte auf die vorbeihuschende Stadtlandschaft hinaus. Er konnte nur hoffen, dass in Oxford alles niet- und nagelfest war. Vermutlich aber würde die Verbrechensrate auf dem Campus ansehnlich in die Höhe schnellen.

Wo er gerade an Fiona dachte, fiel Gray ein, dass er unbedingt mit Ryan sprechen musste. Ryan, dessen Vater ermordet worden war, wollte den Familienbesitz versteigern lassen. Er war entschlossen, den Schatten der Wewelsburg hinter sich zu lassen.

Das konnte er ihm nicht verdenken.

»Und was ist mit Monk und Kat?«, unterbrach Painter seine Gedankengänge. Sein Tonfall klang munterer als zuvor; offenbar war die Trauer über den Tod seines Freundes ein Stück weit von ihm abgefallen, oder aber er schaffte es, sie zu verdrängen. »Ich habe gehört, die beiden hätten sich gestern verlobt.«

Gray lächelte zum ersten Mal an diesem Tag. »Das stimmt.«

»Der Himmel steh uns bei.«

Da musste Gray ihm zustimmen. Sie teilten diesen Moment des Glücks. Das Leben ging weiter. Sie besprachen noch ein paar Kleinigkeiten, dann bog der Fahrer auf die Baumalleen von Takoma Park ein und hielt schließlich vor einem kleinen, mit grünen Schindeln gedeckten Haus im viktorianischen Stil.

Painter stieg aus.

Lisa war schon da.

»Haben wir alles Nötige besprochen?«, fragte Painter.

»Jawohl, Sir.«

»Geben Sie mir Bescheid, sobald Sie in Europa etwas herausgefunden haben. Und nehmen Sie sich ein paar Tage frei.«

»Danke, Sir.«

Painter legte Lisa den Arm um die Hüfte. Seite an Seite schritten sie zum Haus.

Als Gray ausstieg, trat Monk zu ihm und nickte zu dem Paar hinüber. »Wie stehen die Wetten?«

Gray beobachtete, wie die beiden die Treppe zur Veranda hochstiegen. Seit dem Abflug von Südafrika waren sie unzertrennlich. Jetzt, da Anna tot und Gunther spurlos verschwunden war, konnte nur noch Lisa über die Funktionsweise der Glocke Auskunft geben. Sie hatte schon viele Stunden bei Sigma verbracht und den Wissenschaftlern Rede und Antwort gestanden. Wahrscheinlich nahmen Painter und Lisa die Sitzungen als Vorwand, sich umso häufiger zu sehen.

Die Glocke hatte offenbar nicht nur den Körper geheilt.

Gray sah auf die verschränkten Hände des Paares und ließ sich Monks Bemerkung durch den Kopf gehen. Ja, wie standen die Wetten? Zum jetzigen Zeitpunkt war das schwer zu sagen. Wenn das Leben und das Bewusstsein Quantenphänome waren, galt das vielleicht auch für die Liebe.

Liebe oder nicht Liebe.

Welle oder Teilchen.

Vielleicht aber galt für Painter und Lisa ja beides zugleich, ein im Zustand der Unbestimmtheit verharrendes Potenzial, das sich erst im Laufe der Zeit für die eine oder die andere Möglichkeit entscheiden würde.

»Keine Ahnung«, murmelte Gray.

Er wandte sich zum Haus und dachte an seine eigene Zukunft.

Wie für alle Menschen war für ihn seine eigene Lebenswirklichkeit das Maß aller Dinge.

Epilog

18:45
Wrocław, Polen

Er hatte sich verspätet.

Während die Sonne dem Horizont entgegensank, schritt Gray über die grüne schmiedeeiserne Barockbrücke. Sie überspannte die Oder, eine glatte, grüne Fläche, in der sich die untergehende Sonne spiegelte.

Gray sah auf die Uhr. Rachel müsste in diesem Moment landen. Sie wollten sich in dem Kaffeehaus gegenüber ihrem Hotel in der Altstadt treffen. Zuvor aber musste er einen letzten Knoten lösen und ein letztes Gespräch führen.

Gray ging weiter über die Fußgängerbrücke. Zwei schwarze Schwäne glitten übers Wasser. Möwen segelten umher und spiegelten sich im Fluss. Es roch nach Fluss und nach den Lilien, die am Ufer wuchsen. Er hatte seine Reise auf einer Brücke in Kopenhagen begonnen, und auf einer Brücke endete sie nun.

Er hob den Blick zu den schwarzen Türmen der Altstadt, den kupfergedeckten Türmchen und den Uhrtürmen aus der Renaissance. Wrocław hatte einmal Breslau geheißen, eine Festungsstadt an der Grenze zwischen Deutschland und Polen. Große Teile der Stadt waren im Zweiten Weltkrieg zerstört worden, als die deutsche Wehrmacht gegen die Rote Armee gekämpft hatte.

Das war der Grund, der Gray hierhergeführt hatte.

Vor ihm lag die Kathedraleninsel. Die beiden gotischen Türme der Johannes-Kathedrale funkelten im Abendlicht. Gray hatte jedoch ein anderes Ziel. Auf der Insel gab es noch zahlreiche kleinere Kirchen. Grays Ziel lag nur wenige Schritte von der Brücke entfernt.

Der Metallrost der Brücke machte Straßenpflaster Platz.

Die St.-Petrus-und-Paulus-Kirche lag bescheiden zur Linken, leicht zu übersehen, denn die Rückseite ging in die Ziegelmauer der Flussbegrenzung über. Gray steuerte auf eine kleine Tür zu, die vom steinigen Flussufer ins Pfarrhaus führte.

Hatte hier einmal ein bestimmtes Kind gespielt?

Ein perfektes Kind?

Aus kürzlich freigegebenen russischen Geheimakten wusste Gray, dass der elternlose Junge in dem Waisenhaus aufgewachsen war, das der St.-Petrus-und-Paulus-Kirche angeschlossen war. Nach dem Krieg hatte es viele Waisenkinder gegeben, doch Gray hatte die Zielgruppe mittels Alter, Geschlecht und Haarfarbe eingegrenzt.

Als Haarfarbe kam nur weißblond in Frage.

Außerdem hatte er Berichte der Russischen Armee gelesen, die Auskunft gaben über die zahlreichen unterirdischen Waffenlabors der Nazis und den Wenceslas-Stollen. SS-Obergruppenführer Jakob Sporrenberg, Annas und Gunthers Großvater, war den Russen nur knapp entwischt, als er die Glocke in Sicherheit gebracht hatte. Anna hatte Lisa erzählt, dass Tola, Hugos Tochter, zusammen mit dem Kind in der Oder ertrunken sei.

Aber stimmte das wirklich?

Um diese Frage zu klären, hatte Gray zusammen mit einigen Recherche-Experten von Sigma alte Akten gewälzt und anhand winziger Informationsschnipsel eine längst kalt gewordene Spur verfolgt. Schließlich die Entdeckung: das Tagebuch des Priesters, der damals das Waisenhaus geleitet hatte und der von einem Säugling berichtete, der durchfroren bei seiner toten Mutter aufgefunden worden war. Die namenlose Frau war auf dem angrenzenden Friedhof bestattet.

Der Junge aber hatte überlebt und war hier aufgewachsen, hatte auf Anraten des Priesters, der ihn gerettet hatte, das Priesterseminar besucht und den Namen Pater Piotr angenommen.

Gray näherte sich der Tür zum Pfarrhaus. Er hatte mit dem sechzigjährigen Priester telefoniert und sich als Reporter ausgegeben, der für ein Buch über die Kriegswaisen recherchierte. Er betätigte den eisernen Türklopfer an der unscheinbaren Holztür.

Aus der Kirche schallte Gesang herüber, offenbar fand dort gerade eine Messe statt.

Nach kurzer Wartezeit wurde die Tür geöffnet.

Gray erkannte den Mann auf Anhieb, denn er hatte alte Fotos des faltenlosen Gesichts mit dem in der Mitte gescheitelten wallenden weißen Haar gesehen. Pater Piotr trug Jeans, ein schwarzes Hemd mit weißem Priesterkragen und eine helle Strickjacke.

Er sprach Englisch mit polnischem Akzent.

»Sie müssen Nathan Sawyer sein.«

Das stimmte zwar nicht, dennoch nickte Gray, freilich ein wenig schuldbewusst, weil er einen Priester anlog. Die Täuschung war allerdings unumgänglich und diente ihrer beider Schutz.

Er räusperte sich. »Danke, dass Sie mit mir sprechen wollen.«

»Keine Ursache. Bitte treten Sie ein.«

Pater Piotr geleitete Gray durch die Diele zu einem kleinen Raum mit einem Kohleofen in der Ecke. Darauf stand eine Teekanne. Er bat Gray, Platz zu nehmen. Gray packte das Notebook aus und rief die Liste mit den Fragen auf.

Piotr schenkte ihnen beiden Tee ein und setzte sich in einen alten Lehnstuhl, dessen Polster sich längst seiner Körperform angepasst hatte. Auf dem Tisch lagen neben einer Lampe mit Glasschirm eine Bibel und ein paar zerschlissene Kriminalromane.

»Sie wollten mit mir über Pater Varick sprechen«, sagte der Mann mit einem sanften, herzlichen Lächeln. »Ein großer Mann.«

Gray nickte. »Und über Ihr Leben hier im Waisenhaus.«

Piotr trank einen Schluck Tee und bedeutete Gray, er solle mit den Fragen beginnen.

Die Fragen waren weniger wichtig und füllten lediglich einige

Leerstellen aus. Gray wusste über das Leben des Mannes nahezu lückenlos Bescheid. Rachels Onkel Vigor, der Leiter des vatikanischen Geheimdienstes, hatte Sigma ein umfassendes Dossier über den katholischen Pater zur Verfügung gestellt.

Einschließlich der Krankenakten.

Pater Piotr hatte ein anspruchsloses Leben geführt. Außer seinem unerschütterlichen Einsatz für seine Schäfchen wies es keine Besonderheiten auf. Allerdings erfreute er sich einer bemerkenswert guten Gesundheit. Er war kaum jemals krank gewesen. In der Jugend hatte er sich bei einem Sturz von einem Felsen einen Knochen gebrochen. Die routinemäßigen Untersuchungen waren ohne Befund geblieben. Er war weder so hünenhaft wie Gunther noch so übermenschlich agil wie die Waalenbergs, sondern einfach nur gesund.

Das Gespräch erbrachte keine neuen Erkenntnisse.

Schließlich klappte Gray das Notebook zu und dankte dem Pater für seine Geduld. Mit Rachels Onkel hatte er vereinbart, dass man bei der nächsten Untersuchung Blut- und DNA-Proben abzweigen würde, allerdings erwartete Gray sich auch davon keine weiteren Aufschlüsse.

Hugos perfektes Kind hatte sich als anständiger, nachdenklicher Mann mit einer erstaunlich guten Gesundheit erwiesen. Vielleicht war das ja schon Vollkommenheit genug.

Als Gray sich zum Gehen wandte, bemerkte er auf dem Tisch in der Ecke ein unvollendetes Puzzle. »Sie mögen Puzzle?«, sagte er.

Pater Piotr lächelte schuldbewusst und entwaffnend. »Nur ein Hobby. Hält den Verstand rege.«

Gray nickte und trat in die Diele. Hugo Hirszfeld hatte das gleiche Hobby gehabt. Hatte der jüdische Forscher dem Jungen durch die Glocke vielleicht diesen Wesenszug vermittelt? Als er durch die Kirche nach draußen ging und erneut den Fluss ansteuerte, dachte er über die Querverbindungen nach. Väter und Söhne. War das lediglich eine Frage der Genetik? Oder steckte noch mehr dahinter? Hatte es vielleicht mit der Quantenebene zu tun?

Diese Frage war nicht neu für Gray. Die Beziehung zu seinem Vater war immer schon angespannt gewesen. Erst in letzter Zeit waren sie einander nähergekommen. Außerdem waren da noch andere Besorgnisse. Was hatte Gray sonst noch von seinem Vater geerbt? Seine Angst vor einer Alzheimererkrankung konnte er nicht leugnen, da bestand sicherlich eine genetische Disposition, doch es reichte noch tiefer, bis zum Ursprung ihrer angespannten Beziehung.

Was für einen Vater würde er selbst einmal abgeben?

Obwohl er spät dran war, blieb Gray auf der Eisenbrücke unvermittelt stehen.

Auf einmal war er ganz verwirrt. Er dachte an das Streitgespräch, das er während des Flugs nach Deutschland mit Monk geführt hatte.

Du hättest mal dein Gesicht sehen sollen, als ich dir von Kats Schwangerschaft erzählt habe. Das hat dir einen Mordsschreck eingejagt. Und dabei geht es doch nur um mein Kind.

Das war die Wurzel seiner Panik.

Was für einen Vater würde er abgeben?

Würde er sich zu einem Ebenbild seines eigenen Vaters entwickeln?

Gray stieß völlig unerwartet auf die Antwort. Eine junge Frau schritt an ihm vorbei. Zum Schutz vor dem kühlen Flusswind hatte sie die Kapuze ihres Sweaters übergezogen. Plötzlich musste er an Fiona denken. Er dachte an die Tage des Schreckens, als sie seine Hand gehalten hatte. Sie hatte ihn gebraucht und sich gleichzeitig gegen ihn gewehrt. Er erinnerte sich genau, wie sich das angefühlt hatte.

Er umklammerte das Brückengeländer.

Es war ein wundervolles Gefühl gewesen.

Und davon wollte er mehr.

Als ihm das klar wurde, musste er lachen, ein Verrückter auf einer Brücke. Es stand nirgendwo geschrieben, dass er wie sein Vater werden würde. Einerseits bestand das Potenzial, dass er in die Fußstapfen seines Vaters trat, doch andererseits besaß er auch einen freien Willen, ein Bewusstsein mit Potenzial in beide Richtungen.

Endlich frei, ging er weiter, während diese eine Wirklichkeit weitere Potenziale zusammenstürzen ließ wie eine Reihe von Dominosteinen, bis nur noch ein schwankendes Potenzial übrig blieb.

Rachel.

Er ließ die Brücke hinter sich und näherte sich dem vereinbarten Treffpunkt.

Als er das Kaffeehaus erreichte, wartete sie bereits auf der Terrasse. Offenbar war sie gerade erst eingetroffen. Sie hatte ihn noch nicht gesehen. Er blieb stehen, bestürzt von ihrer Schönheit. Die brachte ihn jedes Mal zum Staunen. Groß gewachsen, langbeinig, mit einladenden Rundungen an Hüfte, Busen und Hals. Sie drehte sich um und bemerkte, dass er sie ansah. Ein Lächeln erblühte auf ihrem Gesicht. Ihre karamellfarbenen Augen leuchteten. Beinahe scheu fuhr sie sich durchs schwarze Haar.

Wer hätte nicht gern den Rest seines Lebens an ihrer Seite verbracht?

Er ging zu ihr hinüber und wollte ihre Hand ergreifen.

In diesem Moment fiel ihm wieder die Auseinandersetzung mit Monk ein. Monk hatte wissen wollen, wie es mit ihnen weitergehen würde. Drei Argumente hatte er geltend gemacht.

Heirat, Hypothek und Kinder.

Mit anderen Worten, die *Realität*.

Eine Beziehung konnte nicht auf Dauer im Potenziellen verharren. Im Zustand der Liebe und der Nichtliebe. Dem stand die Evolution entgegen. Irgendwann musste sich das Potenzial an der Realität messen lassen.

Und das galt nun auch für Gray.

Heirat, Hypothek und Kinder.

Gray kannte die Antwort. Er war bereit, die Herausforderung anzunehmen. Und mit dieser Erkenntnis kippte auch der letzte Dominostein in seinem Herzen.

Liebe oder Nichtliebe.

Welle oder Teilchen.

Gray ergriff Rachels Hand. Er sah alles ganz klar vor sich, doch das Ergebnis überraschte ihn dennoch. Er geleitete Rachel zu einem kleinen Tisch und bemerkte, dass bereits ein Teller mit Gebäck und zwei dampfende Becher mit Milchkaffee auf sie warteten.

Rachel hatte wieder einmal an alles gedacht.

Sie nahmen beide Platz.

Er sah ihr in die Augen. Er vermochte seine Trauer und sein schlechtes Gewissen nicht zu verbergen, doch es schwang auch Entschlossenheit in seiner Stimme mit.

»Rachel, wir müssen miteinander reden.«

Er sah es auch in ihren Augen. Die Realität. Zwei Karrieren, zwei Kontinente, zwei Menschen, die von nun an getrennte Wege gehen würden.

Sie drückte ihm die Hand. »Ich weiß.«

Pater Piotr hatte beobachtet, wie der junge Mann die Brücke überquert hatte. Er stand an der offenen Tür des Weinkellers. Als sein Besucher in der gegenüberliegenden Gasse verschwunden war, seufzte er.

Ein netter junger Mann, aber von Schatten verdüstert.

Der arme Kerl schleppte eine Menge Kummer mit sich herum.

Aber so war das Leben eben.

Ein leises Miauen lenkte ihn ab. Eine magere gescheckte Katze streifte an seinem Bein, den Schwanz steil aufgerichtet, blickte das Tier erwartungsvoll zu ihm auf. Einer von Pater Varicks Streunern. Jetzt war er dafür zuständig. Piotr bückte sich und stellte einen kleinen Teller mit Essensresten auf einen Stein. Die Katze rieb sich noch einmal an seinem Bein, dann machte sie sich über den Teller her.

Pater Piotr ging in die Hocke und blickte auf den Fluss hinaus, der im Licht der untergehenden Sonne funkelte. Da bemerkte er neben seinem Fuß ein Federbällchen. Ein verletzter brauner

Sperling. Eines der vielen Geschenke, die seine Waisen an seiner Schwelle niederlegten.

Kopfschüttelnd nahm er den reglosen Vogel zwischen die Handflächen und hob ihn an die Lippen. Er pustete aufs Gefieder, dass die Federn sich sträubten. Flatternd hob sich ein Flügel im Luftstrom. Plötzlich schwang sich der Sperling in die Lüfte.

Piotr sah ihm nach und versuchte, etwas aus der Flugbahn herauszulesen. Dann wischte er sich die Hände ab, richtete sich auf und streckte sich.

Das Leben blieb doch ein wundersames Geheimnis.

Auch für ihn.

Nachbemerkung des Autors:
Wahrheit oder Fiktion

Ich möchte Ihnen dafür danken, dass Sie mich auf dieser Reise begleitet haben. Wie gewöhnlich möchte ich die Gelegenheit nutzen, den Roman ein wenig zu *dekonstruieren*, um die Grenze zwischen Recherche und Imagination deutlich zu machen.

Zunächst ein paar eher nebensächliche Details:

Die DARPA hat tatsächlich Prothesen mit revolutionärer Technologie entwickelt (wenngleich ich bezweifle, dass Blendgranaten darin eingebaut sind).

Die Standford University hat den Ukufas vergleichbare Schimärenmäuse gezüchtet, deren Gehirn menschliche Zellen enthält. Die Wissenschaftler erwägen derzeit, Mäuse zu züchten, deren Gehirn zu hundert Prozent aus menschlichen Gehirnzellen besteht.

Im Jahr 2004 wurde in Deutschland ein Junge mit einer Mutation des für die Myostatinbildung zuständigen Gens geboren, was eine gesteigerte Muskelbildung mit entsprechend erhöhter Körperkraft zur Folge hat. Ist dies der erste auf natürlichem Weg gezeugte Sonnenkönig?

Shangri-La wurde 1998 in der Tiefe des Himalaya entdeckt, eine Oase mit fließenden Bächen und üppiger Vegetation inmitten von eisbedeckten Berggipfeln. Was mag sonst noch dort verborgen sein?

Wenden wir uns nun den grundlegenderen Themen zu:

Wie ich eingangs erwähnt habe, gab es die Glocke wirklich, was beweist, dass die Realität die Fiktion bisweilen übertrifft. Die Nazis hatten ein seltsames Gerät gebaut, das mit einer unbekannten Substanz mit der Bezeichnung Xerum 525 betrieben wurde. Über dessen Funktionsweise ist kaum etwas bekannt. Man weiß nur, dass die damit befassten Wissenschaftler von einer unbekannten Krankheit befallen wurden, von der auch die umliegenden Dörfer betroffen waren. Zum Kriegsende verschwand die Glocke spurlos, die an dem Projekt beteiligten Forscher wurden exekutiert, und das Gerät stellt bis heute ein ungelöstes Rätsel dar. Wenn Sie mehr über den Wettlauf der Alliierten bei der Jagd auf die Nazitechnologie und die Quantenforschung der Deutschen erfahren möchten, möchte ich Sie auf eines der Bücher verweisen, die mir bei der Niederschrift des Romans als Recherchebibel dienten: *Die Jagd nach Zero Point* von Nick Cook.

In dem vorliegenden Roman habe ich Heinrich Himmlers an Besessenheit grenzendem Interesse für Runen und alles Okkulte sowie seiner Suche nach dem angeblich im Himalaya gelegenen Geburtsort der arischen Rasse recht breiten Raum eingeräumt. Dies alles beruht auf Fakten, auch die Wewelsburg, Himmlers schwarzes Camelot, gibt es tatsächlich. Falls Sie weitere Informationen zu diesen Themen wünschen, möchte ich Ihnen die Lektüre von Christopher Hales Buch *Himmler's Crusade* und Peter Levendas Buch *Unholy Alliance* empfehlen.

Ein Buch hat mich indessen besonders inspiriert: *Quantum Evolution* von Johnjoe McFadden. Auf faszinierende Weise beschreibt er die Quantenmechanik und ihre mögliche Bedeutung für Mutationen und Evolution. Des Weiteren wird darin die Evolution des Bewusstseins behandelt, ein Thema, das gegen Ende dieses Romans zur Sprache kommt. Wenn Sie sich eingehender mit einem dieser Themen beschäftigen möchten, lege ich Ihnen den Kauf dieses Buches ans Herz.

Damit komme ich zum letzten Thema des Romans, nämlich zur Auseinandersetzung Intelligent Design wider Evolutionstheorie. Ich hoffe, dieses Buch wirft ebenso viele Fragen auf, wie es Antworten bietet. Letztendlich aber glaube ich, dass die gegenwärtige Debatte fehlgeleitet ist. Anstatt das Augenmerk ausschließlich darauf zu richten, woher wir kommen, sollten wir uns einer viel drängenderen Frage zuwenden: *Wohin gehen wir?*

Der Weg zur Beantwortung dieser Frage stellt für jedermann die größte Herausforderung dar.

Danksagung

Beim Schreiben ist man ungeachtet der vielen Zeit, die man allein vor der leeren Bildschirmseite verbringt, auf Zusammenarbeit angewiesen. Zahlreiche Menschen haben in diesem Buch ihre Spuren hinterlassen. Ganz besonders danken möchte ich Penny Hill für die ausgedehnten Mittagessen und ihre nachdenklichen Kommentare, vor allem aber für ihre Freundschaft. Das Gleiche gilt für Carolyn McCray, die mich immer noch in den Hintern tritt, um mich anzuspornen. Außerdem ist es mir eine Ehre, mich bei meinen Freunden zu bedanken, die jede zweite Woche in Coco's Restaurant zusammenkommen: Steve und Judy Prey, Chris Crowe, Lee Garrett, Michael Gallowglas, Dave Murray, Dennis Grayson, Dave Meek, Jane O'Riva, Dan Needles, Zack Watkins und Caroline Williams. Das ist die Verschwörergruppe, die hinter dem Schriftsteller steht. Mein besonderer Dank gilt dem Autor Joe Karanth für seine Energie, seine Unterstützung und die nachdenklichen Gespräche über einige das Buch betreffende Themen, sowie David Sylvian, der überallhin eine Kamera schleppt, sogar auf den höchsten Gipfel der Sierras. Die Anregung zu diesem Buch verdanke ich den Büchern von Nick Cook und den faszinierenden Recherchen Johnjoe McFaddens. Schließlich möchte ich noch jene vier Personen erwähnen, die auf allen Ebenen der Produktion einen wesentlichen Beitrag geleistet haben: Lyssa Keusch, meine Lektorin, und ihre Kollegin May Chen sowie meine Agenten Russ Galen und Danny Baror. Außerdem möchte ich wie immer betonen, dass alle Fehler und Irrtümer zu meinen Lasten gehen.

Nur die Crew der Oregon kann das Ende der westlichen Zivilisation noch aufhalten!

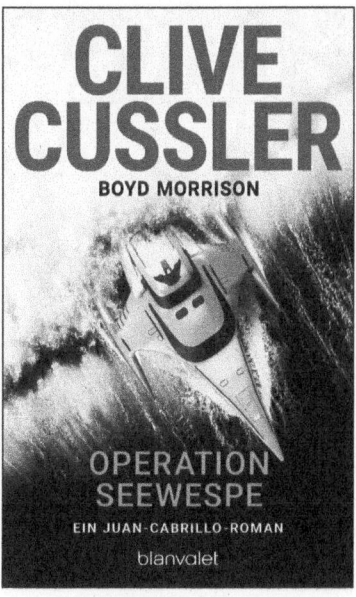

512 Seiten. ISBN 978-3-7341-1058-0

Das geheime Einsatzschiff *Oregon* empfängt einen Notruf. Doch als es bei dem überfallenen Schiff ankommt, ist alles bereits vorbei. Zum Glück sind die Crewmitglieder noch am Leben, aber durch ein seltsames Gift können sie sich nicht bewegen, nicht einmal sprechen. Um zu erfahren, was dahinter steckt, muss Juan Cabrillo, der Kapitän der *Oregon*, ein Puzzle zusammensetzen, dessen Teile teilweise noch aus der Zeit des Römischen Reiches stammen. Kann er es rechtzeitig lösen, bevor skrupellose Männer und Frauen die Grundordnung der westlichen Welt zerschmettern?

Sam und Remi Fargo suchen den Schatz des sagenumwobenen König Krösus – doch die Konkurrenz geht über Leichen!

576 Seiten. ISBN 978-3-7341-1057-3

Vor zehn Jahren suchten Sam und Remi Fargo in Griechenland den Schatz des sagenumwobenen König Krösus. Die Konkurrenz war gnadenlos, und als die Fargos dann auch noch einem Drogenkartell in die Quere kamen, gaben sie die Suche auf. Doch immerhin konnten sie dafür sorgen, dass der Drogenboss ins Gefängnis kam. Heute ist der Verbrecher wieder ein freier Mann, und er hat zwei Ziele: Erstens will er den Schatz, von dem er vor zehn Jahren erfahren hat. Und zweitens will er Sam und Remi Fargo tot sehen. Die beiden Schatzjäger haben allerdings von seinen Plänen erfahren, und bereiten sich auf den Showdown vor!

Lesen Sie mehr unter: **www.blanvalet.de**